KIDNAPPER DEAREST

UTE JÄCKLE

Neuauflage Oktober 2019

Copyright © 2019, Ute Jäckle

c/o Barabara's Autorenservice

Tüttendorfer Weg 3

24214 Gettorf

Email: ute.jaeckle@yahoo.com

Cover: NK Design (Nadine Kapp)

all rights reserved

Die Charaktere, Handlungen und Gegenstände dieser Geschichte sind frei erfunden. Etwaige Ähnlichkeiten mit lebenden oder verstorbenen Personen sind zufällig und nicht beabsichtigt. Das Werk, einschließlich aller seiner Teile, ist urheberrechtlich geschützt. Jede Verwertung ist ohne Zustimmung der Autorin unzulässig. Dies gilt insbesondere für die elektronische oder sonstige Vervielfältigung, Übersetzung, Verbreitung und öffentliche Zugänglichmachung.

Dieser Roman erschien ursprünglich unter dem Titel: Verloren in der grünen Hölle im Bookshouse Verlag!

ÜBER DIE AUTORIN

Über die Autorin

Ute Jäckle wurde in Stuttgart geboren. Sie studierte BWL in Nürnberg und verbrachte einige Jahre in den USA. Nach dem Studium arbeitete sie für die Industrie. Schon immer war ihre ganz große Leidenschaft das Lesen, und mit dem Schreiben von Büchern erfüllte sie sich einen Lebenstraum. Seitdem kann sie nicht mehr davon lassen und widmet sich voll Hingabe dem Verfassen von Liebesromanen. Seit Jahren schreibt sie für verschiedene Verlage und auch im Selfpublishing.

PROLOG

Es gibt Zeiten, da droht einem alles zu entgleiten. Tage wie heute zum Beispiel. Ein winziger Moment reicht, und die Welt wie wir sie kennen, hört auf sich zu drehen. Ein Augenblick, der darüber entscheidet, wie der Rest deines Lebens verlaufen wird. Manchmal reicht es schon aus, zur falschen Zeit am falschen Ort zu sein. Wie ein Tropfen, der auf einen heißen Stein trifft und verdampft. Heute Morgen dachte ich noch, Luisa aufzumuntern, wäre das Schwierigste, was mir an diesem Tag bevorstand.

Aber ich sollte mich irren.

Das Schwierigste, was mir heute bevorstand, war zu überleben.

ELENA

Ich sah aus dem Fenster hoch zur Sonne, die bereits kraftvoll vom wolkenlosen kolumbianischen Himmel schien und nahm Luisas Hand. Ein Kondensstreifen zog sich über das Firmament, so weit oben, dass ich das Flugzeug nicht erkennen konnte.

Javier, der Fahrer meines Vaters, saß am Steuer unserer S-Klasse, und chauffierte mich und meine Freundinnen Luisa und Adriana zur Mall. Unsere Mission lautete: Luisa auf andere Gedanken bringen. Mein Vater befand sich für ein paar Tage auf Geschäftsreise und hatte uns das Auto für eine Einkaufstour überlassen, als ich ihm erzählte, wie schlecht es um Señora Espinosa stand.

»Warum trägst du lange Jeans? Draußen sind über dreißig Grad.«, fragte Adriana und riss mich aus meinen Gedanken.

»Keine Ahnung«, ich zuckte mit den Schultern. Als ich kurz nach dem Aufstehen die schlechten Neuigkeiten von Luisa erfahren hatte, hatte ich einfach das nächstbeste aus dem Schrank gezerrt und angezogen, um schnellstmöglich bei meiner Freundin zu sein. »Weil ich wegen der blöden

Klimaanlage vergangenes Mal fast in den Shops erfroren bin.«

»Was möchtest du heute unternehmen?« Adriana lehnte den Kopf an Luisas Schulter, wir hatten unsere Freundin in unsere Mitte genommen.

»Keine Ahnung«, Luisa lächelte und hielt dabei Tränen zurück. Eigentlich hatte ihre Mutter den Brustkrebs schon vor einem Jahr besiegt gehabt, aber nun war die Krankheit leider wieder ausgebrochen. »Vielleicht zu Gap?«

Adriana kramte eine Packung mit Karamellcreme gefüllter Kekse aus ihrer Handtasche und hielt sie Luisa hin. »Gegen Kummer helfen am besten Alfajores.«

»Wenn es nur so einfach wäre. Mamá hat heute noch einen Termin beim Arzt, da wird dann festgestellt, ob der Krebs bereits gestreut hat.« Luisa sah so verzweifelt aus, dass mein Herz bei ihrem Anblick schmerzte. Ich kannte sie und ihre Familie schon seit ich klein war und bei dem Gedanken, ihre Mutter könnte tatsächlich sterben, zog es mir die Kehle zu. Diese wundervolle herzensgute Mamá, die uns als Kinder immer Milchreis mit Früchtekompott gekocht hatte, wenn wir hungrig waren und die ich nur lächelnd kannte, hatte dieses grausame Schicksal nicht verdient.

»Ich sollte bei ihr sein«, schluchzte Luisa und hielt sich beide Hände vors Gesicht.

»Es wird alles gut.« Ich streichelte ihren Rücken. »Außerdem könntest du nichts tun, nur zu Hause sitzen und warten, bis sie aus dem Krankenhaus zurückkommt. Dann wirst du noch verrückt. Deine Mamá hat doch versprochen, gleich anzurufen, wenn sie die Ergebnisse hat und dann fahren wir sofort zurück.«

Sie ließ die Hände sinken und wischte sich eine Träne vom Unterlid. »Du hast recht. Allein zu Hause würde ich es nicht aushalten. Danke, dass ihr für mich da seid.«

»Wir sind immer für dich da, ganz egal, was geschieht.« Adriana gab ihr einen Kuss auf die Wange, worauf Luisa in die Kekspackung griff und sich einen Alfajores nahm. Sie knabberte ein Stückchen davon ab. »Alles wird gut, es wird alles gut«, murmelte sie mantramäßig. »Dieser Tag wird nicht schlimm enden.«

»Mit Sicherheit nicht«, erwiderte ich voller Überzeugung, obwohl ich mir selbst nicht glaubte. Die Wahrheit lautete: Ich hatte keine Ahnung, wie dieser Tag enden würde. »Deine Mutter geht regelmäßig zur Vorsorge, es kann gar nicht sein, dass der Krebs schon weit fortgeschritten ist.«

»Jetzt gucken wir erst mal, ob der heiße Kerl noch bei Gap hinter der Kasse steht«, kam es von Adriana, die Luisa zuzwinkerte und zauberte ihr ein schwaches Lächeln aufs Gesicht. »Kein Wort mehr über Krebs bis Luisas Mutter anruft.« Seit einem halben Jahr schon war Luisa in diesen heißen Verkäufer verknallt, hatte sich jedoch noch nie getraut, ihn anzusprechen. Vor allem, weil sie sich zu fett fand, was absoluter Blödsinn war. Sie war einfach kurvig und hatte in meinen Augen schöne Proportionen, alles an ihr passte wundervoll zusammen. Leider sah sie selbst nicht, wie gut sie aussah.

Gleichzeitig kreischten wir auf, als Javier so schwungvoll um die Kurve fuhr, dass Adriana sich am Haltegriff festhalten musste, um Luisa nicht gegen mich zu drücken.

»Hey, Javier«, rief Adriana. »Du hast deinen Führerschein wohl von der Mafia gekauft.«

»Verzeihung«, kam es von vorn.

»Javier fahr langsamer«, wies ich den Fahrer meines Vaters an. »Wir wollen nicht auch noch im Straßengraben landen.«

»Selbstverständlich, Señorita Elena.« Er klang wie

immer höflich und genau so unterwürfig, wie er mit meinem Vater zu reden pflegte. Die Glasscheibe, die den Fahrerbereich vom hinteren Teil des Wagens abtrennte, fuhr hoch, was nicht ungewöhnlich war. Er tat dies oft, um uns Privatsphäre zu geben, auch wenn wir nicht extra danach verlangten. Ich vermutete ja eher, ihm ging unser Gerede auf die Nerven.

Ich beachtete ihn nicht weiter, denn inzwischen fuhr Javier wieder geradeaus, die schmale Stadtautobahn entlang, die uns auf dem schnellsten Wege zur Mall führte. Gleich kam schon die Abfahrt, jetzt war es nicht mehr weit.

Ich lehnte mich zurück, als erstes brauchte ich in der Mall etwas Kaltes zu trinken.

Javier fuhr an der Abfahrt vorbei, raste in hohem Tempo die Straße entlang. Wieso das denn? War sie gesperrt? Ich sah aus dem Rückfenster. Nein, alles war frei, soeben bogen zwei Autos an derselben Abzweigung ab. Javier wurde nicht langsamer, im Gegenteil, er überholte eine Reihe von Fahrzeugen.

»Was hast du?« Luisa winkelte ein Knie an, das sie auf dem hellbraunen Ledersitz abstellte, und zupfte sich ihren dunklen Pferdeschwanz zurecht.

»Javier«, ich deutete mit dem Kinn nach vorn zum Fahrer. »Er hat die Abfahrt zur Mall verpasst.«

»Wie verpasst?« Luisa wich mit dem Kopf zurück. Trotzdem nahm sie sich erst noch einen von Adrianas Keksen, ehe sie sich hochhievte, um ebenfalls einen Blick aus dem Rückfenster zu werfen, aber wir waren bereits zu weit entfernt, um noch etwas erkennen zu können. Also ließ sie sich zurück auf den Sitz plumpsen und zog ihr Sommerkleid nach unten, das verrutscht war.

Was war heute mit Javier los? Immerhin fuhr er uns nicht das erste Mal zur Mall. Der musste doch bemerkt haben, dass er die Abfahrt verpasst hatte. Außerdem raste er auf der Überholspur dahin.

»Der Blödmann hat sie echt nicht mehr alle. Dein Vater sollte ihn entlassen.« Energisch klopfte Adriana gegen die Scheibe. »Sie haben eben die Abfahrt verpasst«, belehrte sie ihn mit strenger Stimme, als das Glas nach unten fuhr, und stupste ihm wie zur Bekräftigung mit dem Zeigefinger gegen die Schulter. Mit spitzen Lippen wartete sie auf eine Reaktion.

Für einen Moment wandte sich Javier zu uns um. »Ich war ganz in Gedanken. Bitte verzeihen Sie mir, Señoritas. Leider kann ich auf dieser Straße nicht wenden, sondern muss noch ein Stück weiterfahren, bis ich Gelegenheit zum Umdrehen habe.«

Adriana rollte mit den Augen. »Dann beeil dich besser.«

Ohne die Trennscheibe wieder hochfahren zu lassen, raste er weiter aus der Stadt hinaus, dahinter war es grün, die Wiesen wurden schon von den ersten Ausläufern des Dschungels durchbrochen.

Adriana überkreuzte die Beine, die von ihren knappen Shorts äußerst vorteilhaft in Szene gesetzt wurden und strich mit den Fingern durch ihre schwarzen nackenlangen Locken. Sie war das, was man eine klassische Schönheit nennen konnte, an ihr war wirklich alles perfekt. Problemzonen kannte sie nicht. »Hey Javier, was ist jetzt?«, motzte sie ihn an. »Ich will endlich zum Shoppen, und zwar in unsere Mall in Florencia und nicht in die von Bogotá.«

Er reagierte nicht, mit beiden Händen umfasste er fest das Lenkrad.

»Langsam könnte er schon mal umdrehen, findest du nicht?«, flüsterte Luisa. »Da und da«, sie deutete nach draußen, »überall sind Möglichkeiten zu wenden.«

Ich kramte in meiner Handtasche nach meinem Handy, was Javier veranstaltete, war mir langsam nicht mehr geheuer. »Javier, ich rufe Papá an, wenn du nicht sofort umdrehst und zurück fährst.«

Javier riss den Kopf herum und runzelte die Stirn. Im nächsten Moment starrte er wieder nach vorn. Seine Schultern waren plötzlich verspannt. »Señor Montanez würde es nicht gefallen, wenn Sie ihn bei der Arbeit stören«, erwiderte er nur.

»Da können Sie wenden, Javier.« Adriana deutete mit dem ausgestreckten Arm nach draußen. Die Haltebucht am Straßenrand kam immer näher, aber Javier wurde nicht langsamer, sondern gab sogar noch Gas und raste daran vorbei. Was zum Teufel hatte das zu bedeuten? War Javier völlig verrückt geworden?

Mir kroch es eiskalt den Rücken hinunter. »Warum haben Sie nicht umgedreht?«, fuhr ich ihn an.

Es dauerte lange, bis eine Antwort von vorn kam. »Es ist immer noch zu eng zum Wenden«, sagte er knapp und umschloss das Lenkrad fest mit beiden Händen.

Ich lachte ungläubig auf. »Erzählen Sie keinen Mist.«

»Dann lass mich wenden, Javier, wenn du dich nicht traust«, kam es abfällig von Adriana, die ihn mit wütenden Blicken beschoss.

Er erwiderte nichts darauf.

»Los, ruf deinen Vater an!« Luisa wühlte jetzt auch in ihrer Handtasche. »Oder ich rufe meinen an.«

»Drehen Sie auf der Stelle um!« Ich bemerkte den hektischen Klang meiner eigenen Stimme.

Indessen fuhr Javier ungerührt weiter. »Es ist nicht erlaubt, hier anzuhalten.«

»Javier, hatten Sie einen Schlaganfall?« Adriana machte eine Handbewegung, als würde sie ihn erwürgen.

Als ich bemerkte, dass Javier uns im Rückspiegel

beobachtete, hielt ich mein Handy hoch und den Finger ans Display, wählte aber noch nicht. Mein Vater steckte heute in einem äußerst wichtigen Business-Meeting fest und würde tierisch sauer sein, wenn ich ihn wegen eines etwaigen Missverständnisses mit seinem Fahrer aus dem Konferenzzimmer zitieren ließ. Im Gegensatz zu mir hielt er große Stücke auf Javier, ich hingegen hatte den stocksteifen Kerl noch nie sonderlich gemocht. »Drehen! Sie! Sofort! Um!«

Auf einmal reagierte er. »Wie Sie wünschen.« Er verlangsamte das Tempo und ich ließ mein Handy wieder sinken. Zum Glück hatte ich meinen Vater nicht bei seinen Geschäften gestört, er wurde so schnell wütend, und wäre bestimmt ausgerastet.

Plötzlich trat Javier so heftig auf die Bremse, dass wir alle drei kreischend nach vorn flogen, da wir uns in der Limousine nie anschnallten. Mein Handy rutschte durch den Fußraum, als ich hart mit dem Gesicht gegen die Trennwand krachte, weil keine Zeit mehr blieb, mich irgendwo abzustützen. Luisa landete auf mir, worauf mir für einen Moment der Atem wegblieb, ein heftiger Schmerz blitzte in meine Rippengegend. Scheiße, tat das weh.

»Aua«, riefen Luisa und ich gleichzeitig. Nur Adriana, die sich abgefangen hatte, saß schon wieder.

Als sich Luisa ächzend wieder aufrichtete, klackte die Zentralverriegelung, gleich darauf rüttelte Adriana an der Tür. »Hey! Machen Sie sofort auf!«

Was war denn jetzt los? Auch ich rappelte mich hoch und verschaffte mir erstmal einen Überblick. Hatten wir einen Unfall gebaut?

»Ist was passiert?« Mit Blicken suchte ich durch die Frontscheibe den Bereich vor der Motorhaube ab, konnte aber nichts entdecken. Was stimmte mit diesem Kerl nicht, dass er uns grundlos in Gefahr brachte?

Javier saß kerzengerade auf seinem Sitz, den Blick nach vorn gerichtet. Seine Hände ließ er langsam vom Lenkrad auf seinen Schoß sinken.

»Sind Sie übergeschnappt?« Ich rieb meine schmerzenden Rippen, während Luisa ihren stark geröteten Ellenbogen begutachtete.

Wie in Zeitlupe drehte sich Javier zu uns um und richtete eine Pistole direkt auf Luisa. Mit einem abfälligen Grinsen musterte er uns - eine nach der anderen. »Na, jetzt helfen euch eure Papis auch nicht mehr.«

Mein Puls schnellte steil in die Höhe und pochte mir im Hals, mein Mund öffnete und schloss sich unentwegt. Fieberhaft suchte ich nach Worten, während ich auf die Waffe in Javiers Hand blickte, aber kein Ton kam heraus. Meine Stimmbänder fühlten sich an wie gelähmt. Wenn er jetzt abdrückte, war alles aus. »Was soll das?«, krächzte ich schließlich und schluckte, um den Kloß in meinem Hals wieder loszuwerden, der mir die Luft abschnürte. Panik stieg in mir auf. Mein Herz raste so sehr, dass ich eine Hand auf meine Brust legte in der Hoffnung, es so wieder beruhigen zu können. Was passierte hier gerade? Javier, unser Fahrer, der Mann, der schon seit zehn Jahren in Diensten unserer Familie stand, bedrohte uns mit einer Waffe? Das war ein Scherz. Das konnte nur ein Scherz sein. Und kein sehr guter, falls er jetzt loslachte.

»Ich würde mal sagen, ihr habt ein kleines Problem.« In Javiers Augen lag so viel Verachtung, dass mir sofort klar wurde, diesem Mann war es bitterernst. Am Boden entdeckte ich mein Handy, wagte aber nicht, danach zu greifen, sondern wartete stattdessen einen Moment seiner Unachtsamkeit ab. Doch Javier ließ uns keine Sekunde aus den Augen.

ELENA

Durch einen lauten Knall schreckten wir auf, begleitet von einem unglaublichen Gebrüll. Neben mir riss Luisa schreiend beide Hände in die Luft, ehe sie sich über meinen Schoß warf, und wie verrückt am Türgriff zerrte.

Sie hatte recht!

Wir mussten raus aus dem Auto und zwar sofort. Ich half ihr, zog und zerrte an der verfluchten Tür, die sich nicht öffnen ließ. Der Mercedes blieb verschlossen, egal, wie stark wir rüttelten, es tat sich nichts. Ich wusste nicht einmal, woher der Lärm kam, denn Javier saß immer noch genauso gleichmütig da wie vorher und beobachtete unsere kläglichen Befreiungsversuche mit einem hinterhältigen Grinsen im Gesicht.

Adriana kreischte. »Da draußen stehen zwei Männer. Mit Gewehren! Oh mein Gott, die bringen uns um!« Sie riss an Luisas Schulter, während sie zum Fenster auf ihrer Seite hinausdeutete.

Mein Herz hämmerte in den Ohren wie ein Presslufthammer, als ich mich ruckartig umdrehte und gleichzeitig mit dem Kopf gegen den von Adriana stieß, die in ihrer Panik über Luisa hechtete. Ein stechender Schmerz zog sich über meine Stirn, den ich ignorierte, denn Adrianas Stimme klang so schrill, dass ich kaum verstand, was sie schrie. »Ich will hier raus. Ich will weg!«

Mit beiden Händen hielt ich Adriana davon ab, auf mich zu steigen. »Geh runter von mir, ich bekomme keine Luft.« Ihr spitzer Ellenbogen rammte sich in meinen Hals und nahm mir für einen Moment den Atem, bis Luisa mir zu Hilfe kam und Adriana auf ihren Sitz zurückschob, bevor sie eine Hand vor den Mund schlug. Denn einer der Männer trat so heftig gegen den Kotflügel, dass die schwere Limousine wackelte. Ich hielt den Atem an. Die Vorstellung, wie die beiden Männer in den Wagen drangen, um uns herauszuzerren, wurde übermächtig und schnürte mir die Kehle zu. Wenn das passierte, würden wir sterben. Die zwei waren schwer bewaffnet, sahen brutal und zu allem bereit aus.

»Aufmachen, aber ein bisschen plötzlich!«

Ihre Gewehre zielten jetzt direkt in das Wageninnere, wir schrien wild durcheinander, aber es gab keinen Ausweg für uns. Wir saßen in der Falle.

Javier lachte, während die Männer ihm wilde Zeichen gaben.

Diesen Moment nutzte ich aus, genau darauf hatte ich gewartet. Javier war abgelenkt. Im Fußraum tastete ich gebückt nach meinem Handy, kriegte es aber erst nicht zu fassen. Verdammt. Endlich berührte ich es mit den Fingerspitzen und hob es auf. Wir brauchten Hilfe, ansonsten waren wir verloren. Als ich mich wieder aufrichtete, spürte ich kühles Metall an der Stirn und wagte nicht einmal mehr, zu atmen. Wie erstarrt saß ich da und schloss für einen Moment die Augen.

Jetzt lachte Javier nicht mehr. »Denk nicht mal dran, du

kleine Schlampe.« Er riss mir das Mobiltelefon aus der Hand.

»Bitte tu das nicht«, flehte ich, als er mit einem Finger den kleinen Kippschalter in der Mittelkonsole des Autos betätigte.

Die Tür neben Adriana wurde aufgerissen. Sie fuhr zusammen und wich mit dem Kopf nach hinten, bevor wir mit schreckgeweiteten Augen mit ansehen mussten, wie sich der Erste mit seiner Waffe in den Wagen beugte. »Raus jetzt, aber dalli. Oder wir knallen euch alle ab«, rief er.

Mein Brustkorb presste sich zusammen, ich bekam kaum noch Luft, denn der Kerl hielt sich nicht lange mit Brüllen auf, sondern packte Luisa am Pferdeschwanz, zerrte sie über Adriana und zwang sie nach draußen. Luisa jaulte auf, blieb mit einem Fuß am Türrahmen hängen und stürzte Kopf voraus zu Boden.

»Luisa«, rief ich und wollte ihr nach, aber Javier presste mir den Lauf der Pistole an die Schläfe.

»Rühr dich nicht.«

Der Mann zog Luisa an den Haaren über den Asphalt. Die Haut an ihren Beinen riss auf, während sie mit beiden Füßen versuchte, wieder Halt zu bekommen. Ihr panisches Kreischen schmerzte in meinen Ohren, immer wieder fasste sie mit einer Hand nach dem Fremden, um seinen Griff zu lösen, bis ein heftiger Tritt in die Rippen sie aufkeuchen ließ. Machtlos mussten wir alles mitansehen.

»Beweg deinen Arsch, du fette Kuh.«

Der zweite Mann kam dazu. »Ich übernehme sie, hol du die anderen beiden. Beeilung.« Er drehte Luisa einen Arm auf den Rücken und zwang sie, sich auf den Bauch zu legen. Ihr Kleid verrutschte und entblößte ihre geblümte Unterhose, was dem Mann ein schallendes Lachen entlockte.

»Du hättest dir bei der Wahl deiner Unterwäsche wirklich mehr Mühe geben können. Man weiß nie, wer einem über den Weg läuft.«

Mit der freien Hand zog sie ihr Kleid so gut es ging nach unten und weinte. »Bitte tun Sie mir nichts. Aua!« Luisas Gesicht war schmerzverzerrt, er hatte ihr den Arm noch ein Stück nach oben gebogen und so ihre Worte gestoppt.

Aus seinem Hosenbund holte er ein paar Handschellen hervor. »Keinen Ton, sonst bist du tot.«

Widerstandslos ließ sie sich von ihm die Hände auf den Rücken fesseln. Ihr ganzer Körper bebte vor lauten Schluchzern und in mir stieg Todesangst auf. Blanke, nackte, eisige Angst. Ein schreckliches Gefühl, das ich noch nie zuvor verspürt hatte. Wir würden sterben. Jetzt und hier. Tränen brannten in meinen Augen und schmerzten in meinem Hals. Als er Luisa an den Armen hochzog, schrie sie schmerzerfüllt auf und rappelte sich auf die Knie, um die heftige Bewegung abzufangen. Ich wollte zu ihr, ihr helfen, sie aus seinem Griff befreien, aber ich wagte nicht, mich zu bewegen. Luisas gefesselte Arme beugten sich weit nach oben, während sie mit hängendem Kopf auf die Beine kam.

Der andere Mann kam auf das Auto zu. Wellen des Entsetzens durchfluteten mich. Das durfte nicht wahr sein. Adriana und ich pressten uns gegen die Tür auf meiner Seite.

»Steigt aus«, brüllte er und wir zuckten heftig zusammen. »Oder ich verpasse euch eine Kugel ins Gehirn!«

»Ich will nicht«, kreischte Adriana und schüttelte den Kopf, sie streckte die Arme aus, um uns irgendwie zu schützen.

Hinter meinem Rücken tastete ich nach dem Türgriff

und bekam ihn zu fassen. Ein Moment des Zögerns, dann riss ich sie auf, sprang hinaus und rannte los. Rannte um mein Leben, rannte um Hilfe zu holen, einfach davon. Um mich herum gab es nichts, wo ich mich hätte verstecken können, hier wuchs nur Gras. Ein Schuss dröhnte hinter mir und ich schrak zusammen, ehe ich weiterhastete. Ein heftiger Stoß an der Schulter ließ mich straucheln. Ich stolperte ein paar Schritte nach vorn, doch schon der nächste Schlag in den Rücken warf mich um. Ich stürzte zu Boden, schlug heftig mit dem Kopf auf und verlor einen Moment lang die Besinnung, bevor ich grob auf den Rücken gedreht wurde.

Ich blickte direkt in das wutverzerrte Gesicht eines dunkelhaarigen Mannes, dessen Augen aus den Höhlen traten. Er ohrfeigte mich zweimal so heftig, dass mein Kopf nach beiden Seiten flog. Ein brennender Schmerz überzog meine Wangen, mit seinem ganzen Gewicht kniete er auf meinen Oberarmen. »Verflucht noch mal, ich knall dich ab.«

»Nein, bitte nicht«, flehte ich und wand mich wild nach allen Seiten, bis er mir noch einen Schlag versetzte, der mich fast betäubte. Es hatte keinen Sinn, mich gegen ihn zu wehren, er war viel zu stark. »Ich tue alles, was Sie wollen, aber bitte töten Sie mich nicht.« flehte ich, während Tränen über meine Wangen rannen. *Bitte töte mich nicht, töte mich nicht*, flehte ich ihn in Gedanken immer wieder an. Mein Körper wurde schwer vor Angst, fühlte sich plötzlich an wie gelähmt.

Er spuckte neben mir aus, bevor er endlich von mir abließ, stieg schwerfällig von mir hinunter und rollte mich auf den Bauch. Ich wehrte mich nicht mehr, ließ ihn alles mit mir machen. Hauptsache, er brachte mich nicht um.

»Mach das nicht noch einmal, du Miststück«, sagte er drohend. Die Handschellen klickten hinter meinem

Rücken, bevor ich grob auf die Beine gezerrt wurde. Es war ein Gefühl, als kugelte mir jemand die Arme aus. Ich weinte, als er mich mit dem Gewehr im Rücken zurück zum Auto trieb, denn erst jetzt wurde mir bewusst, wie aussichtslos unsere Lage war. Sie würden uns ausrauben, das Auto stehlen, und uns dann eine Kugel in den Kopf jagen. Immerhin sahen wir ihre Gesichter und könnten sie identifizieren. Zurück beim Wagen wurde ich grob gegen Luisa gestoßen, die leise schluchzte. Bewacht von Javier und dem anderen stand mittlerweile Adriana neben ihr, beide hatten eine Waffe am Kopf, während ich einen Gewehrlauf an meinem Schulterblatt spürte.

»Was wollen Sie von uns?«, fragte Adriana zaghaft und neigte den Kopf leicht zur Seite, aber Javier folgte sofort ihrer Bewegung und drückte ihr die Pistole wieder an die Schläfe.

»Halt's Maul«, antwortete der andere, der Luisa das Gewehr vorhielt. Der schwarze Lauf glänzte in der Sonne und sah aus wie ein Sturmgewehr, wie eins, das die Soldaten in amerikanischen Kriegsfilmen bei sich trugen. Ein Gewehr, gebaut, um Menschen zu töten.

Vielleicht sollten wir den Männern mehr anbieten, als sie in unseren Handtaschen fanden? »Wenn Sie Geld wollen …« Sofort wurde ich unterbrochen.

»Ihr sollt ruhig sein, habe ich gesagt. Los, vorwärts!«

Ich schrie auf, als mir der Gewehrkolben in den Rücken gerammt wurde.

»Lauf los, du lahmes Miststück. Vorhin warst du auch schneller.«

Hinter einem Busch parkte ein weißer Transporter, der seine besten Jahre schon lange hinter sich hatte. Zu dem trieben sie uns hin, während sich Javier im Auto meines Vaters aus dem Staub machte, zusammen mit einem Bündel Geldscheine, das die beiden ihm in die Hand gedrückt hatten. Der Jüngere öffnete die hintere Wagentür und nahm drei Säcke vom Rücksitz, die sie uns über den Kopf streiften. Ein Panikflash erfasste mich, Adrenalin flutete meinen Körper und machte mich hellwach, während ich den Kopf wild nach allen Seiten drehte, aber überall hüllte mich nur Dunkelheit ein. Ich spürte einen Stoß, krachte zuerst mit der Stirn gegen etwas Hartes, bevor ich bäuchlings im Wagen landete. Sterne tanzten vor meinen Augen. Sofort wurde ich am Nacken hochgezogen und auf den Sitz gedrängt.

»Mach endlich, du dummes Stück, sonst trete ich dich rüber.«

So schnell ich konnte, rutschte ich über den Sitz, bis ich mit der Schulter die andere Seite des Autos berührte.

»Aua!« Die weinerliche Stimme neben mir gehörte Luisa. Türen schlugen zu, der Motor heulte auf und der Wagen setzte sich mit einem Ruck in Bewegung. Der Sack über meinem Kopf stank erbärmlich, weshalb ich mich fast übergeben musste, trotzdem atmete ich hektisch, vor lauter Angst, darunter zu ersticken.

ELENA

Es mussten bestimmt schon Stunden seit dem Beginn unserer Entführung vergangen sein und noch immer fuhren wir. Mein langes Haar klebte mir nass im Gesicht, die Luft unter dem Sack hatte sich unangenehm aufgeheizt. Von Luisa kam ab und zu ein leises Röcheln.

In meiner Angst begann ich zu beten, ich betete zu Gott, dass sie uns am Leben lassen mögen. Wir lebten in Kolumbien, einem der gefährlichsten Länder der Erde. In unserem Land stand Entführung auf der Tagesordnung. Ich machte mir keine großartigen Illusionen über unsere Lage. Hier wurden Menschen täglich aus allen möglichen Motiven verschleppt. Aus politischen, wegen Geld oder aus Rache, wahrscheinlich gab es noch zehntausend weitere Gründe und nicht wenige dieser Menschen kamen nicht mehr lebend nach Hause. Was wollten diese Leute von uns? Weshalb ausgerechnet wir? Warum hatte Javier uns verraten und an diese Verbrecher ausgeliefert? Tausend Gedanken drehten sich im Kreis, die mich schwindlig machten und mich erschöpften.

Mit einem Ruck wurde mir der Sack vom Kopf

gerissen. Ich blinzelte, bis sich meine Augen an das grelle Sonnenlicht gewöhnt hatten. Der Beifahrer hatte ihn mir abgenommen, ein blonder junger Kerl, der nicht älter als Anfang zwanzig aussah. Er war nicht besonders sanft vorgegangen und hatte dabei ein paar meiner langen braunen Haare herausgerissen. Auch Luisa und Adriana befreite er davon. Gierig atmete ich die Luft im Auto ein, die zwar frischer war als unter dem verdreckten Sack, aber trotzdem noch so heiß, dass sie mir den Mund austrocknete. Ich hatte schrecklichen Durst. Im Fahrzeuginneren roch es nach Zigarettenasche und Schweiß und meine Zunge klebte am Gaumen.

Währenddessen hielt der Fahrer das Lenkrad fest umklammert, ein Dunkelhaariger, der in einem roten T-Shirt steckte, und mindestens zehn Jahre älter aussah als sein Kumpan. Er raste den holprigen Weg entlang. Immer tiefer ging es hinein in den Regenwald. Ein grünes Blättermeer rauschte am Fenster vorbei, keine Autos, keine Menschen, nichts. Wir waren in der kompletten Einsamkeit gelandet und somit diesen Leuten nun vollkommen ausgeliefert. Von hier aus gab es kein Zurück. Würden sie uns vergewaltigen, bevor sie uns eine Kugel in den Kopf jagten? Tränen flossen mir bei dem Gedanken über die Wangen und liefen mir salzig in den Mund, laut zu schluchzen wagte ich nicht.

»Wo bringen Sie uns hin?«, fragte Adriana mit zittriger Stimme, während Luisa vor sich hinstarrte und weggetreten wirkte.

»In unser grünes Paradies«, sagte der Fahrer spöttisch und stieß seinem Nebenmann mit dem Handrücken an den Oberarm. Der lachte leise auf. Für einen Moment drehte sich der Dunkelhaarige zu mir um und musterte mich mit seinen tiefschwarzen Augen, als hätte er noch eine Rechnung mit mir offen. Ich schaffte es nicht, seinem

Blick standzuhalten und senkte den Kopf. Mir lief es eiskalt den Rücken hinunter. Außerdem spürte ich meine Hände nicht mehr, die Handschellen waren so eng, dass sie mir ins Fleisch schnitten und das Blut abschnürten. Immer wieder kreiste ich meine steifen Schultern, die höllisch wehtaten. Auch Luisa und Adriana rutschten auf dem Rücksitz herum, drückten den Rücken durch und pressten ihre Lippen fest aufeinander. Keine von uns wagte mehr, ein Wort zu sagen.

Als der Transporter endlich anhielt, wurde die Seitentür schwungvoll aufgerissen, noch bevor unsere Kidnapper ausgestiegen waren. Ein weiterer Mann stand vor uns. Wie gelähmt verharrten wir in leicht gebückter Haltung im Auto und warteten auf weitere Anweisungen.

»Raus mit euch, aber ein bisschen plötzlich«, rief der Kerl ohne Vorwarnung und zog als Erste Adriana nach draußen. Dabei knetete er ihre Brüste. »Mal sehen, ob du nicht irgendwo was versteckt hast.«

Adriana sah ihn entsetzt an, was ihm ein erfreutes Grinsen entlockte.

Dann kamen Luisa und ich an die Reihe. Gesicht voran wurden wir gegen das Auto gedrückt. Jeder der Typen hatte sich für die Durchsuchung eine von uns geschnappt. Der Blonde tastete mich ab, es war eine flüchtige Berührung, er wischte nur mit den Handflächen über meinen Körper, ohne mich großartig zu betatschen. Dann schloss er mir die Handschellen auf und ich rieb die dunkelroten Striemen an meinen Handgelenken, durch die kribbelnd wieder Blut hindurchfloss.

»Mach keinen Scheiß«, warnte er mich mit schneidender Stimme und sah mir direkt in die Augen. »Das gilt auch für euch beide«, schnauzte er Adriana und Luisa an, die ebenfalls von ihren Handschellen befreit wurden.

Wir standen einfach nur da. Stumm, schockiert und zu keiner Regung fähig, während ich langsam begriff, wie aussichtslos unsere Lage war. Warum wir? Warum hatten sie sich ausgerechnet uns ausgesucht? Drei Teenager, die noch niemals mit Kriminellen zu tun hatten.

»Pass du auf sie auf, solange wir die Rucksäcke ausladen. Knall sie ab, wenn eine aufsässig wird. Ich ärgere mich mit keiner herum«, sagte der Dunkelhaarige zu dem, der auf uns gewartet hatte, bevor er mir an die Schulter tippte. »Und schon gar nicht mit dir.«

Mir lief es eiskalt den Rücken hinunter. Sofort nahm sein Kumpan das Gewehr von der Schulter und zielte direkt auf mich. »Na, komm. Probier dein Glück.« Mit dem Kopf nickte er zur Seite. »Renn los. Spielen wir ein bisschen Hasenjagd.«

Ich schluckte und rührte mich nicht. Mein hektischer Atem machte mich schwindlig. Der Kerl war so verroht, dass er mit meinem Leben spielen wollte. Wir waren ihnen scheißegal. Warum also hatten sie uns entführt? Das machte alles keinen Sinn.

Die Kidnapper ließen sich Zeit, suchten in aller Seelenruhe ihre Sachen zusammen, während der Dritte provozierend mit dem Finger am Abzug spielte. Er weidete sich an meiner Angst, an den Schrecklauten, die ich nicht unterdrücken konnte. Jedes Zucken erwiderte er mit einem breiten Grinsen.

Eine gefühlte Ewigkeit später standen die beiden anderen mit geschulterten Rucksäcken vor uns und der Dritte schoss in die Luft, worauf wir uns schreiend aneinanderklammerten. Er lachte noch, als er in den Transporter stieg und davonfuhr.

Mit beiden Händen scheuchte der Fahrer uns in das Dickicht des Regenwaldes, bevor er uns überholte und voranging. Wir hasteten einen schmalen Weg entlang. Uns zu widersetzen, wagten wir nicht mehr. Der Blonde war hinten geblieben und folgte uns mit großen Schritten. Ich schluckte aufsteigende Tränen hinunter, denn ich wollte nicht weinen, nicht mehr in ihr direktes Visier geraten und mir am Ende noch eine Kugel einfangen. Mitten im tiefsten Dschungel würde uns keiner jemals finden. Der Regenwald Kolumbiens war riesig, wo sollte ein Trupp anfangen nach uns zu suchen? Mein Verstand riet mir, weiterzulaufen, mich nicht noch mehr in Gefahr zu bringen. Aber mein Gefühl! Mein Gefühl flüsterte mir unaufhörlich zu, dass wir auf der Stelle abhauen mussten, weil wir sonst nie wieder rausfinden würden. Die Bäume um uns herum ragten hoch in den Himmel, ich konnte die Wipfel von unten kaum erkennen, sie verdüsterten den Urwald an manchen Stellen. An anderen ließen vereinzelte Sonnenstrahlen feuchte Blätter in den unterschiedlichsten Grüntönen schimmern. Bunte Vögel zwitscherten in den Ästen, in der Ferne brüllten Affen. Lianen baumelten von dicken Baumstämmen herab, streckenweise so dicht, dass die Rinde nicht mehr zu erkennen war. Ab und an strich ich mit dem Arm an den holzigen Kletterpflanzen entlang oder streifte Farne.

Der Dunkelhaarige lief zügig voran, sodass wir kaum Schritt halten konnten. Ich musste weg. Hilfe holen. Sonst waren wir verloren. Immer wieder blinzelte ich nach allen Seiten, auf der Suche nach einem Fluchtweg. Sobald das Dickicht mich verschluckt hatte, würden sie mich nicht mehr so einfach finden. Ich könnte mich verstecken und die Nacht abwarten, dann denselben Weg zurücklaufen, den wir mit dem Auto genommen hatten. Irgendjemanden würde ich schon treffen, der uns helfen konnte. Mein Herz pochte wild. Der Pfad führte immer weiter hinein in den dunklen Urwald. Links und rechts wuchsen nur hohe Baumkolosse, seltsame Schlingpflanzen und großblättrige

Gebüsche. Nirgends kam man hindurch. Ich atmete tief ein, der erdige Geruch des Dschungelbodens stieg zu mir hoch. Da erspähte ich seitlich neben mir im Busch eine schmale Lücke, gerade groß genug, um hindurchzuschlüpfen, und mich durchfuhr es blitzartig. Das war meine Chance. Ich wagte einen raschen Blick über die Schulter. Der Blonde lief ein Stück hinter mir, sah zu Boden und wirkte abwesend. Jetzt! Ich schlug mich seitlich in den Busch, wurde aber schon in der nächsten Sekunde mit einem starken Griff zurückgehalten.

Der Blonde hielt mich am Oberarm fest. »Dachte ich mir's doch«, sagte er und klang sauer.

»Ich wollte nicht abhauen.« Ich wagte kaum zu atmen. »Wirklich nicht«, beteuerte ich, obwohl er mich quasi auf frischer Tat ertappt hatte.

»Du bist der Troublemaker in der Gruppe. Das war mir schon von Anfang an klar.« Er musterte mich mit seinem stechenden Blick. »Es ist immer einer dabei, der Ärger macht.«

»Ich mache keinen Ärger mehr, versprochen.« Eine Träne tropfte über mein Unterlid und rann meine Wange entlang, meine Hände zitterten. »Bitte tu mir nichts.«

»Wenn du noch einmal versuchst abzuhauen, kette ich dich mit Handschellen an mich.« Er ließ meinen Arm los und schob mich an der Schulter voran. Ich hastete vor zu meinen Freundinnen.

Adriana drehte sich zu mir um. »Was hattest du vor?« Ihre Stimme klang panisch.

»Wir sind verloren«, erwiderte ich und senkte den Kopf.

Das Gelände wurde unwegsamer, der Weg war so schmal

geworden, dass man nur noch hintereinander hergehen konnte. Der Dunkelhaarige stapfte voraus und schlug mit einer Machete Äste, Palmzweige und Schlingpflanzen aus dem Weg. Wir folgten ihm. Den Schluss bildete der Blonde, der aufpasste, dass wir nicht zurückblieben.

Mittlerweile heizte der Regenwald sich immer mehr auf. Die schwüle Luft legte sich drückend über uns, meine lange Jeans klebte an meinen Beinen und ich verfluchte meine Klamottenwahl. Mir war so unglaublich heiß, dass ich es fast nicht mehr aushielt. Meine Haare hingen feucht den Rücken hinunter, einzelne Strähnen klebten in meinem Gesicht. Erschrocken schlug ich eine riesige Ameise von meinem Arm und torkelte weiter, als wäre ich betrunken. Meine Zunge klebte an meinem Gaumen, seit heute morgen hatte ich nichts mehr getrunken und der quälende Durst brachte mich fast um.

»Ich kann nicht mehr.« Ich blieb so abrupt stehen, dass der Blonde fast in mich hineinlief.

Er gab mir einen Stoß. »Lauf weiter.«

»Ich kann nicht mehr«, keuchte ich und drehte mich zu um ihm. »Ich habe solchen Durst.«

»Prinzesschen, sieh dich mal um. Entdeckst du hier irgendwo einen Getränkeautomaten?« Wieder schob er mich einfach weiter, aber ich hielt erneut an. Sollte er mich halt erschießen, ich war fix und fertig.

»Es geht wirklich nicht mehr. Ich möchte ja, aber es geht nicht.«

»Verdammt«, fluchte er und mein Puls pochte bis hoch in den Hals. Machte er jetzt kurzen Prozess mit mir? Dem Troublemaker? Seufzend nahm er seinen Rucksack ab und kramte darin herum. »Hier.« Er reichte mir eine zur Hälfte mit Wasser gefüllte Plastikflasche.

»Ich danke dir.« Ich schnappte die Flasche und trank

die lauwarme Flüssigkeit mit großen Schlucken, bis die Flasche leer war.

»Bewegung!«, trieb er mich an, worauf ich den Weg entlanghastete, der uns nun wie ein grünes Gewölbe umschloss, während er gleichmütig weitermarschierte. Schließlich erreichte ich atemlos meine Freundinnen.

»Wo wart ihr?«, flüsterte Luisa mit zittriger Stimme. »Hat er dir etwas getan?«

Ich schüttelte den Kopf. »Er hat mir Wasser gegeben«, wisperte ich zurück und beobachtete den Älteren, der gerade seine Wasserflasche in einem Zug leerte. Mit zusammengekniffenen Lippen sahen Luisa und Adriana ihm dabei zu und ich bekam ein schlechtes Gewissen, weil ich nicht mit ihnen geteilt hatte.

Kurz vor Einbruch der Dämmerung erreichten wir eine Quelle, in deren schmalem Bachbett klares Wasser plätscherte. Die letzten Sonnenstrahlen des Abends spiegelten sich darin und ließen es in blassen Regenbogenfarben schillern. Wir stürzten uns darauf. Das Bächlein war so flach, dass wir die Steine am Grund berührten, als wir mit beiden Händen Wasser schöpften. Ich trank, bis ich fast platzte.

Unterdessen befreiten die Männer die gerodete Stelle mit ihren Macheten von Pflanzen. Kräftige Ranken wucherten sie bereits wieder zu. In der Mitte befand sich eine kleine Feuerstelle, für die sie Äste von einem umgestürzten Baum abschlugen. Gräulicher Rauch stieg auf, als der Dunkelhaarige ein Feuer entfachte.

»Kommt her«, rief er und winkte uns zu sich, worauf wir uns zögerlich in Bewegung setzten.

»Setzt euch hin«, befahl er und wir gehorchten sofort.

Das Feuer flackerte hoch, weshalb ich mich am äußersten Rand der Lagerstelle niederließ, um der Hitze so weit wie möglich zu entgehen. Wenigstens hielt der Qualm die Moskitoschwärme davon ab, uns weiter zu bedrängen. Eine Handvoll gelblicher Orchideen, die neben uns wuchsen, verströmten einen widerwärtigen, fauligen Geruch. Fliegen summten um die Blüten. Ich kratzte mir die zerstochenen Arme, die qualvoll juckten. Brot und gedörrtes Fleisch wurden ausgeteilt und wir aßen schweigend, während ich mich fragte, wann sie uns wohl umbrachten und was sie vorher noch mit uns anstellen würden.

»Was die wohl mit uns vorhaben?«, fragte Luisa leise durch die Stille, als hätte sie meine Gedanken gehört und bedachte die Männer mit einem argwöhnischen Blick.

Adriana legte ihr einen Arm um die Schultern. »Am besten verhalten wir uns ganz ruhig und machen alles, was sie uns sagen. Damit reizen wir diese Typen bestimmt am wenigsten.«

Es schien, als hätte Luisa gar nicht zugehört. Mit hängendem Kopf saß sie da, Tränen liefen ihr unaufhörlich über das Gesicht.

Adriana nickte mir zu. »Was ist der Blonde für einer? Kann man mit dem reden? Wir könnten ihm Geld bieten, viel Geld, wenn er uns freilässt.«

Ich schüttelte den Kopf. »Er ist derselbe Fiesling wie sein Kumpan. Der würde uns ohne mit der Wimper zu zucken umbringen. Und woher willst du Geld nehmen?«

»Vielleicht gehören sie zu einem Menschenhändler Kartell und verkaufen uns in ein Bordell«, schluchzte sie auf.

»Warum schleppen sie uns dann in den Dschungel?«, fragte ich. Das alles ergab keinen Sinn, absolut keinen Sinn.

»Ich weiß es nicht. Vielleicht sind sie einfach nur Irre. Aus einer Anstalt entlaufen.« Mit dem Handrücken wischte sie Tränen von ihren Wangen.

»Die sind nicht irre«, ich schüttelte den Kopf. »Das sind Kriminelle der übelsten Sorte.« Ich zog die Knie an, legte den Kopf darauf und umfasste meine Beine mit beiden Armen, starrte dabei unablässig ins Feuer. Luisas Frage ließ mich nicht los. Diese Männer hatten uns nicht ohne Grund entführt und nahmen diese enorme Anstrengung auf sich. Wir sollten abhauen, die Flucht noch einmal versuchen. Mit Glück fanden wir von hier aus wieder aus dem Dschungel heraus. Aber wann? Bald brach die Nacht herein, und wir würden garantiert die Hand nicht mehr vor Augen erkennen.

Angst kroch in mir hoch und zog sich wie eine Spirale über mein Rückgrat. Vielleicht sollte ich mich opfern und die Flucht allein versuchen? Mit viel Glück schaffte ich es, Hilfe zu holen und die Polizei konnte Luisa und Adriana befreien. Ich warf einen Blick hinüber zu den Männern, die auf einem umgestürzten Baumstamm saßen und sich leise lachend unterhielten. Das Gewehr lehnte neben dem Dunkelhaarigen. Ein kurzer Blick darauf genügte, und ich fasste auf der Stelle den Entschluss, die Sache bleiben zu lassen. Ich wollte nicht mit einer Kugel im Kopf in diesem Dickicht enden.

ELENA

Die lange Hose klebte so feucht an meinen Beinen, dass meine Haut bei jeder Bewegung spannte. Ich stützte mich mit beiden Händen am Boden ab. Der Dunkelhaarige stand auf und spazierte in die Büsche, während der Blonde seinen Rucksack ausräumte, der ein wenig abseits von ihnen stand. Er schien irgendetwas zu suchen und hatte uns den Rücken zugewandt. Der Kerl war nicht aufmerksam, hatte ich zuvor schon festgestellt, zumindest nicht halb so konzentriert wie sein Verbrecherkumpel.

Mein Blick fiel auf den Dolch, der in dem Baumstamm steckte, und mich durchfuhr es blitzartig. Wir mussten jede Chance nutzen, die sich uns bot. Irgendwann würden sie uns töten. Vielleicht nicht heute, aber schon bald würden sie uns nicht mehr brauchen und dann würden wir für sie zu einer Last. Mit einem Messer wäre ich zumindest nicht unbewaffnet bei einer Flucht durch den gefährlichen Dschungel – oder ich könnte es dem Blonden genau jetzt in den Rücken rammen. Dann würde uns nur noch einer verfolgen.

Als ich aufstand, hielt Adriana mich am Schienbein fest. »Was hast du vor?«, wisperte sie.

Ich schob ihren Arm weg. »Bin gleich wieder da.« In gebückter Haltung huschte ich an dem Blonden vorbei zum Stamm, als der gerade den gesamten Inhalt seines Rucksacks auf den Boden schüttete. Vom Dunkelhaarigen war nichts zu entdecken, ich musste mich beeilen. Ich schnappte mir den Dolch und zog, aber die verdammte Klinge steckte tief im Stamm. Mist, das Ganze dauerte viel zu lange. Schließlich löste ich es und verbarg das Messer unter meinem T-Shirt. Als ich mich umdrehte, gefror mir das Blut in den Adern. Der Blonde stand vor mir und musterte mich mit schmalen Augen.

»Was machst du da?« Seine Stimme klang eisig. Mein Herz pochte schmerzhaft gegen meine Rippen, während ich fieberhaft nach einer Ausrede suchte, aber mir fiel auf die Schnelle nichts ein. »Ich … ich.« Ich atmete tief durch. »Ich setze mich zurück auf meinen Platz.« Als ich an ihm vorbeihuschen wollte, hielt er mich am Oberarm zurück.

»Nicht so schnell.«

Für den Bruchteil einer Sekunde dachte ich tatsächlich daran, ihm das Messer zwischen die Rippen zu jagen, aber ich zitterte zu sehr. Die Angst vor ihm sprengte fast meinen Brustkorb.

»Gib es her«, sagte er mit schneidender Stimme.

»Was?« Meine Atmung war abgehackt, ich bekam kaum noch Luft.

»Mein Messer, das du mir gestohlen hast. Gib es mir sofort zurück oder du kannst was erleben.«

»Ich habe es mir nur geliehen«, platzte es aus mir heraus, bevor ich mein Gehirn einschalten konnte.

»Geliehen?« Er lachte überrascht auf. Als er unter mein weißes T-Shirt griff, stockte mir der Atem. Ich wagte nicht, mich zu regen, alles in mir versteifte sich, denn er kam mit dem Gesicht dicht an mein Ohr. »Du sitzt richtig in der Scheiße«, raunte er und zog den Dolch hervor.

»Es tut mir leid«, wisperte ich, da meine Stimme versagte.

»Rico, was zum Teufel ist hier los?«, rief der Dunkelhaarige.

Beim Klang seiner Stimme schluchzte ich auf. »Bitte, sag es ihm nicht«, flehte ich den Blonden leise an. Ich hatte Schiss vor allen beiden, aber vor dem Dunkelhaarigen grauste es mich. Trotz der Hitze fröstelte ich plötzlich.

»Die Kleine hat sich mein Messer geliehen«, sagte Rico und betonte dabei überzogen das letzte Wort. Für einen Moment schloss ich die Augen. Jetzt würde ich sterben.

»Dafür bekommst du kleine Schlampe eine Abreibung von mir, die du so schnell nicht mehr vergisst.« Der Dunkelhaarige machte einen Satz auf mich zu, sein Gesicht war zu einer Fratze verzerrt.

»Bitte nicht! Nein!« Schützend hielt ich die Unterarme vors Gesicht, als der Dunkelhaarige zum Schlag ausholte. »Es tut mir leid. Es tut mir leid!«

»Carlos, hör auf.«

Ich wartete auf den Schmerz, aber er kam nicht und ließ langsam die Hände sinken.

Dieser Rico hatte sich zwischen uns gestellt und musterte mich mit hochgezogenen Augenbrauen. Wie in Zeitlupe verschränkte er die Arme und baute sich breitbeinig vor mir auf. Er war einen Kopf größer als ich, muskulös gebaut und trug nicht einmal ein T-Shirt.

»Was hattest du denn mit dem Messer vor?« Sein stechender Blick durchbohrte mich. »Wolltest du es mir in den Rücken rammen?«

»Die Kleine macht nichts als Ärger«, knurrte der andere und stellte sich in der gleichen Pose daneben. »Knallen wir sie ab.«

»Nein«, ich wandte mich an den Blonden, mein Magen zog sich zusammen. »Lass das nicht zu«, flehte ich ihn an. »Bitte nicht. Ich hatte nicht vor, dich zu töten, das musst du mir glauben.«

Mit einem metallischen Geräusch entsicherte der Dunkelhaarige seine Pistole, die er noch zusätzlich im Hosenbund stecken hatte und hielt sie mir an die Schläfe. »Weißt du, was ich auf den Tod nicht ausstehen kann? Verwöhnte Mädchen wie dich, die glauben, sie müssen sich an keine Regeln halten. Sag adiós zu deinen Freundinnen.«

Rico schob die Hand seines Kumpels beiseite. »Lass das, Carlos. Du brauchst sie noch.«

»Ich wollte doch nur meine lange Hose abschneiden«, log ich und atmete flach. »Mir ist so heiß.« Meine Schläfen pochten heftig, und meine Mundwinkel begannen zu zucken, ich hatte meine Mimik nicht mehr unter Kontrolle.

Wortlos hielt Rico mir das Messer mit dem Griff voraus hin, und ich stutzte. Hatte er mir tatsächlich geglaubt?

»Nimm es.« Er klang völlig normal, als hätte ich mich nicht vor wenigen Minuten ihren strikten Anweisungen widersetzt und mich in Lebensgefahr gebracht.

Ich zögerte, traute ihm nicht.

»Nimm es schon.« Er lächelte mich an. Es war ein unschuldiges freundliches Lächeln. Hätten wir uns in einem Café getroffen und er mir dort dieses Lächeln geschenkt, mit Sicherheit hätte ich mich von ihm einladen lassen.

Was sollte ich jetzt tun? Als ich das ungeduldige Aufblitzen in den Augen dieses Carlos bemerkte, gehorchte ich und griff nach dem Dolch.

Kurz bevor ich ihn zu fassen bekam, warf er ihn Carlos zu und lachte. Mit einer schnellen Bewegung schnappte Rico mich am Handgelenk und riss mich hinüber zu dem umgestürzten Baumstamm, aus dem ich das Messer gezogen hatte. Alles ging rasend schnell. Er setzte sich und zerrte mich auf seinen Schoß, hielt mich fest an sich gepresst.

»Schätzchen«, sagte er nahe an meiner Wange. »Ich möchte dir doch kein Messer in die Hand geben, du verletzt dich sonst nur.« Er klang übertrieben besorgt.

»Was soll das?«, fragte ich starr vor Angst, während er mich in seinen muskulösen Armen gefangen hielt. Ich hatte keine Chance, ich spürte die harten Muskelplatten seines Brustkorbs bei jeder Bewegung, der Kerl war durchtrainiert, ein Kraftpaket.

»Troublemaker«, er lachte leise. »Zeit für einen kleinen Dämpfer. Dir ist also heiß? Dagegen können wir Abhilfe schaffen.«

Carlos kam grinsend näher, warf den Dolch hoch in die Luft und fing ihn nach einer Drehung wieder auf. »Wo soll ich ansetzen?«

Ein amüsiertes Grinsen umspielte Ricos Lippen. »So weit oben wie möglich, damit die Arme nicht mehr so schwitzt.«

Ich schrie los, kreischte die ganze Wut und Panik heraus, die ich stundenlang hatte zurückhalten müssen, während ich mich wie wild in seinen Armen wand und strampelte. »Lass mich los. Lass mich in Ruhe, du Scheißkerl!«

Rico lachte, während er mich mit Leichtigkeit hielt. »Was ist denn mit dir? Wir wollen dir doch nur helfen.«

Ich schlug mit den Füßen um mich und traf Carlos in den Oberschenkel. Der setzte sich neben Rico, riss fluchend meine Beine auf seinen Schoß und hielt mich fest. »Ich schlitz dir gleich die Kehle auf, du Miststück, wenn du nicht stillhältst.«

Ich hörte auf, mich zu wehren, die beiden hielten mich

so fest im Klammergriff, dass ich mich nicht mehr bewegen konnte.

Dieser Rico musterte mich spöttisch. »Wehr dich nicht, sonst tut es nur weh. Mein Cousin hat schon ganz anderen Hasen das Fell abgezogen.«

Das gehässige Grinsen von Carlos wurde breiter. »Sie könnte die Jeans auch ausziehen, dann hätte ich es einfacher.«

Mir gefror das Blut in den Adern. »Ich will das nicht«, flehte ich Rico an und hyperventilierte fast. »Bitte tut das nicht.«

Schlagartig wurde Ricos Miene ernst. »Wir tun dir nichts.«

Lachend beugte sich Carlos über mich und legte zwei Finger auf den Reißverschluss meiner Jeans.

Kreischend riss ich den Kopf nach hinten und bäumte mich auf, sodass Rico mich kaum mehr halten konnte. Er musste einiges an Kraft aufwenden, um mich zu bändigen, ich kämpfte wie verrückt. »Fasst mich nicht an! Ich hasse euch.«

»Nimm deine Hand weg«, fuhr er Carlos an. »Und du, reg dich wieder ab. Hier will keiner was von dir.«

Erst als mich die Kraft verließ, wurde ich ruhiger. Rico war zu stark, ich hatte keine Chance gegen ihn.

Als ich stillhielt, setzte Carlos das Messer an meinem Oberschenkel an und schnitt in den Stoff meiner Jeans. Reflexartig riss ich mein Bein zurück, worauf er mir in die Haut ritzte. Ich schrie auf vor Schmerz. Blut tropfte aus einem kleinen Schnitt.

»Pass doch auf«, fuhr Rico seinen Cousin an.

»Halt sie besser fest. Was kann ich dafür, wenn das Miststück nicht stillhält?« Carlos warf mir einen drohenden Blick zu. Auch ihm war das Grinsen aus dem Gesicht gewichen.

Ich schloss die Augen und blendete alles um mich herum aus. Alle Spannung wich aus meinem Körper. Jetzt musste Rico mich halten, ansonsten wäre ich zu Boden gerutscht. Ich spürte seinen Herzschlag an meiner Wange, so fest hielt er mich an sich gepresst. Hoffentlich blieb es stehen, für immer und ewig.

Ich spürte kühles Metall an meinen Beinen, ein Reißen und Luft an der Haut. Als Rico endlich seinen Griff lockerte, sprang ich mit einem Satz von ihm herunter und fuhr zu ihm herum.

»Was?« Er nickte mir zu. »Hast du immer noch nicht genug?«

Wütend funkelte ich ihn an, wagte aber nichts mehr zu sagen.

»Geh zurück zu deinen Freundinnen und nimm dir ein Beispiel an ihnen. Die sind nicht so widerspenstig wie du und machen uns keinen Ärger.« Rico deutete zur anderen Seite der Feuerstelle, wo Luisa und Adriana starr vor Schreck auf dem Boden saßen.

Mit wankenden Schritten schlich ich zurück und setzte mich, darauf wartend, dass mein Herz wieder in einen normalen Rhythmus fand. Die beiden hatten mir eine ziemlich knappe Shorts verpasst.

»Bist du verrückt geworden?« Luisa stand das Entsetzen ins Gesicht geschrieben.

Ich senkte den Kopf.

»Wie kannst du dem Typen das Messer klauen?«, machte sie aufgebracht weiter. »Sie hätten dich dafür umbringen können.«

»Die bringen uns sowieso um.« Mein Puls pochte mir in den Schläfen. »Los, hauen wir ab. Einfach in drei Richtungen, dann kommt zumindest eine durch und kann Hilfe holen. Sie können uns nicht alle verfolgen.«

»Hat dieser Rico dir auf den Kopf gehauen?« Adriana blieb der Mund offen stehen.

Ich rieb mir die Stirn, mein Plan schien mir der letzte Ausweg für uns zu sein. »Hast du nicht gesehen, wozu die alles fähig sind?«

»Warum provozierst du schwer bewaffnete Kriminelle?« Adriana hörte sich an, als spräche sie zu einer Schwachsinnigen.

Ich wandte den Kopf und beobachtete unsere Kidnapper. Die beiden saßen lachend auf dem Baumstamm. Am liebsten hätte ich ihnen in der Tat das Messer zwischen die Rippen gerammt. »Jetzt können wir noch fliehen. Wir müssen einfach den Pfad zur Straße zurücklaufen. Irgendein Auto wird uns schon aufgabeln.« Adriana und Luisa tauschten einen vielsagenden Blick, und ich kapierte auf der Stelle. »Ihr geht nicht mit, stimmt's?«

Adriana schüttelte so heftig mit dem Kopf, dass ihre kinnlangen schwarzen Locken in alle Richtungen flogen. »Auf gar keinen Fall, und du gehst auch nicht. Es sei denn, du willst Selbstmord begehen. Aber ich will das nicht. Unsere einzige Chance hier lebend wieder herauszukommen ist, dass wir tun, was sie von uns verlangen.«

Verdammt. Die beiden wollten sich lieber von diesen Typen ermorden lassen, als wenigstens einen Versuch zu starten, sich selbst zu befreien. »Je tiefer die uns in den Dschungel treiben, desto schwieriger finden wir wieder hinaus.«

»Eine Kugel im Kopf bringt uns noch viel weniger raus.« Adriana legte sich auf den Boden und starrte in den Himmel.

Ich legte mich neben sie auf die Seite, überkreuzte die Arme und bettete den Kopf darauf. In mich zusammengekauert, versuchte ich, den Schmerz und das Entsetzen über unsere Entführung zu ertragen, der in meinem Brustkorb wütete. Ich durfte nicht aufgeben, sondern musste mich zusammenreißen, um einen Weg aus dieser Hölle zu finden. Zur Not auch allein.

Mitten in der Nacht wachte ich auf und wusste im ersten Moment nicht, wo ich mich befand, bis mir siedend heiß wieder einfiel, dass man uns entführt hatte. Mein Blick wanderte hoch zu den Sternen am Himmel, die über mir glitzerten wie ein Meer von Diamanten. Dieselbe Aussicht wie aus dem Fenster meines Zimmers – und doch war mein Zuhause für mich so weit entfernt, wie das Firmament. Was meine Eltern wohl machten? Was hatten sie gedacht, als Javier nicht mehr mit uns zurückgekehrt war? Ob sie uns schon suchten? Ich schluckte, die Sehnsucht nach meiner Familie legte sich wie ein schweres Gewicht auf meinen Brustkorb und schnürte mir die Luft ab. Die Frage lautete wohl eher: Ob sie uns jemals finden würden? Ich war ein Einzelkind. Quasi. Mein großer Bruder war kurz nach der Geburt am plötzlichen Kindstod gestorben und ich hatte ihn nie kennengelernt. Danach hatten meine Eltern sieben Jahre lang versucht, ein weiteres Baby zu bekommen, bis dank künstlicher Befruchtung ich geboren wurde. Gezeugt in einer Petrischale. Wahrscheinlich war ich deswegen so behütet aufgewachsen, mit einem Kindermädchen, das mich nie aus den Augen gelassen hatte und dem Fahrer meines Vaters, der mich überall hinchauffierte, damit mir nichts passierte. Welch Ironie, dass ausgerechnet er mich an diese Typen verhökert hatte. Ob meine Eltern nun auch ihr zweites Kind verloren?

Trotz der Finsternis war es noch drückend heiß. Moskitos summten an meinem Ohr, mein ganzer Körper war bereits zerstochen. Wenigstens war ich gegen Malaria geimpft. Ich kratzte mich am Bein. Um mich herum raschelte es unaufhörlich, ab und zu hörte ich ein leises Kreischen und Fauchen im Untergehölz, außerdem zirpte und quakte es die ganze Zeit irgendwo in der Dunkelheit.

Als ich mich aufsetzte, entdeckte ich diesen Rico beim nahezu erloschenen Lagerfeuer. Er saß mit dem Rücken zu mir im Schneidersitz und starrte unbeweglich in die langsam verglimmende Glut. Wie schon tagsüber lag seine Aufmerksamkeit nicht auf den Geiseln, die er entführt hatte. Wäre es nicht stockdunkel, hätte ich sofort das Weite gesucht. Ich beobachtete ihn ein paar Minuten, er regte sich nicht ein einziges Mal. Warum tat er uns das an? Warum kidnappte er unschuldige Menschen, die ihm nichts getan hatten?

Leise stand ich auf und ging zu ihm. Vielleicht ließ er allein mit sich reden und gab uns frei.

Rico zog die Augenbrauen in die Höhe, als ich mich neben ihm auf den Knien niederließ und mich auf die Fersen setzte. »Mut hast du, das muss man dir lassen«, sagte er und klang fast schon beeindruckt.

»Ich kann nicht schlafen.« Ich hielt kurz den Atem an, war er wütend? »Die Hitze macht mich fertig, und diese ganzen Geräusche um uns herum machen mir Angst«, erklärte ich rasch.

»Und jetzt soll ich dich beschützen?«, fragte er spöttisch.

»Du könntest uns gehen lassen. Wir würden dich auch nicht verraten. Wir geben dir sogar Geld.«

Er rieb sich den Nacken und seufzte. »Das sind nur irgendwelche Tiere. Die trauen sich nicht her, solange wir das Feuer anhaben«, erwiderte er, ohne auf meine Worte einzugehen.

Als ich ihn verstohlen von der Seite musterte, fiel mir zum ersten Mal auf, dass er gut aussah. Sein Kiefer wirkte ein bisschen zu kantig, aber die weichen, glatten Gesichtszüge glichen das wieder aus. Das ließ ihn sogar etwas jungenhaft wirken. Hellblonde Strähnen hingen ihm in die Augen, völlig untypisch für einen Kolumbianer. Sein nackter Oberkörper war muskulös und braun gebrannt. Um seinen Hals baumelte ein winziges Kreuz an einer silbernen Kette. Als er den Kopf wandte und mich anlächelte, zeichnete sich ein Grübchen an seiner Wange ab.

»Ich heiße Elena.« Irgendwo hatte ich mal gelesen, dass es einem Kidnapper schwerer fiel seine Geisel umzubringen, wenn er deren Namen kannte, weil sich dadurch so etwas wie eine Bindung aufbaute.

Er musterte mich ohne äußere Regung. »Ich weiß.«

Ich horchte auf. Er wusste also, wer ich war. Ja, klar. Immerhin hatte Javier uns verraten.

»Wir haben seit ein paar Wochen ein Auge auf euch«, sagte er so spöttisch, dass es mir eiskalt den Rücken hinunterlief.

»Ihr habt uns beobachtet?«

»Nicht wie ein Stalker, keine Sorge. Wir haben nur ein paar Informationen über euch gesammelt.«

»Wir waren also keine Zufallsopfer.«

»Hast du das wirklich geglaubt?«

»Nein.« Ich schüttelte den Kopf. »Immerhin kennt ihr Javier.«

»Mein Name ist Rico«, stellte er sich vor.

»Rico«, betonte ich jede einzelne Silbe. »Das klingt so harmlos.«

»Hey«, er lachte und zeigte eine Reihe ebenmäßiger weißer Zähne. »Im Prinzip bin ich ein netter Kerl.«

»Und der da?« Ich deutete auf den anderen Mann, der ein Stück entfernt von uns schlafend am Boden lag. »Ist der auch so nett wie du?« Ich konnte den Sarkasmus im Unterton nicht verbergen.

»Der da…« Seine Stimme klang belustigt. »… ist sogar ein verdammt netter Kerl.«

»Was habt ihr mit uns vor? Verkauft ihr uns an irgendwelche Menschenhändler? An einen Prostituiertenring?«

»Mach dir nicht so viele Gedanken. Alles wird gut.« Er nahm einen kleinen Zweig vom Boden und warf ihn ins Feuer. In seiner Miene konnte ich nicht lesen, was in ihm vorging.

»Ich bin erst siebzehn.« Und noch Jungfrau, hätte ich beinahe hinzugefügt, bremste mich aber rechtzeitig. Wahrscheinlich wäre dies auch noch ein lukratives Verkaufsargument für eine Bande. Wir waren alle drei noch unberührt, unsere katholischen Eltern ließen es nicht zu, dass wir uns mit irgendwelchen Jungs in der Gegend herumtrieben. Bis auf Adriana, die sich hin und wieder heimlich nach der Schule mit Miguel aus unserer Klasse traf und hinter der Turnhalle mit ihm herumknutschte.

»Ich weiß, wie alt du bist.« Er hatte es gelangweilt gesagt, als hätte ich ihm das Ende eines uralten Spielfilms verraten. »Du bist hübsch«, fügte er hinzu und betrachtete mein Gesicht.

»Was weißt du noch alles von mir?« Ich hielt den Atem an und ignorierte sein Kompliment, das mir eisig den Rücken hinunterlief. Ich wollte diesen Typen nicht gefallen.

Er schüttelte den Kopf. »Nicht viel. Bei dir gibt es nicht viel Wichtiges.«

»Dann lass mich doch gehen, wenn ich nicht wichtig bin.«

Von einem lauten Seufzer begleitet, legte Rico den Kopf in den Nacken. »Geh schlafen, morgen haben wir einen langen Fußmarsch vor uns.«

Ein mir unbekanntes Gefühl, das ich nicht recht zu deuten wusste, hielt mich davon ab, aufzustehen. So unauffällig wie möglich betrachtete ich sein blondes Haar und das markante Gesicht, versuchte mir jedes Detail von ihm einzuprägen. Wer wusste schon, wann ich ihm noch mal so nahe kommen würde. Falls ich die Flucht schaffte, benötigten wir jede Einzelheit für ein genaues Phantombild, um ihn zu fassen und einzusperren. Da drehte er plötzlich den Kopf und sah mir in die Augen.

Zittrig holte ich Luft, und hielt seinem intensiven Blick stand, ging auf volle Konfrontation. »Unsere Eltern werden uns suchen lassen. Mein Vater hat sehr einflussreiche Freunde. Die werden nicht aufgeben, bis sie euch gefunden haben. Bestimmt wird Javier in diesem Augenblick verhört. Sie werden ihn zum Sprechen bringen, dann wandert ihr für ziemlich lange Zeit hinter Gitter.«

Rico blieb gelassen, meine Einschüchterungstaktik prallte unbeeindruckt an ihm ab. »Mädchen. Euer Fahrer ist über alle Berge. Er ist nicht so dumm und geht zurück, um deinem Vater eine Geschichte aufzutischen. Außerdem ...« Er machte eine Pause, die ihre Wirkung auf mich nicht verfehlte. »... hat er das auch nicht mehr nötig.«

Ich wusste, er spielte auf das viele Geld an, das sie Javier gegeben hatten. »Was wird jetzt aus uns?«

»Euch passiert nichts. Diese Sache hat im Prinzip überhaupt nichts mit euch zu tun. Wir regeln das schon mit euren Vätern. Ihr bleibt ein bisschen bei uns und wenn alles erledigt ist, könnt ihr wieder nach Hause. Stell es dir als eine Art Urlaub vor. Solange du dich nicht so widerspenstig benimmst wie vorhin, wird alles gut. Ich habe jedenfalls nicht vor, jeden Tag mit dir Katz und Maus zu spielen.«

Ich lachte spöttisch auf. »Was für ein treffender Vergleich.«

»Du nervst«, sagte er knapp.

»Du auch«, rutschte es mir heraus und ich biss mir auf die Lippen. Ich wagte nicht, ihn anzusehen, da hörte ich ihn lachen.

»Ich will jetzt schon nach Hause«, flüsterte ich und presste rasch meinen Handrücken auf den Mund, um ein Schluchzen zu unterdrücken. »Überleg es dir, mein Vater macht dich reich, wenn du uns gehen lässt.«

»Troublemaker«, er zwinkerte mir zu. »Das macht er sowieso.«

Ich schluckte. »Also geht es nur ums Geld?« Eine Spur Hoffnung hatte sich in meine Stimme gelegt. Würden sie uns nicht in die Prostitution zwingen?

»Nur darum«, bestätigte er, aber ich wurde das Gefühl nicht los, dass es um noch viel mehr ging. »Und jetzt leg dich wieder hin.«

Ob ich ihm tatsächlich glauben konnte? Ich stand auf, drehte mich im Weggehen jedoch noch einmal zu ihm um. »Wie alt bist du, Rico?«

»Zwanzig«, antwortete er nach einer kurzen Pause.

»So jung, und schon so kriminell.«

Er lachte auf und schüttelte ungläubig den Kopf. »Du musst dringend deine große Klappe in den Griff kriegen, wenn du heil wieder hier herauskommen willst, Süße. Und jetzt schlaf endlich.«

RICO

Ich riss die Lider auf und setzte mich ruckartig hoch, gleichzeitig durchfuhr es mich siedendheiß. Die Morgendämmerung löste bereits die Dunkelheit aus den Bäumen und machte den Bodennebel sichtbar, der um uns herum waberte. Scheiße. Ich war während meiner Wachschicht eingepennt. Als ich hastig den Kopf wandte, atmete ich erleichtert durch. Die Mädchen waren noch da. Alle drei schliefen tief und fest und hatten eine einmalige Chance zur Flucht verpasst. Ein Stück weit entfernt auf der anderen Seite schnarchte Carlos, der glücklicherweise ebenfalls nichts von meiner Unachtsamkeit mitbekommen hatte.

Hastig stand ich auf und streckte meinen Rücken durch. Ein leises Wimmern ließ mich innehalten, und ich drehte mich zu den Geiseln um. Das Geräusch kam von Elena, sie lag mit geschlossenen Augen auf der Seite, und warf den Kopf hin und her.

Ihre Lippen bewegten sich, sie stammelte unverständliche Laute, wie es aussah träumte sie schlecht.

»Nein«, flüsterte sie immer wieder. »Nein, bitte nicht.«

Eine Weile stand ich reglos da, wartete ab, ob sie sich von allein wieder beruhigte, aber das tat sie nicht. Sie rollte auf den Rücken, kratzte mit den Fingernägeln über den feuchten Dschungelboden und hinterließ Spuren. Tränen pressten sich durch ihre geschlossenen Lider und rannen ihre Schläfen entlang, versickerten in ihren Haaren. Ihr verzweifelter Anblick stellte etwas in mir an, berührte mich. Verdammt. Normalerweise war ich enorm gut darin, jeglich Form von Empathie für unsere Geiseln abzustellen, indem ich sie überhaupt nicht als Personen wahrnahm. Für die Zeit, in der wir sie gefangen hielten, waren sie nur ein Mittel zum Zweck, nichts weiter. Eine Nummer. Bargeld. Keine Menschen, mit einem Leben, das wir ihnen geraubt hatten oder einer Familie, die um sie bangte. Niemals ließ ich irgendwelchen näheren Kontakt zu ihnen zu. Aber Elena hatte gestern etwas Überraschendes getan, mich quasi überrumpelt, als sie sich zu mir ans Feuer gesetzt hatte. Sie hatte in der Tat etwas in mir berührt, indem sie mir einen winzigen Einblick in ihre verzweifelte Seele gab und jetzt lag sie vor mir in tiefem Schlaf. Traurig, auf eine herzzerreißende Weise.

Ich ging zu ihr und kniete mich neben ihr in die Hocke, was so ziemlich das Dümmste war, was ich tun konnte. Was mich jedoch nicht davon abhielt, es doch zu tun. Elena wachte nicht auf, aber sie warf sich wieder auf die Seite. »Bitte tut mir nichts. Bringt mich nicht um«, wimmerte sie. Ich betrachtete ein Weilchen ihr hübsches, aber ganz verspanntes Gesicht, bevor ich ihr ein paar verschwitzte Haarsträhnen von der Wange strich. Es war äußerst unklug, dermaßen auf Tuchfühlung zu einer Geisel zu gehen, doch ich konnte nicht anders. Falls Elena jetzt aufwachte, würde sie unter Garantie in Panik ausflippen. Unwillkürlich legte ich eine Hand auf die Seite ihres Halses, ihr Puls pochte kräftig und schnell. »Alles wird gut«, flüsterte ich, während ich ihre Hand nahm. »Hab keine Angst.« Mit dem Daumen streichelte ich über ihren Handrücken, bis sie ruhiger wurde, das Weinen einstellte und schließlich gleichmäßig und tief atmete. Am liebsten würde ich sie freilassen. Sie aufwecken und den Weg zurückschicken, den wir gestern gegangen waren, nur damit sie keine Angst mehr haben musste, aber diese Kurzschlusshandlung würde unsere Arbeit von Wochen zunichtemachen. Unser Auftrag war wichtig, brachte uns enorm viel Geld - und höchstwahrscheinlich auch den Tod, sollten wir ihn in den Sand setzen. Es stand zu viel auf dem Spiel - auch für uns. Seufzend stand ich auf und ging zurück ans Feuer. *Nur ein paar Wochen*, sagte ich in Gedanken zu mir selbst. Ein paar Wochen, dann waren sie wieder frei.

ELENA

Ich wurde grob aus dem Schlaf gerissen.

Vor mir stand Carlos, der uns abwechselnd mit seiner Schuhspitze anstieß. »Aufstehen. Zack zack!«

Schlagartig war ich wach und blickte direkt in sein unrasiertes Gesicht. Ich setzte mich auf und wich über den Boden ein Stück zurück. Der gruselige Kerl kam uns viel zu nah. Er grinste fies. Als Adriana neben mir auf die Beine sprang, schnellte auch ich in die Höhe und hielt Luisa die Hand hin, die noch immer saß.

Schwerfällig rappelte sie sich hoch. »Ich muss zu meiner Mutter«, sagte sie zu Carlos. »Sie ist schwer krank und braucht mich.«

»Halt's Maul«, fuhr er sie an.

Ich brauchte eine Weile, um meine zittrigen Knie unter Kontrolle zu bekommen. Meine Haut juckte und brannte von etlichen Moskitostichen. Immer wieder kratzte ich mich am Oberschenkel, den es wohl wegen des kleinen Schnittes am heftigsten getroffen hatte.

Carlos musterte uns von oben bis unten mit zusammengekniffenen Augenbrauen, als wären wir

Blutegel. Schließlich drehte er sich um und stolzierte davon. Erst dann wagte ich durchzuatmen.

Das Feuer war bereits gelöscht, die Rucksäcke standen gepackt bereit, daneben lagen die Gewehre. Wie es aussah, waren wir abmarschbereit.

Rico kam mit seiner gefüllten Flasche von der Quelle zurück, und verscheuchte drei freche Kapuzineraffen, die sich an seinem Rucksack zu schaffen machten. Er verstaute seine Flasche, bevor er sich zu uns umdrehte, während die Äffchen von hoch oben von einem Ast zu ihm herunterschimpften.

»Was glotzt ihr so?«, fragte Rico schroff, und schreckte mich aus meiner Lethargie, bevor er auf mich zeigte. »Mein Messer ist genau hier, falls du es suchst.« Er deutete auf die lederne Scheide an seinem Gürtel.

Als er mit langsamen Schritten auf uns zukam, hätte ich vor Angst fast laut geschrien, aber in dieser Einsamkeit hörte uns sowieso niemand und ich würde nur Carlos wütend machen. Unwillkürlich senkte ich den Blick, denn Rico kam näher und näher. Ihm heute bei Tageslicht gegenüberzustehen, war eine völlig andere Nummer, als gestern beim Lagerfeuer, er wirkte ernst und einschüchternd.

Wortlos hielt er jeder von uns eine Scheibe Brot hin. Ich kam zuletzt an die Reihe und zögerte. Mir war schlecht, mein Magen rebellierte schon seit gestern Abend und ich fühlte mich so erschöpft wie noch nie zuvor in meinem Leben. Neben mir biss Luisa ein kleines Stück von dem trockenen Brot ab.

»Nimm es endlich«, fuhr er mich an.

Ich sah ihn nun direkt an und bemerkte zum ersten Mal, dass seine Augen leuchtend grün waren. Eine so auffällige Augenfarbe, dass ich mich fragte, warum ich das nicht schon eher bemerkt hatte. Er sah aus wie ein Exot, fiel bestimmt überall auf. Die Polizei würde ihn mit Leichtigkeit schnappen. Etwas wie Genugtuung schwappte bei dem Gedanken in mir hoch.

»Warum gaffst du mich so an? Nimm endlich und iss, damit wir loskönnen.«

»Ich habe keinen Hunger« Ich schüttelte den Kopf.

»Troublemaker«, seine Stimme nahm einen gefährlichen Beiklang an. »Wir werden zwölf Stunden zu Fuß unterwegs sein, also iss besser etwas.«

Mit zittrigen Fingern nahm ich nun doch das Brot, das er mir noch immer hinhielt, während meine Freundinnen bereits aufgegessen hatten.

»Meine Mutter ist schwer krank«, hörte ich Luisa zu ihm sagen. »Sie hat Krebs und ich weiß nicht, wie schlimm es um sie steht. Gestern hatte sie eine wichtige Untersuchung und ich habe keine Ahnung, was dabei herausgekommen ist. Ich mache mir große Sorgen um sie.«

Rico stutzte, die angespannten Sehnen in seinem Hals lockerten sich. »Vielleicht lässt sich etwas in Erfahrung bringen, dann gebe ich dir Bescheid, okay?«

Luisa senkte die Lider. »Danke.«

»Warum lasst ihr nicht wenigstens Luisa gehen?«, grätschte ich dazwischen. »Ihr braucht uns doch nicht alle drei, oder? Luisa sollte bei ihrer Mutter sein und nicht hier.« Ich machte eine weit ausholende Armbewegung. »Gekidnappt im Dschungel.«

Ein genervter Laut verließ seine Lippen. »Glaub mir, falls wir eine von euch loswerden wollen, wirst du unter Garantie die Erste sein.«

Ich zuckte zusammen, unwillkürlich fiel mein Blick auf das Messer an seinem Hosenbund.

»Jetzt bewegt euch zur Quelle und trinkt so viel ihr könnt«, scheuchte er uns davon. »Die nächste Rast ist erst in ein paar Stunden.«

An der Quelle kniete ich mich zwischen Adriana und Luisa auf den weichen Moosteppich, der bereits die Steine am Wasser zuwucherte. Das Brot steckte ich für später in meine Hosentasche, gerade bekam ich keinen Bissen hinunter.

Luisa stieß mir ihren Ellenbogen in die Rippen. »Warum reizt du ihn ständig?«

»Ich mache was?«, fragte ich ungläubig. »Ich wollte dir helfen.«

»Sie werden uns noch umbringen, wenn du so weitermachst«, kam es von Adriana während sie Wasser schöpfte.

»Er ist so ein arroganter Mistkerl.« Ich klatschte mit der Hand ins Wasser, dass es spritzte.

»Ich glaube wir haben andere Sorgen, als uns Gedanken über seine Charakterschwächen zu machen«, erwiderte Adriana sarkastisch.

»Bitte sag nichts mehr zu ihm, okay? Er ist noch der normalere von den beiden.« Luisa flehte mich richtig an. »Sonst legen sie dich am Ende noch in Handschellen oder bringen dich tatsächlich um.«

Ich atmete tief durch. Dieser Rico war genau so gefährlich wie sein Kumpan, das sollte ich nicht vergessen. Auch wenn er sich nicht so cholerisch aufführte wie dieser. »Ich sag nichts mehr zu ihm.«

Luisa lehnte ihren Kopf an meine Schulter. »Danke, dass du mir helfen wolltest. Ich musste die ganze Nacht an meine Mutter denken. Was mache ich, wenn sie stirbt, während ich hier gefangen bin?«

»So schnell stirbt sie ganz bestimmt nicht.« Ich streichelte ihren Rücken.

»Es gibt Geiseln, die wurden Jahre im Dschungel gefangen gehalten.« Adrianas Lippen verzogen sich schmerzhaft. »Was haben die nur mit uns vor?«

»Sie werden uns nichts tun, sonst hätten sie es bestimmt schon längst getan.« Ich führte eine Hand voll Wasser zum Mund, aber selbst die Flüssigkeit schnürte mir die Kehle zu, sodass ich nicht mehr als ein paar Schlucke schaffte. Ich glaubte meinen eigenen Worten nicht. Konnte es wirklich sein, dass wir die nächsten Jahre unseres Lebens mit diesen Typen verbringen mussten?

Rico kam zu uns. »Wir müssen weiter«, trieb er uns mit einer wedelnden Handbewegung und wie immer kurz angebunden, an.

»Abmarsch!«, rief Carlos von Weitem und schulterte seinen Rucksack.

Sofort standen wir auf und ließen uns von Rico zurück zur Feuerstelle treiben, als wären wir Vieh.

Mit einer schnellen Bewegung setzte er sich den Rucksack auf und hängte sich das Sturmgewehr um. Mich überfiel es eiskalt.

Die Typen waren bis an die Zähne bewaffnet und ich Idiotin träumte von einer Flucht. Er würde mich damit abknallen, bevor ich zwischen den Büschen verschwunden war. Eine Träne lief über meine Wange, was Rico anscheinend nicht verborgen blieb, denn er hielt mitten in der Bewegung inne und legte eine Hand auf den Lauf.

»Du machst einfach keinen Unsinn, Troublemaker, okay?«

»Okay«, flüsterte ich und drehte mich weg.

Carlos wartete schon sichtlich ungeduldig auf uns und trieb uns mit beiden Händen an. »Setzt euch endlich in Bewegung, verwöhntes Pack!«

Mit gesenkten Köpfen gehorchten wir. Immer tiefer ging es in den düsteren Dschungel hinein. Nur an den

Stellen, wo umgestürzte Bäume Schneisen in den dichten Wald geschlagen hatten, schien die Sonne bis zum Boden und verleitete ein Meer von Orchideen und Blumen zum Blühen. Der honigsüße Duft einiger schalenförmiger Blüten mischte sich mit dem fauligen Gestank manch anderer Gewächse.

Carlos jagte uns gnadenlos voran, und bald gerieten wir völlig außer Puste. Der Boden war feucht und glitschig von den modrigen Pflanzenresten. Wir mussten aufpassen, um in unseren leichten Sandalen nicht auszurutschen. Während sich die schwüle Hitze drückend über uns legte und fast nicht mehr zu Atem kommen ließ, stolperten und schlitterten wir vorwärts. Eine große Spinne huschte vor Adrianas Füßen über den Weg und sie kreischte erschrocken auf.

Ich strauchelte zwischen meinen Freundinnen voran. Vorhin hatten die Kidnapper uns kurz verschnaufen lassen, damit wir uns im Gebüsch erleichtern konnten. Immer nur eine, während die anderen mit vorgehaltener Waffe auf deren Rückkehr warteten. Eine Flucht war somit selbst bei den Pinkelpausen nicht möglich. Aber zumindest beobachteten sie uns nicht dabei, wie wir uns hinter die Büsche hockten.

»Ich kann nicht mehr«, murmelte Luisa und wischte sich mit dem Handrücken über ihre klebrige Stirn. Ein dunkler Streifen blieb zurück.

»Wie lange laufen wir schon?«, fragte sie leise, damit unsere Entführer uns nicht hören konnten.

»Keine Ahnung. Fünf Stunden?« Adriana wirkte ähnlich erschöpft.

Ich hingegen hatte Mühe, mit meinen immer schwächer werdenden Beinen das Tempo zu halten.

Mit einer schnellen Bewegung klatschte sich Adriana an den Hals. »Autsch. Drecksäcke!«

»Was war das?« Carlos, der direkt vor ihr lief, blieb abrupt stehen und drehte sich um. »Wiederhole, was du gesagt hast!« Er baute sich vor Adriana auf wie ein wilder Keiler.

»Sie … sie hat die Moskitos gemeint.« Schützend legte ich einen Arm um Adriana, die unkontrolliert zu zittern begann und keinen Ton herausbekam, während sich Luisa hinter uns versteckte.

Plötzlich erhob sich ein markerschütterndes Geschrei, das laut durch den Dschungel hallte. Suchend sah ich mich um, denn ich hatte keine Ahnung, aus welcher Richtung das Geräusch kam. Kam uns jemand befreien? Oder war Hilfe in der Nähe? Da übertönte ein lauter Knall den ohrenbetäubenden Lärm, und das Gekreische erstarb so plötzlich, wie es begonnen hatte. Blaue Federn stoben durch die Luft und ein Ara fiel uns mit einem dumpfen Aufschlag tot vor die Füße. In der Brust des Vogels prangte ein faustgroßes Loch. Schockiert starrte ich Rico an, der seinerseits Carlos mit regloser Mimik musterte. Der schulterte soeben sein Gewehr.

Meine Hand zitterte so sehr, dass ich es nicht schaffte, sie vor den Mund zu pressen, um einen entsetzten Laut zu unterdrücken, der sich aus meiner Kehle schraubte. »Oh, Gott! Oh, Gott«, schrie ich immer wieder, ich hatte keine Kontrolle mehr über mein Sprachzentrum. »Wir werden sterben, wir werden alle sterben, wie dieser Vogel.« Ich presste beide Fäuste gegen meine Schläfen und schluchzte. »Ihr seid Mörder und wir werden sterben. Ich will weg, ich will nach Hause. Lasst mich endlich nach Hause, ihr Barbaren.«

Carlos lief rot an. Mit dem rechten Fuß holte er aus und kickte das tote Tier durch die Luft, sodass es in hohem Bogen gegen den nächsten Baum klatschte und am Stamm zu Boden glitt, bevor er in meine Haare griff und mir den

Kopf grob in den Nacken zerrte. Er kam dicht an mein Gesicht und brüllte los, versprühte feine Spucketröpfchen. »Halt deine verdammte Klappe, du Schlampe.«

Carlos riss so brutal an meinen Haaren, dass sich ein brennender Schmerz über meine Kopfhaut legte, während ich wimmerte und nicht aufhören konnte.

»Sei endlich still.« Wie von selbst rutschte seine Hand zum Dolch am Hosenbund. Er zog ihn heraus, während er den anderen Arm mit festem Griff um meinen Hals legte und mir die Luft abschnürte, bis ich röchelte.

Ich spürte seinen Körper im Rücken und wusste nun, wie sich Todesangst anfühlte: Sie tat weh, lähmte alle Glieder, ließ meinen Herzschlag stocken.

»Halt endlich dein verdammtes Maul«, zischte er in mein Ohr und hielt mir die Klinge an den Hals.

»Es tut mir leid«, keuchte ich und blinzelte Tränen zurück. Ich wagte nicht, mich zu bewegen.

»Du kleines Miststück wirst mich noch kennenlernen. Wenn ich mit dir fertig bin, erkennt dich nicht einmal mehr deine Mutter.«

Mit beiden Händen umklammerte ich seinen Unterarm, in dem verzweifelten Versuch, mich irgendwie zu befreien, aber ich hatte keine Chance.

Rico legte ihm eine Hand auf die Schulter. »Hör auf mit dem Scheiß. Wir müssen weiter.«

Nach einem Moment des Zögerns nahm Carlos tatsächlich den Dolch herunter und schleuderte mich gegen denselben Baum, an den er auch den Vogel getreten hatte. Ich lehnte den Kopf dagegen und weinte: um den toten Vogel, wegen unserer Situation und der Ungerechtigkeit, dass ausgerechnet wir entführt wurden. Wegen allem, aber es half nichts. Rein gar nichts.

Carlos packte mich im Nacken und zerrte mich von dem Baum weg. Seine Finger drückten sich so schmerzhaft in meine Haut, dass ich kaum noch Luft bekam und abgehackt atmete. Ich wollte nicht sterben, nicht qualvoll mit einem Messerstich oder aufgeschlitzter Kehle verenden.

»Bitte lass mich«, mein Schluchzer hallte laut durch den Dschungel.

»Bewegung!« Er stieß mich so heftig voran, dass ich zwei Schritte taumelte, bevor ich mein Gleichgewicht wiederfand und losmarschierte.

Die Sonne stand bereits hoch am Himmel und je weiter wir liefen, desto größer wurde die Gewissheit, dass wir nicht mehr herausfinden würden. Wir befanden uns mitten im Urwald, der uns dicht umschloss und gefangen hielt wie einen Falter im Spinnennetz. Keiner würde uns zu Hilfe kommen und die beiden wussten das.

Mir wurde schwindlig, jeder Schritt zur Qual. Zwar hatte mein leerer Magen schon vor Stunden aufgehört zu rebellieren, dafür brannte der verfluchte Durst in meinem Mund umso heftiger und zog den Hals hinunter. Meine Beine fühlten sich kraftlos an, aber ich durfte nicht aufgeben. Carlos würde mich bestimmt kein weiteres Mal verschonen.

Ich stolperte voran, sogar meine Augäpfel brannten, deshalb schloss ich die Lider für einige Sekunden und strauchelte blindlings weiter. Davon wurde mir allerdings noch schwummriger zumute und ich blieb schwankend stehen, weil sich alles um mich herum auf und ab bewegte.

»Nicht schlappmachen.« Rico schob mich am Schulterblatt weiter.

»Elena, lauf doch«, flehte Luisa und zog an meiner Hand.

»Ich kann nicht mehr.« Meine Knie gaben nach, die feuchte Hitze erdrückte mich.

»Nur noch ein bisschen«, sagte Rico so leise, dass Carlos nichts mitbekam, der wieder ganz vorne marschierte und uns ein irres Tempo vorgab.

»Wir machen demnächst Pause.« Ricos Hand glühte auf meinem Rücken. Atemlos drehte ich mich zu ihm um. »Ich kriege keine Luft.« Wie wild schnappte ich nach Atem, ich bekam Angst, zu ersticken.

Rico warf mir einen warnenden Blick zu. »Reiß dich zusammen. Du kannst jetzt nicht zusammenklappen – mitten im Busch.«

Ich torkelte weiter, vorbei an Gebüschen, und Bäumen, deren Blätter und Zweige mir ins Gesicht schlugen, einfach blindlings irgendwohin. Immer wieder packte Rico mich bei den Schultern und korrigierte die Richtung, in die ich ging. Warum ließen sie mich nicht einfach zurück? Ich war nur unnötiger Ballast. Alles was ich wollte, war schlafen und so schloss ich die Lider. Um mich herum begann sich alles zu drehen, Sterne tanzten vor meinen Augen, dann wurde es schwarz.

Ich spürte einen zwar leichten aber doch unangenehmen Schmerz im Gesicht, der nicht aufhörte und hob schwerfällig die Lider.

»Elena, Elena«, drang es von weitem zu mir. Ich schlug die Augen ganz auf und stellte fest, dass ich auf dem Boden lag. Adriana und Luisa hatten sich neben mir auf die Erde geworfen. Auf der anderen Seite kniete Rico in der Hocke, der nun aufhörte, mir auf die Wange zu klatschen. Erschrocken wich ich vor ihm zurück.

»Alles klar?« Er deutete mit dem Kinn auf mich.

»Was ist passiert?« Fragend sah ich Adriana an.

Adriana nahm meine Hand. »Du bist umgekippt.« Ihre Stimme klang panisch und passte zu dem Ausdruck in ihren Augen.

Als ich mich aufsetzte, schwankte der Boden sofort heftig unter mir. Ächzend ließ ich den Kopf wieder zurücksinken. Wenigstens dämpfte die harte Erde das Schwindelgefühl ein wenig. »Alles dreht sich, wenn ich mich bewege«, flüsterte ich heiser, ehe ich mich zur Seite wandte und würgte, um zu erbrechen, aber nichts kam heraus.

Rico legte mir eine Hand auf die Schulter und schenkte mir ein aufmunterndes Lächeln. »Das wird schon wieder.«

»Du schon wieder!«, schrie Carlos und ich zuckte zusammen. »Steh sofort auf und marschier weiter, sonst mach ich dir Beine«, brüllte er, worauf alle den Atem anhielten, sogar Rico.

»Sie ist total k.o., siehst du das nicht?«, sagte Rico zu ihm und klang sauer.

»Das ist mir scheißegal. Wenn sie in fünf Minuten nicht auf ihren Beinen steht, steht sie nie wieder auf.«

Seine Ansage wirkte, ich wusste, dass er nicht scherzte. Mit beiden Händen stützte ich mich auf der modrigen Erde ab, und ignorierte den Taumel in meinem Kopf, der immer noch mit mir Karussell fuhr. Ich biss die Zähne zusammen und schaffte es tatsächlich auf die Füße, kippte jedoch gleich darauf zur Seite weg.

Rico fing mich in letzter Sekunde auf, ansonsten wäre ich wohl unsanft auf der Erde gelandet, und hielt mich an beiden Oberarmen fest. »Carlos, lass uns zwanzig Minuten Pause machen, dann sind wir heute Abend trotzdem noch rechtzeitig am Rastplatz. Wir schaffen unser Pensum schon. Komm schon, wir haben alle eine Pause nötig.«

Von einem wütenden Schrei begleitet, trat Carlos gegen meinen Oberschenkel, sodass ich vor Schmerz laut aufschrie. Er ballte eine Faust dicht vor meinem Gesicht. »Ich habe genug von deinem Theater, du verwöhnte Rotzgöre. Dafür steche ich dich ab, dann muss ich mich wenigstens nicht mehr mit dir herumärgern!«

Mein Kopf taumelte von einer Seite auf die andere, ich verstand kaum, was er sagte, immer wieder fielen mir die Augen zu. Aber ich hasste seine Stimme, die sich durch meinen Gehörgang drehte und wie ein spitzer Pfeil in mein Gehirn bohrte.

»Verdammt, jetzt reg dich endlich ab«, schnauzte Rico ihn an. »Durch dein Gebrüll sind wir auch nicht schneller da.«

»Okay. Zwanzig Minuten. Wenn sie dann nicht marschiert, helfe ich mit meinem Gürtel nach.« Carlos stapfte zu einem Mangrovenbaum und trat mehrmals dagegen. Dabei gab er einen lauten Wutschrei von sich.

Noch immer hing ich schlaff in Ricos Händen, dem einzigen Grund, weshalb ich überhaupt noch stand. Meine Augen ließen sich nur halb öffnen und mein Kopf fühlte sich zentnerschwer an.

Vorsichtig ließ er mich zurück auf den Boden sinken. »Du dämliche Kuh hast weder das Brot gegessen noch richtig getrunken, stimmt's?« Er nahm seinen Rucksack ab, kramte die Wasserflasche heraus und öffnete den Verschluss. Statt einer Antwort, zu der ich sowieso nicht in der Lage war, würgte ich erneut.

Er hielt mir die Wasserflasche hin. »Trink sie leer.«

Mit zittrigen Fingern setzte ich die Flasche an die Lippen und trank von dem lauwarmen Wasser, das meine ausgedörrte Kehle so wundervoll benetzte.

Rico richtete sich auf und verschränkte die Arme.

Luisa ging neben mir in die Hocke und streichelte die Stelle, an der Carlos mich getreten hatte. »Bestimmt geht es dir gleich wieder besser.«

Als die Flasche leer war, war mir schlecht. Ich legte mich zurück und hielt eine Hand vor die Augen, um mich zu sammeln. Wenn es so weiterging, sanken meine Chancen hier lebend rauszukommen wohl radikal. Ich fühlte mich krank, mir war sterbenselend zumute. Wahrscheinlich brauchte ich sogar einen Arzt.

»Du hast doch das Brot noch«, flüsterte Adriana und strich mir verschwitzte Haarsträhnen aus der Stirn. Sie half mir, die zerbröselten Brocken aus meiner engen Hosentasche zu befreien und steckte sie mir in den Mund, während Rico uns mit schmalen Augen dabei beobachtete und immer wieder ungläubig den Kopf schüttelte.

Adriana sah zu ihm hoch. »Was wird passieren, wenn sie in zwanzig Minuten noch nicht weiterlaufen kann?«, fragte sie schüchtern.

»Das werden wir sehen, wenn es so weit ist«, erwiderte er und drehte sich weg.

Mit der Zeit ließ der Schwindel tatsächlich etwas nach, auch die Übelkeit legte sich, da befahl Carlos gereizt den Abmarsch.

»Nur noch ein paar Minuten.«, flehte ich Rico an, denn ich bekam wahnsinnige Angst vor dem Aufstehen. Statt einer Antwort beugte er sich zu mir, packte mich an den Handgelenken und zog mich auf die Beine. Schwankend lehnte ich mich mit der Stirn gegen seine Brust und atmete mit geschlossenen Augen tief durch. Nur ein paar Sekunden, bis ich mich ans Stehen gewöhnt hatte, dann ging es bestimmt wieder. Mein Rücken kribbelte und prickelte unangenehm. Ricos Haut hingegen war kühl und verschaffte meiner heißen Stirn ein wenig Linderung. Außerdem roch er gut, stellte ich verwundert fest. Leicht salzig und männlich.

Rico rührte sich nicht, er ließ es zu, dass ich mich gegen ihn lehnte. Bestimmt dreißig Sekunden oder mehr diente er mir als lebende Stütze. Schließlich fasste er mich bei den Oberarmen und stellte mich aufrecht hin. Eindringlich sah er mich an. »Du musst dich jetzt zusammenreißen, kapiert?«

Ich nickte und lief taumelnd los, denn Carlos beobachtete uns mit geballten Fäusten. Zuerst ging es besser als gedacht, aber nach ein paar Schritten rutschte ich auf dem feuchten Untergrund aus und verlor das Gleichgewicht. In letzter Sekunde hielt Rico mich fest und verhinderte meinen Sturz.

Er legte einen Arm um meine Taille und stützte mich, wenn meine Knie nachgaben. »Dich kann man echt keine Sekunde aus den Augen lassen.«

Inzwischen lief Carlos forsch voraus und trieb Luisa und Adriana vor sich her, da Rico sich nun um mich kümmern musste, und uns wahrscheinlich nicht alle im Blick behalten konnte. Wir folgten ihnen mit einigem Abstand, denn Rico schleppte mich fast schon durch den Dschungel. Allein würde ich den Weg niemals schaffen. Immer wieder wandte Adriana den Kopf, sie wirkte müde und verzweifelt. Ohne Vorwarnung schlug Carlos ihr mit dem Handrücken so heftig ins Gesicht, dass es laut klatschte. »Wenn du dich noch einmal umdrehst, kann Rico dich auch durch den Dschungel tragen.« Adriana hielt sich die Wange und sah nicht mehr zurück. Er gab ihr noch einen Tritt in den Hintern, worauf sie anfing zu rennen. »Na also, geht doch, warum nicht gleich?«, rief er ihr lachend hinterher. »Und du, beweg deinen fetten

Arsch.« Mit dem Handballen schlug er Luisa gegen den Hinterkopf, ihr lauter Schluchzer drang bis zu uns.

Als sich Carlos mit Luisa und Adriana immer weiter von uns entfernten, zog sich mein Magen zusammen, aber dieses Mal vor Angst. »Wir verlieren sie gleich.«

»Würden wir nicht, wenn du allein laufen könntest.« Er klang sauer.

»Und wenn sie weg sind?«

»Was ist los? Hast du plötzlich Angst mit mir allein?« Rico hörte sich auf einmal anders an, er drückte mich kurz fester an sich.

Ich atmete flach. »Was muss ich tun, damit du mich gehen lässt?«

Er schmunzelte. »Wozu wärst du denn bereit?«

»Was verlangst du? Sex? Ich könnte dir Sex geben, so viel du willst, wenn du mich freilässt«, schlug ich ihm vor, und legte ungeschickt und nicht gerade sexy eine Hand auf seinen Brustkorb, obwohl ich mir vor Schiss fast in die Hose machte. Ich streichelte über seine Haut, die ein kühler Schweißfilm überzog, spürte darunter seine steinharten Muskeln. Vielleicht bekamen wir eine Chance, wenn ich meinen Körper opferte. Obwohl es mich zerbrechen würde, mit diesem Kerl schlafen zu müssen, aber wenigstens würden wir überleben. Das war alles, woran ich gerade dachte. Überleben!

»Ja?« Er hob eine Augenbraue. »Bläst du mir auch ordentlich einen, bevor ich dich in jeder Stellung durchnehmen darf?«

»Ja«, ich nickte und streichelte ihn weiter, während ich versuchte, vor Panik nicht zu hyperventilieren. »Ich mache alles mit, alles was du willst, wenn du uns freilässt.« Meine Stimme bebte.

Rico schob meine Hand von sich.

»Mach einem Mann nicht leichtfertig solche Angebote«, erwiderte er gepresst und zerrte mich weiter. »Vor allem nicht an dem Ort, zu dem wir euch bringen. Hörst du?« Er schnappte mein Kinn und hielt es fest, damit ich ihm in die Augen sehen musste. »Tu das dort nicht.« Rico klang beschwörend, als bekäme er Angst um mich. »Biete dich dort niemandem auf diese Weise an. Egal, was passiert.«

»Wo bringt ihr uns hin?«

Er ließ mein Kinn los, seufzte tief und langanhaltend. »Das erfährst du früh genug.«

»Was kann ich dir dann geben, damit du mich freilässt?«, schluchzte ich.

»Du kapierst es einfach nicht, oder?« Er hielt an. »Nichts. Ihr kommt hier erst raus, wenn wir euch gehenlassen. Auch Sex wird dir nicht helfen. Wir könnten dich jederzeit nehmen, wenn uns danach ist, falls dir das nicht klar ist. Du hast keine Chance gegen uns. Also bring niemanden auf dumme Ideen. Ich bin nicht immer da, um dich aus dem Mist zu ziehen, in den du dich ständig reitest.«

»Wir haben die anderen verloren«, lenkte ich schnell ab und deutete nach vorn, meine Stimme quiekte vor Angst. Was bedeuteten seine Andeutungen? Wo brachten die uns hin oder besser gesagt, wer wartete dort auf uns?

»Entspann dich. Ich kenne den Weg.«

Er schleifte mich weiter, stundenlang. Der Pfad schien kein Ende zu nehmen, und jeder Schritt wurde immer mehr zur Qual. Einmal liefen wir dicht an einer fetten Würgeschlange vorbei, die sich in Kopfhöhe um einen Ast geringelt hatte, aber ich war zu erschöpft, um noch schreiend in Panik auszubrechen. Sollte sie mich halt auffressen. Gerade war mir alles egal. »Da ist eine

Schlange«, hauchte ich und deutete auf das Reptil, das reglos im Baum hing.

»Du würdest ihr zu schwer im Magen liegen«, beruhigte er mich, während wir uns von dem Tier entfernten.

»Ich kann nicht mehr.« Völlig außer Atem blieb ich einige Zeit später erneut stehen, worauf Rico anhielt und mir eine kurze Verschnaufspause gönnte.

»Es ist nicht mehr weit, wir sind gleich da.« Er strich mir eine verschwitzte Haarsträhne aus dem Gesicht. »Du bist bloß ausgetrocknet, das ist alles. Mach Carlos nicht unnötig wütend mit deinem Getue.«

»Warum seid ihr so gemein?«, heulte ich auf.

Ein feines Grinsen umspielte seine Lippen. »Manchmal bist du so niedlich in deiner Naivität.«

Ich schniefte. »Sind wir bald da?«

»Ja.« Rico zog mich weiter und ich ließ mich gegen ihn sinken. Vor Erschöpfung schloss ich die Augen und stapfte blind neben ihm her.

»Schau mal«, er rüttelte mich sachte. »Da vorne ist die Quelle, du hast es geschafft«, hörte ich Rico nach langer Zeit des Schweigens neben mir.

Ich hob den Kopf und erblickte vor mir ein Bächlein, das wie aus dem Nichts aus dem Dickicht floss. Auch hier gab es einen Lagerplatz wie am Tag zuvor.

Rico ließ mich los. »Die letzten Meter schaffst du allein«, sagte er grob und entfernte sich.

Ich stolperte weiter zur Quelle und sackte neben Luisa und Adriana auf den Boden, die dort hockten und verschnauften. Ich trank und trank, so lange, bis ich das Gefühl hatte, zu platzen, zog danach die Sandalen aus und tauchte meine wunden Füße in das lauwarme Wasser. Keine von uns war in der Lage, ein Wort zu sprechen, vollkommen fertig hockten wir nebeneinander. Schweiß lief über meine Stirn, während kleine Moskitoschwärme mir Arme und Beine zerstachen. Sogar das Gezwitscher der Vögel regte mich auf. Ich wollte Ruhe, um zu schlafen, ein weiches Bett und eine Dusche.

»Wie geht es dir?«, fragte Adriana nach einer Weile des Schweigens.

»Besser, was ist mit euch?« Mein Hals kratzte unangenehm beim Reden.

»Ich habe mir den Knöchel verknackst.« Adriana massierte vorsichtig ihr Bein. »Aber es geht schon wieder.«

Luisas Gesicht verzog sich zu einer verbitterten Grimasse. »Dieser Carlos hat uns den ganzen Weg über angeschrien und bedroht. Ich dachte die ganze Zeit, er sticht uns gleich ab.«

Mein Blick fiel auf Rico, der seinem Cousin beim Feuer machen half und dessen üble Laune einfach ignorierte.

»Wir hätten gestern abhauen sollen, wie du gesagt hast«, schluchzte Adriana leise. »Jetzt finden wir garantiert nicht mehr aus dem Dschungel heraus.« Sie senkte den Kopf.

»Sag sowas nicht«, ich streichelte ihren Oberam, weil sie so verzweifelt wirkte, obwohl es mir ähnlich erging. »Wir dürfen die Hoffnung nicht verlieren.« In Gedanken ging ich alles durch, was ich jemals über den Regenwald gelesen hatte. Wie lange schaffte es ein Mensch wohl allein im Dschungel zu überleben? Mit nichts, als ein paar Kleidern auf dem Leib. Ich brachte es nicht fertig, den beiden zu erzählen, dass anscheinend irgendwo in diesem Dickicht jemand auf uns wartete.

»Ich will wieder nach Hause. Ich bin doch erst siebzehn, ich will noch nicht sterben«, schluchzte Luisa mit angezogenen Knien. Ihr Gesicht hatte sie daraufgelegt und in den Armen versteckt.

Adriana legte einen Arm um Luisa und redete

eindringlich auf sie ein, aber ich hörte nur noch mit halbem Ohr zu. Während Ricos Andeutungen in mir arbeiteten, stieg eine dunkle Vorahnung in mir auf: Das hier war nur der Vorgeschmack, die wirkliche Hölle wartete noch auf uns.

Die Sonne ging unter und tauchte den Himmel in ein orangenes Licht. Ein trügerisch friedliches Bild.

ELENA

Nach einer kurzen Nachtruhe machten wir uns erneut bereit zum Abmarsch. Die Sonne war gerade erst im Begriff aufzugehen und löste nur langsam die Dämmerung ab, die uns noch düster umschloss. Das Zirpen hatte zwar aufgehört, dafür läutete jetzt lautes Affengebrüll in den Ästen den Morgen ein. Auch der Bodennebel um unsere Knöchel verflüchtigte sich langsam.

Carlos blieb vor mir stehen. »Wenn du heute wieder schlappmachst, nehme ich das persönlich in die Hand. Und verlass dich darauf, ich trage dich nicht.«

Unwillkürlich wich ich einen Schritt zurück.

»Geht zur Quelle und trinkt. Wir brechen gleich auf«, rief Rico uns von der Feuerstelle aus zu, wo er die letzten Reste der Glut löschte und erlöst machten wir uns davon.

Nachdem wir getrunken und etwas Brot gegessen hatten, brachen wir auf, ins kaum durchdringliche Dickicht des Regenwaldes.

Stunden später hörten wir Carlos rufen. »Wir sind da!«

Wie erstarrt blieben wir stehen. Eine große Schneise, in

der einfache Hütten standen, war mitten vor uns in den Wald geschlagen worden, auf die Carlos uns zutrieb, indem er uns in gewohnter Manier mit beiden Händen vor sich herscheuchte. Zwei bewaffnete Männer kamen uns winkend aus dem Lager entgegen, zu denen stapften Carlos und Rico hin. Noch mehr Kidnapper, davon hatte Rico gestern also geredet.

Sogleich füllten sich Luisas Augen mit Tränen. »Ich will weg.«

Ich nahm sie in den Arm. »Ich auch.«

Adriana umarmte mich und lehnte ihren Kopf an den von Luisa. »Wenigstens sind wir nicht allein.«

Als Rico zu uns herkam, ließen wir uns wieder los. »Gehen wir rein«, sagte er und nickte mit dem Kopf in Richtung Camp. »Dort gibt es was zu essen für uns, und ihr könnt euch ausruhen.«

Das gesamte Camp setzte sich aus primitiven Hütten zusammen, die im Kreis angeordnet waren. Die Wände bestanden aus behelfsmäßig zusammengenagelten Holzlatten, die Zwischenräume hatten sie mit Lehm und Ranken verschlossen. An jeder hatten die Männer im oberen Bereich ein kleines Rechteck ausgespart, durch das etwas Sonnenlicht hineinfiel. Eine sah wie die andere aus, bis auf die, die ganz hinten in der Mitte stand. Diese Unterkunft war doppelt so groß, hatte ein festes Dach und eine kleine Öffnung an der Seite. Eine hölzerne Tür verdeckte die Sicht in das Innere. Links und rechts davon befanden sich jeweils drei der einfachen Baracken und ein Stück abseits noch eine. Hier war es sehr übersichtlich, von allen Seiten hatten sie uns im Blick, für eine Flucht würden wir die Nacht abwarten müssen, um uns dann bis zum

Morgengrauen irgendwo in den Büschen zu verstecken. Vielleicht kamen wir aus diesem Camp leichter weg, als im dauernden direkten Klammergriff unserer Entführer auf dem Weg hierher. Wir würden uns in Ruhe einen genauen Überblick verschaffen und dann einen Plan schmieden.

»In der großen Hütte wohnt Carlos, falls du ihm mal einen Besuch abstatten möchtest.« Rico legte mir die Hand auf die Schulter, schob mich weiter, wie gestern im Dschungel und mich durchströmte es warm.

Luisa und Adriana hatten bereits nach ein paar Schritten haltgemacht, was ich nicht sofort bemerkte, da Rico mich antrieb. Erst als ich stehenblieb, entdeckte ich, dass sie zurückgeblieben waren.

»Carlos ist unser Chef«, sagte Rico leise und überraschte mich mit dieser Ankündigung nicht im Mindesten. Rico stand so dicht neben mir, dass ich die feine Linie an seiner Wange erkennen konnte, die zum Grübchen wurde, wenn er mal lächelte. So unauffällig wie möglich trat ich einen kleinen Schritt beiseite. Er verzog keine Miene.

Vier bewaffnete Männer hockten vor den Hütten auf dem Boden herum und spielten Karten. Als die Leute Rico entdeckten, winkten sie, worauf auch er kurz die Hand hob.

»Noch mehr Wächter«, flüsterte ich. Dieses Camp war noch schlimmer, als ich mir in meinen wüstesten Albträumen ausgemalt hatte. Wir waren umzingelt von einer Horde verrohter Kerle, die uns grinsend begutachteten, als wären wir Vieh auf dem Rindermarkt.

Er drehte mich am Arm zu sich. »Die sind für euch zuständig. Aber solange ihr keine Dummheiten macht, werden sie euch in Ruhe lassen. Also schlag ihnen keine dämlichen Deals vor, verstanden?«

Das hätte er mir nicht extra sagen müssen. Heute

bereute ich sogar, ihm diesen Deal vorgeschlagen zu haben.

Ich sah ihm direkt in die Augen. »Ihr braucht so viele Leute, um drei Mädchen zu bewachen?«

Einen Wimpernschlag lang stutzte Rico, sein Gesicht bekam einen verwunderten Ausdruck, bevor er matt lachte. »Die Hälfte davon beschäftigst wahrscheinlich allein du.«

Adriana und Luisa näherten sich uns vorsichtig, als Rico sie heranwinkte, bevor er uns alle zu der großen Feuerstelle in der Mitte führte. Flammen loderten hoch und wärmten einen Kessel, der an einem Gestell darüber hing. Rundherum lagen Baumstämme, die als Sitzgelegenheit dienten.

Zu unserer Linken standen dicht beieinander zwei weitere Hütten derselben Art, deren Dächer mit Zweigen und großen Blättern bedeckt waren, Decken hingen vor den Eingängen. Davor saßen auf einer Art Veranda aus zusammengenagelten Brettern zwei Jungs, ungefähr in unserem Alter, die uns regungslos beobachteten und nicht wie Wächter aussahen. Was, um alles in der Welt, machten die hier?

Rico stieg über die Stämme. »Setzt euch hin.«

Während wir uns niederließen, ging er in die Hocke und nahm eine der beiden verbeulten Blechkannen aus der Glut, an deren Rand noch Aschereste klebten. Er schenkte eine dampfende Flüssigkeit in die Becher am Boden ein. Als er mir den ersten hinhielt, traute ich mich nicht, ihn zu nehmen.

»Hey, ihr könnt das ruhig trinken, ich will euch nicht vergiften«, sagte er gereizt. »Das ist Matetee, etwas, das hier zum Glück in Hülle und Fülle wächst.« Mit der Blechtasse in der Hand machte er eine weit ausholende Armbewegung.

»Nimm endlich«, zischte er mir zu, worauf ich ihm die Tasse abnahm und probierte. Mein Durst siegte über meine Angst. Der Tee schmeckte fast wie zu Hause. Es hatte etwas Tröstliches, an diesen vertrauten Geschmack erinnert zu werden, entfachte aber gleichzeitig wieder mein Heimweh mit einer Wucht, die wie ein Skalpell in mein Herz stach. Aus den Augenwinkeln bemerkte ich, dass Carlos zu seiner Hütte marschierte und darin verschwand. Gott sei Dank!

Nun füllte Rico die Schüsseln am Rand des Feuers mit dem Eintopf aus dem Kessel und reichte sie uns. Angewidert musterte ich die schmutzig braune Brühe, in der allerhand Sachen schwammen und rührte darin herum, entdeckte irgendwelches Gemüse, Kochbananen und große Stücke fettigen Fleisches. Mir wurde schlecht allein vom Anblick.

Rico setzte sich abseits von uns hin und begann zu essen.

»Was ist das für Fleisch?«, fragte ich und konnte meinen Blick nicht von diesem widerwärtigen Matsch abwenden. Es sah aus wie Erbrochenes.

»Nasenbär wahrscheinlich, und wenn du das nicht isst, kannst du was erleben«, antwortete er ungerührt und löffelte weiter.

Wie in Zeitlupe hob ich den Kopf. »Kann ich nicht einfach ein Stück Brot haben?«

Adriana neben mir aß tapfer und auch Luisa führte die Spitze ihres Löffels an die Lippen, obwohl beiden anzusehen war, wie angewidert sie sein mussten. Ich konnte das Zeug nicht essen, ich wusste, ich würde keinen Bissen herunterbekommen.

Rico stand auf und stellte seinen Napf auf dem Baumstamm ab. Dann kam er zu mir und riss mich am Oberarm auf die Beine, sodass mir die Schüssel aus den

Fingern rutschte und samt Inhalt auf den Boden klatschte.

Er zog mich dicht vor sein Gesicht. »Du hörst sofort damit auf, andauernd zu rebellieren. Ansonsten wirst du nicht lange überleben. Du willst Ärger? Den kannst du haben. Jeden Tag wird sich ein anderer Wächter um dich kümmern und dich in die Mangel nehmen, so lange, bis du geschnallt hast, wie das hier läuft. Die warten nur darauf, dich in die Finger zu bekommen.«

Ich wich zur Seite aus. »Ich wollte doch nur ein Stück Brot.«

Er ließ mich nicht los, ich sah ihm an, wie es in ihm brodelte und schloss hilflos die Augen. »Bitte, hetz diese Typen nicht auf mich.«

»Füll deine Schüssel auf und dann wirst du das essen.« Seine Stimme klang eisig. Er ließ mich los und setzte sich zurück auf seinen Platz, während ich mir diesen Blechnapf vom Boden schnappte, an dem nun Dreck klebte, und ihn mit dem Eintopf füllte.

»Wir werden euch keine Probleme bereiten.« Adriana sah Rico flehentlich an. »Ich schwöre es dir.«

Rico nickte in meine Richtung. »Hör auf deine Freundinnen, die sind schlauer als du.«

Fast ohne zu kauen, schlang ich die zähen Brocken und das matschige Gemüse hinunter. Nach der langen Zeit mit den kargen Brotrationen, lag mir der Eintopf schwer im Magen, sodass ich immer wieder würgen musste.

»Du wirst das Zeug auch vom Boden essen, also reiß dich besser zusammen«, fuhr er mich an.

Am liebsten hätte ich ihm die Schüssel ins Gesicht geschleudert.

»Falls ihr euch fragt, wie wir an das Fleisch kommen. Rund um das Camp sind Fallen aufgestellt. Ein weiterer Grund, euch nicht allein aus dem Lager zu entfernen.«

Mitten in der Bewegung ließ ich den Löffel sinken. Sämtliche Fluchtfantasien lösten sich schlagartig in Rauch auf. Hier kamen wir nicht raus, schon gar nichts in völliger Dunkelheit durch das Dickicht, wenn wir nicht erkannten, wo wir hintraten. Ich sah mich schon mit zerberstenden Knochen in den Zähnen einer Tierfalle feststecken und schauderte. Diese Mistkerle hatten in der Tat vorgesorgt.

»Machen wir nicht, bestimmt nicht«, sagten Adriana und Luisa gleichzeitig, Luisas Löffel zitterte in ihrer Hand.

Als wir endlich fertig gegessen hatten, deutete Rico mit einer kurzen Kopfbewegung hinüber zu den Hütten der beiden Jungs. »In der rechten Hütte schlaft ihr«, sagte er. »Die andere ist bereits besetzt, wie ihr seht. Also rüber mit euch.«

Wir standen auf und machten uns davon. Einer der beiden Jungs sprang auf die Beine, als wir bei ihnen ankamen. »Hola!« Er lächelte matt. »Ich heiße Pedro Ramirez-Meléndez«, stellte er sich vor. »Vielleicht habt ihr schon von mir gehört?« Er klang hoffnungsvoll und wischte sich die Hände an seiner dunklen, knielangen Stoffhose ab. Sein weißes Hemd war an den kurzen Ärmeln grau verfärbt. Auf seiner Brusttasche entdeckte ich das Emblem einer elitären Privatschule. Er trug eine Schuluniform.

Adriana stieß einen Laut aus. »Du warst vor Wochen in den Nachrichten, ein Kartell hat dich entführt und … wahrscheinlich umgebracht«, fügte sie leise hinzu.

»Wie ihr seht, war das nicht der Fall.« Er breitete die Hände aus. »Suchen sie noch nach mir?«

»Ich weiß es nicht.« Adriana zuckte mit den Achseln, worauf er den Kopf hängen ließ.

»Warum sollten sie auch? In dieser Hölle findet uns sowieso niemand.«

»Ich bin Jose Moreno.« Der andere stand unbeholfen auf, er reichte mir gerade mal bis zu den Augenbrauen. »Entführt an meinem achtzehnten Geburtstag.«

»Ich heiße Adriana Vicente«, ergriff Adriana schließlich das Wort, weil wir die beiden eine Zeit lang nur wie in Trance anstarrten. Sie waren Leidensgenossen und wie es aussah, schon seit Ewigkeiten hier. Alles in mir sträubte sich gegen diese Information. »Das hier sind meine Freundinnen Elena Montanez und Luisa Espinosa. Wir wurden vor zwei Tagen entführt.«

»Setzt euch.« Jose deutete auf den Bretterboden.

Adriana setzte sich als Erste, worauf sich Pedro neben ihr niederließ.

Pedro musterte Adriana unverhohlen und fuhr sich durch sein dunkles Haar, das er in der Mitte gescheitelt trug. »Wie ich sehe, habt ihr den Fußmarsch einigermaßen gut überstanden. Ich erinnere mich noch an meine Dschungeldurchquerung vor sechs Monaten. Eine einzige Qual. Diese Hitze, die Moskitos, der ständige Durst ...«

»Ihr seid schon seit sechs Monaten hier?«, hakte ich entsetzt nach, das durfte nicht wahr sein.

»Nur ich«, sagte Pedro. »Jose ist erst seit drei Monaten da.«

»Du wirst schon seit einem halben Jahr in diesem Lager gefangen gehalten?«, fragte Adriana fassungslos, und musterte sein attraktives Gesicht, als würde er uns verarschen.

»Was sind das für Leute?«, fragte Luisa beinahe tonlos. Ihre Unterlippe zitterte.

»Habt ihr schon mal etwas von dem Caquetá-Kartell gehört?«, fragte Jose. Mit seinen kleinen braunen Augen sah er in die Runde.

Ich schlug mir eine Hand vor den Mund. »Ich habe über dieses Kartell in der Zeitung gelesen, sie haben eine Bankierstochter entführt, sie monatelang gefangen gehalten und vergewaltigt. Die Täter wurden nie gefasst und ihr Vater kurz darauf von diesen Typen ermordet.«

»Genau die sind das.« Jose nickte. »Das war Enrica Rodriguez. Mein Vater ist ein Inspectore bei der Polizei, er ermittelt gegen diese Bande, darum haben sie mich entführt. Um ihn zu erpressen. Immerhin wurde Enrica freigelassen.«

Mein Blick glitt durch das Lager, streifte Rico, der noch immer am Feuer saß und Tee trank, danach jeden einzelnen dieser Wächter, die vor ihren Hütten auf dem Boden herumlungerten und Karten spielten. Diese Leute hatten also Enrica vergewaltigt, sie war erst sechzehn gewesen. Vielleicht war sogar Rico mit von der Partie gewesen und hatte sie festgehalten, als sie sich schreiend und strampelnd gegen diese Horde zur Wehr gesetzt hatte. Eine unglaubliche Angst stieg in mir auf, ein rabenschwarzes Gefühl, das sich nicht abschütteln ließ. Es klebte an meinem Rückgrat wie Teer. Ich dumme Kuh hatte Rico gestern auch noch Sex angeboten, was sollte ich tun, wenn diese Typen mich irgendwann beim Wort nahmen?

»Das hier ist nur ein Teil der Bande. Das Kartell ist ein riesiges Netzwerk, wahrscheinlich bis in die allerhöchsten politischen Kreise«, sagte Jose und strich sich sein welliges braunes Haar zurück. »Bei dem Haufen hier handelt es sich um Handlager, die irgendwelche Aufträge gegen einen dicken Batzen Geld ausführen. Sie haben Auftraggeber, die dahinterstecken.«

»Du weißt echt viel über die.« Luisas Stimme bebte.

»Mein Vater ist schon lange hinter ihnen her. Ich bin ein wichtiges Faustpfand für diese Verbrecher, deshalb werden die mich wohl nicht so schnell wieder gehen lassen.«

Luisa schluchzte auf, und mich überkam trotz meiner eigenen beschissenen Situation ein tiefes Mitleid für Jose.

»Die werden uns doch wieder gehen lassen«, keuchte Adriana. »Wenn sie Lösegeld erhalten, kommen wir bestimmt bald frei.«

»Ihr bestimmt«, Jose schenkte ihr ein verkniffenes Lächeln.

»Enrica haben sie doch auch freigelassen.« Pedro tätschelte Adrianas Hand.

»Schläft hier jemand?« Ich deutete auf eine Bastmatte, die neben uns lag.

»Nachts schnarcht hier einer der Wachposten«, antwortete Jose und überkreuzte seine lang ausgestreckten Beine. »Die Typen halten abwechselnd Nachtwache, also keine Chance zur Flucht.«

»Habt ihr noch nie versucht zu fliehen?« Ich hielt den Atem an.

Pedro lachte bitter auf und schüttelte den Kopf. »Wohin sollten wir schon gehen?« Mit einer weiten Armbewegung zeigte er auf den Dschungel.

Also machte sich nachts einer dieser fiesen Kerle direkt vor unserem Quartier breit. An dem kamen wir bestimmt nicht vorbei. Mein Magen verklumpte zu einem schweren Stein bei dem Gedanken, dass sich einer von denen im Dunklen in unsere Hütte schleichen könnte.

Pedro erzählte indessen weiter. »Die Wachposten dürfen nicht mit uns reden. Jegliche Kommunikation läuft ausschließlich über Carlos oder Rico. Sie trauen sich selbst nicht über den Weg.« Sein Gesichtsausdruck verfinsterte. »Also haben wir nicht mal eine Chance, einen dieser Typen auf unsere Seite zu ziehen.«

Joses schmale Lippen verzogen sich zu einem

spöttischen Grinsen. »Was ist? Habt ihr keine Lust, euer neues Schlafgemach zu begutachten?« Mit einem Satz war er auf den Beinen und schob die Decke beiseite, die vor dem Eingang hing. »Willkommen in der Villa Caquetá«, sagte er übertrieben förmlich und machte eine einladende Handbewegung. Sein olivgrünes Polohemd spannte sich eng um seinen Bauch.

Adriana stand als erste auf und musterte das triste Innere der Hütte angeekelt. »Das sieht ja einladend aus.«

Nacheinander betraten wir das enge und stickige Quartier. Von dem winzigen Fenster drang nur spärlich Licht zu uns herunter, aber wenigstens waren wir hier nicht andauernd den Blicken unserer Entführer ausgesetzt. An jeder Seite lag eine Bastmatte auf dem Boden, mit einer dünnen Decke darüber und in einer Ecke stand eine Packung Tampons. Meine Wangen flammten auf, obwohl jeder erwachsene Mensch wusste, dass Frauen diese Dinger nun mal ab und zu brauchten. Eigentlich sollte ich dankbar sein, dass wir von den Typen welche bekommen hatten und uns nicht mit Moos oder so behelfen mussten, wenn es soweit war.

Wir verteilten uns auf den Unterlagen, während Jose den Vorhang wieder zuzog und uns allein ließ.

»Das klingt nicht gut für uns. Ich will nicht enden wie Pedro oder Enrica.« Adriana rieb mit beiden Händen über ihre Oberschenkel. Ein Schluchzer von Luisa folgte.

»Die kriegen uns nicht klein«, erwiderte ich kämpferisch, aber mehr um mich selbst aus meiner Verzweiflung zu holen, die mich wie ein Strudel in ein schwarzes Loch zog.

»Die haben uns schon kleingekriegt.« Adriana starrte an die lehmverschmierte Bretterwand.

Luisa warf sich auf den Bauch und vergrub weinend ihr Gesicht in den Armen.

ELENA

Die Decke wurde ruppig zur Seite gerissen.
»Raus mit euch.« Rico stand im Eingang. »Ich zeige euch jetzt den Rest des Camps, bevor es dunkel wird.«

Benommen fuhr ich hoch, und benötigte ein paar Sekunden zur Orientierung, da ich so tief geschlafen hatte. Auch Luisa und Adriana setzten sich rasch auf. So schnell wie Rico erschienen war, verschwand er auch wieder.

Wir musterten uns regungslos, bis Adriana aufstand.
»Los, kommt.« Sie gab uns einen Wink. »Wir sollten ihn nicht wütend machen.«

Nacheinander traten wir ins Freie, wo Rico uns bereits erwartete.

»Kommt mit.« Er marschierte stramm voraus. Hastig gingen wir ihm nach. Ich hatte Mühe mit ihm Schritt zu halten.

Am anderen Ende des Lagers standen noch weitere Baracken, zu denen Rico uns hinführte. Ohne Vorwarnung blieb er auf halbem Weg vor einem schmalen Bretterverschlag stehen. Ich konnte nicht mehr reagieren und lief ihm ungebremst in den Rücken. Er erstarrte, bevor er sich betont langsam zu mir umdrehte, beide Arme zur Seite hob und sie auf seine Jeansshorts klatschen ließ. »Immer du!«

Meinen Wangen wurden heiß. »Entschuldigung.«

»Elena«, zischelte Adriana mir zu, als ob ich freiwillig auf Tuchfühlung mit dem Kerl gegangen wäre.

Mit einem Ruck öffnete er die verzogene, schmale Holztür des Verschlages. Außer einem tiefen Loch im Boden war nichts weiter zu entdecken, aber der Gestank, der daraus hervorquoll, roch schier unerträglich. Unwillkürlich hielt ich den Atem an, geschlossen wichen wir einen Schritt zurück.

»Das hier ist unser stilles Örtchen. Nicht so komfortabel wie bei euch zu Hause, nehme ich an, aber es erfüllt seinen Zweck.« Er schlug die Tür wieder zu und stapfte weiter.

Oh Gott. Hoffentlich fiel ich da nicht hinein.

Die nächste Station führte uns zu einer weiteren Hütte, ein Stückchen entfernt von der Toilette. Als Rico davor stehen blieb, bremste ich sofort ab.

»Das hier …«, sagte er brüsk und deutete auf zwei weitere Hütten daneben, »… sind unsere Provianthütten. Die gehen euch nichts an.« Er musterte uns der Reihe nach mit seinem stechenden Blick, bevor er den Vorhang zu der Hütte vor uns beiseite zerrte.

Zum Vorschein kam eine Art primitive Waschstation. In der Mitte des Raumes befand sich eine kleine Holzwanne, die gerade groß genug war, um sich hineinzusetzen. Ein verbeulter Blecheimer stand daneben und auf einem Baumstumpf lagen eine Flasche Shampoo, ein Stück Seife und eine alte Konservenbüchse mit einem weißen Pulver darin. Die Rückseite bestand ebenfalls lediglich aus einer herabhängenden Stoffbahn.

»Wie soll das funktionieren?«, fragte Adriana und zog die Schultern hoch.

Rico ging zur Rückseite der Baracke und zog auch den zweiten Vorhang beiseite. Dahinter kam ein Bächlein zum Vorschein, das am Camp vorbeifloss. Ein massiver Felsbrocken stand am Rand des Wasserlaufes. »Mit dem Eimer holt ihr Wasser und kippt es in die Wanne, dann könnt ihr euch waschen«, sagte er schroff und zeigte mit dem Finger auf das weiße Pulver. »Damit könnt ihr eure Kleidung reinigen, das ist Waschpulver. Benutzt das Zeug sparsam, wir haben nicht viel davon.«

»Wo können wir unsere Kleider trocknen? Und was ziehen wir so lange an?«, wagte ich leise zu fragen.

Rico verzog keine Miene. »Du ziehst deine Sachen einfach wieder an, bei diesen Temperaturen trocknet alles schnell. Wascht euch jetzt, ihr seht echt scheiße aus.«

Als ich an mir entlangblickte, musste ich seufzend zugeben, dass er recht hatte. Mein ursprünglich weißes T-Shirt sah inzwischen grau aus.

»Danach kommt zum Lagerfeuer, bevor es nichts mehr zu essen gibt.«

Ich musterte Rico verstohlen. Sein Haar hing ihm gewaschen und glänzend in die Stirn, er hatte sich rasiert, auch seine Shorts waren wieder fleckenlos.

Schon machte er Anstalten wegzugehen, als er sich doch noch einmal zu uns umdrehte. »Übrigens«, sagte er mit fester Stimme und wir zogen nacheinander die Köpfe ein. »Bei den Hütten der Wachposten habt ihr nichts verloren.« Er sah mich dabei an, worauf ich hastig nicke. Niemals würde ich freiwillig auf die andere Seite des Lagers gehen, darauf konnte er sich verlassen.

Nacheinander verschwanden wir hinter dem Vorhang. Den Anfang machte Luisa, danach kam Adriana dran. Als sie nach einer Ewigkeit endlich sauber und triefend nass herauskam, huschte ich erleichtert hinein und seufzte. Adriana hatte die Wanne nicht geleert, eine trübe Brühe schwamm in dem hölzernen Bottich. Angewidert hob ich den schweren Zuber an, um das Wasser in die gegrabene Rinne am Boden ablaufen zu lassen. Danach nahm ich den Eimer und trabte zum Bach. Als die Wanne voll war, zog ich mich aus, und lauschte dabei nach draußen, aber bis auf das Gezirpe der Grillen vernahm ich nichts. Zu allem Übel zerbrach auch noch der kleine Plastikring am Träger meines BHs. Verdammter Mist! Wütend klatschte ich das Wäschestück ins Wasser, bevor ich mich wusch und anschließend mein nasses Haar entwirrte. Mit dem Waschpulver rubbelte ich meine Kleider so gut es ging sauber. Was für eine Scheißarbeit, zu Hause hatte ich Personal, das solche Dinge für mich erledigte. Ich war gerade fertig, als es draußen vor der Hütte raschelte. Erschrocken hielt ich inne.

»Elena, was machst du so lange?«

Sofort erkannte ich Ricos Stimme. Er klang genervt und meinen Händen wuchsen Flügel. »Ich komme«, rief ich und fischte meine Shorts und den Slip aus dem Wasser. Hoffentlich kam er nicht herein. »Es waren zwei vor mir dran, die auch lange gebraucht haben.« Hastig zog ich beides an, ich hatte solchen Schiss, dass er einfach hereinschneien könnte. Danach angelte ich mein triefendes T-Shirt aus der Wanne und zog es mir so nass wie es war über den Kopf. Den kaputten BH steckte ich in die Hosentasche, vielleicht konnte ich den später irgendwie reparieren. Rasch ließ ich noch das Wasser ablaufen und flog geradezu durch den Vorhang, vor dem Rico noch immer auf mich wartete. Mit klopfendem Herzen blieb ich stehen.

»Na, keinen Fluchtweg gefunden?«, fragte er spöttisch. In der Tat hatte ich so lange gebraucht, weil ich am Bach nach einem Durchschlupf zum Abhauen gesucht, aber leider nichts entdeckt hatte. Wahrscheinlich hatte er mich beobachtet. Verdammter Mist. Die hatten uns echt immer im Blick.

»Du hast so lange gebraucht, da wollte ich nachsehen, ob du …« Er stockte mitten im Satz und starrte mich an.

»Ob ich noch da bin«, beendete ich seine Aussage für ihn.

»Nein, nein.« Rico schüttelte den Kopf und klang auf einmal anders. Er ging einen Schritt auf mich zu. »Du bist so …«, flüsterte er heiser.

Erschrocken wich ich zurück, worauf er stehenblieb. Ein Schauder jagte mir den Rücken hinab wie Eiskristalle. Er wirkte plötzlich so verändert, die sonstige Härte wich aus seiner Mimik und machte etwas wie Verlangen Platz.

Er starrte mich einfach nur an.

»Sauber?«, beendete ich erneut seinen Satz. »So sehe ich aus, wenn ich sauber bin.« Ich breitete die Arme aus, präsentierte mich ihm. »Ihr habt uns tagelang durch die verdreckten Büsche geschleppt, schon wieder vergessen?«

Rico verkniff sich eindeutig ein Grinsen. »Wenn du jetzt durchs Camp läufst, hast du die ganze Wächtermeute hinter dir.«

»Wieso?«, krächzte ich, meine Stimme versagte. Was deutete dieser Scheißkerl an? Dass ich fällig war?

Von ihm kam weiterhin keine Regung. Er betrachtete mich nur ausgiebig.

»Was?«, fauchte ich ihn an, ich würde mich unter Garantie nicht kampflos ergeben. »Wagt es nicht, mich anzufassen.«

Noch immer gab er keine Antwort und zog stattdessen einen Mundwinkel spöttisch nach oben. Er wusste genauso gut wie ich, dass ich keine Chance gegen sie hatte.

»Warum gaffst du mich so an?« Einen Moment lang vergaß ich, wer vor mir stand.

Mit dem Kinn deutete er auf mein T-Shirt, bevor er die Hände vor die Brust hielt, als würde er sich ergeben. »Ich denke mir nur, dass du wahrscheinlich so nicht an diesen Typen da draußen vorbeilaufen willst. Darum hab ich was gesagt.«

Als ich nach unten sah, erstarrte ich, bevor ich erschrocken aufjapste. Mein weißes Oberteil war so gut wie durchsichtig und klebte an meinem Körper. Es verbarg nichts. Absolut nichts! Deutlich drückten sich meine Brüste darunter ab, als stünde ich nackt vor ihm. Am liebsten wäre ich auf der Stelle in einem Loch versunken.

»Du solltest einen BH tragen«, sagte Rico spöttisch.

Hastig überkreuzte ich die Arme vor der Brust. »Hör auf, mich anzuglotzen«, fuhr ich ihn an, was er mit einem breiten Grinsen quittierte. Ich hetzte an ihm vorbei nach draußen, beachtete Luisa und Adriana nicht, die beim Lagerfeuer saßen und hielt erst an, als ich in der Hütte verschwand.

Als eine Stunde später der Vorhang zur Seite geschoben wurde, zuckten wir erschrocken zusammen.

Es war Pedro, der lässig im Eingang lehnte. »Wir haben gleich einundzwanzig Uhr. Dann müssen wir raus und uns vor der Hütte zum Abendappell aufstellen. Noch eine Schikane, die sich diese Säcke für uns ausgedacht haben.« Sein Kiefer verkrampfte sich. »Die Schweine wollen durchzählen, ob wir noch vollzählig sind, bevor sie sich wieder zu ihren Karten und dem Rum verkriechen«, sagte er in sarkastischem Tonfall.

»Ist das dein Ernst?« Adriana, die auf der Seite lag, richtete sich auf. »Ich dachte, da draußen schläft jemand und hält Nachtwache?«

»Er kommt zurück. Irgendwann gegen Mitternacht, wenn sie fertig gesoffen haben. Man muss schließlich Prioritäten setzen. So lange beobachten sie uns von dort drüben.« Mit dem Kinn deutete er in Richtung der Wachbaracken, seine Stimme triefte vor Hass. »Sie wollen uns einschüchtern, damit wir nicht mal den Versuch einer Flucht wagen. Kommt jetzt besser raus.«

Widerstrebend erhoben wir uns und folgten Pedro ins Freie. Luisas Mundwinkel zuckten, weshalb ich sie bei der Hand nahm. Zum Glück war mein T-Shirt bereits wieder trocken.

Mit wichtiger Miene schritt einer der Wächter vor uns auf und ab, sein Gewehr dabei immer im Anschlag, während wir in einer Reihe vor ihm standen. Er kostete den Appell lange aus. Aus geröteten Augen musterte er uns der Reihe nach, bis er dicht vor Adriana stehen blieb und schmierig grinste. Mit dem Lauf seines Gewehres strich er über ihre Wange den Hals hinunter und zwischen ihren Brüsten bis zum Bauch. Sie rührte sich nicht, es hatte den Anschein, als atmete sie nicht einmal mehr. Betont langsam beugte er sich zu ihr. Sein Gesicht war nur noch wenige Zentimeter von ihrem entfernt. Adrianas Wangen röteten sich, während ich fühlte, wie mir das Blut aus dem Gesicht wich. Absolute Stille umgab uns. Der Mann gab keinen Laut von sich und wir ebenfalls nicht. Plötzlich hob er die

Hand und es sah aus, als wollte er Adriana am Hals berühren, als ihn ein gellender Pfiff herumfahren ließ.

Ich zuckte zusammen und entdeckte Rico, der am Lagerfeuer saß. Als er dem Wächter einen Wink mit dem Kopf gab, drehte der sich sofort um und wankte zurück zu seinen Kumpanen.

»Oh, Gott. Ich dachte schon, er packt mich gleich«, flüsterte Adriana.

»Ich hätte dir geholfen.« Pedro legte schützend einen Arm um ihre Schultern und geleitete sie zurück zu den Hütten. Dafür schenkte Adriana ihm ein dankbares Lächeln.

RICO

Ich beobachtete reglos, wie eine Geisel nach der anderen in den Hütten verschwand. Verdammt. Es war tausend Mal anstrengender auf die Mädchen aufpassen zu müssen, als auf die beiden Jungs. Unsere Wächter verbrachten bereits Monate im Busch, ohne Abwechslung, ohne jemals eine Frau zu Gesicht zu bekommen, ohne Sex. Wie lange sie sich noch zurückhalten würden, wusste ich nicht. Ich würde rund um die Uhr ein gutes Auge auf die drei haben müssen, damit ihnen nichts passierte. Dabei erging es mir nicht anders. Als Elena vorhin in ihrem klatschnassen T-Shirt vor mir gestanden hatte. So sexy und hübsch. Da hätte ich sie am liebsten gepackt und an mich gerissen. Ich wollte sie küssen und ihre Brüste streicheln, die sich fest und rund unter dem hellen Stoff abgezeichnet hatten. Danach wollte ich sie unter meinen Körper zwingen, ihr mit den Hüften die Beine spreizen und in sie eindringen – wieder und wieder. Gestern hatte sie mir allen Ernstes Sex im Austausch für ihre Freiheit angeboten, während ich sie gehalten hatte und ihre Kurven fühlte. Sie war wirklich mehr als leichtsinnig, oder naiv. Besser gesagt: Eine Mischung aus beidem.

Ich beobachtete, wie Elena als Letzte durch den Vorhang schlüpfte. Man sah ihr den Ärger richtig an. Ihre kämpferische Haltung, der Mut, der in ihren Augen aufblitzte, und die unterdrückte Wut darin, wenn sie sich unbeobachtet fühlte. Ihre Gedanken kreisten pausenlos um Flucht, das sah ich ihr an und konnte es ihr nicht einmal verdenken. Aber zu ihrem eigenen Schutz musste ich ihr diese Flausen austreiben. Sie würde keine Nacht allein im Dschungel überstehen und wir konnten uns auch nicht pausenlos von ihr auf Trab halten lassen. Irgendwann würde es Carlos zu bunt werden und er würde kurzen Prozess mit ihr machen.

Mein Blick blieb an ihren langen dunklen Haaren haften. Ich mochte langes Haar bei Frauen, und ja, ich fand sie attraktiv – sehr sogar. Aber diese verwöhnte Göre verlangte meiner begrenzten Geduld alles ab. Sie zu bewachen fühlte sich an wie ein permanentes Kräftemessen, weil sie so unberechenbar, widerspenstig und impulsiv war. Es machte mich richtig wütend, dass sie mir so offen zeigte, wie sehr ich sie anwiderte. Normalerweise flogen die Mädchen auf mich, auf meine blonden Haare und mein für Kolumbien exotisches Aussehen. Wenn Carlos und ich uns zwischendurch mal für ein paar Tage in der Stadt aufhielten, musste ich nur eine Bar betreten, mich an den Tresen setzen und die Frauen kamen von ganz allein zu mir. Ich musste nichts dafür tun. Für eine schnelle Nummer fand sich immer eine Hübsche, ich interessierte mich nur für One-Night-Stands.

Vielleicht würde Elena anders auf mich reagieren, wenn wir uns unter normalen Umständen kennengelernt hätten. Was kaum passiert wäre, dafür lebten wir in viel zu verschiedenen Welten. Ich stammte aus den Favelas ihrer

Stadt, war in einer rostigen Blechhütte im Dreck aufgewachsen, direkt neben den Schlammfeldern, während sie in einer Villa großgeworden war. Ich hatte Fotos von ihrem Zuhause gesehen, von dem Luxus, der sie täglich umgab. Viel zu viel für drei Menschen. Wir hingegen hatten kaum etwas zu Essen auf dem Tisch gehabt. Ohne Chancen, ohne Jobs. Dafür umringt von Banden und dem ein oder anderen Schwachkopf, der mit seiner Waffe auf mich zielte. Es grenzte an ein Wunder, dass ich überhaupt noch lebte. Wir Leute aus der Unterschicht waren außerhalb unseres Gebietes nicht gern gesehen, während sich Menschen wie Elena und ihren Freunden so viele Möglichkeiten auftaten. Möglichkeiten, die sie nicht einmal nutzen mussten. Meistens schöpften sie ihr Potenzial gar nicht aus, weil es für ihr Überleben keine Rolle spielte. In ein paar Wochen würden wir die Mädchen freilassen, sie konnten zurück in ihre Welt gehen, und weiterleben wie vorher.

Ich drehte mich um und schüttelte die Gedanken ab, denn ich wusste tief in mir drin, dass danach nichts mehr in ihrem Leben so sein würde wie vorher, ich hingegen würde nichts mehr davon mitbekommen. Bald hatte ich genügend Geld zusammen, um diesem Scheißleben für immer zu entfliehen und irgendwo neu anzufangen. Der nächste Auftrag wartete auf uns, ein paar neue Geiseln, die sich dann hoffentlich nicht halb so störrisch verhielten wie Elena. Seufzend beugte ich mich vor und goss Tee in einen Becher. Genug Elena für heute.

ELENA

Ich schlug die Augen auf, auch Adriana und Luisa regten sich auf ihren Matten.

Luisa setzte sich hoch und hatte sofort wieder Tränen in den Augen. »Ich halte es in diesem Lager nicht länger aus. Ich muss endlich wissen, wie es meiner Mutter geht. Sie braucht mich. Bestimmt macht sie sich riesige Sorgen um mich. Was mache ich, wenn sich ihr Zustand jetzt erst richtig verschlechtert?«, schluchzte sie.

»Du hast an überhaupt nichts Schuld, hörst du?«, erwiderte ich, wir durften uns nicht auch noch selbst so fertig machen. »Rico hat versichert, dass sie uns freilassen, sobald sie was auch immer mit unseren Vätern geklärt haben. Es wird sicher nicht mehr lange dauern.«

»Wann hast du mit Rico darüber gesprochen?«, hakte Adriana nach.

Ich schluckte. Scheiße. »Wir ... wir haben kurz darüber geredet, als er mich durch den Dschungel geschleift hat«, log ich hastig. Auf keinen Fall durften die beiden erfahren, dass ich mich zu unserem Kidnapper auch noch freiwillig ans Lagerfeuer gesetzt hatte.

»Sei bloß vorsichtig, mit diesen Kerlen ist nicht zu spaßen.« Luisa klang ängstlich

»Bin ich«, versicherte ich rasch und stand auf. »Lasst uns rausgehen, hier drinnen ist es so stickig.«

Draußen auf der Veranda verschafften wir uns einen ersten Überblick, glücklicherweise war alles ruhig. Die Sonne brannte wie ein Glutball vom Himmel auf uns herunter, heizte die schwüle Luft auf und erschwerte das Atmen. Jose und Pedro erwarteten uns bereits. Die Wächter hockten im Kreis vor ihren Hütten herum und unterhielten sich lachend. Einer von ihnen hatte uns immer im Blick. Er zielte in den Himmel und feuerte einen Schuss ab, der durch das Vogelgezwitscher krachte. Erschrocken schrie ich auf.

»Das machen die gern, als kleine Abschreckung sozusagen«, sagte Pedro ohne äußere Regung. »Damit wollen die uns zeigen, wie locker ihnen der Finger am Abzug sitzt.«

»Und es hält die wilden Tiere fern«, warf Jose ein, aber Pedro beachtete ihn gar nicht.

»Los, gehen wir frühstücken.« Mit den Händen in den Hosentaschen schlenderte er in Richtung der Feuerstelle, wir eilten ihm hinterher.

»Zum Glück haben sich die Wachhunde schon verkrümelt und lungern wieder in ihrem Revier herum.« Pedro spuckte die Worte beinahe aus.

An der Feuerstelle verteilten wir uns auf den Baumstämmen, wo ich Tee für alle eingoß, ehe ich mir etwas von dem Brot abbrach, das dort lag. Es war zwar schon trocken und steinalt, aber mir tausend Mal lieber als der Eintopf, der schon wieder über dem Feuer vor sich hinsimmerte.

Ich nippte an meinem Becher, während wir alle einfach vor uns hinstarrten und diese Stille bedrückte mich fast noch mehr, als die Schüsse der Wächter. Die Minuten, wenn ich ins Grübeln kam, ließen sofort einen furchtbaren Schmerz in mir aufleben, wieder und wieder. Als wäre ich in einer Spirale gefangen. Es war kein körperlicher Schmerz, nicht von irgendwelchen Schlägen oder Tritten, wie ich sie die vergangenen Tage von Carlos hatte einstecken müssen, sondern ein anderer, der sich sogar noch schlimmer anfühlte. Hoffnungslosigkeit. Sie pirschte sich hinterrücks an mich heran und verdrängte alles andere. Ich konnte diesen Schmerz nicht kontrollieren, denn er erwischte mich da, wo er gerade wollte. Wie ein Tiefschlag und es hörte nicht auf, wehzutun. Die Wahrheit war: Ich konnte ihm nicht entkommen, genauso wenig wie meinen Entführern.

Ich hob den Kopf und sah die beiden Jungs an. »Was macht ihr hier den ganzen Tag?«

Jose zuckte mit den Achseln. »Nichts. Sie lassen uns nichts tun. Wir können nur dasitzen und vor uns hinstarren.«

»Ich werde verrückt, wenn das ewig so weitergeht.« Frustriert seufzte ich auf, jede Minute in diesem Camp zog sich wie Kaugummi. Wie sollte ich dieses eintönige Leben wochen- oder monatelang aushalten?

Jose schenkte mir ein aufmunterndes Lächeln. »Jedes Mal, wenn ich denke, es geht nicht mehr weiter, wenn ich total am Ende bin, dann stelle ich mir vor, wie ich in mein Lieblingsrestaurant spaziere und mir eine Riesenportion Empanadas bestelle.« Er leckte sich über die Lippen, seine Augen bekamen einen verträumten Ausdruck. »Ich meine nicht irgendwelche Maisfladen, sondern die aus dem Lunitas. Solche dicken knusprigen mit Chilli con Carne oder Wurst und Käse gefüllt, mit Koriandersauce und Salsa. Ich würde essen, bis ich platze. Ich will noch einmal in meinem Leben Empanadas essen.«

»Ich hätte es ihm sagen sollen«, platzte es plötzlich aus Luisa heraus.

»Was meinst du?«, fragte Adriana.

Luisa atmete tief durch. »Diesem Typen, der bei Gap arbeitet. Monate habe ich damit verschwendet ihn anzuhimmeln, und mich nicht getraut ihn anzusprechen. Dabei hätte ich ihm einfach sagen sollen, dass ich auf ihn stehe und vielleicht wäre er mit mir ausgegangen. Jetzt sitze ich hier in dieser Hölle fest und komme vielleicht nie mehr von hier weg und habe die Chance verpasst, mich in einen Jungen zu verlieben.«

»Eine Woche bevor ich entführt wurde«, kam es erneut von Jose, »habe ich ein Mädchen kennengelernt und sie ins Kino eingeladen, nachdem sie mich gebeten hatte, ihren neuen Laptop einzurichten. An dem Abend wartete ich im Foyer mit zwei Tickets in der Hand, aber sie erschien nicht. Also rief ich sie auf dem Handy an, doch ich erwischte immer nur ihre Mailbox. Gerade als ich gehen wollte, erschien plötzlich ihre Mutter und wollte mir das Geld für das Ticket ihrer Tochter zurückgeben. Ich kann euch gar nicht erzählen, wie peinlich mir das war. Am Ende habe ich mir dann mit ihrer Mutter den Film angesehen.« Er lachte leise auf. »Damals dachte ich noch, das wäre der schlimmste Tag meines Lebens gewesen und nicht mehr zu toppen.« Jose zuckte mit den Achseln. »So kann man sich irren.«

»Vielleicht ist es doch besser, dass ich den Typen nie angesprochen habe«, sagte Luisa und ließ den Kopf hängen. »Er sieht sowieso viel zu gut aus für mich.«

Jose stupste sie mit dem Ellenbogen an. »Ach, was. Wir werden alle noch so viele Gelegenheiten haben, von irgendjemandem versetzt zu werden, du wirst sehen«, sagte er und brachte Luisa zum allerersten Mal seit unserer Entführung zum Kichern. »Wichtig ist, dass wir stark bleiben, dann überstehen wir diese Höllenzeit auch, davon bin ich fest überzeugt.«

Pedro lehnte sich zurück. »Warte noch drei Monate, dann siehst du das anders.«

Jose schüttelte den Kopf. »Das denke ich nicht, ich gebe die Hoffnung niemals auf.«

Vielleicht hatte Jose recht und ich sollte nicht so früh schon verzweifeln. Ich war siebzehn Jahre alt und unsere Entführung erst ein paar Tage her. Es gab so viele Dinge in meinen Leben, die ich noch nicht gemacht hatte und noch tun wollte. Mich spontan in einen Jungen verlieben, die Schule endlich beenden und dann in den USA studieren. Um die Welt reisen. Einen Tequila Sunrise an der Copacabana trinken und mit Chino auf einem seiner Konzerte flirten. Wilde Partys feiern und anschließend den Sonnenaufgang beobachten. Arm in Arm mit meiner ganz großen Liebe. Mit Herzklopfen und allem drum und dran. Es gab noch so vieles, das da draußen auf mich wartete und ich wollte nicht zulassen, dass diese Männer mir mein Leben wegnahmen. Dieses Camp durfte nicht meine Endstation sein.

Stundenlang saßen wir bereits auf der Veranda vor unseren Hütten herum und taten nichts weiter als Warten. Darauf, dass die Zeit verging. Darauf, dass es Abend wurde und der Tag endlich vorbei war. Darauf, dass wir endlich freikamen. Schweißperlen rannen mir in dicken Tropfen den Rücken hinunter und sammelten sich am Bund meiner Shorts. Ich döste vor mich hin, es gab in dieser drückenden Hitze sonst in der Tat nichts zu tun. Pedro hatte seinen Kopf in Adrianas Schoß gelegt und lag mit geschlossenen Augen breit ausgestreckt neben ihr, was sie nicht zu stören schien. Sie hatte sich auf den Händen abgestützt und hielt ihr Gesicht in die gleißende Sonne.

Ich rappele mich auf die Beine.

»Wo gehst du hin?« Luisa setzte sich auf.

»Mich waschen, mir ist so heiß. Ich brauche eine Abkühlung«, antwortete ich im Weggehen.

»Du kannst doch nicht allein da hingehen«, erwiderte sie mit ängstlicher Stimme.

»Doch kann sie«, kam es von Pedro. »Wir dürfen immer in die Waschbaracke.«

»Ich mache schnell, keine Sorge. Außerdem ist gerade keiner von denen unterwegs, das will ich ausnutzen. Ich bin fertig, bis die zum Feuer kommen, versprochen.«

Am Bach angekommen, sah ich mich noch einmal genauer um. Vielleicht hatte ich in der Dämmerung irgendeinen Schlupfwinkel übersehen. Der Wasserlauf war weder breit noch sonderlich tief. Mit Leichtigkeit könnte ich auf die andere Seite gelangen, doch dort wuchsen Büsche so dicht beieinander, dass sie nicht die winzigste Lücke freigaben. Unmöglich, da hindurchzukommen. Wahrscheinlich müsste ich erst ein gutes Stück an ihnen entlanggehen, aber die Männer hatten mich immer im Visier, wie ich nach einem Blick über die Schulter feststellte. Unsere Kidnapper hatten eine strategisch äußerst günstige Stelle für das Lager ausgewählt. Zwar konnten wir uns innerhalb der von ihnen abgesteckten Zone frei bewegen, aber um in den Urwald eintauchen zu können, blieb uns nicht genügend Zeit. Vorher würden wir als lebende Zielscheibe enden.

Ich füllte die hölzerne Wanne mit Wasser, zog mich aus und wusch mich hastig, lauschte währenddessen immer mit einem Ohr nach draußen. Aber niemand näherte sich heute zum Glück der Waschbaracke.

In Lichtgeschwindigkeit war ich fertig und wieder

angezogen. Diesmal wrang ich mein T-Shirt sorgfältig aus, bevor ich es überstreifte, und durch den Vorhang nach draußen trat.

Scheiße. Ich hielt mitten in der Bewegung inne.

Die Männer hockten um das Lagerfeuer, aßen und unterhielten sich in voller Lautstärke. Auch Carlos saß bei ihnen. Bei seinem Anblick wurde mir sofort übel. Ich straffte die Schultern und rannte los, darauf hoffend, dass Carlos mich nicht registrierte. Heute wirkte er noch finsterer als sonst mit seiner grimmigen Miene. Auch Rico saß bei ihnen, der sich allerdings nicht an der Konversation dieser schmierigen Typen beteiligte.

Als ich schon fast an ihnen vorüber war, rief Carlos mich zurück und mein Blutdruck preschte steil in die Höhe. Ich hielt an, drehte mich jedoch nicht um.

»Komm schon her, du Schlampe«, rief er, als ich nicht reagierte.

Wie in Zeitlupe wandte ich mich um, mein Herz raste wie ein Schnellzug, als sie mich allesamt musterten.

Als Carlos mich mit einem Finger zu sich winkte, setzte ich mich langsam in Bewegung. Seine schwarzen Augen blitzten auf.

»Habt ihr euch schon gut bei uns eingelebt?« Er klang übertrieben interessiert.

Ich war zu keiner Antwort fähig, meine Unterlippe zitterte zu sehr.

»Gib mir sofort eine Antwort.«

»Ja, danke«, krächzte ich, bevor meine Stimme brach und ich aufschluchzte.

»Ich habe dich nicht gehört«, sagte er schärfer und musterte mich wie ein widerliches Insekt.

Mein Mund öffnete und schloss sich, aber mir kam kein einziges Wort über die Lippen.

»Was hast du gesagt?«, rief er so laut, dass ich zusammenschreckte.

Der Boden begann unter mir zu schwanken wie bei einem Erdbeben, ich musste mich schnellstens zusammenreißen und wischte über meine feuchte Stirn. »Ja, danke.« Meine Mundwinkel zuckten, ich konnte die Tränen nicht mehr zurückhalten und weinte vor ihm los.

Ein schmales Lächeln legte sich über Carlos' Lippen. »Das freut mich, zu hören«, erwiderte er. »Jetzt erfährst du verwöhnte Rotzgöre mal, wie die einfachen Leute in deinem Land leben müssen, während du deine Dienstboten in der Gegend herumscheuchst. Aber damit ist jetzt Schluss.«

Die Wächter saßen grinsend daneben. Alle, außer Rico, der mich einfach nur ansah und angespannt wirkte.

Ich ließ den Kopf hängen. Es machte keinen Sinn, Carlos zu antworten, denn er läutete soeben eine neue Runde in seinem perfiden Spiel ein, mich zu demütigen. Wie von selbst schaltete sich mein Geist ab und ich blendete Carlos aus. Beinahe fasziniert beobachtete ich, wie Tränen direkt von meinen Augen auf den Boden regneten, wo sie von der Erde aufgesogen wurden.

Wie durch einen Nebel drang Ricos Stimme an mein Ohr. »Carlos, lass sie in Ruhe. Du siehst doch, wie viel Angst sie vor dir hat.«

Sein Cousin lachte gehässig auf. »Das kleine Miststück wird mich erst noch kennenlernen, damit sie weiß, warum sie sich vor mir fürchten sollte.«

Rico schüttelte den Kopf. »Krieg dich wieder ein. Dieser Scheiß, den du andauernd abziehst, ist so unnötig. Die Geiseln sind alle friedlich.«

»Willst du sie für dich allein haben? Du musst es nur sagen.« Carlos deutete mit dem ausgestreckten Arm auf mich.

Eine unbändige Furcht vor allen beiden erfüllte mich. Die zwei redeten in einem Tonfall, als machten sie aus, wer von ihnen das letzte Stück Kuchen bekäme.

Rico saß völlig ungerührt auf seinem Platz, ja fast gleichgültig. »Was soll dieses Spielchen, Carlos? Warum jagst du der Kleinen solche Angst ein?«

»Stellt sich die Frage, vor wem sie mehr Angst haben sollte, vor dir oder mir, Rico?« Ohne eine Antwort abzuwarten, lachte Carlos schallend los.

»Ich habe vor euch beiden Angst«, flüsterte ich.

Carlos verschränkte die Arme vor der Brust. »Habe ich dir erlaubt, dich einzumischen?« Mit einem Satz schnellte er in die Höhe und gleichzeitig über den Baumstamm, auf dem er gesessen hatte. »Dir muss mal jemand ein paar Manieren beibringen, damit du endlich kapierst, mit wem du es zu tun hast.«

Als er auf mich zukam, wich ich zurück und schüttelte nur stumm den Kopf.

»Hör endlich auf. Sie hat doch längst kapiert, dass du hier das Sagen hast«, mischte sich Rico ein, der ebenfalls aufstand.

Carlos schnappte mich am Oberarm, worauf ich nur noch zu einem Wimmern imstande war. »Wer sagt denn, dass ich ihr etwas tun will, Rico? Ich kann sie auch trösten, genauso wie du.«

Rico stieß ein genervtes Schnauben aus. Ich riss mich los, und wollte davon, aber Carlos erwischte mich gleich wieder.

»Mach das nicht noch einmal.«

Mein Körper versteifte, als Carlos einen Arm um meine Taille legte und mich an sich zog. Die Wärme, die durch sein rotes T-Shirt auf mich überging, widerte mich an. Sein strenger Schweißgeruch stach mir in die Nase.

Mit einem Finger fuhr er über meine Wange. »Du bist

ein ganz hübsches Ding. Eine kleine Wildkatze, stimmt's? Die sind mir am liebsten.« Er flüsterte ganz nah an meinem Ohr und streifte mit seinem unrasierten Kinn meine Wange. »Solche wie dich kann man so schön zähmen.«

Ich schloss die Augen und war nicht mehr in der Lage mich zu bewegen, leise Schluchzer schüttelten mich. Oh, Gott. Was würde er jetzt mit mir anstellen?

»Was hast du denn?«, fragte er übertrieben besorgt. Mit den Fingerspitzen fuhr er an meinem Hals entlang. Sein Atem wurde ganz zittrig, als er den Ausschnitt meines T-Shirts erreichte.

»Bitte nicht«, schluchzte ich auf und seine Hand verschwand von meinem Körper.

Rico stand neben Carlos und hielt dessen Unterarm mit eisernem Griff umklammert. Sein Kiefer hatte sich verspannt. »Es reicht«, sagte er warnend zu seinem Cousin, aber mit so viel Wut im Gesicht, dass der sich losriss und einen Schritt beiseite trat.

Carlos setzte ein überhebliches Grinsen auf. »Ich wollte sie nur ein bisschen trösten, Rico. Damit sie aufhört, zu weinen.«

Rico stellte sich zwischen uns und überragte Carlos. »Sie beruhigt sich auch von allein wieder.«

Einige Sekunden duellierten sie sich mit Blicken, bis Carlos schließlich abwinkte. »Verschwinde zu den anderen Geiseln«, fuhr Carlos mich an, was ich mir nicht zweimal sagen ließ.

Ich rannte davon und stürmte an den anderen vorbei, hinein in die Hütte, wollte nur weg, fort aus Carlos' Blickfeld. Kraftlos sackte ich zu Boden und schlug beide Hände vors Gesicht. Adriana und Luisa, die alles von der Veranda aus beobachtet hatten, setzten sich neben mich und streichelten meinen Rücken.

»Dieser Teufel«, fluchte Pedro, der zusammen mit Jose hereinkam. Er schlug mit der Faust gegen den Holzpfosten, der den Eingang stützte. »Ich hoffe, dass sie allesamt irgendwann qualvoll verrecken, für das, was sie uns antun.«

»Sei still.« Adriana drehte sich zu ihm um. »Vielleicht steht schon einer von denen hinter dem Vorhang und belauscht uns.«

Pedro ging in die Hocke. »Es ist besser, wir bleiben bis zum Appell in unseren Hütten. Wenn diese Typen so aufgepeitscht sind, stacheln sie sich nur gegenseitig an.« Er hörte sich an, als spräche er aus Erfahrung.

Luisa nickte. »Am besten, wir verhalten uns ganz still. Wer weiß, was denen sonst noch einfällt.«

»Wir gehen zu uns rüber, ruh dich ein bisschen aus, Elena.« Pedro stand auf, und die beiden verschwanden nach draußen.

Ich hatte solche Angst um dich.« Adriana nahm mich in den Arm.

»Wir haben doch gar keine Chance, diesen Typen hier im Lager irgendwie zu entkommen«, schluchzte Luisa auf.

»Machen wir das Beste daraus«, sagte Adriana schwach und ließ mich wieder los.

Die Nacht breitete sich finster über dem Dschungel aus, aber ich lag noch immer wach auf meiner Matte. Die Ereignisse des Tages hatten ihre Spuren hinterlassen. Eine Zeit lang lauschte ich den tiefen Atemzügen von Adriana und Luisa, während ich in die Dunkelheit starrte und darauf wartete, endlich vom Schlaf besiegt zu werden. Ich drehte mich auf die Seite, es war unglaublich stickig in der Hütte, also stand ich auf, um ein bisschen frische Luft hereinzulassen, ehe der Wächter zu uns auf die Veranda kam.

Vorsichtig zupfte ich den Vorhang beiseite und spähte hinaus. Die Männer saßen bei ihren Hütten und spielten im Schein einer kleinen Lampe Karten. Ab und zu lachte einer auf.

Dann entdeckte ich Rico, der mit dem Rücken zu mir allein vor dem Lagerfeuer saß. Sein helles Haar setzte sich im Mondschein deutlich von den dunklen Umrissen seines gebräunten Oberkörpers ab. Er hatte mir vorhin schon wieder geholfen, ohne ihn wäre die Sache dieses Mal mit Sicherheit richtig böse für mich ausgegangen. Vielleicht sollte ich mich für seine Hilfe bedanken, er war der Einzige hier, der uns nicht schikanierte. Wenn er anfing, mit uns zu sympathisieren, könnte uns das irgendwann in der Zukunft vielleicht nützlich sein. Er war zwar auch unser Kidnapper, hatte uns ohne mit der Wimper zu zucken verschleppt, aber im Gegensatz zu den anderen, war er kein absoluter Unmensch.

Ich spähte zu den Wachleuten, keiner beachtete die Geiselhütten und ich nagte an meiner Unterlippe. Die Wächter saßen seitlich neben ihren Baracken und würden mich vom Feuer aus wahrscheinlich nicht bemerken, also trat ich einen Schritt auf die Veranda und blieb noch einmal stehen, bevor ich hinaus in die Nacht schlich.

Rico schob die Augenbrauen zusammen, als ich neben ihm auftauchte. »Willst du mir etwa schon wieder eine schnelle Nummer anbieten?«, fragte er schroff.

»Nein«, ich schüttelte den Kopf. »auf gar keinen Fall.« Abwehrend hob ich beide Hände vor die Brust. »Nicht im Geringsten. Ich will absolut nichts von dir.«

»Ich hätte dich auch weniger deutlich verstanden.« Er klang spöttisch, nicht sauer.

Scheiße, so krass hatte ich mich nicht ausdrücken

wollen. »Ich meine damit, ich halte mich an deinen Rat, das ist alles. Siehst du?« Ich schenkte ihm ein schwaches Lächeln. »Ich bin lernfähig, kein Troublemaker mehr.«

Ein winziges Grinsen wuchs auf seinen Lippen, während er mich musterte.

»Warum bist du dann hergekommen? Hattest du etwa Sehnsucht nach mir?« Er zwinkerte mir zu.

Ich knetete meine Finger. »Ich wollte mich nur bei dir bedanken.«

Er wich mit dem Kopf zurück. »Okay.«

Mehr kam nicht von ihm, er starrte wieder ins Feuer.

»Setz dich«, sagte er, als ich mich schon umdrehen wollte.

Ich verharrte mitten in der Bewegung. »Zu dir?«

»Du musst nicht, das war kein Befehl.«

Bedächtig ließ ich mich neben ihm auf dem Baumstamm nieder. »Deine Kumpels bemerken mich doch nicht, oder?« Mit dem Kinn nickte ich zu den Wächtern, die ich nur schemenhaft ausmachen konnte.

Er lachte verhalten. »Die sind so beschäftigt mit ihrem Saufgelage, um diese Zeit kriegen die nichts mehr um sich herum mit.« Er hielt inne. »Das hätte ich dir so deutlich wohl nicht sagen sollen«, fügte er hinzu, klang aber spöttisch und ich wusste, er machte sich nur über mich lustig.

»Ich werde unter Garantie nicht testen, wie wachsam sie um diese Uhrzeit sind.« Ich hob drei Finger zum Eid. »Ehrenwort.«

Er hob die Augenbrauen.

»Warum trinkst du nicht mit ihnen?«

»Einer muss doch einen klaren Kopf behalten, falls ihr irgendwelche Dummheiten ausheckt.«

»Ich sagte doch gerade, wir hauen nicht ab.«

Er verzog die Lippen. »Warum klingt das ausgerechnet aus deinem Mund so unglaubwürdig?«

»Vielleicht hast du nur einen falschen Eindruck von mir.«

Ein feines Grinsen umspielte seine Lippen. »Feige bist du zumindest nicht, das muss man dir lassen.«

»Ich will hier ganz und gar nicht den Helden spielen.«

Rico lachte. Er stützte sich mit den Unterarmen auf seinen Schenkeln ab. »Hast du dich schon mal gefragt, warum ausgerechnet du dauernd in unseren Fokus gerätst?«

»Weil ihr Fieslinge seid?«, antwortete ich, ohne zu überlegen, ließ es aber vorsichtshalber wie eine Frage anklingen.

»Das vielleicht auch«, er lachte. »Dich trifft es, weil du nie verbergen kannst, was in dir vorgeht. Du bist wie ein offenes Buch.«

»Darf ich dich etwas fragen?«

Er seufzte. »Was willst du denn wissen?«

»Was hat Carlos vorhin damit gemeint, ob du mich für dich allein haben möchtest?«

Rico legte den Kopf in den Nacken und sah hinauf zum Sternenhimmel. »Nichts! Nichts hat er damit gemeint.« Er atmete tief durch.

»Ich glaube dir nicht«, sagte ich leise und schluckte.

»Carlos wollte dir Angst einjagen.« Rico sah mir direkt in die Augen. »Das macht er gern.« Er nickte mir zu. »Siehst du in meinem Gesicht eine Lüge?«

Die Luft um uns herum flirrte vor Anspannung. Ich glaubte ihm kein einziges Wort, obwohl er diesen offenen und ehrlichen Blick hatte. »Meinte er damit das Gleiche wie bei Enrica Rodriguez? Diesem Mädchen, das vergangenes Jahr von euch entführt wurde? Hast du sie …« Ich hielt mitten im Reden inne und wagte kaum mehr, zu atmen. Diese Sache anzusprechen, war dumm von mir gewesen. Ich wollte doch sein Vertrauen gewinnen, und besser nicht erfahren, wozu er vielleicht fähig war. Er war der Einzige, der uns in dieser Hölle helfen konnte und ich hatte mit meiner unbedachten Äußerung nun eventuell alles verspielt.

Er wandte den Kopf, sein Kiefer verspannte sich. Rico wusste genau, wovon ich redete, er wusste, wer Enrica war und diese Erkenntnis ließ mir das Blut in den Adern gefrieren.

»Enrica«, sagte er nach einer längeren Pause und rieb sich mit dem Handrücken über sein Kinn, »war niemals hier. Bei uns im Lager, meine ich. Eine andere Gruppe hatte sie. Ich habe sie nie getroffen.«

»Ich habe solche Angst. Ihr tut uns bestimmt auch etwas an. Ich spüre es«, sprudelte es aus mir heraus, bevor ich mein Gehirn einschalten konnte.

Rico war merklich nicht erfreut über den Verlauf unseres Gespräches. »Du bist ein wirklich süßes Mädchen, aber wenn du weiterhin rebellierst, forderst du eine Reaktion geradezu heraus. Kapierst du das denn nicht?«

»Warum hast du mir vorhin geholfen?«

Er sah mir so tief in die Augen, dass mir ein Schauer über den Rücken rieselte. »Weil du viel zu hübsch bist.«

»Was?«

Er schüttelte den Kopf, als könnte er nicht glauben, was er von sich gegeben hatte, und winkte ab. »Vergiss es.«

»Du bist ja ganz schön oberflächlich«, neckte ich ihn und konnte mir ein Schmunzeln nicht verkneifen.

Eine von Ricos blonden Strähnen fiel ihm in die Stirn. »Ich hätte jeder von euch geholfen, falls dich das beruhigt.«

»Weil wir alle hübsch sind?«, hakte ich nach und zog jede Silbe in die Länge.

»Weil ihr zumindest nicht hässlich seid«, erwiderte er im selben Tonfall.

»Wann lasst ihr uns wieder frei?«

Im Sekundenbruchteil verschwand der heitere Ausdruck aus seinem Gesicht. »Wenn die Operation beendet ist.«

»Wann wird das sein?«, bettelte ich ihn an. »Bitte sag es mir, gib mir nur einen winzigen Hoffnungsschimmer, an den ich mich klammern kann.«

»Sag bloß, dir gefällt es nicht bei uns«, erwiderte er spöttisch, worauf ich prustete.

Er blickte ins Feuer. »Ich weiß es nicht.«

»Bitte!«

»Ich weiß es wirklich nicht.« Er zuckte lässig mit den Schultern. »Ich leite die Geschäfte nicht. Also für diese Information …« er grinste mich breit an. »musst du schon zu Carlos gehen.«

»Mit Sicherheit nicht.« Ich musterte ihn verstohlen, als er im selben Moment den Kopf wandte, sodass sich unsere Blicke unvorbereitet trafen und es mich blitzartig durchzuckte. Überrascht atmete ich durch. Auch Rico sah hastig wieder weg.

Eine Zeit lang saßen wir schweigend nebeneinander beim Feuer, das vor sich hin knisterte. Ab und zu flogen winzige Glutfetzen in die Luft und verglimmten in der Dunkelheit.

Ich räusperte mich. »Kannst du vielleicht wenigstens herausfinden, wie es Luisas Mutter geht? Luisa macht sich wahnsinnige Sorgen und wird noch verrückt vor Angst.« Vielleicht ließ er sich erweichen. »Gib wenigstens Luisa einen kleinen Hoffnungsschimmer.«

Er hob den Kopf.

»Ich muss morgen für zwei Tage weg.« Seine dunkle Stimme durchschnitt die Stille. »Vielleicht bringe ich etwas über ihre Mutter in Erfahrung, aber ich kann euch nichts versprechen.«

»Du musst weg?« Mein Hals zog sich zu. »Aber wieso? Ich meine…« Meine Stimme brach. Er ließ uns allein mit diesen Barbaren?

»Ich habe einen Auftrag zu erledigen, übermorgen Abend bin ich wieder zurück.«

»Dann sind wir ja ganz allein hier.« Mit zittrigen Fingern strich ich meine langen Haarsträhnen aus dem Gesicht. »Oh, Gott«, keuchte ich.

»Ihr seid nie allein hier.«

»Du weißt, was ich meine.«

»Sag bloß, du kriegst am Ende noch Sehnsucht nach mir.«

Tränen quollen in meinen Augen hoch. »Und Carlos? Geht der auch mit?«, flüsterte ich.

Kaum merklich schüttelte Rico den Kopf. »Nein, ich gehe allein.«

Ich erstarrte. Ab morgen war ich Carlos' Schikanen hilflos ausgeliefert, und keiner war mehr da, der ihn davon abhalten würde. Wer konnte voraussagen, ob ich dessen nächste Attacke überhaupt überlebte? Und wenn ja, in welchem Zustand ich mich dann befand. Enrica Rodriguez' Zeitungsbild erschien in Gedanken vor mir, dieses hübsche Mädchen, das sie mit roher Gewalt gebrochen hatten und ich sackte schluchzend in mich zusammen. »Bitte geh nicht. Lass uns nicht allein mit ihm.«

Er legte mir einen Arm um die Schultern und zog mich an sich heran. Ich lehnte meinen Kopf an seine Brust und weinte mit bebenden Schultern. »Geh nicht, geh nicht. Wenn du weg bist, was wird dann aus uns?«

Mit dem Zeigefinger wischte er mir Tränen aus dem Gesicht. »Ich rede mit Carlos. Er wird dir nichts tun.«

Als ich unfein schniefte, ließ Rico mich wieder los. Erst jetzt wurde mir bewusst, dass mein Kidnapper mich im Arm gehalten hatte und ich rückte unwillkürlich von ihm ab.

»Jetzt hast du mich ganz nass gemacht«, sagte er sanft und ich betrachtete die feuchten Spuren auf seinem Brustkorb, die meine Tränen hinterlassen hatten, während alles in mir vor Panik lichterloh flammte.

»Tut mir leid.« Ich brachte kaum mehr ein Wort heraus.

Rico lächelte mir aufmunternd zu. »Geh schlafen.« Er zeigte auf die Wachbaracken. »Felipe steht auf, er übernimmt heute die Nachtwache und sollte dich nicht mit mir zusammen sehen.«

Sofort war ich auf den Beinen, hielt dann aber noch einmal inne. »Warum bist du eigentlich nicht drüben bei deinen Leuten?«

Er wiegte seinen Kopf von einer Seite auf die andere, als würde er nachdenken. »Sagen wir mal, ich und die, wir haben nicht viel gemeinsam.«

»Das stimmt«, gab ich ihm recht. »Ihr könntet unterschiedlicher nicht sein.«

Rico grinste schief. »Geh endlich, er kommt schon rüber.«

Rasch machte ich mich davon und schlüpfte durch den Vorhang in die Hütte.

RICO

Zielstrebig marschierte ich frühmorgens in Carlos' Hütte, der saß an seinem Holztisch und aß wilde Bananen. »Ich mache mich jetzt auf den Weg. Finger weg von den Geiseln, hörst du?«, verwarnte ich ihn und erntete ein höhnisches Lachen.

»Welches der drei Vögelchen meinst du denn im Speziellen? Damit ich Bescheid weiß. Oder geht nur mal wieder dein Beschützerinstinkt mit dir durch?«

»Lass sie einfach in Ruhe, okay?«, erwiderte ich versöhnlicher, um ihn nicht auch noch anzustacheln. »Du gefährdest sonst die Mission«, erinnerte ich ihn daran, wie wichtig die drei für uns und unsere Auftraggeber waren.

»Konzentrier du dich lieber mehr auf die Mission, statt mit unserer Geisel Händchen zu halten«, Carlos lehnte sich zurück und verschränkte die Arme.

Er hatte mich also beobachtet, als ich Elena im Schlaf beruhigt hatte. Wahrscheinlich war er deshalb plötzlich so versessen auf sie.

»Mir geht es ausschließlich um das Geld, und das

kriegen wir nur, wenn ihnen nichts passiert«, erinnerte ich ihn an die strikte Order unserer Auftraggeber.

»Ich würde den hübschen Dingern doch niemals auch nur ein Haar krümmen.« Sein fieses Grinsen sagte etwas ganz anderes.

»Lass sie in Ruhe«, warnte ich ihn erneut und schärfer, aber er winkte nur ab.

»Kümmer dich um deinen Auftrag, der ist jetzt wichtiger, als dir Sorgen um ein paar verwöhnte Bälger zu machen. Jede Einzelne hat eine Abreibung mehr als verdient. Señor Estrubal ist persönlich im Hauptlager, um die weiteren Planungen mit dir zu besprechen. Er wird dir alle Neuigkeiten über die Verhandlungen mit den Vätern dieser Gören berichten. Ich möchte die Mädchen so schnell wie möglich wieder loswerden … lebendig, keine Sorge. Ihre Väter hatten inzwischen genügend Zeit, um über unsere Forderungen nachzudenken. Ich will endlich wissen, wie weit wir in dieser Sache vorangeschritten sind.«

»Warum gehst du nicht?«

»Weil du dich langsam auch mal ein bisschen mehr einbringen kannst. Oder willst du nicht irgendwann einmal mein Nachfolger werden?«

Mit Sicherheit nicht.

»Hast du per Funk Bescheid gegeben, dass wir Informationen über den Gesundheitszustand von Luisas Mutter brauchen?«

»Die Schlampe soll warten, bis zu ihrer Freilassung, dann erfährt sie schon, wie es ihrer Mutter geht.«

»Carlos.« Ich konnte ein genervtes Schnauben nicht unterdrücken. »Ihre Mutter ist schwer krank. Du weißt doch haargenau, wie sich das anfühlt, wenn man erfährt, dass die eigene Mutter im Sterben liegt und man kann nicht da sein.«

Für den Bruchteil einer Sekunde flatterten seine Lider. »Ich habe nachgefragt, zufrieden? Falls sie etwas herausbekommen, wird Estrubal dir Bericht erstatten.«

»Ich danke dir.« Kurz nickte ich ihm zu, bevor ich mich umdrehte und Carlos' Hütte verließ.

Ich marschierte aus dem Lager und richtete den Kompass aus. Die Sonne ging gerade erst auf und ich hatte ein paar Stunden strammen Fußmarsch vor mir. Mit großen Schritten stapfte ich durch das Dickicht. Wenn ich mich beeilte, konnte ich vielleicht schon heute Nachmittag alles Nötige mit Estrubal besprechen und morgen in aller Frühe wieder aufbrechen, um so schnell wie möglich wieder zurück zu sein. Dann ließ ich die Geiseln nicht allzu lange allein.

Fluchend kämpfte ich mich durch das Gestrüpp aus Matesträuchern und Monsteras, wild wuchernden Farnen und Baumriesen und kam schlechter voran als gedacht. Verdammt, dieser verfluchte Dschungel.

Erst am Abend, kurz vor Sonnenuntergang, erreichte ich das primitive Zeltlager mitten in der Wildnis, das so ähnlich aussah wie unseres. Lehmverschmierte Hütten standen im Halbkreis um ein Lagerfeuer, auch ein Bach floss daran vorbei. Die Standorte wurden alle akribisch ausgesucht, jedes Detail musste passen. Fluchtpfade waren zu allen Seiten in die Büsche geschlagen, die Estrubals Leute vom Lager aus jederzeit einsehen konnten, sodass niemand die Möglichkeit hatte, sich unbemerkt zu nähern. In dieser Basis gab es auch, anders als bei uns, eine professionelle Funkstation sowie Telefone.

Nur Carlos besaß ein Satellitentelefon, das er in Ausnahmefällen und weit weg vom Lager benutzte. Zu groß war unsere Angst davor, abgehört zu werden. Aus diesem Grund behalfen wir uns mit Kurieren, die wichtige Nachrichten von einer Gruppe zur nächsten brachten.

Ich brauchte sowieso kein Telefon. Als ich vor zwei Jahren dem Caquetá Kartell beitrat, weil Carlos mir versprochen hatte, er würde mich reich machen, musste ich alle meine Kontakte abbrechen. Ich hatte keinen Job gefunden, obwohl ich sogar die Schule mit guten Noten abgeschlossen hatte. Aber eine Schulbildung in meinem Stadtteil zählte nicht viel und so blieb mir nur das Kartell. Jetzt gab es kein Zurück mehr.

Ich spazierte durchs Lager. Zwei Männer saßen am Feuer, die mich beobachteten. Einer stand auf und humpelte mir entgegen.

»Rico, da bist du ja endlich«, lallte er mit glasigen Augen und strich mit einer Hand über seinen ungepflegten Bart. »Señor Estrubal wartet schon seit Stunden auf dich. Du sollst gleich zu ihm gehen.« Er stieß mir seinen Ellenbogen in die Rippen. »Der Señor ist ziemlich sauer.«

Ich ignorierte den Kerl, genauso wie den Rest der Bande, der verstreut herumlümmelte. In diesem Camp war Enrica Rodriguez gefangen gehalten worden und ich hoffte aus tiefstem Herzen, dass sie allesamt eines Tages für das, was sie ihr angetan hatten, in der Hölle schmorten.

Das Zelt des Señors war so hoch, dass ich mühelos darin stehen konnte, als ich eintrat und nur mit einfachen Heringen am Boden befestigt.

Señor Estrubal saß an einem Tisch und ich blickte direkt in sein aufgedunsenes Gesicht. Neben ihm saß ein Kerl in Anzug und Krawatte, der mir vollkommen unbekannt war.

»Komm her«, Estrubal winkte mich zu sich.

Ich setzte mich zu ihnen, während Estrubal ein Taschentuch aus seiner schwarzen Stoffhose zupfte und sich den Schweiß von der Stirn wischte.

»Du bist verdammt spät dran und hast die Telefonkonferenz verpasst. Unser Gast hier wartet auch schon ewig. Wo zum Teufel steckt Carlos?« Er warf einen Blick an mir vorbei zum Ausgang.

»Er ist nicht mitgekommen«, ich zuckte mit den Achseln. »Carlos hat mit Córdobas Auftrag zu tun. Den hast du doch nicht vergessen, oder?« Ich verschaffte mir einen raschen Eindruck. Hier befand sich eine richtige Schaltzentrale. Auf einem wackligen Klapptisch an der Zeltwand stand ein Laptop, beschriebene Papiere und ein Handy lagen daneben.

Der Kerl im Anzug musterte mich. Abfällig und unterschwellig aggressiv.

»Nein, habe ich nicht. Wir haben alles koordiniert«, sagte Estrubal scharf.

»Dann können wir die Mädchen hoffentlich bald wieder freilassen«, konnte ich mir nicht verkneifen.

»Wer ist der Kerl?« Der Fremde wandte sich an Estrubal und fuhr sich mit Daumen und Zeigefinger über seinen Schnurrbart.

Estrubal schenkte drei Becher mit Rum voll und schob jedem von uns einen hinüber. Fuck. Ich hasste Alkohol. In dieser Hitze behielt ich lieber einen klaren Kopf. Während ich noch überlegte, ob ich ablehnen sollte, erhob Estrubal bereits sein Glas.

»Erst mal auf das Geschäft.«

Der Fremde prostete mir zu und kippte die scharfe Flüssigkeit in einem Zug hinunter. Ich verzog das Gesicht, ehe ich beschloss, die zwei nicht gleich zu Beginn zu verärgern. Widerwillig hob ich mein Glas und trank einen großen Schluck. Der billige Fusel brannte mir die Speiseröhre hinunter.

»Das ist Rico, Carlos' Stellvertreter«, stellte Estrubal mich dann doch noch vor. »Eigentlich dachte ich, dass

Carlos persönlich vorbeischaut, aber ihm scheint Córdoba mehr am Herzen zu liegen, als wir. Deshalb müssen wir wohl oder übel mit seinem Adjutanten vorliebnehmen.«

Ich ignorierte Estrubals Gerede und konzentrierte mich stattdessen auf den anderen Typen. Wer war der Kerl, der mich die ganze Zeit über so abschätzig musterte, dass ich große Lust verspürte, ihm dafür die Nase zu brechen.

»Der Señor hier ist unser zweiter Auftraggeber«, kam Estrubal zur Sache, als hätte er meine Gedanken erraten.« Sein Name ist unwichtig für dich.«

»Darf ich wenigstens erfahren, worum es geht?« Ich hoffte auf ein paar detailliertere Informationen, als die mickrigen, die wir vorab bekommen hatten. Immerhin liefen mehrere Deals parallel ab. Da war noch Pedro, die Verhandlungen mit seinen Eltern zogen sich in die Länge, und Jose würde ohnehin nicht so schnell wieder in Freiheit gelangen.

Die Miene des Schnurrbartträgers verfinsterte sich. »Zuerst einmal werdet ihr den Mädchen kein Haar krümmen, verstanden? Das ist Grundbedingung. Ich will nur ein Geschäft durchziehen, keiner soll zu Schaden kommen.«

Unwillkürlich kam mir Carlos in den Sinn.

»Wie rücksichtsvoll«, erwiderte ich spöttisch.

Der Anzugträger sprang von seinem Stuhl auf. »Wenn sich auch nur einer von euch Mistkerlen an den Mädchen vergreift, hetze ich meine Leute auf euer Lager. Córdobas Geisel geht mich nichts an, aber die beiden anderen lasst ihr in Ruhe. Mit einer Hand voll Kleinkrimineller wie euch, die sich im Dschungel verstecken, mache ich kurzen Prozess, wenn ihr euch meinen Anweisungen widersetzt.« Er schlug mit der Faust auf den Tisch.

Wow. Da hatte tatsächlich einer dieser Kerle Probleme mit seinem Gewissen?

»Von einem dahergelaufenen Möchtegernmafioso wie dir lasse ich mich nicht verscheißern. Du weißt nicht, mit wem du es zu tun hast«, schrie er mich an.

Estrubal beugte sich über den Tisch und griff nach dessen Arm. »Setz dich. Rico ist nur der Überbringer, Carlos leitet die Angelegenheit. Sie werden den Mädchen kein Haar krümmen.« Er deutete mit dem Zeigefinger auf mich. »Ihr haltet euch an diese Order, kapiert? Verdammt noch mal, warum kommt Carlos nicht selbst her?« Estrubal nestelte am obersten Knopf seines Hemdes herum und öffnete ihn. Er kannte Carlos' unberechenbare Art genauso gut wie ich und bekam wohl Schiss vor diesem halben Hemd an seinem Tisch. Was war das für einer, wenn sogar der Kommandant vor ihm kuschte?

Während sich der Señor wieder setzte und mich immer noch feindselig taxierte, wuchs meine Neugierde. Was steckte hinter dieser Sache? Doch so viel mehr, als man uns weismachte, das sah ich allen beiden an. Die Stimmung im Zelt war angespannt und zum Schneiden dick.

Unverhofft fing der Mann zu reden an. »Señor Estrubal hat mir von Córdobas Plänen erzählt, die kleine Vicente zu entführen. Ihr Vater ist ein einflussreicher Spediteur, der uns dabei helfen wird ein paar Gelder zu waschen, während er für Córdoba Drogen mit seinem Lastwagen über die Grenze schmuggelt. Das wird nicht lange dauern, zwei bis drei Wochen. Bis dahin ist auch Córdobas Aktion erledigt und der Gute wird gar nicht mitbekommen, dass neben seinen Geschäften noch ein anderer Deal abläuft und wir ihn übers Ohr gehauen haben. Anschließend lasst ihr die Mädchen frei, und bekommt eure vereinbarte Kohle. Jeweils hunderttausend US Dollar für dich und Carlos, wie abgemacht. Im Gegenzug krümmt ihr den drei Mädchen kein Haar, ihr dreckigen Verbrecher. Die Entführung soll leise über die Bühne gehen, das ist auch in

Córdobas Sinne. Er darf keinen Verdacht schöpfen, dass es um mehr, als sein beschissenes Problem mit Vicente geht. Die Polizei sucht euch schon mit großem Aufgebot, aber die Eltern sind kooperativ. Wir haben sie unter Beobachtung. Sie werden zahlen. Sind die Mädchen erst einmal unversehrt zurück, leiten deren Familien vor lauter Erleichterung bestimmt auch keine weiteren Schritte ein. Vor allem dann nicht, wenn wir noch eine kleine Drohung hinterherschicken. Es darf nichts schiefgehen, das Geschäft ist zu wichtig. Wir dürfen keinen Staub aufwirbeln. Weder Córdoba noch die Polizei sollten uns zu früh in die Quere kommen. Wir brauchen nur ein paar Wochen, dann ist alles beendet. Eure Aufgabe ist es lediglich, die Mädchen so lange bei euch zu behalten, damit wir alles Nötige abwickeln können. Das ist alles. Gewalt ist nicht notwendig.«

Der Kerl hatte Nerven. Córdoba war einer der einflussreichsten und gefährlichsten Mafiabosse von ganz Kolumbien, dessen Beziehungen bis in die höchsten Kreise reichten. Córdoba war derjenige, der Adrianas Vater zu weiteren Drogenlieferungen erpresste. Das war dessen Hauptanliegen, für das bisschen Lösegeld interessierte der Pate sich nicht. Die Polizei allerdings glaubte, es würde uns einzig und allein darum gehen. Aus diesem Grund hatten wir neben der Kleinen auch ihre beiden Freundinnen entführt, um den Fokus von Vicente zu lenken und gleichzeitig ein dreifaches Lösegeld abzusahnen - für dieselbe Arbeit. Dass nebenher noch eine kleine Geldwäscheaktion ablief, ahnte der Mafiaboss also nicht. Diese Information war uns ebenfalls neu. Wollten die Lösegeld waschen? Es war riskant, Córdoba zu hintergehen und zwei heikle Operationen gleichzeitig ablaufen zu lassen. Sollte die Sache mit dem zweiten Mann auffliegen, konnte es gut sein, dass die Polizei auch Córdoba auf die Spur kam. Estrubal hatte wirklich Nerven.

Und wir steckten mittendrin. Flog Córdoba oder der andere Mann auf, traf es auch uns. Passierte den Geiseln etwas, hatten wir ein Killerkommando am Hals. Schöne Aussichten dafür, dass wir nur einen Bruchteil des Geldes sahen.

»Wie läuft es mit Córdobas Aktion?«, hakte ich nach. »Wie ist da der Stand?«

Estrubal leerte sein Glas in einem Zug. Ein paar Tropfen Rum liefen über sein Kinn, die er mit dem Ärmel seines weißen Hemdes abwischte. »Ich habe vorhin mit Córdoba geredet. Der meinte, die Verhandlungen mit Armando Vicente, dem Vater dieser …« Er suchte angestrengt nach dem Namen und schnippte mit den Fingern in der Luft.

»Adriana«, half ich ihm aus.

Estrubal nickte und schenkte sich das Glas voll, »Armando hat zwar zugesagt, auch in Zukunft die Drogenfahrten mit seiner Spedition zu übernehmen, doch die Schmiergelder an der Grenze würden ihn mit der Zeit ruinieren. Anscheinend muss er neue Transportwege finden, außerdem sind die Unregelmäßigkeiten in seinen Büchern bereits auffällig.« Verbittert lachte Estrubal auf. »Das ist doch nicht unser Problem. Der Kerl hat jahrelang mit Córdoba gemeinsame Sache gemacht und ein Vermögen verdient. Und plötzlich glaubt der Hund, er kann sich einfach aus dem Staub machen? Er wird spuren, sonst beenden wir diese Geschäftsbeziehung auf unsere Art. Genau aus diesem Grund muss alles so schnell gehen. Wir haben dem Kerl eine Woche Zeit zum Überlegen gegeben, bis dahin muss er die Lieferung für Córdoba geregelt haben. Carlos muss nächste Woche unbedingt herkommen, richte ihm das aus.« Er legte die Stirn in tiefe Falten. »Wehe, er schickt wieder dich.«

Ich schluckte. Was diese Typen vorhatten, war selbstmörderischer Wahnsinn. Sollte Córdoba ihnen auf die Schliche kommen, würden wir allesamt mit abgeschnittenen Köpfen im Dickicht enden. »Ich richte es Carlos aus«, ich nickte Estrubal zu. »Montanez und Espinosa, was ist mit denen? Zahlen sie?« Selbstverständlich verzichteten wir nicht auf dieses Lösegeld, das wir als eine Art Beifang einstrichen.

Estrubal wirkte für einen Moment irritiert und rieb über seine breite Nase, an der feine rote Adern sichtbar waren. »Ach die«, sagte er schließlich und winkte gelassen ab. »Alberto Espinosa würde uns lieber heute als morgen sein gesamtes Hab und Gut übergeben, um sein Töchterchen wohlbehalten zurückzubekommen. Der macht uns keine Schwierigkeiten. Roberto Montanez ist garantiert auch kooperativ, es läuft.«

»Wie ist der Gesundheitszustand von Señora Espinosa?«

»Warum interessiert dich das?« Estrubal nickte mir zu, Schweiß lief ihm in Strömen über sein gerötetes Gesicht, den er immer wieder mit seinem Stofftaschentuch abwischte.

»Weil dieses Mädchen fast verrückt wird vor Angst und du von uns verlangst, wir sollen sie gut behandeln. Also, wie geht es der Frau? Eine einfache Information. Ist das zu viel verlangt?«

Der Kerl im Anzug räusperte sich. »Wie ich erfahren konnte, liegt sie im Krankenhaus. Sie hat bereits Metastasen in der Leber und den Lymphdrüsen. Es dauert wohl nicht mehr lange, diese Krebsform, die sie hat, ist sehr aggressiv.«

»Was?«, ich beugte mich über den Tisch. »Ist das euer Ernst? Wir halten ein Mädchen gefangen, während ihre Mutter stirbt?«

»Schlechtes Timing, kommt vor.« Estrubal zuckte mit den Achseln.

»Wir sollten sie freilassen, vielleicht bleibt ihr sonst keine Zeit mehr, sich von ihrer Mutter zu verabschieden.«

»Wirst du jetzt sentimental?«, fuhr Estrubal mich an.

»Wir können sie nicht freilassen«, grätschte der Anzugträger dazwischen. »Erst wenn alles glatt über die Bühne gelaufen ist. Ich riskiere ganz bestimmt nicht dieses unglaublich wichtige Geschäft, weil ein Mädchen traurig ist.«

»Aber ihr braucht sie doch gar nicht für den Deal. Euch reicht doch Adriana. Zieht die Lösegeldübergabe wenigstens für Luisa vor und dann lasst sie frei«, schlug ich vor, weil das nicht ihr Ernst sein konnte und wurde sofort unterbrochen.

»Hast du sie noch alle?« Estrubal tippte sich an die Stirn. »Wir müssten zwei separate Lösegeldübergaben binnen Wochen organsieren. Zweimal Gefahr laufen, von der Polizei geschnappt zu werden. Hast du eine Ahnung, wie riskant dein Vorschlag ist? Kommt überhaupt nicht infrage. Das Mädchen bleibt so lange bei euch wie ihre Freundinnen.«

»Ich erwarte eine reibungslose Abwicklung des Deals, ohne irgendwelche eigenmächtigen Schnellschüsse aus Mitleid, richte das Carlos aus«, legte der Anzugträger nach, der Carlos allem Anschein nach nicht kannte. Sonst wüsste er, dass meinem Cousin nichts mehr egal war, als das Befinden der Geiseln.

»Was springt eigentlich beim Lösegeld für uns heraus?« Ich kratzte mich am Hinterkopf, als würde ich überlegen.

»Zehn Prozent wie immer«, antwortete Estrubal wie aus der Pistole geschossen und stellte seinen Becher hörbar auf dem Tisch ab. »Die Hälfte im Voraus und den Rest nach Erledigung des Auftrages.«

»Von allen drei Mädchen möchte ich hoffen. Außerdem haben wir uns eine kleine Aufwandsentschädigung verdient. Jetzt, wo wir die Prinzesschen auf Händen tragen müssen.« Ich grinste breit und war mir vollkommen bewusst, dass ich den Anzugtypen damit bis aufs Blut reizte.

Der knirschte sofort mit den Zähnen. »Sei froh, wenn du lebend aus der Sache rauskommst, du Hund. Aber gut, noch mal zehn Prozent obendrauf, sofern alles reibungslos klappt und die Geiseln wohlbehalten in Sicherheit sind. Deal?« Er streckte mir die Hand hin und ich schlug nach kurzem Zögern ein. Lukrativ war dieser Auftrag, das auf jeden Fall.

Ich spürte die unterschwellige Angst, die in dem Anzugträger zitterte. Obwohl er sich vor mir als knallharter Geschäftsmann ausgab, war diesem Typen nicht wohl in seiner Haut. Sollte der Kerl ruhig bluten. Allerdings sollte ich mich morgen in aller Frühe schleunigst auf den Rückweg machen, um Carlos davon abzuhalten, die Mädchen unter seine Fittiche zu nehmen. Es stand zu viel Geld auf dem Spiel, das ich nicht verlieren wollte. Und Carlos war unberechenbar. Außerdem hatte ich ein bisschen Schiss um Elena, musste ich zugeben.

Estrubal prostete uns erneut zu, der alte Säufer. Sogar der Schnurrbartträger leerte seinen Becher, ohne mit der Wimper zu zucken.

Deshalb würgte auch ich den Rest meines Rums herunter, bevor ich aufstand. »Wenn es sonst nichts mehr zu besprechen gibt, gehe ich jetzt einen Happen essen und lege mich aufs Ohr. Morgen in aller Frühe mache ich mich auf den Rückweg, um Carlos so schnell wie möglich Bescheid zu geben.« Ich versuchte, meiner Stimme einen geschäftlichen Tonfall zu verleihen. Keine Emotion hineinzulegen, die irgendwie verraten könnten, wie es in mir aussah. Nämlich beschissen.

Estrubal füllte die Gläser voll, ohne aufzusehen, während der andere mich zum Abschied lediglich finster musterte. »Geh nur. Die Männer sollen dir zu essen geben, wir haben so weit alles geklärt.«

Ich ging nach draußen ins Freie und atmete die frische Luft ein, die im Zelt unglaublich stickig gewesen war. Wie hielt es Estrubal nur die ganze Zeit da drin aus? Ich selbst verbrachte immer nur ein paar kurze Stunden zum Schlafen in meiner Hütte und musste sie nach dem Aufstehen immer sofort wieder verlassen.

Ich schlenderte über den zugewachsenen Boden zum Lagerfeuer, wo die beiden Männer noch immer saßen, sich unterhielten und soffen.

Der Hinkende sah an mir hoch, als ich die Stämme erreichte. »Na, Hunger?«

Ich nickte müde und ließ mich neben ihm nieder, während der Kerl eine Schüssel mit dem dampfenden Eintopf füllte und mir reichte. Ich begann zu löffeln. Der Fraß schmeckte noch widerlicher als das Zeug, das die Wächter bei uns fabrizierten, aber mein Magen knurrte und außerdem war mir der Geschmack im Prinzip auch egal. Mit einem seltsamen Gefühl in der Herzgegend betrachtete ich den Himmel, der sich langsam verdüsterte, das Gezirpe der Grillen schloss uns von allen Seiten ein wie ein luftiger Umhang.

Plötzlich und vollkommen unerwartet stieg eine

unglaubliche Wut in mir hoch. Ich saß in diesem verdammten Dschungel fest und erledigte die Drecksarbeit für diesen arroganten Haufen. Was hatte ich hier überhaupt verloren? Zwei Jahre verschwendete ich bereits in diesen Lagern, dabei wollte ich schon längst weg sein. Weit entfernt ein neues Leben beginnen. Wo mich keiner kannte. Niemand wusste, was ich getan hatte. Ich wünschte mir eine Frau – und auch wieder nicht. Camila kam mir in den Sinn, meine erste große Liebe. Wir hatten uns in der Schule kennengelernt. Ich war einer der wenigen aus meinem Viertel gewesen, der bis zum Abschluss durchgehalten hatte. Es gab die Chance auf eine Schweißerlehre, eine Ausbildung, gesponsort von irgendwelchen reichen Schnöseln unserer Stadt, um arme aber fleissige Leute aus der Favela, dem Armenviertel, zu holen und ihnen eine Perspektive zu geben. Als Schweißer hätte ich genug verdient, um später einmal eine Familie zu ernähren. Das war mein Plan gewesen. Mir ein Leben mit Camila aufzubauen. Etwas Solides. Ehrliches. Bis sie mich mit einem Kerl betrogen hatte, der sein Geld als Zuhälter und Drogenkurier verdiente und ihr teure Geschenke machte, die ich mir niemals leisten konnte. Nicht einmal als Schweißer. Sie hatte mich sofort verlassen und sich diesem Typen in die Arme gestürzt. Ich war so am Boden zerstört gewesen, dass ich Carlos' dreckiges Angebot annahm, und ihm in den Dschungel folgte, nur um wegzukommen. Ein Jahr später hatte ich zufällig erfahren, dass Camila auch diesen Zuhälter mit einem anderen hintergangen hatte, der ihr dafür bei lebendigem Leib den Kopf abgeschnitten hatte. Was auch immer sie getan hatte, dieses Ende hatte Camila nicht verdient.

Der Hinkende sprach mich an, sein übler Atem wehte mir ins Gesicht. »Habt ihr alles geklärt?«

»Alles wurde besprochen, morgen früh breche ich auf.«

»Ihr habt zu viele Geiseln bei euch«, sagte der Mann und trank einen großen Schluck aus seinem Becher. »Warum gebt ihr nicht eine oder zwei ab? Dann könntet ihr euch mehr auf die wichtigen Dinge konzentrieren.«

Ich wusste, er spielte auf die Mädchen an. Drecksack. Aber der Kerl hatte nicht unrecht, gerade befanden sich ungewöhnlich viele Gefangene auf einmal bei uns. Normalerweise beschränkten wir uns auf höchstens drei Geiseln, aber Javier hatte uns kurzfristig verständigt und die Gelegenheit war günstig gewesen, sodass wir die Gelegenheit beim Schopf ergriffen. Dieser Auftrag brachte mir so viel Geld ein, dass ich ziemlich bald abhauen konnte und für den Rest meines Lebens versorgt war.

Für einen Augenblick erwog ich sogar, Pedro hierherzuschaffen, der sich nicht weniger aufsässig wie Elena verhielt und die Mädchen am Ende noch auf dumme Ideen brachte. Allerdings benahm sich Estrubal ähnlich unberechenbar wie Carlos, und wer wusste, was diese Leute hier mit ihm anstellen würden. »Wir haben alles im Griff«, sagte ich und trank einen Schluck Tee. »Die Geiseln verhalten sich ruhig, und wie es aussieht, ist die große Operation sowieso bald beendet.«

Der Mann lachte, tiefe Falten gruben sich um seine Augen in die Haut. »Da hat der feine Herr da drinnen es besser. Der vornehme Señor lässt sich mit dem Hubschrauber herchauffieren und einfach über dem Lager abseilen.« Mit zittriger Hand führte er die Rumflasche zum Mund, aus der er einen großen Schluck nahm. »Der Kerl kommt öfters her. Anscheinend sind die beiden Freunde aus Jugendtagen. Ich wusste nicht, dass Estrubal edler Herkunft ist.« Ein gehässiges Lachen begleitete seine Worte.

Ich horchte auf. Freunde? Irgendwie wurde ich das Gefühl nicht los, dass hier ein ganz anderes Spiel gespielt wurde. Der Hinkende bot mir Rum an, diesmal lehnte ich ab. »Ich haue mich aufs Ohr.« Ich stand auf und ging davon.

ELENA

Am späten Nachmittag lagen wir auf der Veranda und hofften, dass keiner der Wächter auf uns aufmerksam wurde, während ich einen kleinen Skorpion im Auge behielt, der am Rand des Bretterbodens entlangwuselte, bis er schließlich im Gebüsch verschwand. Ein Skorpionstich würde mir zu meiner miesen Situation gerade noch fehlen. Rico war tatsächlich weg und nun fühlte es sich noch tausendmal Mal schlimmer an, hier gefangen zu sein - mit diesen Typen, die uns schmierig angrinsten, wann immer sich versehentlich unsere Blicke kreuzten. Als würden sie den ganzen Tag nur darauf lauern, uns irgendeine Reaktion zu entlocken. Die Jungs hatten recht behalten. Seit unserer Ankunft hatte keiner der Wächter jemals auch nur ein Wort mit uns gewechselt.

»Ich habe solchen Durst, aber allein will ich nicht zum Lagerfeuer gehen«, sagte Luisa.

»Komm.« Jose stand auf und hielt ihr die Hand hin. »Ich begleite dich.«

Luisa ließ sich hochziehen. »Die beobachten uns.« Ihr Blick schweifte hinüber zu den Wächtern, die auf dem

Boden verteilt vor ihren Hütten lümmelten, sich lachend miteinander unterhielten, während sie uns anstarrten.

»Die bleiben drüben, keine Sorge«, sagte Jose aufmunternd und nahm Luisa bei der Hand.

»Bringt ihr mir eine Tasse Tee mit?« Ich blieb sitzen, obwohl ich seit Stunden nichts getrunken hatte und behielt weiterhin Carlos' geschlossene Tür im Auge. Auf keinen Fall wollte ich ihm noch einmal in die Arme rennen, vor allem nicht, solange Rico weg war. Sobald er herauskam, würde ich in unserer Hütte verschwinden.

Jose wandte sich zu mir um. »Tut mir leid, aber wir dürfen nur am Feuer essen und trinken.«

Schweren Herzens stand ich auf, um die beiden zu begleiten und rasch etwas Tee zu trinken. Ich würde schnell machen, rasend schnell sogar. Obwohl ich mich bei genauer Betrachtung lächerlich verhielt. Carlos konnte sich jederzeit über mich hermachen, wann immer er Lust hatte. Aber ich wollte nicht mehr in sein direktes Visier geraten. Gerade als ich mich in Bewegung setzte, betrat ein Mann das Camp und sofort blieb ich stehen. Die feinen Härchen an meinem Nacken stellten sich auf.

Auch er stoppte jäh und ließ mich nicht aus den Augen, wie ein Jäger, der ein Reh auf der Lichtung erspähte. Ich hatte diesen Mann noch nie zuvor gesehen.

Schließlich schlenderte er weiter, an unseren Hütten vorbei, ohne mich oder die anderen zu beachten.

Luisa und Jose kamen zu uns zurück, nachdem er die Feuerstelle passiert hatte.

Ich wirbelte herum. »Pedro, Adriana«, flüsterte ich, obwohl der Kerl mich mit Sicherheit nicht mehr hören konnte. Die beiden lagen immer noch mit geschlossenen Augen auf der Veranda und hatten nichts mitbekommen. Sie setzten sich auf.

»Was ist?«, fragte Adriana und gähnte.

Mit einem kurzen Kopfnicken deutete ich dem Mann hinterher, der wie die Wächter schmutzige Kleidung trug und eine Waffe geschultert hatte. Außerdem schleppte er einen großen Rucksack auf dem Rücken.

Einer der Wachleute bemerkte den Herannahenden. »Eduardo!« Er winkte ihm zu. »Komm her. Was bringst du uns Gutes?«

Der ganze Wächtertrupp rappelte sich hoch, sie begrüßten den Ankömmling und klopften ihm auf die Schulter.

»Das Übliche«, sagte der abwinkend. »Ein paar Sachen zu essen und natürlich etwas gegen den Durst.« Der Fremde nahm seinen Rucksack ab und förderte eine große Flasche Rum zutage, die er den Männern mit einer übertriebenen Geste vor die Füße stellte.

Die Wächter jubelten und klatschten, worauf Carlos aus seiner Hütte kam und zu dem unerwarteten Besucher ging. Die beiden umarmten sich herzlich wie alte Freunde.

»Was machst du hier? Wir haben dich nicht so früh erwartet.« Carlos schob ihn eine Armlänge von sich.

»Ich habe Neuigkeiten für dich, keine sehr guten leider …« Eduardo richtete seinen finsteren Blick in unsere Richtung. »Lass uns zu dir reingehen, dann können wir alles in Ruhe besprechen«, fuhr er fort, worauf Carlos nickte. Gemeinsam verschwanden sie in seiner Hütte.

Adriana und ich wechselten verwunderte Blicke.

»Wer ist der Kerl? Kennt ihr den?«, frage Luisa die beiden Jungs, ihre Stimme glich einem Hauchen.

»Das scheint mir kein Bote zu sein.« Jose nickte Pedro zu. »Was meinst du?«

»Ich glaube auch nicht«, erwiderte Pedro, bevor er sich an Adriana wandte, die ihn fragend musterte. »Alle paar Wochen kommen ein paar Typen in den Dschungel, die uns Proviantnachschub bringen. Die Wächter nennen sie

Boten. Aber es lohnt sich kaum, wenn nur einer diesen Marsch auf sich nimmt. Was der in seinem Rucksack hat, reicht kaum ein paar Tage. Der Typ kommt mir eher vor wie ein Kurier. Er hat sich auch gleich mit Carlos in dessen Hütte verkrümelt.«

»Was meinst du mit Kurier?«, hakte Adriana nach.

»Was haben die denn noch alles?«, quietschte Luisa auf und klang ganz verzweifelt.

»Das Kartell verfügt über ein ausgezeichnetes Netzwerk.« Jose seufzte. »Die Typen telefonieren nicht miteinander, das ist ihnen zu riskant. Die haben Angst, dass man sie abhört, deshalb schicken sie für wichtige Botschaften Kuriere. Es kamen schon öfter welche vorbei in der Vergangenheit, müsst ihr wissen …«

Pedro unterbrach ihn. Es schien ihm ein Anliegen zu sein, Joses Satz zu vollenden. »Aber noch nie haben diese Leute irgendwelche guten Nachrichten gebracht.«

»Was machen wir jetzt?« Luisas Unterlippe bebte.

»Nichts«, Pedro zuckte mit den Schultern und lehnte sich gegen die Hütte, »wir können nur abwarten und hoffen, dass die nichts von uns wollen. Was sollen wir schon anderes machen? Einen Stuhlkreis bilden und mit ihnen über ihr Verhalten diskutieren?«

Eine gefühlte Ewigkeit später öffnete sich die Tür zu Carlos' Hütte erneut. Die beiden Männer kamen gemeinsam heraus. Carlos redete unaufhörlich und mit geballten Fäusten auf Eduardo ein, während der uns mit verächtlicher Miene unverhohlen anstarrte.

Mein Magen zog sich zusammen. Irgendetwas war im Gange. Etwas, das mit uns zu tun hatte. Und Rico war nicht da!

Als sich die beiden Männer in Gang setzten, verschwommen deren Gesichter vor meinen Augen, weil sie sich mit Tränen füllten. Nur schemenhaft konnte ich noch erahnen, wie die zwei näherkamen.

Als Carlos und sein Begleiter uns erreichten, standen wir geschlossen auf. Meine Finger verkrampften sich ineinander, scharf schnitten meine Fingernägel ins Fleisch, aber dieser Schmerz war nichts gegen die Angst, die in mir tobte.

Dieser Eduardo hielt eine Kamera in der Hand. Was zum Teufel hatte er damit vor?

Sofort ging Carlos vor uns in Aufstellung und machte wie immer erst mal eine wirksame Pause, indem er uns einzeln und nacheinander mit seinem scharfen Blick aufs Korn nahm.

Mittlerweile konnte ich seine Gestik und Mimik bereits voraussagen, sie wirkte einstudiert. Oder wie ein Wahn, der unkontrolliert in ihm hochschoss.

Mit bedächtigen Schritten lief er auf und ab. Die Vene an seinem Hals pulsierte und trat deutlich hervor. »Du«, sagte er laut und blieb stehen. Mit dem ausgestreckten Zeigefinger deutete er auf Pedro, der sofort zusammenzuckte.

Beinahe gleichzeitig verspürte ich ein Gefühl der Erleichterung und schämte mich fast dafür. Es hatte nicht mich erwischt, diesmal nicht. Aber dafür Pedro und helle Panik löschte dieses leichte Gefühl sofort aus meinen Venen.

Er trat nahe an Pedro heran, dem bereits die ersten Schweißperlen auf die Stirn traten. Seine Atmung klang seltsam unkontrolliert. Fast so, als spürte er Carlos' Zorn heute zum ersten Mal. Wirre Gedanken rasten durch meinen Kopf, absolut unzusammenhängend und unkontrollierbar. Ein wanderndes Skelett tauchte vor einem Sonnenaufgang auf, danach erschien mein Zuhause mit einem Grabstein im Vorgarten, auf dem mein Name in goldenen Buchstaben stand. Nichts blieb von mir übrig, außer meinem Namen, realisierte ich und fand diese Vorstellung grauenhaft. Ich würde keine Kinder in die Welt setzen, niemals Großmutter werden, keine Nachkommen haben. Carlos würde mir all das nehmen, weil er die Macht über mich und mein Leben hatte. Die Bilder blitzten in Sekundenbruchteilen durch mein Gehirn und ließen sich nicht verarbeiten.

»Komm zu mir her, sofort!« Carlos weidete sich an Pedros Furcht. Sein Gesicht rötete sich und hatte einen erschreckenden Ausdruck, aber noch blieb er einigermaßen ruhig.

Nach Momenten des Zögerns trat Pedro einen zaghaften Schritt nach vorn. Im ersten Moment sah es so aus, als wollte er etwas erwidern.

Mit angehaltenem Atem wartete ich darauf, was er wohl sagen würde. *Sag bloß nichts Verkehrtes, Pedro. Carlos wartet nur darauf.*

Zu meiner Erleichterung ließ Pedro einfach nur den Kopf hängen.

Mit großen Schritten spazierte Carlos vor ihm auf und ab. Zwei Schritte, Drehung, zwei Schritte, Drehung, während Eduardo danebenstand und fasziniert Carlos' Show beobachtete. Die Drehung war mir neu, die hatte Carlos bisher noch nicht vorgeführt. Ich schüttelte den Kopf über meine abstrusen Gedanken.

Carlos' Gesichtsausdruck veränderte sich, er machte eine Miene, als wollte er sich im nächsten Moment auf Pedro stürzen wie ein wilder Stier, der kurz davor stand, alles wegzuräumen, was ihm im Weg stand. »Sieh mich an, wenn ich mit dir rede«, sagte er scharf und betonte jedes Wort.

Zwar gehorchte Pedro, aber es kostete ihn sichtlich alles an Überwindung. Nur zu gut konnte ich mich in ihn hineinversetzen. Diesem Mann in das Gesicht zu blicken, hieß, dem Teufel ins Antlitz zu sehen, als ob man in der Hölle stände.

»Ich habe gerade erfahren, dass deine Eltern Forderungen stellen. Sie weigern sich sogar, weiterhin mit uns zusammenzuarbeiten. Was sagst du dazu?« Nur wenige Zentimeter trennten ihre Gesichter, aus Carlos' Stimme troff blanker Hass.

Noch immer blieb Pedro stumm und starrte an ihm vorbei ins Leere, nur seine Mundwinkel zuckten heftig.

»Ich habe dich etwas gefragt!« Carlos stieß ihn mit beiden Händen brutal zu Boden. »Los, sag! Wie findest du das?«

Pedro kauerte sich zusammen und hob schützend einen Arm vors Gesicht, brachte jedoch keinen Ton über die Lippen.

Ich krallte mich an Joses Arm fest. Die Sache hier lief anders als bei mir gestern, Carlos ging es nicht darum, Pedro Respekt einzuflößen. Dieser Teufel spielte kein Spiel, sondern machte bitteren Ernst!

»Ich werde deinen Eltern zeigen, mit wem sie sich anlegen! Die glauben wohl immer noch, dass sie was zu melden haben, dieses arrogante Scheiß-Millionärspack«, brüllte er mit weit aufgerissenen Augen. »Alles was ihr besitzt, habt ihr diesem Land gestohlen, uns einfachen Leuten aus den Taschen gezogen, mit eurer Korruption und euren Intrigen. Aber damit ist Schluss!« Er bückte sich und schlug Pedro mit dem Handballen gegen die Stirn. Pedro jaulte auf, regte sich jedoch nicht.

Ich versteckte mein Gesicht halb hinter Joses Arm und bemerkte, dass auch er am ganzen Körper zitterte. Hinter meinem Rücken machte sich Luisa klein. Adriana stand starr am selben Platz, alle Farbe war aus ihrem Gesicht gewichen. Vor Angst wie gelähmt, sahen wir einfach nur zu.

Äußerlich wieder gelassen spazierte Carlos einmal komplett um Pedro herum und spuckte vor ihm aus. »Sieh hoch, wenn ich mit dir rede.« Seine Stimme klang auffallend ruhig.

Als Pedro nach oben blinzelte, zog Carlos unvermittelt eine Pistole unter seinem T-Shirt hervor, die er ihm an die Stirn hielt. Ich riss die Augen auf. Dies war nur ein Ausschnitt, ein Stück Film auf einer Leinwand. Was sich hier abspielte, konnte nicht real sein. Ich würde niemandem beim Sterben zusehen.

Mit gequälter Miene rappelte sich Pedro vom Boden hoch und kniete vor Carlos, der Pistolenlauf berührte seine Haut.

Das hinterhältige Grinsen kehrte in Carlos' Gesicht zurück, während er beobachtete, wie Pedros Körper heftig zu zucken begann. »Deine Eltern verlangen ein Lebenszeichen von uns oder sie brechen die Verhandlungen auf der Stelle ab. Diese Brut traut uns nicht. Uns! Sie sind erst wieder bereit, mit uns zusammenzuarbeiten, wenn sie wissen, dass du noch kein Jaguarfutter geworden bist. Die zwei stellen Forderungen an mich, was sagst du dazu?« Diesmal wartete er nur wenige Sekunden ab. »Niemand stellt Forderungen an mich, verstanden? Niemand«, brüllte er. »Ihr Lebenszeichen können die Schweine haben.« Wie zur Bestätigung nickte er die ganze Zeit.

Mit einer unwirschen Handbewegung winkte er seinen Begleiter dazu. »Eduardo, mach deine Bilder und danach blase ich diesem kleinen Wurm hier das Licht aus. Seine Eltern können seine Leiche im Dschungel suchen gehen. Ich habe sowieso keine Verwendung mehr für ihn.«

Pedro schlug die Hände vors Gesicht. »Nein!« Seine Stimme klang schrill. »Nein, bitte, tu das nicht. Ich will noch nicht sterben. Bitte erschieß mich nicht. Lass mich am Leben!«

Indessen knipste Eduardo ihn ungerührt von allen Seiten, schoss betont langsam Fotos von dem verzweifelten Pedro, der mit der Pistole an der Stirn am Boden kauerte.

»Bitte verschone mich. Meine Eltern werden einlenken, da bin ich mir sicher. Das haben sie nicht so gemeint. Sie werden alle deine Forderungen erfüllen. Bitte töte mich nicht, ich mache auch alles, was du sagst. Wirklich alles!«

Pedro kniete aufrecht vor Carlos, der ihn reglos musterte. »Los, winsle um dein Leben, vielleicht überlege ich es mir dann noch einmal anders.« Dabei nickte er beängstigend langsam, als wollte er ihn überzeugen. Seine Pupillen weiteten sich und erhielten einen erschreckenden Ausdruck.

Pedro wich mit dem Oberkörper zurück. Seine Züge hatten sich verkrampft, nur seine Mundwinkel bebten. »Mein Vater besitzt viel Geld, viel mehr, als ihr glaubt. Er hat Millionen in Offshore-Konten weltweit. Du kannst noch viel mehr von ihm verlangen, wenn ihr mich am Leben lasst. Meine Eltern wollen mich zurück, sie werden dir geben, was du verlangst. Bring mich nicht so vorschnell um.«

Pedro sah Carlos so flehentlich an, dass sein Anblick mich bis in die Seele schmerzte. Mit zittrigem Atem wartete ich auf Carlos' Reaktion. Ich hatte noch nie einen Menschen sterben sehen, und Pedro sollte auf keinen Fall der Erste sein, nicht hier und nicht so. Fragen schossen durch meinen Kopf. Wirre unsinnige Dinge. Wie es wohl aussah, wenn ein Mensch starb? Wenn die Kugel durch seine Schädeldecke drang, und das Gehirn nach allen

Seiten spritzte. Ich würde gemeinsam mit Pedro sterben, falls Carlos abdrückte, beschloss ich spontan und hielt mich bereit. Nach vorn gehen und ihn bitten, auch mich zu erschießen. Mit diesem Bild im Kopf könnte ich nicht weiterleben. Aus tiefstem Herzen hoffte ich, dass Carlos eines Tages langsam und qualvoll zugrunde gehen würde für das, was er hier tat.

Dieser jedoch lachte nur. Er lachte und lachte, auf seine fiese Art. »Was meinst du, Eduardo? Sollen wir den Preis noch weiter in die Höhe treiben? Anscheinend hat sein Alter mehr auf der hohen Kante als vermutet.«

Eduardo grinste für einen winzigen Augenblick. »Beende das Theater endlich, damit wir auch noch einen Schluck aus der Rumflasche abbekommen, bevor deine Leute uns alles wegsaufen.«

Carlos schien zu überlegen und blickte wirr durch die Gegend. Plötzlich riss er den Kopf herum.

»Bitte nicht«, flüsterte Pedro.

»Zu spät«, sagte Carlos eiskalt und drückte ab.

Schluchzend hielt ich mir die Augen zu.

Nur ein leises Klicken war zu hören, nichts weiter. Carlos hatte zwar abgedrückt, aber die Waffe war nicht geladen gewesen. Nun stand er laut lachend über Pedro, während dieser weinend und zitternd vor ihm zu Boden sank. Es schien endlos zu dauern, bis er auf der Erde lag.

»Ich bin mir sicher, dass sich deine Eltern nach diesem Lebenszeichen zukünftig um einiges kooperativer zeigen werden«, Carlos steckte die Pistole ein. »Bei der nächsten unverschämten Anfrage bekommen sie etwas Persönliches von dir. ... Deine Hand.« Er drehte sich um und schlenderte pfeifend zurück zu seiner Hütte. Eduardo folgte ihm und klopfte Carlos auf die Schulter, als wäre er ein Held und kein mieser Feigling, der sich vor unbewaffneten Geiseln aufspielte.

Momente vergingen, in denen wir alle weiterhin regungslos dastanden. Erst nach und nach waren wir in der Lage, uns aus unserer Starre zu lösen, um Pedro zu helfen, der immer noch auf der Erde lag. Seine Schultern bebten.

Jose und ich halfen ihm auf die Beine und stützten ihn so gut wir konnten.

»Komm mit.« Ich schlang einen Arm um seine Taille, nahm danach seine Hand und legte sie mir über die Schultern. »Wir bringen dich in die Hütte. Du solltest dich besser hinlegen.«

Pedro konnte nicht mehr selbstständig gehen, seine Beine knickten bei jedem Schritt weg.

»Der Typ ist total durchgeknallt«, sagte Jose leise, aber aufgebracht.

Ich schaffte lediglich ein Nicken.

Behutsam ließen wir Pedro auf seine Matte sinken, ehe ich zum Vorhang ging und nach draußen spähte, wo Luisa und Adriana auf der Veranda kauerten und sich gegenseitig schluchzend in den Armen hielten. Nach einem prüfenden Blick hinüber zu Carlos' Hütte schlüpfte ich ins Freie und eilte zum Lagerfeuer. Mit zittrigen Fingern goss ich Matetee in einen Becher und hetzte zurück in die rettende Hütte, die mich vor den Blicken der Kidnapper abschirmte. Es war mir scheißegal, dass wir nur beim Feuer trinken durften. »Hier, trink das. Ein bisschen Tee wird dir gut tun.« Als ich Pedro das dampfende Getränk unter die Nase hielt, lächelte er schwach.

»Danke.« Ein Schluck Tee schwappte über den Rand auf sein weißes Hemd und hinterließ eine gelbe Spur. Er trank einen Schluck und lehnte sich zurück gegen die Hüttenwand.

Noch immer war ich vollkommen durcheinander.

Dieser rohe Gewaltausbruch wäre nicht notwendig gewesen. Pedros Eltern wollten ein Lebenszeichen von ihrem Sohn, doch nur allzu verständlich nach dieser langen Zeit der Gefangenschaft. Auf einmal fragte ich mich, was Carlos wohl mir antun würde, falls meine Eltern einen Beweis forderten, dass ich noch am Leben war.

Jose hatte sich auf seine Matte verzogen. »Carlos ist kein Mensch«, sagte er. »Der Kerl ist nichts anderes als ein Monster.«

Pedro sah mich an »Glaubst du, Adriana würde bei mir bleiben, bis ich mich wieder besser fühle? Ich meine, allein.«

»Sicher, ich gehe sie holen.« Ich stand auf, auch Jose erhob sich. Wir wollten Pedro die Privatsphäre geben, die er gerade dringend nötig hatte.

Draußen gab ich Adriana Bescheid, die sich sofort zu Pedro aufmachte. Wir hatten doch nur uns, und ohne meine Freunde würde ich die Zeit in dieser Hölle unter Garantie nicht überstehen. Unser gegenseitiger Beistand in schlechten Momenten hielt uns alle am Leben.

»Ich habe wirklich gedacht, er tötet ihn«, sagte Luisa, die immer noch starr auf derselben Stelle saß. »Diese Augen, ich habe noch nie in meinem Leben solche Augen gesehen. Die müssen einem Wahnsinnigen gehören.« Ihr Mund verzog sich zu einem harten Strich. »Ich habe dir gleich gesagt, wir können ihm nicht entkommen. Wir kommen alle noch dran. Er wird sich uns vorknöpfen. Einen nach dem anderen.«

Wie gelähmt stand ich da. Was sollte denn jetzt noch kommen? Ich konnte mir keine Steigerung mehr vorstellen. »Wenn Rico wieder zurück ist, wird er uns beschützen. Ganz bestimmt.« Ich wollte entschieden klingen, aber meine Ansage kam überraschend kläglich aus meinem Mund.

»Falls der Typ jemals wieder auftaucht.« Luisa prustete abfällig, auch sie und die anderen hatten längst mitbekommen, dass Rico fehlte. »Er ist genauso unser Kidnapper und hält garantiert nicht zu uns, falls es hart auf hart kommt. Mach dir bloß keine falschen Hoffnungen bei dem, nur weil er dir bei dem Marsch hierher geholfen hat. Der wollte das Lösegeld für dich nicht verlieren, das war alles.«

»Rico ist schwer einzuschätzen.« Jose sank neben Luisa an der Hüttenwand entlang in die Hocke. »Ich glaube, er ist nicht einmal polizeibekannt. Mein Vater hat zumindest noch nie ein blondes Bandenmitglied erwähnt. Sehr lange kann er noch nicht zu denen gehören, vielleicht ist er deshalb noch nicht so verroht wie der Rest.«

»Ich traue ihm trotzdem nicht über den Weg.« Luisa verschränkte die Arme vor der Brust und ich sagte lieber nichts mehr.

Wir verschwanden in unserer Hütte und ließen uns bis zum Nachtappell nicht mehr draußen blicken.

ELENA

Mit nassen Haaren hastete ich von der Waschstation zurück, und stürzte in unsere Hütte.

Luisa schrak von ihrer Matte hoch. »Ist jemand hinter dir her?«

Noch ganz außer Puste warf ich mich neben sie. »Nein, draußen ist alles ruhig« Ich zerrte mein feuchtes T-Shirt zurecht. »Ich wollte bloß keinem von denen über den Weg laufen. Vielleicht kommen die gar nicht erst auf dumme Ideen, wenn sie uns überhaupt nicht zu Gesicht bekommen.«

Adriana krabbelte zu uns und setzte sich auf die Fersen. »Ruhig«, schnaubte sie. »Ruhig war es gestern auch, bis dieser Irre ausgerastet ist.«

Eine sachte Bewegung am Vorhang ließ sie verstummen. Ein winziger Hauch zuerst, der sich zu fließenden Wellen formte. Ein Gefühl überkam mich, als hätten binnen einer Millisekunde Tausende Ameisen von meinem Körper Besitz ergriffen, die in meinen Armen und Beinen krabbelten, während ich auf den Vorhang starrte. Mein Fluchttrieb setzte ein. Leider gab es nur einen

Ausgang, somit konnte ich nirgendwohin. Hatte einer der Männer uns belauscht? Kam Carlos und rechnete mit dem Rest von uns genauso ab? Adriana kauerte kreidebleich neben mir und presste ihre Ellenbogen in die Seite.

In der nächsten Sekunde stand Jose breitbeinig im Eingang, und wir seufzten erleichtert auf.

»Bist du verrückt geworden?«, schnauzte Adriana ihn an.

Jose musterte sie sichtlich verwirrt. »Ich wollte euch bloß ein bisschen Brot vorbeibringen. Vorhin habe ich mich zum Lagerfeuer geschlichen und welches stibitzt. Carlos hat sich die ganze Zeit draußen herumgetrieben, aber als er zu den Provianthütten gewatschelt ist, bin ich schnell rübergeflitzt.« In einer überzogenen Geste holte er einen halben Laib Brot hinter seinem Rücken hervor und hielt ihn triumphierend in die Höhe. »Wir haben beschlossen, dass wir heute drinnen bleiben. Carlos soll sich erst abregen.«

Mein Magen knurrte, während ich beobachtete, wie er die Hälfte davon abbrach. Permanenter Hunger war eine dauernde Begleiterscheinung in diesem Lager, an die ich mich fast schon gewöhnte.

»Was ist los?«, fragte Jose, weil wir uns weiterhin nicht rührten.

»Wir haben uns genau in dem Moment über gestern unterhalten, als der Vorhang gewackelt hat, und dachten …«, Luisa brach ab, und schnappte nach dem Brot in seiner Hand.

»Verstehe, ich bin heute auch übersensibel. Tut mir echt leid, wenn ich euch erschreckt habe. Ich habe nicht daran gedacht.« Er wandte sich zum Gehen und war schon fast draußen.

»Wie geht es Pedro?«, rief Adriana ihm hinterher.

»Geht so. Viel geschlafen hat er heute Nacht bestimmt

nicht. Er redet nicht viel, aber Pedro ist zäh, er kommt darüber hinweg, ganz bestimmt.« Wie zur Bestätigung nickte er.

»Komm wieder rein«, ich winkte ihn zurück und er gehorchte. Als der Vorhang hinter ihm zuging, reckte ich mich und brach ein Stück von dem Brot in Luisas Hand ab. »Habt ihr eigentlich nie versucht zu fliehen?« Ich biss in den staubtrockenen Kanten, was leider meinen quälenden Durst verstärkte und sah Jose erwartungsvoll an. Vielleicht konnten wir ja gemeinsam mit den Jungs einen Plan austüfteln. Neben mir ächzte Adriana gequält auf. »Gibst du diese Schnapsidee immer noch nicht auf?«

»Sie bringen dich um, wenn du versuchst zu fliehen und sie dich dabei erwischen.« Eindringlich sah er mir in die Augen. »In den Akten meines Vaters gibt es einige Opfer, die einen Fluchtversuch mit dem Leben bezahlt haben. Du hast doch gestern selbst erlebt, dass Carlos nicht lange fackelt.«

»Über kurz oder lang töten sie uns auch, wenn wir hierbleiben«, hielt ich dagegen und schluckte das Stück Brot herunter. »Hast du nie daran gedacht, zu fliehen? Nicht ein einziges Mal?«

Pedro ließ sich auf dem Boden nieder. »Ganz am Anfang«, sagte er und stützte sich mit einer Hand am Boden ab. »Habe ich einmal die Flucht gewagt.«

Wir starrten ihn alle drei mit offenem Mund an.

»Eines Morgens kurz nach meiner Ankunft«, machte er weiter, als würde er unsere Reaktion nicht mitbekommen, »als keiner aufpasste, habe ich mich an den Rand des Camps geschlichen, und mich in die Büsche verdrückt, einfach hinein in das Dickicht. Ganz in der Nähe verläuft ein schmaler Pfad und den rannte ich entlang, bis ...«

Er machte eine Pause.

»Bis was?«, hakte ich nach, als er nicht weiterredete.

»Bis wie aus dem Nichts Rico vor mir stand. Ich dachte, jetzt ist alles aus, jetzt bringt er mich um. Aber er fragte mich nur ganz ruhig, was ich hier tue. Ich zitterte so sehr vor Angst, dass ich ihm nicht antworten konnte. Da hat er nur ganz ruhig gemeint, ich soll mit ihm zurückkehren und das Lager nicht noch einmal verlassen, wenn ich keine Konsequenzen für mein Verhalten tragen will.«

»Er hat es Carlos nicht erzählt?«, fragte Adriana ungläubig, worauf Jose den Kopf schüttelte. »Nein. Rico hat ihm sogar weisgemacht, er hätte mich mitgenommen, um gemeinsam mit ihm die Fallen zu kontrollieren, damit ich mal aus dem Lager herauskomme und da ist Carlos total ausgeflippt. Er hat Rico angeschrien und ihm gedroht, er soll so etwas nie wieder machen, sonst jagt er mir eine Kugel in den Kopf.« Joses Blick landete auf mir. »Genau aus diesem Grund werde ich keine Flucht mehr wagen.«

»Aber du weißt noch ungefähr, wo dieser Pfad liegt und könntest beschreiben, wie man dahingelangt?« Nur weil Jose so ein Angsthase war, musste das nicht heißen, dass ich sämtliche Fluchtgedanken in den Wind schoss.

»Mach keine Dummheiten, Elena«, sagte er beschwörend. »Eure besten Chancen heil nach Hause zu kommen, liegen darin, das zu tun, was die von euch verlangen.«

»Hast du die Fallen schon wieder vergessen, die sie rings um das Camp aufgestellt haben?«, schnappte Adriana, die durchklingen ließ, dass sie mich für eine riesengroße Idiotin hielt. Also würde ich wohl oder übel allein losziehen müssen, sobald die Gelegenheit günstig war.

Oder – Rico auf meine Seite ziehen.

Ich lehnte mich zurück und setzte mich in den Schneidersitz. Ein Plan reifte in mir. Ob Rico schon zurück war? Bald mussten wir raus zum Appell, da könnte ich einen raschen Blick riskieren und nach ihm Ausschau halten. Er war auch nur ein Mann. Ein einsamer, heißer Bad Boy, der mich hübsch fand. Wieso sollte ich mir diesen Vorteil nicht zunutze machen?

Mitten in der Nacht wachte ich auf, draußen herrschte absolute Dunkelheit. Wie spät es wohl war? Die Luft im Raum war vom Tag noch aufgeheizt, deshalb stand ich auf und öffnete den Vorhang ein Stück weit, um durchatmen zu können. Als ich nach draußen sah, entdeckte ich ihn augenblicklich und sein Anblick durchzuckte mich wie ein Blitz. Er war endlich wieder da. Gott sei Dank! Rico hockte am Lagerfeuer, als wäre er nie weg gewesen. Vorhin beim Appell hatte ich ihn nirgends entdecken können. Somit war er wohl erst vor kurzem zurückgekehrt. Wie immer saß er aufrecht mit dem Rücken zu mir, und hob immer wieder seinen Teebecher zum Mund. Ich beobachtete, wie er dabei den Kopf in den Nacken legte, und musste unwillkürlich lächeln. Ohne noch weiter zu überlegen, ging ich zu ihm.

Diesmal wirkte er nicht überrascht, als ich neben ihm auftauchte. Im Gegenteil, ein Lächeln wuchs auf seinen Lippen, als er auf die freie Stelle neben sich deutete. »Setz dich.«

Ich ließ mich auf den Stamm sinken.

»Möchtest du auch einen Tee? Ist aber nur lauwarm.«

»Oh ja, gern.« Ich sah ihm dabei zu, wie er die schwere Kanne aus der Glut hob, bevor er mir die volle Tasse reichte, die ich in einem Atemzug in mich hineinkippte.

Kopfschüttelnd beobachtete er mich dabei. »Du bist

ganz schön durstig heute«, sagte er und nahm sie mir aus der Hand, um nachzuschenken.

»Ich habe heute noch nichts getrunken. Wir waren nicht am Feuer.«

Rico verzog keine Miene, schweigend hielt er mir das gefüllte Gefäß wieder hin. Als ich es nahm, starrte er vor sich in die Glut, seinen Teebecher hielt er fest in den Händen.

»Wie war dein Ausflug?«, durchbrach ich die unangenehme Stille.

»Informativ.«

»Okay.« Ich atmete tief durch und rutschte neben ihm auf dem Stamm herum. Heute war es echt schwierig, ein Gespräch mit ihm zu beginnen. »Hier war einiges los, während du weg warst …«

»Elena, hör auf«, fuhr er mich an und betonte jedes einzelne Wort. »Ich werde ganz sicher nicht mit dir darüber reden, was hier vorgefallen ist.« Sein Tonfall ließ keine Einwände zu. Wie es aussah, war er bereits informiert.

»Ich hätte mich auch von Carlos erschießen lassen«, quoll es aus mir heraus, obwohl ich ihm das eigentlich nicht erzählen wollte.

»Was?« Er musterte mich ungläubig.

»Wenn Carlos tatsächlich ernst gemacht hätte bei Pedro, wäre ich nach vorne gegangen und hätte ihn gebeten, mich ebenfalls zu töten.«

Es dauerte einen Moment, bis er mir antwortete. »Und du glaubst, das hätte irgendjemandem etwas genützt? Du hättest todsicher auch eine Kugel abbekommen.«

»Das ist mir egal.«

Er rieb sich über die Stirn. »Warum machst du solche Sachen?«

»Ich hätte nicht damit leben können, jemandem beim

Sterben zuzusehen.« Hilflos zuckte ich mit den Achseln und sein angespannter Kiefer lockerte sich.

»Ich hätte das alles nicht zugelassen, wenn ich dagewesen wäre«, sagte er schließlich leise.

Ich nickte und schaffte ein schwaches Lächeln. »Ich weiß. Wir haben dich alle sehr vermisst.«

Sein kurzes Auflachen klang trocken. Zwar wirkten seine Gesichtszüge wie eingefroren, aber in seinen Augen konnte ich erkennen, dass ein wilder Kampf in ihm zu toben schien. Ich beschloss, besser das Thema zu wechseln, bevor er mich noch fortschickte. »Unten am Bach«, ich zupfte am Saum meines T-Shirts herum, »lebt ein kleines Zwerghörnchen. Das kommt ganz nah heran, wenn man es mit einem Stückchen Brot anlockt, und lässt sich sogar aus der Hand füttern.«

Er sah mich überrascht an und sein Gesicht bekam für einen Moment einen sanften Ausdruck. »Du fütterst die Tiere im Busch mit unserem streng rationierten Proviant?«, fragte er ernst, verkniff sich aber ein Grinsen.

»Nein, nein«, beschwichtigte ich ihn schnell und hob beide Hände an. »Ich hebe mir immer ein Stückchen von meiner Ration dafür auf. Sonst nehme ich nichts, ehrlich.«

»Schon gut, war nur Spaß.«, beruhigte er mich schmunzelnd.

Erleichtert atmete ich aus, seine Laune schien sich zu bessern.

»Du magst Tiere wohl sehr gern?«, fragte er mit sanfter Stimme.

»Ja, du nicht?«

»Doch, ich auch.« Er lachte.

»Zu Hause durfte ich nie ein Haustier haben. Meine Eltern haben es nicht erlaubt, wegen der Haare. Mamá ist allergisch dagegen.« Ich verdrehte die Augen. »Aber sie ist so gegen ziemlich alles allergisch.«

»Und dein Vater? Wie ist der so?«

Ich prustete. »Puh, er ist ganz in Ordnung, die meiste Zeit sitzt er in seiner Firma herum und handelt mit Diamanten. Er ist nur selten zu Hause. Ich habe keine Geschwister mehr, mein Bruder starb als Baby. Darum bin ich sein Ein und Alles.«

»Das tut mir leid mit deinem Bruder.«

Ich zuckte mit den Achseln. »Ich habe ihn nie kennengelernt. Er starb vor meiner Geburt. Aber meine Eltern hat sein Tod sehr mitgenommen.« Ich stieß ihn leicht mit dem Ellenbogen an. »Deshalb wäre es sehr nett, wenn ihr mich nicht umbringen würdet, damit sie nicht alle ihre Kinder verlieren.«

»Wolltest du dich nicht freiwillig umbringen lassen?«

»Ich bin nicht scharf darauf zu sterben, nicht dass du einen falschen Eindruck kriegst.«

»Du verstehst es, einem ein schlechtes Gewissen zu machen.« Er sah wieder ins Feuer.

»Dafür hast du es ganz gut drauf, einem das Leben zu versauen.« Ich ließ es mehr wie einen Scherz anklingen, konnte mir aber diese Spitze nicht verkneifen. Er fand es wohl auch nicht lustig, denn er verzog keine Miene.

»Keine Sorge«, sagte er schließlich. »Bald bist du zurück in deinem sorglosen Millionärsleben und kannst wieder den ganzen Tag damit verbringen, Geld auszugeben.«

»Glaubst du wirklich, dass ich nichts anderes tue?«

»Zumindest hast du mehr Gelegenheiten, dir die Zeit zu vertreiben, als die Kids in den Favelas.« Er hob eine Augenbraue, dieses Thema wühlte ihn sichtlich auf. Nicht so heftig und krass, wie das bei Carlos der Fall war, aber es arbeitete auch in ihm.

Ich nahm einen Schluck Tee. »Adrianas Vater«, fing ich schließlich an, »hat vor über zehn Jahren eine Stiftung ins

Leben gerufen, die sich für unterprivilegierte Kinder einsetzt. Die *Fundación de la esperanza,* vielleicht hast du schon einmal davon gehört.«

»Ich kenne die Stiftung der Hoffnung.«

Das kam nicht unerwartet für mich. Diese Stiftung war ein großer Hoffnungsträger für die Menschen im Armenviertel, sie bezahlte Kindern mit Potenzial sämtliche Schulkosten, aber auch für Erwachsene wurde vieles getan. Sie konnten eine Ausbildung in handwerklichen Berufen machen und sich so aus ihrem Elend befreien, um eben nicht kriminell zu enden wie Rico. »Adriana ist sehr engagiert in dieser Stiftung, sie hilft ein paar Mal die Woche in einer Tagesstätte für die Kinder der Favela aus, und ich war auch schon oft dort. Wir haben mit den Kindern gespielt und gelesen, dabei geholfen, die Kleinen zu entlausen. Adrianas Idee war es auch, jedes Jahr zwei Schüler von dort mit einem Stipendium an unsere Schule zu holen und ihnen ein Studium zu ermöglichen. Wir machen verdammt viele andere Dinge in unserer Freizeit, als nur Shoppen zu gehen. Es liegt uns am Herzen, das Leben der Kinder in der Favela ein bisschen einfacher zu machen.«

Sein Kehlkopf bewegte sich beim Schlucken. »So viel soziales Engagement hätte ich euch nicht zugetraut.«

»Ich bin dankbar für mein privilegiertes Leben«, gab ich zu und rollte mit den Augen. »Okay, gerade nicht so sehr, sonst hättet ihr euch ja nicht ausgerechnet uns ausgesucht.«

Er lachte leise auf, bevor er mir in die Augen sah. »Gerade wünsche ich mir, wir hätten euch nicht gekidnappt.«

»Weil ich dich sonst nicht zuquatschen würde?«, hakte ich kichernd nach.

»Nein«, er schüttelte sachte den Kopf, während er mich betrachtete. »Weil ihr drei das nicht verdient habt.«

Mir rieselte es heiß das Rückgrat hinunter. Regte sich ein schlechtes Gewissen in ihm? Würde ich ihn dazu bewegen können, uns freizulassen? »Niemand hat das verdient.«

Er prustete. »Wenn du wüsstest.«

Unsere Blicke verhakten sich, wir sahen uns in die Augen, während mir Hitze den Rücken hochstieg. Trotz allem, obwohl er so ein schlechter Mensch war, ein Krimineller, konnte ich mich der Anziehungskraft nicht entziehen, die er auf mich ausübte. Seine optische Präsenz, sein außergewöhnliches Aussehen, faszinierte mich. Er war so unglaublich attraktiv auf eine überraschend aufregende Weise. Wie konnte er als Kolumbianer so blond sein? Ich hatte noch nie einen blonden Einheimischen getroffen.

Rico leerte den Rest Tee in einem Zug und stellte seinen Becher zurück zu den anderen auf den Boden. Als er sich aufrichtete, streifte er meine Seite mit dem Arm. Ein Blitz zuckte durch mich hindurch. Rico stockte kurz und wandte für einen winzigen Moment den Kopf in meine Richtung, ehe er sich ganz aufrichtete. Die Stimmung war plötzlich so anders, gelöst und entspannt. Ich fühlte mich zum allerersten Mal seit meiner Entführung wie ein ganz normaler Mensch. Am liebsten hätte ich mich an ihn gelehnt, aber das wagte ich dann doch nicht.

»Ich sitze gern mit dir am Feuer und unterhalte mich. Das lenkt mich irgendwie ab.« Rico verschränkte die Arme und schien zu überlegen. »Nein, es ist nicht nur das. Mir macht es Spaß, mit dir zu reden.«

Ich erwiderte nichts, denn ich konnte mir nicht eingestehen, dass ich mich tatsächlich ganz wohl neben ihm fühlte. Neben dem Mann, der mir meine Freiheit geraubt hatte.

»Was machst du sonst so, wenn du nicht gerade gute Taten vollbringst?«, fragte Rico unerwartet.

Ich zuckte mit den Achseln. »Nichts Besonderes, was alle so machen. Zur Schule gehen, mich mit meinen Freundinnen treffen, ins Kino gehen. Solche Sachen eben.« Ich bedachte ihn mit einem spöttischen Lächeln. »Was machst du denn so, wenn du nicht gerade Kidnapper bist?«

Rico lachte auf, bevor er ungläubig den Kopf schüttelte. Dann grinste er mich frech an. »Ich mache das hauptberuflich.«

Ich spürte, wie sich meine Augen weiteten. »Ist das auf Dauer nicht sehr anstrengend, sich die ganze Zeit im Dschungel zu verstecken? In dieser Einsamkeit. Hast du nicht manchmal genug davon?«

Er richtete den Blick zum Himmel. »Irgendwann höre ich damit auf. Ich möchte mir gern ein kleines Häuschen irgendwo am Meer kaufen und dort einfach ganz normal und zurückgezogen leben.« Er zwinkerte mir zu. »Ein ehrlicher Mann werden, vielleicht mit einem sozialen Engagement, dann mache ich alles wieder gut.«

Ich schluckte. Zum ersten Mal nahm ich Rico nicht nur als Kidnapper wahr. Er hatte Pläne, Ziele, Träume, genauso wie jeder andere auch. »Denkst du, dass du das schaffen wirst?«

Rico nickte. »Es wird klappen. Ein paar gute Aufträge, und ich bin für alle Zeiten weg.«

Ich rempelte ihn an, dieses Mal stärker als vorhin. »Mit ein paar guten Aufträgen meinst du wohl solche wie unsere. Drei auf einen Streich.«

Mit strenger Miene musterte er mich, bevor er grinste. »Du wirst ganz schön frech. Pass besser auf, was du sagst, sonst lasse ich dir die Brotration für das Hörnchen streichen.«

Er zauberte mir ein Kichern auf die Lippen. Schon wieder sah er mir so tief in die Augen, dass ich ganz nervös wurde. Mein Herz schlug wild in der Brust.

»Du hast schöne Augen«, sagte er leise.

»Du auch. Sie sind grün, so ungewöhnlich.«

»Das kannst du bei der Dunkelheit erkennen?«

»Nein, das ist mir vorher mal aufgefallen«, sagte ich schnell. Wie peinlich.

»Ich glaube, für dich ist es wieder Zeit.« Mit dem Kopf deutete Rico auf einen der Wächter, der soeben aufstand.

Sofort schnellte ich auf die Beine, denn der Kerl torkelte in unsere Richtung. »Ich gehe wohl besser«, sagte ich und verschwand.

RICO

Ich blieb auf dem Stamm sitzen und starrte in die Finsternis. Das Gespräch mit Elena hatte mich aufgewühlt und wirkte nach. Zum ersten Mal in den zwei Jahren im Dschungel verspürte ich tatsächlich ein schlechtes Gewissen. Diese Stiftung, von der Elena geredet hatte, war dieselbe Organisation, der ich so viel zu verdanken hatte. Sie hatte mich durch meine Kindheit begleitet, meine Schulsachen bezahlt, als kleiner Junge war ich oft in dieser Tagesstätte gewesen und hatte dort eine Gratismahlzeit bekommen, während meine Mutter arbeiten ging. Und über diese Stiftung hätte ich auch meine Ausbildung zum Schweißer absolvieren können, bevor ich mein normales Leben weggeworfen hatte. Nun hielt ich die Tochter genau jenes Mannes gefangen, der mir all das ermöglicht hatte, und zwei weitere Mädchen, die überhaupt nichts mit Córdobas Geschäften zu tun hatten.

Mit beiden Händen wischte ich mir durchs Gesicht. Ich war selbst schuld. Warum ließ ich Elena auch so nahe an mich heran. Ohne sie hätte ich nie davon erfahren. Genau aus diesem Grund hielt ich mich immer von den Geiseln fern, und ausgerechnet jetzt brach ich meine oberste Regel. Ich Riesenidiot. Ich brauchte das Geld, wenn ich nicht den Rest meines Lebens die Drecksarbeit für dieses miese Kartell erledigen wollte. Ein paar Wochen mussten wir alle noch aushalten, dann war die Angelegenheit überstanden, Elena wieder zu Hause und ich würde sie niemals wiedersehen. Wir würden uns für immer aus den Augen verlieren. Es machte keinen Sinn, sie besser kennenzulernen. Wahrscheinlich hasste sie mich insgeheim für alles, was ich ihr angetan hatte und ich könnte ihr das nicht einmal verdenken. Mit aller Kraft schüttelte ich das Unbehagen ab, das mich so plötzlich überfallen hatte. Verdammt, sie war so süß. Sie durfte mir in Zukunft nicht mehr so nahekommen, diese Gespräche am Lagerfeuer mussten aufhören. Allein ihre bloße Anwesenheit machte mir derart zu schaffen, dass ich mich nicht mehr richtig unter Kontrolle hatte. Elena zog mich in einen Bann, den ich noch nie zuvor kennengelernt hatte.

Ich stoppte die quälenden Gedanken vehement. Elena war unsere Geisel.

Punkt!

Ein Mittel zum Zweck, weiter nichts.

RICO

»Verfluchte Scheiße!« Carlos schlug mit der Faust gegen die Bretterwand, bevor er sich zu mir umdrehte. »Dieser verdammte Vicente. Ich habe schon geahnt, dass es Probleme geben wird.«

Unbeeindruckt beobachtete ich Carlos' Ausbruch. Seine cholerischen Anwandlungen war ich gewohnt. »Estrubal will dich persönlich treffen. Nächste Woche findet die Besprechung statt. Du musst hingehen und sollst pünktlich sein. Córdoba meldet sich wegen seines Deals, dann erfährst du den aktuellen Stand. Auch unserem neuen Auftraggeber ist sehr daran gelegen, dass alles schnell über die Bühne geht. Der Kerl ist ein bisschen sensibel, habe ich festgestellt, und nicht sehr belastbar. Man merkt ihm den Kriminellen fast nicht an. Ich hätte ihn mir gern mal zur Brust genommen, um herauszufinden, was dahintersteckt, aber Estrubal hätte das bestimmt nicht gefallen. Anscheinend sind die beiden gut befreundet.« Ich hatte das so spöttisch gesagt, dass Carlos die Stirn runzelte.

»Was ist das für einer?« Er atmete immer noch aufgeregt.

»Ein Anzugträger. Einer von der Sorte, die du nicht leiden kannst.«

Carlos spuckte verächtlich aus, ehe er sich an den wackligen Tisch in der Mitte des Raumes setzte.

Ich ließ mich ihm gegenüber nieder.

»Deshalb bin ich auch nicht hin. Estrubal kann mich mal mit seinem wichtigen Getue. In erster Linie arbeite ich für Córdoba. Du kennst ihn und weißt, wie schnell der Gute ungeduldig wird. Mir gefällt es nicht, ihn zu hintergehen. Estrubal soll bloß kein zweites Mal mehr mit so einer Geschichte ankommen.«

Mit hinter dem Kopf verschränkten Händen lehnte ich mich zurück. »Ja, die Sache ist ziemlich heikel.«

»Wieso?«

»Ich soll dir eine Botschaft von dem neuen Auftraggeber ausrichten.«

Mit jedem einzelnen Wort hatte sich Carlos' Miene mehr verfinstert. »Was hat er mir denn mitzuteilen?«

»Dass du den Mädchen kein Haar krümmen sollst, sonst wird er böse und schickt dir ein paar Kerle auf den Hals, die noch übler sind als du.«

Carlos verstand nichts, das sah ich ihm an.

»Für mich sieht es so aus, als würde der Kerl seine eigenen Freunde über den Tisch ziehen«, erklärte ich deshalb meinen Verdacht. »Anscheinend kennt er diesen Montanez und den alten Espinosa persönlich, er wusste auf jeden Fall gut über die beiden Bescheid. Auch über den Gesundheitszustand von Luisas Mutter.« Ich ersparte Carlos Details über die Señora, weil ihn das sowieso einen Scheiß interessierte. Ich hingegen wusste nicht, wie ich Luisa diese schlechten Nachrichten beibringen sollte. »Nun möchte er sicherstellen, dass den Geiseln kein Haar gekrümmt wird«, machte ich weiter. »Er war fast fürsorglich, würde ich sagen. Ich finde, du solltest dich zurückhalten. Wenn wir sie unversehrt abliefern, legt er noch einmal zehn Prozent oben drauf. Also lass die Mädchen gefälligst in Ruhe, solange sie friedlich sind und keine Dummheiten machen.«

Carlos schob die Augenbrauen zusammen. »So, so, findest du also auch. Das sind ja ganz neue Töne, die du da anschlägst. Bisher hat dich in der Vergangenheit das Wohlergehen der Geiseln nie sonderlich gejuckt.«

»Das stimmt nicht und das weißt du auch. Mir lag immer daran, dass sie unversehrt wieder freikamen.«

Er grinste breit. »Da habt ihr aber Glück, dass ich mir die kleine Montanez nicht noch einmal vorgeknöpft habe. Ich verspürte sogar große Lust dazu, aber mir kam Ramirez-Melendez dazwischen.«

»Ich hab schon gehört, was in meiner Abwesenheit los war. Felipe hat mir gestern alles erzählt. Wir sollten Pedro endlich loswerden, diese Sache zieht sich schon ewig in die Länge.«

»Wie denn? Am liebsten hätte ich dem kleinen Scheißer eine Kugel verpasst, aber auch hier steckt Córdoba noch mitten in den Verhandlungen und bekommt nichts zu Ende. Mir reicht es langsam, nächstes Mal schicke ich dem alten Ramirez-Melendez einen Finger von seinem Sohn nach Hause, mal sehen, ob er dann spurt, dieser arrogante Sack …«

»Immer dieser Stress«, fuhr ich dazwischen, weil ich Carlos' Gerede langsam nicht mehr aushielt. »Muss das sein? Lass sie einfach in Ruhe, die machen doch nichts.« Ich musterte ihn eindringlich. »Komm schon, was kann der Junge dafür, dass sein Vater Schwierigkeiten macht?«

Auf der Stelle wirkte er gereizt. »Sie müssen allesamt

endlich kapieren, wer hier am längeren Hebel sitzt. Ich verlange Respekt!«

Ungewollt rollte ich mit den Augen. »Jeder respektiert dich, Carlos. Mehr noch, sie alle fürchten dich. Was willst du mehr? Reicht dir das nicht?« Ich machte eine Pause und seufzte müde auf, ehe ich Carlos an der Schulter ergriff. »Mir geht dieser dauernde Stress, den du unentwegt anzettelst, langsam tierisch auf den Geist. Aus diesem Lager kommt eh keiner weg. Wenn du dich nicht änderst, bin ich weg, das garantiere ich dir. Ich will nur meine Kohle, und zwar von allen Aufträgen, das ist alles, was mich interessiert. Also gefährde die Operationen nicht, indem du die Geiseln unnötig verletzt oder umbringst. Davon hat keiner hier was, nur Arbeit. Ich schleife die doch nicht tagelang durch den Busch, damit du dir einen nach dem anderem vorknöpfst. Die Wächter schüchtern sie genug ein, das reicht doch.«

Carlos wischte meine Hand von seinem Arm. »Du hast in diesem Lager nichts zu melden, das solltest du langsam kapieren«, sagte er scharf. »Viel zu lange haben wir uns von diesen reichen Bastarden schikanieren lassen. Hast du das etwa vergessen? Jetzt lernen die mich kennen, egal, wer mir von denen unter die Finger kommt. Ich habe hier das Sagen.« Stolz schwang in seinen Worten mit. »Du verdienst auch nicht schlecht mit meiner Taktik.« Er deutete mit dem Zeigefinger auf mich.

Ich schüttelte frustriert den Kopf. Carlos war so unglaublich verblendet und merkte es nicht einmal. Er sah den Mist, den er tagtäglich abzog, tatsächlich als große Leistung an. Gut, wir hatten in diesen zwei Jahren viel Geld gemacht, aber was nützte mir das? Die Kohle lag versteckt im Dschungel, und ich konnte nichts davon ausgeben, solange ich hier festsaß. Eigentlich hatte sich meine Lage sogar verschlechtert. »Ich gehe.«

»Rico.« Carlos zischte. »Tu nichts Unüberlegtes, sonst kann ich für nichts mehr garantieren, Verwandtschaft hin oder her.«

Innerlich noch immer aufgebracht setzte ich mich ans Feuer. Alle anderen lagen noch in tiefem Schlaf. Ein paar Minuten später stand ich wieder auf, nahm die leere Kanne aus der Glut und schlenderte hinunter zum Bach, um sie aufzufüllen. Gerade tauchte ich sie ins Wasser, da raschelte es neben mir im Gebüsch. Ein kleines braunschwarzes Tier erschien zögerlich im Dickicht, das mich mit seinen runden Augen musterte, seine spitze Schnauze glänzte feucht. Der Nager machte einen vorsichtigen Schritt nach vorn und blinzelte. Wie es aussah, hatte er jemand anderen erwartet.

Ich bewegte mich nicht und betrachtete das Zwerghörnchen. »Hallo«, flüsterte ich und lächelte. Die überschäumende Wut verschwand aus meinem Brustkorb. »Du bist also Elenas neuer Freund.«

Das Tier drehte sich blitzartig um und verschwand im Gebüsch.

Mit dem vollen Behälter setzte ich mich wieder in Bewegung. Zurück am Lagerfeuer stellte ich die Kanne in die Glut und sank wieder auf den Stamm. Wie immer. Die meiste Zeit hier tat ich nichts weiter, als herumsitzen und warten.

Carlos und die Wächter kamen näher und verteilten sich auf den Stämmen.

»Die Geiseln sollen heute rauskommen. Ich will nicht, dass diese Gören sich die ganze Zeit in ihren Hütten verschanzen und in Ruhe irgendwelche Fluchtpläne aushecken. Ich möchte sehen, was sie treiben«, blaffte

Carlos in meine Richtung, noch ehe er sich gesetzt hatte. Sein Verfolgungswahn ging mir tierisch auf die Nerven.

»Ich hole sie nachher raus.« Ich nickte, sah aber nicht hoch. Plötzlich erschien mir Carlos' Anwesenheit so unerträglich, dass ich mich nicht dazu überwinden konnte, ihm ins Gesicht zu blicken. Schließlich sah ich doch auf. »Ich finde es auch nicht gut, wenn sie sich die ganze Zeit über verstecken, und sich nicht einmal trauen, etwas zu essen oder zu trinken. Also lass sie heute gefälligst in Ruhe, okay?«

»Man wird doch noch ein bisschen Spaß haben dürfen?« Carlos lachte höhnisch.

»Deine Späße sind nicht besonders witzig.«

»Pass auf, Cousin …«, warnte Carlos mich mit schneidender Stimme.

Ich trank einen Schluck Tee, um mich zu beruhigen und Carlos nicht vor allen anderen an die Gurgel zu springen. Mein Verlangen danach wuchs.

»Du hast Glück«, legte Carlos ungewöhnlich zahm nach. »Zufälligerweise habe ich Vorbereitungen für meinen Ausflug zu treffen. Du kannst deine Schäfchen also unbesorgt auf die Weide lassen, der große, böse Wolf wird nicht da sein.« Er hob die Arme in die Höhe und ließ seine Hände wie Krallen ausfahren.

Die Wächter lachten.

Raul, ein besonders schmieriger Kerl, grinste breit und offenbarte einen fehlenden Schneidezahn. »Wir könnten auf die Geiseln aufpassen. Schließlich sind wir hier fast so was wie Hirten.«

Seine Kumpane johlten auf, selbst Carlos grinste.

Ich hasste diesen Drecksack Raul.

Mit der rechten Hand strich sich Raul über sein mit Aknenarben übersätes Gesicht, während ich angewidert dessen fettige schwarze Haare betrachtete.

»Ich wüsste, was wir anstellen könnten, damit den Mädchen nicht langweilig wird.« Anzüglich grinsend bewegte Raul seinen Unterleib vor und zurück. Die Wächter grölten und applaudierten.

Wie von selbst ballten sich meine Hände zu Fäusten. »Das kann ich mir vorstellen, dass du dich an Frauen vergreifen musst. Freiwillig lässt sich doch keine mit dir ein.«

Mit wutverzerrtem Gesicht sprang Raul auf die Beine, aber Carlos zog ihn am Arm wieder zurück auf den Stamm. »Aufhören! Ihr lasst alle eure Finger von den Gören, verstanden?«, sagte er entschieden.

Als die Wächter schließlich nickten, schien für Carlos die Sache erledigt zu sein, denn er widmete sich wieder seinem Essen.

Ich stand auf und marschierte in Richtung Dschungel, um die Fallen zu kontrollieren. Diese Leute waren gerade unerträglich für mich.

ELENA

»Kommt raus«, rief Rico, während er den Vorhang beiseite riss. Er stand breitbeinig im Eingang und musterte uns der Reihe nach.

Wir zuckten zusammen und blieben wie Statuen sitzen.

»Kommt raus.« Dieses Mal redete er etwas sanfter. Mit dem Kopf deutete er zur Seite. »Die Wächter sind bei ihren Hütten, und Carlos hat für heute das Camp verlassen. Euch wird nichts passieren.«

Sein Blick streifte mich einen Hauch länger, als die anderen, bildete ich mir ein und unwillkürlich sauste mein Blutdruck in die Höhe. Hoffentlich schöpften Adriana und Luisa keinen Verdacht. Aber wieso auch? Nur weil er mich ansah? Verdammt, ich wurde schon paranoid.

»Geht ans Lagerfeuer und esst einen Bissen. Danach könnt ihr euch frei im Camp bewegen.«

»Okay«, sagte Adriana schließlich. »Danke«, fügte sie noch hinzu, worauf er ihr zunickte. Er wandte sich schon ab, aber verharrte mitten in der Bewegung und drehte sich wieder zu uns um. Dieses Mal sah er Luisa direkt an, die sofort zu Boden blickte.

»Ich konnte in Erfahrung bringen, wie es deiner Mutter geht«, fing er an, worauf sie die Lider hob. Unwillkürlich sandte ich ein Stoßgebet gen Himmel, dass er ihr keine schlechten Nachrichten bringen möge.

»Ja?«, hauchte Luisa und durchbohrte ihn mit ihrem ängstlichen Blick, während sie die Hände faltete und vor ihre Lippen presste.

Einige Sekunden verstrichen, bevor er sich räusperte. »Es geht ihr soweit gut. Der Krebs ist zwar da, aber sie wird in einem hervorragenden Krankenhaus behandelt. Mach dir also keine Sorgen.«

»Es geht ihr gut?« Luisas Stimme zitterte, während ein breites Lächeln auf ihren Lippen wuchs.

Rico nickte, bevor er sich abwandte und davonging.

Adriana fasste sich als erste. »Ich freue mich so sehr für dich.« Sie rutschte rüber zu Luisa und nahm deren Hände, weil sie am ganzen Körper zitterte.

»Sie wird überleben«, sagte ich und ging zu den beiden rüber. Ich nahm Luisa in den Arm und drückte sie an mich. Die erste gute Nachricht, die wir in diesem Lager jemals erhalten hatten. Ich war Rico so unendlich dankbar, dass ich es gar nicht in Worte fassen konnte.

»Das sollten wir feiern.« Adriana gab Luisa einen Kuss auf die Wange. »Mit Tee und Nasenbär-Eintopf. Was sagt ihr?« Sie grinste uns an, worauf Luisa und ich gleichzeitig loskicherten.

»Ich könnte mir keinen besseren Rahmen dafür vorstellen«, spielte ich mit und zog Luisa auf die Beine.

Pedro und Jose erwarteten uns bereits auf der Veranda und musterten uns überrascht, als sie uns gut gelaunt vorfanden.

»Luisas Mutter wird wieder gesund«, ließ ich die beiden wissen, worauf auch sie Luisa gratulierten, bevor wir zum Feuer gingen.

Pedro bombardierte Carlos' Hütte mit finsteren Blicken. »Scheint wirklich, als ob der Penner nicht da ist.«

Am Lagerfeuer goss Jose die Becher voll, und reichte jedem von uns einen, bevor er seine Tasse hochhob. »Auf Señora Espinosa«, sagte er feierlich.

»Auf Señora Espinosa«, fielen wir einstimmig ein, und tranken auf das Wohl von Luisas Mutter.

Nach dem Frühstück schloss ich die Augen. Die Sonne wärmte mein Gesicht, und ich genoss die Strahlen auf meiner Haut. Als Schritte über den lehmigen Boden knirschten, hob ich die Lider und bemerkte Rico, der an der Feuerstelle vorbeimarschierte, ohne uns zu beachten. So unauffällig wie möglich linste ich ihm hinterher.

Er sah im Tageslicht wirklich unglaublich gut aus. Seine Haut war gebräunt und schimmerte weich im hellen Sonnenlicht, einzelne Strähnen fielen ihm in die Augen. Sein Haar war etwas zu lang, und müsste geschnitten werden, aber zu ihm passte es irgendwie so, wie es gerade war. Es ließ ihn wild und verwegen aussehen. Verzückt betrachtete ich sein helles Haar, niemand in meinem Bekanntenkreis war hellblond. Ich konnte den Blick nicht von ihm abwenden, bis er in seiner Hütte verschwand. Mit einem Lächeln auf den Lippen drehte ich mich zum Feuer um.

»Warum starrst du diesem Typen hinterher?«, fragte Pedro und zog die Stirn in Falten.

Ich zuckte zusammen.

»Mach ich doch gar nicht«, stritt ich sofort alles ab. Mist.

Pedro lachte spöttisch auf. »Du stierst ihn dauernd an. Glaubst du, wir merken das nicht? Was hast du nur mit diesem Kerl?«

Ich tippte mir mit dem Zeigefinger an die Stirn. »Du spinnst doch.«

Im selben Augenblick fuhr Pedro hoch und kam auf mich zu. »Ich glaube eher, du spinnst. Schmachtest deinen Kidnapper an. Wie krank ist das denn?«

Ich wich mit dem Kopf zurück, denn Pedro stand nun dicht vor mir. »Was willst du von mir? Geht's noch? Du siehst echt schon Gespenster. Hast du einen Lagerkoller? Setz dich wieder hin.«

Pedro rührte sich nicht, er schüttelte nur ungläubig den Kopf. »Willst du mich verarschen?«

»Vielleicht habe ich ihm zufällig nachgeschaut, na und? Einem Menschen, der vorbeigelaufen ist. Wo soll ich schon hinsehen? Um uns herum bewegt sich ja sonst nichts.« Ich schlug ein Bein über das andere und verschränkte die Arme vor der Brust. Ich musste in Zukunft echt besser aufpassen, wohin ich schaute.

Nachdem sich Pedro endlich zurück auf den Stamm fallen ließ, drehten sich alle Gesichter in meine Richtung.

»Was?«, fragte ich in die Runde, während ich jeden Einzelnen mit einem bösen Blick bedachte. Die übertreiben echt. Ich hatte ihn lediglich angesehen, mehr nicht.

»Lass sie in Ruhe, jetzt misstrauen wir uns schon gegenseitig.« Adriana legte schützend einen Arm um mich.

»Danke«, betonte ich jede einzelne Silbe.

»Adriana hat recht.« Jose nickte. »Wir müssen zusammenhalten, nur so stehen wir diese Entführung durch. Um Rico mache ich mir ehrlich gesagt überhaupt keine Sorgen.« Jose grunzte, als könnte er Pedros Ausbruch kein bisschen nachvollziehen.

»Wieso verteidigst du Rico eigentlich dauernd? Was soll das?«, schnauzte Pedro nun Jose an.

»Ich verteidige ihn nicht. Ich stelle nur einige Dinge richtig«, erwiderte Jose betont lässig, und rieb sich über seine knollige Nase. »Hat dir Rico jemals was getan? Okay«, legte er nach. »Ich meine, solange du deine große Klappe nicht unnötig aufgerissen hast.«

Huch, das klang, als wäre Pedro in der Vergangenheit schon einmal mit Rico aneinandergeraten.

»Dass du damals nicht zu Carlos zitiert wurdest, hast du bestimmt nicht deinem freundlichen Wesen zu verdanken.« In Joses Stimme schwang ein Hauch Ironie mit. »Wir können heute zum Beispiel wieder am Lagerfeuer sitzen, weil mit Sicherheit Rico dafür gesorgt hat, dass die Wächter und Carlos uns in Ruhe lassen. Deshalb möchte ich ihn nicht in irgendeiner Art und Weise herausfordern, verstehst du?«

Pedro schien die Sache anders zu sehen. Ein abfälliger Ausdruck zeigte sich auf seinem Gesicht.

»Ich kann einfach nicht begreifen, dass du das nicht kapierst. Du bist doch sonst so ein schlaues Kerlchen.«, legte Jose nach, als würde er zu einem Dreijährigen sprechen.

Sofort ballte Pedro die Fäuste. »Du arrangierst dich einfach mit allem und machst alles, was diese Typen dir vorschreiben. In dir steckt kein Funken Stolz.« Er spuckte die Worte vor Verachtung beinahe aus und ging nun vor Jose in Aufstellung. Der jedoch blieb völlig ungerührt sitzen, Pedros Wut schien ihn nicht im Geringsten zu beeindrucken.

»Du redest von Stolz?« Jose schüttelte den Kopf. »Hinter dem Rücken der Wächter, da spielst du dich auf, aber wenn es darauf ankommt, ziehst du den Schwanz ein.«

Pedro stürzte sich auf Jose. »Du arroganter Arsch!«

Ineinander verkeilt fielen sie rückwärts vom Baumstamm und waren sofort in eine wilde Schlägerei verwickelt, wälzten sich schreiend am Boden und schlugen heftig aufeinander ein. Pedro hatte sich mit dem Oberkörper aufgerichtet und boxte Jose die Faust so fest in die Magengegend, dass der sich stöhnend krümmte, aber nur, um gleich darauf wie wild auf Pedro einzuprügeln, während er selbst attackiert wurde. Sie schlugen einfach drauflos. Ein schwerer Hieb traf Pedros Auge, worauf er gellend aufschrie und dafür Jose umso heftiger angriff.

»Hört auf«, rief ich, aber sie beachteten mich nicht.

Adriana und Luisa sprangen auf, wir sahen uns ratlos an. Was sollten wir tun? Dazwischen gehen? Ganz sicher nicht! Die beiden prügelten wie besessen aufeinander ein.

Plötzlich tauchten wie aus dem Nichts die Wächter auf und trennten die beiden Streithähne fluchend. Sie zerrten die zwei grob auf die Beine, während Pedro immer noch wild um sich schlug. In seinen Augen lag ein unbändiger Hass auf alles und jeden.

Als Rico sich dazugesellte, kam Pedro wieder zu sich. Von einer Sekunde zur nächsten stand er wie versteinert da, während Rico breitbeinig vor ihm in Stellung ging.

Ricos Arme spannten sich, die Muskeln darunter bewegten sich. »Was ist hier los? Warum schlagt ihr euch gegenseitig die Köpfe ein? Jetzt könnt ihr einmal friedlich hier draußen sitzen und geht euch selbst an die Gurgel? Tickt ihr noch ganz richtig?« Er nickte Pedro zu, seine Geste hatte etwas Verächtliches. »Hast du immer noch nicht genug? Ich dachte, Carlos hätte dir deinen Mut bereits gekühlt?« Er trat einen kleinen Schritt vor, im selben Augenblick wich Pedro zurück. Ricos Hand schnellte nach oben, vor der sich Pedro hastig wegduckte. Übertrieben langsam fuhr sich Rico durchs Haar.

Starr vor Schreck beobachtete ich den Wortwechsel. Pedros rechter Ärmelsaum war eingerissen und sein Hemd überall stark verschmutzt. Darüber hinaus schwoll sein rechtes Auge allmählich zu. Über Joses Wange zog sich eine große Schramme, außerdem war seine Lippe aufgeplatzt, ein wenig Blut tropfte über sein Kinn. Keiner der beiden sagte auch nur eine Silbe.

Währenddessen postierten sich die Wächter im Halbkreis um die beiden und richteten ihre Gewehre auf die zwei. Mein Hals schwoll zu vor Angst, ich bekam kaum noch Luft.

Rico sah die beiden Streithähne weiterhin unnachgiebig an. »Was war los? Worum ging es?« Seine Stimme wurde lauter und spätestens jetzt wurde klar, dass er nicht locker lassen würde, bis sie ihm eine Antwort gaben.

»Es ... es war etwas Privates«, sagte Jose schließlich.

»Hier gibt es nichts Privates für euch, also was war los?« Rico schnappte Jose am Oberarm und sah ihm direkt in die Augen, bis der sich unter seinem harten Blick zu winden begann.

»Ich ... ich habe ihn beleidigt, das war alles. Kommt nicht mehr vor.« Ein einzelner Schweißtropfen perlte über seine Schläfe.

Rico schien ihm kein Wort zu glauben, aber er ließ die Angelegenheit auf sich beruhen. Zumindest bedrängte er die beiden nicht weiter. »Da euch die frische Luft nicht sonderlich gut zu bekommen scheint, werdet ihr die nächsten zwei Tage in euren Hütten verbringen. Außerdem möchte ich sichergehen, dass da drinnen nicht noch einmal die Fetzen fliegen, deshalb werdet ihr für diese Zeit in Handschellen gelegt. Vielleicht bringt euch das wieder zur Vernunft.« Er gab Felipe mit dem Kopf ein Zeichen.

Dieser zog sofort ein Paar Handschellen aus seiner hinteren Hosentasche, die er grinsend in die Höhe hielt, während er damit auf Pedro zuschlenderte. Sie glänzten silbern in der Sonne. Als der Wächter die beiden Schließteile an der Kette durch die Luft schaukelte, streckte Pedro seine Arme aus und ließ sich widerstandslos fesseln.

Ein zweiter Wächter tat dasselbe bei Jose. Die Handschellen rasteten mit einem schleifenden Geräusch ein. Seine Kumpane führten die beiden ab.

Ein Anflug von Verachtung streifte meinen Brustkorb. Sechs Männer richteten ihre Waffen auf zwei wehrlose Jungs.

Mit hängenden Köpfen schlurften Pedro und Jose voran, während ihnen immer wieder die Gewehrkolben in den Rücken gestoßen wurden.

»Ihr könnt draußen bleiben«, sagte Rico schroff zu uns.

Ein seltsamer, lähmender Schrecken erfüllte mich, obwohl diese Situation in keiner Weise vergleichbar war mit den Aktionen, die Carlos uns sonst bot. Aber die Anstrengungen der vergangenen Tage, die Hoffnungslosigkeit und die dauernde Angst verlangten langsam ihren Tribut. Ich atmete hektisch, versuchte mich zu beruhigen.

»Ihr könnt den beiden zu essen und zu trinken bringen, wenn ihr wollt, aber sie werden die Hütte für die nächsten zwei Tage nur verlassen, um die Toilette zu benutzen«, sagte Rico.

Wir nickten, Rico hatte einen Tonfall an sich, der keine Widerworte duldete.

Ich bekam ein schlechtes Gewissen. Hätte ich Rico nicht nachgeschaut, wäre Pedro, der nach Carlos' Aktion unglaublich reizbar war, nicht ausgerastet. Hastig riss ich meinen Blick von dem davonschlendernden Rico los. Ich musste das dringend stoppen.

»Rico hat die beiden abführen lassen wie zwei

Schwerverbrecher. Dabei sind sie die Kriminellen.« Tiefe Verachtung schwang in Adrianas Stimme mit.

»Wenigstens hat Carlos nichts mitbekommen«, sagte Luisa, während wir uns zurück ans Feuer setzten, um Tee zu trinken und uns zu beruhigen. Solange der Anführer nicht da war und uns keine Gefahr drohte.

RICO

Als ich aus dem Dschungel zurückkam, brach bereits der Nachmittag an. Die vergangenen Stunden war ich einfach ziellos durch das Dickicht gestreift, hatte dann die Fallen kontrolliert, und warf nun einem der Wächter im Vorbeigehen die gefangenen Tiere zu. Eben wollte ich mich auf den Weg zu meiner Hütte machen, als mich Diego aufhielt.

»Der Rum ist alle. Kannst du uns eine neue Flasche geben?« Er legte den Kopf schräg.

Ich zögerte, weil der Alkohol rationiert war, damit er ausreichte, bis die Boten alle zwei Wochen Nachschub brachten. »Carlos hat euch gestern erst euren Anteil ausgeteilt, oder etwa nicht?«

»Ja, aber nur eine Flasche, die hat nicht lange gereicht. Nur eine, Rico«, Diego verlegte sich aufs Betteln. »Die hauen wir auch nicht so schnell weg, versprochen.«

Schließlich gab ich seufzend nach. Wenn uns der Rum ausging, war er eben weg. Dann mussten die Kerle auf Nachschub warten. Da ich sowieso keinen Alkohol trank, war mir das vollkommen egal. »In Ordnung, aber wenn die nicht langt, bis Nachschub kommt, habt ihr Pech gehabt.« Ich spazierte zu den Provianthütten, wo wir die Flaschen aufbewahrten. Die Männer waren deutlich besser gelaunt, wenn sie hin und wieder ein Gläschen heben durften.

Diego gesellte sich zurück zu den anderen und nickte vielsagend in die Runde. Seine Kumpane grinsten breit.

Als ich die Tür der Provianthütte öffnen wollte, vernahm ich von drinnen ein leises, klirrendes Geräusch, und hielt inne. Ich presste ein Ohr an die Tür, bevor ich mich umdrehte. Die Mädchen saßen am Feuer, Pedro und Jose hatten bestimmt nicht gewagt, herauszukommen. Wer also befand sich in der Hütte? Kurz entschlossen riss ich die Tür auf.

Raul starrte mich aus geröteten Augen an. In der Hand hielt er eine Rumflasche, die er eilig hinter seinem Rücken verbarg.

Im Bruchteil einer Sekunde erfasste ich die Situation und lachte ungläubig auf. »Du säufst deinen Kameraden den Rum weg?«

Raul schüttelte heftig den Kopf. »Die Sache ist nicht so, wie sie vielleicht aussieht. Nur ein kleiner Schluck gegen das Zittern, verstehst du?« Mit dem Handrücken fuhr er sich über sein unrasiertes Kinn.

Ich warf einen Blick an ihm vorbei auf die halb leere Flasche. »Das nennst du einen Schluck? Da ist fast nichts mehr drin.« Mit dem Unterarm stützte ich mich am Türrahmen ab. Als ich in Rauls Augen blickte, tat sich ein Abgrund vor mir auf, eine dunkle Hölle, in der es keinerlei Gefühlsregung mehr gab.

Raul zog die Rumflasche hervor. »Ich weiß auch nicht, wie das gekommen ist. So viel wollte ich wirklich nicht trinken.«

Dieser Scheißkerl widerte mich an. Wir waren in der

Vergangenheit nicht nur einmal aneinandergeraten. »Deine Kollegen wollten, dass ich ihnen noch eine Flasche Rum zuteile. Da du das bereits in die Hand genommen hast, kannst du jetzt zu ihnen hinübergehen und erklären, warum fast nichts mehr drin ist.«

Raul ächzte auf und legte den Kopf schief. »Komm schon, Rico, das kannst du nicht machen. Stell dich wegen einer Flasche nicht so an. Die sind dann stinksauer auf mich.« Mit der fast leeren Flasche fuchtelte er vor meinem Gesicht herum.

Ich zuckte mit den Achseln. »Dein Problem.« Ja, ich wünschte ihm die ganze Wut und schlechte Laune der Männer an den Hals. Diese Schweinerei würden sie ihm für sehr lange Zeit nachtragen, so viel stand fest. Ein winziges Gefühl der Schadenfreude durchfuhr mich. »Und jetzt geh mir endlich aus den Augen.«

»So kannst du nicht mit mir reden.« Sein Gesicht verzog sich zu einer Fratze. »Ich bin nicht eine von deinen Geiseln.«

»Wir können das auch Carlos klären lassen, wenn er zurück kommt.«

In den Augen des Wächters flackerte es verängstigt auf, als die Sprache auf den Anführer kam. Immerhin waren die Männer offiziell seinem Kommando unterstellt, warum sollte ich mich also mit dem Säufer herumärgern?

»Wie du meinst«, sagte er schließlich, stieß mich zur Seite und stapfte aus der Hütte.

ELENA

Schon wieder lag ich wach in der Hütte, während Adriana und Luisa bereits schliefen, und focht einen inneren Kampf aus. Sollte ich aufstehen und nachsehen, ob Rico am Lagerfeuer saß? Nur mal schauen. Ich würde nicht mehr zu ihm gehen. Ich wollte nur wissen, ob er da war – und vielleicht auf mich wartete.

Die Geschehnisse des Tages wirkten noch in mir nach, und Pedros Vorwürfe hallten laut in meinen Ohren. Schließlich siegte die Neugierde. Ich würde nur kurz gucken, ob er draußen war, mehr nicht. Leise stand ich auf und schlich zum Ausgang. Hinter mir schnarchte Luisa gedämpft, von Adriana waren tiefe, regelmäßige Atemzüge zu vernehmen.

Ich schob den Vorhang beiseite und spähte hinaus. Mich durchzuckte es. Natürlich war er da. Wie immer saß er allein beim Feuer und starrte reglos vor sich hin. Was jetzt? Einem inneren Drang folgend, zog es mich hinaus ins Freie.

Es schien, als hätte Rico bereits auf mich gewartet.

»Da bist du ja«, sagte er sanft, seine Stimme hatte nichts mehr mit der vom Vormittag gemeinsam.

»Hey.« Wie selbstverständlich setzte ich mich neben ihn.

»Ich habe dein Hörnchen heute früh getroffen, aber als der Nager mich entdeckt hat, ist er gleich abgehauen.«

Ich konnte mir ein Grinsen nicht verkneifen. »Du hast Compadre kein Brot gegeben, stimmt's?«

»Du hast ihn Kumpel getauft?«

»Ja, weil er mein Kumpel ist.«

»Ich hatte leider nichts für Compadre dabei«, erwiderte er belustigt. »Ich glaube, er hat sowieso darauf gehofft, dich zu treffen.«

»Ich habe immer was für ihn.« Wie zum Beweis kramte ich ein winziges Stückchen Brot aus meiner Hosentasche und brachte ihn zum Lachen, dann wurde er wieder ernst.

»Danke, dass du dich nach Luisas Mutter erkundigt hast. Das bedeutet uns allen sehr viel. Luisas Mutter ist so eine liebe Frau, eine Seele von Mensch und du hast meiner Freundin damit ein Stück von der Hölle genommen, in der sie gerade sitzt. Wir sind alle so froh, dass du uns gute Nachrichten gebracht hast.«

Sein Adamsapfel bewegte sich, als er schluckte. Mit einer Hand fuhr er sich durchs Haar und zögerte mit einer Antwort. »Sie sollte nicht noch mehr leiden müssen, als sie es sowieso schon tut«, erwiderte er schließlich und starrte ins Feuer. Er wirkte merkwürdig angespannt.

»Luisa kann es nun nicht mehr abwarten, ihre Mutter endlich wieder in die Arme schließen zu dürfen. Nur noch ein paar Wochen, dann kann sie das doch tun, oder?«, fragte ich hoffnungsvoll. Irgendwas musste doch aus ihm herauszukitzeln sein.

Stille folgte.

Unvermittelt wandte Rico den Kopf, sah mir direkt in

die Augen. »Worauf freust *du* dich am meisten, wenn das alles hier vorbei ist?«

»Worauf ich mich nach meiner Freilassung am meisten freue?«

Er nickte. »Ja.«

»Auf mein weiches Bett.«

»Das ist alles?« Sein Lachen klang überrascht.

Ich schüttelte den Kopf. »Nein, auf ganz vieles. Auf meine Eltern, meine Freunde und mein Zuhause, ich vermisse meinen Alltag. Vermisst du solche Sachen nicht?«

»Ich glaube, meine Kindheit ist ein bisschen anders verlaufen als deine. Meine Mutter hat Carlos als Baby nach dem Unfalltod seiner Eltern bei sich aufgenommen und zwölf Jahre später bekam sie dann mich. Sie musste uns beide allein im Armenviertel großziehen.« Er machte eine Pause, schenkte zwei Tassen Tee ein und reichte mir eine davon. »Sie hat damals als Kellnerin in einem kleinen schäbigen Restaurant gearbeitet, in dem die Arbeiter der nahen Kautschukplantagen mittags gegessen haben. Wir kamen ganz gut über die Runden, bis die Stadt das ganze Gebiet beschlagnahmt hat, weil sie das Land als Baugrund für ein Villenviertel benötigten.«

Ich schluckte. »Die haben euch einfach rausgeschmissen?«

»Sie haben uns *umgesiedelt*.« Rico zuckte mit den Achseln, »und das Restaurant war Geschichte. Ab da ging es uns richtig schlecht. Sie fand keinen Job mehr und stand ganz allein mit uns da. Von einem Tag auf den anderen verdiente sie keinen einzigen Peso mehr, nichts.«

Was er mir erzählte, traf mich richtig. In meiner Familie hatte Geld nie eine Rolle gespielt. Seit ich zwölf war, besaß ich sogar eine eigene Kreditkarte mit einem sehr großzügigen Limit. »Und dann?«, flüsterte ich.

»Es war die Hölle.« Er nahm einen großen Schluck aus

seiner Tasse. »Schon zuvor gab es Kriminalität, aber was danach folgte, war kein Vergleich mehr. Das Viertel in dem wir dann wohnten, war das Letzte. Das Allerletzte. Irgendwann geriet ich mit einem Typen in Streit, weil er meine Freundin nicht in Ruhe ließ. Kurz darauf fuhr er mit einem Auto an mir vorbei und schoss auf mich. Fünf Schüsse. Und kein einziger traf. Es war wie ein Wunder.« Er starrte ins Feuer. »An diesem Abend wusste ich, dass ich aus diesem Viertel rausmusste. Weg von der ganzen Gewalt, den Drogen, die auf der Straße verkauft wurden und den Banden, die sich bekriegten.«

»Aber jetzt bist du doch bei einer Bande.«

»Nicht mehr lange.« In einem großen Schluck trank Rico seine Tasse aus. »Als es uns so richtig mies ging, beschloss Carlos, Geld zu verdienen. Er war nicht immer so wie heute.«

»Das kann ich mir nur schwer vorstellen.« Ich winkelte ein Knie an und stellte die Ferse auf dem Baumstamm ab. Bestimmt war Carlos schon als Satansbraten zur Welt gekommen.

Er wiegte den Kopf. »Vielleicht hat er sich nicht vollkommen geändert. Aber er liebte unsere Mutter und mich. Wir waren ihm wichtig. Er ist zwölf Jahre älter als ich und hat für uns gesorgt, als ich klein war. Carlos schloss sich einer dieser Banden an, und wir haben jahrelang nichts mehr von ihm gehört oder gesehen, aber er schickte uns jeden Monat Geld, sodass ich in die Schule gehen konnte.«

»Dann bist du durch ihn hier gelandet?« Ich musterte ihn möglichst unauffällig. Rico wirkte wie in Trance, als würde er sich eine Last von der Seele reden.

Er seufzte. »Es gab eine Zeit in meinem Leben, vor zwei Jahren, da machte ich eine schwere Zeit durch.«

»Wegen einer Frau?«, schoss ich ins Blaue, weil ich es

mir nicht verkneifen konnte, und außerdem mehr über sein Liebesleben erfahren wollte.

Er nickte. »Wir waren zwei Jahre zusammen, bis sie mich wegen einem anderen verlassen hat.«

»Du hast sie wohl sehr geliebt.«

»Damals dachte ich das, ja. Heute bin ich mir da nicht mehr so sicher. Sie war zwar schön, aber wir hatten nie einen wirklichen Draht zueinander.« Er machte eine Pause und betrachtete mein Gesicht, ließ seinen Blick langsam von meinen Augen hinunter zu meinem Mund und dann genau so bedächtig wieder noch oben gleiten, bis mir richtig heiß wurde. »Ihr fühlte ich mich nie verbunden.«

Die Luft um uns herum begann zu sirren, so plötzlich und heftig, dass ich mein Herz bis hoch in die Ohren pochen hörte. Oh, Gott. Das hier wurde gefährlich intim, er kam mir viel zu nahe.

Ruckartig fuhr ich mit dem Oberkörper zurück und schuf mehr Abstand zwischen uns. »Wie kommt es, dass du blond bist? Ich kenne keinen einzigen blonden Kolumbianer«, sprudelte es aus mir heraus.

Er stutzte.

»Das war ein krasser Themenwechsel.« Mit beiden Händen strich er seine Haare zurück, als müsste er sich sammeln. Ob er das Kribbeln zwischen uns auch bemerkt hatte? »Als meine Mutter Carlos zu sich nahm, hatte sie bereits eine Ehe hinter sich, die kinderlos geblieben war«, fing er schließlich an und klang ganz normal, als hätte er mir eben nicht den intensivsten Blick vergönnt, den mir jemals ein Mann geschenkt hatte. »Sie dachte, es läge an ihr, glaubte, unfruchtbar zu sein. Ein amerikanischer Geschäftsmann, irgendein Kautschukhändler, kam öfters in dieses Restaurant. Ein sehr nobler Herr, wie sie zu sagen pflegte. Sie verliebten sich und wurden für einige Zeit ein Paar. Genau so lange, bis sie ihm mitteilte, dass sie von ihm schwanger war. Danach hat er sich von heute auf morgen aus dem Staub gemacht und ist in die Staaten zurückgekehrt. Sie hat nie mehr ein Wort von ihm gehört. Ich habe ihn nie kennengelernt.« Er lachte trocken auf. »Das Beste aber ist sein Name. Weißt du, wie er heißt? James Honest. Aber ehrlich war er nie.«

Oh Gott. Wie furchtbar musste es sich anfühlen, seinen leiblichen Vater nicht zu kennen? Mein eigener Vater kam mir in den Sinn, der mich abgöttisch liebte und über alle Maßen verwöhnte. »Deine arme Mutter.« Ich lächelte gezwungen. »Wo ist sie jetzt? Ist sie ganz allein?« Mich überkam ein tiefes Mitgefühl für diese mir unbekannte Frau.

»Sie ist vor anderthalb Jahren gestorben«, er schluckte. »Wir sind nicht einmal auf ihre Beerdigung gegangen, da wir erst vier Wochen später davon erfahren haben. Carlos und ich saßen im Dschungel fest. Als uns die Nachricht endlich erreichte, lag sie schon lange unter der Erde.«

»Darum hast du Luisa also diesen Gefallen getan, nicht wahr?« Ich hielt den Atem an. »Weil du weißt, wie sie sich fühlt.«

Er öffnete den Mund zu einer Antwort, schloss ihn dann aber wieder.

»Ich tue vielleicht schlimme Dinge, aber ich bin kein gefühlloses Monster.«

Wie in Zeitlupe ergriff ich seine Hand und drückte sie. Rico hob den Kopf und sah mir wieder in die Augen, der Anflug eines schlechten Gewissens blitzte in seiner Iris auf.

»Warum kannst du nicht immer so sein wie jetzt?«, fragte er.

»Ich bin immer so.« Ich zog meine Hand zurück, die von seiner Berührung prickelte.

»Zu mir«, ergänzte er mit heiserer Stimme.

Ich hielt den Atem an. »Weil du mein Kidnapper bist.«

»Was wäre geschehen, wenn wir uns unter anderen Umständen kennengelernt hätten?« Er ließ mich nicht aus den Augen.

»Ich weiß es nicht«, antwortete ich ehrlich. Höchstwahrscheinlich wären wir uns niemals über den Weg gelaufen, und selbst wenn, käme ein Mann aus seiner Schicht für meine Eltern niemals infrage. Ich war mir sicher, er wusste das genauso gut wie ich.

Wir schwiegen und saßen lange Zeit einfach nur nebeneinander, sahen in die Glut und brauchten kein Gespräch mehr. Es bedurfte keiner weiterere Worte zwischen uns. Die Gegenwart des anderen genügte. Beinahe, als hätten wir uns ganz frisch kennengelernt. Als wäre er ein ganz normaler Mann, und mein Leben läge nicht auch in seinen Händen.

RICO

Ich saß neben Elena in der Dunkelheit am Lagerfeuer und wollte nichts lieber tun, als sie in den Arm nehmen. Bildete ich mir das nur ein, oder knisterte die Stimmung, die uns umgab, lauter als das Feuer? Ich konnte es mir nicht verkneifen, sie immer wieder anzusehen, obwohl ich merkte, dass sie hin und wieder kaum merklich von mir abrückte. Als würde sie mir nicht trauen. Was sie wahrscheinlich auch nicht tat. Verdammt, sah sie im flackernden Schein des Feuers hübsch aus. Ihre großen Augen strahlten und dieser Mund. Oh, diese vollen geschwungenen Lippen, ich wollte nur zu gern wissen, wie sie schmeckten. Aber ich hielt mich zurück. Es wäre nicht richtig von mir, ihre Lage auszunutzen und sie zu küssen. Woran sie wohl dachte, wenn sie mit mir redete? Sah sie den Kidnapper in mir, oder einfach nur einen Typen, mit dem sie sich gern unterhielt? Was ging in ihrem süßen Kopf vor? Als wir über das Hörnchen redeten, hatte sie gekichert und einmal sogar gelacht, hatte fröhlich und locker gewirkt. Ich mochte es, sie zum Lachen zu bringen. Dann war sie entspannt und so bezaubernd.

Sie hatte mich eiskalt erwischt, als ich am wenigsten damit gerechnet hatte. Was hatte ich ihr da eben eigentlich alles erzählt? Viel zu viel. Das war leichtsinnig von mir gewesen, aber es hatte so gut getan, mit ihr zu reden. Ich wollte sie. Immer mehr, mit jedem heimlichen Gespräch, das wir am Lagerfeuer führten, stieg meine Sehnsucht nach ihr. Meiner Geisel. Sie kam mir näher, als für mich gut war. Ich war komplett verrückt geworden. Was ich hier tat war verrückt. Vollkommen verrückt. Aber in diesen Augenblicken, wenn der nachtschwarze Himmel über uns mit Sternen übersät war und außer dem Gezirpe der Grillen alles ruhig blieb, bildetete ich mir ein, wir wären woanders. In einer anderen Welt, einer, in der ich ihr nichts getan hatte. Sie hatte ja keine Ahnung, wie attraktiv sie war. In meinem Kopf drehte sich alles nur noch um sie. Ich fühlte mich hin- und hergerissen, denn ich wusste, dass sich mit jedem weiteren heimlichen Treffen alles zwischen uns ändern würde. Von nun an kalkulierte ich Elena mit ein. Bei jeder Entscheidung, die ich traf, dachte ich zuerst an ihre Sicherheit. Bei allen Schritten wägte ich die Auswirkungen auf sie vorher ab. Bei jedem Befehl, den ich erteilte, fragte ich mich, was sie von mir dachte. Egal, welchen Aufwand ich betreiben musste, gegen wen ich auch ankämpfen musste. Ganz gleich, welche Mühen ich auf mich nehmen musste. Was es mich auch an Einsatz kosten würde. Sie stand an erster Stelle. Von nun an nur noch sie. Ihr würde nichts geschehen, ich würde dafür sorgen, dass sie dieses Camp unversehrt wieder verließ. Auch auf ihre Freunde würde ich aufpassen.

ELENA

Die Tage im Camp wurden immer eintöniger, falls das überhaupt noch möglich war. Wir taten nichts. Nichts. Nichts. Nichts. Die ganze Zeit über saßen wir nur herum und starrten vor uns hin. Ich versuchte die Kolibris zu zählen, die am Rand des Camps um kelchartige Blüten herumschwirrten, aber sie waren so flink, dass ich mich dauernd verzählte und schließlich aufgab. Um uns herum hockten Kapuzineraffen in den Bäumen, die uns von hoch oben aus den Ästen beobachteten. Manchmal kamen sie herunter und turnten durchs Lager, auf der Suche nach irgendwas zum Stehlen. Bis die Wächter sie mit einem Schuss in die Luft wieder vertrieben und sie kreischend abhauten. Ich sah ihnen gern dabei zu, wenn sie frech durchs Camp hopsten und hoffte jedes Mal, sie mögen Erfolg haben und diesen Typen irgendwas Wichtiges wegnehmen, was den flinken Kerlen jedoch kaum gelang. Ab und an mopste ein Mutiger ein bisschen Brot, aber normalerweise wagten sich die Tiere nicht ans Feuer. Seufzend fuhr ich mir durch mein strähniges Haar, das ein schmieriges Gefühl auf meinen Fingerspitzen zurückließ. Widerlich.

Die Wächter lagen auf der anderen Seite vor ihren Hütten herum und dösten. Nur einer saß gegen eine Hüttenwand gelehnt und mit dem Gewehr im Schoß da und behielt uns im Auge. Er nickte mir zu, als er meinen Blick auffing und machte anzügliche Gestiken mit der Zunge. Sofort sah ich weg und schüttelte mich. Rico war nirgends zu entdecken, aber so weit ich wusste, hatte er das Lager nicht verlassen. Also war er entweder in Carlos' Hütte oder in seiner eigenen. So lange er sich in der Nähe befand, war es relativ sicher hier.

Also stand ich auf und zerrte mein verrutschtes T-Shirt zurecht, bevor ich von der Veranda schlich, um meine beiden Freundinnen nicht zu wecken, die allesamt neben mir dösten. Vorhin hatten wir den Jungs Tee und Eintopf gebracht, da sie die Hütte ja nicht verlassen durften.

Ich eilte den Weg entlang zur Waschstation. Schweiß klebte unangenehm unter meinen Armen, ich brauchte dringend eine Erfrischung. So traurig es sich auch anhörte, aber das Bad in dieser Holzwanne war mein tägliches Highlight. Ich schnappte mir den verbeulten Blecheimer und ging zum Bach. Vielleicht streunte Compadre in der Nähe herum? »Compadre.« Ich ging in die Hocke und lockte ihn mit etwas Brot, aber er tauchte nicht auf.

Seufzend stand ich wieder auf und tauchte den Eimer ins Wasser bis zu den Steinen am Grund, als ich plötzlich tiefe Stimmen hörte und mitten in der Bewegung innehielt. In der nächsten Sekunde warf ich mich hinter den Felsen am Bachrand. Keine Sekunde zu früh, wie sich herausstellte, denn zwei Männer kamen aus der Provianthütte heraus, die aufeinander einredeten, weshalb sie mich nicht bemerkt hatten. Ich ächzte innerlich auf, als ich die Stimmen erkannte. Es waren Carlos und Rico.

Zitternd kauerte ich mich hinter den Felsbrocken, machte mich ganz klein und umfasste den Stein so fest, als wollte ich darin versinken. Es war alles aus, wenn Carlos mich beim Lauschen erwischte.

»Der Proviant geht langsam zur Neige«, hörte ich Carlos in seinem typisch gereizten Tonfall sagen. »Warum kommt keiner und bringt Nachschub? Die wissen doch, dass wir drei Mäuler mehr zu stopfen haben.«

»Sie werden schon noch kommen«, sagte Rico und klang genervt. »Morgen müssten sie da sein, wenn sie pünktlich sind, sonst spätestens übermorgen. Bis jetzt sind sie jedes Mal erschienen, genau alle zwei Wochen.«

»Sie tauchen besser auf«, sagte Carlos unwirsch. »Wenn nicht, werden diese Bälger Diät halten.«

Mein Herz klopfte mir bis hoch in den Hals, als ich am Stein vorbeilinste und Carlos' wütendes Gesicht im Profil erblickte. Sofort zuckte ich zurück. Einen Moment lang spielte ich sogar mit dem Gedanken, freiwillig herauszukommen, was wahrscheinlich nicht so schlimm für mich ausgehen würde, wie wenn *er* mich entdeckte.

Doch Carlos redete bereits weiter und so blieb ich sitzen.

»Ich habe gestern mit unserem Mittelsmann in der Stadt telefoniert. Dafür war ich über fünf Stunden unterwegs. Bis zum Fluss bin ich gelaufen.« Carlos fluchte leise. »Es war gut, dass ich so weit gegangen bin, glaube mir. Die Polizei hat anscheinend die Handys von zwei Leuten abgehört, die in unsere Operation eingeweiht sind … die von Córdoba. Sie haben wohl nicht viel erfahren, da alle Nachrichten verschlüsselt übermittelt wurden, doch immerhin haben diese zwei Idioten die Polizei fast auf unsere Fährte gebracht. So ein Leichtsinn.«

»Wie hoch schätzt dieser Mittelsmann die Gefahr einer Entdeckung ein?« Ricos Stimme klang gelassen. »Ich meine, sie kamen uns in den vergangenen Jahren öfter auf die Spur. Einmal hätten sie uns beinahe erwischt, aber wir konnten rechtzeitig fliehen. Wir sind auf solche Probleme vorbereitet, also bleib locker. Vielleicht sollten wir mal wieder das Camp wechseln.«

Ich wagte fast nicht zu atmen. Die beiden hatten zwar nur ein paar Sätze miteinander gewechselt, aber schon zu viele für meine Ohren. Innerlich zitternd legte ich meine heiße Wange an den kühlen Stein und kauerte mich zusammen. Wenn Carlos mich jetzt bemerkte, nachdem er so viele Internas ausgeplaudert hatte, würde er unter Garantie durchdrehen. Warum gingen sie nicht endlich weiter?

»Der Mann hält die Bedrohung zwar nicht für akut, aber sie ist auf jeden Fall da«, sagte Carlos. »Die Polizisten erhielten nur ein paar Informationen über uns und unseren Standort. Zu allgemein für einen Zugriff. Zwar gab es eine Razzia im Haus von Córdoba, aber wegen irgendwelcher anderen Drogendeals. Nicht wegen der Lieferung, die demnächst über die Grenze geschmuggelt werden soll. Zum Glück! Es läuft immer noch alles nach Plan. Córdobas Leute wurden rechtzeitig gewarnt und konnten sämtliche Beweise beiseite schaffen. Die Polizei hat nichts weiter vorgefunden als eine nette Familie beim Abendessen.«

»Wo liegt dann das Problem?« Rico schien Carlos' Aufregung nicht nachvollziehen zu können. »Warum machst du so einen Wind? Sie haben nichts in der Hand, was auf uns hindeutet, und falls es dir in diesem Lager hier wirklich zu unsicher ist, ziehen wir morgen eben weiter.«

»Da ist noch etwas.« Carlos machte eine Pause. »Unabhängig von Córdoba wurde das Militär wegen der

Mädchen eingeschaltet und im Falle einer heißen Spur der sofortige Zugriff befohlen.«

Was?! Was hatte Carlos da erzählt? Das Militär suchte nach uns? Ein Schwall Hoffnung flutete meinen Körper und kribbelte in meinen Venen. Ich konnte mir ein breites Grinsen nicht verkneifen. Sie suchten nach uns, eine ganze Armee war ihnen bereits auf den Fersen. Als ich am Stein vorbeilinste, scharrte Carlos mit dem Fuß über den Boden, er ballte die Hände zu Fäusten und warf Rico einen wilden Blick zu. *Ja, tob dich nur aus Carlos, aber das wird dir nichts nützen. Bald schnappen sie dich und dann stecken sie dich auf alle Zeiten für deine Taten ins Gefängnis.* Ein riesiges Glücksgefühl stieg in mir hoch, das mich fast zum Platzen brachte und zum ersten Mal seit meiner Entführung hatte ich wieder Zuversicht.

»Es gibt noch einen Befehl«, sagte Carlos und ich horchte auf. »Sobald ein militärischer Angriff erfolgt, werden die Geiseln sofort von uns erschossen, bevor wir uns dann in die Büsche schlagen. Alle. Auch die Mädchen. Wir lassen niemanden lebend zurück. Als Warnung an die Militärs für die Zukunft. Diese Order betrifft auch dich und du wirst dich daran halten, kapiert? Das ist eine Anordnung von ganz oben. Von Córdoba höchstpersönlich.«

Hörbar sog Rico die Luft ein.

Rasch schlug ich mir eine Hand vor den Mund, um einen entsetzten Aufschrei zu unterdrücken. Diese Leute würden uns töten, sofort gnadenlos erschießen, falls irgendetwas schiefging. Meine Wangen brannten, ein heftiges Pochen breitete sich in meinen Schläfen aus. Rico würde das niemals zulassen, oder doch? Warum sagte er nichts? Rico würde uns nicht abknallen, so kaltblütig war er nicht. *Sag etwas, Rico. Mach Carlos klar, dass du uns beschützen wirst, wie du das immer tust.* Aber kein Wort verließ seine Lippen. Oh Gott! Wir würden sterben, die beiden besprachen so abgebrüht unseren Tod, als wäre unsere Liquidierung bereits abgemachte Sache. Irgendjemand anderes gab hier den Ton an und zog im Hintergrund die Fäden. Ich war zu keiner Bewegung mehr fähig.

»Alles klar«, sagte Rico schließlich leise nach einer kurzen Pause, aber es klang gepresst. Ich sank in mich zusammen und fühlte mich von ihm verraten. Er war doch ein gefühlloses Monster, ganz gleich was er mir und sich selbst einredete. »Aber warte erst mal ab, so weit sind wir noch lange nicht. Keine Schnellschüsse, die die Aktion unnötig gefährden, okay?«, legte er nach.

»Wir lassen die Angelegenheit auf uns zukommen«, erwiderte Carlos. »Ich muss noch ein paar Unterlagen auswerten, bevor das Gespräch nächste Woche ansteht.«

Die beiden setzten sich in Bewegung, ich hörte, wie ihre Hosenbeine aneinander rieben.

Erst, als sich das Geräusch entfernte, presste ich die Luft aus meinen Lungen. Ich verspürte keinen Drang mehr, mich zu waschen. Als es wieder einigermaßen sicher war, stand ich auf und bahnte mir meinen Weg zurück zur Veranda, mit einem Gefühl, als würde ich durch knietiefen Matsch waten. Neben Luisa sank ich zu Boden.

»Was ist mit dir los? Du siehst aus, als hättest du einen Geist getroffen.« Luisa sah mich schläfrig an. Adriana lag mit geschlossenen Augen neben ihr.

»Es ist nichts.« Ich winkte ab. »Die Hitze setzt mir nur zu, glaube ich.« Auf keinen Fall würde ich den anderen von dem belauschten Gespräch berichten und sie alle zu Tode erschrecken. Es reichte, wenn ich fix und fertig war. Sämtliche Befreiungsträume lösten sich in Rauch auf. Ich hatte nicht genügend Kraft, um Luisa zu beruhigen, die sich sofort in eine furchtbare Panik hineinsteigern würde.

Unsere Eltern würden zahlen, und die Kidnapper uns freilassen, bevor es soweit kam. Es würde schon alles gut werden, es musste einfach.

Wie gewöhnlich hatten wir uns nach dem Appell in unsere Hütten verzogen und lagen nun schon seit Stunden in der Dunkelheit. Noch immer hellwach lauschte ich den regelmäßigen Atemzügen meiner beiden Freundinnen, während ich mich von einer Seite auf die andere wälzte. In dieser Nacht schlich ich nicht nach draußen zum Lagerfeuer. Ich sah nicht einmal nach, ob Rico draußen saß. Denn ich spielte mit dem Feuer und das musste aufhören. So deutlich wie heute, war mir schon lange nicht mehr bewusst gewesen, wer Rico war. Mein Kidnapper. Ein Verbrecher! Er war ein Mann, der mich ohne mit der Wimper zu zucken umbringen würde, sobald er den Befehl dazu erhielt.

ELENA

Wir beobachteten die Wächter bei ihrem Frühstück, während wir darauf warteten, dass sie vom Lagerfeuer abhauten, damit wir endlich hingehen konnten. Auch Carlos saß bei ihnen und stocherte in seinem Essen herum. Von Rico war weit und breit nichts zu entdecken, bestimmt war er im Dschungel unterwegs. Unaufhörlich wippte Carlos mit dem Oberkörper, während er auf einen seiner Männer einredete.

»Der Typ wird mir von Tag zu Tag unheimlicher«, flüsterte Adriana und deutete unauffällig mit dem Kinn zum Feuer hin. Jose und Pedro saßen immer noch mit gefesselten Händen in ihren Hütten und durften nicht nach draußen. Nachher wollten wir ihnen Essen und Tee bringen.

»Mir auch«, sagte Luisa gedämpft. »Dieser Irre.«

Plötzlich stiegen drei Männer mit großen Rucksäcken beladen durchs Gebüsch und gingen durch das Camp. *Scheiße. Nicht noch mehr von diesen Typen.* Das waren bestimmt diese ominösen Boten, von denen die Jungs gesprochen hatten.

»Hey, da seid ihr ja endlich«, rief einer der Bewacher erfreut, während die Leute ihnen entgegenschlenderten.

»Setzt euch zu uns.« Carlos winkte sie heran, seine Laune besserte sich schlagartig.

Einer der Fremden nahm seinen Rucksack ab und stellte ihn auf den Boden, bevor er eine große Flasche Rum zutage förderte, die er Carlos reichte. Dann setzte er sich neben ihn auf den Baumstamm.

Carlos drehte den Verschluss ab, setzte an, trank einen großen Schluck und gab sie an Felipe weiter. Die Flasche ging reihum, als sie wieder bei Carlos ankam, fehlte bereits die Hälfte. Der Anführer verzog das Gesicht.

Keine Sorge«, sagte der Bote. »Wir haben noch einige davon für euch dabei.« Er klopfte auf seinen Rucksack, in dem sich die gebunkerten Flaschen ausbeulten. Als sein Blick in unsere Richtung schweifte, leuchteten seine Augen auf. »Ihr habt Zuwachs bekommen«, hörten wir ihn bis zu uns sagen. »Das hatte ich ganz vergessen. Die sehen aber niedlich aus. Warum lädst du die Mädchen nicht auf einen Begrüßungsdrink ein?« Der Bote fixierte Carlos mit einem verschlagenen Blick.

Dieser schien kurz zu überlegen, ehe er mit den Achseln zuckte. »Warum nicht? Die beiden Jungs sollen auch herkommen, damit in dieser öden Langeweile mal ein bisschen Spaß aufkommt.«

Felipe wurde losgeschickt, um uns zu holen, wahrscheinlich wusste Carlos, dass wir freiwillig nicht aufstehen würden. Der Wächter stapfte steifbeinig die paar Meter zu uns herüber, während mein Puls dumpf in den Ohren pochte. Seine Schritte knirschten schwer auf dem Boden. Als er uns erreicht hatte, deutete er mit dem Daumen über die Schulter. »Señoritas, ihr seid auf einen kleinen Umtrunk eingeladen, eure beiden Freunde auch. Ich hole sie kurz, dann können wir los.«

Ich wechselte einen bestürzten Blick mit Adriana.

Oh nein, das durfte nicht wahr sein. Was sollte das schon wieder?

Felipe trieb Jose und Pedro an uns vorbei, während er uns einen Wink gab, ihm zu folgen. Mein Herz trommelte in der Brust, denn Carlos zeigte uns das breiteste Grinsen, das ich jemals an ihm gesehen hatte. Zögerlich standen wir auf. Luisas Mundwinkel zuckten heftig, so sehr riss sie sich zusammen. Als wir die Veranda verließen, stach ich in Panik nach links weg und wollte fliehen, aber Adriana musste etwas geahnt haben, denn sie hielt mich am Oberarm fest.

»Lass mich gehen«, keuchte ich, denn ich bekam kaum noch Luft. »Wir müssen weg. Carlos ist unberechenbar, am Ende schlitzt er uns noch die Kehle auf.«

»Mach keinen Blödsinn, Elena«, redete sie eindringlich auf mich ein. »Da sitzen zehn Männer, die erwischen dich, bevor du auch nur ansatzweise das Lager verlassen kannst. Dann wird es erst richtig schlimm für dich. Willst du wirklich, dass die alle über dich herfallen?«

Ich wagte einen Blick zum Feuer, wo Carlos aß und uns interessiert beobachtete, bevor er die Rumflasche ansetzte und mit einem großen Schluck leertrank. Der Bote beförderte bereits die nächste Flasche ans Tageslicht. Es war unmöglich für mich, zu ihnen hinüberzugehen, es ging nicht. Ich konnte nicht.

»Lass mich los.« Ich wehrte ihre Hand ab.

»Komm bitte mit und mach keinen Aufstand«, raunte Adriana, die langsam panisch wurde. »Du ziehst die Aufmerksamkeit dieser Typen erst recht auf dich. Wir dürfen Carlos nicht wütend machen. Alles bloß das nicht. Also setz dich endlich in Bewegung«, sie klang beschwörend. »Und zwar in die richtige Richtung.«

Die richtige Richtung wäre die in den Dschungel, aber

ich wusste genauso gut wie meine Freundinnen, dass wir keine Chance gegen sie hatten.

Pedro stieg beim Feuer soeben über den Baumstamm und setzte sich, auch Jose ließ sich nieder, die gefesselten Hände im Schoß, ließen sie die Köpfe hängen.

Ich atmete einmal durch, straffte den Rücken und lief los. In gebührendem Abstand zu den Männern blieben wir stehen.

»Kommt ein Stück näher. Keine Angst, wir beißen euch nicht«, sagte Carlos ungewohnt freundlich und winkte uns mit dem Zeigefinger näher.

»Noch nicht«, sagte der schmierige Typ neben ihm, worauf die Wächter grölten.

Ich spürte, wie mir Hitze in die Wangen schoss und es machte mich richtig wütend, dass ich ihnen diese Reaktion zeigte.

Der Bote grinste spöttisch, dabei traten seine eingefallenen Wangen noch deutlicher hervor. »Ihr habt gehört, was euer Kommandant befohlen hat. Setzt euch endlich, damit wir uns besser kennenlernen, schließlich haben wir nicht umsonst den weiten Weg in diese Einöde gemacht.«

Als wir geschlossen einen Schritt nach vorn traten, schnappte der Mann mich am Ellenbogen. »Du setzt dich neben mich, meine Hübsche.«

Ich starrte auf seine Hand, die dieselbe ungesunde gelbliche Hautfarbe hatte wie sein Gesicht, abgesehen von den dunklen Augenringen.

Obwohl sich alles in mir sträubte, hob ich den Kopf und warf einen Blick in die Runde, in die lachenden Gesichter. Carlos' Augen verengten sich bereits, deshalb befolgte ich den Befehl und nahm Platz. Erst dann ließ der Bote mich los. Möglichst unauffällig rutschte ich von ihm ab, während Luisa und Adriana sich neben mich setzten.

Ich schätzte den Kerl, ähnlich wie Carlos, auf Anfang dreißig, er wirkte jedoch schlaksiger und überragte ihn. Allein seine aufrechte, selbstsichere Körperhaltung flößte mir eine Heidenangst ein.

Der Fremde hielt mir die volle Rumflasche vor die Nase. »Hier, trink einen Schluck, damit du mal lockerer wirst.« Er rempelte mich an.

Unschlüssig starrte ich auf die Flasche, ich bebte innerlich, mir wurde übel, allein bei der Vorstellung, davon trinken zu müssen. Ich wollte weg, einfach nur weg. »Ich trinke keinen Schnaps«, flüsterte ich.

»Umso besser«, raunte er in mein Ohr, und jagte mir einen ausgiebigen Schauder über den Rücken.

»Trink«, befahl er so grob, dass ich unwillkürlich zusammenzuckte.

Nach einem Blickwechsel mit Adriana, der die Angst wie eine Leuchtreklame im Gesicht stand, nahm ich die Flasche und setzte sie an die Lippen. Als ich einen Schluck trank, schnappte ich sofort hustend nach Luft, der hochprozentige Alkohol brannte meine Speiseröhre hinunter. Oh, Gott, was heckte Carlos zusammen mit seinen Kumpanen jetzt schon wieder aus? Hilflos schloss ich die Augen, denn ich wusste auf einmal, warum Carlos das andauernd mit uns tat. Warum er uns schikanierte. Er wollte uns brechen! Wir gehörten ihm, besaßen keinen eigenen Willen mehr. Alles lag in seinen Händen. Meine Zukunft, mein Leben, meine Freiheit. All das hatten wir bereits am ersten Tag unserer Entführung verloren, er hatte uns alles genommen. Aber eines würde er niemals kriegen: Meine Würde, meine Hoffnung und meine Seele. Carlos würde mich niemals kleinkriegen, was auch immer er versuchte, wie sehr er mich auch das Fürchten lehrte.

Die Männer johlten bei meiner Reakion auf, allen voran Carlos.

Der Fremde klopfte mir so heftig auf den Rücken, dass ich vornüberwippte. »Gib die Flasche weiter. Oder möchtest du noch einen Schluck nehmen? Kriegst den Hals wohl nicht voll.«

Meine Hände bebten, als ich die Flasche an Adriana weiterreichte.

Auch sie hustete, nachdem sie getrunken hatte. Carlos, der Mistkerl, klopfte sich vor Vergnügen auf die Schenkel.

Als nächste kam Luisa an die Reihe. Unschlüssig hielt sie Flasche in den Händen, in der die bräunliche Flüssigkeit schwappte.

»Sauf, oder soll ich rüberkommen und dir helfen?« Wie einzelne Donnerschläge hallten Carlos' Worte in meinen Ohren. Sofort nahm Luisa einen großen Schluck und spuckte den größten Teil hustend wieder aus. Ich konnte ihr ansehen, wie sehr sie darum kämpfte, nicht in Tränen auszubrechen, bevor ihr Gesicht zu einer reglosen Maske gefror.

»Der gute Tropfen«, murrte Felipe. »Reiß dich bei der nächsten Runde bloß zusammen, Mädchen.«

Erschrocken hob ich den Kopf. Bei der nächsten Runde? War das ihr Ernst?

Der Bote, der neben mir saß, musterte mich auffallend von oben bis unten an. Vor lauter Angst fing ich fast an zu hyperventilieren.

Nun hielt Pedro die Flasche in den gefesselten Händen und starrte lediglich darauf. Wie immer hatte er seine Mimik nicht unter Kontrolle und unterdrückte nicht gerade effektiv den Zorn in seinen Augen. Keine großartige schauspielerische Leistung. Er ließ den Alkohol durch die Kehle rinnen, atmete tief ein und verbiss sich gequält einen Hustenanfall.

»Jetzt wird doch noch ein richtiger Kerl aus dir«, rief Diego spöttisch.

Als Letzter erhielt Jose die Flasche, der lediglich daran nippte, ehe er sie sofort wieder absetzte.

Carlos sprang auf und ballte dicht vor Joses Gesicht eine Hand zur Faust. »Willst du mich verarschen? Da haben sich sogar die Mädchen besser angestellt als du.«

Jose ließ den Kopf hängen, während sich jede Sehne in meinem Körper anspannte.

»Sauf!« Carlos bückte sich zu ihm. »Und du hörst erst auf, wenn ich es dir erlaube.«

Dieses Mal zögerte Jose nur ganz kurz, bevor er einen großen Schluck nahm, und sofort zu husten anfing.

»Habe ich gesagt, dass du aufhören kannst?«, fragte Carlos und klang auf einmal freundlich. Die Falten auf seiner Stirn glätteten sich, doch der Ausdruck in seinen Augen veränderte sich besorgniserregend. Der mir nur zu gut bekannte Wahn kam zum Vorschein. »Kipp das Zeug endlich runter«, brüllte er ihn an, worauf Jose heftig zusammenzuckte. »Sauf!«

Mit den gefesselten Händen führte Jose die Flasche an die Lippen und stürzte die brennende Flüssigkeit hinunter, als würde er Wasser trinken.

Aus tiefstem Herzen bedauerte ich Jose. Nichts in Carlos' Gesichtsausdruck deutete darauf hin, dass er so schnell wieder von ihm ablassen würde. Ich konnte es mir nicht einmal leisten zu weinen, wenn ich nicht sofort in Carlos' Visier geraten wollte. Tränen bedeuteten diesem Mann nichts, sie stachelten ihn nur an. Als mir das klar wurde, wuchs die schlimmste Art von Verzweiflung in mir, die ich jemals verspürt hatte, ein Gefühl, so grausam, dass ich es keinem wünschte. Wir waren diesem Mann so ausgeliefert, es gab nichts, was er nicht mit uns anstellen konnte.

»Du hörst ja schon wieder auf«, rief er, als Jose die

Flasche erneut absetzte, und trat ihm in die Seite. »Trink weiter!«

Sofort nahm Jose einen großen Schluck. Seine Augen röteten sich. Atemlos setzte er die mittlerweile zu einem Viertel geleerte Flasche wieder ab, es schüttelte ihn.

»Weitermachen.« Carlos' schneidende Stimme stach wie eine Klinge in meine Schläfe.

Jose würgte und verzog seine Lippen zu einer gequälten Linie. Nur einen Moment lang zögerte er, um tief Luft zu holen und sofort schnappte Carlos ihn am Kragen. Mit einer beängstigenden Langsamkeit zerrte er Jose in den Stand. »Wenn ich sage, weitertrinken, dann tust du das auf der Stelle, kapiert?«

Jose zitterte, als beschüttete ihn jemand mit Eiswürfeln.

Die Wächter amüsierten sich, grinsend beobachteten sie ihren Anführer.

Ich senkte den Kopf, denn ich hielt es nicht mehr länger aus, mitansehen zu müssen, was Carlos mit Jose veranstaltete, weil ich ihm nicht helfen konnte. Ich wagte ja nicht einmal, mich zu rühren. Was konnte ich allein schon ausrichten? Eigentlich hatte ich geglaubt, es gäbe keine Steigerung zu der Angst mehr, die ich vor diesem Mann empfand. Aber wieder einmal belehrte mein Kidnapper mich eines Besseren: Mir graute vor Carlos.

Jose trank. Schnell. Und in großen Zügen – bis Carlos ihm einen Wink mit dem Kinn gab. Mittlerweile war die Flasche fast zur Hälfte geleert, und Jose taumelte auf dem Baumstamm nach allen Seiten.

»Jetzt reicht es aber«, rief Raul mit gerunzelter Stirn »Der kleine Scheißer säuft uns alles weg.«

Carlos riss Jose die Flasche aus der Hand, nahm jedoch erst noch einen großen Schluck, ehe er sie an Raul weitergab, dessen Miene sich sofort erhellte. Erneut ließen die Männer den Rum reihum gehen, während Carlos zurück auf den Stamm sank.

Joses Augen bekamen einen glasigen Ausdruck, nur mit viel Mühe hielt er sich einigermaßen gerade. Plötzlich drehte er sich um und erbrach heftig unter dem Beifall der Wächter.

Der Bote rückte näher an mich heran, und ich erstarrte. Sein scharfer Schweißgeruch stach mir so unangenehm in die Nase, dass mir schlecht wurde. Sein Blick glitt so lüstern an mir entlang, dass es mich trotz der Hitze fröstelte.

Felipe reichte ihm die Flasche, und er nahm einen Schluck, während er mich nicht aus den Augen ließ. Danach hielt er sie mir wieder unter die Nase. »Hier, meine Süße. Du bist immer noch nicht locker.«

Als er eine Hand auf meinen Oberschenkel legte, erstarrte ich. Ich wollte seine dreckigen Finger von mir schlagen, aufstehen und ihn anschreien, er solle mich in Ruhe lassen. Aber all das spielte sich nur in meiner Fantasie ab, während ich starr dasaß und mich nicht wehrte. Zitternd saß ich einfach nur da und hoffte, dass bald alles vorbei war und ich zurück in unsere Hütte gehen konnte, wo ich mich auf immer und ewig vor ihnen verstecken wollte. Als der Kerl mich mit dem Ellenbogen anstieß, nahm ich gehorsam die Flasche und starrte dabei ins Feuer. Ich schüttete einen großen Schluck des hochprozentigen Alkohols in mich hinein, nur damit Carlos nicht schon wieder ausrastete und mit mir dasselbe veranstaltete, wie eben mit Jose. Mein Blick glitt zu der knochigen Hand, die immer noch auf meinem Schenkel lag. Er streichelte mich und versetzte mir eine Gänsehaut. Mein Geist koppelte sich von mir ab, flog in irgendwelche anderen Sphären. Ich sah eine Blumenwiese vor mir, auf der Kinder spielten und lächelte, weil es so schön aussah.

Irgendjemand nahm mir die Flasche aus der Hand, während ich weiter in meinem Nebel versank, immer tiefer hineinglitt, sämtliche Stimmen und Geräusche ausblendete – bis sich ein widerwärtiges Gefühl auf meiner Haut ausbreitete. Es wurde größer und unerträglich. Der Fremde fuhr die Innenseite meines Oberschenkels entlang, berührte fast schon meine Shorts. Ein lauter Schluchzer verließ meine Lippen. In einer Geste der Verzweiflung verschränkte ich die Unterarme auf dem Schoß, weil ich nicht wusste, was ich sonst machen sollte, wie ich ihn aufhalten konnte. Alles in mir sträubte sich, als er mit der Handkante zwischen meinen Beinen am Steg meiner kurzen Hose entlangrieb.

Er kam dicht an mein Ohr. »Wie alt bist du?«

»Siebzehn«, antwortete ich und unterdrückte mühsam ein Wimmern.

»Genau das richtige Alter«, sagte er sein Gesicht in meinen Haaren versenkend.

»Nein«, wisperte ich, »bitte nicht.«

»Nimm sofort deine dreckigen Pfoten von ihr«, ertönte im selben Moment eine wütende Stimme hinter uns.

Der Kopf des Boten fuhr herum, ich spürte den Windhauch an meiner Wange, ließ aber die Augen weiterhin geschlossen, denn seine Hand klemmte noch immer zwischen meinen Schenkeln und ich ertrug das Gefühl nicht mehr.

»Rico, verdammt schlechtes Timing«, hörte ich den Boten sagen. »Verpiss dich, ich habe zu tun.« Wie zum Beweis strich er meinen Schenkel entlang.

Ruckartig drehte ich mich um, und blickte zuerst auf Ricos glatte Brust und dann hoch in sein Gesicht. Seine Augen sprühten über vor Zorn. Er wirkte angespannt wie ein Raubtier, das zum Sprung ansetzt.

Ohne Vorwarnung holte Rico aus und versetzte dem

Kerl einen Faustschlag ins Gesicht, worauf der zu Boden ging und sich den Kiefer hielt.

Erlöst atmete ich auf.

»Dafür mache ich dich platt.« Der Bote fuhr hoch und hechtete mit einem großen Satz über den Baumstamm. Er schlug zu, aber Rico duckte sich rechtzeitig zur Seite und versetzte ihm einen weiteren Schlag, der seinen Widersacher knallhart im Gesicht traf. Der Bote taumelte einen Schritt zurück und fiel rückwärts über den Baumstamm, wo er liegen blieb und mit großen Augen in die Runde sah, ehe er sich wieder auf die Beine rappelte. Blut floss aus seiner Nase.

»Du bist so gut wie tot«, sagte er, doch Rico lachte nur.

»Und du ein widerlicher Drecksack«, konterte Rico.

Der Bote wollte sich erneut auf ihn stürzen, da ging Carlos dazwischen und hielt sie mit beiden Händen auseinander. »Ihr prügelt euch wegen einer Geisel?«

»Die Mädchen werden nicht angerührt«, schrie Rico ihn an, die Sehnen in seinem Hals spannten sich an. »Das ist Teil des Auftrags! Und das weißt du verdammt genau. Ich lasse nicht zu, dass ihr euch über diese Anordnung hinwegsetzt, kapiert?«

Carlos ignorierte ihn. Stattdessen stieß er den Boten an der Schulter zurück, der immer noch darauf lauerte, sich Rico vorknöpfen zu können, während er mit dem Handrücken das Blut wegwischte, das schon über sein Kinn tropfte. Ich räumte dem Kerl rein körperlich kaum Chancen ein. Rico war um einiges muskulöser.

»Wir klären die Sache unter uns, Carlos«, sagte der Bote und taxierte Rico mit einem hasserfüllten Blick. »Ich zeige deinem Cousin, wo er in der Rangordnung steht, bevor ich mich zurück zu der Kleinen setze und da weitermache, wo ich aufgehört habe.«

»Wenn du sie noch einmal anrührst, bring ich dich

um.« Rico wollte an Carlos vorbei, der alle Hände voll zu tun hatte, ihn wieder zurückzudrängen.

»Wir haben nur Spaß gemacht, Rico«, redete er auf ihn ein. »Reg dich wieder ab, deinem Täubchen passiert schon nichts.« Carlos schob den Boten zurück zum Stamm. »Wenn hier einer die Geiseln anfasst, bin ich das! Ist das klar? Und hier zählen immer noch meine Befehle! Ihr hört beide auf mit dem Scheiß. Und zwar auf der Stelle«.

Der Bote setzte sich wieder neben mich und griff nach der Rumflasche. Ich hielt den Atem an, wollte nichts wie weg, mich hinter Rico verstecken und hinter seinem Rücken ganz klein machen.

Als sich eine Hand auf meine Schulter legte, zuckte ich zusammen und wandte den Kopf. Rico stand hinter mir. Er war da und ließ nicht zu, dass dieser Kerl irgendwas mit mir anstellte. Vor Erleichterung schenkte ich ihm ein schwaches Lächeln.

Der Bote neben mir fluchte leise, bevor er seinem Kumpan die Rumflasche aus der Hand riss und einen großen Schluck nahm.

»Geht in eure Hütten, sofort«, sagte Rico scharf und drückte seine Finger leicht in meine Haut, als wollte er mir stumm bedeuten, dass mir nun nichts mehr passieren konnte und ich glaubte ihm. Aus einem Instinkt heraus neigte ich meine Wange an seine Hand, bevor ich in die Höhe schnellte und mich umdrehte. Seine Mimik wirkte wie immer reglos, aber ein Blick in seine Augen verriet, wie aufgewühlt sein Inneres sein musste. Etwas wie eine gefangene Sehnsucht lag darin vergraben, oder vielleicht interpretierte ich auch nur zu viel hinein. Ich lächelte ihn an, ein stummes *Danke*.

Als meine Freunde aufstanden, nickte er mit dem Kopf zur Seite. »Geht.«

Ich riss den Blick von seinen grünen Augen los und

hetzte an ihm vorbei, so schnell ich konnte. Als ich hinter mir Schritte vernahm, warf ich in Panik einen Blick über die Schulter, nur um erleichtert auszuatmen. Es war Luisa, die mir folgte.

Sie hetzte hinter mir in die Hütte und warf sich auf den Boden. Nur Adriana ließ sich nicht blicken und mein Blutdruck schnellte wieder steil in die Höhe. Wo war sie? Innerlich zitternd wartete ich auf ihr Erscheinen. Ich hatte zu viel Angst, noch einmal nach draußen zu gehen und fühlte mich hin- und hergerissen. Hielten diese Typen sie fest? Wie sollte ich ihr dann helfen?

Es dauerte ein paar Minuten, bevor auch sie endlich hereinkam. »Jose war so betrunken, dass er auf dem Stamm eingeschlafen war. Pedro und ich mussten ihn zurück in seine Hütte schleifen, wo er sich gerade noch einmal übergeben hat - mitten rein.« Sie klang merkwürdig abgebrüht, als wären die grausamen Schikanen mittlerweile Alltag für sie.

Ich lehnte mich zurück an die Wand, wo alle Anspannung und Angst um Adriana von mir abfiel, während ich versuchte, mich wieder zu beruhigen.

RICO

Punkt neun Uhr abends ging ich zusammen mit Felipe hinüber zu den Geiseln, die sich zum Abendappell in einer Reihe aufgestellt hatten und die Köpfe hängen ließen. Allesamt sahen sie noch immer ziemlich mitgenommen aus. Jose war kreidebleich und schwankte leicht, die Mädchen zitterten, während Pedro mit dem Kiefer mahlte. Einen Moment länger als gewollt, blieb mein Blick an Elena haften, die mich nicht mehr beim Lagerfeuer besuchte. Was sie wohl gerade dachte? Mich überkam ein überwältigendes Verlangen danach, sie in die Arme zu schließen, sodass ich mich kaum zurückhalten konnte. Ich wollte sie vor aller Welt beschützen, sie streicheln, ihre geschwungenen Lippen küssen und ihr sagen, dass alles wieder in Ordnung kam. Weil ich sie begehrte und wunderschön fand. Aber in der Realität würde das nicht geschehen. Ich würde ihr nicht zu nahe kommen. Niemals. Mich nicht in diesen Konflikt stürzen, der nur Probleme mit sich brachte. Elena würde sich mir niemals freiwillig hingeben, nicht ihrem Kidnapper. Und ich wollte sie nicht zu irgendetwas zwingen, oder ihre

Lage ausnutzen, weil sie vielleicht vor lauter Angst alles über sich ergehen lassen würde. Wie vorhin am Feuer. Sie war so stumm und reglos dagesessen, sich der Aussichtslosigkeit ihrer Lage bewusst gewesen. Allein diese Szenerie von außen mitansehen zu müssen, hatte zum ersten Mal in meinem Leben Mordgelüste in mir geweckt. Am liebsten hätte ich dem Kerl eine Kugel verpasst. Wie musste sie sich erst gefühlt haben? Dieser Drecksack hatte Elena betatscht und ihr Angst eingejagt. Meinem Mädchen. Dieser wunderhübschen einzigartigen Frau, die nichts mehr mit mir zu tun haben wollte. Meine Nähe nicht mehr suchte, aus welchem Grund auch immer. Ein bittersüßer Schmerz flutete mein Herz, der so überraschend kam, dass ich einen Moment brauchte, um mich wieder zu besinnen. Wow, was passierte hier mit mir? Noch nie zuvor hatte sich dieses Feuer derart heftig durch meinen Brustkorb gebrannt. Ich stand lichterloh in Flammen und hoffte, dass es keiner bemerkte.

Elena starrte zu Boden, mit verspanntem Rücken und vor Angst bebenden Schultern. Sie hatte Angst vor mir. Diese Erkenntnis traf mich wie ein Faustschlag ins Gesicht. Ich wollte sie so gern in die Arme nehmen, bis sie aufhörte mit Zittern und sich an mich schmiegte, vertrauensvoll und sehnsüchtig. Ich wollte sie so sehr. Jeden Tag mehr, jede Stunde und jede Minute begehrte ich sie heißer. Und sie wusste nichts von den schmutzigen Gedanken, die in meinem Kopf herumschwirrten. Bei genauer Betrachtung war ich ebenso gefährlich für sie, wie der Rest der Bande und doch hoffte ich, dass sie sich nicht vollends von mir abwandte. *Bitte fürchte dich nicht vor mir*, redete ich im Stillen auf sie ein, obwohl sie allen Grund dazu hatte. Immerhin hielt ich sie in dieser Hölle fest und bereitete ihr die schlimmste Zeit ihres Lebens. Außerdem war ich nicht immer da, um sie zu beschützen, obwohl ich Elena ein

Versprechen gegeben hatte. Könnte ich es tatsächlich halten, hätte dieser Typ heute nicht seine dreckigen Finger zwischen ihre Schenkel gesteckt. Was würde erst geschehen, sollte Carlos einen Tages den Schießbefehl geben?

Um mich endlich aus meinen quälenden Gedanken zu winden, wandte ich mich an Pedro und Jose. Bei den Jungs hatte ich mich besser unter Kontrolle. »Ich nehme euch jetzt die Handschellen ab«, sagte ich mit ruhiger Stimme, und war insgeheim erstaunt darüber, wie gut ich mich rein äußerlich im Griff hatte. »Ab morgen könnt ihr auch wieder rauskommen.«

Ich zwang mich, Elena keines weiteren Blickes mehr zu würdigen, denn ich ahnte, dass sie auch heute Nacht nicht zum Lagerfeuer kommen würde. Als ich mich schließlich abwandte, und davonging, überkam mich das Gefühl, als sähe sie mir nach.

ELENA

Früh am Morgen setzte ich mich völlig gerädert auf. Die ganze Nacht hatte ich verdammt schlecht geschlafen, jedes noch so leise Geräusch hatte mich aufgeschreckt und sobald ich doch kurz wegnickte, erschien das hässliche Gesicht des Boten in Großformat in meinen Träumen. Ein Rascheln, schon befürchtete ich, er würde mich gleich holen kommen. Bei jedem schwachen Lachen, das von draußen hereinwehte, schoß Panik in mir hoch. Ich wollte endlich wieder nach Hause, in dieser grünen Hölle hielt ich es keine Minute mehr länger aus. Was meine Eltern wohl durchmachten? Ich vermisste sie so sehr. Ob das Militär tatsächlich nach uns suchte? Fragen über Fragen überschlugen sich in meinem Kopf, auf die ich keine Antwort fand.

Adriana und Luisa schliefen noch. Luisa wimmerte leise auf.

Ich schlich zum Ausgang, hob den Vorhang einen Spalt zur Seite und huschte hindurch. Wie es aussah, schliefen alle um mich herum. Felipe schnarchte neben mir auf dem Bretterboden. Für einen Moment beobachtete ich, wie seine Nasenflügel bei jedem geräuschvollen Atemzug bebten. Keiner war zu sehen, das Camp wirkte verwaist. Ob ich fliehen sollte? Ich hielt inne. Überlegte. Ein leichtes inneres Zittern umfing mich. Meine Freunde allein zurück lassen? Sobald ich sie weckte und sie Geräusche von sich gaben, war Felipe unter Garantie ebenfalls wach. Eigentlich sollte er gar nicht schlafen, sondern Wache halten.

Ich schlich an ihm vorbei. Dieses einsame Schweigen ließ das Lager noch trostloser erscheinen, als es sonst schon der Fall war. Ich war hin- und hergerissen. Sollte ich abhauen? Mein Puls beschleunigte. Nein. Ich wagte die Flucht nicht. Nicht nach gestern. Falls mich Carlos erwischte, jagte er mir unter Garantie eine Kugel in den Kopf. Ich beschloss, ein rasches Bad zu nehmen, solange alle noch schliefen und keiner mich belästigte.

Erst jetzt nahm ich das muntere Vogelgezwitscher wahr, das von überall her aus dem Dickicht zu mir drang. Hätte ich doch auch nur Flügel. Dicht neben mir saß ein Tukan auf einem Ast, der sein Gefieder putzte. Was für ein schönes Tier. Sein bunter Schnabel leuchtete wie eine exotische Blume. Dann stockte ich. Das Lagerfeuer brannte. Orangene Flammen züngelten hoch und wärmten den Kessel, es knackte, und sofort schrillten sämtliche Alarmglocken in mir.

Hastig marschierte ich weiter, bis plötzlich Rico aus der Waschbaracke kam und vor mir stehenblieb. Seine Augen weiteten sich.

Sofort hielt ich an, wahrte gebührenden Abstand zu ihm. »Ich will mich nur kurz waschen«, erklärte ich gehetzt, obwohl er mich überhaupt nichts gefragt hatte. Aber allein die Tatsache, dass er eine seiner Geiseln frühmorgens ohne Überwachung vorfand, wurde garantiert nicht zu meinen Gunsten ausgelegt. Ich kam mir vor, als hätte ich etwas ganz schlimmes verbrochen und schluckte. Warum war ich Idiotin nicht in der Hütte geblieben, solange sich draußen noch kein Wächter herumtrieb? »Nur waschen, nichts weiter. Ich schwöre.«

Rico ließ noch einen Moment verstreichen und betrachtete mich. »Guten Morgen«, sagte er schließlich in einer Art und Weise, als wollte er mich nicht verschrecken.

Ich stutzte, suchte in seinem Gesicht nach einem Anhaltspunkt, was in ihm vorging, aber ich konnte ihn nicht enträtseln. »Guten Morgen«, flüsterte ich und räusperte mich. Seine grünen Augen ließen mich nicht los, ich musste ihn betrachten. Es ging nicht anders. Obwohl ich die Gefahr, die von ihm ausging, auf der Zunge schmeckte. Ricos Haare waren nass, das Wasser daraus tropfte über seinen nackten Oberkörper an ihm entlang. Fasziniert beobachtete ich, wie einzelne Tropfen auf seiner gebräunten Haut schimmerten. Oh mein Gott, er sah so atemberaubend gut aus. Für einen Moment schloss ich die Augen.

Auf Ricos Gesicht erschien ein besorgter Ausdruck. »Ist alles okay?«

»Nein, nichts ist okay«, schnauzte ich ihn an und schüttelte den Kopf. Wieso stellte ausgerechnet er mir diese Frage? Meine Mundwinkel zuckten, obwohl ich mich schwer zusammenriss. »Ich ... ich will endlich nach Hause und meine Eltern wiedersehen. Ich will mein Leben zurück, hörst du?« Mich überkam das Gefühl, als stieße Rico höchstpersönlich mich in einen tiefen Abgrund. Nur er allein. Im Sekundenbruchteil verlor ich meine mühsam zusammengehaltene Selbstkontrolle, erste Tränen stiegen in mir hoch, dann heulte ich vor ihm los. Es war wie ein Befreiungsschlag, als würden sich alle Schleusen öffnen und den Druck aus meinem Körper schwemmen. Ich konnte nichts dagegen tun, sondern stand nur da und weinte vor meinem Kidnapper.

Rico atmete hörbar aus. »Wenn es nach mir ginge …« Mit einem Finger wischte er meine Tränen von den Wangen. Eine sanfte Berührung, die mir in diesem Moment so unglaublich gut tat, auch wenn sie von ihm kam. In meinem Magen flatterte es.

Erneut zeigte sich dieser Ausdruck in seinen Augen, der Hauch eines schlechten Gewissens, wenn ich raten müsste.

»Bitte lass mich gehen.« Meine Stimme versagte just in diesem Moment. Genau jetzt, als ich sie am dringendsten brauchte, um meinen Kidnapper zu beknien, mir endlich die langersehnte Freiheit zu schenken.

»Ich kann nicht, Elena. Obwohl ich es möchte.« Er schüttelte den Kopf.

»Warum kannst du nicht? Wegen dem Geld? Mein Vater gibt dir noch viel mehr, wenn du mich laufen lässt.«

Rico seufzte tief und gequält. »Es steht zu viel auf dem Spiel. Wenn ich dich jetzt gehenlasse, bedeutet das deinen sicheren Tod – und unseren auch. Glaub mir. Hab noch ein bisschen Geduld. Es dauert nicht mehr lange.«

»Wie lange?« Flehentlich sah ich ihn an.

»Bald.« Rico kam so nahe, dass mir der Atem stockte. »Bald kommst du frei.« In einer zärtlichen Geste strich er mir eine Strähne hinters Ohr, die mir ins Gesicht hing.

»Sag mir wann genau das sein wird, lass mich nicht so hängen. Ich muss wissen, wie lange ich hier noch aushalten muss, sonst werde ich noch verrückt.«

»Ich weiß es nicht«, betonte er jedes einzelne Wort. »Ich kann dir höchstens eines anbieten«, legte er nach einer kurzen Pause nach. »Möchtest du jemandem zu Hause eine Nachricht schicken? Deinem Freund vielleicht, damit er weiß, dass es dir gut geht. Mehr kann ich nicht für dich tun. Sorry.«

Ich schüttelte den Kopf und betrachtete wie gebannt seine grünen Augen, die im hellen Sonnenlicht auffällig leuchteten. »Ich habe keinen Freund«, flüsterte ich. »Es gibt keinen, der auf eine Nachricht von mir wartet. Mich hat schon ewig keiner mehr geküsst«, fügte ich bitter hinzu, weil mir bewusst wurde, wie erbärmlich mein Liebesleben aussah und wie einsam ich mich auch zu Hause gefühlt hatte. Nein, mich vermissten nicht viele Menschen. Aber Moment mal! Ich zuckte zusammen. Was hatte ich dumme Kuh da eben von mir gegeben? Meine Wangen flammten auf, rasch senkte ich den Kopf, um Ricos intensivem Blick auszuweichen, der mich zu durchleuchten schien. Oh, Gott, er hielt mich bestimmt für eine Totalversagerin.

»Jetzt würde ich gerne fliehen«, japste ich mit glühenden Wangen. Und zwar ans Ende der Welt. »Könntest du bitte vergessen, was ich eben gesagt habe?«

»Du bist gerade so niedlich.« Rico lachte leise auf, bevor er einen Finger unter mein Kinn legte und mein Gesicht anhob, damit ich ihm in die Augen sehen musste. Was gerade das Letzte war, was ich tun wollte.

Unfähig, mich zu bewegen, ließ ich seine eindringliche Musterung über mich ergehen und betrachtete ihn ebenfalls im hellen Licht der Morgensonne. Seine Wangenknochen traten ein wenig hervor und gaben seinem Gesicht ein markantes Profil. Dichte, lange Wimpern umrahmten seine Augen, in denen es glitzerte wie in einem Kristall. Ich ignorierte mein massives Herzklopfen, und entdeckte eine winzige Narbe an seinem Kinn, die mir bisher nicht aufgefallen war.

Seine Lippen verzogen sich zu einem amüsierten Lächeln, und sein Gesicht bekam etwas Weiches. Ein belustigter Ausdruck erschien darauf, ehe er sich langsam zu mir beugte und mich auf den Mund küsste. Auf eine leichte, spielerische Weise. Seine Lippen fühlten sich unglaublich an, weich und sinnlich – süchtig machend. Ein wahrer Stromschlag stob durch meinen Körper und riss mich fast von den Füßen. »Jetzt hat dich mal wieder einer geküsst«, sagte er augenzwinkernd, bevor er an mir vorbeiging.

Ich starrte ihm hinterher. Lange. Während ich mit zwei Fingern meine Lippen berührte. Hatte ich das eben geträumt? Rico hatte mich tatsächlich geküsst, zwar nur ganz kurz, aber er hatte es getan.

Ich hetzte zurück zur Hütte, in der sich noch die stickige Luft der Nacht verteilte, und sank auf meine Matte. Rico hatte mich geküsst. Mein Kidnapper hatte mich geküsst! Langsam aber sicher steigerte ich mich in eine helle Panik hinein. Hilfe, er war mir viel zu nahe gekommen. Viel zu verdammt nahe. Er hatte mich überrumpelt, ansonsten hätte ich das niemals zugelassen. Dieser Kuss hatte nichts zu bedeuten. Rein gar nichts. Oder doch? Nein! Er hatte sich nur über mich lustig gemacht, weil ich dummes Zeug gefaselt hatte. Auf keinen Fall durften die anderen davon erfahren, ansonsten war ich geliefert.

Luisa regte sich auf ihrer Matte, gleichzeitig schlug Adriana die Augen auf, als hätten die beiden sich abgesprochen. Adriana streckte sich gähnend, bevor sie sich aufsetzte.

»Du bist schon wach?« Sie nickte mir zu.

»Darf ich nicht wach sein?«, blaffte ich sie an, ich kam mir vor wie bei einem Verhör. Adriana hatte eine unglaubliche Antenne für mich, sie sah mir immer sofort an, wenn etwas nicht stimmte. Und was gerade mit mir los war, durfte sie niemals erfahren.

»Was ist denn mit dir los?«, hakte sie auch sofort nach. Scheiße, sie ahnte irgendwas. Unter Garantie. Ich kratzte an meinem Daumennagel herum. Warum, zum Teufel, hatte ich diesen Kuss zugelassen? Das glich schon einer Verbrüderung mit dem Feind.

»Lass mich in Ruhe, du nervst mit deiner dauernden Fragerei.« Um einen Kommentar von Adriana im Keim zu ersticken, legte ich mich hin und schloss die Lider, was ich besser nicht getan hätte. Denn sofort stieg dieser Moment vor meinem inneren Auge auf und ein warmer Schauer rieselte mir die Wirbelsäule entlang. Oh, Gott. Rico hatte mich geküsst, und es hatte sich so verboten gut angefühlt. Ich lauschte meinem rasanten Herzschlag, der deutlich *Verräterin, Verräterin,* pochte.

Ich hörte Adriana rascheln. »Komm Luisa, wir gehen raus.«

Nachdem die beiden die Hütte verlassen hatten, atmete ich erleichtert durch.

Mein schlechtes Gewissen erdrückte mich fast, außerdem zehrte die dauernde Nähe zu den anderen an meinen Nerven. Immer war jemand da, nie hatte ich auch nur einen Moment für mich allein. Von allen Seiten stand ich unter ständiger Beobachtung. Trotzdem hätte ich nicht gleich ausrasten dürfen.

Draußen hörte ich die beiden miteinander flüstern, verstand aber nicht, worüber sie redeten. Ich legte mich auf die Seite und schloss die Augen, überwältigt von einer plötzlichen bleiernen Müdigkeit.

Irgendwann fuhr ich aus dem Schlaf hoch und entdeckte Jose im Eingang. »Was ist?«, schnauzte ich auch ihn an, obwohl ich mich unfair verhielt. Aber heute gingen sie mir allesamt tierisch auf den Geist.

Als würde er sich ergeben, hob er beide Hände vor die Brust. »Lagerkoller?« Er sah mich so treuherzig an, dass ich mich tatsächlich etwas abregte, von seinem gestrigen Alkoholkonsum war ihm nichts mehr anzumerken.

»Ich brauche einfach mal ein bisschen Zeit für mich allein. Schlimm?«

Jose schüttelte den Kopf. »Glaub mir, ich kann sehr gut nachvollziehen, wie du dich gerade fühlst. Wir haben alle mal solche Tage.«

»Morgen habe ich mich wieder im Griff«, versprach ich und er nickte.

»Die Wächter sind weg, wir können zum Feuer und etwas essen.« Mit dem Daumen deutete er über die Schulter.

»Ich habe keinen Hunger. Geht ohne mich.«

»Wir lassen dich heute in Ruhe«, versprach er und verschwand.

Stunden später wachte ich wieder auf und rappelte mich vom harten Boden hoch, mein Rücken tat vom vielen Liegen weh.

Als ich auf die Veranda ging, öffnete Jose ein Auge. »Hey Elena, alles okay?«

Das hatte mich heute schon mal jemand gefragt. Sofort stieg Rico in meinen Gedanken auf und ich verscheuchte ihn vehement. Schluss mit dieser elenden Schwärmerei!

»Alles bestens.« Ich nickte ihm zu, bevor ich Adriana und Luisa scannte, die neben Pedro gegen die Hütte gelehnt saßen. Sie ignorierten mich. »Ich gehe Tee trinken.«

Seufzend schlenderte ich hinüber zum Lagerfeuer, nachher musste ich mich unbedingt bei Adriana für mein Verhalten entschuldigen. Ich ging in die Hocke und hob die schwere Kanne aus der Glut, um mir einen der Becher vollzuschenken, die auf dem Boden herumstanden und aus denen alle Lagerbewohner tranken. Hygiene wurde hier nicht großgeschrieben. Meinen Freunden den Rücken zugewandt, setzte ich mich mit der vollen Tasse auf den Stamm.

Vorsorglich behielt ich die Wächter im Auge, die zusammen mit den Boten im Staub hockten und Karten spielten. Sobald einer aufstand, würde ich zurück in unsere rettende Behausung flüchten. Dann stutzte ich.

Rico saß vor seiner Hütte an die lehmige Wand gelehnt und beobachtete mich. Mit keiner Regung verriet er, was in ihm vorging.

Angst und Sehnsucht fochten einen stillen Kampf in mir aus. Was uns verband war eine Illusion, nichts weiter. Ein Trugbild, in dem ich Rico zu einer Person stilisierte, die er in Wirklichkeit nicht war. In meinem Inneren herrschte ein heilloses Durcheinander. Worin verstrickte ich mich gerade? Ich hing mein Herz an ein Fantasiekonstrukt, das ich mir zurechtspann, um nicht wahrhaben zu müssen, was für ein Mensch sich dahinter verbarg. Wahrscheinlich wurde ich langsam verrückt. Trotz allem konnte ich den Blick nicht von Rico abwenden. Er übrigens genausowenig von mir. Warum musste er so attraktiv sein? Als wäre er ein Magnet und ich eine Büroklammer. Ich hatte keine Chance, was zwischen uns passierte, war wie ein physikalisches Gesetz. Ich starrte ihn solange an, bis er schließlich aufstand und in seiner Hütte verschwand. Er ging als erster!

Nachdem ich den halben Tag über ein ausgedehntes Schläfchen gehalten hatte, lag ich nun hellwach im Dunklen, während meine Freundinnen schon längst eingenickt waren. Vorhin hatte ich mich noch bei Adriana entschuldigt, und sie mir verziehen. Wenigstens das hatte ich in Ordnung bringen können.

Ich setzte mich auf. Heute musste ich wissen, ob er draußen saß, also stand ich auf und nestelte den Vorhang beiseite.

Er war da.

Was nun?

Ich musste mit ihm reden. Er musste damit aufhören, mir so nahe zu kommen, das würde ich ihm ein für alle Mal deutlich machen. Ja, ein solches Gespräch war heikel, immerhin war auch sein Wort in diesem Lager Gesetz. Aber er würde mich anhören und vielleicht sogar meinen Zwiespalt verstehen. Denn trotz allem wollte ich meinen einzigen Verbündeten in diesem Camp nicht verlieren. Den Einzigen von ihnen, der es gut mit uns meinte. Bei der Vorstellung, er könnte sich von mir abwenden, wurde mir flau im Magen.

Ich verscheuchte die tausend Zweifel, die meinen Nacken wie Nadelspitzen bearbeiteten, und schlich hinaus in die Nacht. Der Mond schien hell, deutlich konnte ich Ricos Umrisse erkennen. Wie immer saß er mit dem Rücken zu mir und trank Tee.

Er fuhr zusammen, als ich neben ihm auftauchte. »Wow«, Rico klang völlig überrascht. »Mit dir habe ich nicht mehr gerechnet.« Es klang eher wie eine Frage als ein Vorwurf.

Ich räusperte mich. »Ich kann nicht mehr herkommen, weil ich doch deine Geisel bin und du mein ...«

Rico wandte den Blick von mir und starrte ins Feuer, als ließe er meine Worte auf sich wirken. Einige Momente lang sagte er nichts, bevor er tief durchatmete. »Setz dich doch.«

»Ich kann nicht.«

»Das war also alles, was du mir mitteilen wolltest?«

»Im Großen und Ganzen.« Ich holte so zittrig Luft, dass er meine Nervosität unter Garantie allein daran bemerkte. Der Schein des Feuers zauberte geheimnisvolle Schatten auf sein Gesicht und wider Willen schmachtete ich ihn an. Das silberne Kreuz um seinen Hals funkelte glänzend. Verblüfft stellte ich fest, dass ich nur mit Mühe dem Drang widerstehen konnte, ihn zu berühren. Dabei wollte ich doch Abstand zwischen uns bringen.

Rico strich sich durchs Haar, bevor er mir direkt in die Augen sah. »Hast du Angst vor mir?«

»Das hast du doch die ganze Zeit über gewusst, oder?«

Er zuckte nur schwach mit den Schultern. »Es war zumindest nicht schwer zu erraten.«

Wie in Zeitlupe ließ ich mich neben ihm nieder. Er lag falsch. »Nein, ich habe keine Angst vor dir ... nicht mehr. Die Situation, in der ich stecke, macht mir Angst. Das ist etwas völlig anderes. Verstehst du, was ich meine?«

Rico rieb sich über die Stirn und es schien, als kämpfte er mit seinem schlechten Gewissen. »Du musst dich nicht vor mir fürchten«, flüsterte er schließlich.

»Tue ich nicht.«

Das unwiderstehlichste Lächeln, das er mir jemals geschenkt hatte, erblühte auf seinen Lippen, als ich das sagte.

»Danke, dass du mir gestern geholfen hast.«

Er ließ mich nicht aus den Augen. »Es tut mir so leid, Elena.«

»Was muss *dir* denn leidtun?«

»Dass ich viel zu spät da war. Dass er die Gelegenheit bekam, dich anzufassen. Ich kann den Gedanken nicht ertragen ...« Er brach mitten im Satz ab.

»Was kannst du nicht ertragen?«, Ich hielt den Atem an.

»Dass dir etwas passiert.« Er trank einen großen

Schluck und wirkte merkwürdig unzufrieden, als wäre es nicht das, was ihm im Kopf herumgespukt war.

»Ich könnte schwören, dieser Satz sollte anders enden.« Ich stupste ihn mit dem Ellenbogen an.

»Du bist viel zu neugierig.« Sein Grinsen geriet etwas schief.

Ich würde mich so gern an seine Schulter lehnen – in einem anderen Leben. Einem, in dem wir einfach nur zwei ganz normale Menschen waren. In diesem Leben hingegen konnte ich das nicht tun, außerdem verhielt sich Rico sehr distanziert. Als wüsste er, was in mir vorging.

»Trotzdem freue mich, dass du da bist.« Er stieß mich sachte mit dem Ellenbogen an und selbst diese harmlose Berührung kribbelte in mir wie eine Armee von Ameisen.

»Wir müssen das beenden.« Ich holte tief Luft. »Diese heimlichen Treffen am Lagerfeuer müssen aufhören.«

»Elena.« Rico zuckte mit den Achseln. »Das liegt doch ganz allein bei dir.«

Verdammt, er hatte recht! Ich saß freiwillig neben ihm. Nacht für Nacht. Immer wieder. Ich ging zu ihm hin. Der Himmel helfe mir für diese Sünde, aber ich hatte jede Sekunde davon genossen. Die einzige Sache, die ich in diesem Lager aus freien Stücken tat, war die, nachts bei Rico zu sitzen. »Du wirkst wie ein Magnet auf mich. Ich weiß nicht, was ich tun soll. Sobald ich dich hier sitzen sehe, will ich bei dir sein«, sprach ich die Wahrheit aus, weil er mich schließlich auch nicht belog. Wir würden schon einen Weg finden, was auch immer da zwischen uns ablief, wie zwei vernünftige Menschen zu beenden.

Die Luft um uns herum heizte sich plötzlich auf, als blinkten kleine Blitze durch die Dunkelheit. Vielleicht bildete ich mir das auch nur ein, während ich mit angehaltenem Atem auf seine Reaktion wartete.

Sein durchdringender Blick schien mich zu

durchleuchten. »Dann komm. Komm abends zu mir, lass mich nicht mehr auf dich warten.«

Ein Schwall Hitze strömte durch mich hindurch, der mich fast von innen versengte. »Ich lasse dich nicht mehr warten«, flüsterte ich.

Er kam mit dem Gesicht näher und näher, sein warmer Atem wehte über meine Wange. Mein Herz pochte und schwoll zu einem lauten Hämmern an, je näher er mir rückte. Oh Gott, ich wollte ihn so sehr. Was sollte ich bloß tun? Dieser Mann war mein Verderben. Nur noch wenige Zentimeter trennten unsere Gesichter voneinander, während sich unsere Blicke verhakten. Ich versuchte zu begreifen, was er drauf und dran war zu tun, und konnte nicht anders, als mich tierisch darauf zu freuen. Er schickte ein Batallion Schmetterlinge in meinen Magen, die aufgeregt flatterten und war so nah, dass ich ihn riechen konnte. Seife. Dschungel. Sexappeal. Ich erschauerte wohlig, als der Wunsch in mir aufstieg, in seinen Armen zu liegen und noch einmal von diesem wundervollen Mund geküsst zu werden. Dieses Mal leidenschaftlich und atemlos. Ich rührte mich nicht und erwartete ihn mit bebenden Lippen.

Da richtete sich Rico ruckartig wieder auf. »Du solltest schlafen gehen, es ist spät«, sagte er und wandte sich ab.

Ich starrte ihn an, bevor mein Blick zu den Wachposten schweifte. Keiner von ihnen war in Sicht. Was hatte das jetzt zu bedeuten? »Dann gute Nacht«, erwiderte ich und stand auf. Ich konnte es nicht fassen. Rico hatte mich eiskalt abserviert.

RICO

»Ich breche schon heute zu Estrubal auf. Kann nicht schaden, wenn ich zwei Tage früher im Hauptlager aufkreuze. Es gibt einen Haufen zu klären.« Carlos setzte sich an den Klapptisch in seiner Hütte und gab mir einen Wink, mich auf den freien Stuhl ihm gegenüber niederzulassen.

»Du bist so lange für die Geiseln verantwortlich. Falls in meiner Abwesenheit irgendetwas passiert, hältst du dich an meine Anweisungen, kapiert? Werden die Gören aufmüpfig, ziehst du ihnen eins drüber, keine halben Sachen mehr wie das vergangene Mal bei den Kerlen. Die nehmen uns doch sonst nicht mehr ernst.«

»Die beiden Jungs wurden nicht aufmüpfig, ihnen sind die Nerven durchgegangen, nach der langen Zeit der Gefangenschaft. Was ich, ehrlich gesagt, verstehen kann.« Ich lehnte mich zurück.

Carlos rollte nur mit den Augen. »Im Falle eines militärischen Angriffs weißt du, was wir besprochen haben. Du wirst das durchziehen.«

Aus Erfahrung wusste ich, dass genau dieser Moment

der Start einer endlosen Diskussion mit Carlos bedeuten könnte, währenddessen er sich dann in allerhand Gewaltfantasien und Rasereien hineinsteigerte. Deshalb hielt ich meine Klappe. »Wir halten uns an die Order. Du kannst dich also ganz beruhigt auf den Weg machen.« Ich konnte gar nicht in Worte fassen, wie sehr ich mich darauf freute, ein paar Tage lang nicht in das mürrische Gesicht meines Cousins blicken zu müssen. Ich hatte die Schnauze gestrichen voll von der angstvollen Stimmung, die er sofort verbreitete, sobald er sich auch nur draußen blicken ließ.

Er stand auf und warf sich seinen Rucksack über.

Auch ich erhob mich seufzend. »Viel Erfolg. Bring gute Nachrichten mit.«

Carlos verharrte, und musterte mich durchdringend. »Für wen? Gute Nachrichten für uns oder diese Gören?«

»Vergiss es.« Mit einem schwachen Kopfschütteln verließ ich seine Hütte, ging hinüber zur Feuerstelle und setzte mich. Von hier aus war es weit weniger stressig, Carlos beim Verlassen des Camps zu beobachten. Er ging mir mit seiner brutalen Art immer mehr auf die Nerven. Ich wollte endlich weg von hier. Einfach abhauen und den ganzen Mist hinter mir lassen. Mittlerweile hatte ich genügend Geld verdient, um mich irgendwohin absetzen zu können, vielleicht nicht so luxuriös, wie nach ein paar weiteren Aufträgen, aber wenn ich sparsam lebte, würde die Kohle einige Jahrzehnte lang reichen. Nur ein Problem hielt mich davon ab, auf der Stelle das Weite zu suchen. Die Geiseln. Elena. Ich konnte sie nicht völlig ohne Schutz den Launen von Carlos und den Wächtern überlassen. »Wenn dieser Auftrag beendet ist und die Geiseln frei sind, ist ein für alle Mal Schluss«, sagte ich leise zu mir selbst. »Endgültig.« Vorher würde ich noch sicherstellen, dass Elena und ihre Freundinnen wieder unversehrt nach

Hause gelangten, schließlich hatte ich es ihr versprochen. Dieses Versprechen würde ich halten. Auch für die Jungs würde ich tun, was ich konnte, damit sie endlich in Freiheit gelangten.

Gestern Nacht hätte ich Elena beinahe geküsst. Ich rieb mir über die Stirn bei dem Gedanken. Fast wäre es soweit gekommen. Die Stimmung zwischen uns war unglaublich vertraut gewesen, ich hatte mich ihr so nahe gefühlt, wie noch nie zuvor – und mich so nach ihr gesehnt. Als sie mich mit ihren großen braunen Augen so hingebungsvoll angesehen hatte, war ich schwach geworden. Ich hatte meine Prinzipien für einen Moment vergessen, hätte fast die größte Dummheit begangen, die ich Elena in ihrer Situation antun könnte. Ein Kuss – ein richtiger Kuss – hätte alles zwischen uns verändert. Dabei wäre es nicht geblieben, mit einem harmlosen Kuss könnte ich mich nicht zufrieden geben. Ich wollte mehr, ich wollte sie. Ihren Körper und ihre Liebe. Doch sie war so verängstigt, dass sie nicht einmal mehr neben mir am Feuer sitzen wollte, dass sie nachts gar nicht mehr zu mir kommen wollte. Als meine Lippen beinahe ihre berührten, war sie erstarrt. Wie sie es immer tat, wenn sie vor lauter Angst keinen Ausweg mehr sah. An diesem Punkt ließ sie dann alles über sich ergehen. Ich musste vorsichtig sein und durfte sie nicht mehr derart in die Enge treiben wie gestern. Denn sie hatte mir gefehlt, als sie die vergangenen Nächte nicht am Lagerfeuer aufgekreuzt war und ich wollte sie nicht schon wieder verlieren. Vielleicht hatte ich sie auch mit meiner Lebensgeschichte aus dem Slum verschreckt, oder ihr war klar geworden, wie viel uns im wahren Leben trennte. Welten. Uns trennten Welten.

Aber ich liebte diese Nächte mit ihr am Feuer, wenn wir beisammensaßen, wie ein heimliches Liebespärchen, und redeten. In diesen Momenten vergaß ich, was für ein schrecklicher Mensch ich war. Sie machte mich zu einem besseren, zu einem Mann, der über seine Taten nachdachte, der plötzlich ein Gewissen verspürte, das sich regte und in mir zerrte. Elena wurde mir immer vertrauter, immer wichtiger und ich würde ihr keine Gründe mehr liefern, nicht mehr zu mir kommen zu wollen.

Die Wächter schlenderten heran und rissen mich aus meinen Grübeleien.

»Hey Rico«, sagte Felipe, während er sich setzte. »Ist Carlos schon weg?«

Ich nickte. »Gerade gegangen.«

»Na, dann wird bald Leben in die Verhandlungen kommen, wenn Carlos dabei ist«, mischte sich Raul ein, der wie immer ungepflegt aussah, mit vom Rum bereits stark geröteten Augen. »Carlos sollte die Geiseln nach der Lösegeldübergabe erschießen. Dann müssten wir sie wenigstens nicht den ganzen Weg zurück durch den Busch schleifen, wenn er kurzen Prozess mit ihnen macht. Und wir,« er lachte gehässig auf, »könnten dann vorher noch mit den Mädchen unseren Spaß haben. Alles, was diesen verzogenen Gören fehlt, ist mal ein gescheiter Schwanz zwischen den Schenkeln, wenn du mich fragst.« Sein Grinsen wurde immer anzüglicher.

Seine Kumpels johlten und applaudierten. Drecksbande. Ich hasste Raul, der einfach keine Ruhe gab und immer wieder davon anfing, was er mit den Mädchen anstellen würde, wenn man ihn nur ließe. »Dich fragt aber keiner!« Ich stand auf und deutete auf ihn. »Du lässt deine Drecksfinger von ihnen, verstanden? Sonst mache ich Meldung an Estrubal, dass du die Aktion sabotierst. Du kennst die Befehle.«

Raul riss die Augen auf. »Hey, das war doch nur Spaß. Nur so ein Gedanke, weiter nichts.«

Der Scheißkerl wusste genau, dass Estrubal ihm

höchstpersönlich eine Kugel in den Kopf jagen würde, falls er es wagte, sich dessen Anordnungen zu widersetzen.

»Ich warne euch alle«, sagte ich in die Runde. »Haltet euch von den Geiseln fern. Vor allem von den Mädchen, die Operation geht in eine finale und heikle Runde. Ihr solltet nicht diejenigen sein, die sie gefährden. Vor allem nicht du, Scheißkerl«, sagte ich direkt zu Raul, weil ich mir meine Abscheu nicht verkneifen konnte.

Der Rest der Gruppe senkte grummelnd die Köpfe, sie rührten in ihren Schüsseln herum, was ich mit Erleichterung zur Kenntnis nahm. Ich verstand, wie schwierig es für die Männer war, monatelang allein im Dschungel auszuharren, und dabei immer diese drei hübschen jungen Frauen vor Augen zu haben. Genau aus diesem Grund musste meine Drohung Wirkung zeigen.

Zu meiner Erleichterung verspürte keiner der Wächter Lust auf eine Meuterei, um am Ende vielleicht noch den Zorn des Kommandanten auf sich zu ziehen, der dafür bekannt war, dass er nicht lange fackelte. Nach einem letzten warnenden Blick in die Runde stand ich auf und ging in den Dschungel, ich konnte diese primitiven Kerle nicht mehr länger ertragen. Wie einen Messerstich spürte ich Rauls hasserfüllten Blick im Rücken.

RICO

Zielstrebig wanderte ich auf eine Lücke im Busch zu, hinter der sich ein schmaler Fußpfad anschloss. Der Weg begann bereits zuzuwuchern, was hier im Regenwald binnen Tagen passierte. Monströse Blätter schoben sich über den Boden, auch eine ganze Reihe Schlingpflanzen krochen über den Weg. Eine fette Würgeschlange verschwand hastig im Dickicht, als ich mich näherte. Wie immer folgten mir ein paar der vorwitzigen Kapuzineraffen mit viel Geschrei, die mich im Auge behielten und nur darauf warteten, irgendwas von mir stehlen zu können.

Ich stolperte über eine von Blättern bedeckte Wurzel und fluchte. Die Wächter würden heute Nachmittag den Weg mit ihren Macheten freimachen, wenn sie etwas zu tun hatten, kamen sie wenigstens nicht auf irgendwelche dummen Ideen.

Kurze Zeit später erreichte ich eine kleine Holzhütte. Vor der Brettertür hing ein rostiges Vorhängeschloss, für das nur Carlos und ich einen Schlüssel besaßen. Ich fischte ihn aus der Hosentasche, öffnete das Schloss und zog kräftig an der schiefen Holztür.

Als sie ruckartig aufsprang, warf ich einen prüfenden Blick in das mit Spinnweben verhangene Innere. Durch den schmalen Türspalt drang ein wenig Licht hinein, das ein ganzes Arsenal an Waffen und Munition erhellte. Mindestens dreißig Gewehre stapelten sich vor mir auf dem Boden, ein guter Teil davon waren Schnellfeuerwaffen. Russische Kalaschnikows. Dann noch einfache Pistolen und Messer in jeder nur erdenklichen Größe. Die Munition lag gut verpackt in Kisten, neben einem großen Sprengstoffpaket, mit dem man bestimmt den halben Dschungel in die Luft jagen könnte

Das Kartell und Carlos hatten wirklich für alle Fälle vorgesorgt. Mein Blick fiel auf ein älteres Funkgerät in der hinteren Ecke, das mir heute zum ersten Mal auffiel. Ob es noch funktionierte?

Als ein winselnder Laut zu mir herüberwehte, schlug ich die Tür zu und schloss ab. Direkt an die Hütte schloss sich ein dünner Metallzaun an, ein Zwinger. Zwei Schäferhunde saßen darin und sahen mich mit hängenden Zungen an, ohne einen Laut von sich zu geben. Die Tiere streckten ihre Köpfe durchs Gitter und schnupperten.

»Hallo Jungs.« Mit beiden Händen kraulte ich ihnen das braunschwarze Fell. »Ich weiß, ihr habt Hunger. Gleich gehe ich die Fallen überprüfen und bringe euch was zum Frühstück mit. Danach spazieren wir eine Runde.«

Die Hunde gehörten Carlos, der sie eines Tages in den Dschungel mitgebracht hatte. »Die Viecher sind abgerichtet«, hatte er gesagt. »Sie verfolgen jede Spur, auf die man sie ansetzt, und auf Befehl zerfleischen sie sofort jeden, den sie erwischen. Verlass dich darauf, denen entkommt keiner.«

Ich hatte ihm jedes Wort geglaubt. Nur Carlos konnte so krank sein, zwei abgerichtete Hunde auf einen Menschen zu hetzen.

»Da gibt es noch etwas. Die Tiere wurden so trainiert, dass sie erst einen Laut von sich geben dürfen, wenn sie Witterung aufgenommen haben, ansonsten sind sie absolut still. Keiner erfährt, dass wir sie haben.«

Mit diesen Worten hatte er mir die Leinen in die Hand gedrückt und war wie selbstverständlich davon ausgegangen, dass ich mich von nun an um die Tiere kümmerte. Ein Hubschrauber hatte die Zaunteile über dem Lager abgelassen und die Wächter sich übel gelaunt darangemacht, den Käfig für die Hunde zu errichten.

Auch ich war damals nicht sonderlich begeistert über den tierischen Neuzugang gewesen. Die Wächter und ich betreuten die beiden abwechselnd. Auf Anordnung von Carlos hatten sich die Hunde an alle von uns zu gewöhnen. Mittlerweile jedoch kümmerte fast ausschließlich ich mich um sie, da ich den versoffenen Typen nicht zutraute, sie anständig zu versorgen. Nur Felipe war verantwortungsvoll genug, ebenfalls regelmäßig nach ihnen zu sehen. Er ging abends noch einmal zu den beiden, gab ihnen zu trinken und ließ sie laufen.

Inzwischen mochte ich die zwei, sie waren friedlich und freundlich, denn Carlos hatte sie bis jetzt zum Glück noch nie zum Einsatz bringen müssen.

Ich machte mich auf den Weg, um die Fallen zu kontrollieren. Die Wächter würden die gefangenen Tiere später ausnehmen und ihr Fleisch, zusammen mit Gemüseknollen und essbaren Pflanzen, die der Dschungel hergab, zu diesem undefinierbaren Eintopf verarbeiten, von dem wir hauptsächlich lebten. Einen Teil der Beute erhielten die Hunde. Ich schlug mich seitlich durch die Büsche und marschierte den ausgetretenen Pfad entlang, an dem rund um das Camp die Fangeisen aufgestellt waren. Auf diese Weise musste ich nur einmal im Kreis gehen, um sie zu überprüfen, gleichzeitig hatten wir auf diese Weise auch etwaige Fluchtwege ziemlich gut abgesichert. Obwohl ich inständig hoffte, dass niemals eine der Geiseln in ein Fangeisen geraten würde.

Gleich in der ersten lag eine verendete Wollbeutelratte. Seufzend befreite ich den Kadaver und begutachtete ihn. Frühstück für die Hunde. Keine Ratten im Eintopf. Die Wächter gingen da unerschrockener vor und schnitten alles hinein, was ihnen in die Hände fiel. Fleisch war für sie Fleisch.

Die nächste Falle war leer und auch die danach. Ein Nasenbär hatte sich in der darauffolgenden verfangen, auch er war glücklicherweise bereits gestorben. Ich hasste es, auf ein lebendes Tier zu treffen, das gerade qualvoll verendete. Ein Paka und ein weiteres Beuteltier kamen noch dazu, die ganze Ausbeute für diesen Tag. Beide Beuteltiere würden die Hunde bekommen, der Rest war Essen für uns.

Als ich mich auf den Rückweg machen wollte, knackte es hinter mir, als träte jemand auf einen trockenen Ast. Blitzartig drehte ich mich um und spähte in die Richtung, aus der das Geräusch gekommen war, konnte aber nichts Auffälliges entdecken. Vielleicht ein Tier. Doch auf einmal überkam mich das dumpfe Gefühl, beobachtet zu werden. Oder bildete ich mir das nur ein?

Ich schüttelte das Unbehagen ab, das mich jäh überfiel, und ging zurück zu den Hunden. Als ich die Beuteltiere über den Zaun warf, stürzten sich die Hunde darauf und rissen sofort große Stücke aus ihrer Beute.

Nachdem sie fertig gegessen hatten, öffnete ich die

Zwingertür. Sofort kamen sie heraus, sprangen an mir hoch und umkreisten mich schwanzwedelnd.

»Hey, hey.« Ich wehrte sie ab, da die Hunde mit mir spielen wollten und mich weiter bedrängten. »Nicht so übermütig«, rief ich lauter und nahm die beiden Leinen von dem Haken an der Bretterwand. »Platz«, sagte ich scharf, und sofort ließen sich die Rüden vor mir nieder.

Als ich sie angeleint hatte, spazierten wir hinunter zu einer Stelle am Bachlauf, die etwas weiter entfernt vom Lager lag. Die Tiere kannten den Weg und zerrten so heftig an ihren Leinen, dass ihnen die Halsbänder in die Kehlen schnitten. Nur mit Mühe behielt ich die kräftigen Schäferhunde im Griff und ließ mich schließlich seufzend von ihnen zum Bach schleifen. Dort ließ ich sie frei, worauf sie sich bis zum Bauch ins Wasser warfen und schlabberten.

Ich setzte mich an den Uferrand. Zurückgelehnt auf den Ellenbogen beobachtete ich, wie sich die Hunde im Wasser balgten, ohne auch nur einen einzigen Laut von sich zu geben.

Meine Gedanken verstiegen sich. Was würde geschehen, wenn Carlos zurückkam? Würde er gute Nachrichten mitbringen? Vielleicht war dann Córdobas Operation gelaufen, und wir konnten die Geiseln endlich freilassen – Elena gehenlassen. Mir zog es bei diesem Gedanken tatsächlich die Kehle zu. In zwei Tagen war Carlos wieder zurück und wir bekamen Neuigkeiten.

Schließlich stand ich auf und stieß einen kurzen Pfiff aus. Sofort standen die Hunde schwanzwedelnd vor mir, um sich brav an die Leine nehmen zu lassen. Vorher schüttelten sie noch ihr klitschnasses Fell aus, Wasser spritzte auf mich und ich drehte mich lachend zur Seite, um nicht alles abzubekommen.

Wir gingen zurück. Diesmal zogen die Hunde nicht

mehr so sehr wie zuvor, sondern strichen durchs Gebüsch, liefen neben mir her, hoben ab und zu das Bein oder schnüffelten an kleinen Erdlöchern. Ein lautes Krachen hoch oben in den Wipfeln ließ mich auffahren. Ich riss den Kopf in den Nacken und sah gerade noch, wie ein riesengroßer Ast direkt vor mir zu Boden sauste und sich in die feuchte Erde rammte.

Hastig schnellte ich zurück, nur ein paar Zentimeter hatten gefehlt und der Holzprügel hätte mich erschlagen. Es kam öfter vor, dass von den riesigen Baumkolossen des Dschungels morsche Äste abbrachen oder irgendwann der ganze Baum umfiel. Aber genau jetzt, wenn ich darunter stand? Ein merkwürdiger Zufall. Ich lugte an dem riesigen Stamm hinauf, bis zu dem dichten Blätterwerk in den Wipfeln, aber es war zu dicht, um irgendwas zu erkennen. Die Hunde streunten aufgeregt um das Stück Holz herum und beschnüffelten es von allen Seiten.

Schließlich stieg ich darüber und marschierte weiter. Ich hatte riesiges Glück gehabt.

Im Lager warf ich Diego die beiden toten Tiere in den Schoß. »Die Ausbeute aus den Fallen.«

»Ganz schön mager.« Der Wächter betastete die Kadaver. Diego war auf einem kleinen Bauernhof mit Rinderzucht in den Ausläufern der Anden großgeworden, der kaum genug zum Leben für sich und seine elf Geschwister abwarf. Schlachten gehörte für ihn zum Alltag. Schließlich verschwand er im Dschungel, um die Tiere auszunehmen und ihnen das Fell abzuziehen, damit ihre Eingeweide und der Blutgeruch keine Raubtiere ins Camp lockten.

Ich verschwand in meiner Hütte, um mich ein bisschen

auszuruhen, ich war plötzlich todmüde. Eine schwarze Reisetasche in der Ecke beherbergte meinen gesamten Besitz. An der Wand stand eine primitive Liege, mehr gab es in meiner einfachen Behausung nicht. Ich streckte mich darauf aus und schloss die Augen. Im Gegensatz zu den Geiseln genossen wir den winzigen Luxus, auf diesen einfachen Pritschen zu schlafen. Immer noch besser, als auf der harten Erde nächtigen zu müssen.

ELENA

Wie jeden Tag hingen wir auf der Veranda herum und starrten vor uns hin. Ich flocht drei dünne Strähnen meines langen Haares zu einem Zöpfchen, entwirrte es und begann wieder von neuem. Nie legte sich die schwüle Luft drückender auf uns als zur Mittagszeit.

Einer der Wächter kochte frischen Eintopf. Er zerteilte zwei gehäutete, undefinierbare Tiere in mundgerechte Stücke, bevor er die rohen Brocken im hohen Bogen in den Kessel warf.

Angewidert drehte ich mich weg. Obwohl ich mittlerweile abgehärtet war und sogar tapfer das meiste aß, was in der Brühe herumschwamm, ekelte mich diese tägliche Prozedur an.

»Mir ist so heiß. Hoffentlich verschwindet der Kerl bald, damit wir was trinken können.« Adriana saß Rücken an Rücken mit Pedro da, die beiden dösten mit geschlossenen Augen vor sich hin. Sie verbrachten immer mehr Zeit miteinander, sofern das im Camp eben möglich war. Manchmal schlenderten sie zusammen zum Bachlauf, oder sie setzten sich abseits von uns an den Rand der

Veranda und quatschten ununterbrochen über ihr Leben. Ich wusste aus Erfahrung, wie gut es tat, die Erinnerung an zu Hause frisch zu halten, aber mittlerweile hatte ich bei den beiden das Gefühl, dass da mehr lief. Wie unabsichtlich tastete Pedro nach Adrianas Hand, mit der sie sich am Boden abstützte. Er streichelte ihren Handrücken, worauf ein Lächeln über ihr Gesicht huschte.

»Ein Mojito wäre jetzt nicht schlecht«, erwiderte Pedro. »In meiner Nähe gibt es eine Salsabar, dort werden die genialsten Mojitos gemixt, die man sich vorstellen kann.« Er lehnte den Kopf an Adrianas Schulter. »Vielleicht nehme ich dich mal mit.«

»Mein Vater lässt mich abends nicht allein ausgehen.« Sie seufzte tief und gequält. Ihre Eltern waren ähnlich streng und konservativ wie meine.

»Meine Eltern merken nicht einmal, wenn ich weg bin.« Pedro klang sarkastisch. »Meine Mutter reist andauernd zu ihrer Familie nach Argentinien und bleibt monatelang im Ausland. In Buenos Aires lässt es sich angeblich besser shoppen, aber ich glaube, sie hat einen Lover. Während mein Vater sich auf seinen Baustellen herumtreibt und wie verrückt Wolkenkratzer in allen Metropolen Südamerikas errichten lässt. Mich wundert, dass die beiden meine Entführung überhaupt mitbekommen haben.«

»Ich bin mir sicher, sie vermissen dich«, kam es von Adriana.

Pedro lachte trocken auf. »Meine Schwester wollte heiraten, aber ich wurde zwei Wochen vor dem Hochzeitstermin entführt. Einen Monat später bekam ich ein Video von Carlos vorgespielt, das einer der Boten mitgebracht hatte. Es zeigte meine Schwester ganz in weiß in der Kirche, zusammen mit meinen Eltern und der versammelten Familie. Sie haben die Hochzeit nicht abgeblasen, obwohl ich in Lebensgefahr schwebte und ich weiß auch warum.« Seine Lippen verzogen sich zu einem schmalen Strich.

»Und warum?«, hakte Adriana leise nach.

»Weil sie für die Feier einen Saal im Four Seasons in Bogotá gebucht hatten. Für den gibt es eine zweijährige Wartezeit, hätten sie die Hochzeit abgeblasen, wäre ihre Location weggewesen. Also musste sich meine Familie entscheiden.«

Adriana nahm Pedros Gesicht in beide Hände, sie sahen sich tief in die Augen. »Das tut mir so leid. Dann sind sie es nicht wert, dich in ihrer Familie zu haben. Ganz ehrlich.«

»Du bist so lieb, Adriana«, er kam mit dem Gesicht dicht vor ihres, die beiden wirkten, als hätten sie alles um sich herum vergessen - bis ein Gewehrschuss sie auseinanderfahren ließ. Ich zuckte ebenfalls erschrocken zusammen, Jose und Luise, die gedöst hatten, fuhren hoch.

»Was ist passiert?«, fragte Luisa und legte eine Hand auf ihren Brustkorb.

Hastig wandten wir den Kopf. Einer der Wächter hatte den Lauf seines Gewehres in den Himmel gerichtet, er deutete Adriana und Pedro mit dem Zeigefinger ein *nein* an. Und wir verstanden: Keine Vertraulichkeiten unter den Geiseln! Ich wunderte mich über gar nichts mehr. Was ging diese Typen das an?

Dann hielt ich den Atem an. Hoffentlich kam Carlos nicht aus seiner Hütte, um nachzusehen, was los war, aber es blieb alles ruhig. Gott sei Dank!

Mit einem Finger wischte ich ein trockenes Blatt von meinem T-Shirt und hob es auf, um es zwischen Daumen und Zeigefinger zu zerreiben.

Ein Kolibri sauste über meinen Kopf hinweg und flog in irrwitzigem Tempo über das Lager, schwirrte wie eine

Biene im Zickzack hin und her. Wow, er war so schön. Aber was war das? Ich stand auf, um besser sehen zu können. Die Sonne stand hoch und blendete mich, schützend legte ich eine Handkante an die Stirn, um die Augen nicht zukneifen zu müssen.

Adriana stupste mich an der Wade an. »Was ist los? Was hast du?«

Mit einer raschen Handbewegung deutete ich ihr an, still zu sein. Das konnte doch nicht wahr sein, oder? Eine feine Rauchsäule stieg in den Himmel. »Feuer«, rief ich und deutete hinüber auf die andere Seite. »Feuer, es brennt!«

Die Wächter setzten sich auf.

»Ricos Hütte brennt«, kreischte ich und fuchtelte mit den Händen in der Luft herum.

Im Bruchteil einer Sekunde erfassten die Männer die Situation und sprangen auf die Beine.

Mittlerweile züngelten die Flammen bereits von zwei Seiten an den trockenen Wänden entlang. Für einen Moment standen sie alle still und beobachteten, wie sich das Feuer rasend schnell auf dem trockenen Holz ausbreitete.

Mein Atem stockte. Ich griff mir an den Hals, mit einem Gefühl, keine Luft mehr zu bekommen. Oh Gott, wo war bloß Rico? Ein Zittern schraubte sich durch meinen Körper, bevor ich mich beruhigte. Bestimmt war er irgendwo im Dschungel unterwegs, er legte sich tagsüber nie schlafen.

Plötzlich schrie Felipe auf. »Verdammt, schnell rüber. Ich habe Rico vorhin in seine Hütte gehen sehen, er ist bestimmt noch drin. Wir müssen ihn raus holen!« Seine Stimme überschlug sich beinahe. Wie von einem aufgescheuchten Wespenschwarm verfolgt, hetzte er los, eine Schrecksekunde später kamen die anderen nach.

Was? Rico befand sich noch in der Hütte? Ich stakste einige steife Schritte vor und legte meine bebenden Hände an beide Wangen. Die Wächter mussten ihn da rausholen, bevor es zu spät war.

»Lasst uns abhauen«, hörte ich Pedro leise sagen, hinter mir erhob sich ein aufgeregtes Stimmengewirr, meine Freunde flüsterten wild durcheinander.

»Der Zeitpunkt ist günstig, keiner beachtet uns«, legte Jose nach.

»Aber die Fallen«, hörte ich Luisa sagen, hörte aber nur mit halbem Ohr zu, denn meine ganze Aufmerksamkeit, alles was mir wichtig war, spielte sich vor mir ab. Rico durfte nicht sterben. Nicht so!

»Okay, alle zusammen«, sagte Adriana, die mir eine Hand auf die Schulter legte. »Komm, wir flüchten«, flüsterte sie mir ins Ohr, »niemand beachtet uns.«

»Ich kann nicht«, immer wieder schüttelte ich den Kopf, während ich beobachtete, wie Felipe sein Gewehr vom Boden aufhob und damit auf den Vorhang einschlug, der bereits Feuer gefangen hatte. Die ganze Hütte stand lichterloh in Flammen. Es war unmöglich, dass jemand lebend da herauskam. Oder doch? Vielleicht geschah ein Wunder. Eine Welle der Angst schwappte über mich hinweg. Rico durfte nicht sterben, das durfte nicht passieren. Er durfte mich nicht alleinlassen.

»Lass uns endlich abhauen«, redete Pedro auf mich ein. »Diese Chance kommt nie wieder.«

Aber ich rührte mich nicht, auch dann nicht, als Pedro an meiner Schulter rüttelte. »Elena, verdammt.« Er klang sauer, aber das interessierte mich nicht. Mich interessierte nur eines. Ob Rico es aus der brennenden Hütte schaffte.

»Dann hauen wir eben ohne sie ab«, sagte Pedro, aber das war mir egal. Ich brauchte Gewissheit, dass Rico am Leben war.

»Wir können Elena nicht zurücklassen«, sagte Adriana vehement.

»Anscheinend interessiert sie sich mehr für diesen Kidnapper, als für unsere Freiheit«, fuhr Pedro sie an.

»Wir gehen nicht ohne Elena«, legte auch Luisa nach, allerdings klang sie weinerlich, als würde sie fast sterben vor Angst.

»Verflucht, das ist unsere einzige Chance. Elena, komm jetzt mit«, sagte Pedro eindringlich und nahe an meinem Ohr, aber ich konnte mich nicht regen.

Zwischenzeitlich riss Felipe den brennenden Vorhang mit dem Gewehrkolben aus der Halterung. Ohne auf die Gefahr zu achten, hechtete er hinein in Ricos Hütte. Ich hielt mich nur schwerlich davon ab, ihm hinterherzurennen, eine unglaubliche Angst tobte in mir. Mir stockte der Atem allein vom Zusehen. Die Flammen umringten bereits die ganze Hütte und loderten bis hinauf aufs Dach, meterhoch stieg schwarzer Rauch in die Luft.

»Elena, sag endlich was«, Pedro rempelte mich so heftig an der Schulter an, dass ich einen Schritt nach vorne taumelte, bevor ich mich umdrehte.

»Nein«, erwiderte ich mit Nachdruck. »Ich fliehe nicht.«

Pedro schüttelte nur ungläubig den Kopf, worauf ich mich wieder von ihm abwandte. Wo war Rico?

Inzwischen schlugen die Wächter mit ihren Matten auf das Feuer ein, was allerdings nicht viel bewirkte. Die Flammen züngelten unaufhaltsam weiter, vergrößerten sich und wechselten zu einem hellgelben Zucken.

Zwei Männer eilten zum Bach, um Löschwasser zu holen.

Es konnten kaum mehr als zwanzig Sekunden vergangen sein, seit Felipe in der Hütte verschwunden war, und doch kam es mir vor wie Stunden. Meterhohe

Flammen schossen nach oben, aber noch immer regte sich drinnen nichts. Die Warterei machte mich fast wahnsinnig, ebenso, einfach tatenlos zusehen zu müssen, wie Rico vor meinen Augen vielleicht verbrannte. Vor Angst zählte ich stumm die Sekunden. Eins – zwei – drei – vier. Die Bretterwände wackelten bereits und noch immer fraß sich der Brand daran entlang, leckte wie eine glühende Zunge am Holz, das sich in schwelende Kohle verwandelte.

Plötzlich sprangen zwei Männer durch das Feuer ins Freie. Felipe hatte einen Arm um Rico gelegt und schleifte ihn noch ein Stück weit mit sich, ehe er ihn ins Gras fallen ließ und auf die Seite drehte. Er kniete rußverschmiert vor ihm und warf kopfschüttelnd einen Blick über die Schulter auf die brennenden Holzwände. Ein lautes Krachen ertönte, als die Hütte im nächsten Moment qualmend in sich zusammenbrach.

Oh Gott, Rico war tot. Ich starrte auf den reglosen Körper am Boden und betete, dass er noch am Leben war. Derweil klopfte Felipe ihm auf die Wangen und redete eindringlich auf ihn ein, aber er regte sich nicht, seine Augen blieben geschlossen. Einer der Wächter hob sein Gewehr vom Boden auf und richtete es auf uns.

»Somit ist diese Chance zur Flucht wohl endgültig vertan«, sagte Pedro und klang sauer, während er sich an der Hüttenwand entlang zu Boden gleiten ließ.

Ich biss mir auf die Fingernägel, denn noch immer bewegte sich Rico nicht.

Felipe rüttelte ihn an der Schulter. »Los Rico, wach endlich auf.« Seine Stimme dröhnte bis zu uns.

Bleierne Angst kroch in mir hoch.

Plötzlich regte sich Rico. Hustend und röchelnd kam er zu sich.

Felipe ließ den Kopf hängen und atmete tief aus, als Rico sich mit einer Hand am Boden abstützte und aufsetzte. »Was ist passiert? Wie konnte das geschehen?« Sein Blick wechselte zwischen Felipe und dem brennenden Holzhaufen.

»Ich weiß es nicht, auf einmal stand alles lichterloh in Flammen. Hast du da drin gezündelt oder was?« Felipe sah ihn eindringlich an.

»Nein, natürlich nicht, das wäre glatter Selbstmord bei dem morschen Holz.« Rico stand leicht schwankend auf und sah hoch zum Himmel. »Die Männer sollen das Feuer so schnell wie möglich löschen. Der Rauch ist über den ganzen Dschungel hinweg zu sehen.«

Felipe beeilte sich, seinen Leuten, die sowieso mit den Löscharbeiten beschäftigt waren, die nötigen Anweisungen zu erteilen.

Meine Angst wich einer riesigen Erleichterung, als Rico endlich wieder auf seinen Beinen stand. Aber was war das? Ich sah genauer hin. Direkt hinter den Resten von Ricos Hütte befand sich eine schmale Lücke im Gebüsch, die mir zuvor nie aufgefallen war, da die Bretterwände sie verdeckt hatten. Ein Mann stieg soeben hindurch, wie es aussah, kam er aus dem Dschungel. Es war einer der Wächter, der allerschmierigste von allen mit einem vernarbten Gesicht. Wäre er bei den Löscharbeiten dabei gewesen, hätte er doch aus der anderen Richtung kommen müssen.

Er schwankte schwer, als würde er mit hartem Seegang kämpfen, schnappte sich aber eine Matte vom Boden und gesellte sich zu seinen Kollegen, um wie sie die restlichen Flammen auszuklopfen. Eher gesagt, den inzwischen gelöschten Aschehaufen, der nur noch aus gelborangefarbener Glut und verkohlten Holzresten bestand.

Schuldbewusst drehte ich mich um. Ich hatte soeben allen Ernstes eine Fluchtmöglichkeit sabotiert. Die erste, die sich uns in diesem Lager überhaupt erst geboten hatte.

Ausgerechnet ich, die tagtäglich von Flucht träumte. Ich sank in mich zusammen. »Es tut mir leid.«

»Es tut mir leid«, äffte Pedro mich nach und stand auf. Ich sah ihm an, wie es in ihm brodelte, aber da der Wächter uns im Visier hatte, atmete er tief durch.

»Das verzeihe ich dir nicht, Elena.«

»Ich war total schockiert«, redete ich mich heraus. Auf keinen Fall konnte ich ihnen erzählen, dass ich einfach wissen musste, ob es Rico gut ging. Ich hatte solche Angst um ihn gehabt.

Adriana legte mir einen Arm um die Schultern. »Vielleicht war es besser so.«

»Besser so?«, machte Pedro nun sie ungläubig nach.

»Diese Typen hätten doch ziemlich schnell gemerkt, dass wir fehlen und uns durch den Dschungel gehetzt. Wenn sie auch nur einen von uns erwischt hätten, was hätte dem dann geblüht?«

»Vielleicht hätten wir es aber auch alle geschafft«, hielt Pedro dagegen.

»Vielleicht wären wir auch im Dschungel gestorben«, mischte sich Jose ein, der sich ebenfalls wieder niederließ.

»Viel wahrscheinlicher sterben wir hier.« Pedro verschränkte die Arme vor der Brust, sein Kiefer verspannte sich. Ich bekam ein unglaublich schlechtes Gewissen. Wir könnten schon weg sein, auf Nimmerwiedersehen verschwunden, wenn ich einigermaßen rational reagiert hätte. Aber dann hätte ich wohl nie erfahren, dass Rico noch lebte.

»Ich will nicht sterben, außerdem habe ich Angst davor, allein im Urwald herumzuirren«, kam es von Luisa. Auch sie setzte sich hin. »Ich bin keine Heldin, ich war noch nie besonders mutig. Nicht einmal als dieser Typ damals vor der Schule Adrianas Handy aus ihrer

Jackentasche gestohlen hat, konnte ich etwas sagen, obwohl ich alles gesehen habe.«

»Was?« Adriana riss die Augen auf, »du hast gesehen, wer mich beklaut hat?«

Luisa nickte, eine Träne rann über ihre Wange. »Er hat es aus deiner Tasche gezogen, als ich das Schulgebäude verließ. Als der Typ mitbekam, dass ich ihn dabei ertappt hatte, hat er mit dem Finger eine Linie über seinen Hals gezogen und dann auf mich gezeigt. Ich hatte solche Angst vor diesem Kriminellen, dass ich den Mund gehalten habe. Vielleicht hätte er mir sonst eines Tages aufgelauert und sich an mir gerächt. Es tut mir so leid.« Ihre Mundwinkel bogen sich nach unten. »Ich bin der größte Feigling der Welt. Und ja, ich bin froh, dass Elena diejenige war, die nicht flüchten wollte. Denn ich wollte auch nicht. Ich habe solche Angst vor Carlos, und dem, was diese verrohten Männer mit uns anstellen, wenn sie uns erwischen.«

Jose tätschelte ihre Hand. »Es ist nichts Verwerfliches daran, Angst zu haben. Ich hatte auch tierischen Schiss davor. Ich meine, ich hätte es getan, wenn ihr alle gegangen wärt«, er zuckte mit den Achseln, »einfach nur, damit ich am Ende nicht allein zurückbleibe und Carlos dann seine Wut an mir auslässt, aber so ist es besser.«

»Was soll daran besser sein?« Pedros Augen verengten sich.

»Ich kann nicht glauben, dass du mir das mit meinem Handy nie erzählt hast«, kam es von Adriana, sie klang fassungslos.

»Bitte sei nicht sauer mit mir«, schniefte Luisa.

Adriana setzte sich zu ihr. »Schon gut«, sie winkte ab. »Wir haben gerade wahrlich andere Sorgen, als uns wegen eines Taschendiebstahls zu streiten, der vor einem Jahr passiert ist.«

»Ich werde dich nie wieder enttäuschen.« Als Luisa schluchzte, nahm Adriana sie in den Arm.

»Von mir aus hätte Rico ruhig gegrillt werden können«, Pedro nickte hinüber zur anderen Seite und ich folgte ihm mit dem Blick.

»Sag solche Sachen nicht, das ist ja furchtbar«, wies Adriana ihn zurecht, während sie Luisa tröstete. »Ich wünsche niemandem, lebendig verbrannt zu werden, nicht einmal denen. ... Okay, Carlos vielleicht.«

Rico umarmte Felipe und klopfte ihm auf die Schulter. Nach einem kurzen Wortwechsel zwischen den beiden, drehte sich der Wächter um und stapfte hinüber zu den anderen.

Für einige Sekunden verharrte Rico vor den Resten seiner Hütte und kratzte sich am Kopf. Erst dann schritt er einmal um den Kohlehaufen herum und betrachtete die Aschreste von allen Seiten. Jetzt sah ich ihn zum ersten Mal von vorn. Sein Gesicht und der Oberkörper waren rußverschmiert, große schwarze Flecke hatten sich über seine nackte Haut gelegt. Er beugte den linken Arm und hob ihn an, vorsichtig berührte er an der Innenseite eine Stelle und verzog schmerzhaft die Lippen.

Oh, nein. Hatte er sich verletzt?

Die Wächter setzten sich zurück vor ihre Hütten, als wäre nichts gewesen, während Rico sich in die Richtung der Waschbaracke in Bewegung setzte.

»Wie konnte das passieren?« Jose saß im Schneidersitz und stützte das Kinn auf seinem Handballen ab, während sein Ellenbogen auf dem Oberschenkel ruhte. »Ich meine, dort ist doch weit und breit kein Feuer, das auf die Hütte hätte übergreifen können.« Er wippte mit dem Knie.

»Vielleicht hat er in seiner Hütte geraucht und ist dabei eingeschlafen«, vermutete Luisa.

»Ich habe noch keinen von denen jemals rauchen

sehen. Außerdem brannte seine Hütte an zwei Seiten gleichzeitig, und wie es ausgesehen hat, zuerst von außen. An beiden hinteren Ecken muss der Brand begonnen haben.« Das Ganze ließ Jose anscheinend keine Ruhe.

»Da spricht wohl der Sohn eines Inspectores aus dir«, sagte Pedro spöttisch.

»Ich kann mir einfach nicht vorstellen, wie eine Hütte aus dem Nichts in Flammen aufgeht«, hielt Jose dagegen.

»Mir ist vollkommen egal, warum das Ding abgefackelt ist. Schade ist nur, dass er dabei nicht draufgegangen ist.« Pedro streckte die Beine lang aus und stützte sich mit beiden Händen am Boden ab.

Sicherheitshalber beteiligte ich mich nicht am Gespräch. Keiner meiner Freunde durfte jemals erfahren, wie sehr ich um Rico gebangt hatte.

»Wie geht es dir?« Ich setzte mich neben Rico ans Lagerfeuer. Die Sterne funkelten über uns, und das Feuer knisterte ruhig vor sich hin, kein Vergleich mehr zu den unkontrollierten Flammen von heute Mittag.

»Es geht schon wieder, aber ich werde mich wohl oder übel nach einer neuen Bleibe umschauen müssen.«

»Unsere Hütte ist voll. Tut mir leid, wir haben keinen Platz mehr für dich.« Ich wehrte mit den Händen ab.

»Wie schade«, sagte er übertrieben betrübt und schmunzelte. »Die stand nämlich ganz oben auf meiner Liste.«

»Tja, da muss ich dich enttäuschen.« Ich lächelte ihn an.

»Ein Versuch war's wert.« Leise lachend zupfte er kleine Rindenstücke vom Baumstamm ab und schnippte sie ins Feuer. Die Stimmung zwischen uns war zwar locker, enthielt aber nicht mehr dieses Kribbeln wie gestern Abend noch.

Rico wirkte wie immer total locker, als wäre er heute nicht fast gestorben. Natürlich hatte er sich bereits gewaschen und nichts außer einem kleinen Verband am Oberarm deutete darauf hin, wie lädiert er vorhin noch ausgesehen hatte. Lediglich seine blonden Strähnen waren vorne angesengt und deshalb ein Stückchen kürzer als zuvor. »Wie es aussieht, hast du dir wohl den Friseur gespart.« Ich deutete auf seine Haare, fast hätte ich an seinen Strähnen gezupft, zügelte mich aber gerade noch rechtzeitig. Ich wollte ihn so gern berühren, mich mit allen Sinnen davon überzeugen, dass ihm nichts passiert war.

Er fuhr sich durchs Haar. »Man muss es wohl positiv sehen.«

»Wie geht es deinem Arm? Tut er sehr weh?«

»Ach, das ist nichts.« Er winkte ab. »Nur eine kleine Brandblase, ist bald wieder verheilt. Felipe hat mir den Verband verpasst.« Er streifte seinen muskulösen Oberarm mit einem kurzen Blick.

»Ich bin so froh, dass dir nichts passiert ist«, sprudelte es aus mir heraus. Mein Herz pochte, als ich das sagte.

Er lächelte mich an, strich mir eine Strähne aus dem Gesicht. »Du hattest Angst um mich?«

Ich nickte.

»Ich schätze, das war ganz schön knapp heute für mich.« Sein Tonfall verriet, dass er innerlich längst nicht so gefasst war, wie er sich nach außen hin gab. »Felipe hat mir erzählt, dass du die Männer auf den Brand aufmerksam gemacht hast. Sie selbst hatten ihn noch nicht bemerkt. Außerdem meinte er, ein paar Sekunden später und es wäre aus für mich gewesen.« Rico sah mir tief in die Augen. »Ich danke dir.«

»Ich habe nur rein zufällig das Feuer entdeckt, mehr war nicht.«

»Trotzdem danke.« Er wuschelte mir durchs Haar.

»Wo wirst du jetzt wirklich schlafen?«

»Heute Nacht hier am Lagerfeuer und danach, mal sehen. Ich weiß noch nicht. Da ihr mich nicht bei euch aufnehmen wollt, muss ich mir wohl etwas anderes einfallen lassen.« Sein Lachen klang dunkel und sexy.

»Wie konnte es überhaupt so weit kommen? Ich meine, dass ein Brand in deiner Hütte ausgebrochen ist? Hast du gezündelt oder geraucht?«

»Nein, natürlich nicht, ich habe geschlafen. Ich würde nie in einer trockenen Hütte ein Feuer entfachen und ich rauche nicht.«

»Wie ist es dann passiert?«

Rico zuckte mit den Schultern, während er sich übers Kinn rieb. »Keine Ahnung. Wenn ich es nicht besser wüsste, würde ich Brandstiftung vermuten, aber wer sollte so etwas schon tun? Von euch einmal abgesehen.« Er zwinkerte mir zu.

»Hey, das ist nicht witzig, wir tun so was bestimmt nicht. Selbst wenn wir wollten, wir dürfen ja nicht mal in eure Nähe kommen.«

»Das war nur ein Witz, Elena. Ich verdächtige euch nicht.« Nachdenklich starrte er ins Feuer.

»Dieser Typ mit dem Narbengesicht«, fing ich langsam an und Rico horchte auf.

»Raul?«

Ich nickte. »Ich habe ihn nicht bei den anderen Wächtern gesehen, als das Feuer ausbrach.«

Rico setzte sich aufrecht hin.

»Und danach, also nach dem Brand, kam er hinter deiner Hütte aus dem Dickicht heraus, und ging zu den anderen. Er kam aus dem Gebüsch und tat so, als hätte er die ganze Zeit beim Löschen geholfen, dabei war er gar nicht da.«

»Raul«, flüsterte Rico und sein Körper spannte sich an.

Lange Zeit sagte er nichts, sondern fixierte einen Punkt in der Dunkelheit. »Wir hatten in der vergangenen Zeit öfter Probleme miteinander … vielleicht deshalb«, flüsterte er mehr zu sich selbst, bevor er abbrach.

Nach ein paar Minuten wandte er den Kopf. Er wirkte verwundert, als hätte er nicht mehr damit gerechnet, mich noch neben ihm vorzufinden. »Ich muss ganz dringend über eine wichtige Sache nachdenken. Sorry, aber lässt du mich bitte allein?«

»Natürlich.« Ich stand auf und ging zurück zur Hütte. Wenigstens fragte er dieses Mal.

RICO

Die Wächter setzten sich zum Frühstück ans Lagerfeuer und ließen die schwere Teekanne reihum gehen. Frühmorgens redeten sie nicht viel, der Rum vom Vorabend steckte ihnen noch zu sehr in den Knochen. Normalerweise genoss ich die morgendliche Ruhe ganz außerordentlich, aber heute war mir nicht nach Schweigen zumute.

Immer wieder streifte mein Blick Raul, obwohl ich mich nicht verdächtig machen wollte. Aber es war wie ein Zwang. Ich betrachtete die unzähligen Narben in seinem Gesicht und seine stark geröteten Augen, die so stumpf aussahen wie zerkratztes Glas. Der Mann war ein einziges Wrack, ausgezehrt und fertig. Ein Alkoholiker, der keine Skrupel kannte und extrem gefährlich war.

Nach dem Frühstück hielt ich Felipe am Arm zurück, während der Rest der Bande für ein weiteres Schläfchen zurück zu ihren Hütten wankte. »Kannst du noch einen Augenblick bleiben?«, fragte ich ihn so laut, dass es die anderen mitbekamen. »Carlos hat mir ein paar Dinge für euch aufgetragen, die muss ich noch mit dir besprechen.«

Felipe zog zwar seine Augenbrauen nach oben, ließ sich aber sofort, und ohne weitere Fragen zu stellen, zurück auf den Stamm sinken. Ich nahm einen großen Schluck aus meiner Tasse, während ich darauf wartete, dass auch der letzte Wächter endlich verschwand. Felipe war der einzige, dem ich halbwegs über den Weg traute, außerdem war er Carlos und dem Kartell treu ergeben.

»Was gibt es so Dringendes, dass Carlos nicht damit warten kann?« Felipe musterte mich irritiert, da es bekanntermaßen nicht Carlos' Art war, in seiner Abwesenheit Befehle an andere zu delegieren.

»Es geht nicht um Carlos«, sagte ich schließlich mit Nachdruck und erzählte ihm von meinem Verdacht.

Jede Sehne in meinem Körper spannte sich an, als Felipe schließlich zurück zu seinen Kumpanen ging. Ob ich ihm tatsächlich trauen konnte?

»Irgendwas stimmt mit Rico nicht«, hörte ich Felipe sagen und tat so, als bekäme ich nichts mit. Felipe konnte nicht leise reden, selbst wenn er glaubte, er würde flüstern, trompetete er immer noch wie ein Elefant. »Jetzt will er Carlos nachlaufen und ihm wegen gestern Meldung erstatten. Ist das zu glauben? Weil seine Hütte gebrannt hat. Als hätte Carlos nichts Besseres zu tun. Aber Rico will unbedingt zu Estrubal ins Lager gehen.« Der Wächter schüttelte den Kopf. Ich hätte ihn nicht einweihen sollen. Was für eine Schnapsidee.

»Als ob das nicht bis morgen Zeit hätte. Der Brand ist gelöscht, und ansonsten nicht viel passiert. Er will jetzt aber unbedingt mit dem Boss über neue Sicherheitsvorkehrungen reden.«

»Dieser Wichtigtuer«, lallte Raul träge, der schon wieder eine Flasche in der Hand hielt, der Rum zeigte bereits Wirkung, sein Gesicht rötete sich fleckig. »Er weiß doch, dass Carlos in wichtigen Verhandlungen steckt. Was interessiert den Anführer Ricos Hütte?« Er spuckte die Worte beinahe aus vor Verachtung.

Ich stand auf, und ging in den Dschungel. Keine Sekunde länger hielt ich diesen Idioten mehr aus, ohne ihm an die Gurgel zu gehen. Ich spazierte ein Stück abwärts am Fluss entlang und genoss die Geräusche des Urwaldes, die mich wieder einigermaßen runterbrachten. Das Zwitschern der Vögel, hin und wieder kreischte mich ein Ara an, dem ich zu nahe gekommen war. Hoch oben im Geäst saßen wie immer die Affen auf ihrem Beobachtungsposten. Ich hielt an und atmete mit geschlossenen Augen tief durch, inhalierte den Geruch des Waldes, die feuchte Erde und den süßen Duft der Orchideen. Nur dieser eine Pfad führte zum Lager von Estrubal, wo Carlos jetzt saß und sich wichtig machte. Ein mulmiges Gefühl überkam mich, als wäre ich plötzlich nicht mehr allein und ich beschleunigte meine Schritte.

Meine Haut schmerzte unter dem Verband. Die Brandwunde war nicht so klein, wie ich Elena weisgemacht hatte, und tat höllisch weh. Ich ignorierte den Schmerz und ging weiter, verdrängte die aufsteigenden Gedanken an Raul. Mittlerweile war ich mir zu hundert Prozent sicher, dass er hinter dem Feuer steckte. Der Scheißkerl wollte mich allen Ernstes umbringen. Raul war ein ehemaliges Mitglied der Farce, einer Guerillatruppe, die sich dem bewaffneten Kampf gegen die Regierung Kolumbiens verschrieben hatte. Wahrscheinlich hatten die den alten Säufer irgendwann sattgehabt und ihn zum Teufel gejagt. Er war erst vor einem halben Jahr zu uns gestoßen. Carlos hatte ihn während einer Tour in die Stadt angeheuert, weil er skrupellos und brutal war. Somit Carlos' Voraussetzungen an den Job exzellent erfüllte. Wir wussten praktisch nichts über ihn.

Ob Raul einen zweiten Mordversuch plante? Dem Kerl traute ich alles zu. Jede Hinterhältigkeit.

Ich warf einen Blick über die Schulter. Plötzlich überkam mich das Gefühl, beobachtet zu werden, als bohrten sich glühende Blicke tief in meinen Rücken. Hatte sich da hinten etwas bewegt? Ich horchte auf die Geräusche um mich herum, nahm aber nichts weiter wahr, als den Dschungel. Nur dieses Gefühl wie gestern, als ich mit den Hunden spazieren gegangen war.

Auf meiner Stirn bildeten sich Schweißtropfen, die ich mit dem Handrücken wegwischte.

Meine Kehle fühlte sich wie ausgedörrt an, kratzig und rau. Ich rieb über meinen Hals. Gleich da vorn plätscherte eine Quelle. Diesen Weg kannte ich in- und auswendig, so oft hatte ich ihn schon benutzt. Ich ging noch etwas weiter, zu einem Bach, der an meinen Füßen vorbeifloss und ließ mich auf ein Knie sinken. Mit einer Hand schöpfte ich das lauwarme Wasser zum Mund, dabei beugte ich mich vor. Im selben Moment entdeckte ich aus den Augenwinkeln eine unscharfe Bewegung, die sich vor mir im Wasser spiegelte.

Irgendetwas kam mit atemberaubender Geschwindigkeit auf mich zu. Instinktiv warf ich mich zur Seite und nahm noch einen Luftzug wahr, als gleich darauf ein schwerer Körper strauchelnd neben mir auf die Erde schlug.

Raul lag zusammen mit einem großen Stein halb im Wasser und strampelte sich bereits wieder auf die Beine. Nur einen Wimpernschlag lang hielt ich inne, bevor ich mich auf ihn stürzte. Ich schlug ihm mit der Faust ins Gesicht, und vernahm ein krachendes Geräusch. Raul heulte auf. Dann packte ich ihn bei den Haaren und zog ihn auf die Knie, bevor ich ihn Gesicht voran auf den Stein donnerte, mit dem er mich erschlagen wollte. Es krachte noch viel lauter, Blut spritzte aus einer großen Platzwunde auf seiner Stirn.

Brüllend setzte Raul sich zur Wehr, er war ein kampferprobter Bastard, aber der Alkohol in seinem Blut verzögerte seine Reflexe. Er bewegte sich behäbig und grobmotorisch. Blindlings schlug Raul um sich und traf mich am Kinn, worauf ich ins Straucheln geriet und mit dem Oberkörper zurückwich, während Raul sich aufrappelte.

Ich warf mich wieder auf ihn. Wir wälzten uns am Boden, Raul legte einen Arm um meinen Hals und presste mir die Luft aus den Lungen, bis ich ihn mit dem Ellenbogen in die Seite traf und ihn kurz außer Gefecht setzte. Keuchend lockerte er den Griff, was ich mir zunutze machte, und mich befreite.

Mit beiden Fäusten schlug ich auf Raul ein, mir war scheißegal, wo ich ihn traf. Ein Schwinger ans Kinn riss ihn zu Boden. Blut strömte aus seiner Nase. Sofort hechtete ich mich mit meinem ganzen Körpergewicht auf seine Brust. Ich packte Raul am Hals und beobachtete, wie er langsam blau anlief, er röchelte und seine Augen weit aus den Höhlen traten. Mit beiden Händen umfasste Raul meinen Unterarm, um sich zu befreien, was ihm allerdings nicht gelang, denn ich drückte stärker zu, bis seine Bewegungen schwächer wurden.

Erst als mich jemand grob am Arm riss, erwachte ich wie aus einer Trance. Ich hob den Kopf und sah Felipe direkt ins Gesicht.

»Hör auf Rico, du erwürgst ihn noch.«

»Ja, und?«, schrie ich ihn an. »Dieser Schweinehund.« Eine unglaubliche Wut explodierte in mir. »Du wolltest mich also umbringen? Ich sollte dich an Ort und Stelle …« Meine Hand glitt zu meinem Messer, das in der Halterung an meinem Hosenbund steckte, aber Felipe hielt mich mit festen Griff davon ab, kurzen Prozess mit dem Kerl zu machen.

»Tu das nicht«, sagte er eindringlich. »Raul liegt am Boden. Wie willst du das dem Kommandanten erklären?«

»Ich werde einfach behaupten, dass ich in Notwehr gehandelt habe.« Noch immer hielt ich Raul am Hals fest und beobachtete gebannt, dessen immer schwächer werdenden Atemzüge. Dabei hielt ich ihm mein Messer an den Hals. Eine feine rote Linie zog sich über seine Haut. »Keiner wird unsere Aussage anzweifeln, wenn wir bei unserer Geschichte bleiben. Du kannst dann alles haben, was er in seinen Taschen bei sich trägt.«

Felipe kratzte sich am Kopf. »Verdacht würde niemand schöpfen, solange wir uns gegenseitig decken.«

Rauls Augen weiteten sich noch ein Stück mehr, nur ein schwaches Gurgeln kam aus seiner Kehle, statt eines Schreies.

Schließlich ließ ich seinen Hals los, drückte ihm aber weiterhin das Messer an die Kehle. Raul krümmte sich heftig hustend und röchelnd unter mir, panikartig schnappte er immer wieder nach Luft. »Das ... das könnt ihr doch nicht machen. Keiner wird euch glauben«, krächzte er.

»Darauf lassen wir es ankommen«, erwiderte ich und genoss es, ihn so winseln zu sehen. »Dass dein schmieriger Körper langsam vor mir ausblutet, entschädigt mich ein bisschen für deine Schweinereien. Warum sollte ich dich verschonen? Du wolltest mich umbringen. Gestern und heute!«

Schweißperlen bildeten sich auf Rauls Stirn. »Bitte, tu das nicht«, flüsterte er. »Ich habe keine Ahnung, was in mich gefahren ist. Das muss der Rum gewesen sein, er macht mich aggressiv. Bitte, Rico ... Tu nichts Unüberlegtes ... Carlos wird dir bestimmt nicht glauben.«

Sein Anblick widerte mich an. »Carlos wird froh sein, dass er sich nicht mehr mit dir beschäftigen muss, du Ratte.« Ich stieg von ihm herunter.

Felipe kramte ein paar Handschellen hervor, die er Raul anlegte. Mittlerweile sah ich wieder klarer, und war froh, dass er mich davon abgehalten hatte, eine Dummheit zu begehen. Einen Wächter umzubringen, hätte die Moral in der Gruppe untergraben, die Männer sahen sich als Einheit, als Ersatzfamilie, da wurden Probleme nicht auf diese Weise geregelt. Felipe und ich hatten auch niemals vorgehabt, Raul umzubringen, er sollte nur ein wenig leiden. Wir hatten jedes Detail heute Morgen am Feuer abgesprochen gehabt.

Beide Hände auf die Oberschenkel abgestützt, kniete ich auf dem mit Unkraut überwucherten Boden. »Warum kommst du jetzt erst?«

»Ich hatte Raul aus den Augen verloren«, murmelte Felipe kleinlaut, »und euch erst wiedergefunden, als ich den Kampf mitbekommen habe. Tut mir leid.«

Ich stand auf, während Felipe seinen Kameraden nach Waffen durchsuchte und ihm ein riesiges Buschmesser abnahm. »Mit dem hätte er dich mühelos in Scheiben schneiden können«, sagte er und hielt es mir vor die Nase.

Wow. Raul war tatsächlich zu allem bereit gewesen. »Los, gehen wir zurück ins Lager, dort entscheiden wir dann vor allen anderen, was mit ihm geschieht.«

Felipe zog den Gefesselten am Arm in die Höhe und drückte ihm seinen Gewehrkolben in den Rücken. Wie es aussah, war sein ehemaliger Kumpel nur noch ein Gefangener für ihn. »Los, Bewegung.«

Die Wächter standen von ihren Matten auf, als wir den gefesselten Raul vor uns durchs Lager trieben.

»Wieso ist Raul in Handschellen?«, rief uns Diego entgegen.

»Er wollte Rico umbringen«, antwortete Felipe kurz angebunden.

»Was?«, riefen alle vier gleichzeitig.

Raul humpelte mit geschwollenem Gesicht und einem blauen Auge vor uns her. Aus der Wunde am Kopf tropfte Blut.

Ich hatte glücklicherweise außer ein paar Kratzern an Armen und auf dem Brustkorb keinerlei ernsthafte Verletzungen davongetragen.

Schließlich blieb Raul vor seinen Kumpanen stehen, kleinlaut und mit herunterhängenden Schultern.

»Was sollen wir mit ihm machen?«, fragte Felipe, worauf mich alle fragend ansahen.

Ich pustete durch die gespitzten Lippen, während ich nachdachte. Carlos würde an meiner Stelle sofort kurzen Prozess mit Raul machen, höchstwahrscheinlich hätte er ihn noch im Dschungel erschossen. Aber ich hatte noch keinen Menschen auf dem Gewissen und so sollte es auch weiterhin bleiben, selbst wenn es sich um einen Drecksack wie Raul handelte.

»Rico!« Felipe rempelte mich an. »Was ist jetzt? Wir können ihn schlecht irgendwo einsperren, bis Carlos zurück ist. Er würde sich über Nacht garantiert aus dem Staub machen. Außerdem macht Carlos sowieso kurzen Prozess mit ihm.«

Felipe hatte recht. Raul im Camp zu behalten, ohne eine Möglichkeit, ihn anketten zu können, war sinnlos. Er würde sich mit Leichtigkeit nachts befreien, und mir am Ende noch irgendwas über den Schädel schlagen. Spätestens morgen früh war Raul garantiert über alle

Berge. »Nehmt ihm die Handschellen ab«, befahl ich schließlich.

Die Wächter glotzten mich an.

»Was? ... Aber ... Wieso?« Felipe schob die Augenbrauen zusammen.

»Macht schon.«

Noch immer zögerte Felipe, bevor er Raul schließlich die Handschellen abnahm. Der rieb sich die Handgelenke, während er sich umdrehte und mich mit einem argwöhnischen Blick bedachte. Felipe legte sein Gewehr an und zielte auf ihn. Ein Muskel zuckte an Rauls Kinn.

Ich schnappte Raul am Kragen und zog ihn zu mir. »Du verlässt das Camp auf der Stelle und lässt dich nie wieder bei uns blicken, kapiert?«

Ein paar Sekunden lang starrte Raul mich nur an, doch plötzlich leuchteten seine Augen auf.

»Näherst du dich noch einmal dem Lager, wirst du sofort erschossen. Ohne Fragen zu stellen.«

»Du ... du lässt mich einfach gehen?« Raul begann zu zittern.

Ich griff in meine Hosentasche, kramte ein Bündel Geldscheine heraus und hielt es ihm hin. »Dein restlicher Lohn steht noch aus. Nimm die Kohle und dann mach, dass du verschwindest. Mit dem Geld solltest du für die nächste Zeit über die Runden kommen.«

Felipe ließ seine Waffe sinken, sein Mund stand offen, aber ich ignorierte sein Erstaunen.

Raul hingegen zögerte, er traute mir nicht über den Weg, das sah ich ihm an. Schließlich riss er mir die Geldscheine aus der Hand und schob sie hastig in seine Hosentasche. »Du lässt mich allen Ernstes gehen?«, raunte er. »Oder jagst du mir eine Kugel in den Rücken, damit es aussieht, als wäre ich auf der Flucht gestellt worden?«

»Bring mich besser nicht auf dumme Ideen und jetzt

hau endlich ab«, fuhr ich ihn an, ich ertrug Rauls miese Visage nicht mehr länger.

»Dann verschwinde ich jetzt«, er schlich an seinen ehemaligen Leuten vorbei.

»Denk daran, wenn du noch einmal hier aufkreuzt, bist du tot«, rief ich ihm nach.

Prompt beschleunigte der Schweinehund seine Schritte, schlug einen Haken und floh über das Gelände hinein ins rettende Dickicht.

Felipe stieß mich an. »Warum hast du ihn gehen lassen? Carlos wird nicht glücklich darüber sein. Der Kerl hat eine Kugel verdient.«

»Er wäre heute Nacht sowieso abgehauen, oder wolltest du ihn die ganze Zeit über bewachen?«

Felipe schüttelte den Kopf.

»Und was soll er ohne Geld anfangen? Ihm wäre doch gar nichts anderes übrig geblieben, als auf eine günstige Gelegenheit zu warten, um hier im Camp irgendwas Brauchbares zu ergattern. Ich wollte sichergehen, dass er tatsächlich abhaut«, legte ich nach, damit er meine Entscheidung wenigstens ein bisschen nachvollziehen konnte.

Ich wollte einfach nur, dass dieser Kotzbrocken ein für alle Mal aus meinem Leben verschwand und zwar auf eine Art und Weise, bei der ich kein Blut an den Händen kleben hatte. Wenn man es genau nahm, hatte ich es Elena zu verdanken, dass ich diesen Mistkerl zur Strecke gebracht hatte.

ELENA

Wir lungerten wie immer auf der Veranda herum und starrten vor uns hin. Rico hatte gestern Nacht völlig überraschend nicht am Lagerfeuer auf mich gewartet. Aus welchem Grund auch immer. Vielleicht steckte ihm die Sache mit dem Brand und diesem Raul noch in den Knochen, der, wie es gestern aussah, wohl irgendwas mit dem Anschlag auf die Hütte zu tun hatte. Nun hoffte ich, dass soweit alles okay mit Rico war, denn ich hatte ihn heute noch kein einziges Mal zu Gesicht bekommen.

»Gehen wir was trinken?«, fragte Adriana.

Jose hob einen Finger in die Höhe. »Für mich eine Piña Colada.«

»Ich gebe deine Bestellung an Carlos weiter, sobald er wieder im Lager auftaucht.« Sie grinste frech.

»Was hoffentlich nie mehr der Fall sein wird«, legte Jose nach.

»Ich habe auch Durst.« Ächzend stand ich vom Bretterboden auf. Mein linkes Bein war eingeschlafen und kribbelte unangenehm. »Aua, mir tut alles weh.«

Auch die anderen erhoben sich.

»Wenn wir Glück haben, kommt Carlos überhaupt nicht mehr zurück.« Luisa klang hoffnungsvoll, während sie den Rock ihres hellroten Sommerkleides glattstrich, der mittlerweile ziemlich lädiert aussah.

»Vielleicht haben sie ihn befördert«, erwiderte Jose spöttisch. »Zum Kidnapper des Monats.«

»Oder sie haben ihn endgültig in den Ruhestand geschickt«, ich schüttelte meinen Fuß aus, um die Blutzirkulation anzukurbeln. »Seit er weg ist, ist es so viel friedlicher hier.«

»Freu dich nicht zu früh.« Pedro schüttelte den Kopf. »Der kommt unter Garantie wieder. Kam er bisher immer und dann ist die Atempause vorbei.«

Wir setzten uns in Bewegung. Als Pedro Adriana einen Arm um die Schultern legte, schmiegte sie sich an ihn. »Wetten, der Spaßverderber auf der anderen Seite macht schon Männchen«, raunte er ihr ins Ohr.

Sie kicherte. »Wie ein Erdmännchen.«

Im selben Moment ertönte ein schriller Pfiff von der anderen Seite, worauf Pedro hastig von Adriana abließ. »Spielverderber«, fluchte er leise, dann zwinkerte er ihr zu. »Wir könnten nachher zu mir gehen.«

Wir ließen uns auf den Baumstämmen nieder, ich goss Tee für alle ein.

»Du wirst ja langsam genauso gefährlich wie diese Typen«, gurrte Adriana.

Pedro lehnte sich dicht an ihr Ohr. »Ich meine es immer nur gut mit dir«, sagte er so anzüglich, dass Adriana peinlich berührt auflachte. Oh Gott, dieses Dauergeturtele der beiden wurde langsam echt nervig. Als würden wir überhaupt nicht mehr existieren.

»Bitteschön.« Ich reichte zuerst Adriana dann Pedro

Tee, die beiden nahmen mir die Becher ab, ohne mich dabei anzusehen, so sehr waren sie ineinander vertieft.

Seufzend brach ich mir ein Stück Brot ab und setzte ich mich zurück auf den Stamm. Mein Blick fiel auf den Aschehaufen, der vorher Ricos Hütte gewesen war und ich fragte mich, wo er wohl die Nacht verbracht hatte. Vielleicht in Carlos' Behausung, die stand immerhin leer.

»Glaubt ihr, Carlos ist wegen uns unterwegs?«, fragte ich in die Runde und atmete plötzlich ganz aufgeregt. »Vielleicht wegen der Lösegeldübergabe. Dann kommen wir bestimmt bald frei.«

»Wegen mir reißt der sich bestimmt kein Bein aus.« Jose ließ die Schultern kreisen. »Aber bei euch kann ich mir das gut vorstellen.«

»Du kommst auch noch frei, mit Sicherheit.« Ich stieß Jose mit dem Ellenbogen an. Obwohl er nach außen hin immer so stark tat und uns alle aufbaute, sah ich ihm an den Augen an, wie sehr er insgeheim litt.

Jose legte den Kopf auf meiner Schulter ab. »Falls ihr vor mir freikommt, iss eine Empanada auf mein Wohl.«

Ich strich ihm übers Haar. »Sogar zwei, wenn du willst.«

Leise lachend richtete er sich wieder auf. »Ich könnte gerade fünf essen.«

»Dann sehe ich bald meine Mutter wieder.« Luisa blinzelte Tränen weg. Ich wusste, wie viel Sorgen sie sich trotz Ricos einigermaßen frohen Botschaft um Señora Espinosa machte und fühlte mit ihr. Luisa und ihre Mutter hatten schon immer ein sehr enges Verhältnis zueinander gehabt, noch nie waren sie voneinander getrennt gewesen und ausgerechnet jetzt, in dieser schweren Zeit, hatten diese Leute Luisa entführt. Hoffentlich hatte ich mit meiner Vermutung vorhin keine falschen Hoffnungen in ihr geweckt.

Pedro und Adriana tuschelten so leise miteinander, dass ich nicht verstehen konnte, worüber sie redeten. Sie lachte immer wieder, errötete und schlug die Lider nieder. Die beiden sahen schwer verknallt aus.

»Du bist echt unmöglich.« Kichernd schob sie ihn an der Schulter von sich. »Und die Antwort lautet: nein.«

»Überlegst du es dir wenigstens?« Pedro legte den Kopf schräg.

Mit beiden Händen strich Adriana ihr lockiges Haar zurecht, sie wirkte plötzlich fahrig und nervös. »Gehst du immer so ran?«

»Nur, wenn es sich lohnt.« Er sah ihr tief in die Augen, während wir anderen mit den Augen rollten. Zu viel Geturtel für meinen Geschmack und außerdem der falsche Ort dafür.

Adriana wandte sich von ihm ab und erstarrte. »Dreht euch bloß nicht um, Carlos kommt gerade ins Lager und er sieht stinksauer aus.«

Etwas Schlimmeres hätte Adriana nicht von sich geben können, mein Magen verknotete zu einem schweren Stein. Oh, nein. Wieso? Warum musste er ausgerechnet jetzt zurückkommen? Ich sah mich nicht um, aber ich hörte ihn hinter mir. Das Rascheln seiner Hosenbeine, die bei jedem Schritt aneinander streiften, verursachte Brechreiz in mir. Den abfälligen Laut, den er ausstieß, hatte er unter Garantie uns gewidmet. Im Sekundenbruchteil verpuffte die einigermaßen gelöste Atmosphäre der vergangenen Tage, bis nur noch ein einziges Gefühl übrig blieb, das alles dominierte.

Angst.

Die Wächter begrüßten ihn, sie redeten wild durcheinander, ich verstand nur unzusammenhängende Worte. Vorsichtig schielte ich nun doch zur Seite, um ja keine Aufmerksamkeit zu erregen. Am liebsten hätte ich mich auf die Größe einer Ameise geschrumpft.

Felipe wollte ihn zur Begrüßung umarmen, aber Carlos wehrte ihn ab.

»Wo ist Rico?«, schnauzte er ihn an. Seine Stimme dröhnte bis zu uns und lief mir eiskalt den Rücken hinunter. »Immer wenn man ihn braucht, ist er nicht da!«

»Er kontrolliert nur die Fallen und kommt bald zurück.« Felipe zog die Stirn in tiefe Falten, als witterte er dasselbe wie ich.

Gefahr.

Ohne eine Antwort zu geben, verschwand Carlos in seiner Hütte und wir atmeten allesamt hörbar und erleichtert aus. Zumindest war er vorerst aus unserem Sichtfeld verschwunden. Mit Glück blieb er die nächste Zeit drinnen und regte sich wieder ab.

»Was hat er bloß schon wieder?« Pedros gute Laune war wie weggeblasen, seine Hände zitterten in seinem Schoß. »Ich hoffe, es hat nichts mit meinen Eltern zu tun. Dieses Mal bringt er mich bestimmt um.« Sein Gesicht verlor jegliche Farbe, er wurde weiß wie ein Bettlaken.

Tröstend legte ihm Adriana einen Arm um die Schultern. »Hey, deine Eltern haben doch eben erst ein Lebenszeichen von dir erhalten. Carlos ist ein Choleriker, er flippt doch ständig wegen jeder Kleinigkeit aus. Vielleicht ist er auf dem Weg hierher gestolpert und beruhigt sich jetzt nicht mehr, oder irgendwas anderes belangloses.«

Er verschränkte die Arme vor der Brust. »Hoffentlich hat er sich dann so richtig auf die Nase gelegt.«

»Außerdem müsste Carlos erst einmal an mir vorbei, um dich zu kriegen.« In einer zärtlichen Geste lehnte sie ihren Kopf an Pedros Schulter.

Schmunzelnd zog er eine Augenbraue in die Höhe. »Du würdest mich beschützen?«

»Auf jeden Fall.« Adriana winkelte einen Arm an und demonstrierte Pedro ihre nicht vorhandenen Muskeln.

Anerkennend fühlte er ihren schmalen Oberarm. »Na, wenn das den Typen nicht abschreckt, dann weiß ich auch nicht mehr.« Er zwinkerte ihr zu.

»Na, siehst du. Es gibt keinen Grund zur Sorge.« Mit dem Fingerknöchel strich sie ihm über die Wange, eine zärtliche und liebevolle Geste, die offen ausdrückte, wie viel sie für Pedro empfand.

»Ich habe immer noch Angst.« Luisas Unterlippe zitterte.

Adriana atmete tief durch. »Vielleicht ist er einfach nur sauer auf Rico. Er hat doch vorhin wegen ihm in der Gegend herumgeschrien, er hat kein Wort über uns verloren.«

»Hoffentlich knöpft Carlos sich Rico vor.« Pedros Kiefer spannte sich an.

»Warum?« Jose klang verständnislos. Dasselbe fragte ich mich auch. Nur Rico hatten wir es zu verdanken, dass die vergangenen Tage einigermaßen angenehm und angstfrei für uns verlaufen waren.

Adriana deutete mit dem Kinn in Richtung der Wachhütten. »Da kommt Rico.«

Rico schlenderte ins Camp. In seiner Hand hielt er zwei tote Tiere, die er achtlos einem der Wächter zuwarf. Felipe ging zu ihm hin und redete leise auf ihn ein, worauf Rico kurz stockte, ehe er zur Hütte des Anführers marschierte. Just als er dort anlangte, kam Carlos heraus und sah noch genauso wütend aus wie vorhin. Ich schluckte bei seinem Anblick. Auf der Stelle begannen die beiden mit einer hitzigen Diskussion. Carlos brüllte was von *reingelegt* und *dafür büßen*, dabei fuchtelte er mit den Armen in der Luft herum.

Rico unterbrach ihn immer wieder und redete eindringlich und mit gedämpfter Stimme auf ihn ein, sodass ich kein Wort von dem verstand, was zwischen ihnen los war. Mehrmals ergriff Rico seinen Cousin beim Arm, aber Carlos entriss sich sofort wieder. Er schrie und tobte.

Eine bleierne Angst senkte sich wie Eisenkrallen auf meine Schultern, die mich nach unten drückte. Noch nie zuvor hatte ich Rico so aufgebracht erlebt wie in diesem Moment. Normalerweise blieb er immer ruhig. Egal, wie krass Carlos auch ausrastete, Rico schaffte es immer, dass der Anführer sich wieder beruhigte. Aber nicht dieses Mal. Rico musterte Carlos mit einem wilden und zu allem entschlossenen Blick. Was ging zwischen den beiden nur vor? Mittlerweile schrien sie sich an, Ricos Hände waren zu Fäusten geballt.

»Das kannst du nicht machen …«

»Wie ich das kann …«

»Lass sie in Ruhe …«

Die beiden standen dicht voreinander. Carlos fasste Rico bei der Schulter, während seine andere Hand hinunter zur Pistole an seinem Hosenbund rutschte. Er zog die Waffe, steckte sie aber gleich wieder weg und zischte Rico etwas zu, worauf dieser nichts mehr sagte.

Ruckartig drehte sich Carlos um und kam auf uns zu. Sein Gesicht war zu einer Fratze verzerrt. Ich hielt den Atem an, ein Kloß wuchs in meinem Hals, der mir die Luft abschnürte. Luisa griff nach meiner Hand.

Für einen flüchtigen Moment sah Rico ihm nach, bevor er sich ebenfalls in Bewegung setzte und dem Anführer hinterher ging.

Als Carlos vor uns stand, senkten wir die Köpfe.

Keiner von uns wagte, seinen Blick zu erwidern. Ich schlotterte innerlich.

»Du«, rief er und zeigte mit dem ausgestreckten Arm auf Adriana. Sein Gesicht färbte sich dunkelrot und die schwarzen Augen traten weit hervor. »Mitkommen, sofort!«

Mir gefror das Blut in den Adern, nur mit Mühe unterdrückte ich einen entsetzten Schrei. Adriana bewegte sich keinen Millimeter, sie drehte lediglich den Kopf nach allen Seiten, als suchte sie nach einer Fluchtmöglichkeit, einem Versteck, in das sie sich verkriechen könnte.

Was sollte das schon wieder? Was wollte er ausgerechnet von meiner lieben und gutherzigen Freundin?

Rico stellte sich dicht neben ihn. »Carlos, hör auf, lass es gut sein. Sie kann nichts dafür. Wir regeln das schon irgendwie«, redete er mit beschwörender Stimme auf ihn ein.

Carlos stieß ihn so heftig weg, dass Rico einen Schritt zur Seite taumelte. »Was glaubt diese hochnäsige Bande in ihren Villen eigentlich, mit wem sie es hier zu tun hat? Niemand versucht, mich hereinzulegen, ohne dafür zu bezahlen. Verstehst du? Niemand!«

Er schrie das letzte Wort mit so viel Verachtung, dass ich mit jeder Faser meines Körpers zusammenzuckte. Schweißperlen sammelten sich auf meiner Stirn. Adriana duckte sich.

»Beruhig dich endlich«, ließ Rico nicht locker. »Mach jetzt nichts, was du später bereust. Regle das mit dem Kerl und lass sie aus der Sache heraus, verdammt. Sie weiß nicht einmal was los ist. Das Mädchen hat mit der Angelegenheit doch rein gar nichts zu tun.«

»Du wagst es, so mit mir zu reden? Vor diesem Pack? Du untergräbst meine Autorität vor den Geiseln.

Verschwinde, bevor ich vergesse, dass du verwandt mit mir bist.«

»Carlos ...«, erwiderte Rico dieses Mal schärfer.

»Ich sagte, verschwinde oder ich garantiere für nichts mehr. Córdoba hat mir freie Bahn gegeben, er braucht sie nicht mehr. Leg es nicht darauf an, dass ich ein Exempel an ihr statuiere.« Er packte Adriana am Oberarm und zerrte sie über den Baumstamm. Sie schrie vor Angst auf, hielt aber sofort den Mund, als Carlos ihr die Pistole an die Schläfe hielt. »Ich erschieße die Geisel, wenn du nicht sofort abhaust, und mich die Sache regeln lässt, wie ich es für richtig halte. Das schwöre ich dir.« Carlos' Gesichtsausdruck wirkte so entschlossen, dass ich ihm aufs Wort glaubte. Ich wollte aufstehen, und ihm Adriana entreissen, aber ich traute mich nicht. Aus tiefstem Herzen verachtete ich mich selbst für meine Feigheit.

Rico zögerte.

»Ich mache kurzen Prozess mit ihr, wenn du nicht in zwei Sekunden verschwunden bist.«

Adrianas Augen weiteten sich, während sie vor Angst wie erstarrt dastand.

Beschwörend hielt Rico die Hände vor die Brust. »Okay, ich gehe. Aber dafür lässt du sie am Leben.«

»Hau endlich ab, Rico. Ich will nur allein mit ihr reden, das ist alles.«

»Vorher gibst du mir die Pistole! Du brauchst keine Waffe, wenn du nur mit ihr reden willst.«

»Du traust mir nicht?«

»Nicht, wenn du in dieser Verfassung bist.«

»Pass auf, wie du mit mir redest.«

»Du brauchst keine Pistole, um ein Mädchen in Schach zu halten. Also, gib mir endlich die verdammte Waffe, wenn du willst, dass ich gehe.«

Nach kurzem Zögern hielt Carlos ihm tatsächlich den

Revolver mit dem Griff voraus hin. Rico steckte ihn ein. Ein Anflug von Erleichterung zuckte durch mich hindurch. Wenigstens konnte Carlos sie nun nicht mehr erschießen.

»Und jetzt hau ab.«

Rico drehte sich um.

»Nein.« Ich sprang auf und wollte ihm nach. »Nein, geh nicht. Lass uns nicht mit ihm allein!«

»Halt's Maul, sonst bist du die nächste!« Carlos deutete auf mich.

»Setz dich sofort wieder hin, Elena«, rief Rico mir zu. »Auf der Stelle.«

Wie in Zeitlupe ließ ich mich zurück auf den Baumstamm sinken. Meine Hände zitterten so heftig, dass ich sie nicht unter Kontrolle kriegte. Carlos sah zu allem entschlossen aus, am Ende würde er uns noch allesamt umbringen.

Machtlos sah ich zu, wie Rico im Dschungel verschwand, während meine Panik mit jedem Schritt anschwoll, mit dem er sich von uns entfernte. Obwohl ich rein rational verstand, dass er ging, um die Situation zu deeskalieren, fühlte ich mich von ihm im Stich gelassen. Wenigstens hatte er dem Irren vorher die Waffe abgenommen.

»Komm mit.« Carlos zerrte Adriana mit sich.

»Nein.« Sie stemmte die Füße in den Boden.

»Hör sofort auf mit dem Theater«, brüllte er sie an.

Adriana brach in Tränen aus, ihre Schultern bebten.

Pedro saß reglos neben mir, mit beiden Händen wischte er über seine Oberschenkel. Warum half er Adriana nicht? Keiner von uns regte sich. Ich kämpfte mit mir, wusste aber nicht, was ich tun sollte. Wie ich ihr helfen konnte. Die Wächter standen ganz in der Nähe und behielten uns im Auge, ihre Waffen im Anschlag. Was auch immer dieser Mensch tat, sie alle waren Carlos treu ergeben, das merkte man ihnen an. Gegen diese geballte Übermacht kam wahrscheinlich nicht einmal Rico an. Ein Wort von Carlos und wir waren alle tot.

Machtlos mussten wir mitansehen, wie Carlos Adriana hinter sich herschleifte. Auf einmal wehrte sie sich heftig und laut schreiend, ihre Stimme klang schrill vor Angst. Jeder einzelne Ton schnitt in meine Seele wie ein Skalpell. Mit einem Ruck riss sie sich aus seinem Klammergriff und rannte in wilder Panik davon. Ich betete, dass sie ihm entkommen möge.

Sofort setzte Carlos ihr nach und holte sie mit Leichtigkeit wieder ein. Mit der flachen Hand schlug er ihr ins Gesicht. Ihr Kopf flog zur Seite, Blut tropfte von der Unterlippe.

»Lehn dich noch einmal gegen mich auf, und du bist tot!«

Adriana schlug die Hände vors Gesicht und begann, bitterlich zu weinen, während Carlos sie hinter sich herzerrte.

»Verschwindet in eure Hütten und lasst euch nicht mehr blicken«, rief er uns zu.

Wir zögerten keine Sekunde, sprangen auf die Beine und stolperten davon, stürzten alle zusammen in unsere Hütte, während Carlos mit Adriana bei sich verschwand. Zorniges Gebrüll klang zwischen verzweifelten Schreien durch die dünnen Wände.

Pedro fiel auf die Knie und senkte den Kopf. Er schluchzte mit bebenden Schultern, schlug gleichzeitig mit der Faust auf den Boden ein, bevor er in sich zusammensackte. »Ich würde ihn am liebsten umbringen, dieses Monster.«

Luisa saß mit den Händen vor dem Gesicht auf ihrer Matte. Zuerst sah es so aus, als würde sie weinen, aber als sie die Hände herunternahm, war ihr Gesicht trocken. Nur ein entsetzter Ausdruck spiegelte sich in ihren Augen. Es schien, als hätte sie keine Tränen mehr.

Schreie drangen bis zu uns, gefolgt von dumpfen Schlägen. Was passierte da? Er hatte Rico doch versprochen, er würde nur mit ihr reden.

»Er bringt sie um«, flüsterte ich und drückte beide Fäuste auf meine Ohren, weil ich es nicht mehr aushielt, Adrianas panische Stimme zu hören.

Jose hockte sich neben Pedro und legte ihm eine Hand auf die Schulter. Leise und beruhigend redete er auf ihn ein. Verzweiflung machte sich breit, füllte den kleinen Raum und nahm uns die Luft zum Atmen.

ELENA

Ich konnte nicht sagen, wie lange wir bereits in unserer Starre verharrten – waren es Stunden oder lediglich ein paar Minuten? Für mich zumindest verging eine Ewigkeit, in der ich die schlimmsten Ängste ausstand, die ich jemals seit meiner Entführung durchgemacht hatte. Plötzlich wurde der Vorhang beiseite gerissen und wir alle zuckten zusammen.

Carlos erschien mit versteinertem Gesicht im Eingang. Einen Arm um Adrianas Taille gelegt, schleifte er sie in die Hütte, sie konnte nicht mehr auf ihren eigenen Beinen stehen. Ihr Kopf hing schlaff zur Seite wie bei einer Marionette. Als wäre sie ein Sack Kartoffeln, warf er Adriana auf ihre Matte und haute wieder ab. Oh Gott, was hatte dieses Monster bloß mit ihr angestellt?

Nur ein einziger Gedanke tobte in mir. *Du Ausgeburt der Hölle!*

Adriana lag zusammengekrümmt und mit geschlossenen Lidern am Boden, sie rührte sich nicht. Ich schlug eine Hand vor den Mund, um einen entsetzten Aufschrei zu unterdrücken.

Ihr Gesicht war zugeschwollen und blutverschmiert, die Unterlippe aufgeplatzt. Auf ihrer Wange zeichnete sich ein dunkelroter Fleck ab. Hin und wieder flackerten ihre Augen.

»Oh, mein Gott«, japste Luisa.

Jose lachte bitter auf. »Gott kommt nicht in diese Gegend, Luisa. Er hat uns schon längst vergessen.«

Mit einem Würgen in der Kehle glitt mein Blick über meine Freundin, die ich schon seit dem Kindergarten kannte. »Was sollen wir nur tun?«, Ich drehte mich zu den beiden Jungs um. Mein Gehirn lief nur noch auf Sparflamme. »Wir müssen ihr helfen.«

Pedro presste eine Faust vor den Mund.

Nach Momenten schockierten Schweigens regte sich Jose. »Keine Ahnung, was wir tun sollen, wir…«

Im selben Augenblick wurde der Vorhang derart heftig beiseite gerissen, dass er abrupt verstummte. Mein Blutdruck schnellte steil in die Höhe. Kam Carlos zurück? Aber er war es zum Glück nicht.

Rico kam herein. Sein Blick glitt prüfend über Adriana, ein Anflug von Sorge spiegelte sich in seinem Gesicht. Doch im nächsten Moment drehte er sich um und verschwand genauso schnell wieder, wie er gekommen war.

»Was hat das zu bedeuten?« Joses Stimme bebte. »Wieso ist er gegangen?«

Ich kniete mich hin und nahm vorsichtig Adrianas Hand. Sie irgendwo anders zu berühren, wagte ich nicht. Sie sah so verletzt aus, ganz zerstört. Ich erkannte sie kaum wieder. Fassungslos betrachtete ich meine beste Freundin, die vor einer Stunde noch am Feuer mit Pedro geflirtet hatte.

Rico kam zurück. In der einen Hand hielt er eine Schüssel mit Wasser und ein Tuch. In der anderen einen

Becher sowie eine kleine braune Flasche. Ohne ein Wort zu sagen, ging er neben mir in die Hocke und musterte Adriana mit einem Blick, der von Schuldgefühlen durchtränkt war.

Er tauchte das Tuch in die Schüssel, und wusch Adriana das Blut aus dem Gesicht. Es war mittlerweile so angeschwollen, dass nichts mehr von ihrer Schönheit übrig war. Zwar wimmerte sie leicht, aber sie hielt ihre Augen die ganze Zeit über geschlossen, wachte nicht auf. Als Rico fertig war, nahm er den Becher, in dem ein bisschen Wasser schwappte und träufelte ein paar Tropfen aus dem Fläschchen hinein. »Das ist Morphium«, sagte er, ohne aufzusehen. »Es wird ihr die Schmerzen nehmen und beim Schlafen helfen. Morgen wird es ihr besser gehen.« Vorsichtig schob er einen Arm unter Adrianas Nacken und hob ihren Kopf etwas an, um ihr den Inhalt des Bechers in kleinen Schlucken einzuflößen. Sie stöhnte leise und krümmte sich. Aus ihrem Mundwinkel rann ein feiner Blutfaden.

»Du glaubst, sie wacht morgen wieder auf?« Ein Schwall Hoffnung durchflutete mich. Vielleicht waren ihre Verletzungen, so schlimm sie auch aussahen, nur rein äußerlich und würden wieder verheilen. Wir würden sie gut pflegen. Ich streichelte Adrianas Hand, die schlaff in meiner lag.

Rico erwiderte nichts, stattdessen schob er die Augenbrauen zusammen, bevor er Adriana behutsam zurück auf die Matte sinken ließ. Er zögerte, schien zu überlegen. Schließlich hob er ihr Top an und warf einen Blick darunter. Scharf sog er den Atem ein.

Jetzt sah auch ich, was ihn so beunruhigte und schlug entsetzt eine Hand vor den Mund. Auf Adrianas Bauch zeichnete sich ein riesiges Hämatom ab. Carlos musste ihr mehrere wuchtige Schläge in den Magen versetzt haben.

»Warum macht ihr solche Sachen?« schluchzte Pedro auf, seine Lider zitterten, beide Mundwinkel waren weit nach unten gezogen. »Warum tut ihr einem wehrlosen Mädchen so etwas Furchtbares an? Sie hat euch doch überhaupt nichts getan.«

Rico drehte sich langsam zu ihm um. »Ich mache solche Sachen nicht, also pass auf, was du sagst«, erwiderte er in eisigem Tonfall. Er sammelte die mitgebrachten Gegenstände ein, stand auf und verließ die Hütte, ohne sich noch einmal umzudrehen.

Adriana schlief jetzt tief und fest, das Wimmern hatte aufgehört. Ihre Augen waren geschlossen und ihr Körper nun entspannt. Das Morphium schien zu wirken. Wenigstens hatte Rico Adriana ein bisschen helfen können.

Jose nahm Ricos Platz ein und streichelte Adrianas Arm. Hinter uns kniete noch immer Pedro, ich hörte ihn hektisch atmen. Keiner von uns redete ein Wort, lange Zeit saßen wir einfach nur da und versuchten, zu begreifen, was Carlos getan hatte.

Als meine Beine langsam steif wurden, stand ich auf und stutzte. »Wo ist Luisa? Ist sie allen Ernstes rausgegangen? Hat sie nicht mitbekommen, was Carlos uns befohlen hat? Er wird ausrasten.« Die Muskeln in meinem Hals zogen sich zusammen.

Auch Jose erwachte aus seiner Starre. »Oh, mein Gott«,

»Was? Was ist?« Ich folgte seinem entsetzten Blick. »Das darf nicht wahr sein.«

»Was ist los?« Pedro setzte sich auf, die ganze Zeit über hatte er zusammengekauert neben dem Eingang gelegen und gegen die Bretterwand gestarrt.

»Ein Loch.« Ich deutete auf die hintere Ecke, wo normalerweise Luisa schlief.

Wie es aussah, hatte sie mit bloßen Händen die feuchte Erde unter der Bretterwand herausgegraben. Aber wann? Wann hatte sie das gemacht? Ich hatte nichts mitbekommen. Sie hatte sich eine Lücke gebuddelt, gerade so groß, um hindurchschlüpfen zu können.

Luisa war abgehauen!

»Was machen wir jetzt?« Ensetzt hielt ich beide Hände an meine heißen Wangen. Ausgerechnet Luisa war geflohen? Alles hätte ich für möglich gehalten, aber nicht das. »Weiß Luisa denn nicht, was die mit ihr anstellen, wenn sie sie erwischen?«

»Wir werden nichts sagen.« Joses Stimme klang beschwörend, er warf einen Blick auf seine Armbanduhr. »Es ist gerade erst sieben Uhr, sie ist vielleicht schon über eine Stunde oder so unterwegs. Bis zum Abendappell vergehen noch zwei weitere, so hat sie drei Stunden Vorsprung. Wo wollen die Typen Luisa denn dann noch suchen? Sie könnte überall sein. Bald wird es dunkel, nie im Leben finden sie so schnell ihre Spur wieder. Vielleicht schafft sie es aus dem Dschungel heraus und kann Hilfe holen.« Ein Hauch von Hoffnung schwang in seiner Stimme mit.

Pedros Augen weiteten sich. »Wir haben eine reale Chance. Sie ist panisch und rennt wahrscheinlich die ganze Zeit, wer weiß, wo sie schon ist. Die finden Luisa nie mehr wieder. Wir verhalten uns einfach ganz ruhig. Wenn sie uns nachher befragen, behaupten wir einfach, Luisa hätte gesagt, sie würde zur Toilette gehen.«

»Aber das Loch«, warf ich ein. »Sie werden doch das Loch bemerken, wenn sie hereinkommen und nachsehen.

Pedro krabbelte zu Luisas Fluchtloch und begutachtete es von allen Seiten. »Wir machen es wieder zu.« Er schob den Erdhaufen hinein, den Luisa hinterlassen hatte, was aber nicht ausreichte, um den Originalzustand wieder herzustellen. Eine auffällige Mulde blieb zurück. Mit der geballten Faust schlug er auf den Boden ein. »Sie werden das bemerken.« Er hob den Kopf. »Vielleicht sollten wir auch abhauen, denen wird erst in zwei Stunden auffallen, dass wir weg sind. Noch könnten wir einen großen Vorsprung herausholen.«

»Und was wird aus Adriana?«, fragte ich und nickte mit dem Kopf zur Seite. »Ich lasse sie auf gar keinen Fall im Stich. Vor allem nicht jetzt, wo sie uns am dringensten braucht.«

»Ja, sie braucht uns, Mann«, stand Jose mir bei, der Adrianas Arm streichelte.

»Wir könnten Hilfe holen, damit sie Adriana ins Krankenhaus bringen«, warf Pedro ein.

»Adriana ist ohnmächtig, wir können sie in diesem Zustand unmöglich allein lassen. Ich gehe auf gar keinen Fall.« Ich schüttelte mit dem Kopf. Es kam überhaupt nicht infrage, dass ich meine beste Freundin im Stich ließ. Wir würden Tage brauchen, um aus dem dichten Urwald herauszukommen, falls wir überhaupt den richtigen Weg fanden. Wer sollte sich solange um sie kümmern? Carlos vielleicht? Oder Adriana pflegen, wenn sie morgen aufwachte und feststellte, dass wir über alle Berge waren.

Ein tiefes und verächtliches Knurren schraubte sich aus Pedros Kehle. »Du bist an allem Schuld.« Mit dem ausgestreckten Arm deutete er auf mich.

Mein Kiefer klappte nach unten. »Wie bitte? Woran soll ich denn Schuld sein?«

»Wir hätten vor ein paar Tagen alle fliehen können, damals als Ricos Hütte brannte. Aber du hast dich ja nicht von der Stelle gerührt, aus welchem Grund auch immer.« Seine Augen verengten sich zu zwei schmalen Schlitzen.

»Wären wir damals abgehauen, hätte Carlos Adriana nicht so zurichten können.«

»Du verhältst dich unfair«, warf Jose ein, denn mir fehlten tatsächlich die Worte. Pedros Anschuldigung traf mich total unvorbereitet und mit voller Wucht. Ich trug also die Schuld daran, dass es Adriana so schlecht ging?

»Kein Mensch konnte ahnen, dass Carlos so ausrasten würde und wer weiß schon, ob uns die Flucht tatsächlich gelungen wäre. Hast du eine Ahnung, was Carlos mit uns angestellt hätte, falls sie uns wieder eingefangen hätten?« Jose wandte sich an mich. »Du trägst an überhaupt nichts die Schuld, Elena. Hör nicht auf den. Der Einzige, der Schuld an Adrianas Verletzungen hat, ist Carlos.«

Ein abfälliger Laut kam von Pedro. »Wenn ihr Feiglinge nicht mitkommen wollt, müssen wir es wohl oder übel darauf ankommen lassen und Luisas Verschwinden so lange wie möglich decken. Vielleicht gehen sie nicht in die Hütte, wenn wir ihnen nachher beim Appell erzählen, Luisa wäre nicht von der Toilette zurückgekommen. Dann werden sie ihre Suche garantiert unten beim Bach beginnen und gehen in die verkehrte Richtung.«

»Und was machen wir bis zum Appell?« Mein Blick schweifte zwischen den beiden hin und her. Heftige Schuldgefühle zerrten und stachen in mir. Ich war damals nicht geflohen, weil ich wissen musste, ob es Rico gut ging. Vielleicht wären wir alle schon längst frei, wenn ich nicht diese dumme Entscheidung gefällt hätte. Tränen stiegen in mir auf, als ich Adrianas verletztes Gesicht musterte. Eine leise Stimme in mir flüsterte mir zu, dass Pedro mit seiner Behauptung vielleicht doch nicht so falsch lag.

»Wir können nur abwarten, bis es Zeit zum Appell ist.«

Pedro lehnte sich gegen die rissige Lehmwand. »Wir werden einfach warten.«

Ich kauerte mich neben Adriana zusammen, die tief und fest schlief, denn ich wollte irgendwie für sie da sein, auch wenn ich nichts weiter tun konnte. In mir wütete eine unglaubliche Angst vor Carlos. Er würde garantiert ausrasten, sobald er von Luisas Verschwinden erfuhr, und mit Sicherheit bekamen wir seinen Zorn dann mit aller Härte zu spüren. Wie konnte Luisa uns das nur antun? Wie konnte sie mich und Adriana einfach im Stich lassen? Aber ... vielleicht fand sie wirklich einen Weg aus dem Dschungel. Mein Herz pochte plötzlich wie wild.

ELENA

Punkt neun Uhr standen wir widerwillig auf und gingen nach draußen. Ohne eine Miene zu verziehen, stellten wir uns in einer Reihe auf. Felipe stutzte und musterte uns, als würde er zählen, bevor er sich umdrehte und wegging, nur um gleich darauf gemeinsam mit Rico zurückzukehren.

»Wo ist Luisa?« Ricos Augen blitzten gefährlich auf.

Sofort senkten wir die Köpfe, keiner gab ihm eine Antwort.

Rico kam näher »Wo ist sie?«, fragte er lauter und sah mich direkt an, als ich vorsichtig nach oben blinzelte. Sofort blickte ich wieder zu Boden.

»Luisa wollte zur Toilette gehen«, antwortete Jose schließlich, wenn auch nur zaghaft.

Rico schnappte Jose an seinem Polohemd und zog ihn dicht an sich heran. »Wann?«

»Erst vor Kurzem.« Schweißperlen bildeten sich auf seiner Stirn.

»Sieh nach.« Rico gab Felipe einen Wink mit dem Kinn,

worauf dieser zu dem Bretterverschlag stapfte, die Tür aufriss und mit dem Kopf schüttelte. »Sie ist nicht da!«

»Was wird hier gespielt?« fragte Rico, bevor er an uns vorbeiging und den Vorhang unserer Hütte beiseite zerrte.

»Verfluchter Mist! Das hat uns gerade noch gefehlt.« Er hieb mit der Faust gegen den Stützpfosten am Eingang. »Sie ist abgehauen und ihr habt das Loch wieder zugeschüttet.« Ein paar Sekunden stand er reglos da, bevor er zu uns zurückkam. Wenige Zentimeter vor meinem Gesicht blieb er stehen. Seine grünen Augen funkelten mich an. »Wie lange ist sie schon weg?«

Er sah so wütend und einschüchternd aus, dass ich keine Lüge über die Lippen brachte. Ich schluckte - hörbar. »Ich… ich«, stammelte ich vor mich hin, nur mit Mühe hielt ich meinen hektischen Atem unter Kontrolle. »Ich habe ihr Verschwinden erst bemerkt, nachdem du Adriana versorgt hattest.«

»Was?« Rico riss die Augen auf. »Aber das ist ja schon drei Stunden her.«

Ich nickte nur schwach statt einer Antwort, und schloss die Lider. Jetzt hörte ich Rico tief durchatmen, kurz darauf entfernten sich seine Schritte. Hastig öffnete ich die Augen wieder und sah gerade noch, dass er in Carlos' Hütte verschwand. Jetzt war alles aus.

Gleich darauf kamen beide heraus. Wie erwartet tobte Carlos. Er brüllte zwei Wächtern einen Befehl zu, worauf diese hastig in den Büschen verschwanden. In die entgegengesetzte Richtung, in die Luisa geflohen war. Umso besser, wenn sie dort mit ihrer Suche begannen.

Carlos und Rico kamen zusammen mit den übrigen drei Wachmännern auf uns zu. Mit jedem Schritt, den sie machten, wurden meine Knie weicher. Ich wollte nicht enden wie Adriana.

Sofort ging Carlos vor uns in die übliche Position, als wollte er sich auf jeden Einzelnen stürzen, die Vene an seiner Schläfe schwoll an und pochte. »Wenn ich Luisa erwischt habe, wird sie sich wünschen, niemals geboren worden zu sein.« Er führte sich auf wie ein Wahnsinniger, schrie herum, trampelte und schwang beide Fäuste vor uns durch die Luft. Ich verstand kaum ein Wort und hoffte nur, sein Wutanfall möge bald vorbei sein.

Du wirst sie aber nicht finden, ging es mir durch den Kopf und das verschaffte mir ein Gefühl der Genugtuung. Bald war es zu dunkel für eine Suche, und er hatte keine Ahnung, in welche Richtung Luisa geflohen war, da konnte er noch so toben und ausrasten.

Carlos beruhigte sich erst wieder, als die beiden anderen Wächter aus dem Dickicht zurückkehrten. Sie führten zwei große Schäferhunde an der Leine mit sich.

Was um alles in der Welt?

Wo hatten diese Leute in dieser Einöde die ganze Zeit über zwei Hunde verborgen gehalten? Ich hatte noch kein einziges Mal ihr Bellen gehört. Mein Puls schnellte in die Höhe, als mir klar wurde, was das bedeutete. Mithilfe der Hunde würden unsere Kidnapper mit Leichtigkeit Luisas Fährte aufnehmen und sie aufspüren. *Lauf Luisa,* rief ich ihr in Gedanken zu. *Lauf so schnell du kannst.*

Die Hunde wurden zu dem Loch in der Hütte geführt, damit sie Luisas Witterung aufnahmen. Sofort schlugen sie an, bellten aufgeregt und zerrten die Wächter in Richtung Dschungel. Carlos stellte Felipe als Bewachung für uns ab. Alle anderen beteiligten sich an der Suche nach dem geflohenen Mädchen. Auch Rico ging mit.

Mit vorgehaltener Waffe trieb Felipe uns allesamt in

unsere Hütte. »Macht bloß keinen Blödsinn oder ich knall euch ab.« Breitbeinig postierte er sich vor dem Eingang.

»Wo kommen die Hunde her?«, fragte ich, als der Vorhang zufiel.

Joses Gesicht verfinsterte sich. »Die haben im Wald bestimmt noch ein Geheimversteck.«

»Wieso hörten wir die nie bellen?« Ein rabenschwarzes Gefühl kroch in mir hoch und breitete sich in meinem Brustkorb aus. Mein Blick fiel auf Adriana, die zwar immer noch reglos dalag, aber wenigstens ruhig und gleichmäßig atmete. Würde Luisa, ähnlich zugerichtet, bald neben ihr liegen? Allein bei dem Gedanken begann ich am ganzen Körper zu zittern.

»Die Hunde sind trainiert«, sagte Jose. »Deshalb haben sie noch nie gekläfft. Die haben die Köter garantiert so abgerichtet, dass sie sich erst bemerkbar machen dürfen, wenn sie eine Witterung aufgenommen haben.«

Ich presste beide Handballen gegen die Schläfen, ein furchtbarer Druck baute sich in meinem Kopf auf. »Luisa hat keine Chance, nicht wahr?« Meine Stimme verlor ihre Kraft.

»Nein, hat sie nicht.« Jose dämpfte seine Stimme zu einem Flüstern. »Die Kerle sind schnell mit den Hunden. Der Weg aus dem Regenwald ist weit, wenn sie überhaupt jemals herausfindet, und der Dschungel ist gefährlich. Vielleicht stolpert Luisa auch nur blindlings im Kreis herum, wer weiß das schon.«

»Was wird Carlos mit ihr machen, wenn er sie erwischt?« Meine Stimme zitterte.

»Darüber sollten wir besser nicht nachdenken.« Jose ließ sich gegen die lehmverschmierte Wand sinken und schlug mit dem Hinterkopf dagegen, kleine Brocken lösten sich aus den zusammengenagelten Brettern und rieselten wie braune Hagelkörner zu Boden.

Pedro legte sich neben Adriana und streichelte ihre Hand. »Bestimmt spürt sie, dass ich bei ihr bin«, flüsterte er mehr zu sich selbst. »Ich bin für dich da, Adriana.«

»Wir werden sie gut pflegen.« Ich legte ihm eine Hand auf den Arm. »Bald geht es ihr wieder besser.«

Ich schreckte von einem Geräusch aus dem Schlaf, es musste bereits tiefe Nacht sein, der Mond schien durch das winzige Viereck oben in der Hüttenwand, sodass ich nur noch schemenhafte Umrisse erkannte. Von draußen erklang Hundegebell, also kehrten die Männer aus dem Dschungel zurück. Ob sie Luisa erwischt hatten? Pedro und Jose erhoben sich.

Da wurde auch schon der Vorhang grob zur Seite gerissen und Felipe bedeutete uns mit dem Gewehrkolben, dass wir gefälllst nach draußen zu kommen hatten.

Jose hielt mir die Hand hin und half mir auf die Beine, ich hatte das Gefühl auf Pudding zu stehen. Ich konnte die Tränen nicht mehr zurückhalten, woraufhin Jose mich in den Arm nahm. »Nicht weinen«, flüsterte er, »zeig keine Schwäche vor Carlos.«

»Los jetzt«, motzte uns Felipe an, der anscheinend vollkommen vergessen hatte, dass er nicht mit uns reden durfte, während er uns nach draußen scheuchte.

Als erstes entdeckte ich zwei der Wächter beim Feuer. Sie hielten die Hunde fest an den Leinen, die aufgeregt bellend im Kreis sprangen. Der Rest der Bande saß auf den Stämmen verteilt herum, sie wirkten k.o. und außer Atem.

Dann bemerkte ich Carlos und Rico, die Luisa in ihre Mitte genommen hatten und mein Herz versank in einer Flut von Mitleid. Immerhin stand sie noch und sah auf den ersten Blick sogar unversehrt aus. Carlos zerrte Luisa am Arm hinter sich her. Sie wehrte sich nicht.

Als Felipe mir den Gewehrkolben in den Rücken stieß, stolperte ich vorwärts – auf Carlos zu, bis wir dicht vor ihm stehenblieben. Luisas Wangen sahen geschwollen aus, als hätte Carlos sie heftig geohrfeigt. Was er auch bestimmt getan hatte, wie ich ihn kannte.

»Aus«, zischte Rico über die Schulter, und sofort legten sich die Hunde auf die Erde, ohne einen weiteren Laut von sich zu geben.

Ich warf Rico einen kurzen Blick zu, er stand einfach nur da und fixierte einen Punkt irgendwo hinter uns. Luisa liefen unaufhörlich Tränen über das Gesicht, begleitet von kleinen Schluchzern. Ihr verzweifelter Anblick tat mir so sehr in der Seele weh, dass ich sie liebsten aus Carlos' Umklammerung befreit und in meinen Armen vor ihm versteckt hätte. Aber ich wagte nicht, mich zu regen, jede falsche Bewegung könnte in dieser Situation unser aller Tod bedeuten. Soweit sah ich noch klar. Stattdessen biss ich die Zähne zusammen. Die Angst vor Carlos sprengte fast meinen Brustkorb, denn sein Gesicht verzerrte sich bereits wieder zu dieser üblen Fratze. »Der Nächste von euch, der es wagt, von hier zu flüchten, wird vor aller Augen sofort exekutiert! Habt ihr das verstanden?«

Wir nickten, als er eine Pause machte und uns der Reihe nach musterte.

»Ich brauche euch nicht mehr unbedingt. Seit meinem Meeting hat sich alles geändert. Jeder von euch ist verschmerzbar, glaubt mir.« Grob zerrte er an Luisas Arm. »Du kommst mit zu deiner Bestrafung!«

Luisa schluchzte auf, aber anders als Adriana heute Nachmittag, machte sie keinerlei Anstalten, sich loszureißen. Ihr Arm hing schlaff in seiner Hand.

Ricos Blick wanderte zu Boden. »Wehr dich nicht«, raunte er Luisa noch zu, ehe Carlos sie mit sich schleifte.

Mein Herz blieb beinahe stehen, als ich mitbekam, was Rico ihr zugeflüstert hatte. Meine Kehle zog sich langsam zu, während ich beobachtete, wie die beiden in Carlos' Hütte verschwanden. Bestimmt würde er sie jetzt genauso schlimm zurichten, wie er das bei Adriana getan hatte.

»Geht in eure Hütten«, sagte Rico zu uns, bevor er in der Dunkelheit verschwand.

Diesmal lag ich nur mit Adriana in unserer Hütte. Pedro und Jose hatten sich in ihr eigenes Quartier verzogen. Ich lauschte hinaus in die Nacht, aber außer Grillengezirpe, schwachem Froschgequake und den üblichen Geräuschen des Dschungels, vernahm ich nichts. Rein gar nichts. Keine Schreie von Luisa, kein Gebrüll von Carlos, kein Donnern gegen Bretterwände. Nichts. Vielleicht tat er Luisa doch nichts an. Ich zog die Knie an und umarmte mich selbst. Die Minuten dehnten sich endlos. Vielleicht war Luisa schon tot, mit aufgeschlitzter Kehle verblutet. Mir wurde heiß und kalt bei dem Gedanken. Irgendetwas war anscheinend bei Carlos' Treffen mit wem auch immer, schiefgegangen und wir Geiseln waren nun nichts mehr für ihn wert. Ob unsere Eltern nicht bezahlten? Aber das konnte ich mir nicht vorstellen. Unsere Eltern wollten uns mit Sicherheit unversehrt zurückhaben.

Als der Vorhang sich bewegte, schrak ich zusammen. Luisa huschte hindurch. Für den Bruchteil einer Sekunde konnte ich sie im fahlen Mondlicht, das in die Hütte fiel, genau erkennen. Rein äußerlich wirkte sie unverletzt. Erleichtert atmete ich aus. Er hatte ihr nichts Schlimmes angetan. Vielleicht waren wir doch nicht so wertlos für den Anführer, wie er uns weismachte. »Wie geht es dir? Ist alles in Ordnung?«

Ohne ein Wort zu erwidern, legte sich Luisa seitlich auf ihre Matte und umschlang mit den Armen die Knie.

Ich krabbelte zu ihr und streichelte ihr sanft den Rücken. Ihr ganzer Körper vesteifte sich.

»Lass das! Fass mich nicht an«, fuhr sie mich an und schlug meine Hand weg.

Sofort wich ich zurück und setzte zu einer Frage an, aber Luisa kam mir zuvor.

»Verschwinde und lass mich in Ruhe.«

Ich setzte mich zurück auf meine Matte, in diesem Tonfall hatte Luisa noch nie mit mir geredet. Was hatte Carlos ihr bloß angetan, dass sie so reagierte? Was hatte diese Ausgeburt der Hölle mit Luisa gemacht?

ELENA

Früh am Morgen streckte Pedro den Kopf herein. »Wie geht es Adriana?«

Bisher hatte Adriana noch kein einziges Mal die Augen aufgeschlagen, aber sie stöhnte ab und an leise.

Ich setzte mich auf. »Ich glaube, das Morphium hat aufgehört zu wirken. Ihr Zustand scheint sich zu verschlechtern. Sie ist immer noch nicht ansprechbar und schon wieder ganz zusammengekrümmt. Ich hatte so gehofft, es würde ihr heute wieder besser gehen.«

Pedro bückte sich und legte Adriana eine Hand auf die Stirn. »Adriana hat Fieber. Sie glüht.«

Oh, nein. Auch das noch.

»Wo ist Luisa?« Ich sah mich um.

»Sie ist zur Waschstation gegangen, draußen ist sie mir über den Weg gelaufen.«

Erleichtert atmete ich durch. Sie schien tatsächlich soweit okay zu sein. Zumindest unverletzt.

»Wie geht es Luisa? Hat Carlos ihr was getan?«

Ich zuckte mit den Achseln. »Keine Ahnung. Sie redet nicht mit mir.«

»Carlos hat gesagt, sie brauchen uns nicht mehr.« Er mahlte mit dem Kiefer. »Wahrscheinlich hat er Adriana deshalb so zugerichtet, weil es ihm scheißegal ist, was mit uns passiert.«

Ich stand auf, und ließ mich neben ihm nieder. »Ob unsere Eltern nicht bezahlen?«

»Da geht es nicht nur um Geld, das glaube ich nicht.« Er schüttelte den Kopf. »Unsere Eltern zahlen mit Sicherheit, sonst hätte Carlos uns schon längst erschossen. Irgendetwas anderes muss noch schiefgelaufen sein, etwas das wichtiger ist, als das Lösegeld und jetzt kann der Scheißkerl mit uns anstellen, was er will.« Wut flackerte in seinen Augen auf. »Es bereitet ihm doch Spaß, uns zu quälen oder dabei zuzusehen, wie wir uns vor Angst beinahe in die Hose machen. Solche Aktionen geben diesem Sadisten doch erst den richtigen Kick. Und jetzt hält ihn garantiert nichts mehr zurück. Du wirst sehen«, er nickte mir zu. »Carlos knöpft sich auch dich noch vor. Wahrscheinlich kommen wir alle dran, einer nach dem anderen.«

»Du machst mir Angst«, meine Stimme krächzte. Ich konnte und wollte mir nicht ausmalen, was uns von nun an vielleicht in diesem Lager bevorstand.

Pedro streichelte Adriana über die Schulter. »Ich sehe die Dinge nur realistisch.«

Er stand auf, und war schon im Begriff zu gehen, als er sich noch einmal umdrehte. »Es ist bestimmt nur eine Frage der Zeit, bis auch du drankommst, also pass auf dich auf.«

Ich sollte auf mich aufpassen? Wie sollte ich das denn anstellen? Mit Carlos im Rücken, der mich jederzeit packen konnte, wann immer es ihm beliebte.

Pedro verschwand durch den Vorhang und ließ mich in meiner Schockstarre allein. War da wirklich was dran?

Wartete Carlos nur eine günstige Gelegenheit ab, um mich in seine Hütte zu schleifen? Würde ich enden wie Adriana? Ich nahm Adrianas fiebrige Hand und streichelte mit dem Daumen ihren Handrücken. Heute war ihr Gesicht noch aufgeschwollener als gestern, man sah kaum mehr ihre Augenlider. Mich würgte bei dem Gedanken daran, in die Fänge von Carlos zu geraten.

Eine Ewigkeit blieb ich einfach nur sitzen, leistete Adriana Beistand, auch wenn sie nichts mitbekam. Aber vielleicht spürte sie wenigstens, dass jemand bei ihr saß. Dass wir sie nicht im Stich ließen. Dass sie geliebt wurde. »Du wirst wieder gesund«, flüsterte ich ihr zu. »Ganz bestimmt. Das kriegen wir wieder hin.« Ein Schluchzer rang sich über meine Lippen, obwohl ich nicht vor meiner besten Freundin weinen wollte. Falls sie doch irgendetwas um sich herum wahrnahm, sollte es nicht meine Verzweiflung sein. Wir mussten stark für Adriana bleiben. Sie brauchte uns. »Ich habe dich lieb und bleibe bei dir.« Als sich der Vorhang bewegte, fuhr ich heftig zusammen und stieß einen erschrockenen Laut aus.

Rico kam herein. »Ich möchte nur kurz nach Adriana sehen.« Er ging neben mir in die Hocke und ließ sich dann auf ein Knie nieder.

»Ich befürchte, sie hat Fieber.«

Rico fühlte Adrianas Gesicht, Schweiß rann ihr in Strömen die Wangen hinunter. »Ja, sie glüht.« Er tauchte das Tuch in die mitgebrachte Wasserschüssel, wrang es aus und legte es ihr auf die Stirn. »Du solltest den Umschlag alle Viertelstunde wechseln. Ich lasse dir das Wasser da«, sagte er, ohne aufzusehen.

»Gut, mache ich.«

Er kniete so dicht neben mir, dass sich unsere Arme beinahe berührten. Wie am Vortag träufelte er ein paar Tropfen aus diesem Fläschchen in einen Becher und flösste Adriana den winzigen Schluck vorsichtig ein. »Du musst ihr außerdem regelmäßig Wasser zu trinken geben, sonst trocknet sie aus, aber nicht zu viel, hörst du? Damit sie sich nicht verschluckt.«

»Ja, alles klar.«

Wir schwiegen, während wir Adrianas zerschundenes Gesicht betrachteten.

»Was hat Carlos mit Luisa gemacht?«, sprudelte es aus mir heraus.

Rico schüttelte den Kopf. »Frag mich das nicht.« Nur widerwillig schien ihm die Antwort über die Lippen zu kommen.

Ich hielt ihn am Arm fest und krallte alle fünf Finger in seine Haut. »Ich habe aber Angst, verstehst du? Schreckliche Angst vor Carlos.«

Er nickte, musterte dabei aber Adriana.

Wie in Zeitlupe rutschte meine Hand von seinem Arm. Ich hatte plötzlich keine Kraft mehr. »Wird er ... wird er mir auch noch etwas antun?«

Rico sah mich jetzt direkt an. Ein entschlossener Ausdruck trat in seine Augen. »Nicht, wenn ich es verhindern kann.«

»Du hast es bei Adriana und Luisa auch nicht verhindert.«

»Ich habe verhindert, dass er alle beide umbringt.« Er tastete nach meiner Hand. »Halte dich aus seinem Blickfeld fern, verstanden? Er ist so ... unberechenbar.«

»Wie?«, meine Stimme klang schrill. »Wie denn?«

Rico strich mir übers Haar, auf eine sanfte und wehmütige Weise. »Ich passe auf.«

Er steckte das Fläschchen zurück in seine Hosentasche

und stand auf. »Heute übernehme ich die Nachtwache, dann kann ich nach Adriana sehen, falls irgendwas mit ihr ist. Und ihr könnt ganz beruhigt schlafen. Niemand wird euch belästigen, dafür sorge ich. Erschrick aber nicht, wenn du ein Geräusch hörst, das bin bloß ich. Und sag das auch Luisa. Sie hat nichts vor mir zu befürchten.« Nach einem kurzen Kopfnicken verließ er unsere Hütte wieder.

Seufzend nahm ich das Tuch von Adrianas Stirn, tauchte es ins Wasser und legte es ihr erneut auf. Auch Rico machte sich Sorgen, das hatte ich ihm deutlich angemerkt. Am Ende lag Pedro doch richtig und wir kamen alle der Reihe nach noch dran. Mittlerweile hatte sich Adriana wieder entspannt. Das Morphium begann zu wirken und ich beschloss, mich kurz waschen zu gehen, denn um diese Uhrzeit saß Carlos normalerweise in seiner Hütte. Danach wollte ich mich den Rest des Tages um meine Freundin kümmern.

Luisa kam herein, als ich aufstand. Ihr Haar hing nass den Rücken herunter, auch das Kleid klebte feucht an ihrem Körper. Ohne mich auch nur eines einzigen Blickes zu würdigen, legte sie sich mit dem Rücken zu mir gewandt auf die Matte und starrte gegen die Wand. Ob ich sie tatsächlich allein lassen sollte?

Ich räusperte mich. »Luisa …«

»Sei einfach still«, fuhr sie mir über den Mund. Ihre Stimme klang kalt und emotionslos, als wäre etwas in ihr abgestorben.

ELENA

Nachdem ich den ganzen Tag damit verbracht hatte, Adriana zu pflegen, kauerte ich nun mitten in der Nacht hellwach in unserer Hütte. Die ganze Zeit über hatte sich Luisa nicht vom Fleck bewegt, nicht geredet und war vor Angst erstarrt, als Rico am Nachmittag noch einmal hereinkam, um Adriana eine weitere Dosis Morphium zu verabreichen. Bislang war sie nicht ein einziges Mal zu sich gekommen und langsam machte ich mir schreckliche Sorgen.

Die Nacht musste schon weit fortgeschritten sein, denn draußen war alles still. Kein Gelächter wehte zu mir herein, keinerlei Geräusche, die von Menschen verursacht wurden.

Nicht ohne Grund lag ich immer noch wach, denn in mir reifte ein Plan, den ich mir zwar schon in allen Einzelheiten ausgemalt hatte, aber jetzt, wo es soweit war, bekam ich einen Heidenschiss vor meiner eigenen Courage. Ich zitterte innerlich, als ich mich aufsetzte und den regelmäßigen Atemzügen meiner beiden Freundinnen lauschte. Selbst wenn Luisa aufwachte, würde sie um diese Uhrzeit mit Sicherheit nicht rausgehen, genausowenig wie Pedro und Jose. Also atmete ich tief durch, in der Hoffnung damit auch noch eine Portion Mut zu inhalieren, während ich mich innerlich für mein Vorhaben rüstete. Ohne ein Geräusch zu verursachen, stand ich auf und schlich barfuß durch den Vorhang hinaus auf die Veranda.

Rico lag wach auf der Matte. Eine kleine Petroleumlampe spendete gerade so viel Licht, um ihn erkennen zu können. Er lag auf dem Rücken, die Arme hinter dem Kopf verschränkt, ein Knie angewinkelt, das andere Bein darüber gelegt, und betrachtete den Sternenhimmel, der sich wie ein funkelnder Brillantenteppich über uns ausbreitete. So romantisch und wunderschön, als würden sie nicht die schlimmste Hölle auf Erden beleuchten.

Rico fuhr zusammen, als er mich bemerkte, und richtete sich auf, mit einer Hand stützte er sich am Boden ab. Überraschung lag in seinem Blick, doch er blieb still, fragte nicht nach.

Plötzlich begann mein Herz unkontrolliert zu rasen. Von allen dümmsten Ideen meines Lebens, war diese mit Abstand die bescheuertste. Aber jetzt stand ich vor ihm und konnte nicht zurück, denn er wartete auf eine Erklärung. »Ich möchte dir gern etwas sagen«, hauchte ich mehr, als dass ich sprach.

»Okay.« Wie üblich fixierte er mich mit diesem intensiven Blick, der mir sofort den Rücken hinunterperlte. »Geht es um Adriana?«

»Nein, um etwas anderes«, ich schüttelte den Kopf. »Ich möchte, dass du mit mir schläfst«, sprudelte es aus mir heraus, mein zuvor sorgfältig im Kopf zurechtgelegtes ellenlanges Konzept war wie weggeblasen. Meine Wangen begannen zu glühen.

Er riss die Augen auf. »Elena«, sagte er, als er sich wieder gefasst hatte. »Du bist durcheinander und verängstigt. Geh zurück und schlaf ein bisschen. Morgen siehst du bestimmt wieder klarer. Mit Sicherheit werde ich deine Situation nicht ausnutzen.« Mit beiden Händen wischte er sich durchs Gesicht und schüttelte immer wieder fasssunglos den Kopf. »Ehrlich gesagt, kann ich nicht glauben, dass du mir allen Ernstes diesen Vorschlag machst.«

Meine Unterlippe begann zu zittern, ich fühlte mich in der Tat total durcheinander, aber gleichzeitig sah ich so klar wie nie zuvor: Ich wollte ihn. Rico! Er sollte es sein und sonst kein anderer. Ich wollte seine Hände auf meinem Körper spüren, seine weichen Lippen auf meinen fühlen. Mein Herz machte einen kleinen Satz bei dem Gedanken. Ich kniete mich neben ihn und setzte mich auf die Fersen. »Aber ich möchte es wirklich. Ich möchte, dass du es bist«, flüsterte ich heiser und sah ihm direkt in die Augen, versank darin, während der Wunsch in mir wuchs, endlich von ihm gehalten zu werden. Ihn zu küssen und durch sein blondes Haar zu streicheln, das so weich und glänzend aussah. Auf romantische Art von ihm geliebt werden. Vergessen, dass ich seine Gefangene war und mich stattdessen mit allen Sinnen diesem unwiderstehlichen Mann hingeben, als wären wir ein Liebespärchen. Noch nie hatte ich einen Mann getroffen, der so attraktiv war wie er.

Hörbar atmete er aus, bevor er schließlich den Kopf schüttelte. »Elena …«, fing er mit weicher Stimme an, verstummte aber, als ich mich auf seinen Schoß setzte und die Arme um seinen Nacken schlang.

»Ich will wirklich, dass du es bist.« Ich sah ihm tief in die Augen. Niemand anderes sollte es sein. »Küss mich endlich, worauf wartest du noch?«

»Was, wenn du es hinterher bereust?«

»Tue ich nicht. Keine Sorge. Ganz bestimmt nicht.« Als er den Mund zu einer Erwiderung öffnete, zog ich mein T-Shirt über den Kopf und ließ es zu Boden fallen.

Er sog scharf die Luft ein, und streifte meine nackten Brüste mit einem raschen Blick, ehe er mir wieder fest in die Augen sah. »Zieh dein T-Shirt wieder an«, flüsterte er schwach. Sein Kehlkopf bewegte sich, als er schluckte.

Ich schüttelte den Kopf. »Nein.« Meine Wangen brannten wie Feuer, während ich darauf wartete, dass er endlich etwas tat, denn meine Nervosität steigerte sich mittlerweile auf ein Level, das ich kaum noch kontrollieren konnte.

Ein leichtes Lächeln umspielte seine Mundwinkel, vielleicht ein bisschen erstaunt, aber liebevoll zugleich. Schließlich streckte er die Hand aus und streichelte zärtlich meine Wange, nahm seinen Blick nicht von meinem Gesicht.

Unwillkürlich schmiegte ich mich in seine Handfläche und schloss für einen Moment die Augen. Es tat so gut, von ihm berührt zu werden. Seine Wärme ging auf mich über, er war so zärtlich, so liebevoll. Mit dem Daumen strich er über meine Lippen, ich fühlte seine Fingerspitzen an meinem Ohr. *Oh, bitte hör nicht auf.* Leise seufzend legte ich den Kopf in den Nacken und schloss die Lider. Als seine Finger abwärts über meinen Hals glitten, stockte mir der Atem. Ein kurzer Schauer rieselte durch meinen ganzen Körper, den er bestimmt bemerkte. Er berührte mein Schlüsselbein, strich so sachte über meine Haut, dass ich seine Berührung kaum spürte – und doch so göttlich intensiv, dass es mir durch und durch ging. Ich hatte bislang nicht viel Erfahrung mit Männern gesammelt, nur ein bisschen Knutschen und Fummeln mit einem Jungen, in den ich mich vergangenes Jahr Hals über Kopf verknallt hatte. Bis meine Eltern Wind davon bekommen hatten, und mir die Hölle heißmachten, weil er aus einer, in ihren Augen, zu armseligen Gegend stammte. Obwohl das nicht einmal die Favela gewesen war.

Aber noch nie hatte ich mich so gefühlt, wie jetzt mit Rico. Eine aufregende Mischung aus Vorfreude und Nervosität pulsierte durch mich hindurch, die mich ganz schwach machte. Zwischen meinen Schenkeln pochte es immer heftiger, denn seine Fingerspitzen glitten weiter nach unten und streiften meine nackte Brust. Kaum merklich zuckte ich zurück.

Sofort ließ Rico die Hand sinken und lächelte mich fast schon wehmütig an. Es sah sogar aus, als hätte er meine Reaktion bereits erwartet. »Das war keine gute Idee, Elena. Wir sollten das lieber lassen.«

»Ich will es«, erwiderte ich mit Nachdruck, während ich seine Hand nahm und sie fest an meinen Busen presste.

Rico saß unbeweglich da, sein Atem begann zu zittern. Er schien mit sich zu kämpfen und schloss kurz die Lider. »Was machst du nur?« Schließlich nahm er mein Gesicht in beide Hände und musterte mich durchdringend. »Du sollst wissen, dass wir jederzeit aufhören können. Du kannst das jederzeit beenden.«

»Ich weiß«, erwiderte ich nickend. »Worauf wartest du noch?«

Er stockte noch einmal, ehe er meine Lippen mit seinen berührte. Zuerst noch zaghaft, aber dann mit Hingabe. Wir versanken in einem leidenschaftlichen Kuss. Oh, ich liebte, wie er mich küsste, wie er kleine Stromstöße durch meinen

Magen schickte, bis alles in mir kribbelte. So aufregend sinnlich. Endlich! *Endlich küsst du mich.* Ich rutschte dicht an ihn heran, mein nackter Bauch glitt über seinen. Haut an Haut. Ein leises Keuchen entwich ihm, während seine Hände über meinen Rücken glitten. Wir versanken immer weiter in diesem heißen Zungenspiel. Himmel, wie er mich lockte und verführte, wie er mit beiden Händen an meiner Taille entlangstreichelte. Schließlich löste er sich von mir und schob mich von seinem Schoß, bevor er aufstand und mir die Hand hinhielt.

»Komm mit.« Er nickte zur Seite, worauf ich seine Hand ergriff und mir von ihm auf die Beine helfen ließ. Noch einmal musterte er mich kopfschüttelnd und mit einem liebevollen Lächeln im Gesicht, bevor er die dünne Matte sowie die Petroleumlampe vom Boden aufhob und mich bei der Hand nahm. Ein Stück weit entfernt am Rand des Camps breitete er die Matte aus, die letzten Züge des Pestroleums spendeten ein trübes Licht für uns. Rico legte die Arme um meine Taille und zog mich eng an sich, küsste mich auf die Lippen, während wir langsam in die Knie sanken. Behutsam drückte er mich auf die Matte, in meinem Magen begann es zu blubbern. Alles war so neu und aufregend. Erneut hielt er inne und betrachtete mich im schwachen Licht der langsam verglimmenden Lampe. Der Schein des Lagerfeuers glühte düster bis zu uns. Noch nie hatte Rico so sexy und begehrenswert ausgesehen, wie in diesem Moment. Ich konnte mich einfach nicht an ihm sattsehen, an seinem wunderschönen Gesicht mit dem markanten Kinn und den hohen Wangenknochen. Seine blonden Haare fielen ihm zerzaust in die Stirn und ich war ganz verrückt danach. Er sah so wild und sexy aus, dass ich ewig einfach nur so daliegen könnte, um ihn anzuschmachten. Seine Lippen trafen wieder auf meine, während er über mich kam und meinen Mundwinkel mit kleinen Küssen übersähte, bevor er mit der Zungenspitze eine feuchte Spur über meinen Hals zog. Alles in mir kribbelte und prickelte, wie ich es noch nie zuvor verspürt hatte. Niemals hätte ich für möglich gehalten, dass Rico so zärtlich sein konnte. Mit beiden Händen streichelte er meine Brüste, knetete sie sanft und zwirbelte meine Brustwarzen, bis mir ein leises Stöhnen entwich. Sofort biss ich mir auf die Unterlippe. Oh, Himmel hilf. Dieser Mann wusste genau, was er tat.

Ich schloss die Augen und gab mich ganz diesen berauschenden Gefühlen hin, die Ricos Hände und sein Mund auf mir entfachten. Er küsste meine linke Brust, während er die andere streichelte, mit der Zunge um meine Brustwarze kreiste, bis sie steinhart wurde, bevor er mit dem Gesicht weiter nach unten, bis zu meinem Bauch wanderte. Ich erschauerte wohlig. Während seine Zunge um meinen Nabel kreiste, öffnete er den Knopf meiner Shorts. Unwillkürlich erstarrte ich und ruckte mit dem Kopf nach oben.

Rico stoppte auf der Stelle und richtete sich auf. »Was ist? Sollen wir es lassen?« Seine Stimme klang sanft.

»Nein«, erwiderte ich hastig. Verdammt. Wieso reagierte ich nur so dermaßen bescheuert? »Du solltest nur wissen ... Ich habe noch nie mit jemandem geschlafen.« Ich sah ihn nicht an, meine Wangen brannten so heiß wie das Lagerfeuer.

Rico kam wieder hoch zu mir und streichelte mein Gesicht. »Möchtest du dann nicht lieber warten? ... Auf den Richtigen.« Sein Atem ging hektischer als sonst.

Auf den Richtigen!

Gerade fühlte es sich so an, als ob er der Richtige wäre.

Wir sahen uns tief in die Augen, ich erkannte echte Zuneigung und eine Spur von unterdrücktem Verlangen.

»Nein, ich will es mit dir tun. Wenn du überhaupt noch willst.«

In seiner Iris blitzte ein Lächeln auf, das sich auch auf seine Mundwinkel stahl. »Bist du sicher? Ich will nicht, dass du es hinterher bereust. Oder sogar für den Rest deines Lebens.« Er strich mir übers Haar, ließ mir einen warmen Schauer über den Rücken rieseln, der meine Lust auf ihn anstachelte und meine Angst vor dem ersten Mal weit wegwischte.

»Ich war mir noch nie bei etwas so sicher.«

Als Rico seine warme Hand auf meinen Bauch legte, holte ich tief Luft. In diesem Moment wollte ich ihn mehr als alles andere auf dieser Welt. »Mach einfach die Augen zu, entspann dich und überlass alles Weitere mir«, flüsterte er. Sein Blick war getränkt von Begehren. Verlangen nach mir und plötzlich konnte ich mich fallenlassen.

Erwartungsvoll schloss ich die Lider, ein Schwall von Lust machte mich ganz weich.

Ich ließ es zu, dass Rico meinen Reißverschluss öffnete und mir die Shorts abstreifte. Er machte langsam - behutsam und ließ mir den Slip an.

»Bist du ganz sicher?«, hakte er noch einmal nach. »Ich komme nämlich langsam an einen Punkt, an dem es verdammt hart für mich sein wird, mittendrin aufzuhören. Falls du irgendwelche Zweifel hast, sollten wir besser jetzt stoppen.«

Ich zog ihn am Nacken zu mir und küsste ihn. »Ich will dich so sehr, Rico.«

»Du wirst es nicht bereuen.« Mit einer Hand streichelte er mich durch den Slip zwischen den Beinen und entfachte ein Feuerwerk in mir. Er küsste meinen Hals bis hinunter zu meinen Brüsten, immer tiefer bis ganz nach unten. Seine Lippen berührten jeden Zentimeter meiner Haut entlang des Slips, während er mit einem Knie sachte meine Schenkel auseinanderdrückte. Nur zu gern öffnete ich sie für ihn, für meinen gefährlichen Lover. Er stahl sich dazwischen, bevor er meine Knie anhob und mir die Beine spreizte, sodass ich ihm völligen Zugang zu mir gab.

Mein Herz klopfte wie wild, als er die Innenseite meiner Schenkel mit dem Mund liebkoste, sein Bartschatten kratzte wohlig über meine inzwischen hypersensible Haut und mich durchströmte es warm bei jeder seiner sanften Berührungen. Endorphine wirbelten durch meine Venen und verlangten nach mehr. Nach mehr von ihm. Machten mich ganz aufgekratzt vor Lust und Begierde.

Er verwöhnte mich mit weichen Küssen, und biss sachte in meine Haut, hob sie mit den Zähnen an.

»Oh Gott«, schlüpfte es mir über die Lippen, bevor ich aufstöhnte. Ich wünschte, ich hätte mich besser im Griff, doch ich wollte noch viel, viel mehr von diesem göttlichen Mann, wollte ihn überall auf mir spüren und spreizte meine Beine weit, um ihm den nötigen Raum zu geben.

Er wanderte mit seiner Zunge über meine Leiste wieder hoch zu meinen Brüsten, und setzte mich in Flammen, überall wo er mich berührte. Keine Ahnung, wie ihm das so einfach gelang, aber ich wurde süchtig nach Rico.

Zärtlich liebkoste ich mit den Fingerspitzen die weiche Haut in seinem Nacken. Sein Atem zitterte und auch ein wenig die Hand, mit der er unter meinen Slip glitt.

Meine Atmung stockte, bevor ich ihm mein Becken ein bisschen entgegenhob. Ich verbiss mir ein genüssliches Stöhnen. Himmel, fühlte sich das göttlich an. Zärtlich streichelte er meine Schamlippen, während er mit dem Daumen um meine empfindlichste Stelle kreiste. Kleine Stromstöße rissen mich dahin, alle Energien in meinem

Körper bündelten sich in diesem Punkt und ich zerfloss fast vor Lust. Oh, Gott, ich war so feucht, dass er ohne Mühe mit einem Finger in mich hineinglitt. Ich krallte mich an seinen Schultern fest, auf der Suche nach Halt, nach einem Weg, diese ganzen neuen Empfindungen irgendwie zu sortieren. Ich hatte, wie gesagt, schon mal mit einem Jungen herumgemacht, aber das hier war kein Herummachen mehr. Rico beherrschte dieses Spiel in Perfektion und steigerte meine Lust gekonnt und kontinuierlich, bis ich die Spannung fast nicht mehr aushielt. Er glitt in mir rein und raus, während er sachte an meiner Brustwarze knabberte. Es kam mir vor, als liebkoste er mich überall zur selben Zeit, ich fühlte ihn auf mir, in mir. Es war wie ein Rausch, in dem ich langsam aber sicher versank. Rico rief Gefühle in mir hervor, die ich bisher nicht kannte, von denen ich nicht einmal geahnt hatte, dass sie tief in mir schlummerten.

Er küsste meinen Körper und streichelte mich zwischen den Beinen, bis ich unter ihm zuckte und mich aufbäumte. Es durchströmte mich in heißen Wellen, kaum war eine Woge vorüber, brach schon die nächste über mir zusammen.

Während Rico mit den Lippen meinen Bauch liebkoste, streifte er mir mit beiden Händen den Slip von den Beinen. Er kniete sich dazwischen und betrachtete mich, ich spürte seinen glühenden Blick auf mir und genoss jede Sekunde davon mit geschlossenen Augen. Wir verschmolzen zu einer Einheit, wurden eins, obwohl er mich nur an den Knien berührte.

Rico streichelte mich, bevor er langsam mit beiden Händen meine Schenkel entlangglitt, und meine Hüften umschloss. Wie in Zeitlupe beugte er sich über mich, seine Zunge traf auf meine empfindlichste Stelle.

Ich bäumte mich unter ihm auf. Meine Hände krallten

sich in die dünne Decke unter mir, als er mit der Zungenspitze um meine Klitoris kreiste und behutsam daran knabberte. Es war das erste Mal, dass ein Mann so etwas bei mir machte und ich wollte zerfließen vor Scham. Tatsächlich aber zerfloss ich vor Lust, denn was er mit mir trieb, war so göttlich. Göttlich. Göttlich. Göttlich …

Mich durchflutete es in einem riesigen warmen Schub, meine Schenkel begannen zu beben. Er ging so gekonnt vor, wusste genau, was er tat, wie ich es mochte. Woher wusste er das so genau? Mein Gehirn stellte das Denken ein, denn ein wahres Feuerwerk stob in meinem Inneren in die Höhe und explodierte vor meinen geschlossenen Augen in bunten Farben.

Mittendrin stoppte er und richtete sich auf. Noch etwas kurzatmig öffnete ich die Augen, mein Kopf schwirrte. Ich war ganz aufgekratzt vor Verlangen. Vor Sehnsucht nach Rico. Ich wollte mehr von ihm, wollte von ihm gestreichelt, geküsst und liebkost werden. Die ganze Nacht lang. Jede Minute die verging, ohne, dass er mich berührte, war eine verlorene Minute. Er zerrte seine Shorts über die Hüften und entblößte sein steifes Glied.

Wow. Rico war so gut gebaut, dass ich unwillkürlich schluckte. Nie im Leben passte ein Ding von dieser Größe in mich. Niemals! Ich wand mich ein wenig unter ihm.

Rico hielt inne und musterte mich, bevor er sich schließlich auf mich sinken ließ und mich zärtlich auf die Lippen küsste.

Mit beiden Unterarmen stützte er sich am Boden ab, sein hektischer Atem wehte über mein Gesicht.

»Keine Angst«, er streichelte mit den Fingerknöcheln über meine Wange. »Ich werde dir nicht wehtun.«

»Okay.« Ich schaffte ein verkniffenes Lächeln.

»Sicher?«

Ich zog seinen Kopf zu mir herunter, bis unsere Nasen

sich fast berührten. »Ich war mir nie sicherer«, flüsterte ich, weil meine Stimme mir nicht mehr gehorchte.

Innerlich bebend schloss ich die Augen wieder und erwartete ihn, fühlte mich diesem sexy Mann so nahe und verbunden. Tausend verschiedene Emotionen mischten mich auf, sie wirbelten planlos in mir herum und sorgten dafür, dass nur noch *er* zählte.

Rico wartete noch einen Moment ab, bevor er sein Becken bewegte. Ich spürte seine zarte Spitze an meinem Eingang und krallte alle zehn Finger in seine Oberarme. Er zögerte, hielt inne. Der Wunsch, endlich vollkommen mit ihm vereint zu sein, wuchs in mir an und wurde trotz meiner aufsteigenden Nervosität übermächtig. Dann drang er in mich ein. Langsam und behutsam drängte er sich Zentimeter für Zentimeter in mich, dehnte mein empfindliches Fleisch. Meine Atmung stockte. Es war zu viel. Ein kurzer Schmerz stach durch meinen Unterleib, worauf ich das Gesicht verzerrte und scharf einatmete. Sofort hielt Rico inne, er ließ mir Zeit, mich an das fremde Gefühl zu gewöhnen, bevor er sich weiter in mich schob.

Seine Arme zitterten vor Anspannung. Schließlich versank er in voller Länge in mir und mein Unterleib entspannte sich, gleichzeitig baute sich ein heißes Ziehen in mir auf, zusätzlich zu den Schmetterlingen, die wild in meinem Magen flatterten. Diese einzigartige Nacht machte, dass ich mich in Rico verliebte. Rettungslos in ihn verliebte.

Sachte begann er, sich in mir zu bewegen. Dann schloss er die Augen und drang tief in mich ein.

Ich wölbte mich ihm entgegen, kostete dieses grandiose Gefühl aus, das ich noch nie zuvor verspürt hatte. Seine Bewegungen wurden schneller und mein Körper folgte seinem Rhythmus. Einen Wimpernschlag lang blieb meine Welt stehen. Nur noch wir zählten, es gab nichts anderes mehr um uns herum. Er stieß kraftvoll, aber doch voller Gefühl in mich, nahm mich mit in ungeahnte Höhen. Wir verschmolzen miteinander, bis sich mein Unterleib plötzlich rhythmisch um Ricos Glied zusammenzog. Die Reibung in mir schickte kleine Stromstöße durch mich hindurch, die bis hoch in meinen Bauch pulsierten. Ich gehörte ihm in diesem Moment. Ihm ganz allein. Er erwischte auf ganz köstliche Weise einen Punkt tief in mir, sodass ich lustvoll aufstöhnte. Rico legte mir eine Hand auf den Mund, dämpfte meine verräterischen Geräusche, während er mich immer schneller nahm. Hitze zerlief in meinem Bauch, bis ich schließlich keuchend in seinen Armen lag. Schauer rieselten meine Wirbelsäule entlang, wieder und wieder, während ich mich an Rico festklammerte, denn mich überkam das Gefühl zu fallen – mehr zu schweben. Gleichzeitig sank Rico mit einem leichten Stöhnen wie berauscht auf mich und japste nach Luft.

Ein paar Sekunden später hob er den Kopf und betrachtete mich. Er verharrte in mir, kappte unsere Verbindung nicht. Seine Haut glänzte feucht. Noch immer klammerte ich mich an ihm fest, eine Hand hatte ich um seinen Nacken gelegt, mit der anderen hielt ich seinen Oberarm. Rico nahm mich vollkommen in Beschlag, mein Herz, meinen Körper, meinen Willen. Gegenwehr war zwecklos und ich wollte mich auch nicht wehren, sondern für immer und ewig in den Armen dieses wundervollen Mannes liegen.

Noch immer ganz außer Atem küsste er mich auf die Nase. »Du hast es hinter dir.«

»Es war wunderschön«, erwiderte ich ebenfalls atemlos, bevor ich ihn zu mir herunterzog und ihn leidenschaftlich küsste. Ich brauchte seine Nähe, ich brauchte ihn ganz und gar. Er war mein Retter, mein Seelenverwandter, mein heimlicher Freund in der Nacht.

Rico erwiderte meinen Kuss lange, bevor er sich von mir herunterrollte und seine Shorts wieder nach oben zog.

Ich drehte mich auf die Seite und konnte mich nicht an ihm sattsehen. Mit einem Mal war ich ganz aufgekratzt und fühlte mich, als wollte ich die ganze Welt umarmen.

Schweigend blieben wir nebeneinander liegen, nur leises Grillengezirpe drang durch die Stille, die uns plötzlich einhüllte.

Zärtlich streichelte Rico meinen Rücken entlang. »Du bist so süß«, flüsterte er und studierte mein Gesicht, als sähe er mich heute zum ersten Mal. »Nein, du bist mehr. Du bist umwerfend.«

Ich lächelte ihn nur glücksselig an.

Lange Zeit lagen wir einfach nur da, ohne ein Wort zu sprechen. Ich konnte nicht genug von ihm bekommen, von seiner Körperwärme, die auf mich abstrahlte und seinen Händen, die mich liebkosten.

»Du solltest jetzt besser schlafen gehen. Es ist schon spät«, sagte er irgendwann.

Ich nickte, während ich nach meinem Slip und den Shorts griff. Er hatte leider recht, sicherlich ging bald schon die Sonne auf und wir waren hier im Camp nun mal nicht allein. Niemand durfte von unserem heimlichen Liebesspiel erfahren.

Rico stand auf und sah mir dabei zu, wie ich mich anzog. »Ich werde mit Carlos reden.«

»Was?« Mitten in der Bewegung hielt ich inne.

»Carlos wird dich in Zukunft in Ruhe lassen. Du gehörst jetzt zu mir«, flüsterte er und schlang die Arme um meine Taille. »Er wird dich niemals anfassen, dafür sorge ich.«

Ein Glücksgefühl raste durch meinen Körper, während

ich mich an ihn schmiegte. Rico würde mich vor Carlos beschützen. Ich hatte nichts mehr vor dem Anführer zu befürchten.

»Gute Nacht«, sagte er und küsste mich.

Nur zu gern erwiderte ich seinen leidenschaftlichen Kuss.

RICO

»Rauskommen, sofort!«, brüllte Carlos vor den Hütten der Geiseln.

Unwillkürlich verdrehte ich die Augen. Dass dieser Mensch nicht ein einziges Mal in einem normalen Tonfall reden konnte.

Nur zögerlich kamen Jose und Pedro heraus, sie blieben in gebührendem Abstand zu Carlos stehen und ließen die Köpfe hängen. Hinter ihnen erschien Elena. Ein wunderschönes Glühen umrahmte ihr Gesicht, das ich noch nie zuvor an ihr wahrgenommen hatte. Ihre Körperhaltung war stolz, nicht so demütig, wie die der Jungs, ihre Schultern gestrafft, obwohl sie ebenfalls Augenkontakt mit Carlos vermied. Nicht ein einziges Mal sah sie mich an. Am liebsten würde ich sie in den Arm nehmen, aber leider ging das nicht vor allen anderen. Ich lächelte in mich hinein, als meine Gedanken zurück zu gestern Nacht wanderten. Was für eine Nacht. Elena hatte sich mir mit allen Sinnen hingegeben, auf eine süße und ganz bezaubernde Art. Mit ein paar Stunden Abstand wurde mir erst so richtig bewusst, was Elena getan hatte, dass sie mir ein Geschenk gemacht hatte. Noch nie zuvor hatte ich eine Frau so begehrt wie sie. Unzählige Male hatte ich mich schon gefragt, wie sich ihr Körper wohl anfühlte und nun wusste ich es endlich. Weich und zart, einfach nur unglaublich, ich konnte es fast nicht mehr aushalten, sie endlich wieder in den Armen zu halten. Verdammt, ich hatte mich mit Haut und Haar in diese Frau verliebt.

Halb hinter Elena versteckt kauerte Luisa. Völlig in sich zusammengesunken machte sie sich ganz klein. Sie umarmte sich selbst, ihre Unterlippe bebte, als würde sie krampfhaft kleine Schluchzer zurückhalten. Carlos, dieser absolute Scheißkerl, hatte ihr bestimmt die Hölle auf Erden bereitet. Als wir Luisa endlich im Dschungel aufgespürt hatten, konnte ich ihn nur mit äußerster Mühe davon abhalten, ihr noch an Ort und Stelle eine Kugel in den Kopf zu jagen. Luisa war in die falsche Richtung geflohen und immer tiefer in den Urwald geraten, sie hätte niemals allein herausgefunden. Am Ende hatte ich Carlos noch verwarnt, mit Luisa ja nicht dasselbe zu veranstalten, wie er mit Adriana gemacht hatte. Mehr hatte ich nicht für sie tun können, weil ich nicht wollte, dass Carlos völlig austickte und erst recht nicht mehr zu stoppen war. Ihm traute ich zu, dass er in seiner Rage am Ende noch alle Geiseln der Reihe nach erschossen hätte. Seit dem geplatzten Deal mit Adrianas Vater interessierte ihn auch das Lösegeld nicht mehr sonderlich, das sowieso nur einen Bruchteil von dem ausmachte, was Córdoba uns versprochen hatte. Anscheinend hatte Adrianas Vater ihn reingelegt und eine geplante Drogenlieferung war an der Grenze in die Hände des Zolls geraten, was die Polizei auf Córdobas Spur brachte. Ich hingegen glaubte der Version ihres Vaters, dass Córdobas Leute die Übergabe an dessen Spedition vermasselt hatten. Niemals würde ein Vater das

Leben seines eigenen Kindes dermaßen dilettantisch aufs Spiel setzen.

»Wir verlassen heute noch das Camp«, riss mich Carlos' unangenehme Stimme aus meinen Grübeleien. »Verzieht euch in eure Hütten und wartet auf weitere Befehle. Keiner geht irgendwohin. Nicht ans Feuer und auch nicht an den Bach. Ist das klar?«

Die Art, wie er seine Anweisungen bellte, als wären die Geiseln Vieh, machte mich stinksauer. Vorhin hatte ich ihm klargemacht, dass er künftig seine dreckigen Finger von Elena zu lassen hatte, was er natürlich sofort als Aufhänger genommen hatte, um Streit anzufangen. Sie war mein Mädchen und ich würde sie vor ihm beschützen, koste es, was es wolle. Wenn es sein musste, mit meinem Leben. Als Carlos im Verlauf unseres Gesprächs von vergangener Nacht erfuhr, hatte ihn das tatsächlich besänftigt. *Jetzt hat jeder von uns eine durchgenommen,* hatte er geantwortet und mir zugezwinkert, als hätte er irgendwas ganz Großartiges vollbracht und nicht ein unschuldiges Mädchen für den Rest ihres Lebens gebrochen. Am liebsten hätte ich ihm dafür den Schädel eingeschlagen, aber leider standen die Wächter auf Carlos' Seite und allesamt konnte ich nicht ausschalten. Am Ende bezahlten doch immer nur die Geiseln, wenn Carlos in Rage geriet, also ließ ich es sein.

Mit hängenden Köpfen trotteten die vier zurück. Plötzlich blieb Elena stehen und drehte sich zu mir um, während ihre Freunde in den Hütten verschwanden. Sie lächelte mich an, mit strahlenden Augen und sah so glücklich aus.

Selbstverständlich entging Carlos nichts davon, ein breites, gehässiges Grinsen zeigte sich auf seinen Lippen. »Wie ich erfahren habe, hat Rico dich heute Nacht flachgelegt. Dein Glück! Sonst hätte ich das demnächst erledigt.« Er feixte. »Und wie ich ihn kenne, war er dabei bestimmt sehr zärtlich.« Lachend stolzierte er davon.

Ein verletzter Ausdruck wischte das Strahlen aus Elenas Gesicht, während sie diesem Scheißkerl hinterherstarrte. Und Carlos lag falsch. Er hätte sie niemals bekommen. Mit Sicherheit nicht.

Elena kam zu mir. Sie schlang die Arme um meine Taille und lehnte sich gegen meine Brust. Sie zu spüren, tat so gut.

Auch ich umarmte Elena und drückte sie an mich und ihr einen Kuss aufs Haar, während ich ihren verführerischen Duft inhalierte. Ich mochte, wie sie roch: süß und unschuldig.

»Warum brechen wir auf?«, hörte ich sie fragen. »Ist etwas passiert?«

Ich streichelte ihre Kurven entlang, was mich sofort wieder aufheizte. »Ein Kurier kam ganz früh heute Morgen hier an. Jemand hat Informationen über unseren Aufenthaltsort an die Polizei weitergegeben, deshalb müssen wir weiter zu einer anderen Basis.«

Elena hob den Kopf. »Aber was wird aus Adriana? Sie ist immer noch nicht bei Bewusstsein. Wir werden sie durch den Dschungel tragen müssen.«

Ich umfasste ihre Oberarme und schob sie von mir weg, um ihr in die Augen sehen zu können. Was ich ihr zu sagen hatte, verlangte mir alles ab. »Adriana geht nicht mit.«

Ihr Kiefer klappte nach unten. »Was? Wie…? Wie meinst du das? Wir können sie in diesem Zustand doch nicht allein lassen.« Ihre Stimme schraubte sich vor Entsetzen in die Höhe.

Ein brennender Schmerz fraß sich wie Säure durch meinen Brustkorb. Wie sollte ich Elena die schlimme Tatsache beibringen, die mir schon seit gestern klar war.

»Adriana wird sterben, Elena. Ihre Verletzungen sind viel zu schwer, davon wird sie sich nicht mehr erholen. Es handelt sich nur noch um Stunden, vielleicht noch um einen Tag, bis es zu Ende geht. Wir können sie nicht mitnehmen.«

Tränen perlten über ihre Unterlider und liefen ihre Wangen entlang, immer mehr kamen nach, ein nicht versiegender Strom. »Ich lasse sie nicht im Stich, hörst du!« Ihre Stimme bebte zwar, aber ich hörte ihre Entschlossenheit heraus. »Wenn sie nicht geht, gehe ich auch nicht mit.«

»Du hast keine Wahl.«

»Aber wir müssen ihr doch irgendwie helfen.«

»Der Einzige, der ihr helfen könnte, wäre ein Arzt, Elena.« Lauter als gewollt herrschte ich sie an. Auch für mich war der Gedanke unerträglich, dass dieses bildschöne siebzehnjährige Mädchen im Sterben lag, aber es gab absolut nichts, was ich in dieser Einöde für sie tun konnte. »Sieh dich doch mal um.« Ich machte eine ausschweifende Armbewegung. »Hier ist weit und breit kein Doktor aufzutreiben und wir haben keinerlei Medikamente. Nichts. Das Einzige, das ich habe, ist das hier …« Ich kramte das braune Fläschchen aus meiner Hosentasche, dabei durchströmte es mich eiskalt. Was ich Elena mitzuteilen hatte, kostete mich alles an Kraft. »Bevor wir weiterziehen, flöße ich Adriana eine hohe Dosis Morphium ein. Dann schläft sie einfach ein und wacht nicht mehr auf. Sie wird keine Schmerzen dabei spüren und keine Angst haben.«

»Du willst sie umbringen?« Schluchzend schlug Elena beide Hände vors Gesicht.

»Elena!« Ich legte ihr eine Hand auf die Schulter, aber sie schüttelte mich ab, bevor ich ihr genauer erklären konnte, wie schlimm es tatsächlich um Adriana stand.

»Ich will nichts mehr hören, und ich lasse Adriana auch nicht im Stich, hörst du? Dann vergiftest du mich am besten gleich mit.« Sie drehte sich um und rannte zurück zu ihrer Hütte.

Ein paar Sekunden verharrte ich noch am selben Platz und war unfähig mich zu regen. Immer wieder rieb ich mir über die Stirn. Elenas Worte hatten mich heftiger getroffen, als ich wahrhaben wollte. Sie sah einen eiskalten und gefühllosen Killer in mir. Ich betrachtete das Fläschchen in meiner Hand, bevor ich es wieder einsteckte. Gäbe es nur irgendwas, irgendeine Chance für Adriana, ich würde sie nutzen und alles dafür tun, damit sie wieder gesund wurde. Aber ich sah keine. Carlos machte mich zum Mörder, dafür hasste ich ihn abgrundtief.

ELENA

Ich setzte mich zu Adriana und schniefte. »Ich lasse dich nicht im Stich«, flüsterte ich ihr zu. »Niemals.«

Adriana schlief ganz ruhig, obwohl Rico ihr heute noch nichts verabreicht hatte. Viel zu ruhig. Sie wirkte vollkommen entspannt, kein Vergleich mehr zu ihrer zusammengekrümmten Körperhaltung von gestern. Ich nahm ihre Hand, die schlaff in meiner lag und sah genauer hin. Keine erkennbare Atmung. »Adriana?« Hastig fühlte ich an ihrem Hals nach einem Puls, aber da war nichts. Ganz leicht rüttelte ich sie an der Schulter und wartete ab. Auf irgendeine Reaktion, ein Zucken oder ähnliches. Doch nichts passierte. Die Erkenntnis traf mich wie ein Faustschlag ins Genick.

Ich kreischte los. »Nein, nein, Adriana, nicht. Nein, tu das nicht! Bleib bei uns! Bleib hier!« Meine Stimme wurde immer hysterischer, ich bekam mich nicht mehr unter Kontrolle und schrie ohne Unterbrechung - bis ich schließlich weinend über ihr zusammenbrach.

Jose und Pedro stürmten herein.

»Was ist mit Adriana los?«, rief Pedro und warf sich

neben mich. »Was machst du da? Du tust ihr weh.« Mit einem kräftigen Ruck zog er mich von Adriana herunter und beugte sich über sie. Pedro schlug beide Hände vor die Augen und begann zu schluchzen, während ich weinend auf dem Boden liegenblieb.

Abermals wurde der Vorhang beiseite gerissen, dieses Mal war es Rico. »Was ist passiert?«, fragte er in die Runde. Zuerst blieb sein Blick an mir haften, dann schweifte er hinüber zu Adriana. Er rieb sich über die Stirn und verharrte, ehe er sich umdrehte und uns wieder verließ.

»Adriana ... Adriana«, wimmerte ich und legte mich zu ihr, neben mir verharrte wie versteinert Pedro. Ich nahm ihre Hand, ein unglaublicher Schmerz tobte in meiner Brust wie ein Orkan. Sie war nicht mehr da. Wie sollten wir das ihren Eltern und ihren beiden kleinen Brüdern erklären, wenn wir freikamen und wieder nach Hause durften? Adriana würde diesen ihr so verhassten Dschungel nie mehr verlassen. Ich würde ihr nie wieder ein Geheimnis anvertrauen können und sie mir keine Details mehr über irgendwelche Jungs, in die sie gerade verknallt war. Oh, Gott. Ich wischte über meine nassen Wangen. Adriana würde sich nie mehr verlieben. Ich hatte sie verloren. Diese Leute da draußen hatten meine beste Freundin auf dem Gewissen.

Kurze Zeit später kam Rico zurück. Wie versteinert stand er im Eingang. Seine Augen wirkten leer. »Wir müssen los. Kommt mit nach draußen.«

Keiner reagierte, wir verharrten an unseren Plätzen, als würde Rico überhaupt nicht existieren.

»Kommt jetzt«, sagte er nachdrücklicher. »Carlos will aufbrechen. Macht ihn nicht wütend.«

Nur langsam löste sich Jose aus seiner Starre, aber ich blieb liegen. Sollte Carlos mich doch erschießen, das war mir egal. Jetzt war alles unwichtig geworden. Jose stand auf und streckte Luisa die Hand hin, die sich ebenfalls erhob, ohne sich von ihm helfen zu lassen. Auch Pedro rappelte sich auf die Beine. Ich verbarg mein Gesicht in den Armen, wollte nichts mehr sehen oder hören, sondern einfach nur bei Adriana liegen. Ich konnte ihr nicht Lebwohl sagen, es ging nicht. Sobald wir aufbrachen, war sie ganz alleine und sie hasste es, allein zu sein. Zuhause schlief sie immer noch mit einem kleinen Nachtlicht. Wer sollte ihr beistehen, wenn keiner mehr da war?

»Lass uns gehen, Elena.« Jose nahm mich unter den Achseln und hievte mich auf die Füße. Schluchzend klammerte ich mich an ihn.

Er stützte mich, als wir nacheinander die Hütte verließen. Rico war zur Seite getreten, um uns durchzulassen.

Ich hielt neben ihm an. »Was wird jetzt aus Adriana? Werdet ihr sie wenigstens beerdigen?« Ich konnte vor lauter Weinen kaum reden.

Mit versteinerter Miene schüttelte Rico den Kopf. »Wir haben keine Zeit dafür«, sagte er beinahe tonlos.

Ich schlug beide Hände vors Gesicht. Sie ließen Adriana einfach liegen, nicht einmal ein anständiges Begräbnis bekam sie von ihnen. Die Tiere im Dschungel würden sich über ihren Leichnam hermachen.

Jose führte mich nach draußen, während ich neben ihm hertorkelte, als wäre ich betrunken. Das Feuer war bereits gelöscht, die Wächter standen mit gepackten Rucksäcken abmarschbereit daneben.

Zwei Schüsse hallten laut durch den Dschungel.

Ich zuckte zusammen und horchte auf. »Was war das?«

Rico, der gerade an mir vorbeiging, hielt an. »Carlos hat die Hunde erschossen. Wir können sie nicht mitnehmen«, sagte er knapp und ging zu seinen Kumpanen.

Kurz darauf kämpfte sich der Anführer durch das Dickicht und marschierte zu den Wächtern. Nach einem kurzen Handzeichen von ihm, standen sie auf und schulterten ihre Rucksäcke, bevor sie allesamt unsere Richtung einschlugen.

Ich drehte mich zu unserer Hütte um, in der wir Adriana zurücklassen mussten. Am liebsten wäre ich in diesem Moment ebenfalls gestorben, so elend fühlte ich mich.

»Wir ziehen jetzt los«, verkündete Carlos, als ob wir das nicht längst wüssten. »In drei Tagen erreichen wir das andere Camp. Wir werden stramm marschieren, um nicht zu viel Zeit zu verlieren. Wer schlappmacht, endet wie die da drinnen«, er deutete auf unsere Hütte. Als sein Blick auf mich fiel, verfinsterte sich seine Miene. »Hör sofort auf zu heulen.«

Ich sah ihm direkt in die Augen, ging auf volle Konfrontation. Wie von selbst ballten sich meine Hände zu Fäusten. Einen Wimpernschlag lang wirkte er erstaunt darüber, dass ihm jemand so offensichtlich die Stirn bot. Mir war alles egal. Er allein trug die Schuld an allem. Dass wir hier festsaßen, an Adrianas Tod, und dass es uns so schlecht ging. Ich hasste Carlos so abgrundtief und konnte meine Abscheu nicht mehr verbergen. »Meine Freundin ist gerade gestorben, die du auf dem Gewissen hast. Ich weine um sie und es ist mir scheißegal, ob dir das passt oder nicht.«

Hörbar hielten meine Freunde neben mir den Atem an, während ich beobachtete, wie Carlos rot anlief und einen Schritt auf mich zumachte. »Wie redest du mit mir, du kleines Miststück.«

Ich wich zurück und hob schützend einen Arm vors

Gesicht.

Rico hielt seinen Cousin an der Schulter fest, als der mit geballter Faust zum Schlag gegen mich ausholte. »Lass sie.« Er sah ihm warnend in die Augen. »Wehe, du rührst sie an.«

Carlos zögerte, die beiden duellierten sich mit Blicken, bevor der Anführer mit dem Zeigefinger auf mich deutete. »Noch mal Glück gehabt. Aber pass in Zukunft auf, was du sagst, wenn du nicht so enden willst wie deine Freundin.«

Er drehte sich um und stapfte zum Lager hinaus, gefolgt von Rico, der es den Wächtern überließ, uns anzutreiben.

Nachdem wir uns stundenlang durch verschlungene, zugewachsene Pfade gekämpft hatten, machten wir die erste Rast. Erschöpft lehnte ich an einem Baumstamm, neben mir saß schweißnass Jose, der atemlos nach Luft schnappte. Immer wieder kamen kleine Schluchzer über meine Lippen, ich war so traurig, dass sich eine riesengroße Leere in mir ausbreitete. Jose legte einen Arm um meine Schultern und ich schmiegte mich an ihn. Es tat gut, einen Freund an meiner Seite zu haben, der meinen Kummer nachempfinden konnte. Adriana fehlte mir so sehr.

Rico, der an alle Brot austeilte, kam schließlich auch bei uns vorbei. Er reichte jedem von uns eine Scheibe. Jose nahm sie und biss hinein, aber ich schüttelte den Kopf und verschränkte die Arme vor der Brust. Auf einmal hasste ich auch Rico. Sein Cousin und er, die beiden Anführer, trugen an unserer Entführung die Schuld. Hätten die beiden uns nicht gemeinsam gekidnappt, würde Adriana noch leben. Inzwischen war mir völlig schleierhaft, wieso ich gestern mit ihm geschlafen hatte. Es kam mir wie Verrat an meinen Freundinnen vor, dass ich in seinen Armen so glücklich gewesen war. Dass ich heimlich mit ihm am Lagerfeuer gesessen und mich in ihn verliebt hatte.

»Du musst etwas essen.« Rico klang frustriert.

»Ich will aber nicht«, erwiderte ich eisig, nur um es ihm irgendwie heimzuzahlen, auch wenn ich mich lächerlich aufführte. Er sollte nicht glauben, dass ich mich auf seine Seite geschlagen hätte.

»Wenn du nachher mit leerem Magen weiterläufst, passiert dir dasselbe wie beim letzten Mal. Der Marsch ist anstrengend, du wirst zusammenklappen.«

»Das ist mir scheißegal«, giftete ich ihn an, meine Wut fand in ihm ein willkommenes Ventil. »Dann sterbe ich wenigstens auch wie Adriana. Erschieß mich am besten auf der Stelle, dann ist es wenigstens vorbei.«

Joses alarmierter Blick wechselte zwischen uns beiden hin und her.

Statt einer Antwort, auf die ich sehnlichst wartete, um gänzlich ausrasten zu können, reichte er Jose das für mich bestimmte Stück Brot. »Hier, überzeug du sie, vielleicht hast du mehr Glück.«

»Okay.« Jose nahm es und redete auf mich ein, während Rico sich ein Stück weit entfernt von uns auf den Boden setzte. Jose quasselte und quasselte und hörte nicht auf, während er mir das Brot dicht vor die Lippen hielt. Schließlich riss ich es ihm aus der Hand und begann zu essen, nur damit er endlich still war.

Ein Stück abseits von uns saßen Pedro und Luisa, die kein Wort redeten. Ihre Augen waren gerötet, aber keiner von uns vergoss mehr eine Träne, solange Carlos in der Nähe war.

RICO

Am Abend des dritten Tages erreichten wir das neue Lager.

Es sah exakt so aus wie unser altes. Die gleichen Hütten standen im Halbkreis, Flammen züngelten bereits aus der Feuerstelle hoch. Außerdem war der Platz frisch gerodet.

Zwei von Estrubals Leuten kamen aus einer der hinteren Hütten und begrüßten uns winkend. Sofort ging Carlos zu ihnen hin und quetschte sie nach Neuigkeiten aus.

»Wie du siehst, haben wir schon alles für euch vorbereitet«, sagte einer, den ich nur vom Sehen kannte. »Das Feuer brennt, und im Kessel kocht ein Eintopf.«

Carlos bedankte sich schulterklopfend bei ihm.

»Wir haben Meldung von einem Späher erhalten, dass euer vorheriges Camp ein paar Stunden nach eurem Aufbruch vom Militär gestürmt wurde«, erzählte der andere, selbstverständlich war Estrubal immer über alles im Bilde. »Die Soldaten waren nicht glücklich über euer

Abschiedsgeschenk.« Er lachte hämisch auf, und Carlos stimmte im selben Tonfall ein.

»So schnell wagen die Schweine keinen neuen Befreiungsversuch mehr, wenn sie nicht die nächste Geisel tot bergen wollen«, sagte Carlos so laut, dass Elena und ihre Freunde jedes Wort mitbekamen.

Ich wandte mich ab, wenn ich noch ein einziges Wort mitanhören musste, würde ich kotzen. Wenigstens wurde Adriana gefunden, sodass ihre Eltern sie nun anständig beerdigen konnten.

Mein Blick fiel auf Elena, die zusammen mit den anderen Geiseln einfach nur dastand. Sie sah müde und mitgenommen aus. Hin und wieder rieb sie sich die Augen. Den ganzen Weg über hatte sie kein einziges Wort mit mir gewechselt, im Gegenteil, es schien als fokussierte sie ihre ganze Wut ausschließlich auf mich. Jedes Mal, wenn sich unsere Blicke zufällig kreuzten, funkelte sie mich kampflustig an, sodass ich mir die ganze Zeit über Sorgen machte, sie könnte Carlos erneut dazu anstacheln, sie zu töten. Was er dann irgendwann, ohne ein Wort zu verlieren, auch tun würde. So schnell könnte ich gar nicht reagieren, wie sie eine Kugel im Kopf hätte. Aus diesem Grund war ich die ganze Zeit über in Alarmbereitschaft gewesen, aber Elena hatte sich glücklicherweise zurückgehalten.

Ich ging zu ihnen. »Setzt euch ans Feuer und esst etwas, aber macht schnell.«

Es war am Besten, wenn die Geiseln sich rasch stärkten, bevor Carlos sich mit seinen Leuten zum Essen niederließ und ewig dort sitzenblieb.

Ohne Widerrede machten sie sich davon und verteilten sich auf den Stämmen.

Spätnachts saß ich allein am Lagerfeuer. Ich wusste, dass Elena nicht mehr zu mir kommen würde, nicht nach allem, was passiert war und ein Stück weit konnte ich sie sogar verstehen.

Adriana war gestorben. Noch immer konnte ich das nicht glauben, obwohl ziemlich schnell absehbar gewesen war, dass sie diese schweren Verletzungen ohne medizinische Hilfe nicht überleben würde. Jedes Mal, wenn ich die Augen schloss, sah ich ihr Bild vor mir, das mich für den Rest meines Lebens verfolgen würde. Carlos, dieser verdammte Mistkerl. Wann war diese Geiselnahme endlich zu Ende? Damit die Mädchen nach Hause gehen konnten und ich nicht mehr pausenlos damit rechnen musste, dass dieser Verrückte sie umbrachte. Seit seiner Rückkehr hatte er kein Wort mehr über den Deal mit dem zweiten Mann verloren. Von den dreckigen Geschäften dieses Kerls hing es nun ab, wie lange die Geiseln noch in diesem Lager ausharren mussten. Warum erzählte Carlos nichts darüber? Morgen würde ich nachhaken.

Ich sah hoch zum Himmel, betrachtete die funkelnden Sterne hoch oben am Firmament, die mich an Elena und unsere nächtlichen Gespräche erinnerten. Ich vermisste sie. Unglaublich sogar.

ELENA

Am nächsten Morgen saßen wir nur noch zu viert an der Feuerstelle und mir wurde erst jetzt so richtig bewusst, wie riesig die Lücke war, die Adrianas Fehlen in unsere Gruppe gerissen hatte. Sie fehlte mir so sehr. Ohne sie war die Zeit hier im Camp noch unerträglicher. Ich vermisste ihre Stimme und wie sie sich morgens beim Gähnen auf ihrer Matte rekelte. Ja, ich vermisste sogar ihr ständiges Flirten mit Pedro und wie die Luft zwischen den beiden geflirrt hatte. Jetzt saßen wir stumm auf den Baumstämmen und sinnierten vor uns hin. Jose reichte mir eine Tasse Tee, die ich ihm mit einem dankbaren Lächeln abnahm. Die Strapazen der vergangenen Tage steckten mir immer noch in den Knochen, und die kargen Brotrationen hatten mir auch noch die letzten Reserven geraubt.

Es blieb eine stille Runde, jeder starrte nur vor sich hin. In Gedanken waren wir alle bei Adriana. Luisa redete seit unserem Aufbruch nur noch das Nötigste, sie wippte fortwährend mit dem Oberkörper und wirkte völlig in sich gekehrt. Schließlich setzten wir uns vor unseren Hütten auf den Verandaboden, wo das Schweigen weiterging. Die

Zeit dehnte sich endlos, die Minuten tröpfelten noch langsamer dahin als früher.

Auf der anderen Seite spielten die Wächter bereits wieder Karten, als wäre nie etwas vorgefallen. Sie lachten und redeten miteinander, an keinem der Männer nagte das schlechte Gewissen. Dann bemerkte ich Rico, der allein und abseits gegen seine Hütte gelehnt saß und mich anschaute. Wie gebannt starrte ich zurück, ich konnte meinen Blick nicht von ihm abwenden. Eine unerklärliche Sehnsucht nach ihm stieg in mir auf, obwohl ich die vergangenen Tage so wütend auf ihn gewesen war. Er war einer von ihnen, das durfte ich nicht vergessen. Unser Kidnapper. Warum musste ich mir diese Tatsache andauernd in meinen Schädel hämmern? ER. WAR. EINER. VON. DEN. BÖSEN. Als unsere Blicke sich verhakten, erblühte ein Lächeln auf meinen Lippen.

Rico stutzte, ehe sich seine Mundwinkel hoben. Plötzlich sprang er auf die Beine und kam zu uns herüber.

Oh, nein. *Oh, nein!* Was sollte das jetzt?

Was hatte er vor?

Jose bemerkte ihn ebenfalls und setzte sich auf, während er Pedro mit dem Ellenbogen anstieß. In der nächsten Sekunde schnellte Luisa in die Höhe und verschwand in unserer Hütte.

Rico blieb dicht vor mir stehen. »Komm«, sagte er leise und mit einem auffordernden Blick. Als er mir die Hand hinhielt, ließ ich mir von ihm hochhelfen. Alles geschah wie in Trance. Gerade wusste ich nur eins: Dass ich bei ihm sein wollte. Dass er mir trotz allem, was vorgefallen war, gefehlt hatte. Ich konnte meine Gefühle für ihn nicht länger ignorieren. Die vergangenen Tage hatte ich erfolgreich verdrängt, wie nahe wir uns gekommen waren. Er war mein Leuchtturm in schwerer See gewesen, ohne ihn hätte ich die vielen Tage seit meiner Entführung nicht überstanden. Außerdem brauchte ich endlich wieder jemanden zum Reden. Einen Menschen, der mich verstand und dem ich mich verbunden fühlte. Keiner konnte besser zuhören als Rico. Und er hatte mich vor Carlos gerettet, mich beschützt, als es wirklich brenzlig für mich wurde.

Er nahm mich mit, führte mich hinter sich her, hinüber zu seiner Hütte.

Mein Puls schnellte steil in die Höhe, als wir die andere – die für mich verbotene Seite betraten. Die Wächter sahen von ihren Karten auf und musterten uns überrascht. Aber Rico ignorierte sie. Wir spazierten einfach an ihnen vorbei, als wären wir ein ganz normales Pärchen.

Schließlich verschwanden wir zusammen in Ricos Hütte und zum ersten Mal seit langem entkam ich den Blicken aller Menschen, die sonst ständig um mich herum schwirrten. Sorgfältig schloss er den Vorhang, während ich mir einen raschen ersten Eindruck verschaffte. Hier sah es nicht anders aus als bei uns, bis auf das einfache Klappbett an der Wand. Unsere Kidnapper lebten komfortabler als wir.

Rico umarmte mich um die Taille, irgendwie hatte er es geschafft, dass sich der rationale Teil meines Gehirns ausschaltete. In einer liebevollen Geste strich er mir eine Haarsträhne hinters Ohr. »Elena«, sagte er voller Verlangen, sein Blick schweifte zu meinem Mund.

»Rico, es tut ...« Er stoppte mich, indem er seine Lippen auf meine legte und mich leidenschaftlich küsste. Seine Zunge spielte mit meiner, fordernd und mich lockend, während er mich an sich presste. Mir blieb gar keine andere Wahl, als diesen atemberaubenden Kuss zu erwidern. Millionen kleiner Glücksgefühle kaperten meine Venen, kribbelten in meinem Bauch.

»Ich habe dich so vermisst«, raunte er an meinen Lippen. Seine Hände glitten über meinen Körper, und das machte mich ganz verrückt nach ihm. Mir ging es genauso. Ich hatte mich so einsam gefühlt, so allein und Rico schaffte es mit ein paar Handgriffen, mich wiederzubeleben.

Ohne unseren Kuss zu unterbrechen, setzte er sich auf das Klappbett und zog mich auf seinen Schoß. Ich genoss die wohlige Wärme, die sich bis hoch in meinen Brustkorb ausbreitete, während ich mich eng an Rico schmiegte, um ihn überall zu spüren. Mit allen zehn Fingern fuhr ich durch sein weiches blondes Haar. Das hatte ich schon die ganze Zeit über tun wollen.

Als der Vorhang zur Seite gerissen wurde, schrak ich heftig zusammen. Carlos streckte den Kopf herein und mein Herz blieb beinahe stehen. »Rico«, flüsterte ich, bevor meine Stimme versagte. Rico seufzte laut und genervt auf, ehe er mich sanft von seinem Schoß schob und aufstand. Er stellte sich zwischen uns, sodass er Carlos die Sicht auf mich versperrte.

»Komm mit in meine Hütte«, hörte ich Carlos in seinem üblichen gereizten Tonfall sagen. »Es gibt ein paar wichtige Dinge zu besprechen.«

Rico nickte. »Okay, aber gib mir zwei Minuten.«

Ohne ein weiteres Wort verschwand Carlos wieder. Erst dann atmete ich erleichtert durch. Sein plötzliches Erscheinen hatte mir einen richtigen Schock verpasst. Noch immer zitterten meine Hände.

Ich sprang auf und schmiegte mich an Rico, als er sich zu mir umdrehte. In seinen Armen fühlte ich mich sofort sicherer.

»Geh zurück zu deinen Freunden.« Seine Lippen berührten für einen sanften Kuss meine Schläfe.

»Ich gehe nie wieder mit dir in deine Hütte«, krächzte ich, weil sich mein Blutdruck nicht beruhigen wollte. Als ich mich in Bewegung setzte, um schnellstmöglich dieses höchst gefährliche Terrain zu verlassen, auf dem ich sowieso nichts zu suchen hatte, hielt Rico mich an der Hand zurück.

»Kommst du dann heute Abend wenigstens wieder zum Lagerfeuer?«

»Ja«, versprach ich und auf seinen Lippen wuchs ein wunderbar schiefes Lächeln.

»Was hat er mit dir angestellt?« Luisas Stimme gellte schrill in meinen Ohren.

Ich setzte mich neben sie auf die Veranda.

»Nichts, wir haben nur geredet.«

»Was hattest du denn mit deinem Kidnapper in seiner Hütte zu bequatschen?« Pedro musterte mich mit zusammengekniffenen Augen.

Ich knetete meine Hände. Verdammt, ich hätte mir eine plausiblere Ausrede zurechtlegen sollen, aber Rico hatte mich völlig überrumpelt. »Etwas Privates.« Mir fiel auf die Schnelle nichts besseres ein.

Abfälliger konnte Pedros Schnauben nicht mehr klingen. »Etwas Privates? Du verarschst uns doch. Was gibt es mit dem schon Privates zu bequatschen? Zwischen euch läuft doch was, gib es wenigstens zu.«

Hastig schüttelte ich den Kopf. Abstreiten! Ich musste alles abstreiten. »Nein, ihr seht das völlig falsch.« Ich wurde leicht panisch. »Wir... wir sind nur befreundet.« Mist. Das war die dümmste Ausrede aller Zeiten.

»Befreundet?« Luisa blieb der Mund offen stehen. »Wie kannst du mit diesem Mistkerl befreundet sein? Hast du einen Sonnenstich abbekommen? Der Typ hat dich gekidnappt!«

Alle drei starrten mich so ungläubig an, dass mir keine

plausible Antwort mehr einfiel. Ich ließ den Kopf hängen, denn ich fühlte mich ertappt, als hätte ich etwas ganz schlimmes angestellt. Und wahrscheinlich hatte ich das auch getan. »Es hat sich einfach ergeben.«

»Ergeben?«, brauste Pedro auf. »Du bist doch schon die ganze Zeit scharf auf diesen Kerl. Dauernd starrst du ihn an.«

Ich schüttelte nur den Kopf, wieder und wieder.

Pedro fuhr in die Höhe. »Ich kann dich nicht mehr in meiner Nähe ertragen. Du freundest dich mit Adrianas Mördern an. Es ist nicht zu glauben.« Demonstrativ wandte er sich an Luisa und Jose. »Setzt sich einer von euch mit mir ans Feuer?«

Sofort stand Luisa auf, ihr hasserfüllter Blick fühlte sich schmerzhafter an als eine Ohrfeige. »Ich gehe mit.«

Jose hingegen blieb sitzen. »Ich komme gleich nach.«

Als die beiden losliefen, rutschte Jose neben mich. Sein Lächeln blieb zwar verhalten, aber wenigstens schrie er mich nicht an.

»Ich kann dich schon irgendwie verstehen«, fing er leise an. »Nach allem, was mit Adriana und Luisa passiert ist. Rico kann dich vor Carlos beschützen, wenn du nett zu ihm bist.« Ich horchte auf. »Er wird jetzt nicht mehr zulassen, dass sich dieses Monster an dir vergreift, nicht wahr?«

Meine Gedanken prallten aneinander, vielleicht war das mein Ausweg. Solange die anderen glaubten, ich würde mich nur aus reiner Verzweiflung mit Rico einlassen, würden sie vielleicht ein bisschen Verständnis aufbringen. »Rico ist mein Beschützer«, flüsterte ich mehr zu mir selbst. »Solange er bei mir ist, bin ich sicher.«

Jose tätschelte mir das Knie. »Jetzt habe ich nicht mehr so viel Angst um dich.« Etwas ungelenk stand er auf und ging zu den anderen.

RICO

»Armando Vicente übernimmt eine weitere Kurierfahrt für Córdoba«, verkündete Carlos, als ich in seine Hütte trat.

Ich wich mit dem Kopf zurück. »Was? Der Kerl weiß doch schon längst, dass seine Tochter tot ist. Warum sollte er das noch tun?«

Als Carlos sich an den Tisch setzte, ließ ich mich ihm gegenüber nieder. Was hatte das schon wieder zu bedeuten? Der Deal mit Vicente war geplatzt, und hatte Adriana das Leben gekostet.

»Vicente bekam Besuch von Córdobas Leuten. Sie haben ihm klargemacht, dass er noch zwei weitere Kinder hat.« Carlos grinste breit.

Mit den Fingerspitzen massierte ich mir die Stirn, stechende Kopfschmerzen malträtierten mich plötzlich. Ein unglaublicher Ekel vor meinem Cousin wuchs in mir. »Ihr seid krank im Kopf. Allesamt.«

Carlos schlug mit der geballten Faust auf den Tisch. »Der Kerl ist selbst schuld. Hätte er keine linke Tour mit uns abgezogen, wäre die Kleine noch am Leben.«

»Du glaubst das wirklich, oder?«

»Rico ... Pass auf, wie du mit mir redest.«

Ich schluckte eine gesalzene Antwort hinunter. Sobald Carlos in Rage geriet, mussten das immer die Geiseln ausbaden, deshalb blieb ich lieber still, obwohl ich ihm am liebsten den Schädel einschlagen würde. »Wann findet diese Tour statt?«

Carlos mahlte mit den Zähnen. »In ein paar Wochen.«

»Steht auch schon ein Zeitpunkt für die Lösegeldübergabe fest?«

»Du möchtest wohl wissen, wie viel Zeit du noch mit deinem kleinen Kuschelhasen verbringen kannst, was?«

»Gibt es einen oder nicht?«

»Gleich nach der Drogenfahrt, vielleicht die Woche darauf. Erst muss Córdobas Geschäft über die Bühne gehen, das hat Priorität. Die Leute probieren einen neuen Transportweg aus und wollen sehen, ob sie da mehr Glück haben.«

»Ist das dann alles?« Ich wollte endlich raus aus dieser Hütte und so weit weg wie möglich von diesem Kerl.

Sein Blick schien mich zu durchbohren. »Ich will genauso sehr wie du, dass alle Deals so rasch wie möglich über die Bühne gehen. Die Mädchen müssen endlich von hier verschwinden.«

Er ließ offen, was genau er mit *verschwinden* meinte.

»Ich will, dass die Geiseln gesund wieder nach Hause kommen«, erwiderte ich mit Nachdruck.

»Steigere dich bei der Kleinen nicht so rein.« Carlos schnappte sich die Rumflasche, die auf dem Tisch stand, schraubte den Verschluss ab und trank einen großen Schluck.

Ich stand auf. »Halt mich auf dem Laufenden, sobald es wieder Neuigkeiten gibt.« Ohne eine Antwort abzuwarten, verließ ich das Quartier des Anführers.

Auf schnellstem Wege ging ich zurück in meine Hütte und legte mich hin. Elenas unvergleichlicher blumiger Duft lag noch schwach in der Luft und sofort wollte ich sie in meinen Armen halten. Nur noch wenige Wochen, sofern alles glattging, und sie kam wieder frei. Sollte ich erleichtert darüber sein? Einerseits war ich das. Absolut. Schließlich war sie dann endlich wieder in Sicherheit, zu Hause bei ihren Eltern. Andererseits bedeutete dieser Zeitpunkt unseren Abschied für immer.

Am selben Tag würde ich ebenfalls abhauen, für alle Zeiten aus dem Dschungel - ja sogar aus ganz Kolumbien verschwinden. Außerhalb der Reichweite von Carlos und dem Kartell leben. Vergessen, dass ich das schönste Mädchen gefangen gehalten hatte, dem ich jemals begegnet war. Nach Erledigung dieses Auftrags würde ich meine Kohle holen und damit über die Grenze verschwinden.

Obwohl ich es nur ungern zugab, aber vielleicht behielt Carlos in einer Sache sogar recht. Es wäre besser gewesen, wenn ich nie etwas mit Elena angefangen hätte. Wenn ich sie emotional nie dermaßen nahe an mich herangelassen hätte. In ein paar Wochen gingen wir für immer getrennte Wege. Mein Brustkorb verengte sich bei dem Gedanken und ich schüttelte mich unwillkürlich. Ein bisschen Wehmut musste ja nicht gleich bedeuten, dass gar nichts mehr zwischen uns laufen könnte. Oder? Wir könnten uns bis zu ihrer Freilassung auch einfach nur ein wenig vergnügen.

ELENA

Es war schon reichlich spät in dieser Nacht, als ich endlich zu Rico ans Lagerfeuer schlich, denn Luisa hatte sich ewig lange hin und her gewälzt. Mittlerweile redete sie überhaupt nicht mehr mit mir.

Rico sah auf, als ich mich neben ihn setzte. Ein Lächeln erblühte auf seinen Lippen. »Hey«, sagte er leise.

»Hallo.«

Unsere Blicke verhakten sich, sekundenlang, minutenlang, wir konnten einfach nicht voneinander lassen, bevor er sich vorbeugte, um mich auf die Lippen zu küssen. Oh, Gott, das hatte er wirklich total drauf und machte mich sofort schwach. Ich legte die Arme um seinen Hals und versank in diesem grandiosen Kuss, der immer leidenschaftlicher wurde, an Tiefe zunahm. Seine Hände wanderten unter mein T-Shirt und schickten kleine Blitze durch meinen Magen. Ich keuchte an seinen Lippen auf, während seine Fingerspitzen langsam höher wanderten, bis er meine Brüste umfasste und sie gefühlvoll knetete. In diesem Moment wollte ich ihn so sehr, ich vergaß alles um mich herum, es gab nur noch ihn.

Zittrig holte ich Luft, bevor ich meine Hände ebenfalls auf Erkundungstour schickte, und jeden steinharten Muskel entlangfuhr, die sich wie ein Wellenspiel über seine Rippen zogen. Warum musste er sich so grandios anfühlen? Warum musste ausgerechnet ich mich in ihn verlieben?

Ricos Atem wurde hektischer, ebenso wie meiner, das Pulsieren zwischen meinen Beinen quälte mich süß. Ich merkte, wie heiß er wurde, seine Küsse wurden fordernder, wilder. Er kam mit seinem ganzen Körper über mich und drückte mich mit dem Rücken auf den Stamm, während ich ihm durchs Haar fuhr und es genüsslich zerzauste. Der Himmel helfe mir, dieser Mann war mein Verderben. Jäh riss er sich von mir los und setzte sich aufrecht hin. Seine Atmung ging hörbar und schnell, als müsste er wieder runterkommen. Rico pustete durch die gespitzten Lippen.

»Habe ich etwas falsch gemacht?«, fragte ich und richtete mich wieder auf, aber er schüttelte den Kopf.

Sein Lächeln wirkte verlegen. »Hier ist nicht der richtige Ort für so etwas.« Mit dem Kinn deutete er hinüber zu den Wachbaracken. »Felipe kommt jeden Moment herüber. Er hält heute Nachtwache.«

Er hatte ja so recht. Ein wehmütiger Seufzer rang sich aus meiner Kehle, worauf Rico einen Arm um meine Taille legte und mich eng an sich zog. Warum hatten wir immer nur ein paar wenige verstohlene Minuten für uns allein? Es war so frustrierend. Ich schmiegte mich an ihn, und genoss die paar kurzen Momente, in denen ich in seinen muskulösen Armen liegen konnte und seine nackte Haut spürte, die sich warm und weich anfühlte. »Er steht schon auf.« Hastig erhob ich mich, aber Rico zog mich am Arm zurück auf den Stamm.

»Bleib doch.« Bittend sah er mich an, während Felipe

uns schon fast erreicht hatte. »Es ist okay. Felipe wird nicht fragen.«

Zwar stutzte der Wächter, als er am Feuer vorbeikam, aber als Rico ihm zunickte, setzte er seinen Weg zu den Geiselhütten wortlos fort, genauso wie Rico prophezeit hatte. Wow, die beiden Anführer hatten ihr Gefolge wirklich exzellent im Griff.

Genüsslich streichelte ich Ricos flachen Bauch und schmiegte meine Wange an seinen Brustkorb. »Was meint Carlos eigentlich zu uns?«

Er kraulte mich mit den Fingerspitzen am Hals, und schickte wohlige Gänsehaut bis hinunter zu meinen Brüsten. Wie gern würde ich noch einmal mein T-Shirt für ihn ausziehen und mich von ihm verführen lassen. Aber das ging hier leider nicht.

»Ihm ist das scheißegal. Und mich juckt es auch nicht, was er darüber denkt. Carlos ist nur das Lösegeld wichtig.«

Mitten im Streicheln hielt ich inne. Rico hatte eine Sache angesprochen, über die ich mir bisher noch keine Gedanken gemacht hatte. Wie würde es nach meiner Freilassung mit uns weitergehen? Rational gesehen, wusste ich, dass da überhaupt nichts weitergehen würde, aber mein dummes Herz wollte davon leider nichts wissen.

Er hob mein Kinn an, um mir in die Augen sehen zu können. »Was hast du?«

»Ach, nichts«, wiegelte ich ab. »Ich musste nur an Adriana denken. Für sie wird es keine Freilassung mehr geben. Sie tut mir so leid.«

Rico schluckte und starrte vor sich ins Feuer. »Mir tut sie auch leid. Glaub mir, dass es so für Adriana endet, habe ich nicht gewollt, aber Carlos ist manchmal einfach nicht zu stoppen.«

»Wenigstens wurde sie gefunden, und liegt nicht mehr ganz allein in dieser Hütte.«

Rico erwiderte nichts. Aneinander gelehnt saßen wir da und schwiegen, während die Finsternis uns einhüllte und mich fast schon glauben machte, wir wären ganz allein auf diesem Planeten. Wenigstens für kurze Zeit wollte ich vergessen und einfach nur in Ricos Armen liegen. Rigoros löschte ich die Tatsache aus meinem Gedächtnis, dass mein Kidnapper mich hielt, denn die flatternden Schmetterlinge in meinem Magen kitzelten mich so süß und mein Herz wollte Rico so sehr. Den Mann. Den Lover. Meinen Beschützer, bei dem mir nichts geschehen konnte. Er war so heiß und sexy und ich einfach nur eine ganz normale Frau, die den Zauber genoss, der uns beide umgab, wenn wir allein miteinander waren.

ELENA

Mittlerweile aß ich morgens allein, denn Luisa und Pedro würdigten mich keines Blickes mehr und hatten obendrein noch Jose vor die Wahl gestellt: Sie oder ich. Ich fühlte mich so schrecklich einsam und von aller Welt verlassen. Außerdem fehlte mir Adriana. Sie würde sich mir gegenüber niemals so fies verhalten, davon war ich felsenfest überzeugt. Die anderen hörten mir nicht mal zu. Seufzend nahm ich einen Schluck aus meiner halbvollen Tasse und starrte ins Lagerfeuer.

»Warum sitzt du ganz allein hier?«, fragte jemand hinter mir.

Auch ohne mich umzudrehen, wusste ich sofort, wer hinter mir stand. Ich erwiderte nichts, mir war nicht mehr nach Reden zumute. Stattdessen schwenkte ich den Becher so heftig in meinen Händen, dass ein Schluck Tee herausschwappte und mir übers Knie lief. »Verdammter Mist.« Mit dem Handballen wischte ich die Bescherung weg.

Rico ließ sich neben mir auf dem Stamm nieder. »Die

reden nicht mehr mit dir, was?« Er warf einen raschen Blick hinüber zu den Geiselhütten.

Ich schüttelte den Kopf. »Nein, tun sie nicht und wahrscheinlich werden sie das auch nie wieder.«

Er legte mir einen Arm um die Schultern, die sicherste Methode, um Pedro und Luisa hinter mir in Rage zu versetzen. Was auch schon egal war. »Ist es so schlimm?«

»Es gibt einen guten Grund, weshalb sie nicht sonderlich gut auf dich zu sprechen sind, weißt du?« Ich klang sarkastischer, als ich wollte. »Und dass wir beide zusammen auf dem Präsentierteller sitzen, macht die Situation nicht unbedingt einfacher für mich.«

Rico stand auf und sah mich mit blitzenden Augen an. »Komm mit, ich will dir was zeigen.«

Ich rührte mich nicht. »Was denn?«

Er nahm meine Hand und zog mich auf die Beine. »Komm einfach mit, du wirst schon sehen.«

Rico lotste mich durchs Camp. Was hatte er jetzt schon wieder vor? Als wir uns dem Dickicht näherten, hielt ich ihn zurück. »Ich darf das Camp nicht verlassen«, erinnerte ich ihn. »Wenn Carlos das mitbekommt, rastet er bestimmt aus.«

»Mit mir darfst du das«, flüsterte er mir ins Ohr und lächelte so verschmitzt, dass ich auf der Stelle dahinfloss. Sanft aber energisch schob er mich an den Schultern vor sich her.

Wow. Ich durfte aus dem Lager raus. Mit jedem Schritt fiel eine riesige Last von mir. Wir waren endlich allein.

Gleich darauf nahm er wieder meine Hand und verwob seine Finger mit meinen, während wir an dem Bachlauf entlangschlenderten, der sich am Camp vorbei durchs Dickicht schlängelte. Wir spazierten ein ganzes Stück daran entlang durch den verwilderten Dschungel. Vorbei an herunterhängenden Lianen und turmhohen

Bäumen, die kaum Sonnenlicht bis zu uns durchließen. Nachdem wir uns durch eine Lücke im Gebüsch gezwängt hatten, hielt Rico an und deutete mit dem ausgestreckten Arm nach vorne auf eine Quelle, in der sich das Wasser wie in einem Becken sammelte und mich an eine kleine Lagune erinnerte. Es war so klar, dass ich bis auf den Grund sehen konnte. Sonnenstrahlen glitzerten auf der Oberfläche, allerhand Farnzweige ragten an einer Seite ins Wasser. Ein paar farbenprächtige Vögel, die sich zum Trinken niedergelassen hatten, flatterten ins hohe Geäst und schimpften aufgeregt, als wir uns näherten.

Ich war einfach nur überwältigt. Bis zu diesem Moment hatte ich dem Dschungel noch kein bisschen Sympathie entgegenbringen können. Im Gegenteil: Für mich war der Urwald immer nur eine Hölle gewesen, die mich verschluckt hatte und nicht mehr ausspuckte. »Wow, ist das schön hier!« Ich ließ ihn los und ging ein paar Schritte nach vorne.

»Ich habe diesen Ort gestern zufällig entdeckt, und mir gleich gedacht, dass es dir hier gefallen würde.«

Mein Blick schweifte im Kreis. »Das tut es.« Ich fühlte mich in eine völlig andere Welt entführt – wie ironisch.

»Na, was ist? Hast du Lust, schwimmen zu gehen?« Mit dem Kinn deutete er aufs Wasser und kam mit so langsamen Bewegungen auf mich zu, dass mir der Atem stockte. Als ich mich nicht rührte, zog er mir mein T-Shirt über den Kopf, ich hob die Arme und schlüpfte heraus. Er beugte sich vor und küsste meine nackte Brust. Unwillkürlich schloss ich die Augen. Himmel, wie hatte ich seine Lippen auf meinem Körper vermisst. Gleichzeitig öffnete er mit einem geübten Handgriff den Knopf meiner Shorts und streifte sie mir mitsamt dem Slip ab. Danach zog er sich aus.

Heute sah ich ihn zum ersten Mal nackt, noch dazu im

hellen Tageslicht und ich inhalierte seinen Anblick. Sein Körper war perfekt proportioniert, und die gebräunte Haut wirkte samtweich. Ungeniert starrte ich ihn an, ich konnte nicht anders. Gott, er war so heiß. Schließlich nahm er mich bei der Hand, worauf ich schnell den Mund wieder schloss, denn ich realisierte jetzt erst, dass er offenstand. Peinlich. Im Gehen schlüpfte ich schnell noch aus meinen Sandalen, bevor wir gemeinsam in das herrlich lauwarme Wasser stiegen, das mich wunderbar erfrischte. Es reichte mir bis knapp unter die Brust.

»Das war eine grandiose Idee«, ich lächelte ihn verschmitzt an.

Rico zwinkerte mir zu. »Eine Abkühlung ist das für mich leider nicht.«

»Hast du denn eine nötig?«, fragte ich mit frivoler Stimme, alles in mir blubberte und kribbelte.

»Oh ja«, er nickte, während sein vor Verlangen getränkter Blick an mir entlangschweifte. »Wenn du so wie jetzt vor mir stehst, mit diesem bezaubernden Lächeln auf deinen Lippen und deinem perfekten Körper, dann will ich dich so sehr, Elena. Du bist atemberaubend.«

Ich senkte den Kopf nach hinten und ließ mein langes Haar durchs Wasser gleiten, denn ich musste sein Kompliment erst mal sacken lassen. Rico fand mich schön. Er schnappte mich und zog mich an sich, so herrlich männlich und fest. Lachend kreischte ich auf, bevor wir uns tief in die Augen sahen, oh diese grünen Augen hatten es mir angetan. Schließlich versanken wir in einem Kuss, der eine ungeahnte Leichtigkeit in sich trug. Rico küsste mich zärtlich und spielerisch, nicht mehr so fordernd wie gestern Nacht. Er war so romantisch – sachte, als würden wir uns auf eine völlig neue Weise kennenlernen. Vielleicht bildete ich mir das auch nur ein, aber tiefe Gefühlen mischten sich in unser Zungenspiel. Zum ersten

Mal seit Langem fühlte ich mich frei. In diesem Moment gab es nur ihn und mich. Seine Hände glitten an mir entlang, während ich seinen Körper erforschte.

Es dauerte ziemlich lange, bis wir uns endlich dazu aufraffen konnten, wieder ans Ufer zu steigen. Wir ließen uns ins weiche Moos fallen, während das Wasser von unseren Körpern tropfte. Rico legte sich auf den Rücken und zog mich auf sich, sodass ich auf seinem Bauch saß.

»Streichel mich«, flüsterte er und strich über meine Oberschenkel.

Zuerst zögerte ich, denn ich wusste nicht, was er gern mochte, ob ich mich richtig anstellte. Er war so viel erfahrener als ich. Probehalber glitt ich mit beiden Händen über seinen muskulösen Brustkorb, worauf er die Augen schloss. Seine Brustwarzen verhärteten sich unter meinen kreisenden Fingerspitzen und ein genüssliches Keuchen entwich ihm.

»Ist das so okay?«, hakte ich nach, bevor ich mich nach unten beugte und seinen Hals mit der Zungenspitze verwöhnte, wie er das vor ein paar Tagen bei mir gemacht hatte.

»Es fühlt sich unglaublich an. Du kannst nichts falsch machen, keine Sorge«, raunte er mit geschlossenen Lidern, was mich mutiger werden ließ. Sein seliger Zustand heizte auch mich immer mehr auf und was er in mir entfesselte, konnte ich kaum unterdrücken.

Das süße Pochen zwischen meinen Beinen machte mich ganz verrückt, während ich Ricos Brustkorb mit kleinen Küssen verzierte und auf ihm herumrutschte, bis ich seine Härte direkt an meinem Eingang fühlte und innehielt.

»Setz dich drauf.« Er hob mich an den Hüften an und platzierte mich über seinem angeschwollenen Glied, das groß und mächtig unter mir aufragte. Langsam sank ich nach unten und nahm ihn in mich auf, genoß, wie er mein empfindliches Fleisch dehnte, bis er schließlich vollkommen in mir verschwand und wir eins wurden. Rico überließ mir die Führung, mein eigenes Tempo, sodass ich mutiger wurde und an seinem Schaft entlangglitt. Wir sahen uns tief in die Augen, als ich mich hoch und runter bewegte. Wie von selbst verschränkten sich unsere Finger ineinander, während meine Bewegungen schneller wurden. Mit ihm zu schlafen hatte eine süchtig machende Wirkung auf mich, es war bahnbrechend und immer noch so aufregend neu für mich, wie mein erstes Mal mit ihm. Alles in mir summte, mir schwirrte der Kopf, während ich mich ganz auf die Gefühle konzentrierte, die meinen Unterleib zum Erzittern brachten. Ich rieb schneller an ihm entlang, brachte mich selbst in Ekstase. Wenn ich ihm nicht schon längst mein Herz geschenkt hatte, würde ich mich genau jetzt in ihn verlieben. Unsterblich verlieben sogar. Meine Lider schlossen sich halb, ich legte den Kopf in den Nacken und konzentrierte mich nur noch auf mich, auf dieses atemlose Beben, das sich in meinem Bauch zusammenbraute und urplötzlich mit Wucht über mir hereinbrach. Ich hörte mich selbst laut stöhnen und japste nach Luft, während Ricos Keuchen an mein Ohr drang. Atemlos brach ich schließlich über ihm zusammen.

Wir lagen eng umschlungen auf dem Boden. Ich hatte ein Bein über Ricos Bauch geschoben und er streichelte meinen Oberschenkel. Irgendwie konnte ich gar nicht in Worte fassen, wie sehr ich unsere ungestörte Zweisamkeit genoss.

»Ich wünschte, wir könnten hierbleiben und müssten

nie wieder zurück ins Camp.« Ein schwerer Seufzer verließ meinen Mund.

Fast schon wehmütig verzog Rico die Lippen. »Leider müssen wir zurück, und zwar schon bald.«

»Ich weiß. Aber mir graut schon davor, was ich mir mit Sicherheit nachher von Luisa und Pedro anhören muss.«

Er stützte sich mit dem Ellenbogen am Boden ab und legte den Kopf in seine Handfläche. »Erzähl ihnen einfach, dass ich dir befohlen habe, mitzukommen. Du Ärmste kannst nichts dafür.« Sein Schmunzeln sah verschmitzt aus, als er mir zuzwinkerte. »Die werden dir das schon abnehmen, wenn du ihnen die Sache gut genug verkaufst.«

»Nie im Leben bringe ich das glaubhaft rüber.«

Er setzte sich auf. »Ganz ehrlich, mir ist es vollkommen egal, was du ihnen erzählst. Mach den Bösen aus mir, der dich zu allem zwingt, wenn du glaubst, dass sie dir dann eher verzeihen. Ich will einfach nur, dass du bei mir bist. … Ohne ein schlechtes Gewissen zu haben.«

»Habe ich nicht«, log ich, während mein Gesicht sich verräterisch aufheizte.

Lächelnd strich er mir mit den Fingerknöcheln über die Wange. »Du bist süß, wenn du verlegen wirst, und im übrigen … bist du keine gute Lügnerin.« Er stand auf und griff nach seiner grauen Boxershorts »Es ist schon spät. Wir müssen zurück.«

ELENA

Auf dem Rückweg legte Rico einen Arm um mich, und ich schmiegte mich an ihn. Es fühlte sich wahrhaftig so an, als wären wir ein frischverliebtes Pärchen. Mit allem drum und dran. Den Schmetterlingen im Bauch, unzähligen Glücksgefühlen, die mich die ganze Zeit über belämmert grinsen ließen und dem Wunsch, ihn endlos anschmachten zu dürfen. Sein Körper fühlte sich so unglaublich gut an, glatt und muskulös. Ich rieb meine Wange an seiner Brust und atmete den feinen Geruch seiner Haut ein. Erst kurz vor dem Lager ließ er mich wieder los und nahm mich bei den Oberarmen. Durchdringend sah er mich an.

»Na, hast du dir schon eine gute Geschichte zurechtgelegt?«

Ich zog die Nase kraus. »Du bist darin der Böse, so viel steht schon mal fest.«

»Das klingt glaubhaft«, stimmte er mir mit amüsiertem Unterton zu und wir setzten uns wieder in Bewegung.

Als wir nebeneinander das Camp betraten, sahen Luisa und Pedro mich so finster an, dass mir flau im Magen wurde. Jose kratzte mit dem Daumennagel an der Veranda herum und hob gar nicht erst den Kopf. Als wir sie erreicht hatten, nickte Rico mir kurz zu, bevor er sich seinen Weg hinüber auf die andere Seite bahnte. Am liebsten wäre ich ihm gefolgt, stattdessen schlich ich zu den anderen und ließ mich abseits von ihnen auf dem Bretterboden vor unseren Hütten nieder. Ich riskierte keinen Blick in ihre Richtung.

»Verräterin«, zischte Pedro mir zu, aber ich reagierte nicht.

Schließlich stand ich wieder auf, um mich in unserer Hütte zu verkriechen, als Pedro hochschoss und sich mir in den Weg stellte. Mit beiden Händen stieß er mich so grob weg, dass ich hart mit dem Gesicht gegen die Wand prallte und laut aufschrie. Ich hielt mir die schmerzende Wange. Scheiße. Das hatte richtig wehgetan.

»Wie kannst du dich nur mit diesem Kerl einlassen? Du bist eine Hure! Eine richtige Hure. Bezahlt er dich wenigstens dafür, dass du die Beine für ihn breit machst?«, schrie Pedro mich an, seine Augen glühten vor Abscheu und Hass. Er kam dicht vor mich, keilte mich richtig ein.

»Lass mich in Ruhe.« Mit dem Unterarm versuchte ich ihn von mir wegzudrücken, aber er bewegte sich keinen Zentimeter. Schließlich packte er mich am Arm. »Ich hasse dich.«

»Lass mich los!« Ich bekam richtige Angst vor ihm. Leider sah er nicht so aus, als würde er sich demnächst beruhigen. Ganz im Gegenteil!

Mittlerweile war Jose aufgesprungen und wollte schon dazwischengehen, da kam Rico mit schnellen Schritten zurück. Er packte Pedro von hinten an beiden Oberarmen und zerrte ihn von mir weg, bevor er ihn gegen die Wand donnerte und mit einer Hand dessen Kehle umfasste. Mit einer bedrohlichen Langsamkeit beugte er sich zu ihm vor.

»Wenn du sie noch einmal anrührst, wirst du das schwer bereuen. Das schwöre ich dir.«

Seine Stimme klang so eisig, dass ich sofort wusste: Er meinte jedes Wort ernst.

Von Pedro kam keine Gegenwehr, er stand einfach nur da und starrte Rico an.

Rico holte ihn an der Kehle dicht vor sein Gesicht, ehe er ihn zurück gegen die Wand stieß, dass es krachte. Die ganze Hütte wackelte, Lehmbrocken prasselten zu Boden. »Na, wie fühlt sich das an?«

Schützend hielt Pedro einen Arm vor sein Gesicht. »Es tut mir leid.«

»Sag das nicht mir, sondern ihr«, erwiderte Rico, worauf Pedro sich an mich wandte.

»Bitte entschuldige, ich bin ausgerastet, das kommt nicht wieder vor.«

»Schon okay«, wiegelte ich hastig ab, noch immer war ich vor Schreck kaum fähig, einen Satz zu formulieren. Dennoch hoffte ich inständig, alle mögen sich endlich wieder beruhigen, bevor Carlos noch auftauchte und die Lage endgültig eskalierte.

Rico deutete mit dem Zeigefinger auf Pedro. »Merk dir gut, was ich gesagt habe. Eine zweite Verwarnung gibt es für dich nicht mehr.«

Erst als Pedro nickte, wandte sich Rico ab und ging davon.

Zum ersten Mal wurde ich mir so richtig der Tatsache bewusst, dass ich von nun an wahrhaftig einen Beschützer in diesem Camp hatte.

»Jetzt musst du dir wohl keine faulen Ausreden mehr ausdenken«, sagte Rico, als wir spätnachts zusammen beim Lagerfeuer saßen. »Ich hätte dir diesen Ärger wirklich gern erspart.«

Unzählige stecknadelkopfgroße Lichtpunkte leuchteten über uns vom schwarzen Firmament. Ich lehnte mich an ihn. »Pedro hasst mich nun für den Rest seines Lebens.«

»Pedro«, sagte er abfällig. »Der soll es bloß nicht mehr wagen, dich anzurühren, sonst bekommt er es mit mir zu tun.«

In seiner Stimme schwang so viel Abneigung mit, dass ich es richtig mit der Angst zu tun bekam. »Bitte tu ihm nichts. Wir sind alle einfach mit den Nerven fertig. Von der langen Zeit, die wir schon in diesem Lager verbringen müssen - vor allem Pedro. Dann Adrianas Tod, das setzt einem zu.«

»Das ist trotzdem kein Grund, sich an einer Frau zu vergreifen.«

»Er war bloß sauer.«

Rico seufzte auf. »Lass uns von etwas anderem reden.« Sachte stieß er mich mit dem Ellenbogen an. »Na, wie findest du diese Stelle im Wald, die ich dir gezeigt habe?«

Im Sekundenbruchteil wischte ich Pedro aus meinen Gedanken und strahlte ihn an. »Es ist so schön dort.«

»Besser als in meiner Hütte?«, fragte er spöttisch.

»Zumindest erwartet uns dort kein unangenehmer Besuch.«

Er lachte leise auf.

Ich streichelte über seinen Oberschenkel. »Es ist so schön, wenn wir beide mal ganz für uns sein können. Ich möchte so gern noch einmal mit dir dorthin.«

»Sooft du möchtest«, versprach er.

Ich schloss die Augen und schmiegte mich an ihn, ließ mich von ihm halten, und war einfach froh, dass er bei mir war.

Einer der Wächter schwankte an uns vorbei. Rico drehte sich nicht einmal nach ihm um.

Ich hingegen sah ihm nach, bis er sich auf der Veranda niedergelassen hatte. »Die verlieren wirklich kein Wort über uns.«

»Die haben nicht nachzufragen«, erwiderte Rico knapp.

»Stimmt, die reden ja auch nicht.« Mein Kichern entlockte Rico ein feines Schmunzeln. »Die reden schon, bloß nicht mit euch.«

»Ich bin froh, wenn die uns in Ruhe lassen.«

Er küsste meinen Hals. »Wie es aussieht, bin ich der Einzige, der noch mit dir spricht«, murmelte er.

Ich schloss die Augen, und genoss das süße Kitzeln. »Das habe ich allein dir zu verdanken.«

»Ich mache alles wieder gut«, raunte er, während seine Hände unter mein T-Shirt wanderten. Er streichelte meine Brüste.

»Das hoffe ich«, erwiderte ich wohlig seufzend.

ELENA

»Warum setzt du dich nicht gleich zu diesen Mistkerlen? Du gehörst doch jetzt dazu«, sagte Pedro, als ich morgens auf die Veranda trat. Luisa war schon längst draußen. Wie es aussah, fand sie meine Anwesenheit noch unerträglicher, als im Freien unter den Augen der Wächter sitzen zu müssen. Pedro hockte im Schneidersitz auf dem Holzboden und blitzte mich an.

Ich blieb im Hütteneingang stehen und wusste nicht, was ich tun sollte.

Kurz darauf erhoben sich die Wachleute von den Stämmen und verkrümelten sich wieder in ihren Bereich. Rico, der zusammen mit ihnen gefrühstückt hatte, ging hinüber zur Provianthütte und verschwand darin. Am liebsten wäre ich ihm gefolgt und hätte mich in seinen Armen versteckt.

Als ich einen Schritt machte, schnellte Pedro in die Höhe.

»Wenn du jetzt frühstücken gehst, warten wir so lange bis du fertig bist.« Mit beiden Händen hielt er Luisa und Jose davon ab, aufzustehen.

»Neben dir kriege ich keinen Bissen herunter«, zischelte Luisa und verschränkte die Arme.

Die Worte der beiden trafen mich wie spitze Pfeile mitten ins Herz. Vor allem Luisas Feindseligkeit erschütterte mich. Wir waren seit dem Kindergarten eng befreundet, zusammen mit Adriana wurden wir immer nur das Kleeblatt genannt und jetzt behandelte ausgerechnet sie mich wie eine Aussätzige? Nachdem ich monatelang für sie dagewesen war, als ihre Mutter mit der Krebserkrankung kämpfte. »Bitte«, ich deutete zur Feuerstelle. »Geht zuerst.« Meine Stimme zitterte.

Sofort machte sich Pedro auf den Weg, als würde er vor mir fliehen. Luisa hastete hinterher.

Lediglich Jose hatte keine Eile. »Du kannst ruhig mitkommen. Pedro hat nichts zu bestimmen.«

Ich schluckte den Kloß im Hals weg. Dass sie mich so demonstrativ ausschlossen, tat fast noch mehr weh, als Pedros Stoß, den er mir gestern versetzt hatte. »Nein, schon gut.« Ich sank mit dem Rücken an der Hüttenwand entlang zu Boden.

Die drei ließen sich Zeit mit ihrem Frühstück, während ich einfach nur dasaß und ihnen zusah.

Drüben spielten die Wächter bereits wieder Karten und ließen eine Flasche Rum reihum gehen. Deren Leben kam mir genauso trostlos vor wie meines.

Eine Ewigkeit später schlenderten die anderen endlich zurück, worauf ich aufstand und hoch erhobenen Hauptes an ihnen vorüberging. Wie versehentlich rempelte Pedro mich an, aber ich ließ mir nichts anmerken.

Am Feuer sank ich auf einen Stamm, goss mir wie immer Tee ein und brach mir ein Stück von dem Brot ab. Heute schmeckte ich nichts als Verzweiflung, die sich bitter in meinem Mund breitmachte.

Wie aus dem Nichts erschien Rico neben mir und setzte

sich ohne zu zögern breitbeinig über den Stamm. Er musterte mich durchdringend.

»Was ist?«, fragte ich zwischen zusammengebissenen Zähnen und trank einen Schluck Tee.

»Habt ihr jetzt sogar schon getrennte Essenszeiten eingeführt?« Er streichelte mir über den Arm.

»So ungefähr.« Ich ließ die Mundwinkel hängen.

Rico goss sich eine Tasse Tee ein. »Darfst du nicht bei ihnen sitzen oder willst du nicht?«

»Was spielt das für eine Rolle?« Ich zuckte mit den Achseln. »Jose hat kein Problem mit mir.«

Nach einem raschen Blick hinüber zur Veranda stand Rico auf und trank im Stehen seine Tasse leer. »Du siehst aus, als könntest du ein bisschen Aufmunterung gut vertragen.« Mit dem Kopf deutete er zur Seite. »Machen wir einen kleinen Spaziergang?«

Ich sah zu ihm hoch. »Zur selben Stelle wie gestern?«

»Wenn du willst.« Er nahm meine Hand und zog mich auf die Füße.

Rico lag ausgestreckt und mit geschlossenen Lidern an unserem neuen Lieblingsplatz auf dem Rücken. Ich ruhte mit dem Kopf auf seiner Brust und kraulte ihm den Bauch. Um uns herum zwitscherten Vögel, während wir auf dem weichen Moos inmitten dieses grünen Paradieses lagen. Erstaunlich, wie schnell sich meine Sicht auf die Dinge ändern konnte. Plötzlich sah ich die Umgebung mit anderen Augen, erkannte die Schönheit dieser unberührten Wildnis, weil ich sie mit Rico verband. Mit uns. Wenn es nicht eine Ironie des Schicksals war, dass ich mich nun ausgerechnet an seiner Seite sicher und geborgen fühlte. Als würden sich unsere Herzen verbinden, sobald wir einander berührten. Wie viel sich doch mittlerweile geändert hätte. Inzwischen fühlte ich mich Rico viel mehr verbunden, als meinen Freunden, meinen Leidensgenossen, meinen Mitgefangenen. Weil ich mich nicht mehr so fühlte, als wäre ich eine von ihnen, auf eine nicht erklärbare Weise hatte Rico mich ein Stück weit befreit.

Mit der flachen Hand strich ich hoch zu seinem Brustkorb. »Wie viele Frauen hattest du schon vor mir?«

Er riss die Augen auf. »Was?«

Mit den Fingerspitzen kreiste ich um seine linke Brustwarze, bis sie ganz hart wurde. »Ist das ein Geheimnis?«

Sein Auflachen klang unbehaglich. »Ich habe sie nicht gezählt.«

»Okay.« Ich konnte ein Prusten nicht unterdrücken. »So viele also.«

»Was?« Ruckartig hob er den Kopf. »Nein, sie waren mir bloß nicht wichtig, verstehst du? Das war nur Sex, nichts weiter. One-Night-Stands. Nichts von Bedeutung.«

»Wie bei uns?«

Er drehte sich zur Seite, sodass ich von seinem Brustkorb rutschte, ehe er das Kinn in seiner Hand abstützte. Meine Wangen wurden warm, als ich mich auf den Rücken legte und ihn erwartungsvoll ansah. Ich musste wissen, was er über uns dachte, wo ich bei ihm stand. Ob ich ihm etwas bedeutete. Wohin die Sache zwischen uns beiden führte. Ob ich mich umsonst zur Außenseiterin abgestempelt hatte.

Er ließ sich viel zu viel Zeit mit einer Antwort und betrachtete meinen nackten Busen, was mich ganz nervös machte. Was gab es über diese simple Frage so lange nachzudenken? Mit den Fingerspitzen streichelte er über meine Brüste, streifte meine Nippel und verschaffte mir eine wohlige Gänsehaut. »Wir haben so viel mehr«, sagte er schließlich leise. »Ich habe das Gefühl, dich schon ewig zu kennen.«

Später am Abend kam Luisa von der Toilette zurück in unsere Hütte. Eben erst hatten wir den Appell hinter uns gebracht, und ich lag nun ausgestreckt auf meiner Matte.

»Du kannst ruhig jetzt schon rausgehen«, blaffte Luisa mich an, während sie sich zu Boden sinken ließ. »Geh endlich, ich will allein sein. Er sitzt am Feuer und wartet auf dich. Du musst nicht mehr hier ausharren, bis ich schlafe, damit du dich zu ihm hinausschleichen kannst.«

Seufzend setzte ich mich auf, mit Luisas so offensichtlich zur Schau getragener Feindseligkeit konnte ich überhaupt nicht umgehen. Sie kam mir vor wie eine Fremde. »Können wir nicht über alles reden?« Ich warf ihr einen bittenden Blick zu, aber sie schüttelte nur den Kopf.

»Zwischen uns gibt es nichts mehr zu bereden, Elena. Du hast mich verraten, damit du hier einen Beschützer hast. Was mit mir passiert, ist dir doch vollkommen egal.«

»Nein, das stimmt nicht.«

»Hörst du dich eigentlich selbst reden?« Ihre Augen verengten sich zu zwei schmalen Schlitzen. »Du hast jetzt nichts mehr vor Carlos zu befürchten, denn Rico passt auf dich auf. Aber mir hilft niemand.«

»Es ist nicht wegen Carlos …«, fing ich an, aber sie unterbrach mich sofort.

»Sag bloß, du magst diesen Typen wirklich. Das ist ja noch tausendmal schlimmer.« Luisa presste beide Hände vor den Mund und atmete hektisch. »Konntest du dir dann nicht wenigstens Carlos krallen? Dann hättest du jetzt den wichtigsten Mann an deiner Seite und nicht nur seinen Stellvertreter.« Sie brach in Tränen aus und versteckte ihr Gesicht in den Armen, während sie sich mit dem Oberkörper zu Boden warf.

»Luisa.« Ich krabbelte zu ihr hinüber.

»Hau endlich ab.« Sie stieß mich mit einer Hand weg.

Dennoch zögerte ich, denn ich konnte sie nicht allein lassen. Nicht in diesem Zustand. Luisa beruhigte sich nicht, zum ersten Mal seit jener Nacht in dem anderen Camp, seit ihrer Flucht, sah ich sie weinen. Mein schlechtes Gewissen fraß mich fast auf. Ich hatte in der Tat jemanden, der mich bisher vor dem Allerschlimmsten bewahrt hatte. Was Carlos mit Luisa angestellt hatte, wollte ich mir in meinen übelsten Albträumen nicht ausmalen. Kein Wunder, dass sie nun in mir eine Verräterin sah.

Luisa hob den Kopf, Tränen quollen über ihre Unterlider, ein nicht versiegender Strom, was mich bis in die Seele schmerzte. »Hau ab, geh endlich.« Mit jedem Wort wurde sie lauter »Worauf wartest du noch? Verschwinde!«

Schließlich stand ich auf und floh fast aus der Hütte. Luisa so verzweifelt zu erleben, hatte mir einen richtigen Pflock ins Herz gerammt, als trüge ich allein an allem die Schuld. Weil ich nichts von ihren Qualen auf mich genommen hatte, obwohl es meine Pflicht gewesen wäre, das viele Leid, das über uns gekommen war, mit ihr zu teilen. Ich hingegen hatte mich davongeschlichen, so wie ich mich jetzt zu Rico ans Lagerfeuer stahl.

»Du bist heute aber früh dran«, sagte er, als ich mich neben ihn setzte.

»Luisa meinte, ich kann ruhig jetzt schon zu dir gehen und muss nicht warten, bis sie schläft.«

Er zog eine Augenbraue in die Höhe. »Jetzt musst du wenigstens keine Geheimnisse mehr vor ihr haben.«

Statt einer Antwort bedeckte ich mit einer Hand meine Augen. Adriana und Luisa fehlten mir so sehr und mich überkam das Gefühl, eine Mitschuld an ihrem Schicksal zu tragen. Ich war in der Tat eine Verräterin.

Sachte löste er meine Hand von meinem Gesicht. »So schlimm?«, fragte er mit weicher Stimme.

»Luisa und ich hatten einen Streit.« Ich schluckte. »Sie kann nicht verstehen, warum ich mich mit dir treffe und lässt es mich auch nicht erklären. Außerdem glaubt sie, ich hätte sie verraten.«

»Das ist doch Blödsinn. Du hast niemanden verraten. Was zwischen uns läuft, hat mit keinem anderen etwas zu tun, auf beiden Seiten nicht. Das geht nur uns etwas an.«

»Ich weiß, aber Luisa hat solche Angst vor Carlos. Sie glaubt jetzt, dass er mich wegen dir in Ruhe lassen wird und sie nun alles geballt abbekommt.«

Rico wich meinem Blick aus, stattdessen starrte er ins Feuer.

»Irgendwie kann ich Luisa verstehen, nach allem, was vorgefallen ist«, flüsterte er nach einer längeren Pause.

»Was?« Ich legte ihm eine Hand auf den Arm. »Was hat Carlos ihr angetan? Und warum hast du ihr nicht geholfen?«

»Was er mit ihr gemacht hat, muss ich dir doch nicht erklären, oder?«, erwiderte er zwischen zusammengebissenen Zähnen.

»Nein, ich denke nicht. Ich wollte es wohl einfach nur nicht wahrhaben, das ist alles.«

»Ich habe ihr geholfen. Ohne mich hätte Carlos sie noch im Dschungel erschossen. Mehr konnte ich nicht für sie tun. Sie ist geflohen, niemals hätte er ihr einen Regelverstoß dieser Größenordnung ohne Bestrafung durchgehen lassen. Er hat euch doch tausendmal davor gewarnt, was euch blüht, wenn ihr abhaut. Glaubt ihr etwa, er redet nur so daher?« Rico legte einen Arm um mich und drückte mich fest an sich. »Dir wird nichts passieren. Ich passe auf dich auf.«

»Seltsam.« Ich lachte bitter auf. »Genau das Gleiche hat Luisa auch gesagt.«

Sein Körper versteifte sich, bevor er mich wieder losließ.

»Denk nicht mehr daran, was passiert ist. Wir können nichts davon rückgängig machen.« Er fasste mich beim Kinn und drehte mein Gesicht in seine Richtung, zwang mich, ihn anzusehen. »In ein paar Wochen ist alles vorbei, und ihr seid wieder zu Hause. Das verspreche ich dir.«

»Und du? Wo bist du dann?«

Rico ließ mich wieder los, unterbrach den intensiven Augenkontakt, den er Sekunden vorher noch zwischen uns hergestellt hatte. »Das werden wir dann sehen.«

Eine eisige Distanz machte sich zwischen uns breit, als strömte Rico eine plötzliche Kälte aus. Ich stand auf. »Ich gehe schlafen, ich bin müde.« Halbwegs unterlag ich der Hoffnung, er würde mich zurückhalten, mich in seine Arme reißen und mir versichern, dass es zwischen uns nie enden würde.

Aber er sah nicht einmal hoch. »Gute Nacht.« Rico betrachtete seine Hände im Schoß.

»Gute Nacht«, erwiderte ich und verschwand in der Dunkelheit.

RICO

Über die Schulter hinweg beobachtete ich, wie Elena in der Dunkelheit verschwand. Verdammt. Sie tat mir nicht gut. Mit ihr wurde alles so kompliziert. Schon längst hatte ich mich viel zu sehr in diese bildschöne Frau verstrickt, obwohl ich mir meine Schwäche selbst nicht eingestehen wollte. Sie hatte mich in ihrem Netz.

Mit ihren großen braunen Augen.

Ihrem weichen Körper, an dem jede Rundung stimmte.

Ihrer süßen Unschuld, die sie mir geschenkt hatte und die noch immer an meinen Lippen klebte wie Honig.

Mit der Art, wie sie mich ansah, bewundernd und so voll Liebe, getränkt mit hunderttausenden von Emotionen, die sie nicht verbergen konnte, auch wenn sie das vielleicht glaubte. Kein Wunder, dass ihre Freunde sofort mitbekommen hatten, dass da was zwischen uns lief. Sie war wie ein offenes Buch, in dem man durch alle Seiten blättern konnte.

Doch genau diese unschuldige Süße hatte mich gepackt. Ihr Charme. Ihr großes Herz. Ihr Sinn für Humor.

Fast schon zwang sie mich in die Knie, mit ihrem

blumigen Duft den sie verströmte, oder wenn sie ihre Beine für mich spreizte und den Kopf in den Nacken sinken ließ, während ich ihr diese kleinen Glückslaute entlockte, die dafür sorgten, dass ich mich wie ein Held fühlte. Sie hatte mich bei den Eiern – fest. Und jetzt kam ich nicht mehr von ihr los. Warum hatte sich Elena damals nur zu mir ans Lagerfeuer gesetzt? Ich hätte das niemals zulassen dürfen. Obwohl ich insgeheim jede einzelne Sekunde genossen hatte. Also, warum stiegen jetzt diese ganzen Zweifel in mir auf? Tief in mir drinnen wusste ich, wie viel sie mir mittlerweile bedeutete und ich sah ihr an, dass auch sie viel zu viel für mich empfand. Für ihren Kidnapper. Ihr schien nicht klar zu sein, dass ein riesiger Berg an Problemen auf sie wartete, sobald sie in Freiheit gelangte. Sobald die Leute ihr Fragen über ihre Zeit im Dschungel stellten. Sobald ihre Mitgefangenen den Mund aufmachten und über uns beide redeten. In ihrer niedlichen Naivität ahnte sie nicht, was ich ihr antat. Im Gegenzug würde sie mir das Herz brechen. Ich war an einem Punkt angelangt, an dem ich sie nicht mehr so ohne weiteres gehenlassen wollte. Aber ein ganzes Leben an meiner Seite, immer auf der Flucht, irgendwo in der Fremde, konnte ich ihr nicht zumuten.

Ich schüttelte über mich selbst den Kopf. Auch jetzt noch war Elena ein Troublemaker, mit dem ganzen Chaos, das sie anstiftete, indem sie ihre Freunde gegen sich aufbrachte.

Sie konnte einfach nicht aus ihrer widerspenstigen Haut, obwohl sie genauso wenig eine Ahnung hatte, wohin die Sache mit uns driftete.

Wieso musste ausgerechnet Elena diese unwiderstehliche Wirkung auf mich haben?

Wieso war ich nicht immun gegen ihren süßen

unschuldigen Charme? Ich war ein Kerl, der seit Jahren keine Frau länger als eine Nacht an sich heranließ.

Wieso berührte sie mein Herz auf diese mir unbekannte Weise?

Wieso begehrte ich diese unerfahrene Frau so sehr?

Alles wäre so viel einfacher, wenn sie ein Tabu für mich geblieben wäre.

Aber ich hatte ja sofort alle meine Prinzipien über Bord geworfen, als sie sich auf meinen Schoß gesetzt und ihre Brüste entblößt hatte. Ausgesprochen schöne Brüste, das musste ich ihr lassen.

Ich griff mir in den Nacken. Wir brauchten dringend Abstand zueinander, ansonsten konnte ich nicht dafür garantieren, dass ich sie jemals wieder aus meinem Leben ziehen lassen würde.

ELENA

Am frühen Nachmittag saß ich auf dem Bretterboden vor unserer Hütte und starrte vor mich hin. Das durfte echt nicht wahr sein! Den ganzen Vormittag war Rico nicht bei mir aufgetaucht. Ich hatte ihn heute noch nicht ein einziges Mal zu Gesicht bekommen. Keine Ahnung wo er steckte. Ich wusste nur, dass er mich hier versauern ließ, obwohl er wusste, wie schlecht die anderen auf mich zu sprechen waren. Mit einem Ohr bekam ich mit, dass Pedro und Luisa neben mir miteinander tuschelten.

»Ihr Lover hat heute keine Zeit für sie. Ist wohl zu beschäftigt«, hörte ich Pedro sagen.

Luisas Kichern klang schadenfroh. »Vielleicht hat er sie schon satt.«

»Hoffentlich verliert sie jetzt nicht ihren Prinzessinnenstatus und muss sich wieder auf unsere Stufe begeben.«

»Würde mich nicht wundern, wenn Rico sie an seine Kumpane weiterreicht.« Ungerührt zuckte Luisa mit den

Schultern. »Tja, so kann es gehen, wenn man sich mit Verbrechern einlässt.«

Ich hielt deren gehässiges Gerede nicht mehr länger aus, sonst würde ich noch einem von beiden den Hals umdrehen. Was sollte ich machen, wenn Rico mir tatsächlich aus dem Weg ging? Wenn er mich auch noch im Stich ließ? Oder wurde ich schon paranoid? Aber er hatte sich gestern Nacht zum Schluss so merkwürdig verhalten. Als wollte er Schluss machen, die Sache mit mir beenden. Verdammter Mistkerl. Nur wegen ihm hatte ich die ganzen Scherereien mit den beiden am Hals und jetzt ließ er mich einfach fallen? Ich sprang auf und eilte hinunter zur Waschstation, um wenigstens mal ein paar Minuten ganz für mich allein zu sein. Während ich den vollen Eimer zur Wanne schleppte, dachte ich unentwegt an ihn. Ich hatte so gehofft, das mit uns beiden wäre etwas Besonderes, dass ich keinen Riesenfehler mit ihm begehen würde. Wenn, dann höchstens einen ganz kleinen …

Hatte er wirklich so schnell das Interesse an mir verloren? Ich zog mich aus, und stieg in die Wanne, schäumte mein Haar ein und wusch meinen Körper, danach schrubbte ich meine Klamotten sauber. Unter anderen Umständen könnte ich mich von Rico ablenken, zu Hause hätte ich mit meinen Freundinnen über ihn reden und jede Äußerung von ihm haarklein analysieren können. Also unter normalen Umständen. Wenn ich nicht von ihm gekidnappt worden wäre. Wenn ich nicht so verrückt gewesen wäre, mich in die waghalsigste Affäre meines Lebens zu stürzen. Als Ricos Gesicht erneut vor meinem inneren Auge aufstieg, vermisste ich ihn unglaublich. Ich schloss die Lider und strich mit den Fingerspitzen über meinen Hals bis hinunter zu meinen Brüsten, dieselbe Linie entlang, die Rico gestern noch mit seiner Zungenspitze gezogen hatte. War tatsächlich alles schon wieder vorbei, oder hatte er einfach nur wichtigeres zu tun? Warum flippte ich gleich aus? Nein. Tief in mir spürte ich, dass sich gestern Nacht etwas Gravierendes zwischen uns verändert hatte.

Seufzend stieg ich aus der Wanne, zog meine ausgewrungenen Kleider an und entwirrte mit den Fingern mein Haar, bevor ich das Wasser abließ und die Waschstation wieder verließ. Ich blieb stehen und verschaffte mir einen raschen Überblick.

Die Feuerstelle lag verwaist vor mir, also beschloss ich, eine Tasse Tee zu trinken, um nicht bei den anderen ausharren zu müssen. Ich setzte mich auf einen Stamm, stemmte meine Ferse darauf und zog ein Knie hoch. An meinem Tee nippend, saß ich einfach nur da. Total allein. Noch immer war weit und breit nichts von Rico zu entdecken. Ich sollte mich nicht so auf ihn fixieren. Mich nicht dermaßen in das hineinsteigern, was zwischen uns lief. Wenn er nicht mehr wollte, dann eben nicht. Trotzdem tat mein dummes Herz weh. Irgendwie hatte ich das Gefühl, nach Adriana auch noch meinen besten Freund verloren zu haben. Es sah ihm überhaupt nicht ähnlich, einfach den ganzen Tag nicht im Lager aufzukreuzen. Was trieb er stundenlang allein im Dschungel? Saß er ohne mich an unserem Platz?

Neben mir krabbelte ein fingerdicker Tausendfüßler über den Boden, ich sah ihm zu, wie er an mir vorbeiwuselte und unter dem Stamm verschwand.

Als ich den Kopf wieder hob, erstarrte ich, denn Carlos kam aus dem Dickicht beim Bach und schlug meine Richtung ein. Ach, du Scheiße! Sofort stellte ich mein angewinkeltes Bein zurück auf die Erde und wollte zurück zu unseren Hütten hechten, da hatte er mich bereits erreicht. Die drei auf der Veranda richteten sich auf und beobachteten uns.

»Setz dich wieder hin«, befahl er in seinem üblichen gereizten Tonfall und ich gehorchte auf der Stelle. Meine Hände zitterten. Ich senkte den Kopf und starrte zu Boden, in der Hoffnung, dass Carlos einfach weitergehen möge. Leider tat er das nicht. Im Gegenteil: Ich spürte seinen prüfenden Blick im Rücken.

»Heute kein Fickstündchen mit Rico im Wald?«

Mir blieb nichts anderes übrig, als aufzusehen. Das Blut rauschte mir laut durch die Ohren. Was sollte ich jetzt tun? Erwartete er allen Ernstes eine Antwort von mir?

»Wo ist er denn?«, fragte er übertrieben freundlich.

Mein Schluchzer rang sich erschreckend laut aus meiner Kehle. »Ich weiß es nicht.«

Carlos stellte ein Bein neben mir auf den Stamm, bevor er sich dicht an mein Ohr beugte und mir schwer eine Hand auf die Schulter legte.

Jede Sehne, jeder Muskel in meinem Körper erstarrte zu Eis.

»Ich könnte auch mit dir spazieren gehen«, flüsterte er mit einem breiten anzüglichen Grinsen im Gesicht, sein säuerlicher Atem streifte meine Wange.

In diesem Moment wollte ich sterben.

Carlos nahm seine Hand wieder von mir, es fühlte sich an, als hätte er ein Brandmal auf meiner Haut hinterlassen. »Rico«, hörte ich ihn gleich darauf überrascht sagen. »Warum schleichst du dich so an?«

Ruckartig drehte ich mich um. Er stand tatsächlich hinter uns, sein Blick wechselte zwischen mir und Carlos. »Unterhaltet ihr euch gut?«, fragte er und klang so gleichmütig, als würde er sich nach dem Wetterbericht der nächsten Tage erkundigen.

Carlos schüttelte den Kopf. »Nein, sie ist ein bisschen wortkarg. Was findest du an der? An ihr ist nicht mal viel dran, kaum Titten.«

»Lass deine Finger von ihr«, verwarnte Rico ihn mit schneidender Stimme.

Carlos winkte ab. »Du kannst sie gern haben«, sagte er schnaubend. »Mir gefällt die andere sowieso besser. Die hat wenigstens einen runden, fleischigen Arsch, den man mit beiden Händen packen kann.«

»Warum gehst du nicht einfach?« Ricos Hände ballten sich zu Fäusten.

Carlos winkte ab, ehe er sich tatsächlich in Bewegung setzte und verschwand.

Ich sah wieder weg, wahrscheinlich haute er jetzt ebenfalls ab.

Aber nein, er setzte sich tatsächlich neben mich. »Ist alles okay?« Er klang besorgt.

Ich nickte ansatzweise, ohne den Kopf zu heben. Warum ging er nicht einfach? Den ganzen Tag über war er verschwunden gewesen, nur deshalb hatte Carlos mich in die Mangel nehmen können. Noch immer zitterte ich am ganzen Leib, ich fühlte mich fix und fertig, als wäre ich soeben mit knapper Not dem sicheren Tod entkommen.

»Gehen wir spazieren?« Er stieß mich sachte mit dem Ellenbogen an. »Damit du ein bisschen rauskommst.«

Meine Knie waren so weich, ich konnte unmöglich aufstehen.

»Los gehen wir«, sagte er in diesem Befehlston, den er immer dann anschlug, wenn er uns zeigen wollte, wer hier das Sagen hatte.

»Selbstverständlich, wenn du es befiehlst«, erwiderte ich mit sarkastischem Unterton, während ich mich ungelenk erhob. Ich hatte diese ganzen Befehle, die uns alle dauernd zubellten, so satt. Ich hatte es so satt, dauernd Angst haben zu müssen und kein Recht mehr auf meine eigenen Entscheidungen zu haben. Ich war dumm gewesen, denn ich dachte wirklich die Sache mit uns beiden könnte irgendwohin führen. Weil ich in meiner Naivität geglaubt hatte, Rico könnte mehr für mich empfinden, doch das tat er nicht. Für ihn war ich ein Spielzeug, das ihm zur Verfügung zu stehen hatte, wann immer er Lust auf mich verspürte. Diese Erkenntnis, traf mich knallhart.

»Warum machst du alles so kompliziert?« Er klang sauer.

Mein Lachen hätte nicht bitterer ausfallen können. »Tut mir echt leid, dass ich es kompliziert für *dich* mache. Wieso ist in diesem Camp irgendwas kompliziert für dich? Du befindest dich doch in der besten Position. Jeder hört auf dein Kommando. Und wer das nicht tut, muss eben mit Konsequenzen rechnen. Was bleibt mir da anderes übrig?«

In Ricos Gesicht spiegelte sich Betroffenheit. »Du siehst das wirklich so? Dass ich dir keinen freien Willen lasse?«

»Du hältst mich gefangen«, erinnerte ich ihn an die *Kleinigkeit*, die er wohl vergessen hatte. »Oder was machst du mit mir, wenn ich dieses Camp jetzt verlasse? Allein.« Eine unglaubliche Wut wallte in einer riesigen Woge in mir hoch, als hätte Rico ein Ventil in mir gesprengt. Aller angestauter Frust, die Trauer, die ständige Angst, die mir in allen Knochen steckte, alles, was ich seit Wochen in mir versteckt halten musste, befreite sich mit Wucht.

»Du verhältst dich unvernünftig«, er schüttelte ungläubig den Kopf. »Denn ich habe dich immer gut behandelt und dich auch immer beschützt.«

»Sicher, der Herrscher über das Lager hat alles für mich geregelt. Selbst Carlos lässt mich in Ruhe, wenn du einschreitest. Eine Win-Win Situation für uns beide. Du hast dafür gesorgt, dass ich nichts vor Carlos zu befürchten habe, im Gegenzug habe ich mich für dich ausgezogen. Was willst du also von mir? Wir haben beide das bekommen, was wir wollten.« Ich wollte ihn verletzen, genauso wie er das bei mir getan hatte, und tat mir selbst am allermeisten weh, denn jedes Wort von mir war eine Lüge.

Rico schnellte auf die Beine. In seinem Blick lag so viel Wut, dass ich unwillkürlich den Atem anhielt und vor ihm zurückwich.

»Du hältst dich wohl für besonders schlau, weil du im richtigen Moment die Beine breitgemacht hast«, knurrte er. »Aber du vergisst, mit wem du hier redest.«

»Nein, das tue ich nie. Ich rede mit meinem Kidnapper.«

»Ganz genau.« Seine Augen verengten sich zu zwei schmalen Schlitzen. »Von heute an bist du auf dich allein gestellt und jetzt verschwinde zu den anderen Geiseln, denn da gehörst du hin.«

Ich presste die Lippen fest zusammen, um mir eine unbedachte Erwiderung zu verkneifen. Er sah so wütend aus, wie ich ihn mir gegenüber noch nie erlebt hatte. Erst, als er sich umdrehte und verschwand, wagte ich wieder zu atmen.

Punkt neun Uhr abends stellte ich mich neben den anderen zum Appell auf. Als ich hochsah, entdeckte ich Rico beim Feuer sitzen, der mich mit finsterer Miene musterte. Wie es aussah, hatten ihn die vergangenen Stunden seit unserem Streit nicht abgekühlt.

Felipe schlenderte herüber, als er Rico passierte, stand der auf und schloss sich ihm an. Nach einem kurzen Wortwechsel wandte sich der Wächter achselzuckend wieder um, dafür kam Rico jetzt mit langsamen Schritten auf uns zu, seine verkniffene Miene verhieß nichts Gutes.

»Das haben wir nur dir zu verdanken«, wisperte Pedro neben mir, dem wohl ebenfalls Übles schwante.

Unwillkürlich trat ich einen Schritt zurück. Am liebsten hätte ich mich hinter Jose versteckt, der auf meiner anderen Seite stand, da hatte Rico uns bereits erreicht.

Einen nach dem anderen traf sein eisiger Blick, nacheinander senkten wir die Köpfe.

»Stell dich in die Reihe«, herrschte er mich an, worauf ich heftig zusammenschreckte, ehe ich seinem Befehl folgte und einen Schritt vormachte. Was hatte das jetzt zu bedeuten? Was hatte er vor? Ein Kloß wuchs in meinem Hals und blockierte meine Atemwege. Rico verhielt sich wie am ersten Tag, knallhart und völlig emotionslos, als wären wir uns nie nahegekommen.

»In Zukunft verlässt keiner von euch nach dem Appell mehr sein Quartier, ganz egal, aus welchem Grund. Ihr bleibt in euren Hütten. Habt ihr das kapiert?« Mit jedem Wort wurde er lauter und mir kläglicher zumute. Er meinte allein mich. Ganz eindeutig. Ich war die einzige, die es jemals gewagt hatte, nachts ins Freie zu gehen.

Rico kam dicht vor mein Gesicht. »Ich will eine Antwort hören.«

»Ja, verstanden«, hauchte ich, nicht in der Lage seinem frostigen Blick standzuhalten. Meine Augen brannten, denn er wandte sich nicht ab. Mit dem Zeigefinger tippte er mir gegen das Schlüsselbein. »Für dich gelten dieselben Regeln wie für alle anderen auch, verstößt du auch nur gegen eine einzige, hat das eine Bestrafung zur Folge, kapiert?« Er spuckte mir jedes Wort regelrecht vor die Füße.

Ich nickte lediglich, denn ich hatte meine Stimme nicht mehr im Griff. Wir beide waren nun ganz offiziell Geschichte. Vorbei. Meine erste große Liebe war zu Ende.

Auf die schlimmste nur mögliche Weise. Verdammt, tat das weh und ich dumme Kuh war selbst daran schuld.

»Verschwindet in eure Hütten und bleibt dort« Erneut traf mich sein knallharter Blick, als wollte er sichergehen, dass ich mich auch ja nicht widersetzte. Tat ich nicht. Ganz sicher nicht. Nicht nach dieser Ansprache. Schließlich drehte er sich um und ging zurück zur Feuerstelle.

»Wow«, kam es von Luisa. »Mit dem hast du es dir aber verscherzt. Nichts mehr mit Retter in der Not.« Sie klang schadenfroh.

»Lass mich in Ruhe.« Ich ging zurück in die Hütte, sank auf meine Matte und wünschte Rico zum Teufel.

ELENA

Wie in den vergangenen Tagen saß ich allein auf der Veranda und schaute den anderen von weitem beim Frühstücken zu. Die drei ließen sich Zeit mit dem Löffeln ihres Eintopfes, während ich mir einsam und verlassen vorkam. Ein Gefühl verriet mir, dass nun schwierige Zeiten für mich anbrachen. Ich hatte Rico verloren, wegen dieser ganzen dummen Dinge, die ich zu ihm gesagt hatte, die ich nicht einmal ehrlich gemeint hatte.

Just in diesem Moment kam er aus seiner Hütte und blieb stehen. Sein Blick wechselte zwischen mir und den anderen am Lagerfeuer, ehe er sich in Bewegung setzte. Und zwar in meine Richtung! Mein Herzschlag pochte dumpf in meiner Brust, während ich beobachtete, wie er näherkam.

»Geh zu den anderen Geiseln«, befahl er barsch, als er mich erreicht hatte. »Keine Sonderbehandlung mehr für dich.«

Noch bevor ich den Mund zu einer Erwiderung öffnen konnte, war er schon an mir vorüber. Was blieb mir anderes übrig, als seine Anordnung zu befolgen, wenn ich mir nicht noch mehr Schererein einhandeln wollte? Also rappelte ich mich hoch und setzte mich zu den anderen ans Feuer. »Rico hat befohlen, dass wir zusammen bleiben müssen«, erklärte ich hastig, bevor ich mir Tee in eine Tasse goss.

Ich setzte mich auf den Stamm, ließ aber Abstand zu den dreien.

Ein gequältes Stöhnen kam von Pedro. »Super. Kaum hat er genug von dir, drückt er dich uns wieder aufs Auge.«

Statt einer Antwort nippte ich an meinem Tee. Ohne Rico an meiner Seite fühlte ich mich seltsam hilflos. Es hatte sich nicht gelohnt, ihm mein Herz zu schenken, dieses riskante Liebesmanöver zu wagen.

»Könnt ihr sie nicht endlich mal in Ruhe lassen?«, sagte Jose genervt. »Warum vergessen wir die Sache nicht einfach? Elena hatte also was mit Rico. Was soll's? Immerhin stecken wir alle in derselben Situation fest.«

»Niemals.« Pedro klang hasserfüllt. »Niemals werde ich Elena diesen Verrat verzeihen. Und dann auch noch ausgerechnet mit Rico.«

Luisa krallte beide Hände um ihre Blechtasse. »Diese Leute haben Adriana auf dem Gewissen, nur wegen denen musste sie sterben. Und was machst du als allererstes? Du freundest dich mit ihren Mördern an. Das ist so krank.«

»Rico hat Adriana nie etwas getan«, warf ich ein und sah ihr direkt in die Augen, erkannte den Schmerz, der darin tobte und wollte plötzlich nicht mehr mit ihr streiten. Stattdessen wollte ich Luisa in den Arm nehmen und sie trösten. Wiedergutmachen. Alles wiedergutmachen, was Carlos ihr angetan hatte.

Luisa tippte sich gegen die Stirn. »Die stecken allesamt

unter einer Decke. Hast du das immer noch nicht kapiert? Wie naiv bist du eigentlich? Der Typ hatte ein bisschen Spaß mit dir, das war alles. Er hat dich ausgenutzt. Warte es nur ab. Als Nächstes reicht er dich an die Wächter weiter, dein Rico.« Sie betonte den ihr verhassten Namen abfällig, während sich ihre Augen zu zwei Schlitzen verengten.

»Rico ist nicht so.« Vehement schüttelte ich den Kopf.

»Hör endlich auf, diesen Verbrecher zu verteidigen!« schrie Luisa mich an. Sie fuhr in die Höhe und stampfte mit dem Fuß auf. Auf der anderen Seite sprangen die Wachleute auf die Beine und richteten ihre Waffen auf uns, doch Luisa bemerkte nichts davon. Ihr hasserfüllter Fokus lag einzig und allein auf mir.

»Hast du nicht gehört, was er gestern zu dir gesagt hat?« legte sie nach und stemmte beide Hände in die Hüften. »Der Kerl hat dich gestrichen. Aus ist es mit Kidnapper-Liebling.«

»Luisa, sei leise«, kam es von Pedro, aber sie beachtete ihn nicht.

»Ich habe es so satt, dich jeden Tag ansehen zu müssen«, kreischte sie und wurde ganz hysterisch. »Vielleicht warst du für den Kerl einfach nicht gut genug im Bett!«

Ich bemerkte Rico am Rand des Camps, der mit Sicherheit alles mitanhörte, so laut wie Luisa schrie. Wenigstens war Carlos nicht anwesend, er hatte vor ein paar Stunden das Lager verlassen und war seitdem noch nicht zurückgekehrt.

Die Wächter setzten sich in Bewegung, von der anderen Seite kam Rico auf uns zu.

»Hör auf, Luisa.« Besänftigend legte Jose ihr eine Hand auf die Schulter, als sie sich wieder setzte, worauf sie mit allen Fasern ihres Körpers erstarrte und nach Luft schnappte. Ihre Augen wurden groß, bevor sie seine Hand von sich herunterschlug.

»Fass mich nicht an! Keiner von euch.« Wie von einem Skorpion gestochen, war Luisa erneut auf den Beinen. »Ich hasse euch alle!«

»Du«, brüllte Felipe, der schon wieder vergessen zu haben schien, dass er nicht mit uns reden durfte, und deutete mit dem Gewehrlauf auf Luisa. »Raus aus der Gruppe und herkommen, sofort.«

»Nein«, keuchte sie und schüttelte den Kopf. »Nein!« Ihr Gesicht spiegelte blankes Entsetzen wider, ehe sie über den Stamm sprang und davonrannte, Rico direkt in die Arme, der sich uns von der anderen Seite näherte. Sie bremste erst dicht vor ihm ab und trat einen Schritt zurück, während die Wächter sie einkreisten.

»Bitte nicht«, flehte sie Rico an, und schnappte hektisch nach Luft.

»Waffen runter«, befahl Rico. »Auf der Stelle«, setzte er laut nach, als keiner seiner Leute reagierte. Währenddessen sank Luisa weinend vor ihm auf die Knie. Sie presste beide Handballen gegen die Schläfen und machte sich ganz klein, unzählige Schluchzer schüttelten ihren Körper.

»Was sollen wir mit ihr machen?«, fragte Felipe und schulterte sein Gewehr.

»Geht zurück auf eure Plätze, ich regle das.« Rico machte eine unwirsche Handbewegung, worauf sich die Wächter trollten.

»Luisa«, fing er leise an.

»Es tut mir leid«, schluchzte sie und wippte mit dem Oberkörper. »Bitte tu mir nichts.« Ihr Anblick brannte in mir wie Salzsäure. Ich wollte ihr helfen, wusste aber nicht, ob ich am Ende nicht alles noch viel schlimmer machte.

»Niemand hier tut dir etwas.« Rico ging in die Hocke.

»Hörst du?«, redete er mit gedämpfter Stimme und beruhigend auf sie ein. »Ich werde das nicht zulassen. Du musst keine Angst haben.«

»Aber ich habe Angst vor dir.« Ihre Schultern bebten, sie sah Rico nicht ein einziges Mal an.

»Okay«, erwiderte er und stand auf. »Elena bringt dich in deine Hütte, ist das in Ordnung? Niemand sonst fasst dich an.«

Als sie nickte, winkte er mich zu sich. Sofort hastete ich zu den beiden hin und half Luisa auf die Beine. »Komm mit«, sagte ich, während ich einen Arm um ihre Taille legte und sie in unsere Hütte schleifte. Noch immer weinte sie, konnte sich gar nicht beruhigen. Sachte ließ ich Luisa auf ihre Matte sinken, wie üblich drehte sie sich auf die Seite und umfasste ihre Knie mit den Armen. »Bitte, lass mich allein«, flüsterte sie und ich tat ihr schweren Herzens den Gefallen.

Spätnachts linste ich durch den Spalt im Vorhang hinaus in die Dunkelheit. Wie immer saß Rico mit dem Rücken zu mir beim Feuer. Ein inneres Zittern erfasste mich, während ich ihn beobachtete. Am liebsten würde ich zu ihm hinübergehen und ihm sagen, wie großartig er sich Luisa gegenüber verhalten hatte und ihm danken, dass er nicht mehr zulassen würde, dass irgendjemand ihr wehtat. Aber leider hatte er mir ja verboten, nach dem Appell die Hütte zu verlassen.

Eine unglaubliche Sehnsucht nach ihm überfiel mich, weshalb ich ein paar zögerliche Schritte auf die Veranda trat. Ich vermisste unsere Gespräche so sehr. Rico wirkte wie ein Magnet, ich konnte mich nicht gegen seine Anziehungskraft wehren.

Seine Gesichtszüge verhärteten sich, als ich neben ihm auftauchte, aber er sagte kein Wort.

»Können wir reden?« Ich knetete meine Finger.

Rico sah wieder weg, er beachtete mich nicht, als würde ich gar nicht existieren.

»Setz dich«, sagte er schließlich knapp, während er die Arme vor der Brust verschränkte.

Erleichtert sank ich auf den Stamm, und musterte ihn verstohlen. Seine blonden Strähnen hingen ihm wild in die Stirn. Am liebsten würde ich mit allen zehn Fingern durch seine Haare fahren, aber ich riss mich zusammen.

»Was willst du?«, fragte er betont gelangweilt.

»Danke, dass du Luisa nicht bestraft hast.«

»Deswegen bist du da?« Ungläubig betonte er jedes einzelne Wort. »Hast du wirklich geglaubt, ich könnte das tun?« Er wandte den Kopf, ich sah in seinen Augen, wie aufgewühlt er war. »Hältst du mich echt für so einen Scheißkerl?«

»Nein«, hastig schüttelte ich den Kopf. »Aber sie wollte schon wieder flüchten, fast hätten die Wächter sie erschossen und ich hatte solche Angst um Luisa. Du sagtest selbst, dass kein Fluchtversuch unbestraft bleibt.«

Er seufzte tief auf. »Luisa ist fix und fertig, sie sollte schon längst nicht mehr bei uns im Camp sein, sondern zu Hause bei ihrer Mutter. Aber daheim erwartet sie auch nichts Gutes. Das Mindeste, was ich tun kann, ist dafür zu sorgen, dass ihr nicht noch mehr passiert.«

Ich schluckte. »Was meinst du damit, dass Luisa zu Hause nichts Gutes erwartet?«

Für einen Moment schloss er die Augen, auf seinem Gesicht zeichnete sich ein qualvoller Ausdruck ab. »Ihre Mutter liegt im Sterben, der Krebs ist wohl äußerst aggressiv und ich habe keine Ahnung, ob sie überhaupt noch lebt.«

Mein Mund stand offen. »Aber du hast doch gesagt …«

»Ich habe gelogen, okay?«, schnauzte er mich an. »Damit Luisa nicht vollkommen durchdreht. Glaub mir, ich weiß genau, wie es sich anfühlt, wenn die eigene Mutter stirbt, während man weit weg ist und nichts tun kann.«

Ich saß da, als hätte Rico mir ein Brett vor den Kopf geknallt. Señora Espinosa lag im Sterben, während wir alle die ganze Zeit über geglaubt hatten, sie befände sich auf dem Wege der Besserung? Wie hatte ich mich für Luisa gefreut, dass ihr wenigstens eine Last von den Schultern genommen worden war und jetzt stellte sich alles als eine Lüge heraus? »Luisa glaubt, ihre Mutter wird gesund.«

»Zuhause können sie Luisa besser helfen, mit der Situation umzugehen. Was bringt es ihr die Wahrheit zu kennen, solange sie hier im Busch festhängt?« Rico warf mir einen durchdringenden Blick zu. »Du solltest ihr die Wahrheit besser nicht sagen, glaub mir. Sie ist sowieso schon total fertig.«

»Okay«, stimmte ich ihm zu, sowieso war ich die Allerletzte, mit der Luisa derzeit reden wollte, ich musste mich nicht auch noch als Hiobsbotschafterin aufspielen. Mein Herz wurde ganz schwer, als ich an ihre arme Mutter dachte.

»Es tut mir leid«, sprudelte es aus mir heraus.

»Und was genau?«, wollte er wissen.

»Die Dinge, die ich zu dir gesagt habe.« Fast hätte ich nach seiner Hand gegriffen, aber ich hielt mich im letzten Moment davon ab. »Dass ich nur mit dir geschlafen habe, damit du mich beschützt. Das stimmt nicht, das musst du mir glauben.«

»Muss ich das?«, erwiderte er kühl.

»Ich habe es nicht so gemeint.« Oh, Gott, wenn er mich doch nur in den Arm nehmen würde, und mir versichern, dass alles wieder okay zwischen uns war. Nichts wünschte ich mir mehr. Aber leider tat er das nicht.

»Sieh mal«, sagte er leise und setzte sich aufrecht hin. »Das war doch keine schlechte Verbindung zwischen uns. Du hast ein paar Privilegien herausgeschlagen, und ich hatte dafür meinen Spaß. Es war wirklich nett mit dir, Elena und wie du treffend formuliert hast: Win-Win. Bald bist du zu Hause und lässt alles, was im Dschungel geschehen ist, hinter dir.«

Ich schloss die Augen und musste erst einmal sacken lassen, was er mir gerade um die Ohren gehauen hatte. »Das kann nicht dein Ernst sein.«

»Ich habe nie etwas ernster gemeint.« Seine Stimme hatte jede Emotion verloren.

»Aber wie geht es jetzt mit uns weiter? Ignorierst du mich einfach?« Ich legte eine Hand auf mein wild schlagendes Herz, das schrecklich wehtat.

»Es ist vorbei«, sagte er mit Nachdruck. »Wenn du unbedingt Gesellschaft möchtest, musst du dir schon einen anderen suchen. Vielleicht hat Carlos ja Zeit für dich.«

Mit einem Satz war ich auf den Beinen. Noch nie zuvor hatte mich jemand so sehr gekränkt wie er das eben getan hatte. Ich war in der Tat dumm gewesen. Pedro und Luisa hatten recht. »Jetzt tut es mir nur noch leid, dass ich mit dir geschlafen habe.« Meine Stimme zitterte verräterisch. »Du Mistkerl.«

Mit den Fingerspitzen massierte sich Rico die Nasenwurzel. »Was hast du erwartet? Die große Liebe?«

»Vergiss es einfach.« Auf dem Absatz drehte ich mich um und machte, dass ich davon kam.

RICO

Wütend schlug ich mit der Faust in meine eigene Hand. Verdammt. Elena hatte so verletzt und enttäuscht ausgesehen, bevor sie zurück in ihre Hütte hetzte, als wäre Carlos höchstpersönlich hinter ihr her. Was war sie eigentlich die ganze Zeit über für mich gewesen? Eine überraschende Abwechslung? Immerhin hatte ich es nie darauf angelegt, mit ihr zu schlafen. Kein einziges Mal. Hätte sie nicht den ersten Schritt gemacht, wir würden heute noch nachts am Lagerfeuer sitzen und einfach nur quatschen. Was nicht halb so kompliziert gewesen war, wie unsere jetzige Situation.

Bevor wir die Mädchen entführten, hatten unsere Auftraggeber einiges an Informationen über sie und ihre Familien gesammelt. Das meiste über Adriana, aber auch über Elena und Luisa stand manches in den Notizen. Damals hatte ich die vielen Blätter nur kurz überflogen, um mir einen groben Gesamtüberblick zu verschaffen. Immerhin war der Auftrag simpel gewesen: Drei junge Frauen kidnappen, die unter Garantie keine Gegenwehr wagten, sobald sie in den Lauf eines Gewehres blickten.

Dachte ich zumindest: Bis Elena mich auf dem Weg durch den Dschungel eines Besseren belehrt hatte. So weit ich wusste, war sie strengbehütet aufgewachsen, in einer Villa, die fast schon einem Schloss glich. Ich hatte zwar nur ein Foto von dem riesigen Gebäude gesehen, aber das hatte schon ausgereicht, um mein schlechtes Gewissen wie Straßenstaub im Wind verfliegen zu lassen. In der Vergangenheit hatte ich gelernt, dass ein derart immenser Reichtum in den allermeisten Fällen nicht ohne irgendwelche krummen Touren angehäuft werden konnte, zumindest nicht, ohne eine Menge Menschen über den Tisch zu ziehen, oder den Ärmsten, die sich nicht wehren konnten, die Lebensgrundlage zu rauben. Die Firma ihres Vaters stand auf demselben Grund, wo früher die Favela angesiedelt gewesen war, in der ich geboren wurde, und von der sie uns weggejagt hatten. Eine ganze Anzahl Staatsbetriebe, eine große internationale Fabrik, und einige Firmen hatten sich dort angesiedelt. Die Stadt hatte sich dadurch entwickelt und sicherlich vielen Menschen Arbeitsplätze und bescheidenen Wohlstand beschert. Nur uns eben nicht. Doch es war kindisch, Elena gegenüber deswegen irgendwelche bitteren Gefühle zu hegen. Sie konnte am allerwenigsten dafür. Und das hatte ich bisher auch nie getan. Mir wurde nur immer bewusster, wie riesig sich der Graben zwischen unseren Welten auftat. Diesen Lebensstandard, den sie gewohnt war, könnte ich ihr niemals bieten. Es tat mir leid, was ich vorhin zu ihr gesagt hatte, als sie ganz reuig und zerknirscht neben mir saß. Aber wir befanden uns in einem anderen Leben, in einer Ausnahmesituation. Egal, was ich auch machte, was ich auch sagte, in ihren Pupillen loderte immer noch dieses Feuer für mich und erlöschte einfach nicht. Wie sehr liebte diese Frau mich eigentlich? Mein Herz pochte eine Spur zu dumpf für sie. Ehrlich gesagt, hatte es mir alles abverlangt, sie dermaßen eiskalt zu behandeln, aber nun hasste sie mich wenigstens so sehr, dass sie später nach ihrer Freilassung den Menschen in ihrem Umfeld glaubhaft vermitteln konnte, sie hätte sich lediglich aus Angst mit mir eingelassen. Meinetwegen könnten die Leute ihr auch ein Stockholm-Syndrom andichten, alles war besser als die süße Wahrheit, die nur wir beide kannten. Dass diese großen Gefühle zwischen uns echt gewesen waren und einfach passierten. Dass wir füreinander bestimmt waren, aber leider nicht in diesem Leben. Sie würde mich mit der Zeit vergessen und irgendwann war ich in ihren Erinnungen nur noch ein graues Nebelgebilde. Ich wollte Elena immer noch beschützen, auch über ihre Freilassung hinaus, aber das funktionierte nur, wenn ich sie auf Abstand zu mir hielt. Da ich in der Regel leider kein sehr feinfühliger Mensch war, geschah dies nun mal auf eine schmerzhafte Weise für die Ärmste; eine Entscheidung, die mich nicht minder heftig berührte. So viel Ehrlichkeit musste sein. Ich hatte mich in Elena verliebt, Hals über Kopf und unwiderruflich. Für uns gab es jedoch keine Zukunft und je eher auch Elena das kapierte, desto besser für sie.

Kein normaler Mensch da draußen würde Verständnis dafür aufbringen, dass sie sich trotz des Todes von Adriana immer noch mit mir eingelassen hatte. Sie wäre gebrandmarkt.

Vicente, dieser verfluchte Idiot, hatte einen Plan ausgetüftelt gehabt und ihn total vermasselt, sodass Córdoba davon ausging, er hätte ihn reingelegt. Als er Tage später dem Mafiaboss erklärte, der leere LKW, den er über die Grenze geschickt hatte, wäre lediglich eine Testfahrt gewesen und keine Unterschlagung der Lieferung, war es für Adriana leider schon zu spät gewesen. Siebzehn Jahre lang hatte Vicente Drogen für

Córdoba geschmuggelt und ein Vermögen angehäuft, während er mit seiner Spedition den seriösen Geschäftsmann mimte. Ich sagte ja bereits, die meisten schwerreichen Leute drehen krumme Dinger. Man sollte sich eben nicht mit der Mafia einlassen.

Die arme Luisa hingegen war nur Beifang gewesen. Ich glaube, ihre Eltern waren die einzig wirklich anständigen.

ELENA

Mit einem Ruck erwachte ich spätnachmittags auf der Veranda vor unserer Hütte. Die Unterredung mit Rico hatte für eine schlaflose Nacht bei mir gesorgt, währenddessen ich ihn auf jede nur erdenkliche Weise verflucht hatte. Elender Mistkerl! Jetzt war ich so müde, dass ich wohl eingenickt sein musste. Ich hasste Rico so abgrundtief, dass ich gar nicht in Worte fassen konnte, wie sauer ich auf ihn war. Als wäre gestern ein vollkommen fremder Mensch vor mir gestanden, hatte er mir sein wahres Gesicht gezeigt. Sein kaltherziges, gefühlloses. Er hatte mich tatsächlich nur ausgenutzt. Scheiße, tat das weh. Zu allem Übel hatten mich vorhin auch noch schreckliche Alpträume gequält, in denen meine Eltern mich gesucht und gefunden hatten, es aber nicht schafften, mich zu befreien, weil Carlos mich mit einer Pistole bedrohte. Mir war hundeelend zumute. Ich vermisste mein Zuhause und meine Eltern heftiger als jemals zuvor.

Pedro und Jose schliefen lang ausgestreckt am anderen Ende der Veranda, sie hatten einen großzügigen Abstand zu mir gelassen, weshalb ich mir nun auch noch wie eine

Aussätzige vorkam. Jose grunzte im Schlaf auf. Luisa verschanzte sich in unserer Hütte und war seit gestern nicht mehr rausgekommen. Die beiden Jungs versorgten sie mit Essen und Trinken, von mir nahm sie nichts an. Mein Blick schweifte hinüber zu den Wächtern, die auf der anderen Seite verstreut herumlagen und schnarchten. Glücklicherweise hatte ich Rico den ganzen Tag über noch nicht zu Gesicht bekommen. Wahrscheinlich streifte er durch den Dschungel und blieb hoffentlich lange weg. Auch Carlos war nicht zu entdecken. Das Camp kam mir merkwürdig ruhig, fast schon friedlich vor.

Ich setzte mich auf und lehnte mich gegen die Hüttenwand, während ich mit aller Kraft mein Heimweh unterdrückte, das in mir nagte und mich innerlich zerfraß. Heute hatte meine Mutter Geburtstag und ich konnte ihr nicht gratulieren, ihr keinen Kuss auf die Wange drücken und ihr ins Ohr flüstern, dass sie die beste Mutter der Welt war. Wann kamen wir denn endlich von hier weg? Bisher hatte Rico mich immer nur vertröstet. Mit: Bald, bald. Aber wann kam denn nun endlich dieses *bald*? Plötzlich zuckte ich zusammen. Alle um mich herum schliefen oder waren nicht anwesend. Ein Impuls raste durch meinen Kopf, während sich die Gedanken in mir überschlugen. Diese Gelegenheit kam kein zweites Mal. Nichts hielt mich mehr hier. Wenn ich jetzt flüchtete, würde mich so schnell keiner mehr finden. Die Hunde waren tot, und wie sollten sie ohne deren Spürnasen meine Fährte finden? Ich musste weg von diesen Verbrechern, endlich fort. In die Tat umsetzen, was ich mir schon seit dem ersten Tag unserer Entführung vorgenommen hatte. Ob ich die anderen wecken sollte? Mein Blick schweifte zu den beiden schlafenden Jungs und ich war mir sicher, mit mir würden sie nicht fliehen. Aber ich hatte eine Chance! Ich konnte endlich diese ganzen Qualen hinter mir lassen und verschwinden. Dann müsste ich auch Rico niemals mehr wiedersehen.

Mein Herz pochte zum Zerspringen, als ich mich erhob und von der Veranda schlich, mich immer weiter von unserer Hütte entfernte. Dank Rico war ich nun ein wenig vertraut mit der Gegend rund um das Camp und konnte sogar halbwegs einschätzen, wo die Fallen lagen, nämlich immer versteckt in einem dichten Gebüsch, wie er mir erzählt hatte. Ich würde die Büsche nur meiden müssen. *Danke für diese hilfreichen Informationen, Mr. Kidnapper.* Keiner bemerkte, wie ich zum Rand des Camps schlich und mich ins Dickicht schlug, doch dann blieb ich stehen. Meine Courage machte sich mit wehenden Fahnen davon, bis nur noch ein Häufchen Angst übrigblieb.

Mein Puls schmerzte im Hals, während ich einen inneren Kampf ausfocht. Noch konnte ich zurück, keiner hatte meinen Fluchtversuch bislang bemerkt. Falls sie mich jedoch im Dschungel aufspürten, war ich tot. Carlos würde auf der Stelle kurzen Prozess mit mir machen. Selbst Rico konnte mir dann nicht mehr helfen. Ich fühlte mich hin- und hergerissen. Schließlich siegte mein Wunsch nach Freiheit über meine Angst. Es war beinahe, als ob ich eine unsichtbare Grenze überschritten hätte, zwei weitere Schritte und ich fühlte mich frei, alle Anspannung der vergangenen Wochen fiel wie eine Ladung Geröll von mir ab.

Ein letzter Blick über die Schulter, noch immer blieb alles ruhig, also hastete ich los, den schmalen Weg entlang, der sich vor mir schlängelte und tauchte in den Dschungel ein. Er umschloss mich wie ein grüner Umhang. Ich verlor keine weitere Sekunde mehr, so schnell ich konnte, hetzte ich durchs Gestrüpp. Adrenalin schoss Blitze bis hoch in meine Schläfen und machte mich hellwach.

Immer wieder strich ich Zweige beiseite, die mir

durchs Gesicht kratzten. Egal. Obwohl ich bereits völlig außer Puste war, machte ich nicht langsamer, sondern tauchte zwischen großblättrigen Gebüschen und riesigen Bananenstauden hindurch, die in Lichtschneisen am Boden wuchsen, hetzte an rauen Palmenstämmen vorbei und unter gigantischen Bäumen entlang, an denen armdicke Lianen baumelten. Rannte und rannte, stolperte über eine Rankenwurzel, stürzte von einem kleinen Schrei begleitet zu Boden und schrammte mir das Knie auf. Aber ich achtete nicht auf den brennenden Schmerz, sondern rappelte mich sofort wieder auf die Füße und stürmte weiter, um einen möglichst großen Abstand zwischen mich und meine Kidnapper zu bringen. Aufgeregtes Affengekreische hoch oben in den Ästen verfolgte mich, während sich die Tiere mit Leichtigkeit durchs Geäst hangelten und mir nachkamen. Hoffentlich verriet mich ihr verräterischer Lärm nicht.

Erst nach langer Zeit hielt ich neben einem Mammutbaum an und stützte mich mit einer Hand am Stamm ab. Fauler Geruch von vermoderndem Holz stieg mir in die Nase. Völlig außer Atem schnappte ich nach Luft und drückte eine Hand auf meine stechende Seite. Was sollte ich jetzt machen? In diesem Tempo konnte ich unmöglich weiterlaufen, ich war jetzt schon völlig außer Puste. Mein Vorsprung war mittlerweile so groß, dass ich keine Ahnung mehr hatte, in welcher Richtung das Camp überhaupt lag. Alles um mich herum sah gleich aus. Grün. Als es hinter mir knackte, zuckte ich mit allen Fasern meines Körpers zusammen und horchte auf. Noch ehe ich mich umdrehen konnte, riss mich jemand am Arm herum und ich traute meinen Augen kaum. Rico stand vor mir und blitzte mich zornig an, sein Kiefer hatte sich ganz verspannt. Mein Herzschlag setzte einen Moment lang aus. »Was …«, mehr brachte ich nicht über die Lippen, ich erkannte ihn kaum wieder, so außer sich hatte ich ihn noch nie zuvor erlebt.

Mit eisernem Griff umklammerte er meine Oberarme und schüttelte mich heftig. »Du haust ab?« Seine Finger gruben sich schmerzhaft in meine Haut. »Bist du komplett wahnsinnig geworden? Kapierst du immer noch nicht, was Carlos mit dir macht, wenn er dich erwischt? Er jagt dir eine Kugel in den Kopf! Legst du es tatsächlich darauf an? Denn in diesem Fall kann ich nichts mehr für dich tun.«

Er zerrte mich dicht vor sein Gesicht, in seiner Mimik spiegelte sich eine Mischung aus Hass, Wut und Entsetzen, aber in seinen Augen flimmerte es panisch auf.

»Das ist mir egal«, brüllte ich zurück und riss mich los. »Alles ist besser, als von euch gefangengehalten zu werden. Ihr lasst uns ja doch niemals gehen!«

Rico fuhr sich mit beiden Händen durch die Haare, während ich wie in Zeitlupe vor ihm zu Boden sank. Ich hatte keine Kraft mehr und keine Ahnung, was Rico nun mit mir anstellen würde, immerhin hatte er mir gestern deutlich zu verstehen gegeben, wie gleichgültig ich ihm geworden war. Obendrein hatte ich das Schlimmste getan, was in meiner Situation nur möglich war. Ich hatte einen Fluchtversuch gewagt. »Ich will endlich nach Hause«, schluchzte ich auf und konnte nicht verhindern, dass meine Schultern heftig bebten. Bedächtig hob ich den Kopf und sah zu ihm hoch, ich konnte ihn durch den Tränenschleier kaum erkennen. »Töte wenigstens du mich, damit es nicht Carlos tut«, flehte ich ihn an und fasste ihn beim Knie. »Du kannst es doch gleich hier machen, erschieß mich, dann muss ich nicht zurück ins Lager zu Carlos. Er wird mir sonst ganz schreckliche Dinge antun.« Die hässliche Fratze des Anführers sollte nicht das Letzte sein, was ich in meinem kurzen Leben zu Gesicht bekam.

Noch immer atmete Rico hektisch. Schließlich ging er in die Hocke und nahm mich behutsam in die Arme, streichelte meinen Rücken, während ich mich zitternd an ihn klammerte. »Bitte sag nicht solche Dinge.« Seine Stimme verlor ihre Stärke. »Ich könnte dich niemals töten. Du musst nur noch ein bisschen aushalten, dann bist du frei. Es dauert nicht mehr lange.«

»Wann wird das denn endlich sein?«, schniefte ich an seiner Brust, es tat so gut, von ihm gehalten zu werden.

»Ich weiß es nicht, Elena«, er drückte mich fest an sich. »Ich weiß nur, dass die Verhandlungen in die finale Runde gehen.«

Seine warme Haut zu spüren, seinen Herzschlag zu hören, beruhigte mich ein wenig. Meine Tränen tropften über seine nackte Brust, während er mich hielt. »Ich fühle mich so allein.« Ich schmiegte mich an ihn. »Kein Mensch redet mehr mit mir. Nicht einmal mehr du.«

Rico pustete durch die gespitzten Lippen. »Elena, du darfst nicht so viele Gefühle für mich aufbauen, das bringt dir nach deiner Freilassung nur einen Haufen Scherereien ein. Das mit uns ist nicht für die Ewigkeit gedacht. Wie willst du den Leuten zu Hause erklären, dass du etwas mit deinem Kidnapper angefangen hast, wenn wir so weitermachen? … Und mir wird es das Herz brechen, dich gehenlassen zu müssen«, fügte er noch leise hinzu.

Ich fasste an seinen Oberarm und drückte alle fünf Finger in seine Haut. Was hatte er da eben gesagt? »Du magst mich immer noch?« Verdammt, ich sollte nicht so hoffnungsvoll klingen.

»Ich habe nie damit aufgehört. Die Sache mit dir hat für mich wirklich etwas zu bedeuten. Genau aus diesem Grund, kann ich nicht zulassen, dass du alles ruinierst, was dir noch geblieben ist. Kein Mensch wird dich jemals verstehen, Elena. Das beste Beispiel dafür sind deine

Freunde im Camp. Willst du dasselbe daheim hundert Mal heftiger erleben? Weil sie alle nicht wissen, was wirklich zwischen uns beiden gelaufen ist?«

Rico stand auf und zog mich mit sich hoch. Ich schmiegte mich an ihn, überwältigt, ja beinahe erschrocken von der starken Macht der Gefühle, die seine Worte und seine zärtlichen Berührungen in mir auslösten. Es wäre vernünftig, seinen Rat zu befolgen, und diese halsbrecherische Affaire aus meinem System zu schwemmen, indem ich einen Schritt zurücktrat. Immerhin hatte er mit jedem Wort recht. Rico war eindeutig der Vernünftigere von uns beiden. Leider zählte Vernunft jedoch noch nie zu meinen Stärken. Als sich unsere Blicke trafen, vergaß ich im Sekundenbruchteil, was er mir so eindringlich nahegelegt hatte. Ohne über irgendwelche Konsequenzen nachzudenken, legte ich die Arme um seinen Hals.

»Es reicht, wenn ich weiß, was zwischen uns läuft. Nämlich etwas Magisches.« Beinahe schüchtern berührte ich seine weichen, sinnlich geformten Lippen mit meinen und knabberte an seiner Unterlippe, um ihm irgendeine Reaktion zu entlocken, als ich merkte, wie sein Körper sich versteifte. Oh, nein!

»Elena«, japste Rico, bevor er mich an sich zog und meinen scheuen Kuss erwiderte, meinen Mund mit einer Leidenschaft eroberte, die mir den Atem raubte. Nur zu gern verlor ich mich in den Millionen übersprudelnden Gefühlen, die er in mir auslöste, während ich seinen nackten Oberkörper streichelte und erforschte, wie sich die Muskelplatten unter seiner Haut bewegten. Hingebungsvoll versank ich in unserem Zungenspiel, das Rico beherrschte wie kein anderer. Am liebsten würde ich ihn Tag und Nacht immer nur küssen.

Fordernd glitt er mit den Händen an meinem Körper

entlang, was mich ganz kribbelig machte. Mit einer hastigen Bewegung öffnete er den Knopf meiner Shorts und zerrte mir die kurze Hose herunter. Mit einem Ruck streifte er mir auch den Slip ab. Während seine rechte Hand zwischen meine Schenkel wanderte, öffnete er mit der anderen seine Hose.

Unwillkürlich krallte ich mich an ihm fest, als Rico zärtlich meine Schamlippen entlangstreichelte und mit dem Daumen um meine empfindlichste Stelle kreiste, bis mir ganz schwindlig im Kopf wurde. Er glitt mit zwei Fingern in mich und massierte einen Punkt in meinen Tiefen, ein derart intensives Gefühl, das mich fast von den Füßen haute - hätte er mich nicht gehalten. »Oh Gott«, stöhnte ich genüsslich. Eine unglaubliche Hitze strömte in meinen Bauch, und verteilte sich bis hoch zu meinen Brüsten. Sein Blick suchte den meinen, wir sahen uns tief in die Augen, als er mich an beiden Schenkeln hochhob, gegen den Baumstamm hinter mir lehnte und mit einem einzigen Ruck tief in mich eindrang. Unwillkürlich legte ich den Kopf in den Nacken und seufzte vor Verlangen. Seine Bewegungen wurden sofort schneller, dieses Mal nahm er mich nicht zärtlich wie sonst, sondern wild und hungrig, während ich mich an seinen Schultern festhielt und die Beine um seine Hüften schlang, um ihn noch tiefer in mir zu spüren. Ein unglaublich starkes Gefühl braute sich in mir zusammen, ich krampfte um sein Glied, während jeder Nerv in meinem Becken nach Erlösung schrie. Gemeinsam stöhnten wir schließlich auf und ich war völlig außer Puste. Himmel, war das intensiv gewesen.

Keuchend beugte sich Rico vor und ließ mich los, damit ich mich wieder hinstellen konnte. Ich spürte sein Herz wild an meiner Schulter schlagen und öffnete immer noch kurzatmig die Augen.

Da richtete er sich wieder auf. »Was machst du mit mir?«, flüsterte er heiser und ungläubig.

Ich schenkte ihm einen hingebungsvollen Kuss auf die Lippen. »Keine Ahnung, was wir hier tun«, erwiderte ich und fuhr ihm durch sein Haar.

RICO

Ich sah Elena zu, wie sie sich wieder anzog, und nahm sie dann in die Arme, streichelte ihre Kurven entlang. Je länger ich sie hielt, desto heftiger wuchs das brennende Verlangen in mir, mit ihr zu fliehen. Ganz weit weg, um irgendwo ganz neu miteinander zu beginnen. Wir würden ein grandioses Paar abgeben, da war ich mir zu hundert Prozent sicher, denn ich würde ihr jeden Wunsch von den Augen ablesen, damit sie an meiner Seite glücklich wurde. Wir könnten einfach alles hinter uns lassen und nicht mehr an die Zeit im Dschungel zurückdenken. Nie wieder. Allein diese Vorstellung fühlte sich so unglaublich richtig an, als würde das Schicksal eingreifen und uns einen Lichtstrahl senden.

Allein die Vorstellung wie Carlos' Reaktion auf Elenas Fluchtversuch ausfallen würde, schnürte mir hingegen die Kehle zu. Die Lage im Camp wurde immer brenzliger für die Geiseln, deren Zustand immer fragiler und Carlos täglich aggressiver und unberechenbarer. Es war höchste Zeit, diese Entführung zu beenden, die schon viel zu lange dauerte. »Machen wir uns auf den Rückweg.« Ich deutete mit dem Kinn zur Seite.« Du bist sehr weit gerannt. Es wird ein Weilchen dauern, bis wir wieder im Lager sind«, sagte ich, obwohl sich alles in mir sträubte.

»Wie hast du mich eigentlich gefunden?« Mit sanften Händen streichelte sie meinen unteren Rücken, worauf ich kurz die Augen zumachte und genoss. Ich wollte sie nicht gehenlassen, es war viel zu lange her, dass mich jemand so glücklich gemacht hatte wie sie. Im Gegenteil, ich wollte sie jeden Tag um mich haben, ihre Stimme hören und ihr niedliches Lachen, das mir wie Kohlensäureblasen über den Rücken perlte. Ich wollte Elena in meinen Armen halten, ihre wunderschönen Beine spreizen, um mit ihr zu schlafen. All das wollte ich mit dieser atemberaubenden Frau anstellen. Was ich nicht tun wollte, war sie zu Carlos zurück ins Camp zu schaffen.

»Ich war auf dem Rückweg ins Camp, als du im Dschungel an mir vorbeigerannt bist.« Ich setzte mich in Bewegung und führte sie mit mir, ließ sie nicht los. Nicht weil ich Sorge hatte, sie könnte noch einmal fliehen, sondern, weil ich sie so gern in meinen Armen hielt. »Du warst viel zu aufgelöst, um mich zu bemerken. Es war nicht schwer zu erraten, was du da tust.«

»Das war eine dumme Idee«, kam es ganz zerknirscht von ihr.

»Ja, das war es.« Ich nickte. »Carlos hat dein Verschwinden inzwischen mit Sicherheit bemerkt. Ich hoffe nur, sie suchen nicht längst nach dir.«

Ihre Unterlippe begann zu zittern. »Carlos wird mich ganz schrecklich bestrafen.«

Tröstend streichelte ich ihre Wange. »Ich sage ihm, ich hätte dich zu einem Spaziergang mitgenommen, du hattest keine Wahl.« Wow, das war mir überzeugter über die Lippen gekommen, als mir zumute war. Die Wahrheit lautete viel eher, ich hatte keine Ahnung, wie Carlos auf

Elenas Verschwinden reagieren würde. Wie geschickt sie ihre Flucht angestellt hatte, wann meine Leute gemerkt hatten, dass sie fehlte und welche Schlussfolgerung sie daraus zogen.

»Sie haben alle geschlafen, deshalb bin ich geflohen. Es war eine einmalige Gelegenheit.«

Ich blieb stehen. »Sie haben alle gepennt?«

»Ja.«

»Dafür sollten wir ihnen einen Monatslohn streichen.«

Sie zuckte zurück. »Du sagst doch nichts, oder?«

»Nein, natürlich nicht.« Ich gab ihr einen raschen Kuss auf die Lippen. »Was glaubst du, wie froh die sind, wenn ich mit dir zurückkomme. Mit Glück denkt Carlos wirklich, wir sind zusammen unterwegs.«

Als wir das Lager erreichten, hielt Elena an. Mittlerweile zitterte sie am ganzen Körper, immer wieder blinzelte sie. Ich hatte sie schon viel zu oft weinen sehen. »Ich habe Angst«, hauchte sie, worauf ich sie an mich drückte und sie aufs Haar küsste.

»Höchstwahrscheinlich vermissen sie dich gar nicht, weil sie sich denken, dass wir zusammen unterwegs sind. Immerhin kommen wir gemeinsam zurück. Lass dir einfach nichts anmerken, zeig keine Furcht, okay?« Mit sanftem Druck führte ich sie weiter und hielt sie im Arm, als wir das Camp betraten.

Sowohl die Wächter, als auch die Geiseln hielten inne, als wir Arm in Arm wie ein Liebespärchen das Lager betraten. Alles hatte sich vorhin im Wald zwischen mir und Elena verändert und jeder durfte von mir aus sehen, dass mein Herz für sie schlug. Ich wollte Elena und mögliche Konsequenzen wurden mir scheißegal. Wichtig waren nur noch meine Gefühle für sie. Elena ignorierte die Blicke, so gut es ihr eben möglich war, stattdessen hielt sie den Kopf gesenkt, wie ein verängstigtes Häschen. Ich hatte es so satt, dass sie dauernd in Angst leben musste, denn ich wollte sie fröhlich und glücklich an meiner Seite haben. Dieses Strahlen in ihren Augen bewundern, das sie mir schenkte, sobald wir allein miteinander waren. Dank Carlos war es weggewischt.

Er saß am Feuer und löffelte seinen Eintopf. Selbstverständlich hatte der Anführer uns schon längst bemerkt. Mit einem Finger winkte er uns zu sich, worauf Elena in meinem Arm erstarrte. Aufmunternd zwinkerte ich ihr zu, ehe wir zu ihm hingingen.

Zu meiner Erleichterung beachtete Carlos sie gar nicht großartig, sondern wandte sich sofort an mich. »Wo habt ihr die ganze Zeit gesteckt? Ich dachte, du treibst dich nicht mehr mit ihr herum?« Mit dem Kopf nickte er zu Elena, als wäre sie ein streunender Hund.

Ich seufzte hörbar auf. »Wir waren spazieren, obwohl dich das eigentlich einen Dreck angeht.«

»Spazieren«, äffte er mich nach. »So nennt man das jetzt also.« Er machte eine abwinkende Handbewegung. »Vergnüg dich halt mit ihr.«

Am liebsten hätte ich den Scheißkerl am Kragen seines T-Shirts auf die Füße geholt, aber eine Eskalation wäre das Letzte, was Elena in ihrer Situation gebrauchen konnte. Also kniff ich ihr sachte in die Seite. »Geh rüber zu den anderen«, flüsterte ich ihr ins Ohr, schon in der nächsten Sekunde riss sie sich von mir los und machte, dass sie davonkam.

Ein Stück weit von Carlos entfernt setzte ich mich ans Feuer und goss mir eine Tasse Tee ein. Irgendwo im Dickicht quakte ein Frosch. Ich konnte mir ein Leben ohne Elena kaum noch vorstellen. Das war doch verrückt, nach so kurzer Zeit. Aber sie war meine Sonne, der Lichtstrahl, der mein eisiges Inneres erreichte und erwärmte. Ich würde alles an ihr vermissen, wenn ich sie gehenließ. Ihren Körper, ihr Lächeln, unsere gemeinsamen Gespräche, die Verbundenheit, die zwischen uns gewachsen war.

Immer gigantischer drängte sich der Wunsch in mir nach oben, endlich von hier abzuhauen, dieses elende Camp endgültig hinter mir zu lassen. Zusammen mit Elena. Aber wer wusste schon, ob sie mit klarem Kopf eine Flucht überhaupt noch einmal wagen würde. Und falls ja. Was für eine Zukunft erwartete sie dann? Allein mit mir. Immer die Mafia im Rücken, deren Auftrag ich sabotiert hätte. Vielleicht war es das Beste, wenn ich morgen alles in Ruhe mit ihr besprach und ihr die Wahl ließ. Ganz gleich, wie sie sich auch entschied, ich würde bis zum Ende an ihrer Seite wachen und sie immer beschützen.

RICO

Am nächsten Morgen drehte ich gleich nach dem Aufstehen eine Runde im Dschungel, weil ich Carlos und auch die Wächter nicht mehr länger ertragen konnte. Es wurde in der Tat höchste Zeit, von hier abzuhauen. Gestern Abend hatte Carlos mir noch erzählt, dass dieser andere Auftraggeber, den ich damals bei Estrubal getroffen hatte, wohl noch einiges an Zeit benötigte, um seine dreckigen Geschäfte hinter Córdobas Rücken zu Ende zu bringen. Wie lange der Kerl noch brauchte, hatte mein Cousin offengelassen. Mit viel Pech könnte sich diese Entführung noch Wochen oder sogar Monate hinziehen. Wie bei Jose, der höchstwahrscheinlich im Camp verschimmeln würde. Das konnte ich Elena unmöglich antun.

Ich machte mich auf den Rückweg, um Elena für einen Spaziergang abzuholen und mit ihr unsere mögliche Flucht zu besprechen - sofern sie mitkam. Was ich sehr hoffte. In meinem Brustkorb pochte es vor Aufregung, langsam wurde es tatsächlich ernst. Ob Elena danach bei mir bleiben würde, war mehr als ungewiss, immerhin war sie erst siebzehn Jahre alt, viel zu jung für eine Bindung auf Lebenszeit, aber selbst wenn sie sich für ihr altes Leben entschied, hatte ich am Ende doch noch etwas Gutes getan. Ich hatte der Frau meines Lebens, *ihr* Leben zurückgegeben.

Als ich seitlich durchs Dickicht das Camp betrat, blieb ich abrupt stehen. Verdammte Scheiße! Das durfte doch nicht wahr sein. Carlos. Dieser Drecksack stand hinter den Geiseln am Lagerfeuer und packte Luisa bei den Haaren.

»Komm mit«, lallte er. Eindeutig hatte der Säufer frühmorgens schon seinen Alkoholpegel erreicht. »Lass uns ein bisschen Spaß haben.«

»Bitte nicht«, flehte Luisa ihn an. Auf dieselbe Weise und unter Tränen wie mich am Vortag. Ich hatte es gestern kaum ausgehalten, sie so verzweifelt zu sehen, vor allem weil sie auch diese unsagbar große Angst vor mir hatte.

Er zerrte sie über den Stamm, ohne sich darum zu scheren, dass sie mit dem Fuß hängenblieb und ins Straucheln geriet. »Stell dich nicht so an, beim letzten Mal hat's dir doch auch gefallen!«

Wie erstarrt saßen Elena und die beiden Jungs da, was musste wohl in deren Köpfen vor sich gehen, jedes Mal, wenn Carlos seine Anfälle bekam. Im Bewusstsein, nichts tun zu können, einander nicht helfen zu können, nicht eingreifen zu können, ohne selbst in höchste Gefahr zu geraten. Das musste wohl das schrecklichste Gefühl der Welt sein.

Währenddessen schleifte Carlos die total verängstigte Luisa an den Haaren zu seiner Hütte und klatschte ihr auf den Hintern. »Vorwärts mit dir!«

Eine ungeheure Wut schoß in mir hoch und tobte in meinem Brustkorb mit Macht. Nicht schon wieder!

Ich setzte mich in Bewegung und eilte in meine Hütte, um etwas zu holen, bevor ich wieder nach draußen ging und den beiden folgte. Kurz vor Carlos' Quartier holte ich sie ein und hielt ihn an der Schulter davon ab, mit Luisa nach drinnen zu verschwinden. Sie weinte mit bebenden Schultern, ihr ganzer Körper zitterte, sie war ein nervliches Wrack.

»Lass sie los und zwar auf der Stelle«, fuhr ich ihn an, ich hatte Mühe, ihm nicht mit voller Wucht die Faust ins Gesicht zu schlagen.

Er drehte sich um. »Was soll das, Rico? Du hast dir doch auch eine zum Vögeln ausgesucht. Eine für dich und eine für mich.«

»Der Unterschied zwischen uns beiden besteht aber darin, dass ich niemanden dazu zwinge.«

»Sie mag das.« Er verzog die Lippen zu einem gehässigen Lachen. »Das letzte Mal hat sie keinen Mucks gemacht.« Carlos zerrte die bibbernde Luisa dicht an sich heran und legte seinen Kopf an ihre Wange. »Erzähl ihm, wie gut es dir mit mir gefallen hat.«

Luisa war kaum ansprechbar. Ihr verzweifelter Anblick zerriss mich fast.

Im nächsten Moment langte ich im Rücken an meinen Hosenbund, zog einen Revolver hervor und drückte den Lauf an Carlos' Stirn. »Ich sagte, du sollst sie loslassen!«, befahl ich mit Nachdruck. Gleichzeitig sprangen die Wächter vom Boden auf und rissen ihre Gewehre hoch. In Nullkommanichts hatten sie uns umkreist und zielten auf mich.

Carlos lachte höhnisch auf. »Ein Wort von mir und meine Männer durchsieben dich.«

»Mag sein.« Ich sah ihm direkt in die Augen. »Aber vorher hast du eine Kugel im Kopf.«

Wir duellierten uns mit Blicken, mit Genugtuung beobachtete ich, wie sich erste Schweißtropfen auf seiner Stirn bildeten. Unter gar keinen Umständen würde ich ihn noch einmal mit Luisa in seiner Hütte verschwinden lassen. Jetzt, da ich wusste, was sie erwartete. Eher würde ich ihn abknallen und dann eben selbst im Kugelhagel enden.

»Ist das dein Ernst?« Er regte sich nicht. »Du stellst dich gegen mich?«

»Wenn du sie nicht sofort in Ruhe lässt und zwar für alle Zeiten, dann war es das mit uns. Dann schmeiße ich alles hin und du kannst sehen, wie du allein mit dem ganzen Mist hier zurechtkommst. Ich habe diesen Scheiß so satt. Wir hatten von Anfang an eine klare Order, dass die Mädchen nicht angerührt werden und was machst du? Du setzt dich über alles hinweg.« Selbstverständlich war das mit dem Hinschmeissen nur gebluft. So oder so würde ich über kurz oder lang abhauen. Aber Carlos war nie und nimmer in der Lage, diese Basis völig auf sich gestellt zu leiten und das wusste er ebenfalls. Ich war der einzige hier, dem er vertraute.

»Córdoba ist es inzwischen scheißegal, was mit den Mädchen passiert.« Carlos klang völlig verständnislos. »Und mir auch.«

Von Luisa kam ein leises Wimmern, sie sah aus, als würde sie jede Sekunde umkippen.

»Aber mir nicht.« Ich betonte jedes einzelne Wort.

»Du warst schon immer viel zu weichherzig, Rico.« Er rollte mit den Augen.

»Nein, du bist einfach nur ein gewissenloser Scheißkerl, das ist alles.«

»Pass auf, was du sagst, sonst ...«

»Sonst was?«, unterbrach ich ihn und presste ihm den Pistolenlauf fester an die Stirn. »Denk gut darüber nach, ob du auf mich verzichten kannst.«

Carlos mahlte mit dem Kiefer, schließlich packte er Luisa beim Oberarm und schleuderte sie so heftig von sich, dass sie mit dem Gesicht gegen meinen Brustkorb prallte. Ich hielt sie fest, als sie strauchelte und half ihr zurück ins Gleichgewicht. Ein erschrockener Laut entwich ihr.

»Dann nimm dir das Flittchen halt auch noch«, schnauzte er mich an, bevor er sich umdrehte und in seine Hütte wankte.

Als ich die Pistole wegsteckte, ließen auch die Wächter ihre Gewehre sinken und machten sich davon, als wäre nichts gewesen, während Luisa tränenüberströmt vor mir stehenblieb. Kleine Schluchzer schüttelten sie immer noch.

Ich trat einen großen Schritt zurück und hielt beschwichtigend beide Hände vor die Brust. »Alles okay?«, fragte ich leise, um sie nicht noch mehr zu verschrecken.

Sie nickte nur. Mit beiden Händen wischte Luisa über ihre Wangen. Sie war ganz bleich, man sah ihr den Schock richtig an, den Carlos ihr versetzt hatte.

»Geh in deine Hütte und leg dich ein bisschen hin. Carlos wird dich nicht mehr anfassen, das verspreche ich dir.«

Ihre Unterlippe bebte, aber sie bewegte sich nicht, als würden ihre Beine ihr nicht mehr gehorchen. Luisa so fix und fertig zu erleben, tat mir richtig weh. »Geh schon«, ich nickte zur Seite.

Mit gesenktem Kopf schlich sie an mir vorbei und taumelte hinüber zu ihrer Hütte, während ich mich umdrehte, um mich zu versichern, dass sie es hineinschaffte. Dann schweifte mein Blick hinüber zum Lagerfeuer, wo Elena und die beiden Jungs saßen. Was würde aus den dreien werden, sobald Elena und ich uns tatsächlich aus dem Staub machten? Wer würde Luisa dann vor Schlimmerem bewahren? Es war dann keiner mehr da, der ihr half. Im selben Moment fällte ich eine

Entscheidung. Ich würde abhauen - und alle Geiseln mitnehmen.

Erst als Luisa in ihrer Hütte verschwunden war, setzte auch ich mich in Bewegung und steuerte Elena an. Mir war es so bitterernst wie noch niemals zuvor etwas gewesen war. Meine kleine Planänderung warf so ziemlich alles über den Haufen, was ich mir gestern für unsere gemeinsame Flucht überlegt hatte. Es war weitaus schwieriger mit vier Personen zu flüchten, die Wächter würden viel eher merken, dass keiner mehr da war. Mit Elena allein zu verschwinden, war simpel, wir würden uns einfach zu einem Spaziergang aufmachen und nicht mehr zurückkehren. Bis jemand merkte, dass wir fehlten, hatten wir einen Riesenvorsprung herausgeholt. Und anders als Elena kannte ich mich im Dschungel aus. Sie hingegen würde ihre Mitgefangenen, die sowieso nicht gut auf mich zu sprechen waren, überzeugen müssen, mir zu vertrauen.

Als ich Elena erreicht hatte, hielt ich ihr eine Hand hin. »Komm mit.« Ich lächelte sie an, es war ein aufrichtiges Lächeln, das tief blicken ließ, mein Innerstes preisgab. Sichtbar für jeden. Wie selbstverständlich stand Elena auf und ergriff meine Hand, während unsere Blicke miteinander verschmolzen. Ihre Augen glitzerten und dieses wunderschöne Glühen, das ihr Gesicht umrahmte, war atemberaubend. In diesem Moment schenkte ich ihr unwiderruflich mein Herz.

Wir verließen das Lager. Hand in Hand schlenderten wir den einsamen Weg entlang. »Ich danke dir, dass du Luisa geholfen hast.« Sie schmiegte ihre Wange an meinen Oberarm.

»Am liebsten hätte ich dem Scheißkerl das Gehirn aus dem Schädel geblasen.« Ich knirschte mit den Zähnen allein bei der Erinnerung an vorhin.

»Ist es klug, dass wir jetzt das Camp verlassen?

Vielleicht schnappt er sich Luisa wieder, wenn du weg bist.« Angst schwang in ihrer Stimme mit.

Ich schüttelte den Kopf. »Das wagt Carlos nicht, er kennt jetzt die Konsequenzen und wird nicht auf mich verzichten wollen.« Ich gab ihr einen raschen Kuss auf die Schläfe. »Wir bleiben heute außerdem nicht lange weg. Aber es gibt etwas, das ich mit dir besprechen möchte. Allein. Unter vier Augen.«

»Okay. Worum geht es?«

Wir kamen an unserer Lagune an, deren paradiesischer Anblick mich jedes Mal erneut umhaute. Am Rand des Bachlaufs ließ ich mich ins weiche Moos fallen und klopfte neben mich. »Setz dich zu mir.«

Als Elena sich neben mir niederließ, legte ich einen Arm um ihre Taille und zog sie eng an mich. Genau wie jetzt wollte ich sie für den Rest meines Lebens halten. Eine unterschwellige Nervosität überkam mich, als sie mich erwartungsvoll ansah. Ein bisschen fürchtete ich mich vor ihrer Antwort, oder besser gesagt: einer negativen Reaktion. Doch mein Entschluss war gefasst. Die Geiseln mussten so schnell wie möglich raus aus dem Lager. Langsam aber sicher konnte ich für nichts mehr garantieren.

»Was ist los?«, riss Elena mich aus meinen Gedanken. »Du schaust so wehmütig.«

Ein kleines Lachen entschlüpfte mir. »Wehmütig?«

Sie schmiegte sich an mich wie ein Kätzchen. »Das ist vielleicht nicht der passende Ausdruck. Eher so, als hättest du irgendeinen Vorsatz gefasst.«

»Mittlerweile kennst du mich ziemlich gut.« Zärtlich streichelte ich ihren Rücken entlang.

Sie musterte mich durchdringend. »Da ist so ein Leuchten in deinen Augen. Das war gestern noch nicht da.«

»Du bist so hübsch.« Ich strich ihr eine Strähne hinters Ohr. »Ich will dich nicht verlieren.«

»Vielleicht können wir uns treffen, wenn ich wieder in Freiheit bin.« Ihre Stimme überschlug sich fast, während sie sich aufrecht hinsetzte. »Wir könnten uns heimlich sehen. Ich will dich auch nicht verlieren, Rico.«

»Das geht leider nicht.« Ich schüttelte den Kopf. Jetzt fühlte ich mich tatsächlich wehmütig. »Die Polizei wird mich suchen, die Mafia wird mich jagen. Aber genau darüber möchte ich mit dir reden.« Ich nahm ihre Hand und streichelte sie mit dem Daumen. »Hör zu …« Weiter kam ich nicht, denn ein lautes Knacken ließ mich herumfahren. Gleichzeitig zog ich die Pistole, die noch in meinem Hosenbund klemmte.

Im nächsten Moment steckte ich sie wieder weg. Das durfte doch nicht wahr sein. Was zum Teufel suchte der hier?

Ein Stück weit entfernt von uns trat Carlos aus den Büschen. Der Scheißkerl war ein besserer Fährtenleser, als ich vermutet hatte, was meine Fluchtpläne im Sekundenbruchteil immens verkomplizierte. Ich blieb sitzen, und ließ ihn näherkommen.

»Ein schönes Liebesnest habt ihr da gefunden.« Er sah sich um.

»Was willst du?« Es kostete mich einiges an Überwindung, ihn überhaupt anzusprechen.

Carlos zertrat eine grüne behaarte Raupe, die vor ihm über den Boden kroch. »Ein Späher ist im Lager angekommen. Das verdammte Militär ist uns schon wieder auf den Fersen. Wir müssen sofort abhauen.«

»Was?« Ich wich mit dem Kopf zurück. »Das kann doch nicht sein. Wie haben die so schnell wieder unsere Spur aufgenommen?«

»Anscheinend singt da draußen irgendein Vogel.

Unsere Leute suchen bereits die faule Stelle. Bloß nützt uns das leider nichts. Wir müssen abhauen, und zwar schleunigst. Dein Flittchen soll zurück in ihre Hütte gehen und sich nicht mucksen, bis wir abmarschbereit sind.«

In Carlos' Blick lag etwas Abschätziges, er musterte Elena in der gleichen Weise wie zuvor die Raupe. Elena legte eine Hand auf meinen Oberschenkel und grub alle fünf Finger hinein. Beruhigend streichelte ich ihren Rücken. Das verdammte Militär. Wir würden erst im neuen Camp eine Möglichkeit zur Flucht bekommen und dann noch tiefer im Dschungel feststecken. In meinem Kopf rotierte es, meine Gedanken prallten aneinander, eventuell ließ sich das Chaos unserer überstürzten Flucht ausnutzen. Mir würde schon etwas einfallen. Leider war es mir nicht möglich gewesen, Elena einzuweihen, sodass die Süße nichts von meinen Plänen ahnte. Ich würde die Geiseln allesamt überraschen müssen.

»Was glotzt du so?«, blaffte Carlos sie an, worauf Elena hörbar nach Luft schnappte. Ich wusste, dass er immer noch stinksauer war, weil ich ihm bei Luisa die Tour vermasselt hatte, weshalb er seine üble Laune wahrscheinlich jetzt an meinem Mädchen ausließ.

»Lass das, Carlos.« Ich stand auf und half Elena auf die Füße. »Machen wir, dass wir von hier verschwinden.«

Zu dritt begaben wir uns auf den Rückweg.

ELENA

Als ich unsere Hütte betrat, saß Luisa mit gefalteten Händen im Schoß auf ihrem Platz. Sie sah immer noch fix und fertig aus, war ganz bleich, was ihre dunklen Augenringe noch mehr betonte.

»Was ist los? Weißt du näheres?« Luisa fasste sich ans Herz.

»Wie es aussieht, wurde unser Aufenthaltsort verraten, deshalb müssen wir gleich los in eine andere Basis.«

Ihre Augen weiteten sich. »Das bedeutet, sie sind uns auf der Spur. Vielleicht holt uns die Polizei bald heraus.«

Ich sank auf meine Matte und hielt erstaunt inne. Bislang hatte ich keine einzige Sekunde mit einer möglichen Befreiung verschwendet. Im Gegenteil, meine Gedanken kreisten unaufhörlich um Rico. Was hatte er mir wichtiges erzählen wollen, bevor Carlos dazwischengeplatzt war?

Aber eine mögliche Befreiung! In mir keimte ein winziger Hoffnungsschimmer. Doch im nächsten Moment erinnerte ich mich wieder an das Gespräch, das ich damals zwischen Carlos und Rico im anderen Camp belauscht hatte. An den Schießbefehl des Anführers im Falle eines Befreiungsschlages und mir kroch es eiskalt das Rückgrat hinunter.

»Elena«, kam es leise von Luisa.

»Ja?« Es war das erste Mal seit Tagen, dass wir ganz normal miteinander redeten.

»Sag Rico bitte danke dafür, dass er mich vorhin gerettet hat.«

Ich schenkte ihr ein winziges Lächeln, das sie nicht erwiderte. Als hätte sie vergessen, wie man lächelte. »Das tue ich.«

Lauter Motorenlärm dröhnte plötzlich hoch über uns.

»Was ist das?«, flüsterte ich und starrte zur Hüttendecke.

Luisa presste sich mit dem Rücken an die Wand. »Klingt das vielleicht wie ein Hubschrauber?«

Schüsse peitschten durch den Lärm, dazwischen drang lautes Geschrei von draußen zu uns herein. Je länger die Salven anhielten, desto näher kamen die Geräusche an die Hütte heran. Eine riesige Panikwelle flutete mich. Da draußen wurde gekämpft, das hörte sich an wie ein Krieg. »Leg dich flach auf den Boden, Luisa«, rief ich durch den Krach, aber Luisa saß einfach nur da und lauschte nach draußen.

»Die kommen, um uns zu retten. Sie haben uns endlich gefunden.« Ihre Augen funkelten auf, ehe sie sich auf alle viere warf und zu mir hinüberkrabbelte, um sich neben mich zu legen.

Ich wagte fast nicht zu atmen. Carlos würde uns umbringen oder einer seiner Leute. Demnächst würden sie uns mit Sicherheit erschießen. Gleich war alles aus. Ich bettete mein Gesicht in beide Hände, um nichts sehen zu müssen, denn der grauenvolle Lärm hörte einfach nicht auf.

Noch immer wurde im Lager gefeuert. Von allen Seiten peitschten Schüsse durch die Luft. Eine Kugel krachte durch die Hüttenwand und zischte über unsere Köpfe hinweg, bevor sie in der gegenüberliegenden Wand steckenblieb. Wir schrien beide auf.

Luisa legte einen Arm um meine Taille und rutschte dicht an mich heran. Unsere Nasen berührten sich fast. Zum ersten Mal seit Tagen sahen wir uns wieder in die Augen. Eine Spur unserer alten Freundschaft flammte zwischen uns auf und wir nahmen uns bei der Hand, waren füreinander da, was immer passieren mochte.

Nach einer uns endlos vorkommenden Zeitspanne hörten die Schüsse so abrupt wieder auf, wie sie begonnen hatten. Doch noch immer schrien draußen Männer wild durcheinander.

Plötzlich wurde der Vorhang heruntergerissen und jemand stürmte mit einem Revolver in der Hand herein. Schreiend warf ich mich auf Luisa, um sie zu schützen.

»Dafür knall ich euch ab!« Er zielte direkt auf mich, als ein Schuss durch die Luft knallte, der den Mann mit einem dumpfen Aufprall zur Strecke brachte. Er blieb auf dem Bauch liegen und regte sich nicht mehr.

Nach Atem ringend starrte ich auf die Waffe, die ihm aus der Hand und bis vor meine Matte gerutscht war. Neben mir lag Luisa schlaff wie eine Puppe da. »Alles okay bei dir?«, japste ich. »Bist du verletzt?«

Im Eingang erschien ein breitschultriger Soldat, der ein Gewehr im Anschlag hielt.

»Hilfe«, kreischte ich, mich an Luisa klammernd. Als sich kein weiterer Schuss löste, riskierte ich einen Blick.

Der Fremde ließ seine Waffe sinken und hängte sie über die Schulter. Beschwörend hielt er beide Hände vor seine Brust. »Ihr müsst keine Angst vor mir haben. Wir sind gekommen, um euch nach Hause zu bringen. Ihr habt nichts mehr zu befürchten. Diese Leute können euch nichts mehr tun.«

Ich konnte mich nicht regen, der Schock steckte mir zu tief in den Knochen.

Der Uniformierte sank vor dem Toten auf ein Knie und fühlte an dessen Hals. »Er hat keinen Puls mehr. Der Kerl kann euch nichts mehr antun. Ihr könnt beruhigt rausgehen.« Er musterte uns durchdringend. »Seid ihr verletzt?«

»Mir geht es gut.« Ich räusperte mich, weil meine Stimme versagte und rieb mir über die Stirn. Was war da eben passiert?

Während ich mich aufsetzte, drehte der Soldat den Getöteten auf den Rücken und ich erkannte in ihm einen der Wächter. Er durchsuchte seine Taschen. Ein leises Wimmern ließ mich innehalten, das von Luisa kam.

Ich streichelte ihr über die Schulter. »Ist alles okay?«

»Mir ist nichts passiert.« Sie hob den Oberkörper.

Ich stand auf, nahm ihre Hände und half ihr auf die Füße. Sie zitterte so heftig, dass ich sie stützen musste.

Mit langsamen Schritten gingen wir hinaus ins Freie. Was für ein Anblick erwartete uns wohl? Im selben Moment traten auch Pedro und Jose aus ihrer Hütte, ein Soldat begleitete die beiden. Wir standen uns gegenüber, sprachlos, fassungslos, total durcheinander.

Das Lager wimmelte vor Soldaten, die mit gezückten Gewehren jede einzelne Hütte durchsuchten. Auf dem Boden verstreut lagen Leichen. Unsere Wächter. Direkt neben der Feuerstelle, hatte es Felipe erwischt. Die Arme und Beine von sich gestreckt, lag er reglos da, seine Augen standen weit offen, er wirkte beinahe erstaunt. Auf seinem Brustkorb prangte ein riesiger roter Fleck.

Ein wahrer Blitzschlag stob durch mich hindurch. Oh mein Gott, Rico. Ich schlug mir eine Hand vor den Mund, um einen lauten Aufschrei zu verhindern. War er unter den Toten? Wie besessen scannte ich mit Blicken das Gelände, konnte ihn aber nirgends entdecken. Meine Kehle schnürte sich zu, bevor ich tief durchatmete. Vielleicht war er rechtzeitig getürmt.

Eine Gruppe Soldaten preschte durchs Dickicht ins Lager, die zwei Männer vor sich hertrieben und sie schließlich auf den Boden zwangen, wo sie ihnen Handschellen anlegten. Es waren Carlos und Rico. Zig Sturmgewehre waren auf die beiden gerichtet, aber er lebte. Dem Himmel sei Dank.

Rico lebte!

Plötzlich brach ein ohrenbetäubender Lärm über uns herein, als gleich darauf ein Hubschrauber am Himmel erschien. Einer der Soldaten kam zu uns und legte Jose eine Hand auf die Schulter. »Geht zurück, damit er landen kann!« Er deutete nach oben.

Noch immer fühlte ich mich wie gelähmt, keinerlei Freude oder Erleichterung machte sich in mir breit, nichts. Als wäre ich innerlich tot. Der Helikopter setzte am Boden auf und wirbelte eine Ladung Staub in die Luft, die uns ins Gesicht wehte. Ich wandte den Kopf zur Seite und schloss die Augen, während mich jemand am Arm zurückzerrte.

»Steig ein«, rief der Soldat gegen den Lärm in mein Ohr.

Geduckt rannten wir hintereinander zum Hubschrauber und nahmen auf dem Rücksitz Platz. Als sich der Helikopter in die Luft erhob, betrachtete ich das Camp von oben, beobachtete, wie Rico und Carlos abgeführt wurden, von allen Seiten waren Waffen auf sie gerichtet. Was würden sie jetzt wohl mit ihm machen? Wo brachten sie ihn hin? Als der Pilot eine Kurve flog, verschwand er aus meinem Sichtfeld, übrig blieb nur noch ein grünes Meer aus Bäumen.

Erschöpft lehnte ich mich in den hellbraunen Ledersitz zurück. »Es ist vorbei. Unsere Gefangenschaft ist endlich vorbei. Ich kann es immer noch nicht glauben.«

Jose, der neben mir saß, nahm meine Hand und drückte sie. »Wir sind frei.«

Als eine Ewigkeit später der Dschungel endete, überflogen wir Kaffeeplantagen und Dörfer. Ganz klein entdeckte ich Autos, die auf Straßen entlang fuhren. In ihnen saßen Menschen, die frei darüber bestimmten, wo sie hinwollten. Ein ungewohnter Anblick nach der langen Zeit, die wir abgeschieden im Dickicht des Urwaldes verbracht hatten.

Immer wieder beherrschte Rico meine Gedanken und ich musste zugeben, ich vermisste ihn ganz schrecklich. Was für eine Strafe erwartete ihn für Kidnapping? Sicherlich viele, viele Jahre, falls er jemals wieder in Freiheit gelangte. Ich wollte es nicht wahrhaben, aber wie es aussah, hatte ich ihn für immer verloren. Eine Ironie des Schicksals, dass sich der Tag meiner Befreiung gleichzeitig als der schwärzeste von allen herausstellte. Vor meinem geistigen Auge spulte sich ein Film ab, mit mir und Rico in der Hauptrolle. Wie ich seine weichen Hände auf meinem Körper jetzt schon vermisste, die mich nie wieder halten würden. Jede Minute, die wir beide allein miteinander verbracht hatten, wurde in meinen Gedanken lebendig, vereinnahmte mich wie ein übersprühendes Feuerwerk und weckte eine unglaubliche Sehnsucht nach meinem Kidnapper in mir. Ich musste mir eingestehen, dass ich mich ganz schrecklich in Rico verliebt hatte.

Kurze Zeit später drückte Jose meine Hand, während er zum Fenster hinaus nach unten deutete.

Eine große, geteerte Fläche erschien unter uns, auf der ein überdimensionales H prangte. Ein Stück weit entfernt parkten zwei dunkle Autos. Drei Männer in

Polizeiuniform sowie einer in Zivil standen daneben und blickten zu uns hoch, mit einer Hand an der Stirn schirmten sie ihre Augen vor dem hellen Sonnenlicht ab.

Bedächtig sank der Hubschrauber zu Boden und setzte sachte auf. Nachdem wir ausgestiegen waren, wurden wir von den Polizisten in Empfang genommen.

»Ich bin Inspectore Andres Rivera«, stellte sich der Mann im Anzug vor. »Wir fahren euch zur Untersuchung ins Krankenhaus. Dort werdet ihr auch eure Familien wiedertreffen.«

ELENA

Gemeinsam mit den drei anderen saß ich in einem weiß gestrichenen Raum und wartete auf meine Eltern, zuvor hatten uns die Ärzte von Kopf bis Fuß durchgecheckt.

Als sich endlich die Tür öffnete, kam zurerst Inspectore Rivera herein, gefolgt von unseren Familienangehörigen. Mein Vater betrachtete mich, als könnte er immer noch nicht glauben, dass ich frei war. Neben ihm stand meine Mutter mit rot geweinten Augen, die ein Taschentuch vor den Mund gepresst hielt. Ihr kinnlanges Haar hatte die gleiche dunkelbraune Farbe wie meines.

Mit großen Schritten kamen sie auf mich zu, während ich mich von dem einfachen Holzstuhl erhob. »Elena, mein Liebling.« Papá schloss mich in die Arme und drückte mich fest an sich, der herbe, vertraute Duft seines Aftershaves stieg mir in die Nase, als ich mich an ihn schmiegte.

Meine Mutter umarmte uns beide und so standen wir reglos da, hielten uns einfach nur. »Wir haben uns solche Sorgen um dich gemacht, Liebling. Zum Glück ist dir nichts geschehen. Nachdem die Soldaten Adriana tot zurückgebracht haben, glaubten wir nicht mehr daran, dich noch einmal lebendig in die Arme schließen zu dürfen.« Ein leiser Schluchzer rang sich aus ihrer Kehle und eine tiefe Traurigkeit quetschte meinen Brustkorb zusammen. Adriana hatte diesen Moment nicht mehr erleben dürfen.

Unaufhörlich streichelte mein Vater mir über den Kopf. »Du hast dich nicht verändert.« Er klang, als hätten wir uns vor Ewigkeiten verabschiedet.

»Was ist nur geschehen?«, wollte meine Mutter wissen. »Was haben diese Männer euch angetan?«

Als Luisa hinter mir laut aufheulte, wandte ich erschrocken den Kopf. Ihr Vater hielt sie in den Armen, alle beide weinten.

»Luisas Mutter ist Anfang der Woche gestorben«, flüsterte mir meine Mutter ins Ohr und legte mir einen Arm um die Schultern.

»Nein«, japste ich. Mein Herz blutete für Luisa und ihre Familie. Nach allem, was sie durchgemacht hatte, war nun auch noch das Schrecklichste eingetreten. Señora Espinosa konnte ihre Tochter nicht mehr wiedersehen, die Ärmste hatte nicht einmal erfahren, dass ihre Luisa noch lebte und freikam. Was musste diese Frau durchlitten haben?

»Luisa tut mir so leid«, schniefte ich und rieb mir mit dem Fingerknöchel über die Nase. Plötzlich hasste ich Carlos so abgrundtief, dass ich hoffte, er möge eines Tages im dunkelsten Höllenloch für seine Taten büßen. Auch Jose und Pedro hörten auf, mit ihren Eltern und Geschwistern zu reden und musterten Luisa voll Sorge. Schließlich ging Jose zu ihr hin und sprach leise auf sie ein. Am liebsten hätte ich sie in den Arm genommen und getröstet, aber tief in meinem Inneren stieg eine Ahnung in mir auf, dass ich der letzte Mensch auf der Welt war, von dem Luisa in diesen Minuten Trost gespendet haben wollte.

Als ich zu zittern anfing, hielt meine Mutter mich.

»Gehen wir nach Hause«, flüsterte mein Vater und strich sich über sein streng gescheiteltes schwarzes Haar, worauf wir uns in Bewegung setzten und das Zimmer verließen.

Vor dem Krankenhaus parkte die Limousine meines Vaters. Ein fremder, relativ junger Mann stand davor und öffnete die hintere Wagentür.

»Du hast dein Auto wieder? Was ist mit Javier?«

»Der Mercedes wurde zwei Tage nach eurer Entführung in einer Seitengasse gefunden. Von diesem verlogenen Schweinehund fehlt bis heute jede Spur. Die Polizei sucht ihn, aber man vermutet, dass er sich längst ins Ausland abgesetzt hat.«

»Was ist mit dem?« Unwillkürlich blieb ich stehen. »Wer ist das?«

»Das ist Victor, mein neuer Fahrer.« Mein Vater legte mir eine Hand auf den Rücken und führte mich weiter.

Nur widerwillig stieg ich hinten ein, die Erinnerungen, die ich mit dem Fahrzeug verband, versetzten mir einen lähmenden Schrecken.

Meine Mutter rutschte neben mich. »Wir sind gleich zu Hause, dann kannst du dich ausruhen, mein Schatz.«

Häuser und Straßenzüge flogen am Seitenfenster vorbei. Ich rieb meine schweißnassen Hände aneinander, die sich eiskalt anfühlten. Nach einiger Zeit kam mir die Gegend wieder bekannt vor, und die Anspannung fiel etwas von mir ab. Endlich hielten wir vor dem geschmiedeten Tor unserer Villa. Wie von Geisterhand öffneten sich die beiden Flügel, und wir rollten die breite

Einfahrt entlang bis vor die schwarz gestrichene Eingangstür.

Ich stieg aus, und ignorierte die helfende Hand, die der Fahrer mir hinstreckte. Unser Hausmädchen Fernanda öffnete die Tür und musterte mich voll Neugier im Blick. Ich nickte ihr zu, bevor ich über die Schwelle trat, was sich merkwürdig anfühlte. Die teuren Gemälde an der Wand, der weiche Brokatteppich, über den ich ging, der Kronleuchter, der über mir an der Decke hing. Dieser ganze Luxus, den ich von kleinauf gewöhnt war, erschlug mich jetzt beinahe.

Gemeinsam betraten wir unser Speisezimmer, dessen Boden mit schneeweißen italienischen Fliesen ausgelegt war. Jede Einzelne in Handarbeit gefertigt.

»Du bist bestimmt hungrig nach der ganzen Anstrengung.« Meine Mutter drückte mich sanft auf einen der weißen Stühle, die um dem Tisch in der Mitte des Raumes standen.

Unwillkürlich knurrte mein Magen, als dampfende Platten mit Empanadas aufgetragen wurden, die ich so vermisst hatte. Ich stibizte mir eine mit Hackfleisch gefüllte Teigtasche von der Platte und biss genüsslich hinein. »Mmmh«, ich kaute mit geschlossenen Augen, genoss jeden einzelnen Biss, während meine Eltern mir gegenüber saßen und mich betrachteten.

»Möchtest du uns jetzt vielleicht erzählen, wie das alles passieren konnte?«, fragte mein Vater, als ich satt war und ergriff über dem Tisch meine Hand.

Ausführlich schilderte ich ihnen die vergangenen Wochen im Dschungel, angefangen mit dem langen Marsch, über die trostlosen Tage im Camp, auch Carlos' fürchterliche Ausraster ließ ich nicht aus. Nur Rico – Rico erwähnte ich mit keinem Wort.

Später am Abend lag ich seit Wochen zum ersten Mal wieder in meinem eigenen Bett und starrte in die Dunkelheit, während ich auf die Geräusche um mich herum achtete. Es war ungewohnt still, niemand atmete neben mir, auch kein Grillengezirpe, oder das Gelächter der Wächter wehte mehr durch die Nacht an mein Ohr. Ein so seltsames Gefühl, dass ich es fast nicht aushielt. Plötzlich fühlte ich mich mutterseelenallein.

Normalerweise würde ich zu dieser Zeit längst bei Rico am Feuer sitzen und mich an seinen perfekten Körper schmiegen. Die gestrige Nacht stieg vor meinem inneren Auge auf, die plötzlich so weit weg erschien wie das Universum. Es war alles vorbei, auch meine Zeit mit Rico und ich vermisste ihn so schrecklich. Wo er sich wohl gerade befand? Bestimmt im Gefängnis. Was stellten sie dort wohl mit ihm an?

ELENA

Ich saß Inspectore Rivera in seinem Büro auf der Polizeiwache gegenüber und knetete meine Hände. Sein braunes Haar stand wirr vom Kopf ab, und sein zerknittertes weißes Hemd spannte sich um den Bauch. Er sah aus, als hätte er die Nacht in seinen Klamotten verbracht. Der Inspectore hatte heute alle ehemaligen Geiseln der Reihe nach zu einer Aussage einbestellt, wie er mir verraten hatte und jetzt war ich an der Reihe. Mein Vater begleitete mich, weil ich mich geweigert hatte, allein zu dem neuen Fahrer ins Auto zu steigen.

»Deine Freunde haben ausgesagt, dass du ein Liebesverhältnis mit einem der Kidnapper angefangen hast.« Inspectore Rivera musterte mich abwartend.

Das Blut sackte in mir ab, während meinem Vater neben mir der Mund offenstand.

»So war das nicht.« Ich räusperte mich, um meiner Stimme mehr Nachdruck zu verleihen und legte eine Hand an meinen Hals. Verdammt, ich hätte mir vorher eine glaubhafte Geschichte zurechtlegen sollen, aber ich war so in meiner Sehnsucht nach Rico gefangen gewesen, dass ich über nichts anderes nachgedacht hatte. »Rico hat mich nur beschützt, um mich vor demselben Schicksal zu bewahren, das Adriana das Leben gekostet hat. Er war der Einzige, der uns gut behandelt hat.«

»Wusstest du, dass für euch drei ein Lösegeld von zehn Millionen US-Dollar verlangt wurde?«, fragte der Inspectore in ruhigem Tonfall.

Jetzt klappte auch mir der Kiefer herunter. So viel Geld. *So viel Geld?* Für uns?

»Dieser Rico verdient seit Jahren blendend mit dem Kidnappen von Leuten. Irgendwas muss er ja an dir gefunden haben. Oder glaubst du, er hat dich aus reiner Nächstenliebe beschützt?« Inspectore Rivera beugte sich über den Tisch.

Ich fuhr hoch in den Stand. Keine Sekunde länger würde ich mir dieses miese Gerede über Rico mehr bieten lassen, doch mein Vater zog mich am Handgelenk zurück auf den Stuhl. »Er ist nicht so«, flüsterte ich matt, die einzige Verteidigung, die mir einfiel. Ich senkte die Lider. »Wo ist er jetzt?«

»In Untersuchungshaft. Ich verhöre ihn nachher. Mal sehen, was er zu sagen hat.«

»Darf ich ihn besuchen?«

Mein Vater schlug mit der flachen Hand auf den Tisch, worauf ich heftig zusammenzuckte. »Du weißt ja nicht, was du da redest«, rief er. »Vielleicht solltest du dir dein Mitleid lieber für deine ermordete Freundin aufsparen. Langsam glaube ich, die haben dir im Dschungel eine Gehirnwäsche verpasst.«

Inspector Rivera seufzte vernehmlich. »Am besten, wir beenden das Verhör für heute. Ich denke nicht, dass wir noch irgendwelche brauchbaren Informationen erhalten. Señor Montanez, vielleicht sollte Ihre Familie einen Psychologen zurate ziehen. So weit ich weiß, haben

Ihnen die Ärzte im Krankenhaus bereits einen Spezialisten empfohlen.«

»Wir werden Kontakt zu einem Psychiater aufnehmen.« Mein Vater musterte mich kopfschüttelnd. »Wie es aussieht, hat Elena dringend ärztliche Hilfe nötig.« Er stand auf und zog mich am Oberarm auf die Beine. »Komm jetzt. Gehen wir nach Hause.«

Was? Ich würde ganz sicher niemals im Leben irgendjemanden in das Geheimnis zwischen mir und Rico einweihen. Diese Erinnerungen gehörten allein mir – und ihm. Dennoch wagte ich keinen Protest, mein Vater duldete nie Widerspruch.

Nach einer kurzen Verabschiedung verließen wir das Büro und gingen schweigend nebeneinander her. Mein Vater wirkte unausgeruht, mit gesenktem Kopf lief er den Flur entlang.

RICO

Als sich ein Schlüssel im Schloss drehte, setzte ich mich auf. Es war wieder Zeit für das Verhör, das schon die ganze Nacht angedauert hatte. Ich fühlte mich müde und erschöpft, ließ mir aber nichts anmerken, als ein Wachmann in meiner Zelle erschien, um mich abzuholen. Dabei hatte ich noch Glück, denn ich befand mich allein in Untersuchungshaft auf der Polizeiwache. Irgendwo in diesem Gebäude steckte sicherlich auch Carlos in einer Zelle. Wahrscheinlich wollten sie sichergehen, dass uns keiner von Córdobas Leuten umbrachte, bevor wir ihnen alles erzählt hatten, was sie wissen wollten. Im Anschluss würden sie uns dann in irgendein versifftes Gefängnis stecken, mit winzigen Zellen, in die sie bis zu zehn Insassen pferchten. Dort ließ man uns dann verrotten.

Mein Mobiliar bestand aus einer verdreckten Pritsche, einer Toilette, die nicht mehr richtig funktionierte und einem uralten Waschbecken, aus dem rostrotes Wasser in einem feinen Rinnsal tröpfelte, wenn man den Hahn anstellte. Ein winziges, vergittertes Fenster in etwa zwei

Meter Höhe ließ ein wenig Sonnenschein durch und machte den aufgewirbelten Staub sichtbar.

»Mitkommen«, sagte der Mann und deutete mit dem Kopf nach draußen.

Ich erhob mich und streckte ihm unaufgefordert beide Arme entgegen. Nachdem er mir Handschellen angelegt hatte, führte er mich zurück in den düsteren fensterlosen Verhörraum, dem ich erst vor zwei Stunden entronnen war.

Ich setzte mich an den einfachen Tisch und zerrte am Kragen meines weißen T-Shirts, das sie mir gegeben hatten und das eine Nummer zu klein war. Reglos beobachtete ich, wie eine Fliege um die nackte Glühbirne an der Decke summte. Dabei flogen meine Gedanken zu Elena. Ob sie noch an mich dachte? Eine Antwort darauf würde ich wohl nie erhalten. Außerdem spielte es auch keine Rolle mehr, ob sie noch etwas für mich übrig hatte. Falls ich jemals wieder aus dem Gefängnis herauskam, war ich alt und grau. Aber wenigstens war sie jetzt in Sicherheit. Endlich wieder zu Hause, wie sie es sich die ganze Zeit über so sehr gewünscht hatte. Aber verdammt, so hübsch wie sie aussah, dauerte es bestimmt nicht lange und sie hatte einen anderen, mit dem sie ein glückliches sorgenfreies Leben verbrachte. Etwas, das ich ihr nie hätte bieten können. Die Vorstellung schmerzte mehr, als ich vor mir selbst zugeben wollte.

Die Tür wurde aufgerissen und Inspectore Rivera stürmte herein. Ich lehnte mich zurück und schenkte ihm einen gleichgültigen Blick. Bisher hatte er keine Informationen aus mir herausgepresst und das würde sich auch nicht ändern, wenn ich später die Zeit im Gefängnis ohne Messer im Rücken überstehen wollte.

»Zigarette?« Er hielt mir die geöffnete Schachtel hin, aber ich schüttelte den Kopf.

Der Inspectore zündete sich eine an, nahm einen tiefen Zug und blies mir den Rauch ins Gesicht. Ich verzog keine Miene.

»Dann wollen wir mal.« Umständlich kramte er ein altmodisches Diktiergerät aus der Tischschublade hervor und stellte es auf. »Ich hoffe, das macht dir nichts aus?«, fragte er mit sarkastischem Unterton.

Ich zuckte nur mit den Achseln. Die Frage war sowieso nicht ernst gemeint.

Er räusperte sich. »Kannst du etwas mit den Namen Córdoba und Estrubal anfangen?«

»Noch nie gehört, das habe ich Ihnen bereits gestern gesagt.«

Riveras Lippen verzogen sich zu einem spöttischen Grinsen. »Ich wollte nur wissen, ob sich deine Amnesie inzwischen gelegt hat.« Er machte eine Pause und tat, als würde er nach den richtigen Worten suchen. »Was hältst du von einem Deal?«

»Ein Deal?« Ich lachte kopfschüttelnd. »Was für einen Deal möchten Sie mir denn vorschlagen?«

Ich hielt seinem durchdringenden Blick locker stand, denn ich traute dem Kerl kein Stück über den Weg. Schließlich seufzte der Inspectore auf. »Du erzählst mir, was du über die beiden weißt, und wenn deine Informationen für uns nützlich sind, rede ich mit dem Staatsanwalt wegen einer Strafmilderung.« Er nickte mir zu. »Na, was sagst du? Du bist kein großer Fisch. In zehn Jahren könntest du dann schon wieder draußen sein. Dann bist du immer noch jung. Mit dreißig hast du dein ganzes Leben noch vor dir.«

»Nein, danke. Kein Interesse. Wie es aussieht, sind diese beiden dann wohl zwei ziemlich *große* Fische. Ob sich jemand mit denen anlegt?«

»Wir nehmen dich in ein Zeugenschutzprogramm auf.

Du bekommst eine komplett neue Identität und wir stecken dich in ein Gefängnis am anderen Ende des Landes. Nach deiner Haftzeit kannst du dann neu anfangen. Keiner würde je erfahren, wer du bist.«

»Ihr Zeugenschutzprogramm ist nicht mal den Dreck unter Ihren Fingernägeln wert.«

»Wenn du auf den Vorfall vergangenes Jahr anspielst …« Er deutete auf mich und knirschte hörbar mit den Zähnen. »Der Kerl hat sich selbst verraten, indem er mit seinen Eltern telefoniert hat, was ihm strikt verboten war. Sein Anruf wurde zurückverfolgt, und wir kamen leider zu spät. Das war nicht unsere Schuld.«

Ich ließ meinen Blick zur Seite schweifen und tat, als würde ich überlegen, ließ ihn zappeln. Der Kerl glaubte doch selbst nicht, was er mir auftischte.

Rivera nahm einen tiefen Zug von seiner Zigarette und ließ mich nicht aus den Augen, er wirkte ziemlich angespannt. Ein Pokerspieler steckte in diesem Mann definitiv nicht.

Schließlich schüttelte ich den Kopf. »Ich kenne keinen Córdoba und auch keinen Estrubal.«

Der Inspectore schlug so heftig mit der Faust auf den Tisch, dass das Diktiergerät einen Satz machte. »Junge, sei doch nicht so dumm. Wirf dein Leben nicht für diese Leute weg, die sich einen Dreck um dich scheren.«

Wie in Zeitlupe lehnte ich mich vor und stützte beide Unterarme auf der Tischkante ab. Leise klirrten die Handschellen gegen das Holz. »Verstehen Sie mich schlecht? Ich sagte, ich kenne die beiden nicht.«

Rivera sprang auf die Füße und trat gegen seinen Stuhl, dabei entfuhr ihm ein wütender Schrei, während ich mich zurücklehnte und ihm zusah.

Nachdem der Inspectore einmal tief durchgeatmet hatte, setzte er sich wieder. »Ich verstehe dich nicht. Du weißt doch, was sonst auf dich zukommt. Lebenslang. Warum hilfst du uns nicht und verschaffst dir wenigstens eine Chance? Komm schon, du hast doch sowieso nichts mehr zu verlieren.«

»Ich möchte einen Anwalt. Ich habe das Recht auf einen Verteidiger.«

Rivera ballte die Fäuste. »Ich werde dir einen Pflichtverteidiger zuweisen lassen. Dir und deinem Cousin. Ihr habt ihn beide bitter nötig.« Noch während er redete, stand er auf und marschierte zur Tür.

»Inspectore Rivera.«

Der Inspectore warf einen Blick über die Schulter. »Ja?«

Ich schluckte. »Wissen Sie vielleicht, wie es den Geiseln geht?«

Ein überraschtes Lachen kam über seine Lippen. »Allen Geiseln oder einer bestimmten?«

Scheiße, er wusste etwas. An und für sich ja nicht verwunderlich. »Allen Geiseln.«

»Adriana Vicente habt ihr ja auf dem Gewissen. Den anderen geht es nicht gut, sie werden noch Jahre benötigen, um diese traumatischen Erlebnisse zu verarbeiten. Wenn sie es jemals schaffen. Beantwortet das deine Frage?«

Nach Elena im Speziellen wagte ich nicht mehr zu fragen, ich wollte sie nicht noch zusätzlich in Schwierigkeiten bringen. Als ich nickte, zog Rivera die Tür hinter sich zu.

Ich senkte den Kopf und schloss die Augen. Adriana kam mir in den Sinn. Noch immer hallten ihre verzweifelten Schreie in meinen Ohren, wenn ich nachts auf meiner Pritsche lag. Dann hörte ich erneut ihr Flehen und Carlos brüllen. Irgendwann hatte sie sich gewehrt, und Carlos war durchgedreht. Ich wollte in seine Hütte stürmen und ihr helfen, aber Carlos war so in Rage, dass er sie auf der Stelle umgelegt hätte. Niemals hätte ich für möglich gehalten, dass er sie dermaßen zurichten würde.

Luisa hatte sich schlauer verhalten und alles einfach über sich ergehen lassen. Kein Laut von ihr war damals nach außen gedrungen. Anfangs hatte ich vermutet, dass Carlos ihr einfach so viel Angst einjagte, dass sie still blieb. Erst später, als ich sie am nächsten Morgen gesehen hatte, war mir klar geworden, was Carlos ihr angetan hatte. Zwar war sie äußerlich unversehrt, doch ihre Augen ganz stumpf geworden. Auch bei ihr hatte ich die Befürchtung gehabt, dass mein Eingreifen ihren sicheren Tod bedeuten würde, denn nur mit äußerster Mühe hatte ich den kranken Bastard davon abhalten können, sie nach ihrem Fluchtversuch auf der Stelle abzuknallen. Noch nie in meinem Leben hatte ich mich so hilflos gefühlt wie in jener Nacht. Ich hasste Carlos abgrundtief.

ELENA

Neben einer mächtigen Kathedrale, deren bunte Glasfenster sich von dicken grauen Steinmauern abhoben, hielt die Limousine meines Vaters an. Heute war Adrianas Beerdigung, die Rechtsmedizin hatte ihren Leichnam endlich freigegeben.

Meine Eltern und ich stiegen aus und gingen hinein. Hunderte von Menschen hatten sich bereits in der Kirche versammelt. Wir schritten den breiten Gang entlang nach vorn, während ich den Kopf gesenkt hielt, um den vielen neugierigen Blicken zu entgehen. In der ersten Reihe saß Luisa neben ihrem Vater und weinte stille Tränen. Ihre Mutter war am Tag vor unserer Befreiung beerdigt worden, wie ich erfahren hatte, sodass sie sich nicht einmal von ihr hatte verabschieden können. Sie tat mir so unendlich leid. Plötzlich schweifte ihr Blick zur Seite und sie entdeckte mich, sofort verengten sich ihre Augen zu zwei schmalen Schlitzen. Neben ihr saß Jose, der wohl allein gekommen war, während Pedro in sich zusammengesunken dahockte und den Kopf an die Schulter seiner Mutter lehnte. Einer auffallend attraktiven

Frau, die bestimmt zwanzig Jahre jünger war, als ihr Ehemann, der neben ihr saß.

Als ich nach vorne sah, traf es mich wie ein Pfeil mitten ins Herz. Neben dem Altar stand der Sarg. Offen. Adriana ruhte mit geschlossenen Augen darin, ihre Hände über der Brust gefaltet. Daneben standen ihre weinenden Eltern und die beiden zehnjährigen Zwillingsbrüder.

Mit hölzernen Schritten stakste ich nach vorn, um ihnen mein Beileid auszusprechen. Adriana sah aus, als würde sie schlafen, ganz friedlich lag sie da. Von den Verletzungen in ihrem Gesicht war fast nichts mehr zu erkennen, so gut hatte man sie geschminkt. Im Gegenteil, sie sah so hübsch aus wie immer. Der Schmerz in meiner Brust zerriss mich beinahe. Carlos kam mir in den Sinn. Hoffentlich schmorte er eines Tages in der tiefsten Hölle für diese Tat.

Adrianas Vater schüttelte mir mit Tränen in den Augen die Hand.

»Es tut mir so leid, ich wünschte …« ein lauter Schluchzer hielt mich vom Weitersprechen ab.

Señor Vicente biss sich auf die Lippen. »Ich schwöre dir, diese beiden Mörder werden ihre gerechte Strafe erhalten, und wenn es das Letzte ist, was ich in meinem Leben tue.«

»Carlos hat Adriana umgebracht.« Ich legte ihm eine Hand auf den Arm »Er war es ganz allein. Rico hatte nichts mit ihrem Tod zu tun. Er ist kein Mörder, im Gegenteil, er hat sie gepflegt.«

Adrianas Vater griff sich an die Brust, als stünde er kurz vor einem Herzinfarkt.

Meine Stimme war immer lauter geworden und hallte in der Kirche. In der ersten Reihe wurde es still, alle starrten mich an.

Adrianas Mutter, eine dickliche Frau mit schwarzen

lockigen Haaren, die sich bis eben noch mit meinen Eltern unterhalten hatte, kam zu uns. »Wie kannst du es wagen, am Sarg meiner toten Tochter, ihre Mörder zu verteidigen?«, kreischte sie und schnappte mich am Kragen meines schwarzen Blazers. Sie rüttelte mich.

»Señora ...« Ich wollte zu einer Erklärung ansetzen, aber sie ließ mich gar nicht ausreden.

»Raus hier! Verschwinde aus meinen Augen«, schrie sie mir ins Gesicht.

In der Kirche war es still geworden. Ich wich einen Schritt zurück, als mein Vater mich am Arm schnappte und den Mittelgang entlangschleifte.

Oh, Gott, was war hier eben passiert? Ich wollte Adrianas Eltern doch nur die Wahrheit erzählen.

Zu Hause zerrte mein Vater mich ins Esszimmer und schleuderte mich gegen den nächstbesten Stuhl. Ich fing mich ab, drehte mich um und machte mich auf einen Wutausbruch gefasst, der wahrscheinlich Carlos alle Ehre machte. Denn sein Gesicht lief bereits rot an.

Als er loslegen wollte, öffnete sich die Tür auf der anderen Seite, und meine Großmutter kam ins Zimmer. Wie immer hatte sie ihr kurzes graues Haar perfekt frisiert. Verwandte erzählten mir öfter, dass ich aussah wie meine Abuela in jungen Jahren. Aber was machte sie hier? Mit ihren dunklen Augen musterte sie uns verwirrt.

»Abuela«, sagte ich erleichtert, weil ich jetzt nicht mehr allein meinem Vater gegenübertreten musste. Mamá hatte sich mit Migräne ins Schlafzimmer zurückgezogen.

»Mutter«, rief mein Vater sichtlich überrascht. »Was machst du denn hier?«

»Das sollte ich wohl eher dich fragen. Ich wollte Elena

endlich sehen, aber euer Hausmädchen hat mir erzählt, dass ihr vor einer halben Stunde zur Beerdigung aufgebrochen seid. Wieso seid ihr so früh schon zurück?«

»Weil sie verrückt ist«, er machte eine laxe Handbewegung in meine Richtung. »Auf der Beerdigung ihrer Freundin nimmt sie deren Mörder in Schutz!« Schon wieder verzerrte sich sein Gesicht.

»Rico ist kein Mörder …«, hielt ich dagegen, weil die Leute endlich damit aufhören sollten, Lügen über ihn zu verbreiten. Mein Vater holte aus und verpasste mir eine Ohrfeige, dass mein Kopf zur Seite flog. Ich hielt mir die brennende Wange, und funkelte ihn an.

»Hör auf«, brüllte er mich an. »Hör endlich damit auf! Weißt du überhaupt, was du deiner Familie antust? Wir können uns ab heute nirgendwo mehr blicken lassen! Was ist bloß mit dir los?«

Als ich zu einer Erwiderung ansetzte, bedeutete er mir mit einer energischen Handbewegung an, ich solle still sein.

Schließlich drehte er sich um und ging zur Tür. Er legte eine Hand auf die Klinke, zögerte jedoch, bevor er sich zu mir umdrehte. Ein Hoffnungsschimmer keimte in mir. Ob ihm seine heftige Reaktion leid tat? Vielleicht konnten wir noch einmal in Ruhe miteinander reden.

Die Kälte in seinen Augen ließ mich erschauern. »Vielleicht wäre es besser gewesen, wenn du anstelle von Adriana gestorben wärst.«

Seine Worte trafen mich mit Wucht.

»Roberto«, rief Abuela entsetzt, während ich beide Hände vors Gesicht schlug und schluchzend auf den Stuhl neben mir sackte. Meinte er das wirklich ernst?

Mein Vater schlug die Tür hinter sich zu, dass die Wände wackelten. Als sich ein Arm um meine Schulter legte, blickte ich auf, meine Unterlippe zitterte. »Warum könnt ihr nicht verstehen, dass Rico niemals wollte, dass so etwas passiert?«

»Elena«, sagte Abuela leise. »Kann es sein, dass du dich in deinen Entführer verliebt hast?«

Ich antwortete nicht, stattdessen saß ich einfach nur da und hielt die Hände im Schoß gefaltet. »Für wie lange werden sie ihn wohl ins Gefängnis stecken?« Vielleicht konnte ich auf ihn warten, bis er freikam. Danach würden wir gemeinsam irgendwo neu beginnen. Nur wir beide allein, ganz weit weg, wo uns niemand kannte. Wie wäre es wohl mit uns weitergegangen, wenn uns das Militär nicht befreit hätte?

»Elena.« Sie ging vor mir in die Hocke und streichelte meinen Handrücken. »Höchstwahrscheinlich kommt er gar nicht mehr raus.«

»Nein.« Mein Herz blieb beinahe stehen, als sie das sagte. »Das kann nicht sein. Nein!«

Als sie mich in den Arm nahm, schmiegte ich mich an sie, ihr Trost tat mir so gut. Das durfte doch nicht wahr sein. Ich würde Rico niemals wieder in Freiheit begegnen? »Was würdest du dazu sagen, wenn du für ein Weilchen mit zu mir aufs Land ziehst? Dort könntest du dich erholen, und dein Vater hätte etwas Zeit, um sich wieder zu beruhigen. Es dauert bestimmt noch drei Monate, bis der Prozess beginnt. Es wäre bestimmt das Beste für alle, wenn du bis dahin bei mir wohnst.«

»Ja«, ich nickte. »Das ist eine gute Idee.

ELENA

Ich schlug die Augen auf und knipste hastig die Nachttischlampe an. Ein fürchterlicher Albtraum hatte mich geplagt, in dem Rico aus einer Zelle gezerrt und von Soldaten erschossen wurde, die ein regelrechtes Blutbad anrichteten. Als ich ihm helfen wollte, hatten die Männer auch auf mich gezielt. Es dauerte eine ganze Weile, bis ich realisierte, dass in Wirklichkeit nichts passiert war, sondern ich sicher im Haus meiner Abuela in deren Gästezimmer lag. Ein paar Wochen wohnte ich nun schon bei ihr und hatte immer noch jede Nacht denselben Albtraum.

Der Wecker zeigte sechs Uhr morgens an. Erschöpft legte ich mich zurück in das weiche Kissen, als es mir plötzlich salzig im Mund zusammenlief. Mit einem Satz war ich aus dem Bett und hastete ins angrenzende Badezimmer, dabei presste ich mir eine Hand auf den Mund.

In letzter Sekunde erreichte ich die Toilettenschüssel und erbrach. Würgte. Und erbrach noch mehr. Als ich schließlich aufstand, drehte sich der Raum, sodass ich mich mit dem Bauch an das Waschbecken lehnen musste, um nicht umzukippen. Mühsam kämpfte ich gegen den Schwindel an, der sich zum Glück nach kurzer Zeit wieder legte. Nach und nach verschwand auch die Übelkeit und ich atmete tief durch, bevor ich mir den Mund mit Wasser ausspülte und mir dann noch ein paar Tropfen ins Gesicht spritzte. Im Badezimmer musterte ich mein bleiches Spiegelbild. Mist. Das Letzte, was ich jetzt gebrauchen konnte, war ein Infekt. Ich beschloss nach unten zu gehen, um eine Tasse Tee zu trinken, was meinen Magen hoffentlich wieder beruhigte.

Abuela saß bereits am Esstisch ihres prachtvollen Speisezimmers und frühstückte, als ich hineinging. Ein riesiger silberner Kronleuchter hing über dem mahagonifarbenen Esstisch. Mein verstorbener Großvater stammte aus einer Familie, die mit Diamanten handelte, dieselbe Firma, die nun mein Vater leitete. Abuelo hatte ihr diese wunderschöne Villa und ein Vermögen hinterlassen.

Über den Rand ihre Teetasse hinweg sah sie mich an. »Du bist um diese Uhrzeit schon auf den Beinen? Sonst warst du doch immer so eine Langschläferin.«

»Ich bin aufgewacht und konnte nicht mehr schlafen.« Ich setzte mich ihr gegenüber und ließ mir von dem Dienstmädchen Tee eingießen. »Danke«, sagte ich freundlich lächelnd und griff nach der geblümten Zuckerdose mit Goldrand.

Abuela musterte mich eine Spur zu intensiv für meinen Geschmack. » Du bist ganz bleich. Fühlst du dich nicht gut?«

Vorsichtig nippte ich an dem heißen Getränk. »Es ist ganz merkwürdig. Vorhin war mir noch so schlecht, dass ich mich übergeben musste, aber jetzt geht es mir schon wieder gut. Vielleicht ein Infekt. Das geht schon seit Tagen so.«

Abuela hob eine Augenbraue, es sah argwöhnisch aus. »Sag mal mein Schatz, wann hattest du denn das letzte Mal deine Regel?«

Verwirrt setzte ich die Tasse auf dem Unterteller ab. »Keine Ahnung mehr, durch den ganzen Stress mit der Entführung hat sich alles bei mir verschoben.« In Gedanken rechnete ich nach.

»Kann es vielleicht sein, dass du schwanger bist?«

Ich stutzte. »Wie ... wie kommst du darauf?«

»Ich frage mich nur, ob du im Dschungel vielleicht mit diesem Rico geschlafen hast?«

»Oh Gott.« Ich schlug eine Hand vor den Mund, mich überfiel es siedendheiß, gleichzeitig zog sich mein Magen zusammen, als hätte mir jemand einen Schlag versetzt. »Es war doch nur ein paar Mal ...« Wie hätten wir denn im Urwald verhüten sollen? Zu meiner Beschämung musste ich mir eingestehen, dass ich mir damals keine großartigen Gedanken darüber gemacht hatte. Mich hatten wahrhaft andere Sorgen geplagt.

Ein mildes Lächeln deutete sich auf Abuelas Gesicht ab. »Das reicht aus.«

Zusammen mit Abuela verließ ich die Praxis eines befreundeten Gynäkologen meiner Großmutter. Wie betäubt trat ich hinaus auf die belebte Straße, deren Geräusche wie durch dichten Nebel an meine Ohren drangen. Soeben hatte Doctor Mejia mir meine Schwangerschaft bestätigt und mir wegen meines Alters zu einem Abbruch geraten. Ich war in der sechsten Woche. Da das Abtreibungsdekret durch den Staatsrat von Kolumbien im letzten Monat aufgehoben worden und noch kein Gesetz diesbezüglich zustande gekommen war, konnte dies nur noch heimlich geschehen. Der Arzt hatte Abuela einen Zettel mit einer Adresse zugesteckt, an die wir uns wenden sollten. Trotz des ersten Schocks hatte Rico plötzlich klar und deutlich vor meinem inneren Auge gestanden. Ich hatte sein unwiderstehliches Lächeln gesehen und wollte nichts lieber, als in seinen Armen liegen, während ich ihm erzählte, dass er Vater wurde. Eine himmelschreiende Angst legte sich wie eine schwere Wolke über mich. Ich trug das Kind meines Kidnappers in mir. Was sollte ich jetzt bloß tun?

Zaghaft strich ich über meinen noch immer flachen Bauch. Ein Glücksschauder rieselte mir den Rücken hinunter und im selben Moment entschied ich mich. »Ich denke, ich behalte es.«

»Was?« Abuela riss die Augen auf, bevor sie ihrem Fahrer winkte, der ein Stück entfernt am Straßenrand geparkt hatte und nun vorfuhr. Wir gingen zum Auto. »Das kann nicht dein Ernst sein.« Die Worte platzten förmlich aus ihr heraus. »Du kannst doch nicht mit siebzehn Jahren Mutter werden, noch dazu von diesem Mann. Ich möchte mir nicht vorstellen, wie dein Vater auf diese Neuigkeit reagieren wird.«

Mitten im Gehen hielt ich inne. »Bitte sag Papá noch nichts davon.«

»Elena, selbst wenn ich für mich behalte, dass du ein Kind erwartest. Bald wird dein Bauch so dick werden, dass alle wissen, was mit dir los ist. Du wirst deine Schwangerschaft nicht ewig geheim halten können.«

»Bitte verrate ihm noch nichts, nicht vor dem Prozess.«

Abuela atmete tief durch. »In Ordnung, ich bin still«, sie fasste mich bei der Schulter. »Aber sag einmal, Kind, weißt du eigentlich, worauf du dich da einlässt? Die Leute sind doch nicht dumm. Sie werden nachrechnen, und jeder wird gleich darauf kommen, dass du während deiner

Entführung schwanger geworden bist. Was willst du den Leuten bloß erzählen?«

Ich zuckte mit den Achseln. »Keine Ahnung. Vielleicht geschieht ein Wunder und Rico kommt frei, dann können wir zusammen von hier weggehen ...«

»Das sind doch Hirngespinste«, sie schnalzte mit der Zunge. »Jeder einzelne Anklagepunkt reicht für eine jahrzehntelange Haftstrafe aus, kein Richter der Welt wird ihn freisprechen. Wahrscheinlich bleibt er sogar für immer im Gefängnis.«

Ich verschränkte die Arme vor der Brust. »Egal, ich warte auf ihn.«

»Wie lange denn?« Abuelas Stimme quietschte. »Dreißig Jahre, wenn es gut läuft? Bis dahin ist euer Kind schon längst erwachsen und du hast die beste Zeit deines Lebens weggeworfen. Sei doch vernünftig. Für euch beide gibt es keine Zukunft, und je eher du das begreifst, umso besser für dich.«

»Ich weiß eins ganz sicher, ich treibe dieses Kind nicht ab.« Ich lief los, und stapfte zum Wagen. Wie es aussah, war dieses Baby das Einzige, das mir von Rico geblieben war und ich würde mir dieses wundervolle Geschenk nicht wegnehmen lassen. Von niemandem.

Abends kam Abuela ganz aufgeregt zu mir ins Zimmer. »Ich habe eben mit deinen Eltern telefoniert. Adrianas Vater wurde verhaftet.«

»Was?« Ich legte mein Smartphone beiseite, sowieso hatte ich nur planlos im Internet gesurft. »Wieso das denn?«

Abuela setzte sich neben mich aufs Bett. »Wie es aussieht, ist er in irgendwelche Drogengeschäfte verwickelt. Dein Vater wusste auch nichts Genaues, aber sowohl in der Spedition als auch in der Villa der Vicentes hat es wohl eine Razzia gegeben. Die Polizei hat sämtliche Unterlagen und Festplatten beschlagnahmt, anscheinend fanden sie erdrückende Beweise.«

Ich saß da, als hätte mich jemand betäubt. Adrianas Vater war in dunkle Machenschaften verwickelt? Wie ein richtiger Krimineller? Am Ende war er noch der Grund für unsere Entführung. Eine dunkle Erinnerung stieg in mir auf. Dieses Gespräch, das ich damals zwischen Rico und Carlos belauscht hatte. Da war es doch um irgendeinen Drogenboss gegangen und auch um Drogenschmuggel. »Was geschieht jetzt mit ihm?«

»Die Polizei wird ihn verhören, und, falls sie genügend Beweise finden, auch anklagen.«

»Vielleicht haben sie uns wegen Adrianas Vater entführt.« Abrupt setzte ich mich auf, ein heißes Gefühl strömte durch meinen Brustkorb und prickelte wie Nadelstiche in meinem Nacken. »Dann ist doch Señor Vicente der Schuldige.«

»Ich kann mir denken, worauf du hoffst.« Abuela nahm meine Hand. »Das wird diesem Rico auch nichts nützen, falls du darauf anspielst. Egal, wer die Schuld an eurer Entführung trägt. Dein Rico hat euch gekidnappt, und nicht nur euch. Auch noch einige andere Menschen in den vergangenen Jahren. Und genau das sind die Anklagepunkte. Deswegen steht er vor Gericht.«

Ich rieb mir die Stirn, mein Kopf tat plötzlich höllisch weh, denn ich realisierte, dass es tatsächlich niemals eine gemeinsame Zukunft für uns beide geben würde.

Abuela tätschelte mir den Oberschenkel. »Warten wir den Prozess ab, vielleicht ergeben sich neue Beweise, wer weiß? Mehr kannst du sowieso nicht für ihn tun. Er muss für seine Taten geradestehen.«

»Aber ich liebe ihn und wir bekommen ein Kind zusammen. Ich kann ihn doch nicht einfach aufgeben.« Mein Herz schmerzte so schrecklich.

»Die Zeit heilt alle Wunden, du wirst sehen«, sagte Abuela und gab mir einen Kuss auf die Wange.

RICO

»Was wollen Sie denn jetzt schon wieder von mir, Rivera?« Ich lehnte mich zurück. Schon wieder saß ich in demselben Verhörzimmer und bekam die immer gleichen Fragen gestellt. Tagein, tagaus. Wochen ging das schon so.

Rivera setzte sich, und kramte eine Zigarette aus seiner Schachtel. Es zündete sie an und inhalierte tief. »Dein Cousin wurde heute tot in seiner Zelle aufgefunden.«

Ich wich mit dem Kopf zurück. »Sieht aus, als hätte jemand nicht richtig aufgepasst. Oder hat Carlos sich am Ende umgebracht?«

Der Inspectore lachte spöttisch auf. »Er hatte ein Messer im Rücken stecken.«

»Dann können Sie Selbstmord wohl ausschließen.« Ich zuckte mit den Achseln. Insgeheim weinte ich dem Scheißkerl keine einzige Träne nach. Im Gegenteil: Er hatte bekommen, was er verdiente.

»Es wollte wohl jemand verhindern, dass Carlos Cortez nächste Woche vor Gericht ins Plaudern gerät. Ich wette, du bist der Nächste.«

»Dann sparen Sie sich schon den Prozess.«

»Nein, mein Freund.« Er schüttelte den Kopf, und lockerte den Knoten seiner Krawatte, die er zu seinem dunkelblauen Hemd trug. »Du wirst nachher verlegt, und zwar in einen Hochsicherheitstrakt mit rund um die Uhr Bewachung. So einfach kommst du mir nicht davon. Du wirst im Gefängnis verschimmeln, dafür sorge ich.«

Ich grinste ihn breit an. »Man könnte fast meinen, Sie hätten ein persönliches Problem mit mir.«

»Habe ich nicht.« Rivera zog an seiner Zigarette. »Ich bringe nur gern Verbrecher in den Knast.« Er hob einen Finger in die Höhe. »Eines ist mir jedoch weiterhin unklar.«

»Ich würde ja jetzt gern sagen: Fragen Sie meinen Cousin. Aber leider ...« Wie zur Entschuldigung hob ich die Schultern an.

»Mich interessiert nur eine Kleinigkeit. Was hast du im Busch mit diesem Mädchen, dieser Elena Montanez, angestellt? Die Kleine verteidigt dich auf der Beerdigung ihrer Freundin, die du auf dem Gewissen hast. Sowas gibt einem schon zu denken. Du musst großen Eindruck auf sie gemacht haben.«

»Sie sollten nicht so neugierig sein.« Ich stützte die Unterarme auf der Tischplatte ab und ließ mir nicht anmerken, wie sehr mich aufwühlte, was er mir eben erzählt hatte. Hatte sich Elena tatsächlich für mich eingesetzt, nach allem was ich ihr angetan hatte? Oder bluffte Rivera bloß und suchte nach einer Schwachstelle bei mir. In diesem Fall lag er nämlich genau richtig. Elena war mein einziger wunder Punkt »Sind Sie eifersüchtig, Señor Inspectore?«

Rivera schnippte Asche auf den Boden. »Tja, nur schade, dass du die Kleine niemals wiedersehen wirst, Enrico Cortez«, nannte er mich bei meinem vollständigen

Namen. »Denn du wanderst in den Knast, während sich die hübsche Elena draußen die Augen nach ihrem Kidnapper ausweint. Vielleicht wäre sie ja bereit, zehn Jahre auf dich zu warten, vorausgesetzt, du singst endlich.«

Fast war ich geneigt, der Illusion nachzugeben, dass Elena mich wahrhaftig liebte, wenn dem so wäre, würde ich auf der Stelle das Risiko in Kauf nehmen und auf den Deal eingehen. Aber dann hätte ich immer noch zehn Jahre abzusitzen, und ich konnte ihr nicht zumuten, so lange auf mich zu warten. Außerdem glaubte ich Rivera kein Wort

»Ich habe Ihnen nichts zu sagen.«

»Dann halt nicht.« Rivera warf seine Zigarette auf den Boden und trat sie aus. »Es gibt noch andere Wege, diese Verbrecher zur Strecke zu bringen. Euch haben wir ja auch geschnappt.« Sein Grinsen könnte nicht abfälliger ausfallen.

»Na, dann wünsche ich Ihnen viel Glück. Da scheinen Sie ja eine richtige Lebensaufgabe gefunden zu haben, Rivera. Hoffentlich übernehmen Sie sich nicht. Sie haben doch keine Kinder, oder?«

Der Inspectore schlug mit der Faust auf den Tisch, dass es krachte. »Willst du mir etwa drohen? Glaubst du, ich weiß nicht, dass sich eure Nachfolger bereits im Busch versammeln? Aber das ist mir egal. Ich werde dafür sorgen, dass es niemandem mehr so ergeht wie Adriana und Luisa.«

Ich schluckte, denn ich wusste, ich war einen Schritt zu weit gegangen. »Glauben Sie mir, wenn es irgendetwas in meinem Leben gibt, das ich gern ungeschehen machen würde, dann das, was mit den beiden passiert ist.«

»Das kannst du aber nicht«, fuhr er mich an. »Aber du allein wirst nun die Konsequenzen tragen, nachdem dein Cousin tot ist.«

»Ich bin dazu bereit.«

Rivera musterte mich mit seinem durchdringenden Blick. »Warum erleichterst du nicht wenigstens dein Gewissen und erzählst uns alles, damit auch die Hintermänner bestraft werden und nicht nur du?«

Ich schüttelte den Kopf. »Allein Carlos und ich sind für das verantwortlich, was mit den Geiseln passiert ist, und allein dafür fühle ich mich schuldig.«

Ein lauter Seufzer rang sich aus der Kehle des Inspectores. »Du willst dich tatsächlich für alle opfern, während deine Auftraggeber sich draußen ein schönes Leben machen?«

Statt einer Antwort nickte ich nur.

»In Ordnung.« Er legte beide Hände auf den Tisch, als wollte er aufstehen, hielt dann aber noch einmal inne. »Eins noch. Warum ist eigentlich Elena als Einziger nichts passiert? Stand sie unter deinem persönlichen Schutz? Und wenn ja, was musste sie für dich tun?«

Ich konnte ein genervtes Augenrollen nicht unterdrücken. »Was wollen Sie hören, Rivera? Dass ich Elena bedroht und manipuliert habe? Glauben Sie wirklich, sie würde dann immer noch zu mir stehen? Nichts. Nichts musste sie tun.«

»Irgendwie tut es mir ja fast schon leid um dich.« Er klang beinahe wehmütig.

»Sparen Sie sich Ihr Mitleid, Inspectore.«

»Heute abend wirst du verlegt«, kündigte er an und verließ das Zimmer.

RICO

Nach dem Verhör brachten sie mich in meine Zelle zurück. Jeden einzelnen Gedanken in meinem Kopf beherrschte Elena. Ich stand mitten in diesem winzigen Raum, den Kopf vornübergebeugt und wusste, dass alles endgültig zwischen uns vorbei war. Viel zu lange hatte ich die Realität verleugnet. Die Wände um mich herum schienen mich zu erdrücken. Mit beiden Händen rieb ich mir durchs Gesicht. Schon seit Wochen sah ich außerhalb der Verhöre keine Leute, hatte keinerlei Kontakt zu anderen Menschen. Selbst das Essen wurde mir wortlos durch eine Luke in der Zellentür hindurchgeschoben. Langsam erreichte der Inspectore sein Ziel. Er machte mich mürbe. Und zwar so mürbe, dass mir alles scheißegal wurde. Die nächsten Jahrzehnte kam ich nicht mehr auf freien Fuß. Elena könnte mich vielleicht ab und zu im Gefängnis besuchen. Aber wozu? Um mich in diesem jämmerlichen Zustand vorzufinden? Getrennt durch dicke Gitterstäbe. Viel wahrscheinlicher war es, dass wir uns niemals wiedersahen. Bald hatte sie mich endgültig vergessen, trauerte keinem Trugbild mehr hinterher, sondern lernte irgendwann einen anderen Mann kennen, einen der zu ihr passte. Einen gebildeten mit einem Haufen Kohle. Sie würde sich neu verlieben, während ich im Knast verschimmelte.

Ich sah mich in meiner zwei auf drei Meter großen Zelle um, in mir tobte nur noch Frust, obendrein überkam mich eine Scheißwut auf mich selbst. Weil ich wusste, ich hatte mir diese beschissene Situation, ich der ich jetzt steckte, selbst eingebrockt. In einem plötzlichen Wutanfall trat ich die Pritsche gegen die Wand, dabei entfuhr mir ein wütender Schrei. Der geschweißte Bettrahmen brach in sich zusammen, und zerfiel in einzelne Teile. Einen Moment lang lauschte ich, aber niemand schien etwas von meiner Randale mitzubekommen, es näherten sich keine Schritte. Alles blieb ruhig.

Mit dem Rücken lehnte ich mich an die Betonwand und sank daran zu Boden. Etwas Spitzes stach mir in die Hüfte, als ich die Pritsche berührte und ich entdeckte ein Stückchen Metall, das an einer geborstenen Stelle des Rahmens hervorragte. Prüfend glitt ich mit dem Daumen darüber. Messerscharf. Fast hätte ich mich geschnitten.

Ich erstarrte, ehe ich mich hochraffte und dieses viel zu eng sitzende T-Shirt auszog. Mit dem zusammengeknüllten Stoff verstopfte ich den Abfluss, bevor ich den Wasserhahn aufdrehte und das Waschbecken volllaufen ließ.

Danach musterte ich mein stumpfes Spiegelbild in der zerkratzten Stahlplatte über dem Becken. Ich erkannte mich nicht wieder, als würde ich einen Fremden betrachten und hieb mit der Faust darauf ein.

Ich drehte mich um, kniete mich vor die zerstörte Pritsche und - zögerte tatsächlich. Mein Blutdruck schwoll an, pochte bis hoch in die Schläfen, als ich meinen linken Unterarm über das scharfe Metall gleiten ließ. Mit zusammengebissenen Zähnen unterdrückte ich den heftigen Schmerz, der mir bis hoch in die Schulter schoss. Scheiße, tat das weh. Ich öffnete die Pulsader längs, beginnend am Handgelenk, den Arm entlang bis hoch zur Beuge. Sofort quoll Blut aus der verletzten Arterie und tropfte zu Boden. Seltsam. Urplötzlich verschwand der Schmerz.

Also schnitt ich tiefer ins Fleisch, durchtrennte mit einiger Mühe die dickwandige Schicht der Pulsader, bis mir ein ganzer Schwall Blut über den Arm rann. Wie gebannt betrachtete ich die tiefe Wunde. Jetzt gab es kein Zurück mehr. Ich fühlte mich befreit, zum ersten Mal seit langem gewann ich die Kontrolle über mich selbst zurück. Ich allein entschied, wann es Zeit war, zu gehen.

Leicht schwankend stand ich auf, ich musste mich an der Wand abstützen, ansonsten wäre ich gleich wieder umgekippt. Bedächtig drehte ich mich zum Waschbecken um und stützte mich daran ab, bevor ich meinen blutenden Arm ins Wasser tauchte. Es war faszinierend, dabei zuzusehen, wie mein Blut das Wasser rot färbte, das Leben aus meinem nutzlosen Körper floss. In leichten Wellen schaukelte es vor sich hin, mischte sich in einer wirbelnden Spirale zu einem Tanz mit dem Licht, das auf mich zukam und in dessen Mitte mir Adriana zulächelte. Ich wollte nur noch eins: Zu ihr gehen und sie um Verzeihung bitten. Mein Herzschlag schwoll an, es begann so heftig zu rasen, dass ich eine Scheißangst bekam. Gleichzeitig fühlte ich mich unglaublich matt. Als mich eine bleierne Müdikgeit überkam, lehnte ich den Kopf an die graue Betonwand und schloss die Augen. Schlafen. Ich wollte nur noch schlafen.

ELENA

Warum hatte ich mich nur von Abuela zu einer Shoppingtour in die Florencia Gran Plaza Shopping Mall überreden lassen? Ich verspürte überhaupt keine Lust darauf, unter Menschen zu gehen. Aber sie hatte so lange auf mich eingeredet, bis ich schließlich nachgab. Abuela meinte, es wäre langsam wieder an der Zeit, zurück in einen normalen Alltag zu finden und wahrscheinlich hatte sie recht. Nur leider fühlte ich mich nicht normal. Ganz und gar nicht. Ich hatte Sehnsucht nach dem Dschungel. Nicht nach dem Camp, in dem Carlos sein cholerisches Regiment geführt hatte, sondern nach unserer Lagune, wo ich so wundervolle Stunden mit Rico verbracht hatte. Selbst nach diesen vielen Wochen, die inzwischen vergangen waren, vermisste ich ihn noch genauso sehr wie am Anfang. Sogar noch heftiger als jemals zuvor. Die Wunde in meiner Brust verheilte einfach nicht.

Als wir vor dem Eingang der Mall anhielten, die ich am Tag meiner Entführung nicht mehr erreicht hatte, stieg ich nur zögerlich aus. Abuela schenkte mir ein aufmunterndes Lächeln.

»Eigentlich brauche ich nichts Neues zum Anziehen.« Die vielen Menschen, die durch den breiten Eingang hinein- und herausströmten, schürten einen Anflug von Panik in mir. Ich wollte mich nicht unter Leute mischen, nicht erkannt werden, denn selbstverständlich hatten sämtliche Zeitungen und Nachrichtenstudios des Landes über unsere Freilassung berichtet. Immer wieder hatte es Vermutungen über eine Liebesbeziehung zwischen mir und einem der Kidnapper von Seiten der Journalisten gegeben. Wahrscheinlich hatte Luisa oder einer der Jungs geredet. Nachdem Inspectore Rivera jedoch eingeschritten war, und uns allen verboten hatte, vor dem Prozess Details aus der Zeit im Dschungel an die Presse weiterzugeben, waren die Gerüchte glücklicherweise wieder verstummt. Unwillkürlich streichelte ich über die kaum wahrnehmbare Rundung meines Bauches und verspürte eine unglaubliche Liebe zu diesem winzigen Punkt, der in mir heranwuchs. Bald würde sich alles ändern.

Abuela hakte sich bei mir unter, während ich mit gesenktem Kopf in den Eingangsbereich ging. Statt einen Blick in die Schaufenster zu werfen, starrte ich auf die Sandalen und Turnschuhe von Passanten, auf deren Beine und als ich ganz mutig wurde, betrachtete ich sogar deren Röcke, Hosen und T-Shirts, schaute ihnen aber niemals ins Gesicht.

Zu meinem großen Pech kannte Abuela kein Erbarmen, sie schleppte mich von einem Shop in den nächsten, bis ich irgendwann alles um mich herum vergaß und in einen wahren Kaufrausch verfiel. Zwei Stunden später schlenderten wir mit prall gefüllten Einkaufstüten durch die Mall. Meine Laune hatte sich zwischenzeitlich erheblich verbessert, Klamotten kaufen machte mir immer noch Spaß. Vielleicht entwickelte ich mich langsam doch wieder zu einem normalen Menschen. Ohne ständige Paranoia oder diffusen Ängsten vor allen möglichen neuen Situationen.

Nur vereinzelt starrten mich ein paar Leute im Vorbeigehen an. Eine Frau deutete mit dem Finger auf mich, während sie wild auf ihre Begleiterin eintuschelte. Mittlerweile war ich ganz gut darin geworden, aufdringliche Gaffer zu ignorieren, genauso wie Abuela das tat. Hoch erhobenen Hauptes schritt sie wie eine Königin durch die Mall, und scherte sich kein bisschen um die Leute.

Sie zeigte auf ein Schaufenster. »Können wir da reingehen? Die haben immer so schöne Blusen.«

Ich lehnte meinen Kopf an ihre Schulter. »Klar.«

»Gib es zu, du hast Spaß«, sagte sie und zwinkerte mir zu.

»Es ist eine wirklich tolle Abwechslung«, räumte ich ein, bevor ich ihr ein Küsschen auf die Wange gab. »Danke.«

»Siehst du«, erwiderte sie triumphierend, bevor wir den Laden betraten und herumstöberten. Hier gab es nichts nach meinem Geschmack, die Boutique war eher etwas für ältere Semester. In Nullkommanichts hielt Abuela ein halbes Dutzend Blusen in den Händen. »Ich probiere die kurz an«, sagte sie und verschwand in der nächstbesten Umkleidekabine. Sobald sie aus meinem Sichtfeld verschwunden war, überkam mich eine heftige Nervosität, die unangenehm durch meinem Körper wuselte. Immer wieder sah ich mich um. Schließlich setzte ich mich auf einen Hocker, der in einer Ecke stand und hatte auf diese Weise den gesamten Laden im Blick, in dem sich außer der Verkäuferin jedoch keine weiteren Kunden befanden. Die eilte soeben Abuela hinterher.

Meine Handflächen wurden schweißnass. Was war mit mir los? Es gab keinerlei Grund in Panik zu verfallen. Plötzlich betrat ein junger Mann den Laden und ich hielt instinktiv den Atem an. Er blieb stehen und suchte mit Blicken das Geschäft ab, bis er mich entdeckte und seine Augen sich erhellten. Ruckartig fuhr ich auf die Beine und wollte Abuela hinterher, als er sich in Bewegung setzte und mich nach ein paar Schritten erreichte.

»Buenos días, Señorita«, er lächelte mich charmant an. »Bitte verzeih mir, aber ich musste dich einfach ansprechen. Als du vorhin an mir vorbeigeschlendert bist, war ich auf der Stelle von dir verzaubert.« Als wäre ihm sein Auftritt peinlich, kratzte er sich am Hinterkopf. Mein rasender Puls beruhigte sich ein wenig. Er sah gut aus, hatte ein schmales Gesicht mit feinen, fast schon aristrokatischen Gesichtszügen und trug sein dunkelbraunes Haar in einem modischen Kurzhaarschnitt. Peinlicherweise war er mir vorhin nicht ins Auge gestochen. Unter normalen Umständen wäre ich jetzt mehr als geschmeichelt, allzuoft passierten mir derlei *Überfälle* von attraktiven Kerlen nicht. Doch insgeheim verglich ich ihn sofort mit Rico und mit dem konnte er rein optisch nicht mithalten.

Ich lächelte ihn an, während ich ein wenig zittrig ausatmete. »Hallo. Wow, ich weiß gerade gar nicht, was ich sagen soll.« Mit beiden Händen strich ich meine langen Stirnfransen hinter die Ohren. Verdammt, ich verhielt mich wie eine Vollidiotin. »Meine Abuela probiert in der Kabine Blusen an«, legte ich vertrottelt nach, in mir herrschte ein richtiges Chaos.

»Mache ich dich nervös?« Er musterte mich mit seinen goldbraunen Augen.

»Nein, tust du nicht«, wiegelte ich rasch ab. Der Typ schien wirklich nett zu sein.

»Ich heiße Lorenzo«, stellte er sich vor und hielt mir die Hand hin.

Nach kurzem Zögern schlug ich ein. »Elena.«

»Elena, ein sehr schöner Name.« Ein sympathisches Lächeln erblühte auf seinen Lippen, während er mir so tief in die Augen sah, dass ich unwillkürlich einen Schritt zurückwich.

Lorenzo räusperte sich. »Hättest du vielleicht Lust auf eine Tasse Kaffee?« Sein Blick schweifte zu den Kabinen, hinter dem Vorhang redete die Verkäuferin ununterbrochen auf meine arme Großmutter ein. »Wie es sich anhört, zieht sich die Anprobe noch ein Weilchen hin.«

»Ich kann leider nicht.« Mir war nicht wohl bei dem Gedanken, einfach mit einem wildfremden Mann zu verschwinden, wenn auch nur ins Café um die Ecke.

»Nur auf ein Getränk. In fünf Minuten sind wir wieder da. Deine Abuela wird nicht einmal merken, dass du weg warst. Ich würde dich so gerne kennenlernen. Die haben einen ganz leckeren Caramel Macchiato. Den solltest du unbedingt probieren.« Er legte den Kopf schräg und zwinkerte mir auf eine ziemlich lässige Weise zu.

»Ich liebe diesen Caramel Macchiato. Den habe ich schon so lange nicht mehr getrunken.«

»Darf ich dich dazu einladen?« Auffordernd deutete er zum Ausgang.

Ich zögerte, denn ich spürte, wie mein Misstrauen wuchs, obwohl es gar keinen Grund gab. Immerhin war es nicht das erste Mal, dass mich jemand zu einer Tasse Kaffee einlud und ich hatte früher nie einen derartigen Aufruhr in meinem Inneren deswegen erlebt. Außerdem wollte ich mich endlich wieder wie ein normaler Mensch fühlen. Ein bisschen mit einem netten Typen quatschen und etwas Abwechslung in mein tristes Leben bringen. Ich sollte langsam neue Leute kennenlernen. Seit Wochen vergrub ich mich wie ein Einsiedler in der Villa meiner Abuela. Bei genauem Hinsehen, war seine Einladung sogar die harmloseste Sache der Welt. Trotzdem wollte ich nicht allein gehen.

»Ich frage meine Abuela, ob sie mitkommt«, sagte ich, während ich mich in Richtung der Kabinen in Bewegung setzte, aber er hielt mich am Arm zurück. »Wozu?«

Eine Panikwelle flutete meinen Körper, bevor ich mich hektisch losriss. »Was soll das?«, keuchte ich und legte eine Hand auf mein wild pochendes Herz.

Im selben Moment zog Abuela den Vorhang beiseite, worauf sich Lorenzo ohne ein weiteres Wort umdrehte und aus dem Laden stürmte.

Was hatte das jetzt zu bedeuten?

RICO

Ein ziehender Schmerz schoss durch meinen Schädel, als ich die Augen öffnete. In meinen Schläfen pochte es, als würde jemand meinen Kopf mit einem Presslufthammer bearbeiten. Wo war ich? Ich sah mich in dem hellen Zimmer um, dessen verschwommene Konturen sich langsam schärften. Die Sonne schien durch das große vergitterte Fenster auf mein Gesicht und blendete mich. Nur unter größter Mühe drehte ich den Kopf zur Seite, jede Bewegung glich einem Kraftakt.

Langsam lichtete sich der Nebel in meinem Kopf.

Ich lag in einem bequemen Bett. Neben mir stand ein Infusionsständer, an dem ein durchsichtiger Beutel mit einer wässrigen Flüssigkeit baumelte, dessen dünner Schlauch zu meinem Arm führte.

Mein Oberkörper war nackt und ich nur mit einer leichten hellblauen Decke bedeckt. Dann entdeckte ich den dicken Verband um meinen linken Unterarm, im anderen steckte die Infusionsnadel. Auf meiner Brust klebten Elektroden, wirre Kabel verbanden mich mit einem Apparat, auf dem bunte Linien auf- und absprangen.

Die Erinnerung überrollte mich wie eine Lawine. Scheiße!

Ich lebte immer noch.

Gerade wollte ich die Augen wieder schließen, und mich für meine Unfähigkeit in Gedanken selbst fertigmachen, als sich die Tür öffnete und eine junge, attraktive Krankenschwester hereinkam.

»Sie sind endlich wieder bei Bewusstsein. Wie fühlen Sie sich?« Mit wippendem Gang kam sie näher und ging um das Bett herum.

Ich gab keine Antwort, stattdessen beobachtete ich jede ihrer Bewegungen. In meiner Situation konnte man nicht vorsichtig genug sein, obwohl ich in meinem erbärmlichen Zustand nicht einmal eine Chance gegen diese fünfzig Kilo Frau hätte.

Mit sanften Fingern ergriff die Frau mein unverletztes Handgelenk, während sie ihre Armbanduhr im Auge behielt. »Ihr Puls ist schon deutlich besser als heute Morgen.« Sie ließ mich los und streckte sich nach dem Infusionsbeutel, kontrollierte den Stand der Flüssigkeit. »Ich kann Ihnen ein Schmerzmittel verabreichen, wenn Sie möchten.«

Ich blickte an ihren Kurven entlang hoch in ihr Gesicht. Das Hämmern in meinem Schädel ebbte ab. »Nein, schon gut.«

Mit dem Zeigefinger tippte sie auf ein Plastikkästchen, das über mir baumelte. »Wenn Sie etwas brauchen, drücken Sie auf den roten Knopf.« Ihre Lider schlossen sich halb. Sie warf mir einen lasziven Blick zu. Flirtete sie mit mir, oder bildete ich mir das nur ein?

»Wie bin ich hierhergekommen?«

Sie stützte beide Hände auf der Matratze ab und beugte sich so nah über mich, dass mir der schwache Duft ihres Parfums in die Nase wehte. Außerdem gewährte sie mir durch den V-Ausschnitt ihres hellblauen Arbeits-Outfits einen exzellenten Einblick in ihr aufreizendes Dekolleté. »Ich glaube, Sie sollten verlegt werden. Als Ihre Wärter Sie abholen wollten, haben die Leute Sie bewusstlos in Ihrer Zelle gefunden.« Sie zögerte. »Sie sind fast verblutet. Gestern hat es gar nicht gut für Sie ausgesehen. Ein paar Minuten später und die Ärzte hätten nichts mehr für Sie tun können. Sie hatten wirklich großes Glück.«

Ein gequältes Lachen rang sich aus meiner Kehle. Ein paar Minuten später und man hätte nichts mehr für mich tun können. Genau dieselben Worte hatte ich doch schon einmal gehört. Von Felipe. Damals im Dschungel, als meine Hütte brannte. Mein Schutzengel leistete wirklich ganze Arbeit.

»Sie befinden sich im Krankenhaus«, sagte die Frau. »In der geschlossenen Abteilung. Ein Polizist steht die ganze Zeit draußen vor der Tür und schiebt Wache.«

Als sie sich wieder aufrichten wollte, schnappte ich sie beim Handgelenk und zog sie dicht vor mein Gesicht. Sie leistete keinerlei Widerstand, nur ihre Atmung wurde schwer und hörbar. »Und Sie trauen sich ganz allein zu mir herein? Ich bin gefährlich, hat man Ihnen das nicht gesagt?«

Zittrig stieß sie die Luft durch den Mund aus, ihr warmer Atem wehte über meine Wange. Dann zeigte sich ein verführerisches Lächeln auf Ihren Lippen. »Du könntest mir schon gefährlich werden.«

Ich ließ sie wieder los, beendete ihre kokette Show, indem ich mich abwandte. Es gab nichts, was mich an ihr reizte.

Mit rekelnden Bewegungen richtete sie sich wieder auf und wandte sich zum Gehen. »Nicht vergessen«, sagte sie in herausforderndem Tonfall über die Schulter hinweg. »Falls Sie etwas brauchen, klingeln Sie nach mir.«

»Wie spät ist es?«, rief ich ihr nach.

»Fast drei«, sagte sie nach einem raschen Blick auf ihre Uhr und schloss die Tür hinter sich.

Ich starrte an die Decke und wusste nicht, ob ich mich darüber freuen sollte, noch am Leben zu sein. Nächste Woche begann der Prozess, bis dahin war ich bestimmt wieder auf den Beinen. Danach würde ich in einem versifften Hochsicherheitsgefängnis enden, in dem ich jeden Tag ums Überleben kämpfen musste. Welch Ironie. Warum hatten die Ärzte mich nicht einfach sterben lassen?

Erneut öffnete sich die Tür und knallte an die Wand, sodass ich zusammenzuckte. Ein älterer Polizist stellte sich breitbeinig in den Eingang und musterte mich mit zusammengeschobenen Augenbrauen von oben bis unten. Sein graues Haar lichtete sich bereits über der Stirn, was selbst das dunkelgrüne Barett auf seinem Kopf nicht ganz verbarg. Bei jeder Bewegung klirrten Handschellen an seinem Waffengürtel.

Mit gemächlichen Schritten kam er zu mir, bis er dicht vor meinem Bett stehenblieb und mich wie eine Kakerlake musterte, während er beide Daumen in den vorderen Schlaufen seines Gürtels einhakte. »Die Schwester sagte, dass du bei Bewusstsein bist. Meiner Meinung nach hätten die Ärzte dich auf dem OP-Tisch ruhig verrecken lassen können.«

Ich wandte mich ab, in meinem Kopf begann es wieder sachte zu pochen.

»Den Inspectore freut es, dass du nicht abgekratzt bist«, hörte ich den Kerl sagen. »Keine Ahnung warum.«

Weil Rivera wollte, dass ich meine Strafe absaß. Darum. Nicht, weil ich ihm so ans Herz gewachsen war, was der Dummkopf vor mir vielleicht vermutete.

»In der Zeitung habe ich ein Foto von der Kleinen gesehen, die du entführt hast. Stimmt es, was da stand? Du bist über sie drübergerutscht und sie hat dich gelassen?«

Ich sah ihn wieder an. Wovon, zum Teufel, redete der Trottel?

In seinen Augen blitzte es amüsiert auf. »Die kleine Schlampe hat für dich die Beine breit gemacht, stimmt's? Manche Weiber lassen wirklich jeden ran, vielleicht sollte man sie mal …«

Mit einem Satz fuhr ich in die Höhe und stürzte mich auf den Kerl. Woher ich die Energie nahm, wusste ich nicht, aber das Adrenalin, das durch meine Adern strömte, verlieh mir neue Kräfte. Ich packte ihn bei der Gurgel. Meine Infusionsnadel sprang aus dem Arm und sofort floss Blut, aber das war mir scheißegal. Ich holte aus und verpasste ihm einen Faustschlag mitten ins Gesicht, dass es knackte. Er jaulte auf, und hielt sich mit beiden Händen die Nase. In mir sprengte eine ungeheure Wut ein Ventil. Niemand redete in dieser Art und Weise über mein Mädchen, schon gar nicht dieser arrogante Typ. Als ich zum nächsten Schlag ausholte, wehrte er mich ab, der Infusionsständer geriet zwischen uns, weshalb er nur eine Hand freihatte, weil er mit der anderen das Gestell zur Seite schob. Bevor er die Chance dazu bekam, riss ich den Revolver aus seinem Halfter und hielt ihm die Waffe an die Stirn. »Mach keinen Mucks«, warnte ich ihn leise und funkelte ihn an. »Auf eine Leiche mehr oder weniger kommt es in meinem Strafregister nicht mehr an.«

Sofort hielt der Kerl inne, die vorherige Arroganz verschwand im Sekundenbruchteil aus seinem Gesicht, übrig blieb nur ein panischer Ausdruck. Krachend fiel das Infusionsgestell zu Boden, während er mit weit aufgerissenen Augen in den Lauf seiner eigenen Pistole starrte. »Mach keinen Blödsinn, Junge«, sagte er und hob die Hände.

»Mach du lieber keinen Blödsinn.« Ich riss mir die Elektroden von der Brust, stand mit wackligen Beinen auf und musste mich am Bettrahmen abstützen, denn meine Knie knickten ein. Mist. Ich trug lediglich eine Unterhose. »Los, zieh deine Sachen aus«, trieb ich den Kerl mit der Waffe an und biss die Zähne zusammen, als mir schwindlig wurde. Das Atmen machte mir Schwierigkeiten, auch das Stehen bereitete mir mehr Mühe, als gedacht, aber ich hielt den Polizisten immer noch in Schach.

Der Mann rührte sich nicht. Seine Lippen formten tonlos unverständliche Worte.

»Mach schon, ich hab nicht den ganzen Tag Zeit.«

Mit zittrigen Fingern lockerte der Kerl seine olivgrüne Krawatte, bevor er an den Knöpfen seines hellgrünen Hemdes herumnestelte, das er unter seiner Uniformjacke trug.

Erneut knallte die Tür gegen die Wand, als die Schwester von vorhin hereinstürmte. »Was ist passiert? Ich bekomme kein Signal mehr vom Monitor …« Ihr Blick fiel auf den Polizisten und meine Waffe. Sie verstummte.

»Mach die Tür zu und komm her.« Mit einem Finger winkte ich sie zu mir und sie gehorchte. Gleichzeitig trieb ich den Polizisten mit der Pistole an, während ich gegen das Schwindelgefühl ankämpfte, das mich schubweise überkam und ins Wanken brachte. Der Polizist warf mir zähneknirschend seine olivfarbene Uniformjacke zu, bevor er sich aus seinem Hemd schälte.

»Mach keinen Scheiß, dann kommen wir alle heil hier

raus«, warnte ich ihn, weil er immer wieder auf die Waffe schielte.

Dann wandte ich mich an die Schwester, die an ihrem schwarzen Haar herumzupfte. »Du hast bestimmt einen Schlüssel für draußen?« Als sie nickte, streckte ich die Hand aus.

Sie griff in die Tasche ihrer Dienstkleidung und nestelte einen Schlüsselbund hervor.

»Welcher ist der Richtige?«

Ihr Augenaufschlag war viel zu intensiv für die brenzlige Situation, in der sie steckte. »Der glänzende ist für dieses Zimmer hier.« Mit dem kleinen Finger deuteten sie auf einen größeren grauen Schlüssel. »Und den braucht man für unsere Station«, hauchte sie und sah mir tief in die Augen. »Danach benötigst du keinen Schlüssel mehr. Du musst nur noch den Fahrstuhl ins Erdgeschoss nehmen und schon bist du draußen.«

»Verrat ihm doch gleich noch deine Körbchengröße«, schnauzte der Polizist, worauf sie beschämt die Lider senkte. Mittlerweile stand er nur noch in seiner Feinrippunterwäsche da.

»Darf ich die wenigstens anlassen?«, fuhr er mich an.

Ein feines Grinsen umspielte meine Lippen. »Ich bitte darum.« Rasch schlüpfte ich in Hemd und Uniformjacke, band mir dann noch die Krawatte um und setzte das Barett auf, während ich die beiden mit der Waffe bedrohte.

Zum Schluss nahm ich die Handschellen vom Gürtel, als plötzlich mein Kreislauf verrückt spielte. Ich taumelte einen Schritt zur Seite und fing mich im letzten Moment mit einer Hand am Bett ab. Verdammt.

»Sie dürfen eigentlich noch nicht aufstehen«, erklärte mir die Schwester und musterte mich besorgt.

»Leider habe ich unaufschiebbare Pläne«, ächzte ich.

»Trinken Sie wenigstens ausreichend und essen Sie etwas. Einen Schokoriegel oder Traubenzucker.«

»Warum hältst du ihm nicht gleich die Hand?« Der Polizist rollte mit den Augen.

Mein verwundeter Arm schmerzte von den hastigen Bewegungen, und ein lähmendes Taubheitsgefühl kroch mir in alle Glieder. »Stellt euch an das Kopfende vom Bett.«

Sie gehorchten.

»Streckt die Arme aus.« Die beiden befolgten jede meiner Anweisungen.

»Du wirst nicht weit kommen. Falls du es überhaupt aus dem Krankenhaus herausschaffst, werden wir jeden gottverdammten Stein in diesem Land nach dir umdrehen und dich zur Strecke bringen. Du wirst mit ein paar Kugeln im Kopf enden, das ist alles was du davon hast«, sagte der Polizist, während ich die beiden an jeweils einem Handgelenk um das massive Bettgestell fesselte. Danach riss ich den Rufknopf ab, dessen Kabel um die Aufrichthilfe gewickelt war.

»Wenn ich auch nur einen Ton von euch höre, komme ich zurück.« Auf dem Weg zur Tür drehte ich mich noch einmal zu der Schwester um. »Ich sagte dir doch, ich bin gefährlich.«

Ein breites Lächeln hob ihre Mundwinkel. »Viel Glück«, formte sie tonlos mit den Lippen, bevor ich verschwand, und die Tür hinter mir ins Schloss zog. Ich drehte den Schlüssel zweimal herum, bevor ich am Knauf rüttelte, sie war fest verschlossen.

Mit klopfendem Herzen schlich ich über den leeren Flur und sah mich immer wieder um, bis ich auf der linken Seite den Empfangstresen der Station entdeckte und haltmachte. Ich riskierte einen vorsichtigen Blick. Am Schreibtisch saß eine dickliche Schwester im hellblauen

Schwestern-Outfit vorn übergebeugt, die in einem Formular herumkritzelte. Scheiße. Was jetzt? Sollte ich sie ebenfalls überwältigen und fesseln? Aber das wäre nicht ohne Lärm und Geschrei möglich, außerdem wollte ich sie nicht verletzen. Geduckt schlich ich am Tresen vorbei, sie bemerkte mich zum Glück nicht. Der Eingang der Station war mit einer weißen Stahltür gesichert. Hastig suchte ich nach dem richtigen Schlüssel und steckte ihn ins Schloss. Halleluja. Er ließ sich problemlos herumdrehen. Die Schwester hatte mir tatsächlich den richtigen gezeigt.

Gerade als ich die Tür öffnete, leuchtete ein rotes Lämpchen über der Zimmertür direkt neben mir auf und ich stockte.

»Schon wieder der«, hörte ich die Schwester am Tresen rufen, während es sich anhörte, als würde sie ihren Stuhl zurückschieben. Scheiße. Hastig schlüpfte ich durch den Türspalt und zog sie hinter mir zu. Dann atmete ich erst einmal tief durch. Viel Zeit blieb mir garantiert nicht, bevor alle merkten, dass ich mich aus dem Staub gemacht hatte. Ich eilte zum Fahrstuhl und drückte auf den Knopf. Es dauerte ewig, bis das uralte Teil nach oben ratterte und sich die elektrischen Türen öffneten. Hastig stieg ich ein und beobachtete die farbige Anzeigetafel der Stockwerknummern, an denen ich vorbei nach unten rauschte. Es rumpelte beim Anhalten, dann öffneten sich die Türen und ich stand direkt vor zwei Polizisten, die sich miteinander unterhielten, sie beachteten mich nicht. Mein Blut sackte ab. Doch im nächsten Moment hatte ich mich bereits wieder gefangen und zwängte mich grußlos an den beiden vorbei.

»Dann lösen wir Nehes mal ab«, hörte ich einen von ihnen sagen, während sie in den Fahrstuhl stiegen. »Der arme Kerl sitzt schon seit heute Morgen vor der Tür dieses Kidnappers. Er hat vorhin …« Der sich schließende

Fahrstuhl beendete die Unterhaltung für mich und ich machte, dass ich davonkam. In wenigen Minuten flog ich auf.

Ich hielt meinen linken Arm und biss die Zähne zusammen, als ich das Krankenhaus unbehelligt durch den Haupteingang verließ und an einer Frau mit einem kleinen Kind vorbeiging, die mich eindringlich musterte. Scheiße, sie hatte mich bestimmt erkannt. Wahrscheinlich machte ich mich verdächtig ohne Ende. Ich erhöhte mein Tempo und verschwand links in einer Seitengasse. Die Wunde schmerzte wieder höllisch, leider konnte ich mir nirgends Schmerzmittel besorgen. Um meinen Gesundheitszustand konnte ich mich jetzt sowieso nicht kümmern, ich musste raus aus der Uniform, und zwar schleunigst. Neben einem meterhohen Haufen stinkender Müllsäcke blieb ich stehen und zog mir mit zittrigen Fingern die Jacke aus, setzte auch noch die Polizeimütze ab und schmiss alles auf den Abfallberg, um nicht noch mehr aufzufallen als ich es mit meinen hellblonden Haaren sowieso schon tat.

Jetzt musste man schon genauer hinsehen, um in meinen Klamotten eine Uniform zu erkennen. Die Blutflecke an meinem rechten Ärmel leuchteten verräterisch, deshalb krempelte ich sie bis zum Ellenbogen hoch. Lautes Sirenengeheul kam von allen Seiten näher. Ich warf mich hinter die Müllsäcke, denn ein Streifenwagen raste in hohem Tempo und mit Blaulicht an dem Gässchen vorbei, in dem ich mich versteckte. Drei weitere Polizeifahrzeuge folgten.

RICO

Die Dämmerung setzte bereits ein, als ich das Armenviertel erreichte, in dem ich aufgewachsen war, und von einer Lichtung darauf hinuntersah. Stundenlang hatte ich mich durch die Büsche geschlagen und sämtliche Straßen vermieden. Zum Glück kannte ich mich in dieser Gegend sehr gut aus. Ein seltsames Gefühl überkam mich. Nichts hatte sich in den zwei Jahren, die ich nicht mehr hier gewesen war, verändert. Einfache Wellblechschuppen und schiefe Ziegelhütten reihten sich dicht an dicht und kreuz und quer aneinander. Dazwischen standen Regentonnen, fließend Wasser gab es in der Favela nicht, genausowenig wie eine Kanalisation oder Telefonanschluss. Stattdessen gab es hier Drogenkriminalität, Bandenkriege und Gewalt. Dieses riesige Gebiet war ein einziges Hüttenlabyrinth, mit verstreutem Müll und zerbrochenen Ziegelsteinen, die überall in den ungeteerten Wegen herumlagen. In einer dieser Hütten hatten Carlos und ich zusammen mit unserer Mutter gewohnt. Hier hatte ich meine Kindheit verbracht. In unserer Hütte gab es nur einen winzigen

Raum, in dem wir nachts auf Matratzen pennten, die wir tagsüber zu einer Art Sofa aufeinanderschichteten.

Während ich so dasaß und auf mein früheres Leben blickte, wurde mir wieder mal schmerzlich bewusst, dass Elena und ich nichts, aber auch gar nichts gemeinsam hatten. Wir waren zwei einsame Seelen in einer trostlosen Zeit gewesen, die einander einen Funken Licht gespendet hatten, der mittlerweile erloschen war. Es war dumm von einem Mann wie mir, einer Frau wie ihr nachzutrauern. Selbst unter normalen Umständen wäre sie unerreichbar für mich gewesen, mit unserer Vorgeschichte ein absolutes No-Go. Ich beschloss, Elena für immer aus meinem Gedächtnis zu verbannen, auch wenn mir das kaum gelang, denn sie schlich sich unentwegt zurück in meine Gedanken. Spätestens, wenn ich es über die Grenze schaffte, war sowieso nicht mehr an Rückkehr zu denken.

Ich seufzte tief auf und konzentrierte mich auf meine nächsten Schritte. Ohne Hilfe war ich geliefert.

In den schmutzigen Gassen der Favela waren Gruppen von Leuten unterwegs, Bandenmitglieder, auf der Suche nach Ärger oder etwas zu stehlen. Niemand sonst wagte sich nach Anbruch der Dunkelheit in diesem Viertel noch auf die Straße. In dieser Gegend gab es keinen Strom, sobald es Nacht wurde, versank die Siedlung in der Dunkelheit. Und genau darauf wartete ich.

Ich klopfte an die schiefe, verrostete Blechtür, durch die Ritzen drang ein schwacher Lichtschein zu mir heraus. Wahrscheinlich wurde drinnen gerade zu Abend gegessen, denn der Kohleofen neben mir verströmte noch Hitze. Wegen der Enge in den Hütten kochten die meisten Leute in der Favela draußen.

Schließlich ging die Tür einen Spaltbreit auf, ehrlich gesagt, war ich froh, dass überhaupt jemand um diese Uhrzeit öffnete. Mein bester Freund aus Kindertagen lugte durch den schmalen Schlitz.

»Rico.« Seine Kinnlade klappte herunter.

»Was?«, rief eine aufgeregte Frauenstimme hinter ihm.

Mateo zerrte mich in die Hütte und streckte noch einmal den Kopf durch die Tür, sah nach allen Seiten, bevor er sie wieder zuschlug.

»Was machst du hier? Ich dachte, du bist im Gefängnis.« Er klang panisch.

»Er kann nicht hierbleiben, Mateo«, kreischte seine Frau. »Sonst stecken sie dich mitsamt ihm in eine Zelle.«

»Guten Abend, Mariela.« Ich nickte ihr zu und fühlte mich hundsmiserabel, weil ich ihnen solche Schererein machte, aber ich wusste nicht, wo ich sonst hingehen sollte.

Sie strich sich eine schwarze Haarsträhne aus dem Gesicht und funkelte mich an, während sie den kleinen Jungen auf ihrem Arm schaukelte, der zu weinen begann.

Auf der Stelle lud sich die Stimmung im Raum auf. Ich wandte mich an Mateo, der einmal mein bester Freund gewesen war.

»Wieso bist du hier?«, wiederholte er. Sein Adamsapfel bewegte sich beim Schlucken.

Ich blieb stumm, wusste nicht, was ich sagen sollte.

»Nein«, ungläubig schüttelte er den Kopf. »Du bist doch nicht etwa geflohen?«

»Du hörst wohl kein Radio?«

Mateo wurde bleich wie die gekalkte Wand hinter ihm. »Ich bin vorhin erst von der Arbeit gekommen. Ich habe den ganzen Tag auf dem Bau geschuftet. Von nichts habe ich gehört. Was denn? Was hast du jetzt wieder angestellt?« Er fasste mich hart beim Arm.

»Ich bin heute Nachmittag aus dem Krankenhaus getürmt und weiß jetzt nicht, was ich tun soll.«

Mateos Kiefer bebte, eine Ader schwoll an seiner Schläfe an. »Und dann kommst du ausgerechnet zu mir?«

Ich schüttelte seine Hand von meinem Arm. »Ich bin gleich wieder weg. ... Aber du warst doch immer mein bester Freund.« Ein wehmütiges Gefühl quetschte meinen Brustkorb zusammen. Dieser Mann vor mir war wie ein Bruder für mich gewesen. Mit sechs Jahren hatte ich ihm eine Tüte mit Klebstoff weggenommen, die ein Dealer ihm geschenkt hatte, um ihn süchtig zu machen und das Zeug im Ofen meiner Mutter verbrannt. Als ich zwölf war, brachte meine Mutter einen neuen Mann mit, einen schweren Säufer, der sofort um sich schlug, wenn ihm irgendwas nicht passte. Zu der Zeit lebte Carlos schon nicht mehr bei uns. Als der Kerl einmal besonders schlimm wütete, haute ich ab und lebte wochenlang auf der Straße, lernte von den älteren Kindern das Stehlen und schlief auf einem Pappkarton am Straßenrand. Das war hier nichts Außergewöhnliches. Straßenkinder gab es in der Favela zuhauf. Aber Mateo brachte mich dazu, wieder nach Hause zu gehen, weil meine Mutter mich brauchte. Am Ende war Carlos derjenige gewesen, der den alten Säufer aus dem Haus warf und unsere Mutter vor ihm rettete. Mateo und ich schafften sogar alle beide unseren Schulabschluss. Ohne ihn wäre ich wahrscheinlich schon längst tot. In diesem Moment jedoch war mir, als betrachte ich einen Fremden.

Mateos Kopf wurde knallrot. »Rico, unsere Freundschaft ist schon so lange vorbei. Das war in einem anderen Leben, bevor du dich entschieden hast, deinem Cousin in den Dschungel zu folgen und diese ganzen...«, er fuchtelte mit den Händen in der Luft herum, »... fürchterlichen Dinge zu tun.«

Mariela warf sich an die Brust ihres Mannes. »Er kann nicht hierbleiben! Sie werden dich einsperren, wenn sie ihn bei uns finden. Und hier im Viertel suchen sie garantiert als erstes nach ihm.« Ihre Stimme überschlug sich fast. »Mateo, denk an deinen Sohn.«

Mariela hatte recht. Es war verantwortungslos von mir gewesen, hier aufzutauchen und Mateo in meine Flucht zu verwickeln. »Vergesst einfach, dass ich hier war.« Ich wandte mich zum Gehen, und legte eine Hand auf den Türknauf, als Mateo mich an der Schulter zurückhielt.

»Bleib. Geh jetzt nicht raus, draußen ist es viel zu gefährlich für dich.«

Überrascht drehte ich mich um.

»Mateo!« heulte Mariela auf und drückte das weinende Baby fest an sich.

»Ich bringe dich weg und weiß auch schon wohin. Dort wird dich niemand finden, bis sich die Lage draußen wieder beruhigt hat. Bestimmt geht die Polizei davon aus, dass du dich im Dschungel versteckst. Ich muss nur kurz etwas regeln, ich bin gleich zurück.«

»Bist du sicher?« Ich packte ihn bei den Schultern. »Ich will dir keine Schererein machen.«

»Du machst doch genau das«, schrie Mariela mich an. »Warum musstest du ausgerechnet bei uns auftauchen?«

Mateo schob sie zur Seite. »Gib ihm etwas zu essen und zu trinken, bis ich wieder zurück bin, und pack ihm auch noch Proviant ein. ... Was wir entbehren können.« Er deutete auf mich. »Du wirst dich für ein paar Tage verstecken müssen, bis sich der Trubel um deine Flucht ein wenig gelegt hat, bevor wir weitersehen.«

»Okay.« Ich nickte. »Ich danke dir, Mateo.«

Er ging zur Tür, hielt dann aber inne und drehte sich noch einmal zu mir um. »Das ist das allerletzte Mal, dass ich dir helfe. Komm danach nie wieder in mein Haus.«

Als Mateo gegangen war, deutete Mariela auf den wackligen Tisch an der Wand, auf dem eine Petroleumlampe stand, die den winzigen Raum in ein trübes Licht tauchte. Völlig erschöpft ließ ich mich auf einen Stuhl fallen. Mein Arm hatte aufgehört zu schmerzen, die vergangenen Stunden hatte ich ihn so gut es ging geschont. Mariela knallte eine Schüssel mit Sancocho vor mich auf den Tisch, einer Art Suppe mit Huhn, Mais, Kartoffel und Kochbanane, dazu legte sie zwei große Stücke Arepa. Ich nahm den Löffel, der hinterherflog und begann zu essen, biss zwischendurch von dem Maisbrot ab. Durch den ganzen Stress der vergangenen Stunden hatte ich gar nicht bemerkt, wie hungrig ich war.

ELENA

Abuela legte hastig den Hörer auf die Gabel, als ich das Wohnzimmer betrat und über den indischen Brokatteppich zu ihr hinüberging. So hastig, dass ich stutzig wurde. »Mit wem hast du telefoniert?«

»Ach, nicht so wichtig«, winkte sie ab und strich ihre cremefarbene Bluse glatt, zupfte an der Knopfleiste herum und strich nicht vorhandene Fussel von ihren Schultern.

Ich setzte mich neben sie aufs Sofa »Warum bist du dann so nervös? Sieh nur, wie deine Hände zittern.«

»Du bist viel zu misstrauisch. Früher warst du nicht so.«

»Seitdem ist viel passiert.«

Abuela hielt ein Kuvert in die Höhe. »Papá hat diesen Brief an mich weitergeleitet. Er kommt von deiner Schule. Im neuen Jahr sollst du die Klasse wiederholen, bis dahin hat der Rektor dir freigegeben.«

»Unmöglich.« Ich schüttelte den Kopf. »Soll ich dort vielleicht mit dickem Bauch auftauchen?« Liebevoll strich ich über die kleine Kugel, die noch kaum sichtbar war. Es durchzuckte mich. »Dann muss Luisa auch zurück in die

Schule.« Eine eisige Klaue griff nach meinem Herz, als ich an meine ehemalige Freundin dachte, die mich nun abgrundtief hasste. Wie sollten wir einen Schulalltag im selben Klassenzimmer meistern, ich mit dem Kind meines Kidnappers im Bauch. Und ohne Adriana.

Ob ich es wahrhaben wollte oder nicht, die Unbeschwertheit meiner Jugend hatte sich in Luft aufgelöst.

»Luisa wird auf ein Internat in Argentinien gehen, hat dein Vater erzählt.«

Ich horchte auf. »Du hast mit Papá geredet? Vorhin?«

Ein schwerer Seufzer entwich ihren Lippen, während ich mir eins der bestickten Zierkissen schnappte und vor meinen Bauch presste. Dieselbe innere Unruhe wie vorhin spiegelte sich in Abuelas Augen wider.

»Jetzt rede schon. Irgendwas ist doch los.«

»Ja, ich habe mit deinem Vater telefoniert, und er erwähnte eine Sache, über die ich nicht gerne reden möchte. Aber mit Sicherheit erfährst du es nachher sowieso von Jose, also kann ich es dir genauso gut sagen.«

»Mach es nicht so spannend.«

Sie atmete einmal tief durch. »Rico ist aus dem Gefängnis geflohen.«

»Was?« Ich musste mich verhört haben. »Das ist nicht dein Ernst. Wie soll er das denn hinbekommen haben?«

»Nach seinem Selbstmordversuch wurde er in ein Krankenhaus verlegt …«

»Er hat versucht, sich das Leben zu nehmen?« Ich schlug mir eine Hand vor den Mund und sah Abuela mit großen Augen an. Rico hatte was getan? Und warum hatte mir kein Mensch davon erzählt? Was verschwiegen die mir noch alles? Ich lehnte mich zurück und starrte an die Wand. In meinem Kopf herrschte eine gähnende Leere. Eigentlich hatte ich vorgehabt, ihn nach dem Prozess im

Gefängnis zu besuchen, um ihm mitzuteilen, dass er Vater wurde, und nun war Rico verschwunden.

Wie durch Nebelschwaden drangen Abuelas Worte an mein Ohr. »Er hat sich die Pulsadern aufgetrennt und am nächsten Tag im Krankenzimmer einen Polizisten überwältigt, ihm die Waffe entrissen und danach ist ihm die Flucht geglückt. Das halbe Land sucht nach deinem Rico, aber er ist wie vom Erdboden verschluckt. Sie vermuten ihn entweder im Dschungel, oder er hat sich längst ins Ausland abgesetzt. Dein Vater hat sich vorhin fürchterlich über die Unfähigkeit unserer Polizei aufgeregt.«

Rico war in Freiheit. Irgendwo da draußen. Nicht mehr hinter Gittern. Ein breites Grinsen wuchs auf meinen Lippen, das mir bis ins Herz strahlte. »Er ist frei.« Ich nahm Abuelas Hände. »Abuela, ich freue mich so.«

»Da bist du die Einzige im ganzen Land, Kindchen«, erwiderte sie trocken und stand auf.

»Ist mir egal.« Ich erhob mich ebenfalls und tanzte durch den Raum. Ein jubelartiges Glücksgefühl stieg in mir auf und kribbelte mir bis in die Fingerspitzen. Zwar hatte ich keine Ahnung, wo sich Rico aufhielt, aber wenigstens saß er nicht mehr im Gefängnis. Vielleicht … ja vielleicht nahm er eines Tages sogar Kontakt zu mir auf. In ein paar Jahren oder so, und dann würde ich ihm von unserem gemeinsamen Kind berichten.

Abuela schüttelte nur den Kopf über mich. »Solltest du dich nicht langsam für dein Treffen mit Jose fertigmachen?« Sie deutete auf die antike Tischuhr, die auf dem Kaminsims stand.

»Huch, ich muss mich wirklich beeilen.« Vor ein paar Tagen hatte sich ganz überraschend Jose bei mir gemeldet und wir hatten ziemlich lange miteinander telefoniert. Er ging bereits wieder zur Schule, weil ihm sonst zu Hause die Decke auf den Kopf fiel, und hatte sich so gut gelaunt angehört, dass ich fast neidisch wurde. Außerdem war er im letzten Schuljahr und wollte unbedingt seinen Abschluss schaffen. Zum Schluss hatten wir uns zu einer Tasse Kaffee verabredet, draußen in der Öffentlichkeit. In einem Café. Denn wie Abuela fand auch Jose, es wäre langsam an der Zeit für mich, wieder mit einem normalen Leben zu beginnen. Und er hatte recht!

Ich eilte die geschwungene Marmortreppe nach oben und hielt an, denn die Tür zum Kinderzimmer meines Vaters stand offen. Früher war ich oft hier drinnen gewesen, wenn ich meine Großeltern besuchte, und hatte mit dem alten Spielzeug meines Vaters gespielt. Seitdem ich hier wohnte allerdings, hatte ich den Raum noch kein einziges Mal betreten. Ich ging hinein und sah mich um. Poster einer ehemaligen Fußballnationalmannschaft hingen an den Wänden. Eine Reihe Jugendbücher reihten sich in einem Wandregal aneinander. Auf dem Schreibtisch meines Vaters stand ein gerahmtes Foto, auf dem mein Vater zusammen mit einem Mann abgelichtet war. Die beiden konnten auf dem Bild nicht älter als Anfang zwanzig sein. Ich nahm es in die Hand und betrachtete die beiden grinsenden, jungen Kerle, bei denen sich das Haar im Nacken kräuselte. Den anderen kannte ich nicht, aber sie wirkten sehr vertraut miteinander. Mit den Fingerspitzen strich ich über das Glas. Obwohl meine Eltern und ich derzeit ein so schlechtes Verhältnis zueinander hatten, vermisste ich die beiden. Sie fehlten mir. Sogar die blöden Witze, die mein Vater beim Frühstück immer riss, und die nie lustig waren. Es tat mir weh, dass meine Familie so zerrissen war, dabei war sie mir immer heilig gewesen. Noch nie hatte ich meine Eltern enttäuscht.

»Das ist Pablo, ein Jugendfreund deines Vaters.«

Ich wirbelte herum.

Abuela betrachtete lächelnd das Bild in meiner Hand. »Die beiden waren unzertrennlich, besuchten sogar dieselbe Universität, haben alles gemeinsam unternommen. Wir nannten Pablo scherzhaft unseren verlorenen Zwilling. Ich mochte ihn so gern. Er war ein witziger Kerl und hat immer Späße gemacht. Die beiden heckten nur Unsinn aus, sie hatten es faustdick hinter den Ohren.«

»Papá?«, fragte ich ungläubig nach, weil ich mir beim besten Willen nicht vorstellen konnte, dass mein seriöser Vater irgendwann in seinem Leben einmal Blödsinn getrieben hätte.

»Oh ja.« Sie gluckste. »Nach dem Studienabschluss ging Pablo auf Weltreise und dein Vater wollte ihn für zwei Monate begleiten. Aber dann bekam dein Großvater seinen ersten Schlaganfall und Roberto musste zu Hause bleiben, um ihn beim Diamantenhandel zu unterstützen. Also reiste Pablo allein, und wir haben nie wieder etwas von ihm gehört. Kein Mensch weiß, was ihm zugestoßen ist, er gilt bis heute als verschollen. Deinen Vater nahm das Verschwinden seines besten Freundes sehr mit. Er war lange Zeit untröstlich und vergrub sich in seiner Arbeit, bis er deine Mutter kennenlernte, die ihn aus seinem tiefen Loch holte. Ich bin ihr unendlich dankbar dafür. Sie hat viel für ihn getan.«

Von diesem Pablo erfuhr ich heute zum ersten Mal. Kein Mensch in der Familie hatte ihn jemals erwähnt. Ich betrachtete die Gesichter der jungen Männer auf dem Bild. Pablo lächelte zwar freundlich in die Kamera, aber trotzdem rieselte mir ein Schauder über den Rücken. Ich wusste nicht mal warum.

»Schätzchen«, sagte Abuela. »Du solltest dich langsam für deine Verabredung zurechtmachen.«

Ich kramte mein Smartphone aus der hinteren Tasche meiner Jeans und warf einen Blick darauf. »In einer halben Stunde muss ich im La Bodega sein« Ich machte, dass ich in mein Zimmer kam.

Ich schwitzte Blut und Wasser, als ich allein in Abuelas Limousine saß und mich von ihrem Fahrer zu dem Café chauffieren ließ, in dem ich mich mit Jose treffen wollte. Gleichzeitig freute ich mich unglaublich auf ein Wiedersehen mit ihm. Es gab noch so viel zu bereden, so viele offene Fragen und ich war schon ganz gespannt darauf, ihn auch abseits unserer Dschungelzeit kennenzulernen. Mit ihm über alles Mögliche zu quatschen, wie ein ganz normaler Mensch das eben so tat. Hoffentlich hatte ich das nicht verlernt. Jose hatte mir berichtet, dass Pedro mit seiner Familie nach Bogotá umgezogen war, sie wollten raus aus dem Caquetá Department, außerdem lebte seine Schwester schon längere Zeit in der Haupstadt. Die Familie war der Ansicht, dass ihnen ein Neuanfang gut tun würde, und ich wünschte Pedro das Allerbeste. Auch wenn wir unsere Probleme miteinander gehabt hatten. Aber ich wollte gar nicht erst wissen, in welchem Zustand ich mich nach einem halben Jahr in diesem Lager befunden hätte. Deshalb verzieh ich Pedro in Gedanken sein Verhalten mir gegenüber.

Der Fahrer bahnte sich seinen Weg durch vollgestopfte und viel zu enge Straßen quer durch die Stadt.

»Wie lange werden wir noch brauchen?«, fragte ich ihn, aber er zuckte nur mit den Achseln.

»Sicherlich mehr als eine halbe Stunde, es tut mir sehr leid, Señorita.«

»Nicht schlimm. Sie können ja nichts dafür.« Ich lehnte mich zurück und kramte mein Smartphone aus der Handtasche, um Jose über meine Verspätung zu informieren.

»Jetzt ist da vorne auch noch eine Baustelle, so ein Scheiß«, fluchte der Fahrer. Ich reckte mich zwischen den beiden Vordersitzen hoch und entdeckte ein Baustellenschild sowie einen Bauarbeiter, der uns mit einer wedelnden Fahne in der Hand umleitete.

Wir bogen in ein Seitengässchen ab. Mit Sicherheit waren wir in einer Stunde noch nicht am Café. Ich erreichte nur Joses Mailbox und hinterließ ihm eine Nachricht, danach warf ich einen Blick aus dem Fenster, in die finstere Gasse, die ein Stück weit vor uns endete. »Wieso fahren wir hier lang?«

»Wir wurden umgeleitet, aber hier geht es nicht weiter«, erwiderte der Fahrer und bremste. Er warf einen Blick in den Rückspiegel. »Was zum Teufel?«

Ruckartig wandte ich den Kopf und erstarrte.

Hinter uns hielt ein schwarzer Wagen, aus dem zwei schwerbewaffnete Männer stiegen.

RICO

Durch energisches Klopfen an der Tür geweckt, schreckte ich von der Couch hoch. Mateo hatte mich in der leerstehenden Wohnung eines Arbeitskollegen einquartiert – mitten in der Stadt! Ein raffiniertes Versteck. Sofern ich in der nächsten Minute nicht aufflog.

Ich schlich durchs Zimmer, wagte einen Blick durch den Türspion direkt in Mateos mürrisches Gesicht und öffnete.

Er kam herein und zog hastig die Tür hinter sich zu. »Du musst sofort weg. Verschwinden. Auf der Stelle das Land verlassen.«

Nichts, was ich nicht selbst wüsste. Weshalb also die Aufregung?

Wie wild fuchtelte er mit beiden Händen in der Luft herum. »Die Bevölkerung wurde über das Radio dazu aufgerufen, Hinweise über deinen Verbleib zu geben. Man hat eine Belohnung von fünftausend US-Dollar für deine Ergreifung ausgesetzt. Keine unnützen Peso, sondern harte amerikanische Dollar. Und Roberto Montanez hat diese Summe in einem öffentlichen

Statement verdoppelt. Das ist so leicht verdientes Geld, jeder wird dich sofort verpfeifen. Selbst ich musste zweimal überlegen.«

Ich warf ihm einen schrägen Blick zu, aber er rollte nur mit den Augen. »Du kennst mich doch wohl besser, oder?«

Was? Elenas Vater hatte ein Kopfgeld auf mich ausgesetzt?

»Wir müssen heute noch probieren, dich aus der Stadt herauszubekommen. Deshalb bin ich auch so früh da. Mein Arbeitskollege, dem diese Wohnung gehört, stellt schon seltsame Fragen. Vielleicht ahnt er etwas. Wir fahren am besten sofort los, ich habe mir Angels Auto geborgt und bringe dich bis zur Grenze. Um diese Uhrzeit ist samstags noch fast keiner unterwegs.« Er warf mir einen schwarzen Kapuzenpulli zu. »Zieh dir den über und nimm die Kapuze hoch, mit deinen blonden Haaren fällst du sonst sofort auf.«

Hastig zog ich die Jeans und das schwarze T-Shirt an, beides hatte mir Mateo vor ein paar Tagen gegeben und streifte mir den dünnen Pullover über den Kopf.

Währenddessen ließ mein Freund seinen Blick prüfend durch den Raum wandern, eine schäbige Bruchbude, aber ich wollte nicht meckern. »Hier sieht ja alles so weit in Ordnung aus. Nachdem ich dich zur Grenze gebracht habe, komme ich zurück und räume den Rest weg. Am besten du wartest noch ein paar Minuten, während ich mit dem Wagen vorfahre. Ich musste um die Ecke parken, weil hier nichts mehr frei war. Auf der Straße sollte dich besser keiner zu Gesicht bekommen. Ich bin gleich zurück, wir treffen uns unten.«

»Okay, bis gleich.«

Ich lehnte mich neben der Tür gegen die Wand, und ließ ein paar Minuten verstreichen. Gleich wurde es ernst. Mit viel Glück war ich heute Nacht bereits über die Grenze verschwunden und in Freiheit. Konnte ein ganz neues Leben beginnen.

Als es erneut an der Tür klopfte, öffnete ich. »Mateo, ich dachte ...« Weiter kam ich nicht mehr, denn ich blickte in die Mündung einer Pistole. Ein schmächtiger ungepflegter Kerl bedrohte mich damit, den ich auf der Stelle als einen von Córdobas Leuten wiedererkannte. Sie hatten mich also gefunden. Was die Polizei nicht schaffte, war für die Mafia kein Problem. Ich hätte es besser wissen müssen.

»Hier steckst du also, Rico. Der Señor hat sich schon Sorgen um dich gemacht. Du - ganz allein da draußen. Gejagt von der Polizei. Señor Córdoba möchte sich persönlich von deinem Wohlergehen überzeugen.«

Scheiße. Was sollte ich jetzt tun? Der Kerl stand so dicht vor mir, dass ich ihn mit etwas Glück überwältigen und ihm gleichzeitig die Waffe entreissen könnte.

»Denk nicht mal daran.« Wie es aussah, konnte der Scheißkerl Gedanken lesen. Er winkte jemanden im Flur zu sich.

Ein wahrer Glutball verbrannte meinen Körper von innen, während ich mich fühlte, als zöge mir jemand den Boden unter den Füßen weg. Ausgerechnet Hector erschien im Eingang. Der Kerl, der Elena damals am Lagerfeuer begrabscht hatte, wofür ich ihm im Anschluss die Nase brach. Ich traute meinen Augen kaum, denn er schob Elena vor sich her, einen Arm hatte er fest um ihren Hals gelegt, während er ihr eine Pistole unters Kinn hielt. Sie zitterte am ganzen Körper.

»Ich habe dir deine kleine Schlampe mitgebracht.« Sein Grinsen könnte nicht überheblicher ausfallen.

Ich wollte mich auf ihn stürzen, aber er drückte Elena den Revolver fester auf die Haut, sodass ich mitten in der Bewegung innehielt. Hector traute ich alles zu, auch dass er Elena eine Kugel in den Kopf jagte, nur um es mir heimzuzahlen.

»Lass sie sofort los, sonst«, knurrte ich, aber er ließ mich gar nicht ausreden.

»Was sonst? Hä?« Er nickte in meine Richtung. »Pass besser auf, Rico. Wir beide haben noch eine Rechnung miteinander offen.«

»Dann komm her.« Ich breitete die Arme aus. »Regeln wir das unter uns, wenn du dich traust. Elena hat mit der Sache überhaupt nichts zu tun, also lass sie gehen.«

»Córdoba will sie kennenlernen. Ihm ist wohl irgendwas zu Ohren gekommen. Und nachdem der Señor dich fertiggemacht hat, kann ich endlich das bei der Süßen beenden, wofür es damals nicht mehr gereicht hat.« Als er Elena auf die Wange küsste, ballte ich die Hände zu Fäusten, am liebsten würde ich den Scheißkerl mit bloßen Händen erschlagen, aber vorher würde er wohl Elena umbringen. Also atmete ich tief durch, um mich zu beruhigen. Nichts würde sich regeln, wenn ich durchdrehte.

»Du elender Scheißkerl.« Ich nickte ihm zu. Als Elena leise aufwimmerte, musste ich alles an Beherrschung aufbringen, mich nicht doch auf den Kerl zu stürzen.

»Los, mitkommen.« Hector deutete mit dem Kopf zur Tür.

Ich stockte. Unten wartete Mateo auf mich. Hoffentlich kam er nicht hoch, um nachzusehen, wo ich blieb. »Ich werde erwartet«, bluffte ich. »Wenn ich in ein paar Minuten nicht draußen auf der Straße auftauche, habt ihr ein Problem.«

Hector lachte spöttisch auf. »Falls du deinen winzigen Freund meinst, der liegt geknebelt und gut verschnürt im Kofferraum seiner Rostlaube. Anders als dich konnte Carlos den damals ja leider nicht für Córdobas Truppe anheuern. Aber wo hättest du sonst hingehen sollen? Wir mussten ihm nur folgen und er hat uns schnurstracks zu dir geführt.«

»Wenn du ihm irgendwas angetan hast, dann bringe ich dich um.« Das durfte nicht wahr sein. Ich könnte mir nie verzeihen, falls Mateo etwas zugestoßen war.

»Er lebt«, sagte der andere, während er sich an seiner geröteten Schuppenflechte am Hals kratzte. »Wir hätten ihn lieber umgelegt, aber das hätte zu viel Aufsehen erregt. Irgendjemand wird ihn schon finden und rauslassen. Also komm endlich.«

Mit Elena im Arm drehte sich Hector um. »Fährst du jetzt mit, Rico? Oder haben wir ohne dich das Vergnügen mit der Kleinen?«

ELENA

Eine ganze Zeit lang fuhren wir quer durch die Stadt, während ich dieselben Ängste wie damals bei meiner ersten Entführung ausstand, nur dass Rico nun neben mir saß und meine Hand hielt. Die ganze Nacht über hatte ich allein im Klammergriff von Hector und seinem genauso widerwärtigen Kumpan verbracht, nachdem die zwei mich in dem einsamen Gässchen aus der Limousine meiner Abuela geschleift hatten. Ehrlich gesagt, hatte ich nicht mehr damit gerechnet, den Morgen zu erleben.

Wir brausten stadtauswärts und schließlich einsame Dschungelstraßen entlang. Die hohen Kokospalmen, die in Stadtnähe am Straßenrand emporragten, wurden mittlerweile von einem wirren Durcheinander der unterschiedlichsten Pflanzen abgelöst. Mahagonigiganten und Teakbäume versperrten die Sicht, dazwischen wuchsen Guranasträucher und wilde Bananenstauden. Immer wieder reckte sich ein Paranussriese in den Himmel. Wir fuhren lange und schweigend. Als ich auf einmal die Nerven verlor und leise aufschluchzte, legte mir Rico wortlos einen Arm um die Schultern und zog mich dicht an sich heran. Trotz der Gefahr, in der wir schwebten, tat es mir unglaublich gut, ihn endlich wieder zu spüren. Die ganze Nacht allein mit diesen Gangstern war ich fast verrückt vor Panik geworden, aber mit Rico an meiner Seite beruhigte ich mich wieder ein bisschen. Nur meine Hände zitterten verräterisch.

Nach einer Kurve tauchte mitten im Nirgendwo eine imposante Villa auf, die von einer hohen Mauer umgeben war. Als wir vorfuhren, öffneten sich die geschmiedeten Flügeltore und gaben den Blick nun vollständig frei. Das Gebäude lag inmitten einer weitläufigen Parkanlage mit gepflegten Büschen und Bäumen.

»Wer wohnt hier?«, wisperte ich.

»Córdoba«, antwortete Rico leise und mir sank das Herz in den Magen.

Jetzt war alles aus. Wenn ich mich richtig an das Gespräch von damals zwischen Carlos und Rico erinnerte, war dieser Córdoba ein gefürchteter Mafiaboss.

Vor der mondänen Eingangstür hielten wir an und sofort wurde die Autotür aufgerissen.

»Los, raus jetzt.« Hector drehte sich auf dem Beifahrersitz zu uns um und fuchtelte mit der Waffe herum.

»Spiel dich nicht so auf«, sagte Rico unbeeindruckt, bevor er ausstieg und mir die Hand hinhielt. Ich ließ mir von ihm nach draußen helfen, denn meine Knie wackelten so heftig, dass ich fast einknickte, weshalb Rico mich wortlos stützte.

Hector feixte. »Du klammerst dich an den Falschen, er kann dir nicht mehr helfen. Halt dich lieber an mich. Wenn du ganz nett zu mir bist, passiert dir vielleicht nichts.« Laut lachend trieb er uns mit der Pistole in der Hand vor sich her die helle Marmortreppe zum Eingang hinauf.

Rico nahm meine Hand und hielt sie eine Spur fester als sonst, verriet mir mit dieser Geste unbewusst, wie nervös er war, obwohl er sich rein äußerlich nichts anmerken ließ, keine Schwäche vor diesem üblen Hector zeigte.

Die Tür öffnete sich, und ein riesiger, glatzköpfiger Kerl mit tätowierten Armen, die beinahe die Ärmel seines weißen T-Shirts sprengten, erschien im Eingang. Er musterte uns mit einem spöttischen Grinsen im Gesicht, als hätte er eine Maus geschnappt. »Hat Córdoba für heute Nacht eine Nutte bestellt?« Er blickte über mich hinweg zu Hector.

»Wenn der Señor die Schlampe nicht will, knöpfe ich sie mir nachher vor.« Hectors Stimme klang so lüstern, dass mich trotz der Hitze fröstelte.

Rico drückte fast schon schmerzhaft meine Hand, jede Sehne in seinen Armen spannte sich an und trat deutlich hervor, so sehr riss er sich zusammen. Mich überkam eine fürchterliche Angst, er könnte sich auf einen von den beiden stürzen und unsere brenzlige Lage somit eskalieren. Die Männer waren in der Überzahl und schwer bewaffnet, was konnte er schon allein gegen sie ausrichten?

Der Glatzkopf trat beiseite. »Hereinspaziert, der Señor erwartet euch bereits.«

Rico ging an ihm vorbei und schleifte mich hinter sich her, denn meine Beine gehorchten mir immer noch nicht. Alles in mir sträubte sich, dieses Haus zu betreten, ich fühlte mich, als würden wir sehenden Auges in eine Falle tappen. Und das taten wir wahrscheinlich auch. Das Innere der Villa war unbeschreiblich, in meinem ganzen Leben hatte ich noch nichts derartig prunkvolles gesehen. Alles war mit feinstem Marmor ausgekleidet, und es hatte den

Anschein, als würde der ganze Raum von Säulen getragen, die sich in zwei Linien entlangreihten. Links und rechts führten zwei geschwungene Treppen in das Obergeschoss. Von der Decke spendete ein riesiger Kronleuchter Licht.

Der Glatzkopf lief zügig voran, hin und wieder stieß mir Hector den Pistolenlauf in den Rücken, um mich anzutreiben. Denn ich wollte nur noch raus! Vor einer Tür ziemlich weit hinten hielt er an und klopfte einmal dagegen, bevor er den Kopf hindurchstreckte. »Rico und seine Begleitung sind da.«

»Gute Arbeit«, erwiderte jemand von drinnen. »Sie sollen reinkommen.«

Der Glatzkopf schob mich am Schulterblatt voran, worauf auch Rico sich in Bewegung setzte, den Raum durchquerte und in der Mitte stehenblieb. Ich klammerte mich an seine Hand. Hinter uns schloss sich die Tür und wir blieben allein mit einem Mann um die vierzig zurück, der am Esstisch saß und gerade sein Abendessen verzehrte. Auf dem weißen Tafeltuch stand edles Geschirr. Rotwein funkelte in dem Kristallglas vor ihm.

»Rico.« Missbilligend schüttelte er den Kopf. »Rico. Rico. Rico. Ich hätte dich für schlauer gehalten. Ihr habt hinter meinem Rücken dreckige Geschäfte abgezogen und tatsächlich geglaubt, ich finde das nicht heraus?« Er schlug mit der Faust auf den Tisch, dass sein Weinglas fast kippte. »Hast du wirklich geglaubt, du kommst so einfach davon?«

Unwillkürlich zuckte ich zusammen, aber Rico verzog keine Miene.

Dieser Córdoba saß in einem edlen Nadelstreifenanzug da, mit schwarzem streng zurückgekämmtem Haar, in dem Pomade glänzte. Mir lief es bei seinem Anblick eiskalt den Rücken hinunter. Aber das Schlimmste waren seine fast schwarzen Augen, sie blickten mich eiskalt, ohne jede Gefühlsregung an.

»Und was hat das mit ihr zu tun?« Mit dem Kopf nickte Rico in meine Richtung. »Warum ist sie da?«

»Du stellst hier keine Fragen«, fuhr Córdoba ihm über den Mund, seine Augen verengten sich.

»Du hast mich geschnappt. Warum lässt du sie nicht einfach gehen? Sie war die ganze Zeit über ein Opfer, hatte nichts mit deinen Geschäften zu tun.«

In Ricos Tonfall lag etwas derart beängstigendes, dass mir klar wurde: Er feilschte um mein Leben.

Erst nahm Córdoba einen großen Schluck aus seinem Weinglas, bevor er sich uns wieder zuwandte. »Du verstehst überhaupt nichts, Rico.«

»Dann klär mich doch auf.«

»Ihr Mistkerle habt meine Geschäfte in Gefahr gebracht, die Polizei auf meine Fährte gelockt, alles ist im Chaos versunken, weil ihr Kleinkriminellen den Kragen nicht vollgekriegt habt.« Er atmete tief durch. »Ich hatte ein Gespräch mit Estrubal, der die ganze Schweinerei koordiniert und erst ins Rollen gebracht hat, wie ich von ihm erfahren habe. Um diese kleine Information aus ihm herauszukitzeln, mussten wir ihm jeden einzelnen Fingernagel herausreissen, dem sturen Hund.« Gleichmütig zuckte Córdoba mit den Achseln. »Seinen verräterischen Kadaver fressen jetzt die Tiere im Dschungel. Keiner verarscht mich.« Er deutete auf Rico. »Du wirst auch noch bitter bereuen, dich mit mir angelegt zu haben. Glaub nicht, dass du einfach nur mit einer Kugel im Kopf davonkommst.«

Hörbar schnappte ich nach Luft, während Rico beruhigend meine Hand drückte. Oh Gott, was sollten wir jetzt bloß tun?

»Ich weiß immer noch nicht, was diese ganze Sache mit Elena zu tun hat.«

»Es gab einen zweiten Auftraggeber, erzähl mir mehr von ihm.«

Rico zuckte mit den Achseln. »Über den weiß ich nichts.«

»Lüg mich nicht an, sonst lasse ich die Wahrheit aus dir herausprügeln!«

»Ich habe ihn nur einmal getroffen, und er hat sich mir nicht vorgestellt«, erwiderte Rico mit fester Stimme.

Überraschend wandte sich Córdoba an mich, weshalb ich mich halb hinter Rico versteckte, was dem Mafiaboss ein amüsiertes Grinsen entlockte. »Du heißt Elena, nicht wahr?«

Ich nickte, während sein durchdringender Blick auf mir ruhte.

»Du bist so ein hübsches Ding. Kein Wunder, dass Rico ganz vernarrt in dich ist.« Sein Blick schweifte langsam an mir entlang. »Möchtest du auch gern wissen, weshalb du hier bist?« Córdobas Stimme durchschnitt förmlich die Luft.

Hilfesuchend wandte ich mich an Rico, der die rechte Hand zur Faust ballte.

»Lass deine dreckigen Finger von ihr«, knurrte er wie ein scharfer Wachhund.

Córdoba lachte los. »Wenn ich sie in mein Bett hole, bist du schon längst tot.«

Er hob einen Finger. »Aber das ist nicht der Grund, weshalb sie mich besucht.« Bedächtig lehnte er sich zurück. »Weißt du was? Du sollst nicht sterben, ohne diesen Grund zu erfahren.«

»Warum spuckst du es dann nicht endlich aus?«, fragte Rico.

Córdoba stützte beide Unterarme auf der Tischplatte

ab. »Du hast ein Vermögen durch mich verdient, Rico. Einen Haufen Kohle. Ich habe dich aus dem Dreck befreit, in dem du gehaust hast und was ist der Dank?«

»Du bist auch nur ein Krimineller, Córdoba.«

Der Mafiaboss leerte sein Weinglas in einem großen Schluck, als würde er nachdenken, ob er auf Ricos Provokation reagieren sollte. Dann stellte er es wieder auf dem Tisch ab. »Ich glaube, es war beim fünften Fingernagel, als Estrubal mir etwas sehr Aufschlussreiches erzählte. Etwas, das auch deine kleine Schlampe betrifft.«

»Na, wenn er das unter der Folter erzählt hat, dann muss ja was Wahres dran sein.« Rico klang sarkastisch.

Ein schwerer Seufzer entwich Córdoba. »Du machst uns wirklich viel Arbeit, Rico. Wenn ich mit dem Mädchen fertig bin, werden sich auch noch Hector und der Rest von meinen Leuten um sie kümmern. Die Kleine erwartet eine lange Nacht. Und das alles nur, weil ihr mich beschissen habt.« Seine Stimme klang gleichgültig, als hätte er Rico lediglich eine kleine Rüge fürs Zuspätkommen erteilt.

»Du scheinst es ja bitter nötig zu haben, wenn du eine Frau in dein Bett zwingen musst«, sagte Rico so verächtlich, dass ich fast ein wenig stolz auf ihn wurde. Immerhin bot er Córdoba in dieser brisanten Situation die Stirn. Wie es aussah, würden wir beide sterben. Qualvoll. Langsam. Leidend. Aber ich wollte mein Lebensende mit ebenso hoch erhobenem Haupt ertragen, wie Rico das tat. Es gab sowieso keinen Ausweg mehr.

»Warum musstet ihr diesen zweiten Deal abziehen? Der gute Pablo Estrubal wurde erst richtig gesprächig, als wir ihm den kleinen Finger abgeschnitten haben. Dann erzählte er uns von seinem Jugendfreund, mit dem er ein paar Gelder gewaschen hat. Ohne Rücksicht auf meine Geschäfte. Nachdem sein Deal über die Bühne gelaufen war, hat dieser Freund von ihm das Militär verständigt, euch im Dschungel auffliegen lassen und mich damit fast der Polizei ausgeliefert.« Er machte eine wirksame Pause, in der er uns abwechselnd musterte. »Das Beste weißt du aber immer noch nicht. Estrubal hat uns sogar den Namen dieses ominösen zweiten Auftraggebers verraten. Du hast dich doch einmal mit diesem Kerl im Dschungel getroffen. Na, bist du nicht neugierig, wer das sein könnte?«

Rico zuckte mit den Schultern. »Was macht das noch für einen Unterschied für mich? Ich bin so gut wie tot.«

»Es wird dich interessieren, glaube mir.« Wie zur Bestätigung nickte Córdoba. »Und die Kleine ebenfalls. Denn der zweite Auftraggeber ist niemand anderes als: Roberto Montanez.«

»Was?« Ich riss die Augen auf. »Das kann nicht sein. Mein Vater ist kein Krimineller.«

Córdoba legte den Kopf in den Nacken und lachte.

»Schätzchen, dein Vater ist ein ganz dicker Fisch. Er musste dringend einen Haufen Geld waschen, ansonsten wäre sein Diamanthandel Pleite gegangen. Da war er sich nicht mal zu schade, seine eigene Tochter entführen zu lassen. Mich hat nur Adriana Vicente interessiert, aber den Deal hat Carlos ja gründlich versaut. Jetzt hockt Vicente im Knast und die Polizei beobachtet dank euch Dilettanten mittlerweile jeden meiner Schritte.«

Ich schüttelte den Kopf. »Ich glaube Ihnen kein Wort.«

Seine Stirn legte sich in tiefe Falten. »Es ist völlig unwichtig, was du glaubst oder nicht. Du bist nur hier, weil ich dem alten Montanez deinen Kopf vor die Haustür legen will. Als Warnung, sich nie mehr mit mir anzulegen. Damit er endgültig kapiert, dass ich eine Nummer zu groß für ihn bin. Vorher allerdings werden wir uns noch ein bisschen mit dir die Zeit vertreiben. Du bist zu hübsch, um einfach nur zu sterben.«

»Warum rächst du dich dann nicht an Montanez?«, fragte Rico. »Er hat dich reingelegt. Nicht sie!«

»Das wäre zu einfach.« Córdoba schüttelte mit dem Kopf. »Ich will ihn erst noch richtig leiden sehen, bevor er dann als Nächster drankommt.«

Reines Entsetzen nahm mich übermächtig gefangen. Heute würde ich also sterben, noch dazu auf die grauenvollste Weise, die man sich vorstellen konnte. Vielleicht sollte es einfach so sein, wahrscheinlich hätte ich meinem Schicksal, ebenso wie Adriana und Luisa, schon im Busch nicht entrinnen dürfen. Eine höhere Fügung holte mich immer wieder ein. Ich schrak zusammen, als griffe eine eiskalte Hand in meinen Nacken. Hatte Córdoba vorhin nicht den Namen Pablo erwähnt? Pablo Estrubal? Pablo hieß doch auch der verschollene Jugendfreund meines Vaters. Aber das konnte unmöglich sein. Abuela sagte doch, er wäre tot.

»Na, ist dir irgendwas eingefallen?« Córdoba nickte mir zu.

Sofort schüttelte ich den Kopf, meine Zunge wurde schwer und fühlte sich geschwollen an, ich brachte keinen Ton über die Lippen.

Rico versteckte mich hinter seinem Rücken. »Wenn du sie willst, musst du erst an mir vorbei.« Seine Stimme klang ruhig, aber allein der Tonfall machte deutlich, wie ernst es ihm war.

»Dann hole ich sie mir eben.« Córdoba erhob sich, kam auf uns zu und blieb vor Rico stehen. Ich biss mir auf die Unterlippe, um einen Schrei zu unterdrücken.

»Du stellst hier keine Forderungen, Rico.« Córdoba stemmte die Hände in die Hüften, etwas von demselben Wahn wie früher bei Carlos blitzte in seinen Augen auf. Sein Jackett öffnete sich, darunter lugte eine Pistole in einem Halfter hervor.

Rico wich Córdobas grimmigem Blick nicht aus. »Und was sagt er dazu?« Mit dem Kinn deutete er an dem Mafiaboss vorbei, worauf sich Córdoba hektisch umdrehte. Im selben Moment schnellte Rico vor und riss ihm den Revolver aus der Halterung. Alles passierte so rasend schnell, dass Córdoba nicht mehr reagieren konnte. Noch während er sich wieder zurückdrehte, hielt Rico ihm bereits den Lauf an die Schläfe.

»Sei schön ruhig, sonst werde zur Abwechslung mal ich böse. Wenn du nach deinen Leuten rufst, knall ich dich ab. Wir haben sowieso nichts mehr zu verlieren«, flüsterte er dicht an Córdobas Gesicht.

Ich hielt mir beide Hände vor den Mund, um einen lauten Aufschrei zu unterdrücken.

Córdoba wurde bleich. »Du weißt wohl immer noch nicht, mit wem du dich anlegst.«

»Doch, genau deshalb tue ich es ja.« Rico sah sich im Raum um. »Öffne das Fenster, Elena. ... Mach schon«, trieb er mich an, als ich mich nicht regte.

Mit einem Ruck löste ich mich endlich aus meiner Schockstarre, eilte an den beiden vorbei, und machte das Fenster auf. Eine steinerne Terrasse mit eleganten Möbeln befand sich dahinter, an die sich ein breiter Pool anschloss. Direkt daran erstreckte sich eine ewig lange Rasenfläche, die an einer hohen, efeubewachsenen Mauer endete.

Ich drehte mich zu ihnen um. »Und jetzt?«

»Laufen draußen irgendwelche Wachposten herum?«

»Ich sehe niemanden.«

»Du bist sehr nachlässig, Córdoba.«

»Fick dich.« Der Mafiaboss knirschte zwar mit den Zähnen, aber er regte sich nicht.

»Elena, geh zu dem Schrank und schau nach, was drin ist.« Dieses Mal reagierte ich prompt, eilte zu dem schmalen mahagonifarbenen Möbelstück und öffnete die

Tür. Rico nickte, als hätte er nichts anderes darin erwartet, während ich selbst tief Luft holte. Es war ein Waffenschrank, einzig in Filmen hatte ich so etwas schon einmal gesehen. Gewehre in jeder erdenklichen Größe hingen in den Halterungen. Auf dem Zwischenboden lag eine Pistole samt Magazin.

»Bring das Magazin für die Pistole mit«, sagte Rico leise.

Ich entdeckte noch ein paar Paar Handschellen und hielt sie in die Höhe. »Was ist damit?«

»Super, bring die auch her.«

Córdoba stand stocksteif da, bevor er sich von Rico zum Tisch bugsieren ließ, wo er ihn auf einen Stuhl zwang. Leise fluchend zwar, aber ohne Widerstand, ließ er sich von Rico an den Edelstahl-Holm der Lehne fesseln.

Ein zorniger Glanz trat in seine Augen, während sich erste Schweißtropfen auf seiner Stirn bildeten. »Du kommst nicht weit und wenn ich dich erwischt habe, wirst du dabei zusehen, wie meine Leute nacheinander deine kleine Freundin besteigen, bevor wir dir bei lebendigem Leib die Haut abziehen.«

Rico blieb gelassen, während mir Córdobas Worte einen Schock nach dem nächsten versetzten. Mir wurde so schlecht, dass ich mich fast übergeben musste.

»Du wirst uns aber nicht lebendig erwischen«, erwiderte Rico gleichmütig. »Mach dir bloß keine falschen Hoffnungen.«

Was hatte Rico vor? Seine entschlossene Miene ließ mich frösteln, aber dann vertraute ich ihm. Wir würden wenigstens nicht leiden müssen.

Rico betrachtete den gefesselten Córdoba, ehe er ihm mit dem Pistolengriff einen kräftigen Schlag auf den Kopf verpasste. Ein dumpfer Laut erklang, ehe der Mafiaboss mit geschlossenen Augen vornüber sank. Blut lief in einem feinen Rinnsal über seine Stirn.

Vor Entsetzen konnte ich kaum atmen.

Als Rico mich am Ellenbogen schnappte und mit sich zerrte, folgte ich ihm wie betäubt.

»Wir müssen so schnell wie möglich hier raus.« Seine Stimme klang gehetzt.

Ich stolperte, fing mich aber wieder, meine Beine ließen sich nicht mehr kontrollieren.

Am Fenster packte er mich bei den Hüften und hob mich hoch. »Spring raus.«

Gleich darauf landete ich auf allen vieren draußen auf der Terasse. Rico folgte mir mit einem großen Satz, dann nahm er mich bei der Hand und wir rannten zusammen über das weitläufige Grundstück.

Erst kurz vor der Mauer ließ er mich los, und stoppte, bevor er richtig Anlauf nahm und sich geschickt an den dicken Efeuranken entlang nach oben hangelte, bis er schließlich aufrecht auf der Mauerkrone saß. »Gib mir deine Hand, damit ich dich hochziehen kann.« Er streckte sich mir entgegen.

Ich lief auf ihn zu, hielt beide Arme in die Höhe, worauf er mich an den Handgelenken packte und mit einem kräftigen Ruck zu sich hievte. So gut es ging, stützte ich mich mit den Füßen am Mauerwerk ab und saß kurz darauf neben ihm, als plötzlich Flutlichtstrahler den kompletten Garten erhellten.

ELENA

Mehrere Männer sprangen hintereinander durch das offene Esszimmerfenster und setzten zur Verfolgung an. Sie kamen rasend schnell näher.

Rico packte mich am Arm. »Wir müssen weg, schnell. Spring!«

»Okay.« Ich hob mein linkes Bein über den Mauervorsprung, um mich auf der anderen Seite herabzulassen, als um uns herum Pistolenkugeln durch die Luft knallten. Von einem lauten Schrei begleitet, ließ ich mich einfach fallen. Rico setzte neben mir am Boden auf, half mir auf die Beine und zusammen hetzten wir los, flüchteten die einsame Dschungelstraße entlang, bevor wir in eine Bananenplantage eintauchten und auf der anderen Seite endlich den rettenden Dschungel erreichten. Wir kämpften uns durchs hohe Gras, es war mir fast unmöglich, mit Ricos Tempo Schritt zu halten, aber er ließ mich nicht los.

Mit aufheulendem Motor kamen Córdobas Männer um die Plantage herum. Reifen quietschten irgendwo, als wir endlich das schützende Unterholz des Urwalds erreichten.

Ich war völlig außer Puste, meine Seite stach wie verrückt, während ich Rico hinterherstolperte. Im Rennen warf ich einen Blick über die Schulter und erkannte im Scheinwerferlicht zweier dunkler Autos mehrere Leute, die uns jedoch nicht verfolgten.

»Sie sind stehen geblieben«, japste ich nach Atem ringend. »Sie sind stehen geblieben!«, wiederholte ich lauter, weil Rico nicht langsamer machte. Im Gegenteil: Er erhöhte sein Tempo.

»Sie kommen mit den Hunden zurück und dann kriegen sie uns, wenn wir nicht genügend Vorsprung rausschlagen.«

Ich fühlte mich, als hätte Rico mir einen schweren Prügel über den Kopf gezogen. Hunde? Wie bei Luisas Verfolgung? Wir hatten keine Chance. In diesem Moment gab ich auf, ich rannte nur noch, weil Rico mich bei der Hand hielt und hinter sich herschleifte. Im dunklen Dschungel stolperte ich über eine hochstehende Wurzel und stürzte zu Boden. »Autsch. Scheiße.« Ein stechender Schmerz fuhr mir ins Schienbein, aber schon im nächsten Moment zerrte Rico mich bereits wieder auf die Füße. »Wir müssen weiter« trieb er mich an, ohne sich darum zu kümmern, ob ich verletzt war. Ich humpelte ihm hinterher und nach ein paar Schritten ging es wieder. Mittlerweile war es stockdunkel, bis auf das fahle Mondlicht, das hier und da bis zu uns herunterdrang.

Halb blind tasteten wir uns zwischen Magnoliensträuchern und wild wuchernden, brusthohen Farnen hindurch, stießen holzige Lianen beiseite, die vor unseren Gesichtern baumelten und machten, dass wir weiterkamen. Mitten im Gehen blieb Rico stehen und lauschte in die Dunkelheit. Auch ich horchte angestrengt. Nichts. Weit und breit blieb alles still.

»Das war knapp«, sagte er schließlich mit zittriger Stimme und schlang die Arme um mich.

Erschöpft ließ ich mich gegen ihn sinken. Verschwitzt und völlig außer Atem konnte ich immer noch nicht glauben, dass Rico tatsächlich vor mir stand und mich hielt. Seine Nähe tat so gut, tief inhalierte ich seinen unwiderstehlichen Geruch und fühlte mich plötzlich geborgen wie seit Monaten nicht mehr.

»Wir müssen trotzdem noch ein ganzes Stück weiter«, flüsterte er und drückte mir einen Kuss auf die Schläfe. »Durch den Wald hindurch bis zur nächsten Straße. Vielleicht gabelt uns irgendwo ein Auto auf. Die geben bestimmt nicht so schnell auf.«

Nur widerwillig löste ich mich von ihm. Am liebsten würde ich die nächsten Stunden einfach nur eng umschlungen dastehen, und genießen, wie seine Körperwärme auf mich abstrahlte, wie sie mich einhüllte und uns eins werden ließ. Ich fühlte mich ihm so nahe.

»Dann verlieren wir besser keine Zeit.« Ich schaffte ein angespanntes Lächeln, während wir uns tief in die Augen sahen. In der Dunkelheit konnte ich die ungewöhnliche Farbe seiner Iris leider nicht erkennen, aber ich bemerkte, wie sie glänzten. Er betrachtete mich, als würde er sich jede Einzelheit meines Gesichts einprägen und mein Herz schmolz von neuem für ihn.

Eine ganze Zeit lang marschierten wir schon vor uns hin, bis sich der Dschungel endlich lichtete und wir auf eine gut ausgebaute Straße kamen. Von der Größe her konnte dies nur die Landstraße nach Florencia sein, die meisten Nebenstraßen in Kolumbien waren deutlich schmaler und oftmals nicht einmal geteert.

Ich wandte mich an Rico. »In welche Richtung?«

Nachdem er sich umgesehen hatte, deutete er nach links. »Hier lang.«

Wir wanderten am Straßenrand entlang durch die Dunkelheit, ich konnte gar nicht sagen, wie viel Zeit schon vorübergegangen war, ich hatte nämlich jegliches Zeitgefühl verloren. Noch in der Seitengasse hatte mir Hector meine Handtasche abgeknöpft, in der mein Smartphone lag, sodass wir nicht einmal jemanden zu Hilfe rufen konnten.

»Es sieht nicht so aus, als ob hier nachts viele Autos fahren.«

»Warten wir's ab.« Ricos Schultern waren angespannt.

»Aber was sollen wir machen? Über kurz oder lang werden die uns finden.«

»Ich weiß es nicht, Elena«, fuhr er mich an und klang gereizt. »Sie dürfen uns einfach nicht finden.«

»Aber ich habe Angst.«

Abrupt hielt er an, ein wehmütiger Ausdruck erschien in seinem Gesicht. »Es ist alles meine Schuld, du hättest niemals in diese Sache hineingezogen werden dürfen. Wir hätten euch niemals kidnappen und gefangen halten dürfen. Es tut mir leid, Elena. So leid.«

Ich nahm ihn beim Arm. »Was redest du denn da? Ich will nur bei dir sein, was passiert ist, interessiert mich nicht mehr. Ich will nur dich.«

Sein Adamsapfel bewegte sich beim Schlucken. »Wir müssen weiter, jede Minute zählt.« Noch während er redete, setzte er sich wieder in Bewegung und lief weiter. Einen Moment des Zögerns später, eilte ich ihm nach. Mir war klar, dass dies der denkbar ungünstigste Zeitpunkt für eine Beichte gigantischen Ausmaßes war, aber ich konnte mein Geheimnis nicht mehr länger für mich behalten. Wer wusste schon, was heute Nacht noch alles passieren würde und vielleicht blieb mir später keine Gelegenheit mehr, ihm davon zu erzählen.

Als ich Rico wieder erreichte, hielt ich ihn am Arm fest. »Ich muss dir etwas Wichtiges sagen.«

»Hat das nicht bis später Zeit?« Er nahm meine Hand und verwob seine Finger mit meinen. »Wir sollten schleunigst von hier verschwinden.«

»Aber falls sie uns erwischen, kann ich es dir vielleicht nicht mehr erzählen«, flüsterte ich und beobachtete sein markantes Gesicht im Profil.

Rico stutzte. »Hat es etwas mit deinem Vater zu tun?«

»Nein.« Hastig schüttelte ich den Kopf. »Oh Gott, nein! Es geht um etwas ganz anderes.« Es dauerte etwas, bis ich das Kloßgefühl im Hals loswurde, das mich am Weiterreden hinderte. Schließlich atmete ich tief durch. »Rico, ich bekomme ein Kind von dir und ich denke du solltest das wissen.«

Rico blieb so abrupt stehen, als wäre er gegen eine unsichtbare Wand gelaufen und ließ meine Hand los. Sekunden vergingen, die plötzliche Stille hüllte mich ein wie ein Mantel, dämpfte alle Geräusche um mich herum. Wie versteindert stand Rico vor mir und starrte mich an.

»W... was?«, stotterte er schließlich fassungslos und mir wurde ganz flau im Magen.

»Ich bin schwanger. Es tut mir so leid. Wir haben ja nie aufgepasst im Dschungel und da ist es eben passiert.« Ich schlug beide Hände vors Gesicht. Rico sah alles andere als glücklich aus und plötzlich überkam mich eine Heidenangst. Weitere Momente verstrichen, in denen ich wie ein zitterndes Nervenbündel vor ihm stand, bis er behutsam meine Hände vom Gesicht löste.

Ein strahlendes Lächeln hatte sich über seine Lippen gelegt. Zuerst küsste er meine beiden Handflächen, und dann mich auf den Mund. Zärtlich und voll Hingabe. Erleichtert legte ich beide Arme um seinen Hals und schmiegte mich an ihn. So lange hatte ich auf diesen Augenblick gewartet, ihn herbeigesehnt, jede Nacht in Träumen genau diese Reaktion von ihm herbeifantasiert. Und endlich war alles Wirklichkeit geworden. Rico freute sich genauso sehr wie ich.

Hundegebell wehte schwach aus dem Wald bis zu uns herüber und wir fuhren auseinander.

»Renn«, rief Rico und schleifte mich an der Hand hinter sich her.

Ich stolperte die Straße entlang, aber das Gekläffe nahm unglaublich rasch an Lautstärke zu. Wahrscheinlich hatte Rico wegen meiner fehlenden Ausdauer nicht genügend Vorsprung herausholen können und jetzt war alles aus. Wir konnten ihnen nicht entkommen, unsere Lage war aussichtslos. Mit den Hunden fanden sie uns mit Leichtigkeit und ich war viel zu langsam. Als ich mich von seiner Hand löste, blieb Rico stehen und sah mich panisch an.

»Was machst du? Los, wir müssen weiter.«

»Es hat doch keinen Sinn, Rico.« Schwach schüttelte ich den Kopf.

»Du willst aufgeben?« Er klang verzweifelt.

»Mach du es.«

»Was meinst du …«, fing er an, aber dann schien er zu verstehen. »Du willst, dass ich dich umbringe? Nie im Leben.«

»Sollen Hector und die ganze Bande vorher über mich herfallen? Ist das vielleicht besser? Wo sollen wir denn hin? Es ist nur noch eine Frage der Zeit, bis sie uns erwischen und dann hast du keine Gelegenheit mehr dazu. Du hast Córdoba niedergeschlagen, dafür werden sie uns ganz schrecklich quälen. Ich will nicht sterben, aber wenn es sein muss, dann mach es wenigstens kurz und schmerzlos.«

Rico zögerte. Den Blick starr in die Dunkelheit gerichtet stand er da.

»Ich bin so froh, dass ich dich noch einmal sehen durfte, dass du von unserem Kind erfahren hast und du wärst sicher ein ganz wundervoller Vater geworden.« Tränen rannen mir über die Wangen, als ich sein Gesicht in beide Hände nahm. »Wir hätten dieses Baby von ganzem Herzen geliebt. Als es in mir heranwuchs, hat es mich stark gemacht, weil ich nicht mehr allein war. Denn du hattest mich nie wirklich verlassen. Ein Teil von dir war immer bei mir.«

Rico legte eine Hand auf meinen Bauch, während unsere Blicke miteinander verschmolzen und mir ein süßes Herzklopfen bescherten. Für einen Moment war es so vertraut zwischen uns, so einzigartig, was mit ein Grund gewesen war, weshalb ich mich in Rico verliebt hatte, wir ergänzten uns auf eine ganz magische Weise. »Wir hätten dieses Kind so geliebt, Elena.« Hingebungsvoll streichelte er meinen Bauch, während mir salzige Tränen in den Mund tropften. »Du bist so wunderschön. Die vielen Wochen ganz allein im Gefängnis habe ich nur überstanden, weil ich pausenlos an dich gedacht habe und wusste, dass es dir jetzt gut geht und du frei bist. Ich habe dich so vermisst.«

Seine weichen Lippen fanden die meinen, wie zwei Ertrinkende klammerten wir uns an diesen Kuss, der wie Karamell auf meiner Zunge zerschmolz. Was war ich in diesen Mann verliebt.

Das Gebell kam schon bedrohlich näher, dazwischen wehten Stimmen bis zu uns. Sie waren schon erschreckend nah.

Rico löste sich von mir, und zog die Pistole aus seinem

Hosenbund. »Bereit?« Als meine Knie nachgaben, legte er einen Arm um meine Taille und hielt mich fest.

Statt einer Antwort nickte ich.

»Ich liebe dich«, flüsterte ich und lächelte ihn an, blickte ihm ihn die Augen, diese wunderschönen Augen waren das Beste, was mir als letzter Anblick passieren konnte.

»Ich liebe dich auch«, erwiderte er gedämpft. »Ich liebe dich unglaublich, Elena.«

Plötzlich wurde ich innerlich vollkommen ruhig, mein Herzschlag normalisierte sich, auch das Pochen in den Schläfen hörte auf. Ich fand mich mit dem ab, was nun passieren würde und es war okay. Als Rico den Lauf an meine Schläfe setzte, schloss ich die Augen und verzog die Lippen. Hoffentlich tat es nicht weh.

Ein Dröhnen durchdrang unvermittelt die Stille und schreckte uns auf, denn zwei helle Scheinwerfer blendeten uns. Erst auf den zweiten Blick erfasste ich, dass ein LKW mit hoher Geschwindigkeit auf uns zurollte. Rico ließ meine Hand los und stellte sich mitten auf die Fahrbahn. Mit beiden Händen winkte er, bis der weiße Lastwagen mit quietschenden Reifen vor ihm zum Stehen kam.

Der Fahrer streckte freundlich lächelnd den Kopf zum Fenster heraus. »Sucht ihr eine Mitfahrgelegenheit?«

»Ja, unser Auto hatte eine Panne«, erklärte Rico hastig, während er immer wieder in Richtung Dschungel spähte.

»Springt schon rein.«

Rico öffnete die Beifahrertür und half mir hinauf, ehe er sich neben mich setzte und die schwere Tür ins Schloss fallen ließ. Der Fahrer gab Gas und fuhr weiter. Im selben Moment sah ich im Seitenspiegel eine Gruppe Männer aus dem Dickicht springen, die zwei Hunde mit sich führten. Ein paar Meter rannten sie uns hinterher, aber wir waren schon zu weit weg. Die holten uns nicht mehr ein.

Erleichtert schloss ich die Augen, während Rico meine Hand nahm.

»Na, das war wohl haarscharf«, er zwinkerte uns zu.

»Keine Ahnung, wovon Sie reden.« Rico drückte meine Hand. Der Fahrer hatte die Männer also auch bemerkt. Merkwürdigerweise wirkte er kein bisschen überrascht oder beklommen. Im Gegenteil: Er grinste uns breit an.

»Ich sag nur so viel, Junge. Im Haus eines sehr bösen Mannes, meint es jemand sehr gut mit euch.«

Mit einem Zischen atmete Rico aus. »Und wer hat dich geschickt?«

»Das tut nichts zur Sache. Nur so viel, ich war jemandem einen Gefallen schuldig und den löse ich gerade ein.« Als er mit einer Hand im Seitenfach seiner Tür herumtastete, zog Rico unauffällig den Revolver und sofort spannten sich meine Muskeln wieder an. Waren wir in eine Falle getappt?

Aber er kramte nur eine Tüte mit Bonbons hervor und hielt sie mir hin. »Möchtest du eines?«

Nach kurzem Zögern stibitzte ich mir ein Himbeerdrop und steckte es in den Mund. »Danke.«

»Auch ein Bonbon?«, fragte er nun Rico, aber der lehnte mit einer kurzen Handbewegung ab, während er seine Waffe wieder verstaute.

»Und wo fährst du jetzt hin?«, fragte er den Fahrer.

»Wo wollt ihr denn hin?« Er warf uns einen raschen Seitenblick zu. Zwar war der Kerl ein bisschen schmuddelig und unrasiert, aber sein Blick dafür offen und ehrlich und sein breites Grinsen machte ihn sympathisch. Auf den ersten Blick sah er nicht aus, wie die Kerle, mit denen Córdoba sich umgab.

»Nach Florencia«, erwiderte Rico gelassen.

»Dann fahren wir jetzt nach Florencia.« Er gab Gas und bretterte die dunkle Straße entlang.

Ich warf Rico einen fragenden Blick zu, aber er ignorierte mich. Stattdessen starrte er durch die Windschutzscheibe nach draußen. Ich fühlte seine Anspannung, er war hellwach und aufmerksam, und das beruhigte mich ein wenig. Er vertraute dem Fremden nicht, der uns nicht einmal erzählen wollte, wer ihn geschickt oder in wessen Auftrag er uns aufgegabelt hatte. Andererseits, was blieb uns für eine andere Wahl? Doch was, um Himmels Willen, suchte Rico ausgerechnet in der Stadt, in der jeder Bewohner sein Gesicht kannte?

ELENA

»Endstation.«

Ich fuhr von Ricos Schulter hoch, an der ich mit dem Kopf gelehnt, geschlafen hatte und blinzelte aus dem Fenster. Mit laufendem Motor stand der Lastwagen neben einer langen Häuserzeile am Straßenrand. Wir befanden uns mitten in der Stadt, soweit mich nicht alles täuschte, gar nicht weit entfernt von meiner alten Schule.

»Macht's gut ihr zwei.« der Mann lächelte uns an. »Und lasst euch nicht erwischen.«

»Du willst uns wirklich nicht erzählen, wer uns geholfen hat?«, fragte Rico ihn, aber der Fahrer schüttelte den Kopf.

»Es wäre zu gefährlich, falls Córdoba euch doch noch schnappt und ihr den Namen kennt. Es ist besser so für alle.«

»Vielen Dank. Du hast uns das Leben gerettet.« Rico schob sich die Kapuze seines Pullovers über den Kopf, bevor er die Beifahrertür aufstieß und aus dem LKW sprang.

»Mach's gut.« Der Mann zwinkerte mir zu.

»Danke, du auch.« Ich reichte ihm die Hand, bevor ich ebenfalls ausstieg.

Als Rico die Tür zuschlug, fuhr der LKW los und holperte die staubige Fahrbahn entlang.

»Wir hatten solches Glück«, sagte ich, während ich unserem Retter nachsah. Fünf Sekunden später und wir wären beide tot gewesen.

»Ich habe einen ausgezeichneten Schutzengel.« Rico zwinkerte mir zu.

»Den hast du allerdings«, ich lehnte mich an ihn und umfasste seinen Oberarm. »Ich kann immer noch nicht glauben, dass wir aus dieser Sache heil wieder herausgekommen sind.«

Der Morgen graute gerade erst, die Straße war so gut wie menschenleer.

»Wir sollten nicht hier herumstehen und am Ende noch die Polizei auf uns aufmerksam machen.«

Wir liefen zügig los. »Was hast du jetzt vor? Wo willst du hin?«, fragte ich ihn.

»Jemanden zur Rede stellen«, antwortete er gleichmütig.

»Und wen?«

»Deinen Vater.«

Ich stockte und hielt ihn am Arm zurück. »Glaubst du, das ist eine gute Idee? Mein Vater hasst dich abgrundtief. Vielleicht hat Córdoba ja gelogen und in dem Fall wird Papá sofort die Polizei holen.«

Rico rieb sich die Stirn. »Ich muss einfach wissen, ob er tatsächlich derjenige ist, mit dem ich damals im Dschungel geredet habe. Er hat mit mir über euch verhandelt, Elena. Während er wusste, dass seine Tochter irgendwo in einem Camp im Urwald gefangen gehalten wird. Ihm war sein Scheißgeld tausendmal wichtiger als du. Was für ein Vater ist das?«

»Du hast recht«, erwiderte ich, nachdem ich mich einigermaßen gefasst hatte. Obwohl ich es meiner Entführung zu verdanken hatte, dass ich Rico kennenlernte, so war es doch meinem Vater geschuldet, dass ich die schlimmste Zeit meines Lebens durchleiden musste. Die ganze Zeit über hatte Papá sich verstellt und den Ahnungslosen gemimt, war wegen meines Verhaltens nach meiner Freilassung ausgerastet und hatte mich am Ende sogar verstoßen. Falls er wirklich einer der Drahtzieher unserer Entführung war, dann trug auch er eine Mitschuld an Adrianas Tod und dem, was mit Luisa passiert war. Ich wollte ebenfalls wissen, ob mein Vater tatsächlich so ein skrupelloser Mensch war. Ob ich ihn all die vielen Jahre nie wirklich kannte.

»Gehen wir zu ihm.«

»Wir müssen warten, bis es dunkel wird, tagsüber ist es in den Straßen viel zu gefährlich für mich.« Rico deutete nach vorn. »Gleich da hinten um die Ecke fängt der Rincón De La Estrella Park an. Dort finden wir bestimmt ein einsames Plätzchen, um die Dämmerung abzuwarten.«

Ich nickte. »Okay.«

Im Park stiegen wir durch ein dichtes Gebüsch und setzten uns dahinter auf den Boden. Das Gestrüpp schloss uns von allen Seiten ein, hier waren wir die nächsten Stunden vor neugierigen Blicken geschützt. Als ich mich am Boden abstützte, huschte eine Taschenmaus über meine Hand und verschwand im Blätterwerk. Ein kleiner erschrockener Laut entwich mir.

Rico lachte leise auf. »Ich beschütze dich, keine Angst«, sagte er so gespielt ernsthaft, dass mir ein Kichern entschlüpfte. »Mein Held«, lobte ich ihn übertrieben. Ich hatte mich nur erschreckt, weiter nichts.

Leise lachend streifte er sein Sweatshirt und das schwarze T-Shirt über den Kopf, das er darunter trug und ließ sich ins hohe Gras sinken. Er trug einen Verband am linken Unterarm. Vorsichtig streichelte ich darüber.

»Warum hast du das gemacht?«

»Ich war verzweifelt und hatte keine Hoffnung mehr.«

Ich legte mich auf die Seite und rutschte ganz dicht an ihn heran. Zärtlich streichelte er über die kleine Wölbung an meinem Bauch. Seine sanften Berührungen beruhigten mich, und schickten ein süßes Kribbeln unter meine Haut. Ich konnte gar nicht in Worte fassen, wie sehr er mir gefehlt hatte.

»Ich bin so froh, dass ich dich wiederhabe«, sagte er plötzlich leise durch die Stille.

»Ich habe dich so vermisst«, flüsterte ich, während ich federleicht mit den Fingerspitzen über seinen Hals strich, bis er eine Gänsehaut an der Stelle bekam. Ich küsste seinen perfekt proportionierten Brustkorb, fuhr mit einem Finger über die Vene an seinem Hals, die sich sichtbar unter seiner Haut wölbte, glitt danach mit der flachen Hand bis hinunter zu seinem Bauch, jeden einzelnen Rippenmuskel entlang. Ich konnte gar nicht genug von ihm bekommen. Wie hatte ich seine Nähe, seinen wunderschönen Körper vermisst.

»Du bekommst ein Baby von mir. Das ist kein guter Zeitpunkt«, riss Rico mich aus meinem Wohlfühlmoment.

»Ich habe es mir auch nicht ausgesucht«, seufzte ich.

Liebevoll streichelte er mir über die Wange. »Ich meine für dich. Du bist erst siebzehn Jahre alt ...«

»In einem Monat werde ich achtzehn«, unterbrach ich ihn.

»Aber es ist von mir. Dem Kriminellen aus der Favela.«

»Nein«, ich schüttelte den Kopf. »Es ist von dem großartigen Mann, den ich getroffen habe, der mein Seelenverwandter wurde und der ... einen Wahnsinns-

Körper hat.« Ich schmachtete ihn an, und brachte ihn damit zum Lachen.

Mit einer Hand strich er mein Haar zurück. »Du bist eine schöne Frau, so unglaublich faszinierend. Ich habe mich so Hals über Kopf in dich verliebt, dass ich es manchmal selbst nicht fassen kann.«

Ich gab ihm einen Kuss auf die Lippen. »Ich liebe dich auch.«

Seine Hand glitt wieder hinunter zu meinem Bauch, als könnte er nicht genug von mir bekommen. »Was es wohl wird?«

»Was hättest du denn gern?«

»Das ist mir egal, aber wenn es ein Mädchen wird, hoffe ich, sie sieht so aus wie du.«

Seine Freude wirkte ansteckend, Endorphine wuselten durch meine Venen und warfen mich in einen kleinen Freudentaumel. »Vielleicht wird es auch ein kleiner Rico.« Ich zupfte an seinen Stirnfransen. »Mit blonden Haaren und grünen Augen.«

Er strahlte, aber dann wurde er wieder ernst.

»Was ist?«, hakte ich nach.

»Nachdem wir deinem Vater heute Abend einen Besuch abgestattet haben, wird es allerhöchste Zeit für mich, dieses Land für immer zu verlassen.«

»Du willst also gehen.« Ich schluckte, ein dunkles Gefühl zog mich nach unten.

»Ich muss verschwinden.« Mit dem Fingerknöchel strich er mir über die Wange. »Aber was ist mit dir? Wirst du bei deinen Eltern bleiben? Wie sehen deine Pläne für die Zukunft aus?«

»Ich habe mir ehrlich gesagt, noch keine großartigen Gedanken darüber gemacht. Die vergangenen Wochen habe ich im Haus meiner Abuela gewohnt. Papá und ich reden nicht mehr miteinander – wegen dir.«

»Ich würde dich ja gern fragen, ob du mit mir mitkommen willst, aber das kann ich dir nicht zumuten. Du müsstest alle Brücken hinter dir abbrechen und dein altes Leben zurücklassen. Übrig blieben nur wir beide und …«

»Ich gehe mit dir«, unterbrach ich ihn und setzte mich auf.

Er richtete sich ebenfalls auf. »Bist du dir auch ganz sicher? Ich muss untertauchen. Du wirst lange Zeit aus Kolumbien fort sein. Vielleicht sogar für immer.«

»Ich will bei dir bleiben, das ist das Einzige, was ich mir wirklich wünsche. Außerdem müsste ich in Florencia wahrscheinlich in ständiger Angst vor Córdobas Rache leben.« Mein altes Leben erschien mir auf einmal so weit weg und eine Rückkehr unmöglich. Sowieso war es ein Trümmerfeld. Aber jetzt bekam ich die Chance mir etwas ganz Neues zusammen mit Rico aufzubauen. Dem Mann, den ich von ganzem Herzen liebte. Gemeinsam könnten wir unser Kind großziehen und eine wundervolle Zukunft haben. Ja, ich war jung, aber ich wurde auch bald Mutter, und dieser Einschnitt würde alles gravierend für mich verändern. Die lange Zeit im Dschungel hatte mich reifen lassen und mir die Augen geöffnet, für das was wirklich wichtig für mich war. Einen Mann an meiner Seite zu haben, auf den ich mich immer verlassen konnte, und der es wie kein zweiter schaffte, allein mit seinem Blick hunderttausend Schmetterlinge in meinem Magen aufflattern zu lassen. »Bitte, nimm mich mit. Mich und das Baby.«

Er nahm mein Gesicht in beide Hände, ein wunderschönes Leuchten glänzte in seinen Augen. »Ihr werdet es gut bei mir haben. Ich werde dich jeden Tag glücklich machen, Elena. Das verspreche ich.«

Sachte küsste er mich auf die Lippen.

»Wir haben eine wundervolle Zeit vor uns«, stimmte ich ihm zu.

»Vorher muss ich mir aber noch überlegen, wie ich an mein Geld rankomme.«

Ich wich mit dem Kopf zurück. »Was für Geld?«

Sein Grinsen wurde breit. »Fünfhunderttausend US-Dollar, die Kohle ist im Dschungel vergraben. Wir müssen es noch holen, bevor wir über die Grenze fliehen. Ich kann dir zwar den Luxus nicht bieten, den du von zu Hause gewohnt bist, aber euch beiden wird es an nichts fehlen.«

»Wow«, flüsterte ich, »das ist richtig viel Geld.«

»Ihr werdet es gut bei mir haben, du wirst sehen.« Seine Lippen trafen auf meine und wir versanken in einem leidenschaftlichen Zungenkuss, der an Tiefe zunahm und sich einfach nur unglaublich anfühlte. Ich hatte diesen Kerl wirklich mit Haut und Haaren vermisst.

Mit Hingabe ließ ich mich auf ihn ein, unsere Zungen verfingen sich in einem wilden Spiel, ein süßes Ziehen baute sich zwischen meinen Beinen auf und meine empfindlichste Stelle pochte fordernd. Himmel, ich war Rico wirklich verfallen. Seine Hände glitten an meinem Körper entlang, er stahl sich unter mein pinkfarbenes Top und schob meinen BH hoch. Zärtlich streichelte er meine Brüste, während ich an seinen Lippen aufkeuchte. Sie waren etwas angeschwollen, größer und empfindlich geworden. Er reizte meine Brustwarzen, zwirbelte sie zwischen Daumen und Zeigefinger, während wir uns immer hungriger küssten. Ich konnte einfach nicht genug von ihm kriegen, ließ meine Hände hinunter zu seinen Shorts gleiten und öffnete seine Hose. Mit einer Hand tauchte ich in seine Boxershorts und massierte sein steifes Glied unter sanftem Druck. Er stöhnte auf und japste nach Atem.

»Ist das eine gute Idee?« Seine Stimme bebte, so sehr hielt er sich im Griff.

»Was soll jetzt noch passieren?«

Er schenkte mir ein hinreissendes Lächeln. »Wie recht du hast«, erwiderte er mit kratziger Stimme und zog mir das Top über den Kopf.

ELENA

Im schwachen Schein des Mondes hielten wir vor den geschmiedeten Flügeltoren unserer Villa an. Drinnen brannte Licht, also war noch jemand wach. Ich tippte den sechsstelligen Sicherheitscode in das Tastenfeld des wireless Türschlosses ein und bestätigte mit meinem Fingerabdruck meine Identität, worauf sich die schmale Pforte öffnete, die in das Tor eingelassen war. Wir betraten das Grundstück und lauschten in die Dunkelheit. Alles blieb ruhig, als wir schließlich an der Hauswand entlang zur Eingangstür schlichen. Auch hier betätigte ich den Codeschloss Türöffner und straffte meine Schultern für die anstehende Begegnung mit meinem verräterischen Vater.

Rico gab mir einen Kuss auf die Wange. »Alles in Ordnung?«

Ich nickte und seufzte tief. »Die dritte Tür links ist Papás Büro. Wie es aussieht, sitzt er drinnen.« Ein schwacher Lichtschein trat unter dem Spalt hervor und erleuchtete den hellen Marmorfußboden an dieser Stelle.

»Wo ist deine Mutter?«

versaut. Mir blieb gar nichts anderes übrig, als das Militär auf euch zu hetzen, nachdem sie Adriana tot zurückgebracht hatten. Somit ist auch eure Prämie hinfällig.«

»Also stimmt jedes Wort von Córdoba«, schrie ich ihn an, weil ich nicht wahrhaben wollte, was mein eigener Vater mir angetan hatte. »Du hast tatsächlich meine Entführung in Auftrag gegeben. Du und Pablo, dein Jugendfreund. Euer Foto steht bei Abuela im Haus. Und Javier hast du auch bestochen, damit er mitmacht, stimmt's? Wie konntest du mir das bloß antun? Ich bin deine Tochter«, schrie ich mich in Rage, mein Kopf fast platzte, so heftig tobte mein Blutdruck.

»Du bist das Produkt einer Samenspende«, fuhr er mich an, bevor er sich eine Hand vor den Mund schlug.

»Was?«, meine Stimme versagte beinahe. »Ich bin nicht deine leibliche Tochter?«

»Elena, versteh mich doch! Der Diamant-Handel läuft immer schlechter, ich bin so gut wie pleite. Was sollte ich denn machen? Es gab nur eine Möglichkeit, meine Geschäfte zu sanieren, indem ich ein paar Gelder für andere gewaschen habe. Die Entführung stellte die einzige Möglichkeit dar, den Betrag an Finanzamt und Staatsanwaltschaft vorbeizuschleusen. Deinen Freundinnen und dir drohte zu keinem Zeitpunkt eine wirkliche Gefahr.«

»Nein? Nie?« Meine Stimme triefte vor Sarkasmus. »Dann frag mal Adriana und Luisa. Die eine ist tot, und die andere hat ein lebenslanges Trauma erlitten.«

»Ihr alter Kumpel Estrubal weilt nicht mehr unter uns. Wissen Sie das eigentlich?«, ging Rico dazwischen, während ich am ganzen Körper zitterte. »Córdoba macht keine halben Sachen. Für den bist du nur ein kleiner Fisch, Montanez. Wir haben die Flucht aus seinem Haus geschafft, also wird es bestimmt nicht mehr lange dauern, bis er mit seinen Männern in deinem Haus auftaucht. Er wartet nur ab, bis sich die Aufregung ein wenig gelegt hat, aber er vergisst nicht. Niemals! Bei der Gelegenheit wird er dich abknabbern und deine Gräten in den Müll werfen.«

»Ich werde die Sache mit Córdoba persönlich regeln.« Schweißperlen bildeten sich auf der Stirn meines Vaters.

»Darauf würde ich mich nicht verlassen«, erwiderte Rico spöttisch.

»Und was willst du?« Papá musterte Rico feindselig.

»Wie schon gesagt, die Prämie. Meinen Anteil und den von Carlos. Dann bin ich wieder weg.«

Mein Vater setzte sich an seinen Schreibtisch. »Ich gebe dir die Hälfte. Sofort in bar. Du verschwindest von hier und lässt dich nie mehr bei uns blicken. Kein weiterer Kontakt zu Elena. Verstanden?«

»Du glaubst allen Ernstes, ich bleibe nach allem was passiert ist bei euch?« Hörte mein Vater sich eigentlich selbst reden?

»Elena, komm zur Vernunft! Wir kriegen das wieder hin. Ich liebe dich von ganzem Herzen. Auch wenn du nicht meine leibliche Tochter bist, habe ich dich großgezogen, als wärst du es.«

»Du lügst doch, wenn du nur den Mund aufmachst«, fuhr ich ihn an, meine Lippen verzogen sich schmerzhaft. Obwohl ich mich dagegen sträubte, tat es unglaublich weh, den Mann verloren zu haben, von dem ich siebzehn Jahre lang geglaubt hatte, er wäre mein Vater.

»Ich habe dafür gesorgt, dass ihr befreit wurdet, obwohl ich in den darauffolgenden Wochen noch weitere Millionen mit Estrubal hätte verdienen können. Dein Leben war mir wichtiger als das Geld.«

»Mir kommen gleich die Tränen«, sagte Rico. »Der

Zugriff des Militärs hätte beinahe den Kopf sämtlicher Geiseln gekostet. Sowohl Córdoba als auch Estrubal hatten den eindeutigen Befehl erteilt, alle Mädchen und die zwei Jungs sofort erschießen zu lassen, sobald Gefahr von außen drohte. Das ist eine altbewährte Praxis bei allen Entführungen.«

»Das war mir nicht klar.« Meinem Vater stand der Mund offen.

»So naiv kannst selbst du nicht sein.« Rico verschränkte die Arme vor der Brust. »Die befreiten Geiseln hatten unverschämtes Glück, dass ihnen nichts passiert ist. Viel eher hattest du eben deine Kohle gewaschen und wolltest die Sache nun schnell beenden. Nur blöd, dass deine eigenmächtige Vorgehensweise zumindest Estrubal das Leben gekostet hat.«

»Niemand kann mir irgendwas nachweisen. Meine Weste ist blütenrein. Du hingegen bist ein polizeibekannter Krimineller, der vor einigen Tagen aus dem Gefängnis ausgebrochen ist. Wem von uns beiden wird die Staatsanwaltschaft wohl glauben?«

»Und weil alles so sauber ist, verbrennst du gerade belastendes Material im Kamin?« Mit dem Kinn deutete Rico zum Feuer.

Plötzlich zog Papá eine Pistole aus der Schreibtischschublade, die er auf Rico richtete. »Gib mir deine Waffe, aber ganz langsam. Sonst knall ich dich ab, wie einen tollwütigen Hund.«

»Nein«, rief ich und stellte mich zwischen die beiden. »Dann musst du zuerst mich erschießen.«

»Nicht, Elena.« Rico schob mich zur Seite, bevor er seinen Colt auf den Boden legte und ihn mit dem Fuß zu meinem Vater hinüberschob. »Ich habe dich schon viel zu oft in Gefahr gebracht. Diese Sache regle ich allein.«

Papá bückte sich nach der Waffe und legte sie auf den

Tisch, bevor er aufstand und zum Safe ging. Die ganze Zeit über ließ er Rico nicht aus den Augen. Er knallte ein Bündel Geldscheine auf den Kaminsims. »Das ist für dich, wenn du auf der Stelle verschwindest. Elena bleibt hier und ihr werdet nie wieder Kontakt miteinander haben.«

»Ich hasse dich«, sprudelte es aus mir heraus, plötzlich verspürte ich nur noch tiefe Verachtung für den Mann, der mich großgezogen hatte.

»Und wenn ich nicht auf deinen Vorschlag eingehe?«, kam es von Rico. »Lieber mit Elena verschwinde, als dein schmutziges Geld anzunehmen?«

»Du bist ein kleiner, mieser Ganove. Typen wie du entscheiden sich immer für das Geld.«

»Überraschung!« Rico breitete die Arme aus. »Ich entscheide mich für deine Tochter, Großpapá.«

Mein Vater ging auf Rico zu, die Waffe hielt er auf ihn gerichtet. »Du bluffst doch. Nimm das Geld und verschwinde endlich.«

»Und wenn ich nicht gehe?«

»Dann knalle ich dich ab. Danach drücke ich dir deine eigene Pistole in die Hand und es wird aussehen wie Notwehr. Ein gesuchter Verbrecher ist in mein Haus eingedrungen und hat mich bedroht. Ich musste mich und Elena vor dir schützen.«

Rico blickte auf die Pistole. »Und wenn Elena nicht mitspielt?«

»Das lass mal meine Sorge sein. Sie verlässt noch heute das Land, um im Ausland zu studieren. Kein Mensch wird sie befragen und Elena wird für lange Zeit Kolumbien nicht mehr betreten.«

Wie in Zeitlupe sah Rico wieder hoch. »Elena bleibt bei mir.«

»Dann bist du leider tot, du Dummkopf.« Mein Vater drückte die Pistole an Ricos Schläfe. »Vielleicht besänftigt dein Tod sogar Córdoba ein bisschen.« Ein hinterhältiges Grinsen umspielte Papás Mundwinkel.

Oh Gott, er machte tatsächlich ernst. Mein Vater war ein Killer!

Im nächsten Moment packte ich die schwere Bronzebüste, die auf dem Schreibtisch stand und schlug ihn von hinten nieder. Es war wie ein Reflex, ich dachte überhaupt nicht nach. Papá prallte gegen Ricos Brustkorb, seine Knie sackten weg, bevor er an ihm entlang zu Boden rutschte. Ein leises Stöhnen entwich seinen Lippen, bevor er reglos liegenblieb. Blut floss aus einer klaffenden Wunde an seinem Hinterkopf. Es polterte ohrenbetäubend, als mir die schwere Büste aus den Händen rutschte und auf den Holzboden krachte.

Die Blutlache breitete sich rund um seinen Kopf auf dem Parkett aus. Gespenstische Stille verteilte sich im Raum, bis auf das Ticken der Wanduhr, das lauter wurde und in meinen Ohren hämmerte, während die Sekunden verstrichen. Rico ging in die Hocke und legte zwei Finger an Papás Hals, während die Wände immer schneller um mich kreisten, Gemälde, der Kamin, alles verschwamm vor meinen Augen, verwandelte sich in gelbe Streifen, die ineinander zerflossen.

Mit einer Hand auf meiner Schulter stoppte Rico die irrsinnige Drehung. »Elena, dein Vater lebt noch, aber er ist schwer verletzt.«

Das Rauschen in meinen Ohren ließ langsam nach. Papá lebte. Ich hatte ihn nicht auf dem Gewissen. Noch nicht. Wie in Zeitlupe sank ich auf die Knie und begann zu weinen. »Das wollte ich nicht, aber du hättest ihn sonst umgebracht, Papá.«

»Wir müssen so schnell wie möglich von hier verschwinden, Elena. Komm mit.« Rico fasste mich unter den Achseln und hievte mich auf die Füße. »Wir rufen von unterwegs einen Notarzt, man wird sich um ihn kümmern. Die Lage ist zwar ernst, aber von dieser Verletzung stirbt er nicht so schnell.« Rico klang beschwörend. Er nahm das Handy meines Vaters vom Schreibtisch.

Als ich nickte, steckte er es ein, auch noch seinen Revolver und den Schlüsselbund meines Vaters. Er stieß einen kurzen Pfiff aus, während er durch die Papiere wühlte, die auf der Tischplatte lagen.

»Dein Vater hat es nicht mehr geschafft, alle Beweise zu vernichten.« Er hielt mir ein paar Blätter unter die Nase, Tabellen und andere Dokumente. »Wirf sie ins Feuer, damit die Polizei das Zeug nachher nicht bei ihm findet.«

Ich zögerte, bevor ich schließlich den Kopf schüttelte und die brisanten Dokumente zurücklegte. »Nein. Die Ärzte sollen ihn retten, unbedingt. Und ich bete dafür, dass er wieder ganz gesund wird. Immerhin ist er mein Vater – dachte ich zumindest die ganzen Jahre über. Aber er hat auch so viel Leid über mich, Luisa und Adriana gebracht, dass er nicht ungestraft davonkommen darf. Er soll für seine Taten im Gefängnis büßen.« Während ich redete, bückte ich mich und streichelte meinem ohnmächtigen Vater über die Wange. Ein Abschied für immer, denn trotz allem, was passiert war, fühlte mein dummes Herz doch noch einen Rest Liebe für ihn. »Leb wohl«, flüsterte ich ihm zu, ehe ich wieder aufstand und mich zu Rico umdrehte. »Gehen wir, damit er endlich Hilfe bekommt.«

»Wir nehmen das Auto deines Vaters. Zuerst holen wir mein Geld im Dschungel und dann geht es über die Grenze.«

Nachdem wir uns in der Küche rasch noch mit Wasserflaschen und Vorräten eingedeckt hatten, eilten wir zur Garage, in der der Mercedes meines Vaters geparkt stand.

Hastig stiegen wir ein und rollten vom Grundstück, ehe Rico in hohem Tempo durch die Nacht brauste. Nachdem er den Rettungsdienst alarmiert hatte, warf er das Mobiltelefon im hohen Bogen aus dem Fenster.

Plötzlich begann ich am ganzen Körper zu zittern, ich hatte mich nicht mehr unter Kontrolle.

Rico legte mir eine Hand aufs Knie. »Hey, alles klar mit dir?«

»Vielleicht kommen sie nicht mehr rechtzeitig und mein Vater stirbt.« Ich schniefte. »Dann bin ich Schuld an seinem Tod.«

»Du hattest keine andere Wahl, es war Notwehr. Sonst hätte er mich erschossen.«

»Ich weiß, aber ich habe trotzdem ein schlechtes Gewissen.«

Mit einer Hand steuerte Rico den Wagen, während er mit der anderen beruhigend meinen Schenkel streichelte. »Ruf in ein paar Wochen deine Abuela an, wenn wir in Sicherheit sind und die Aufregung sich wieder gelegt hat. Frag sie, wie es ihm geht.«

Meine Mundwinkel hoben sich zu einem schwachen Lächeln. »Das könnte ich wirklich tun. Sie macht sich bestimmt riesige Sorgen um mich.«

»Du wirst sehen, es geht deinem Vater dann schon wieder gut.«

Ich lehnte mich zu ihm und legte meinen Kopf an seine Schulter. Am wichtigsten war für mich, dass Rico noch lebte und neben mir saß.

»Jetzt holen wir erst mal mein Geld, damit wir endlich abhauen können«, hörte ich ihn sagen und streichelte seinen Arm. »Sobald wir im Ausland sind, muss ich irgendwie in Erfahrung bringen, ob Mateo noch am Leben ist. Das ist dieser Freund, der mir bei meiner Flucht geholfen hat. Ihn hat Hector im Kofferraum seines Wagens eingesperrt, bevor ihr in der Wohnung aufgetaucht seid und mich überrascht habt. Aber ich glaube diesem Dreckskerl kein Wort, es kann gut sein, dass er ihn umgebracht hat.« Rico schluckte. »Mateo hat eine Frau und ein kleines Kind, ich könnte mir nie verzeihen, wenn ihm etwas zugestoßen ist. Was wird dann aus den beiden?«

Ich setzte mich auf. »Sie haben ihn nicht umgebracht«, beruhigte ich ihn. »Ich war dabei, als sie Mateo überwältigt haben. Sie haben ihn mit der Pistole bedroht, ihn dann gefesselt und geknebelt, aber nicht getötet.«

Rico atmete tief durch. »Du kannst dir gar nicht vorstellen, wie erleichtert ich jetzt bin.« Er bog auf eine einsame Dschungelstraße ab. »Sobald wir im Ausland sind, schicke ich Mateo zehntausend Dollar, obwohl das Geld nicht im mindesten aufwiegen kann, was er für mich getan hat. Aber es wird ihnen über die Runden helfen. Auch wenn er mir niemals verzeihen wird.«

»Bestimmt weiß er deine großzügige Geste zu schätzen. Er weiß, was er dir bedeutet, da bin ich mir sicher.«

Rico lehnte sich zu mir und gab mir einen raschen Kuss auf die Schläfe.

ELENA

Es war schon vier Uhr morgens, als wir zwischen den Stämmen hindurch im fahlen Mondlicht den Grasstreifen betrachteten, in dessen Mitte ein hoher Metallzaun verlief.

»Wir müssen nur noch darübersteigen, dann sind wir frei«, flüsterte Rico mir ins Ohr.

»Der ist ziemlich hoch.« Ich war kein durchtrainierter Mann wie Rico, der sich problemlos mittels seiner Körperkraft an dieser meterhohen Barriere emporhieven konnte. Klettern war noch nie meine Stärke gewesen.

»Du schaffst das.« Aufmunternd nickte er mir zu. »Die letzte Hürde, dann beginnt unser neues Leben.«

Er ging ein Stück aus der Deckung hervor, um sich umzusehen. Nirgends war etwas Auffälliges zu entdecken. Ein Patrouillenwagen des Grenzschutzes war vor einer halben Stunde am Zaun entlanggefahren, somit sollte für die nächste Zeit niemand mehr vorbeikommen.

»Bereit?« Er schulterte die schwere Umhängetasche aus Plastik, in der das Geld steckte, das wir zuvor aus seinem Versteck geholt hatten.

Ich straffte meine Schultern, nahm allen Mut zusammen. »Bereit.«

Er gab mir noch rasch einen Kuss auf die Lippen, bevor wir geduckt zum Zaun schlichen.

»Kletter rauf!« trieb er mich an, weil ich einfach nur dastand und nach oben schaute. Von Nahem wirkte der Zaun viel höher.

Rico begann zu klettern und war schon halb oben, als auch ich endlich den Aufstieg wagte. Es war ein festes Drahtgeflecht, das mir schmerzhaft in die Handflächen schnitt, denn ich hing nun mit dem ganzen Körpergewicht in den störrischen Maschen.

Plötzlich näherten sich uns zwei Lichtkegel in der Dunkelheit. Ich kreischte auf. Rico war bereits oben angelangt, und warf die Tasche auf der anderen Seite zu Boden.

»Elena, mach schneller.« Er klang panisch und hielt mir seine Hand hin.

Ich hing im Zaun und kam nicht vorwärts, die Muskeln in meinen Oberarmen brannten vor Anstrengung. Ein Geländewagen hielt neben uns, aus dem zwei Grenzsoldaten sprangen.

»Halt!« Mit großen Schritten eilten sie auf mich zu.

»Elena«, rief Rico mit Entsetzen in der Stimme.

Der Anblick der beiden Grenzer verlieh mir einen Adrenalinschub, der mich pushte und meine Kraftreserven mobilisierte. Hastig hangelte ich mich weiter nach oben, rutschte aber an dem dünnen Maschendraht ab, bevor ich dann doch noch Ricos Hand zu packen bekam.

»Runter vom Zaun«, rief einer der Männer, der mir nachkletterte.

Mit einem Ruck hievte Rico mich in die Höhe und ich rollte mich oben auf die andere Seite.

»Lass los«, rief Rico, bevor er sprang und unten auf den Füßen aufkam, sich mit beiden Händen abfing. »Spring endlich!«

Verdammt, war das tief. Ich wollte ja loslassen, aber ich traute mich nicht. Im nächsten Moment packte mich der Grenzer beim Handgelenk und hielt mich fest. Erschrocken kreischte ich auf.

»Du bleibst schön da, Mädchen.«

Starr vor Schreck blickte ich in das wütende Gesicht eines Mannes um die dreißig.

»Elena«, schrie Rico, was mich aus meinem Taumel riss.

Mit einem heftigen Ruck befreite ich mich aus der Umklammerung des Grenzers, aber der Schwung war so heftig, dass ich mich nicht mehr festhalten konnte und rückwärts vom hohen Zaun stürzte. Der Mann versuchte noch nach mir zu greifen, aber es war zu spät. Ich segelte schreiend in die Tiefe, in Erwartung des knallharten Aufschlags, der nun folgen würde.

Aber wider Erwarten landete ich weich in Ricos Armen, der mich aufgefangen hatte, bevor wir zusammen zu Boden stürzten.

»Ist alles in Ordnung? Hast du dich verletzt?« Rico klang total schockiert.

»Mir geht's gut.« Ich rappelte mich vom Boden auf, während sich Rico die Geldtasche schnappte, bevor wir davonhasteten.

»Bleibt stehen«, rief uns der Mann nach, der mittlerweile seine Waffe gezückt hatte. Aber er schoss nicht.

Zusammen verschwanden wir in der Dunkelheit.

Eine ganze Zeit lang waren wir schon quer durchs Gelände marschiert, und langsam ging die Sonne auf, sodass wir die Gegend um uns herum erkennen konnten. Unsere neue Heimat. Vor uns erstreckte sich ein weitläufiger See, an dem wir entlangliefen. Plötzlich stoppte Rico und hielt mich an der Schulter zurück.

»Was ist?«, fragte ich und drehte mich zu ihm um.

Für einen Moment blieb er still, bevor er mit bedächtigen Bewegungen die anthrazitfarbene Pistole aus seinem Hosenbund zog und sie in der offenen Hand zwischen uns hielt.

Was hatte das jetzt zu bedeuten? Ich wagte nicht zu fragen, denn Rico hatte einen ganz merkwürdigen, fast schon feierlichen Ausdruck im Gesicht.

»Von heute an gibt es für mich keine krummen Dinger mehr«, gelobte er schließlich mit fester Stimme. »Ich will für mein Kind ein gutes Beispiel abgeben. Ein guter Vater werden. Einer, auf den es stolz sein kann. Bei der nächsten Gelegenheit werde ich diese Pistole entsorgen, damit sie nie wieder Schaden anrichten kann. Und danach fasse ich nie mehr eine Waffe an.«

Ich konnte gar nicht in Worte fassen, wie erleichtert und stolz ich auf Rico war. Ich wollte für immer und ewig bei ihm bleiben. Ein Blick in Ricos glänzende Augen genügte, um zu wissen, dass er jedes einzelne Wort ernst meinte. Wir würden uns zusammen ein wundervolles Leben aufbauen, gemeinsam mit unserem Kind zu einer liebevollen Familie werden. Das wusste ich nun ganz sicher.

Lächelnd legte ich beide Arme um seinen Nacken und zog ihn für einen leidenschaftlichen Kuss zu mir herunter.

Wir waren endlich in Freiheit.

NACHWORT

Liebe Leser,

hier endet die Geschichte von Rico und Elena. Nach einem langen und abenteuerlichen Weg haben die beiden endlich zusammengefunden und ihre Liebe ist magisch. Immerhin haben die zwei dank mir auch einiges durchmachen müssen. *shame-on-me* Sie haben gelitten, aber auch wie verrückt geliebt, sind an ihre Grenzen gestoßen, haben das Böse gebändigt und Intrigen aufgedeckt. Wuchsen zusammen und gemeinsam wurden sie unbezwingbar. Deshalb kann ich Elena und Rico nun mit gutem Gewissen in einen neuen Lebensabschnitt entlassen. Sie sind dafür bereit. Es gibt keinen Cliffhanger, die beiden haben ihr wohlverdientes Happy End, das ich ihnen von Herzen gönne.

Aber natürlich gibt es nun einige Leser unter euch, die sich fragen, wie es denn mit Rico und Elena in der Zukunft weitergeht. Die sich noch nicht von den beiden verabschieden möchten und gern wissen wollen, was die nächste Zeit für die beiden bereithält.

Für all diejenigen unter euch habe ich eine gute

Nachricht: Es gibt einen Folgeband zu dieser Geschichte, der sich jedoch nicht nahtlos an dieses Ende anreiht. Dieser Roman ist ebenfalls ein eigenständiges Buch geworden. Man kann sagen: Elena und Rico gehen schon bald in eine zweite Runde.

Aber für all denjenigen unter euch, die sich in kein weiteres Abenteuer mehr stürzen wollen, hoffe ich, dass euch das Happy End der zwei in zufriedener Stimmung zurücklässt. Ich bedanke mich bei all meinen Lesern, dass ihr mit Rico und Elena in den Dschungel Kolumbiens abgetaucht seid und hoffe, ihr hattet eine spannende Zeit.

Und falls jemandem nach dem ganzen Drama und dem Herzrasen, nun der Sinn nach einer lockeren und lustigen Lektüre steht, nach einer Abwechslung vom Regenwald, dem empfehle ich, einen Blick in die nachfolgende Leseprobe zu werfen.

Werft euch ins Liebeschaos!

LESEPROBE

Liebeschaos – Mitbewohner gratis abzugeben *von Ute Jäckle*

Er hat jede Nacht eine andere. Sie traut keinem Mann mehr über den Weg.

Mich vor dem heißesten Kerl des Campus' blamieren – geschafft!
Dann auch noch in einer WG mit dem Macho einquartiert werden – geschafft!
Am ersten Abend von ihm bloßgestellt werden – geschafft!

Warum muss ausgerechnet die frisch von ihrem Freund verlassene Luca mit dem größten Macho des Campus' in einer WG landen? Ben Nowak verkörpert alles, vor dem Mütter ihre Töchter warnen. Er ist unverschämt. Aber leider auch unverschämt sexy. Luca und er sind wie Hund und Katz, wie Feuerzeug und Benzin. Eine einzige Nervenprobe. Der Kerl scheint zu glauben, dass ihm die Welt gehört und hat eine Abreibung bitter nötig. Eines

Abends schleicht Luca in Bens Zimmer ... und diese Provokation lässt sich nicht so einfach wiedergutmachen. Denn plötzlich bringt Ben ihr Herz aus ganz anderen Gründen zum Rasen ...

Neuauflage! Dieser Roman erschien 2016 als Spitzentitel: Nicht auch noch der! im LYX Verlag. Erhielt drei Thalia Buchhändler Empfehlungen! Prädikat: witzig und hinreißend

1

»Und Sie sind sicher, dass Sie kein Mann sind?« Die Sekretärin, Ende vierzig, musterte mich verwirrt und blätterte durch ihre Akte. Dabei benetzte sie immer wieder ihren Zeigefinger mit der Zungenspitze. Sie saß hinter ihrem Schreibtisch, links und rechts von ihr reihten sich Aktenschränke an der Wand entlang. Neben ihrem Tisch ließ eine Yuccapalme ihre Blätter hängen wie eine deprimierte Henne in Käfighaltung die Flügel. Für den Bruchteil einer Sekunde blieb ihr überheblicher Blick an meiner Oberweite haften und ich zuckte unwillkürlich zusammen. An der Art, wie sie die linke Augenbraue hob, sah ich buchstäblich, wie sich die Worte *aufgepumpt* und *Silikon* in ihrem Kopf formten. Ein feines Grinsen umspielte ihre Mundwinkel und ich widerstand nur schwer dem Drang, meinen Oberkörper mit einem Arm zu verdecken. Ich schluckte und riss mich zusammen. Immerhin stand ich heute aus einem immens wichtigen Grund hier im Wohnservice-Büro des Erlanger Studentenwerks.

»Ja, wie Sie sehen, bin ich kein Mann«, gab ich

mürrisch zu. »Aber Ihr Büro hat mich in einer Männer-WG einquartiert.« Wie zum Beweis deutete ich auf den Zettel, der in meiner Hand zitterte. Diese Neuigkeit hatte ich heute Morgen am Briefkasten nur schwer verkraftet und mich umgehend auf den Weg gemacht.

»Aber hier steht doch Luca Vogt«, insistierte sie weiterhin verständnislos.

»Ja«, erwiderte ich gedehnt. »Das bin ich.« Ich tippte mit dem Zeigefinger gegen mein Brustbein. »Ich heiße *Luca*.« Das stimmte nicht ganz, aber das musste sie nicht wissen. Besser gesagt: Niemand durfte das wissen.

»Oh.« Sie sah auf und schien eine Erleuchtung zu haben. »Ich dachte immer, Luca wäre ein Männername.«

»Wie Sie sehen …« Ich brach ab. Was sollte diese Diskussion, schließlich stand ich vor ihr.

Noch immer lächelte sie süffisant, ein paar Falten gruben sich rings um ihre Augen in ihr gebräuntes Gesicht, außerdem wirkte sie für ihr Alter auch noch unglaublich fit. Sofort überkam mich ein schlechtes Gewissen. Ich war ein ausgesprochener Sportmuffel und keuchte schon, wenn ich die zwei Stockwerke in meine Wohnung hochsteigen musste. In meine Ex-Wohnung wohlgemerkt, die nun mein Ex-Freund allein bewohnte.

»Ich verstehe Ihr Problem.« Die Dame nickte mit dem gütigen Ausdruck einer Madonna. »Nur leider sind alle Zimmer vergeben. Es gibt Studenten, die haben sich bereits letztes Jahr um ein Zimmer bemüht.«

Die Art, wie sie *letztes Jahr* betonte, ließ nichts Gutes erahnen – dennoch würde ich nie im Leben in eine Männer-WG ziehen. Eher ging ich ins Kloster und legte ein Gelübde ab. Von Männern hatte ich für die nächsten Jahrzehnte die Nase voll. Vielleicht sollte ich tatsächlich Nonne werden, überlegte ich gerade allen Ernstes, da quasselte die Unheilsbotin weiter. »Sie hatten Glück, dass kurzfristig jemand abgesprungen ist.«

»Ich bin Ihnen ja dankbar«, log ich schwer seufzend. Hinter mir hörte ich etwas knarren, achtete aber nicht darauf, denn nun schlug ich einen weinerlichen Ton an und beugte mich über den Schreibtisch. Vielleicht bewirkte die Mitleidsmasche etwas. Spontan beschloss ich, meine Trennung von Ringo ein wenig mit erfinderischen Details auszuschmücken. Es hatte mich schwer getroffen, ihn mit dieser Wasserstoffblondine im Wohnzimmer vorzufinden. Vor allem, da Ringo der Erste gewesen war, dem ich vier Jahre nach dem schlimmsten Abend meines Lebens eine Chance gegeben hatte. Und das auch nur, weil er sich monatelang um mich bemüht hatte. Von wegen Traumfrau und so ... elender Heuchler! So etwas würde mir nie wieder passieren.

Ich ging zum Frontalangriff über und legte den Kopf schräg. »Sehen Sie, ich muss dringend aus meiner alten Wohnung raus. Mein Freund hatte Sex auf unserem Wohnzimmertisch ... mit einer anderen.« Meine Stimme wurde brüchig, ich räusperte mich. Es hatte mich doch einiges an Überwindung gekostet, diese Schmach zuzugeben. Bis hierhin stimmte die Geschichte sogar noch.

»Dann werfen Sie ihn halt raus«, erwiderte sie desinteressiert und sah mich über den Rand ihrer Brille hinweg an. »Soll er sich doch um eine neue Wohnung kümmern und nicht Sie.«

»Leider ist es seine Wohnung. Ich bin damals zu ihm gezogen.«

Die Gesichtszüge der Frau wurden plötzlich weich, also beschloss ich, einen Gang hochzuschalten. Es tat gut, mir alles von der Seele reden zu können. Die letzten Tage hatte ich die Nerven meiner besten Freundin Caro in dieser Hinsicht ein wenig überstrapaziert.

»Angefangen hat alles damit, dass ich ihn eines Nachts im Badezimmer dabei erwischt habe, wie er sich gerade … na ja Sie wissen schon.« Ich machte eine vage Auf- und Abwärtsbewegung mit der Hand, worauf die Sekretärin hektisch nickte.

»Und dann?«, fragte sie mit großen Augen, während ich möglichst unauffällig ihr Gesicht nach Anzeichen für Misstrauen absuchte. Ich schwitzte Blut und Wasser in der Hoffnung, sie würde mir diese groteske Geschichte abnehmen. Aber ich konnte auf gar keinen Fall mit zwei Männern zusammenwohnen – nicht nach allem, was geschehen war. Ich brauchte eine Pause von den Kerlen.

»Er hat sich herausgeredet. 'Schatz, es ist nicht das, wonach es aussieht'«, ahmte ich Ringos krächzende Stimme nach. »Natürlich nicht.« Ich schnaubte. »Er hatte nur alle Hände voll zu tun.«

Sie kicherte. Die Mitleidsmaske klappte besser als erwartet. In meinem Gehirn formten sich alle möglichen Schreckensszenarien. Und die Dame wollte allem Anschein nach mehr wüste Storys hören. Okay …

»Er meinte dann allen Ernstes: 'Ein bisschen Handbetrieb ab und zu stärkt das Immunsystem. Bei mir ist eine Erkältung im Anflug'«, gab ich ihr, was sie wollte.

Sie hyperventilierte beinahe. »Aber danach …?«

»Er hatte dann eine seiner Migräneattacken, ich glaube, deshalb war auch öfter Flaute bei uns.« Ob sie mir mein Gelaber tatsächlich abnahm? Ihr Mund stand leicht offen, sie sog jedes einzelne Wort regelrecht in sich auf wie ein Staubsauger.

»Also bin ich am nächsten Tag losgezogen, um unser Liebesleben aufzupeppen, habe mir knappe Spitzendessous zugelegt, auch noch Handschellen aus einem Erotikgeschäft. Ich habe mir sogar einen Porno mit ihm angeschaut.«

Die Sekretärin verzog das Gesicht, als hätte sie Schmerzen, und ich nickte hastig. Uh, zu dick aufgetragen.

»Ich weiß, Pornos sind auch nicht mein Ding.«

»Hat es wenigstens was gebracht?«

Ich lachte bitter auf. Das Verhör begann mehr als unangenehm zu werden. Hoffentlich würde ich dieser Frau niemals wieder in meinem Leben begegnen. Am besten verdrängte ich unser bizarres Gespräch nachher einfach, und tat, als hätte es nie stattgefunden. Um endlich zum Ende zu kommen, gab ich ihr einen Nachschlag. »Ja. Als ich letzte Woche nach Hause kam, lag diese Blondine an meinen Wohnzimmertisch gefesselt, während nebenher der Porno lief.« Wenn das nicht genügte, um mich umzuquartieren, war ich mit meinem Latein am Ende.

Ihr blieb der Mund offen stehen. »Ihre Dessous hatte sie hoffentlich nicht an.«

Was? Leiser Zweifel nagte in mir wie eine Maus an einem Stück Käse. War ich eventuell ein Schrittchen zu weit gegangen bei meinem kläglichen Versuch, ihr Mitleid zu erhaschen?

Mit spitzen Fingern griff die Frau nach ihrer giftgrünen Kaffeetasse und trank einen Schluck. Einen Schluck hätte ich jetzt auch bitter nötig, allerdings von etwas Hochprozentigem. Schweiß brach mir aus allen Poren. Meine Schultern schmerzten vor Anspannung – es nützte ja nichts, jetzt noch einen Rückzieher zu machen. Wohl oder übel musste ich bis zum bitteren Ende durch. »Nein, sie war nackt und er in ihr.« Dieser Teil stimmte sogar wieder.

Sie betrachtete meinen Antrag nachdenklich. Ich hielt den Atem an.

»So ein Schwein«, murmelte sie, wandte sich ihrem Computer zu und tippte wild darauf herum.

Es tat unglaublich gut, diese Worte aus einem fremden

Mund zu hören. Ich nickte, sie hatte ja so recht. Wie hatte ich die letzten zwei Jahre nur dermaßen blind sein können?

»Vielleicht ...«, murmelte sie nachdenklich und kratzte sich mit dem Zeigefinger am Kinn.

Das erste Glücksgefühl seit Tagen durchströmte mich. Sie hatte mir die Story abgekauft. Ich war ein böses Mädchen. Egal. Das neue Zimmer war so gut wie mein!

»In der Tat ein Schwein«, hörte ich eine dunkle Stimme hinter mir und riss den Kopf herum. Ich blickte direkt in zwei nachtblaue Augen, ein tiefes Blau mit einem Schwarzstich darin. Sie gehörten zu einem jungen Kerl mit dunkelbraunen strubbeligen Haaren. Einer seiner Mundwinkel zuckte bei dem Versuch, ernst zu bleiben. Wo kam der auf einmal her?

»Und du hast echt nichts gemerkt?« Er klang ungläubig. Sein Blick streifte meinen Brustkorb und verharrte dort ein wenig länger als nötig. »Der wusste wohl deine Vorzüge nicht zu schätzen. Sei froh, dass du ihn los bist.« Er grinste breit.

Hinter mir kicherte die Sekretärin los. Ich wirbelte zu ihr herum. Fassungslos beobachtete ich, wie sie mit einer Hand vor ihrem Mund herumwedelte.

»Kindchen, Gott, sind Sie naiv. Sie sollten nicht so gutgläubig sein. Männer muss man an der kurzen Leine führen.«

»Nimm's nicht persönlich, jeder Cowboy poliert hin und wieder seinen Colt ...«, kam es nun lachend von hinten, und noch immer perplex wandte ich mich wieder ihm zu.

Oh nein! Ich wollte am liebsten sterben. Er hatte nicht nur alles mit angehört – die miese Büro-Schnepfe hatte es auch noch bewusst darauf angelegt. Mein gesunder Menschenverstand drängte mich spontan zur Flucht.

Selbstverständlich hörte ich nicht auf mein Gehirn. Stattdessen glitt mein Blick hinunter zu meiner Hand, in der ich den Brief hielt, und ich drehte mich wortlos wieder um. Am besten ignorierte man solche Typen einfach.

»Was ist jetzt mit meinem Anliegen?«, fuhr ich die Sekretärin grob an, da die Blicke dieses Möchtegern-Casanovas in meinem Rücken landeten wie eine Sammlung Dartpfeile. Umgehend veränderte sich der belustigte Ausdruck in ihren Augen. Offenbar mochte sie es nicht, herumkommandiert zu werden.

»Leider kann ich Ihnen nicht weiterhelfen, das habe ich Ihnen doch vorhin bereits erklärt. Entweder Sie nehmen das Zimmer, oder Sie lassen es bleiben und suchen sich selbst was.«

»Aber ... aber.« Mir fiel kein weiterer Überzeugungsgrund mehr ein. Nicht, solange der Typ hinter mir stand und sich schlappachte. Verdammt, der Kerl kam näher, ich hörte ihn hinter mir atmen und drehte mich erbost um. »Könntest du vielleicht damit aufhören, mir deinen Atem in den Nacken zu hecheln?«, fauchte ich.

Er wirkte perplex – gut so.

»Sind wir heute schlecht gelaunt? PMS?«, fragte er überfürsorglich, worauf ich erst mal nach Luft schnappte.

»PMS, ganz genau. Steht für Primitives-Mann-Syndrom, und ich glaube, das ist ansteckend. Also würdest du dich bitte nicht so nahe hinter mich stellen?«

Er lachte. Ich konnte es nicht glauben – er lachte!

»Bist du immer so schlecht gelaunt? Kein Wunder ...«

»Kein Wunder was?« Ich reckte mich vor ihm in eine, wie ich hoffte, bedrohliche Pose und stemmte beide Hände in die Hüften. Der Arsch hatte alles verdorben. Leider ließ die Wirkung zu wünschen übrig, da ich den Kopf in den Nacken legen musste, ansonsten hätte ich mit seinem Brustkorb geredet. Zu allem Überfluss spürte ich meine

Wangen glühen, aber ich ließ mir nichts anmerken und funkelte ihn kampflustig an.

Es wirkte. Er wich einen Schritt nach hinten aus und hob beschwichtigend beide Hände.

»Ganz ruhig«, sprach er auf mich ein, als wäre ich ein zähnefletschender Pitbull, »bevor du mich schlägst. Ich wollte nur meinen Antrag abgeben und dann verschwinde ich sofort wieder, damit ihr in Ruhe weiterreden könnt. Deine Probleme gehen mich nichts an.« Grinsend hob er ein Blatt Papier vor meine Nase, auf dem in großen Buchstaben *Parkplatzreservierung* stand, gleichzeitig deutete er auf ein Registerfach auf dem Schreibtisch. Dort prangte dasselbe Wort.

»Oh.« Mehr fiel mir auf die Schnelle nicht ein. Das war unglücklich gelaufen, also zwang ich mich zu einem fast freundlichen Lächeln und machte eine grazile Handbewegung in Richtung Tisch. Die Sekretärin hatte sich mittlerweile erhoben, stand jetzt am Fensterbrett und goss sich Kaffee nach.

»Ben.« Die Dame strahlte ihn an. »Legen Sie das Formular einfach ins Fach. Ich kümmere mich gleich um Ihren Antrag und werde sehen, was sich machen lässt, damit Sie Ihren Parkplatz bekommen.«

»Das ist wirklich nett von Ihnen.« Er musterte sie ausgiebig von oben bis unten. »Sagen Sie, Frau Weber, treiben Sie in letzter Zeit mehr Sport?«

Sie winkte geschmeichelt ab. »Ich gehe nur ein bisschen Joggen im Park.«

Mir wurde augenblicklich schlecht – was für ein Schleimer. Er grinste, als er bemerkte, wie ich die Augen verdrehte, ehe er sich wieder an die Sekretärin wandte. »Ist mir sofort aufgefallen. Sie sehen super aus. Ich hätte am liebsten den Parkplatz ganz vorne in der Tiefgarage, dann muss ich morgens nicht so weit laufen.« Seine

Stimme war eine Oktave tiefer geworden, er hörte sich an, als hätte er ihr soeben versprochen, die Nacht mit ihr zu verbringen. Ich schüttelte mich, aber ihr schien sein Gesäusel unter die Haut zu gehen. Mit einem gewagten Hüftschwung kam sie zurück.

»Das lässt sich arrangieren«, hauchte sie wie Marilyn Monroe beim Geburtstagsständchen für Kennedy.

»Vielen Dank, auf Sie ist einfach Verlass.« Er warf den Antrag an mir vorbei in das Fach und spazierte zur Tür. Dort drehte er sich noch einmal mit einem breiten Grinsen um, das er ausschließlich mir vergönnte, bevor er verschwand.

»Ein netter junger Mann«, meinte die Sekretärin und starrte verzückt auf die geschlossene Tür. »Sie sollten nicht so schnell aus der Haut fahren, Männer mögen keine Furien.«

Super. Dank diesem Arsch war ich nicht mehr das arme bemitleidenswerte Opfer, sondern der Drachen, der seinen bedauernswerten Freund in die Arme einer anderen getrieben hatte.

Frau Webers Lächeln wirkte so falsch wie ihre Haarfarbe. »Ich glaube, es ist am besten, Sie ziehen vorerst einmal in diese WG. Probieren Sie es doch erst mal aus. Bestimmt lernen Sie so einiges über Männer dazu.«

Ich schnaubte. »Das klingt, als wollten Sie mir ein Haustier aufschwätzen. Nur leider reagiere ich extrem allergisch auf Tierhaare. Sie wissen schon, Kaninchen-, Katzen-, Männerhaare, die ganze Bandbreite.«

Tief einatmend warf Frau Weber einen Blick auf ihre Armbanduhr. »Gleich habe ich Mittagspause. Ich kann Ihnen anbieten, dass Sie das Zimmer erst mal nehmen, und ich melde mich bei Ihnen, sobald etwas anderes frei wird. Oder Sie lassen es und suchen sich etwas anderes. Viel Glück.« In der Art, wie sie mit den Achseln zuckte und nach Bens Antrag griff, wurde mir klar, dass ihr mein Schicksal vollkommen egal war. Was sollte ich jetzt tun? Ich war so knapp bei Kasse, dass ich mir keine eigene Wohnung leisten konnte. Zumal ich sowieso im letzten Studienjahr war. Das mit Caro war nur eine Notlösung. In ihrer winzigen Wohnung traten wir uns fast auf die Füße, wenn wir aneinander vorbeigingen. Und zu Ringo konnte ich nicht zurück.

»Also gut, aber Sie melden sich, sobald was frei wird. Diese Situation ist nur vorübergehend.« Ob sie meine Zähne knirschen hören konnte?

Frau Weber strahlte wie ein undichter Atommeiler, kramte in einer Schachtel mit Schlüsseln, von denen sie schließlich einen in die Höhe hielt. »Bitteschön, hier den Erhalt quittieren.« Sie schob eine Liste über den Schreibtisch und tippte auf meinen Namen, der dort in Druckschrift stand.

Nach einem Moment des Zögerns riss ich ihr den Kugelschreiber aus der Hand und setzte die Mine auf dem Papier an. Meine Unterschrift geriet ein wenig krakelig, aber das war mir egal. Wutentbrannt stürmte ich aus dem Büro.

Printed in Poland
by Amazon Fulfillment
Poland Sp. z o.o., Wrocław